比较文学与
比较文化学论著精选

主编／陈瑞红  副主编／姚天一

中国社会科学出版社

图书在版编目（CIP）数据

比较文学与比较文化学论著精选／陈瑞红主编．—北京：中国
社会科学出版社，2018.5
ISBN 978-7-5203-2398-7

Ⅰ.①比… Ⅱ.①陈… Ⅲ.①比较文学-文集②比较文化-文集
Ⅳ.①I0-03②G0-53

中国版本图书馆 CIP 数据核字（2018）第 073940 号

出 版 人	赵剑英
责任编辑	曲弘梅
责任校对	李　莉
责任印制	戴　宽

出　　版	中国社会科学出版社
社　　址	北京鼓楼西大街甲 158 号
邮　　编	100720
网　　址	http://www.csspw.cn
发 行 部	010-84083685
门 市 部	010-84029450
经　　销	新华书店及其他书店

印刷装订	北京君升印刷有限公司
版　　次	2018 年 5 月第 1 版
印　　次	2018 年 5 月第 1 次印刷

开　　本	710×1000　1/16
印　　张	37.75
插　　页	2
字　　数	527 千字
定　　价	158.00 元

凡购买中国社会科学出版社图书，如有质量问题请与本社营销中心联系调换
电话：010-84083683

导　言

　　比较文学，作为相对年轻的人文学科，因全球文化交融的扩大和文化冲突的加剧，正向着比较文化学拓展。新的视窗打开了，新的前沿在延伸，视野与景观显得更加开阔和丰富，但挑战也接踵而至，变得更加复杂和多元。求知若渴的年轻学子们，也包括术有专攻的专业研究者们，既因其新奇的魅力而感到兴奋，也因其路径歧出而不免彷徨。如果坚持在比较文学领域沉潜探究，将何以自处和何从突破？怎样才能觅得正途并取得更有创新意义的成果，而不是只知跟随潮流的动荡变幻人云亦云？……

　　这本论著精选，很大程度就是为了回应上述疑惑编选的。它首先替正在攻读或有志于攻读比较文学专业的研究生和本科生着想，让他们在有限篇幅内较集中地了解到比较文学的问题领域与研究路径，学习前辈学者进行比较文学研究的经典范式，并进而激发起问题意识，思考与选择今后的研究方向。这一点，对专业学者和更大范围的读者们来说，同样有一定的参考价值。为贯彻以上宗旨，本书在体例和选篇上经过了审慎的考虑和斟酌。我们总体上采取了示例的形式，以论文内容安排顺序，通过有代表性的论著呈现比较文学的若干分支，展示相应的方法，突出前沿问题，从而使读者由具体的范本得到启发，进而举一反三，领悟比较文学研究的规律。

　　由于比较文学的学科理论相对薄弱，学界对比较文学的学科合理性与合法性亦曾有质疑，甚至有人将它和文学的比较方法混为一谈，所以我们开卷即设第一单元，来探讨相关的学科理论。第一篇论文试图从宏观上解决比较文学本身因跨国度、跨民族、跨语言、跨文化、跨学科带来的超越性，以及不断拓展边界的流动性所造成的本体模糊甚或缺席的问题。该文所提出的方案是从研究主体的视域，而非通常从研究客体的角度，来确定比较文学的本体地位，或用作者的说法，给予比较文学一个本体论的承诺。这一观点是相当新颖的。比较文学的可比性传统上是以事物的普遍性（即"同"）为基础的，而各种现代思潮从各个方面否定这一普遍性，只承认个别性（即"异"）。针对比较文学核心观念"可比性"受现代思潮冲击与解构的这一倾向，第二篇论文在维特根斯坦"游戏论"的基础上，提出了"类似性"的新概念作为应对，主张事物其异为实然，其同为偶然；尽管"每一片树叶都不同"，但仍可将它们归类为"树叶"，从而为可比性的问题提供了新思路。与此同时，比较文学的研究重点即文心之同异，也随之摆脱了传统意义上的对立与统一，而变为谱系的展示，各种文学与文化现象的特征，在交叉、递进、复合、衰减、跃迁等关系中得到呈现，类似与差异的问题获得了新的视角。当然，具体如何操作，结果又会怎样，还有待于实践的验证。第一单元的另两篇论述，一谈双边或多边文化关系研究（即影响研究）的方法，力主以原典性的实证为根据；二总结分析平行研究的三种功能模式，倡导多项式平行贯通的方法。两文均紧密联系比较文学研究实际，创见颇多，且恰中肯綮，反映了近20年来汉语学界对影响研究与平行研究理论的丰富与发展。

通过翻译打破语言的隔阂，是文学作品得以在不同国度与民族之间传播、建立起文化关系的前提和保证。这方面的内容包含在第二和第九单元中。翻译更多是实际的操作，但也离不开理论性质的原则作指导，关于翻译理论与实践相结合的研究即构成了译介学。第二单元既有关于翻译过程中创造性因素的学理探讨，也有对已成为历史经典的翻译成果的评价。关于清末民初的翻译大家林纾的评价是由精通多种语言文字、熟谙中外文化与古今典故的钱钟书先生作出的，本身也成了经典。文中详尽列举林纾有意为之的"讹译"及通常所谓的"古文"的文体改造，分析了由此带来的超出原著水平的审美效应，同时也恰好印证了本单元第一篇论文中所提出的文学翻译的创造性叛逆问题。第三篇论文针对明清之际先后来华的法国传教士群体对《诗经》的翻译，选择了三位译者进行述评。论文指出，翻译的文本不仅受到译介者本人布道与证道取向的影响，而且和传教士汉学整体生成发展状况有密切关系。的确，翻译并非语言文字的简单移植，而更多是文化的对话与洽和。第九单元则进一步提供了中外文学借助于翻译发生关系的实例。这一关系是双向的，与其说是外国对中国或中国对外国的影响，不如说是二者的对话。

　　主题和文类是文学艺术的基本要素。主题是作品内涵的集中体现，文类是其表现形式，不论哪个时代哪个地域，对文学而言它们都是密不可分的，并共同构成了比较文学平行研究的主要内容。第三单元和第四单元选录的即是这两方面的论著。其中有关于中西诗歌情趣主题（体现在人伦、自然、宗教和哲学等方面）的比较，也有关于中外戏剧、小说中的欲望及救赎主题的分析。文类学研究则包括十四行诗、鲁拜体、唐诗、和歌、现代小诗，以及巴罗克样式，虽远不尽全面，但涵盖也足够广了。第五单元是形象学研究，选入了三篇有代表性的论文，通过它们，读者不仅可以对中国人与西方人在漫长的文化对话历程中的互相观察、打量，有一个学理层面的了解，而且能借鉴吸收形象学研究的路径与方法，明确形象学研究所涉及的一些基本问题与范畴。需要指出的是，"他者"形象在文本中是以多种形式存在的，可以是人物的描写，也可以是风物、景物的记述。杨周翰先生介绍弥尔顿诗作里"加帆车"的论文，内容虽连类而及作家、诗人的学识问题，但确实抓住了16、17世纪西方国家有关中国形象的一个标志，堪称汉语学界形象学研究的鲜明个例。

　　对文学要素与特征更抽象的思考构成了诗学，它建立在一定的审美观念和哲学观念上，是更深层次的文学研究。在此意义上，比较诗学属于一种"元研究"，即有关文学研究的研究，当然其关注点仍落在跨越语言与文化的视域里。第六单元即为比较诗学的探讨，所选录的三篇论文，内容既有中西诗学各自的范畴"迷狂"与"妙悟"的比照，也有分别对广义上的诗的审美功能与阐释效应的论述。从普遍的审美性来看，文学又是和其他艺术门类相共通的。同为艺术审美，确实，如一位英国女作家所言，诗人、画家、音乐家……都"拥有同一双眼睛，只是眼镜有所不同"，因此对诗、文学、绘画、雕塑、音乐、舞蹈等艺术样式而言，尽管把握与表达的形式有所不同，其审美特质却是一致的。进而言之，文学、艺术与人类其他知识和信仰领域之间，也存在着共通之处。此类一致与共通，就构成了跨学科研究的前提与根据。第七单元和第八单元即选录了这方面的论著，包括文学与绘画、音乐、宗教、心理学、伦理学之间交叉关系的跨学科探究。

最后，第十单元，是新兴的比较文化学研究。20世纪90年代，冷战时代宣告结束，全球范围内文化与文明的交融与冲突问题上升到首要地位，文化研究骤然"升温"，比较文学也适应时势而向文化领域迈进。现有的比较文化学大致是沿着两个路径发展而来的，一从文化学，将单一的文化对象引入比较的视域中来，研究方法不仅有文化现象的考察，还有社会调查和田野作业（它们是文化研究的传统方法，包括考古学、人类学、民俗学等在内）；二从比较文学，主要从文本与文学现象出发，进而探讨其背后的文化意蕴及其相互关系。本书选录的论著着重于后者。有的从"乌托邦"观念的差异窥探中外世俗文化和非世俗文化的区别，有的结合现实批判性地辨析中西文化中忏悔意识的存在，也有的研讨神话遗存中的英雄文化和性爱文化，展现出比较文化学的某些前沿动态。

本书所精选的篇目，大多数是20世纪80年代中国比较文学复兴以来的著述，反映了新时期的汉语学界在借鉴中外、独立创新方面取得的进展和达到的水平，在此意义上，本书也可视为这一时段研究成果的小小回顾与结集，留下了学人们探索的足迹，希望它能有助于后来者更上一层楼的开拓与前瞻。当然，尽管我们做出了不少努力，本书作为一个示例式选本肯定还有不够全面和完善之处，欢迎专家与读者提出宝贵的批评意见。

目　录

第一单元　比较文学理论研究

第二单元　译介学研究

第三单元　主题学研究

第四单元　文类学研究

第五单元　形象学研究

第六单元　比较诗学研究

第七单元　跨学科的研究（上）

第八单元　跨学科研究（下）

第九单元　中外文学关系研究

第十单元　比较文化学研究

第一单元

比较文学理论研究

比较视域与比较文学本体论的承诺

杨乃乔

一

钱钟书在评价吴宓时曾给出过对后来比较文学学科意识定位有着深刻启示的表述："我这一代的中国青年学生从他那里受益良多。他最先强调'文学的延续'，倡导欲包括我国'旧'文学于其视野之内的比较文学研究。15 年前，中国的实际批评家中只有他一人具备对欧洲文学史的'对照'（synoptical）的常识。"[①] 吴宓 1917 年赴美留学，在哈佛大学比较文学系师从名声显赫的白璧德（Babbit Trving）教授，他有着很好的国学与西学的双重功底，所以钱钟书认为"我国'旧'文学"不仅在他的研究视野之中，并且又具备"对欧洲文学史的'对照'的常识"，言下之意，吴宓秉有一种"我国'旧'文学"与欧洲文学史汇通一体的研究视野，并且这种国学与西学汇通一体的比较视野恰恰就是吴宓展开比较文学研究，使比较文学这一学科在汉语语境下得以安身立命的基点。

我们曾提出"比较文学学科身份的成立在于主体定位，这是比较文学的学科特征之一，而民族文学或国别文学学科身份的成立在于客体定位"，[②] 也正是在这个意义上，比较文学研究主体汇通东西的比较视野有着决定性的意义。"视野"的英文为"perspective"，在比较

---

① ［美］胡志德：《钱钟书》，张晨等译，中国广播电视出版社 1990 年版，第 5 页。

② 杨乃乔主编：《比较文学概论》，北京大学出版社 2002 年版，第 72 页。

文学研究的空间中，我们也把其翻译为"视域"，在本文的论述中，我们主张使用"视域"这个概念替代它的同义词"视野"。

　　集结于学衡派周围的学者绝大多数是留洋学成回来在国内名校任教的大学教授，他们学贯中西、学贯古今。较之于新文化运动及其倡导者胡适所不同的是，学衡派对中国文化传统的守护与阐释是以白璧德和穆尔（Paul E. More）的美国新人文主义为透镜的，一如吴宓所言："（我的）本体思想及讲学宗旨，遵依美国白璧德教授及穆尔先生之新人文主义"①，"本体思想与讲学宗旨"是指吴宓从事比较文学研究的基点，也是他本人的一种研究视域，这种研究视域即钱钟书对吴宓的评价"其视野之内的比较文学研究"。在这里，钱钟书的评价与吴宓的自述涉及了比较文学学科意识定位的一个根本性问题，即比较视域与学科本体论的问题。那么，什么是比较文学的本体论？又怎样理解比较视域是比较文学这一学科安身立命的本体？对这两个设问的回答，我们必须首先设问什么是"本体论"和"本体"，以此展开我们关于比较文学学科定位的思考。

　　汉语学术界把英文术语"ontology"翻译为本体论，这汇通了中国传统哲学关于宇宙创生的本体论思考。在《说文解字注》中，许慎对"本"的解释是"木下曰本"②，"本"的原初意义是"根"。《广雅疏证·释诂》言："本，始也"③，"本"已经被释义为一个抽象名词了。"根"与"始"在本体论的思考上与万物开始的"基点"、"本源"、"终极"与"本体"有着共同的意义。张岱年在讨论"中国本根论的基本倾向"时对"体"有一个释义："所谓体，即永存常

---

① 黄世坦编：《回忆吴宓先生》，陕西人民出版社 1990 年版，第 174 页。

② （汉）许慎著，（清）段玉裁注：《说文解字注》，上海古籍出版社 1981 年影印经韵楼藏版，第 248 页。

③ （清）王念孙：《广雅疏证》，中华书局 1983 年版，第 5 页。

在者。体亦称'本体',本体谓本来而恒常者。"① 王阳明在《传习录下》一文中言:"至善者,心之本体"②,把"至善"解释为"心"的本源。

在西方哲学那里,"ontology"这个术语最早源出于希腊文"logos"和"ont","logos"相当于"theory"(理论),"ont"相当于"being"(存在)。在古希腊巴门尼德时代,智者们就开始提出有关本体论的问题;到了 17 世纪,"本体论"这个术语开始在西方哲学界使用,其拉丁文是"ontologia",德文是"ontologie"。这个术语在汉语学术界的历史上曾被翻译为万有论、是论、存在论与本体论。

在汉语学术界,"本体"有两个英译术语"substance"与"noumenon","substance"作为"最终基质"曾在亚里士多德的《范畴》一书中明确使用,在词源上最早可以追溯到希腊文"ousia","ousia"是"einai"的名词形式,其意义相当于英文的"being"(存在),"being"是在本体论意义上设问的原初存在。在亚里士多德的理论那里,"ousia"的用法比较模糊,其既可以指称"具体的存在",也可以指称"一般的存在"。"ousia"最早的拉丁译文是"essentia",有"本性"、"本质"与"本体"的内涵,相当于"一般的存在",而后世有些学者把"ousia"理解为拉丁文的"substantia",有"实体"与"具体的存在"的内涵,相当于英文的"substance"。直到公元 4 世纪,"essentia"与"substantia"一直被作为同义词来使用,随着后来哲人对万物存在的终极猜想的精致化,他们开始注意到对这两个词的界分。中世纪第一哲人教父圣·奥古斯丁认为,只有"essentia"在词义上才可以指称处于永恒不变状态的神。在中世纪经院哲学这里,神是指称创生万物的基点——本源——终极存在,也就是本体,相当

---

① 张岱年:《中国哲学大纲》,中国社会科学出版社 1985 年版,第 7 页。按:关于"体"的解释在中国古代哲学的研究中有几种不同的释义,我们仅取其准确解释本体论思想的意义为说明比较文学基本原理所用。

② (明)王阳明:《王阳明全集》,上海古籍出版社 1992 年版,上册,第 97 页。

于东方中国老庄哲学的"道"。① 我们所使用另外一个英文本体术语"noumenon"，其基本内涵源自于"essentia"，在词源上可以追溯到希腊文"noein"，"noein"的内涵指涉"被思想的事物"（the thing thought），在康德看来是纯粹理性所指涉的终极；"noumenon"这个术语的使用在康德及其以后的哲学那里固定下来，意指万物恒定不变的基点、本源，探究终极"Being"（"存在"或"是"）的问题。贾诗勒（Morman L. Geisler）在《宗教哲学》一书认为，关于本体论论证最早缘起于安瑟伦："奥古斯丁修道会的僧侣坎特伯雷主教安瑟伦，就是这论证的始创者，虽然本体论一名并非由他所起，而是由发现它里面有本体论谬误的康德所起。"②

"ontology"是指关于研究"being"的一门学问，确切地说，本体论是指从哲学的高度研究万物创生的基点——本源——原初存在（primary being）的学问。③

我们在这里简述本体论与本体的学理性，主要是为讨论比较文学研究所安身立命的基点而做背景介绍，无意于展开关于本体论哲学的讨论。亚里士多德在《形而上学》一书中对"本体"的追问有着一个真切而简单的表述："简言之，对于古往今来人们一直在设问的难题'什么是存在'（What is being），即'什么是本体'（What is primary being），一些人认为本体是一，另一些人认为不止是一，一些人认为是数的极限，而其他人认为不是数的极限。"④ 也就是说，本体就是万物都从它而来且最终回到它的那个基点，这个基点也可以被

---

① 按：圣·奥古斯丁的"神"（God）与老庄哲学的"道"（Tao）同属本体论层面上的终极范畴，但"神"有位格——"person"，而"道"没有位格。需要说明的是，我们在这里把东西方本体范畴、本体论做一次简明的汇通性参照，主要是为讨论比较文学的本体论问题做背景铺垫。因此我们只把本体论基本问题介绍清楚，而不对其进行展开、深入的论述。

② ［美］贾诗勒：《宗教哲学》，吴宗文译，香港种子出版社1983年版，第156页。

③ 按：在本体论的特定语境下，"primary being"即被翻译为"本体"。

④ Aristotle, *Metaphysics*, Translated by Richard Hope, Columbia University Press, 1952, p. 131.

指称为本源、终极，它是永恒的、不变的，在数的逻辑上是倒溯已尽的"一"。《礼记·大学》言："物有本末，事有始终。"① 当我们把东西方哲学本体论思想汇通起来进行双向透视时，我们发现东西方哲人对万物创生的原始底层——本体的追问是共同的，这是人类在理性中所呈现出来的共性。

在康德看来，本体论的设定为人类理性获得自由提供了必要的条件，简而言之，东西方每一位智者都可以在本体论的思考上设定一个具有最高、最普遍逻辑规定性的本体范畴，并且把这个范畴规定为自己的思想所安身立命的基点，并在这个基点上建构起一个属于自己的不同于他人的理论体系。这就是奎因所言的本体论的相对性。

西方哲人在本体论上为万物所设定的本体范畴可以有不同的命名，在东方哲人这里也是如此，如唐君毅所言："在中国哲学上与本体相当之字，如'道'，如'太极'，如'玄'，如'理'……"② 并且东西方哲人所建构的本体论体系也可以是不同的或是庞杂晦涩的，然而关于本体与本体论成立的原因则是简单的、惟一的：即设问万物是在怎样的基点——本体上产生出来的？或万物产生的本源——本体是什么？本体论的设问与回答都是为万物、为哲人的精神寻找一个安身立命的基点。

需要强调说明的是，把"ontology"翻译为本体论，在东西方语言的互释中的确是汇通了东西方哲学的共同终极关怀意识，如熊十力所言："哲学思想，本不可以有限界言，然而本体论究是阐明万化根源，是一切智智（一切智中最上之智，复为一切智之所从出，故云一切智智），与科学但为各部门的知识者，自不可同日语。则谓哲学建本立极，只是本体论，要不为过。夫哲学所穷究的，即是本体。"③ 在这里我们借用本体论和本体这两个术语，使其转型到比较文学学科

---

① 《礼记正义》，见《十三经注疏》，中华书局1980年影印世界书局阮元校刻版，下册，第1673页。

② 唐君毅：《中西哲学思想之比较研究集》，正中书局1943年版，第48页。

③ 熊十力：《新唯识论》（语体文本），中华书局1985年版，第248页。

原理的建构中，在追寻一个相对完整的体系意义上来设问与回答"比较文学的本体是什么"，以此成立比较文学本体论。奎因在讨论本体论的相对性（ontological relativity）时认为，在反形而上学本体论的拒斥中，不存在一个绝对的终极存在，但是根据本体论的终极存在理论，人们可以设定一个相对的理论空间，以一种相对的理论对本体论进行承诺，这就是本体论承诺（ontological commitment）。比较文学研究在相对的理论空间中建构比较文学本体论，这也必然构成了我们对比较文学本体论的承诺。

多年来，比较文学界对"比较文学"这个概念的理解与定义总是处在模糊的设问与无边的回答中，关键问题就是没有统一于一个恰切的视点，没有在根本的意义上来界定比较文学这个学科概念。我们无法忽视这样一种现象的存在：上个世纪一百年来比较文学研究的成果是相当丰富的，而比较文学这门学科理论的建设是非常贫困的。我们对比较文学这一学科进行本体论的承诺，设问"比较文学的本体是什么？"就是为比较文学作为一门学科在展开研究时寻找其所安身立命的基点。一言以蔽之，比较文学研究的基点——本体就是比较视域。

二

比较文学研究在学术视域上具有多元的开放性，但我们不认为开放性是比较文学这一学科的唯一特征，其实开放性也逐渐成为当下中国古代文学研究、中国现当代文学研究等其他学科所拥有的一般特征了，只是研究主体是否情愿承认自己从事的是比较文学研究而已。比较文学秉有的多元研究视域对中国古典文学、中国现当代文学研究的渗透已经成为势不可阻的学术现象，所以也不在于研究主体自己的承认与否。不要说当下如此，20 世纪 20 年代吴宓摇着学衡派大旗护守国粹时，还是写出了《〈红楼梦〉新谈》这类多元视域的比较文学研究佳作，王国维更是如此。但是超越一定的学理限度偏执地强调比较文学研究的多元性与开放性，这势必导致比较文学的研究以及对比较文学的理解会成为没有边际的、涣散的学科。

比较视域是比较文学研究得以安身立命的本体，研究的跨民族、跨语言、跨文化与跨学科（四个跨越）构成了比较视域的基本内涵，在比较文学研究中，研究主体的研究视域——比较视域是以材料事实关系、美学价值关系与学科交叉关系（三种关系）作为研究客体的。"三种关系"之所以可以成为比较文学的研究客体，这完全取决于研究主体的比较视域。如果比较文学研究主体在其视域内部没有把"四个跨越"作为基本内涵，那么研究客体的"三种关系"也就不可能成立。所以，不同于民族文学研究和国别文学研究的是，比较文学研究在学科成立的意义上非常强调主体性，这种主体性即体现在比较文学研究主体的比较视域中。我们说国别文学作为学科的成立在于客体定位，而比较文学作为学科的成立在于主体定位，其学理意义即在于此。①

比较视域的英文书写是"comparative perspective"，这个概念在西方有关比较文学理论和比较文学研究的读本中经常被强调。

在这里首先让我们对"视域"做一次语言上的释义。在英语语境下，"perspective"这个概念是在"透视法"、"透视图"、"远景"、"视野"、"视角"、"观点"、"看法"、"观察"、"展望"、"眼力"等这样一个内在的逻辑意义链上使其意义出场的；在使用这个术语时，我们必须要能够从汉语书写的"视域"这个术语中，提取英语"perspective"所含有的关键意义——"透视"及其相关的意义链。实际上，当比较文学研究者对两种民族文学或文学与其他相关学科进行跨越研究时，就是以自己的学术思考对双方进行内在的透视，以寻找两者之间的材料事实关系、美学价值关系与学科交叉关系，所以"视域"已经超越了它在日常用语中的一般意义，在比较文学这里是指一种多元观察的、多视点透视的研究视野，我们把它总称为"视域"。

---

① 按：关于"比较文学学科身份的成立在于主体定位"的讨论见于《比较文学概论》的第三节《比较文学的学科特征》，杨乃乔主编，北京大学出版社 2002 年版，第 72—74 页。本论文所持部分观点曾在此书中有初浅陈述，现在这里做进一步深化调整。

当比较文学研究者操用这样一种视域对两种民族文学或文学与其他相关学科进行透视时，实际上这就是一种内在的、深层次的比较；规范地说，在学理上这就是比较文学于学科意识上所强调的比较。在比较文学的学科术语中，"比较"是一个具有相当学理性的术语，其最容易被误读，如果我们仅从日常用语的层面上对其进行浅表的理解，很容易把比较文学误读为文学比较。

语言是负载意义的符号系统，还是让我们从对词语的释义来推动学理的思考。

在古汉语中，"比"有两种基本意义涉及比较文学学科理论的建构。先让我们来分析"比"的第一种基本意义。东汉许慎在《说文》中言："比，密也。"① "比"在"密"的层面意义是"亲近"的意思。《宋本玉篇·比部》言："比，近也，亲也。"② 《论语·里仁》言："君子之于天下也，无适也，无莫也，义之与比"，③邢昺疏："比，亲也。"④（论语注疏）"比"又从"亲近"引申为"合"、"亲合"，《礼记·射义》："其容体比于礼，其节比于乐"，⑤（礼记正义），陆德明释文："比，同亲合也。"⑥ "比"再从"亲合"引申为"和"、"和协"，《宋本广韵·脂韵》言："比，和也"，⑦《管子·五辅》载："为人弟者，比顺以敬"，⑧ 房玄龄注："比，和。"⑨"比"

---

① （汉）许慎：《说文解字注》，（清）段玉裁注，上海古籍出版社 1981 年影印经韵楼藏版，第 386 页。

② （南朝梁）顾野王：《宋本玉海》，北京中国书店 1983 年影印张氏泽存堂本，第 512 页。

③ 《论语注疏》，载《十三经注疏》，中华书局 1980 年影印世界书局阮元校刻版，下册，第 2471 页。

④ 同上。

⑤ 《礼记正记》，载《十三经注疏》，中华书局 1980 年影印世界书局阮元校刻版，下册，第 1687 页。

⑥ （唐）陆德明：《经典释文》，上海古籍出版社 1984 年影印宋刻本，第 860 页。

⑦ （宋）陈彭年：《宋本广韵》，北京中国书店 1982 年影印张氏泽存堂本，第 32 页。

⑧ 《管子》，载《二十二子》，上海古籍出版社 1986 年缩印浙江书局汇刻本，第 104 页。

⑨ 同上。

再从"和协"引申为"同"、"齐同",《字汇·比部》言:"比,齐也"①,《荀子·不苟》:"山渊平,天地比。"杨倞注:"比,谓齐等也。"②"比"再从"齐同"引申为"并列",《宋本广韵·脂韵》言:"比,并也。"③"比"再从"并列"引申为"相连接",《汉书·诸侯王表》:"诸侯比境,周市(币)三垂,外接胡、越",颜师古注:"比谓相接次也"④(前汉书)。

在语言释义上,"比"在"密"的原初意义上引申为"亲近"、"亲合"、"和协"、"齐同"、"并列"与"相连接",这样一条意义链正契合比较视域对两种民族文学关系或文学与其他相关学科关系进行透视所获取的内在意义。早在 1921 年法国学者巴尔登斯伯格(Fernand Baldensperger)就申明:"仅仅对两个不同的对象同时看上一眼就作比较,仅仅靠记忆和印象的拼凑,靠一些主观臆想把可能游移不定的东西扯在一起来找类似点,这样的比较决不可能产生论证的明晰性。"⑤ 比较文学研究就是要求研究主体的视域把两种民族文学或文学与其他相关学科汇通,在透视中追寻双方结构体系中的内在共同性。这种共同性就是双方之间的内在共同关系,这种共同关系可以是事实材料关系、审美价值关系或学科交叉关系。关于这种共同性,我们也可以换用另外一个术语来指称:"共通性"。其实,这种内在的共同关系就如同"比"在"密"的原初意义上所引申的"亲近"、"亲合"、"和协"、"齐同"、"并列"与"相连接";两种民族文学的关系或文学与其他相关学科的关系正是在"比"的视域下透视出他

---

① (明)梅膺祚:《字汇》,上海辞书出版社 1991 年版,第 236 页。

② 《荀子》,载《二十二子》,上海古籍出版社 1986 年缩印浙江书局汇刻本,第 291 页。

③ (宋)陈彭年:《宋本广韵》,北京中国书店 1982 年影印张氏泽存堂本,第 32 页。

④ 《前汉书》,载《二十五史》,上海古籍出版社、上海书店 1986 年影印武英殿本,第 1 册,第 401 页。

⑤ [法]巴尔登斯伯格:《比较文学:名称与实质》,载干永昌等编选《比较文学研究译文集》,上海译文出版社 1985 年版,第 33 页。按:该文是巴尔登斯伯格在《比较文学评论》的创刊号上发表的文章。

们之间内在的"亲近"、"亲合"、"和协"、"齐同"、"并列"与"相连接"，他们是共通的。

叶维廉主张比较文学研究应该在汇通中把东西方两种文化美学传统进行互照、互对、互比与互识，以印证双方共同的美学基础（common aesthetic grounds），他所说的"互照、互对、互比与互识"还是指称源自于比较视域的内在透视。这实际上就是以比较视域在双向的透视中寻求中西文化内在的"亲近"、"亲合"、"和协"、"齐同"、"并列"与"相连接"的共同规律。如上所言，我们也可以把"共同规律"替换为另外一个术语来表达："共通规律"。

的确，从国际比较文学发展史的历程来看，无论是法国学派、美国学派、俄苏学派，还是中国学派，那些成功的比较文学研究范本均是在这样的比较视域中以纯正的、内在的、汇通的跨文化、跨学科研究获得学术界的尊重。用陈寅恪的话来说，就是"文通"，用钱钟书的话来说，就是"打通"。当然比较文学不仅在于求其同，也在于存其异，如钱钟书所言："事实上，比较不仅在求其同，也在存其异，即所谓'对比文学'（contrastive literature）。正是在明辨异同的过程中，我们可以认识中西文学传统各自的特点。"① 其实，比较文学首先是在异质文化背景下展开研究的，如果各民族文学之间本身就没有文化差异，比较文学也不可能成立，也不可能在双向的透视中寻求中西异质文化内在的共通规律。

让我们来分析"比"的第二种基本意义。"比"在古汉语中的第二种基本意义就相当于现代汉语的"比较"。《朱子语类》卷十九言："先看一段，次看二段，将两段比较孰得孰失，孰是孰非。"② 这里"比"的第二种基本意义就是我们在日常用语中所操用的"比较"。让我们来看视一下关于"比较"的现代汉语释义。《现代汉语词典》：

---

① 张隆溪：《钱钟书谈比较文学与"文学比较"》，载《读书》1981 年第 10 期。

② （宋）朱熹：《朱子语类》，（宋）黎靖德编，中华书局 1994 年版，第 2 册，第 441 页。

"比较"是"就两种或两种以上同类的事物辨别异同或高下。"① 《汉语大词典》："比较"是"根据一定标准，在两种或两种以上有某种联系的事物间，辨别高下、异同。"② 这两部词典关于"比较"的释义与宋代朱熹使用的"比较"在意义上完全是一致的。一些学者往往从这一字面上提取意义来理解比较文学，最终导致对比较文学产生望文生义的误读，认为比较文学就是把两种文学现象拿过来进行对比，如朱熹所言："先看一段，次看二段，将两段比较"，然后指出表面上的"孰得孰失、孰是孰非"、"辨别异同或高下"或"辨别高下、异同"，结果把"比较文学"误读为"文学比较"。

综上所述，"比较"这个术语在比较文学的学科场域中有其专业意义，我们不能从日常用语的角度对其进行望文生义的误读。"比较"在第一种基本意义上所引申出的意义链契合于"视域"的内在透视，"视域"是比较文学研究主体对两个民族文学关系或文学与其他相关学科关系的一种内在透视，这种透视的性质本身就是一种汇通性比较，因此在比较文学的专业语境下"比较"与"视域"在同义互训的基础上整合为"比较视域"，从而构成比较文学研究安身立命的基点——本体。美国哥伦比亚大学比较文学教授赛义德在《帝国与现世阐释的结合》（"Connecting Empire to Secular Interpretation"）一文中，正是在这个意义上强调比较文学就在于获取一种超越自己民族的视域——"perspective"："毕竟比较文学的建立和早期目的是获取一种超越自己民族的视域（perspective），以此去看视整体的某些部分而不是由自己的文化、文学与历史所提供的具有防御性的那一点碎片。"③ 因此我们可以从他的论述中看出，"视域"就是比较文学安身立命的本体。所以，比较视域作为本体是一位成功的比较文学研究者

---

① 中国社会学科院语言研究所词典编辑室编：《现代汉语词典》，商务印书馆1983年版，第57页。

② 罗竹风主编：《汉语大词典》，汉语大词典出版社1994年版，第5册，第268页。

③ Edward W. Said, *Culture and Imperialism*, New York：a Division of Random House, Inc, 1993, p.43.

必备的学养。

　　如果我们要为比较视域下一个定义的话，那就是比较视域是比较文学在学科成立上安身立命的本体，是比较文学研究主体在两个民族文学关系之间或文学与其他相关学科关系之间的内在透视，这种透视是跨越两种及两种以上民族文化知识的内在汇通，也是跨越文学与其他相关学科知识的内在汇通，因此"四个跨越"必然成为比较视域的基本内涵，而跨民族与跨学科是比较视域中的两个最基本要素，在具体的研究过程中，由于研究主体比较视域的展开，使"三种关系"成为比较文学研究的客体。

<h2 style="text-align:center">三</h2>

　　由于一些学者把"比较"作为一个日常用语来误读，以至无法对比较文学的学理获取正确的把握，又缺少比较文学研究展开的本体视域——比较视域，所以多少年来比较文学界所面临的最大困惑就是把"比较文学"误读为"文学比较"的问题。这个问题是东西方学术界共同存在的现象。1951 年，法国学者伽列在基亚（Marius‐François Guyard）所著《比较文学》一书的初版序言中声明："比较文学不是文学比较。问题并不在于将高乃依与拉辛、伏尔泰与卢梭等人的旧辞藻之间的平行现象简单地搬到外国文学的领域中去。我们不大喜欢不厌其烦地探讨丁尼生与缪塞、狄更斯与都德等等之间有什么相似与相异之处。"[①] 陈寅恪是中国近现代学术史上学贯古今、学贯中西的大师型学者，1919 年在美国时也曾由吴宓引见于白璧德教授，他在《与刘叔雅论国文试题书》一文中也就这种"文学比较"的穿凿附会现象提出过自己真知灼见的看法："呜呼！文通，文通，何其不通如是耶？西晋之世，僧徒有竺法雅者，取内典外书以相拟配，名曰：'格义'，实为赤县神州附会中西学说之初祖，即以今日中国文学系

---

　　① ［法］伽列：《〈比较文学〉初版序言》，载北京师范大学中文系比较文学研究组选编《比较文学研究资料》，北京师范大学出版社 1986 年版，第 42—43 页。

之中外文学比较一类之课程言，亦只能就白乐天等在中国及日本之文学上，或佛教故事在印度及中国文学上之影响演变等问题，互相比较研究，方符合比较文学之真谛。盖此称比较研究方法，必须具有历史演变及系统异同之观念，否则古今中外，人天龙鬼，无一不可取以相与比较。荷马可比屈原，孔子可比哥德，穿凿附会，怪诞百出，莫可追诘，更无谓研究可言矣。"① 伽列反对以高乃依比拉辛，拒绝以伏尔泰比卢梭；陈寅恪拒绝以荷马比屈原，反对以孔子比哥德，不是没有道理的。比较文学从 20 世纪 80 年代在中国学界崛起以来，为什么多次遭到学术界的质疑，关键问题就在这里。

那么，较之于比较文学，文学比较又有怎样的学术误区呢？台湾学者周英雄曾举例就文学比较把表面的"皮毛"进行"比较"谈出自己的看法："《二刻拍案》与《李尔王》的情节有许多相像之处：主要都是描写一父三女之间的冲突，父亲把家产转手给女儿，但却换得无所终老的下场。基本上探讨的都是两代之间恩怨，父慈而子不孝，以及所引起的最终报应。如果我们把这种'皮毛'的比较当做是一种比较文学研究，那这种比较就非常肤浅而且无意义；因为光就父亲与三个女儿之间的关系，作饾饤的排比，成果显然将是浅陋而无法深入的，因此我们应该就这表面的共同点，进一步将两个主题，放进各别不同的文化系统，再就这两个不同的符号后所代表的文化系统加以比较，以观察两者有何异同之处，甚至进而窥测广义的文学社会意义。"②

在《钱钟书谈比较文学与"文学比较"》一文中，张隆溪也曾提到钱钟书对比较文学的一个精辟的看法："钱钟书先生借用法国已故比较学者伽列（J. M. Carré）的话说：'比较文学不等于文学比较'（La littérature comparée n'est pas la comparaison littéraire）。意思是说，

---

① 陈寅恪：《与刘叔雅论国文试题书》，载陈寅恪《金明馆丛稿二编》，生活·读书·新知三联书店 2001 年版，第 250 页。

② 周英雄：《慵教官与李尔王》，载温儒敏编《中国比较文学论集》，北京大学出版社 1988 年版，第 185—186 页。

我们必须把作为一门人文学科的比较文学与纯属臆断、东拉西扯的牵强比附区别开来。由于没有明确比较文学的概念，有人抽取一些表面上有某种相似之处的中外文学作品加以比较，即无理论的阐发，又没有什么深入的结论，为比较而比较，这种'文学比较'是没有什么意义的。"① 的确正如钱钟书所说，文学比较是没有什么意义的。理由在于：文学比较仅从表面的皮毛上对两种文学或文学与其他相关学科进行类比，容易生拉硬扯、牵强附会，其结论过于生硬而简单，并且会产生一些学术结论上的笑话。文学比较不可能把比较视域作为研究工作安身立命的本体，因此无法追寻到中外文学结构内部的共同规律，因此所推出的结论没有普遍性，缺少说服力，并且文学比较也缺少比较视域对中外文学进行内在汇通的体系化，表现为一种结论上的武断与零散。由于文学比较缺少学理上的科学性，随意性太大，因此"拉郎配"、"乱点鸳鸯谱"与"风马牛不相及"的现象经常出现，这不仅没有研究的学术价值，而且也扰乱了比较文学研究的正常视域。

　　的确，比较文学不在于"比较"，而在于"汇通"。一位地道的、职业的比较文学研究者应该把自己的研究工作在本体论上定位于比较视域，对两种民族文学或文学与其他相关学科进行体系化的内在汇通。所以判断一篇文章、一部著作是否在学科上属于比较文学，不在于这篇文章、这部著作是否在命题及内容中使用了"比较"两字，而在于判定研究主体是否把比较视域作为研究展开的本体，是否对他所研究的两种民族文学或文学与其他相关学科进行了体系化的、内在性的汇通。如王国维的《〈红楼梦〉评论》、吴宓的《〈红楼梦〉新谈》、李健吾的《咀华二集》、伍蠡甫的《谈艺录》、朱光潜的《诗论》、钱钟书的《通感》、杨周翰的《攻玉集》等，我们无法直接从这些文章和著作的命题上提取"比较"两字，但这些文章、著作都是比较文学研究的典范文本。反之，在命题与内容上频繁使用"比较"两字的文章和著作，其并非在学科规范上合乎于比较文学，很可

---

① 张隆溪：《钱钟书谈比较文学与"文学比较"》，载《读书》1981 年第 10 期。

能是文学比较。艾田伯在《比较不是理由》一文中主张把法国学派的历史实证与美国学派的美学批评两种方法整合起来，这一表述受到中西比较文学界众多学者的喝彩，但是艾田伯的精彩之处更在于，在"比较不是理由"的口号下，让比较文学研究者领悟到从日常用语的字面上提取的"比较"意义的确不是比较文学成立的理由。

四

比较视域对比较文学在学科成立的基点上呈现出重要的意义，正是比较视域在本体论上把比较文学研究与民族文学研究（国别文学研究）界分开来，所以比较视域是比较文学这一学科安身立命的本体。那么，究竟应该怎样理解比较视域的内质？我们在这里给出一个学理性的总纳性分析以澄明于学术界。

第一，"一个本体"与"两个学贯"。比较视域是比较文学研究主体拥有的一种重要的学术能力和学术眼光，它是由研究主体多年对东西方文化营养的刻苦汲取及在自身知识结构中的厚重积累而形成，比较视域内质的最高层面用八个字来概述，就是"学贯中西"与"学贯古今"这两个学贯。在中国近现代学术史上，除了白璧德的中国弟子及其学衡派肇始者之外，还有王国维、胡适、鲁迅、辜鸿铭、陈寅恪、朱光潜、宗白华、钱钟书、季羡林等，他们之所以能够被称为比较文学研究大师，无不是在"两个学贯"上成就了自己的学术眼光，所以比较视域也是比较文学研究者的学养所在。每当我们提及比较文学安身立命的"一个本体"时，指的就是比较视域。

这就要求从事比较文学研究的学者应该注意自身东西方学养的积累，成功的比较文学研究文章或著作，都是研究主体积累于自身比较视域中的东西方学养在研究文本中的学术化显现。当然，我们不可能苛求当代每一位比较文学研究者都可能达到上述那些大师们所拥有的"两个学贯"，但刻苦汲取东西方文化营养、积累厚重的东西方知识结构以形成主体自身的比较视域，向"两个学贯"接近，这是每一位从事比较文学研究的学者所应该努力的。初唐学者孔颖达言"颐者，颐养也。"① 我们认为，比较视域的形成、颐养对于比较文学研究者来说是一生的艰苦历程，这也决定比较文学虽然是当下全球化时代的国际主流学科，但绝对不能作短期的炒作。

第二，"三个关系"与"四个跨越"。由于"两个学贯"是比较文学"一个本体"——比较视域的基本内涵，因此"三个关系"与"四个跨越"也必然成为比较视域内质的重要因素。

我们都知道比较文学研究正是把材料事实关系、美学价值关系与学科交叉关系作为研究客体，才得以使自身在学科上与民族文学或国别文学区分开来。当然在具体的比较文学研究中，一篇文章能够把一个"关系"作为自己研究的客体，这样就有展开比较研究的可能性，如果一篇比较文学研究的文章既是跨学科关系的，又同时可能把双方的材料事实关系与美学价值关系带入其中，这样的视域更为开阔，也更有说服力，如钱钟书的《读〈拉奥孔〉》。

需要强调的是，虽然"三个关系"是比较文学研究的客体，但"三个关系"是依凭于研究主体的比较视域而成立的，所以从根本的意义上来看，"三个关系"还是属于比较视域的内质，是比较视域内在的"三个关系"在研究过程中外化出来，成为比较文学研究的客体；如果没有比较视域或研究视域中本身就缺少内在的"三个关系"，作为研究客体的"三个关系"还是无法成立。"四个跨越"也是如此，是比较视域的重要内质之一，如果一位文学研究者在其学术视域的内部没有跨民族、跨语言、跨文化或跨学科，那么"三个关系"也无法作为客体成立，这样的文学研究还是一元视角的民族文学研究或国别文学研究。我们说为什么比较文学学科身份的成立在于主体定位，民族文学或国别文学学科身份的成立在于客体定位，原因就在这里。一些学者很容易把"三个关系"与"四个跨越"理解为比较文学研究操用的一种外在的方法论，这样的理解是不正确的。在根

---

① 《周易正义》，载《十三经注疏》，中华书局1980年影印世界书局阮元校刻版，上册，第40页。

本的意义上，我们应该把"三个关系"与"四个跨越"看视为研究主体积淀在自身知识结构中学术能力和学术眼光的一个部分，在比较文学研究的整体过程中，虽然"三个关系"与"四个跨越"最终表现为客观现象，但这是研究主体比较视域内质的外化显现。

第三，"汇通性"与"体系化"。比较视域是比较文学研究得以展开的"一个本体"，而"两个学贯"、"三个关系"、"四个跨越"是比较视域的内质，这就决定"两个学贯"、"三个关系"、"四个跨越"不是流于表面的，而是东西方文化与学术知识积淀于主体知识结构中的内在汇通性与体系化，这种内在的汇通性与体系化既是比较视域的内质，又推动着比较视域的形成。

比较文学研究者对两个民族文学之间关系的汇通性研究，虽然最终体现在研究成果的文本上，但首先是在主体自身知识结构内部完成的。当我们赞赏、慨叹钱钟书把东西方文化及学术知识在《通感》、《诗可以怨》与《中国诗与中国画》的文本中汇通得那么自恰时，我们应该认识到这种汇通首先是在研究主体知识结构的内部完成的，这三篇文章仅是钱钟书把东西方文化及学术知识在自身知识结构中咀嚼、消化、汇通后，通过自身的学术行动把其外化、文本化，显现为一种文本形式。钱钟书在给郑朝宗的信中认为他本人的文学研究就是"打通"，把中国文学与外国文学打通，把中国诗词与小说打通。这里的"打通"就是"汇通"，是在比较视域——主体知识结构内部的"打通"。

从阐释学的理论上讲，研究主体要获取一种纯正的比较视域，必须对纳入自身知识结构的东西方文化及学术知识进行咀嚼、消化，在咀嚼、消化中对其重组使其体系化，这种咀嚼、消化也是东西方文化及学术知识在主体知识结构中进行对话、阐释与互动的过程，最后的重组即意味着汇通与体系化的可能。陈寅恪对此曾有着极为精彩的学术体验："其真能于思想上自成系统，有所创获者，必须一方面吸收输入外来之学说，一方面不忘本来民族之地位。此二种相反而适相成之态度，乃道教之真精神，新儒家之旧途径，而二千年吾民族与他民族思想接触史之所昭示者也。"①

　　比较视域的内在汇通性与体系化也决定比较文学不是在表面上寻找相似的文学比较。王国维在《人间词话》中认为："词以境界为最上，有境界则自成高格，自有名句。"② 我们不妨把"境界"这个术语挪移到比较文学的研究领域来，比较文学研究也有自身的境界，这个境界就是东西方文化与学术知识在主体知识结构中汇通、体系化所形成的比较视域，即王国维所言的"意与境浑"。在王国维的美学思想中，"境界"与"意境"是两个略有不同的概念，我们还是把境界用于比较文学研究。王国维曾用"隔"与"不隔"来区分意境的高下，我们在这里用"隔"与"不隔"来区分比较文学研究境界的高下。以比较视域为本体的、真正汇通的比较文学研究的确拥有一种很高的境界，东西方文化与学术知识在这里是体系化的，是"不隔"的，而文学比较缺少东西方文化与学术知识的汇通性及体系化，没有境界，所以让人读上去感到"隔"。王国维认为有"诗人之境界"与"常人之境界"之分，我们认为有"比较文学之境"与"文学比较之境"的区分，前者是内在的自然流露，后者是外表的硬性类比和拼凑。

　　汇通性的背后就是体系化。我们对国内外优秀的比较文学研究成果进行拣选后，发现这些研究成果都拥有自身相对完整的思想体系，即跨民族与跨学科的东西方知识在这里不再是硬性的拼凑，而是一种完满的、有机结合后的次序化。比较文学研究成果形成后能否拥有这种次序化的体系是非常重要的，国际比较文学界有许多学者都在强调这一点。雷马克以莎士比亚戏剧研究为例来说明这一点："一篇关于莎士比亚戏剧的历史材料来源的论文（除非它的重点在另一国之上），只有把史学与文学作为研究的主要两极，只有对历史事实或历

① 陈寅恪：《冯友兰中国哲学史下册审查报告》，载陈寅恪《金明馆丛稿二编》，生活·读书·新知三联书店 2001 年版，第 284—285 页。

② 王国维：《人间词话》，载况周颐、王国维《蕙风词话·人间词话》，人民文学出版社 1998 年版，第 191 页。

史记载及其在文学方面的采用进行体系化的比较和评价，并且体系化地取得了适用于文学和历史双方要求的结论，这篇论文才是'比较文学'。"① 杨周翰也认为比较文学研究应该在意识的自觉上追求系统性："比较是表述文学发展、评论作家作品不可避免的方法，我们在评论作家、叙述历史时，总是有意无意地进行比较，我们应当提倡有意识的、系统的、科学的比较。"② 这里的系统性指的就是体系化，主体在比较视域中使东西方文化与学术知识进行互动、对话、阐释与汇通，寻找共同的"文心"与"诗心"，然后体系化地整合出一种新的思想，即"to make something new"。陈寅恪对冯友兰《中国哲学史》的评价就是在这个意义上所给予肯定的："今此书作者取西洋哲学观念，以阐明紫阳之学，宜其成系统而多新解。"③ 如果东西方文化与学术知识在研究主体的视域中没有汇通，其呈现在研究文本中必然是零散的、破碎的与拼凑的，因此不仅缺少整体感而且没有体系化，也不会产生一种新的思想。

罗素对西方经院哲学家弗兰西斯教团的罗吉尔·培根有过这样一个评价："他的学识是百科全书式的，但是没有体系性。"④ 我们认为，优秀的比较文学研究者的学识不仅应该是百科全书式的，而且他的研究成果应该是有体系性的。从学科性质来看，比较文学的确是一门精英的学科，正如法国学者布吕奈尔在《什么是比较文学》一书中所言："人们可以在法国的几个讲坛上用金光闪闪的字母刻上让·

---

① Henri H. H. Remak, "Comparative Literature, Its Definition and Function", Newton P. Stallknecht & Horst Frenz, *Comparative Literature*: *Method and Perspective*, Southern Illinois University Press, 1961, p.9.

② 杨周翰：《攻玉集》，北京大学出版社 1983 年版，第 14 页。

③ 陈寅恪：《冯友兰中国哲学史下册审查报告》，载陈寅恪《金明馆丛稿二编》，生活·读书·新知三联书店 2001 年版，第 282 页。

④ Bertrand Russell, *A History of Western Philosophy*, American Boo-Stratford Press, 1945, p.465.

法布尔（Jean Fabre）的这句话：‘比较文学是一个加冕的学科’。"①

五

任何一门学科的发展都不可能是先有定义再发展，而是学科的发展在不断的调整中完善着自身的性质，逐渐地给出一个科学的自恰定义。人文学科研究的四大论为本体论（ontology）、认识论（epistemology）、价值论（axiology）与方法论（methodology），本体论最重要，所以被排序在最前，方法论在最后。我们已经理解了不能把比较文学在日常用语的"比较"意义上理解为是对两种民族文学或文学与其他相关学科进行表面的类比，比较作为一种学术视域是研究主体对两个民族文学关系或文学与其他相关学科关系的一种内在的汇通性透视，是比较文学在学科成立上安身立命的本体，这就决定比较文学属于本体论而不是方法论。

我们说比较文学的"比较"不属于方法论，主要是为了回避把比较文学在日常用语上误读为一种表面类比的方法，我们必须承认一些比较文学教科书在其后面所列出的许多关于比较文学与比较诗学研究的文章与著作，其中有一部分无论是在命题上还是在论述中都是把"比较"作为一种纯粹外在的类比方法来使用的，也就是说，在识别一篇文章或一部著作是否在学科上归属于比较文学或比较诗学，不在于其是否在命题上和论述中使用了"比较"二字，而在于文章或著作是否能够把比较视域作为研究工作展开的本体，是否能够把东西方文学进行内在的汇通和体系化。从我们在上述所讨论的基本原理来看，比较文学的比较的确应该是一种汇通的学术视域而不是一种外在的类比方法。所以有许多学者认为比较文学是一门没有起好名字的学科，法国巴黎第四大学比较文学中心主任彼埃尔·布吕奈尔（Pierre Brunel）在《什么是比较文学》这一读本中，就把"比较文学"称之

---

① ［法］布吕奈尔、比叔瓦、卢梭：《什么是比较文学》，葛雷、张连奎译，北京大学出版社1989年版，第28页。

为一个"有缺陷的词":"'比较文学'是一个有缺陷的词,同时也和'文学史''政治经济学'一样是必要的词。'你们比较什么样的文学呢?'人们经常听到这样的诘问,既然这个词为大多数人自发地理解,乍看起来又符合逻辑,而且为法国一些大学所沿用。"①

在理论上明确"比较"在比较文学研究中不是一种纯粹的方法,这一点是非常重要的。这样不仅有助于学术界对比较文学进行正确的理解,也有助于对"比较文学"与"文学比较"进行学理上的区别。意大利著名美学家克罗齐(Benedetto Croce)曾经就把"比较"错误地理解为比较文学的方法论,以至于使这样一位拥有国际名望的学者对比较文学产生了错误的理解:"比较方法不过是一种研究的方法,无助于划定一种研究领域的界限。对一切研究领域来说,比较方法是普通的,但其本身并不表示什么意义。……这种方法的使用十分普遍(有时是大范围,通常则是小范围),无论对一般意义上的文学或对文学研究中任何一种可能的研究程序,这种方法并没有它的独到、特别之处。……看不出有什么可能把比较文学变成一个专业。"② 其实,克罗齐及文学比较者的失误就在于把比较认同为一种纯粹外在的类比方法,以至于忽视了把比较认同为主体的一种研究视域,进而忽视了把比较视域认同为比较文学在学科上安身立命的本体。查尔斯·伯恩海默(Charles Bernheimer)在《导言:比较的焦虑》一文中对耶鲁大学比较文学系主任彼得·布鲁克斯(Peter Brooks)曾给出过这样一种评述:"当他(布鲁克斯)设法对文学比较不再忧虑时,对形容词'比较'不再忧虑时,他就可以使自己多少摆脱比较文学的焦虑。"③

---

① [法]布吕奈尔、比叔瓦、卢梭:《什么是比较文学》,葛雷、张连奎译,北京大学出版社1989年版,第15页。

② [美]约翰·迪尼:《中西比较文学理论》,刘介民译,学苑出版社1990年版,第143—145页。

③ Charles Bernheimer, "Introduction: The Anxieties of Comparison", Charles Bernheimer, *Comparative Literature in The Age of Multiculturalism*, The Johns Hopkins University Press, 1995, p. 2.

　　我们认同比较文学属于本体论，不是说在比较文学研究中没有方法论，如比较文学界所常提及的"法国学派及影响研究""美国学派及平行研究""俄苏学派及历史诗学研究"与"中国学派及阐发研究"等都是比较文学在研究中所采用的不同方法。其实，我们早就应该对韦勒克（René Wellek）的《比较文学的危机》做一次细读，韦勒克认为："我们的研究处在不稳定状态，其最为严重的迹象就是面临着还没有建立确切的研究对象和独特的方法论（methodology）。"①这个"方法论"在语义的逻辑上即指涉韦勒克所挑战的法国学派的影响研究方法及美国学派提出的平行研究方法。但是上述不同的比较文学研究方法必须是立足于比较文学的本体——比较视域上展开的，因此在比较文学研究中，方法论从属于本体论。

　　最后我们还需要强调的是，比较视域作为优秀文学研究者的学养，往往也被许多从事民族文学研究或国别文学研究的学者自觉不自觉地带入他们的研究中，在那里，比较视域不是他们从事学术研究所安身立命的本体，仅是他们进行文学研究的方法之一，所以在那里比较视域是方法论而不是本体论，一旦他们承认了比较视域是他们学科研究安身立命的本体，他们在学理上就是一位自觉的比较文学研究者，当然他们可以不承认以保持他们国别文学研究的学者身份，但是当下任何本土学者也无法拒绝全球化态势下多元文化对其知识结构的渗透。

　　在这里，我们论证了比较视域是比较文学研究得以展开的本体，这也就决定我们接受了在这一理论上对比较文学本体论进行讨论的承诺。扩而展之，我们说比较文学属于本体论而不属于方法论，其内在的学理性就在于此。

　　　［原载《北京大学学报》（哲学社会科学版）2003 年第 5 期］

---

　　① René Wellek, "The Crisis of Comparative Literature", René Wellek, *Concepts of Criticism*, New Haven and London: Yale University Press, 1963, p. 282.

现代意识观照下的可比性问题

张　弘

一　问题的提出

由于比较文学是一门相对年轻又成长迅速的学科，从 19 世纪末形成以来，关于它的学科的界定就一直在游移变动中。从最早的"文学的比较的历史的研究"，到 20 世纪中期以后"文学的多民族角度的研究"和"文学与其他知识关系的研究"或"文学的批判的审美的反思"等提法，直到今天的"科际整合"和"文化综合研究"，各种不同的观点，既反映了学术思想的活跃，又无可回避地显露出边际的模糊。即便在学界内部，关于比较文学是一门学科还是一种方法的歧议，至今仍未停歇。

在我看来，比较文学应该是一门学科，出现上述情况，则同它的属性密切相关。从根本上说，比较文学代表了一种超越性的视野，试图突破国家、民族、语言、文化和学科的界限，来研究文学。它不满足以单一方式来考察文学，而希望从更大的范围，来洞察文学的特质。但这一规划从一开始即遇到困难。单从经验层面看，想要超越国家、民族、语言、文化和学科的界限，是那么容易就能做得到的吗？一个人能够擅长几门知识？了解多少国家的文学发展？……由此可以理解，为什么比较文学曾反复强调要把比较放在确凿的"事实的联系"的基础上——似乎从诞生之始，它就意识到了超越性的研究隐含着失去根基的危险，所以努力想证明自己的可靠性及合法性。

今天的比较文学当然不同于初创阶段，"事实的联系"不再是绝对的前提，更被重视的是精神、灵魂，甚至审美气质的共鸣与共谐。在采纳吸收了 20 世纪以来各种新潮理论，包括文艺学美学的最新进展后，比较文学正在向着前所未有的空间拓进。但并不意味着学科的合法性问题继续以新的形态存在着。主要表现为，众多衍生的分支学科发展迅猛，以至几乎无法再对比较文学做总体的把握，换言之，比较文学在无限膨胀的同时正不知不觉地在淡化自己的身影，而它向文化领域的全面进入，业已引发了比较文学是否已背离了文学研究的方向的争论。

如果要确立比较文学是一门学科的观念，就不得不对它的基本原理进行探讨，做好基础理论的建设。正如比较文学界一位元老级人物一句语简意赅的名言所说的，"比较不是理由"。比较文学的超越性的学科性质是否合理和可能，本身就是个严肃的学理问题，今天更需要提升到现代意识的高度上加以论证。本文打算讨论的可比性，就是这方面的问题之一。

二　可比性的意义及已有规范

可比性是比较文学（也包括所有比较研究）最基本的学理范畴。当我们将两种以上的研究的对象纳入比较视野时，思想前提上首先认为它们是彼此符合比较的条件的。但这个条件是什么？却值得追问。由于比较文学的当代研究趋势经常是跨学科、跨文化的，研究对象之间时空的距离加倍拉开，首先呈现在我们面前的是彼此不同的差异。人们很自然地浮起一个疑问：把它们拿到一块儿来比较，合适吗？在实际研究工作中，当某些中外作家、作品、人物、情节、文学现象等被放在一起做比较时，也会招致批评，认为不尽合适。

可比性问题就是对此状况的概括，它对比较文学可谓性命攸关。假定断言被投入研究的两个对象之间根本没什么可比较的基础，研究工作从一开始就丧失了科学价值。如果再推而广之，断定任何跨学科、跨文化的东西因它们的差异而缺乏可比较的维度，比较文学就从根本上受到了动摇。一些对比较文学的学科存在持怀疑态度的人，大多抱这样的观点。普遍的责问是：比较，作为一门学科，而不是作为一种方法，能够成立吗？

可比性的提出，同时又涉及研究对象的界定，即哪些东西可纳入比较的范围？这对比较文学尤其具有特殊意义。其他学科研究的范围相对单一，容易确定。唐代文学研究就研讨中国历史上唐朝一代的作家、作品、评论、批评等，欧洲中世纪文学研究就考察特定的地域和特定时间段的另一些国家的文学。即使应用到比较的方法，也至多连类而及，不涉及学科对象性质的改变。而在比较文学，从它将不同地域不同时间的文学现象拿来进行研究的那一刻起，就面临着所选择的对象的定性，它需要考虑，将它们连类而及来看待是否合理。

比较文学在自己发展的历史上，曾通过不同途径来探讨和解决可比性的问题，从而形成了某些解决模式，它们是今天从事比较研究时普遍遵循的规范。

个别验证是运用较早、也较普遍的一种方式，它在既定研究范围内，验证所选择的不同个别对象足以进行比较的理由与根据，具体做法则是罗列二者的相似或共通方面。例如我们在对比中国诗学的传统范畴"神思"和西方文论的重要概念 inspiration（通译"灵感"）时，首先弄清楚刘勰《文心雕龙》和柏拉图对话录分别提出它们的最初语境，再追溯这两个概念在中西文学批评实践中的应用与阐发，大致就可确定它在意义和用法上都是相近的，据此可以做进一步的探讨。再如在比较叶甫根尼·奥涅金和贾宝玉这两位产生于不同国度、不同时代的人物形象时，虽然彼此有许多差异点，但只要能证明他们性格和文化背景有共同的特征，都是在走向衰亡的社会制度下滋生的非主流的另类人物，比较的根据也被认为成立。

但个别的验证只解决一个个具体个例，在有关课题研究的合理性得到保障的同时，还难以从基本原则上说明可比性。因而进一步的办法就必须提出一定的原理，回答两个根本性的问题：第一，根据什么理由，比较文学可以将不同的文学现象拿来做比较？第二，这些理由本身是否充分？以往，根本的原理是事物的普遍性。人们认为，宇宙间的万事万物，不管有多大的千差万别，总有一定程度的相同相近之处，从而在个别性中体现出共同性。这一共同性就是不同事物被纳入同一范围，成为统一对象的前提。文学现象也不例外，纵有国家、民族、文化、语言、时代、样式、风格等不同，但它们源自人的心灵、以语言文字为中介、有一定艺术审美形式的共同特征是不变的。这一普遍性实际来自两个方面，即事物固有的属性和人们的思维与情感方式。普遍性或共同性既是事物具有的客观属性，也取决于人们主观观察角度的同一。在科学研究的领域，主体的观察角度表现为一定的诠释模式和理论模式，并和一定的话语方式和概念系统联系在一起。由此，研究者将特定理论体系的一套概念和范畴来概括研究对象的特征，对研究对象进行分类或归纳，进行分析和演绎的工作，并把我们认为的共同属性赋予对象事物。在这里，诠释模式、理论模式和话语方式的相同会带来对象事物的共同性。可以想象，如果研究者是位结构主义者，他就会用原型、模式、转换、变型、能指、所指等概念去分析文学作品，并在这些方面找到可资比较的相同结构。而一位存在主义批评家，则会在卡夫卡笔下的人物 K 千方百计想进入城堡的徒劳的脚印，和阿 Q 无论怎样也画不圆的代替签名的圈圈之中，看到人生境况的共同状态，即"存在"的"荒谬"。

不难察觉，以上有关普遍性的理解，已反映出现代意识的强大影响，不仅从客体，也从主体来看待普遍性的构成。另一个常见的做法是对普遍性或共同性进行量与质的分析，从中划分出绝对共性、基本共性、随机共性、事实共性、经验共性、形式共性等不同层次。这其中也有重客观和重主观之别。

绝对共性，基本共性和随机共性侧重于客观对象彼此的相同程度。绝对共性无疑程度最大，应该说它更多存在于理论的维度，但在文学领域不难找到个别的情况，如同一作品的不同稿本、抄本或版本。文字、章回上的差异仍然有，但它们同为一部小说是没有疑问的，拿它们来做些比较的研究也不会引起任何非议，虽然这和版本学更接近。另如青年歌德和晚年歌德的比较，也属于这种情况。

基本共性较常见，是基本方面的共同点。中外文学作品中不乏这类例子。像梅里美小说中的嘉尔曼和"三言二拍"里的杜十娘，一个是19世纪初的西班牙女郎，一个是明代中叶的风尘女子，相距实在很遥远。但她们都是社会底层的女性，都受到男权的歧视，都不惜以生命的代价追求爱情的自由，……这些基本点的相似就提供了比较的基础。

随机共性指的是外在的偶然条件或原因使事物表现出一定的共性，包括在话语的作用下，通过一些有影响的类比或比喻性说法而造成的结果。譬如一度曾相当流行的"鲁迅是中国的高尔基"的提法。其实二人的家庭出身、人生经历、创作道路、文学成就、创作特色等各方面看，差异是很大的，这样的说法隐含着"高尔基是苏联的无产阶级文学导师，鲁迅则是中国的无产阶级文学导师"的语境前提。只要这个前提为大家所接受，进一步的比较也就会得到承认。不用说，随机共性更多体现出即兴的、个人的、或某个特定时期流行的见解，已经在向主观方面转化。

事实共性、经验共性和形式共性是就主观把握所感觉到的共同性的层次来立论的。需要注意的是，这里所说的事实共性并非客观事物独立于人们主观世界之外的共性，恰恰是人们感受中的事物的共性。譬如大家都见到黑夜中月亮和星星在放射光芒。一方面，月亮和星星在黑夜发光，是谁都否认不了的客观事实，每个人都这样认为；另一方面，月亮实际上自己不发光，它在折射太阳的光线，它的发光是人的一种主观印象，不过大家都将此当成了事实。而经验共性更加着重从经验或体验到的东西上衡量共同性的程度，更少考虑对象事物的客观情况。不管是一首诗，一篇小说，还是一部回忆录，只要唤醒了读者相同的经验或体验，或者欢悦，或者痛苦，就可认为它们有共同性，进而纳入比较的范围。

形式共性是感觉体验中更趋抽象的层次。感觉体验中有超出于具体可把握的东西，如小溪蜿蜒的流水和舞蹈家柔曼的手臂同样叫人陶醉，这其中的美感，就来自对曲线的形式美的领悟。文学作品的形式因素是大家熟悉的，如诗歌的格律、韵脚、音步、节奏等。拿阶梯诗来说，无论是惠特曼、马雅可夫斯基还是郭小川的诗作，那一行行长短错落的诗句都会让读者感受到大声疾呼、抑扬顿挫的力度。除此之外，叙事文学还有一些更内在的形式因素，也能找到共同点，如时间节奏等。①从形式共性出发，可以为比较文学的研究提供更多可能性。

显而易见，经过限定的共同性比抽象的普遍性更符合实际情况，也更有说服力。同时也雄辩地表明，普遍性的法则或"个性中有共性"之类的笼统说法如今已不大能站得住脚。

三　现代思潮的挑战及其应对

正是在各种现代思潮激发的反思之下，原有的普遍性观念受到了挑战，并开始根基动摇。关于比较文学的理由是否充分，及所谓比较文学的"危机"问题，就是由此而导致的反思之一。比较文学要把自己确立为一门基础牢固的学科，就不能无视或回避这些挑战。这并不是坏事，因为反过来，与此同时比较文学的学理也借此机会获得了拓展的机会。

现代思潮对一度作为可比性的"第一原理"的普遍性的质疑是多方面的。举其大者，有以下几点。

首先，在哲学上，现代思潮致力于解构形而上学，彻底放弃了人类认识掌握逻各斯的追求，不再相信有通过绝对理念而最终达到对事物的统一认识的可能，转而肯定纷繁复杂的现象的价值和意义，并认为所谓的的普遍性认识只是古典式的理性主义的理想。只有在理性主义的认识论模式的统治之下，才可能想象人们的认识会趋于一致。而事实情况却是，世界多种多样，认识、看法、观点也多种多样，永远不可能有真正共同的东西。

---

① 参阅［法］热奈特《叙事话语·新叙事话语》，王文融译，中国社会科学出版社 1990 年版，关于普鲁斯特小说中时序、时距等问题的研究。

其次，在方法论上，现代思潮认为，对普遍性的追求反映的是人们思维方式中理性主义与经验主义、科学主义与历史主义的对立。经验主义倾向于人们的认识来源于具体的生活经验，它们往往五花八门，烙上了个人的印记，不可能统一，所以才会有相反的吁求，希望理性主义建立一个知识的体系，统一大家的观点和见解。然而正是在理性主义统一的知识体系下，忽略了事物与现象的许多具体而复杂的细节。科学主义是理性主义的盟友，在抽取出一系列科学原则、原理、公式，以构筑亘古不变的科学大厦的同时，忘记了历时发展的更根本的原则是贯穿于一切事物的，而事实上连科学认识本身也在不断深化和变动之中。因此对历史潮流中不断涌现的变化情况，只有采取历史主义的态度才是正确的。

第三，在文化政治学上，现代思潮认为，普遍性在文化冲突中实际是在为文化霸权主义效劳。它在全球化的旗号下，有意抹杀或至少是在弱化各个地域、民族文化的本土性，和后殖民主义时代的文化侵略沆瀣一气。谁想要坚持民族地域文化的独立性与自主性，谁就必须抵制普遍性，否则，本土文化将丧失保护自己的最后一道防线。尤其对弱势文化来说，更应该强调自己的特殊性，不要急于通过普遍性这样的说法去认同强势文化，否则难以保证自己的生存。

最后，在文艺学上，现代思潮认为，文学艺术不同于自然科学，是人的情感、本能、直觉及非理性的自由表现，不会遵循认识论的理性规律。它对世界或事物的把握，并不上升到抽象的普遍性认识，只可能是形象具体的个人性体验，因此具有鲜明的个性。作品的个性越鲜明，文学成就越突出。在文学领域寻找普遍性是荒谬的，只会抹煞文学创作的特点，将它和自然科学混为一谈。这样的做法恰恰违背了实事求是的科学态度，是简单化的表现。

现代思潮对普遍性提出的挑战，是相当深刻和相当严肃的问题。从结构主义到后结构主义的嬗变就清楚地反映了这一挑战的力度。结构主义曾主张，即便是在不断变化的外部环境和内部结构中，也有某些特征仍然保持着稳定性，由其确保事物的同一性，它们被称为不变因素。列维—斯特劳斯的《结构人类学》就把人类社会存在的三种家庭亲缘关系，即血缘关系、联姻关系和血统关系（分别对应兄弟姐妹关系、夫妻关系和父子关系）视为家庭亲缘关系中的不变因素，但他无法否认它们随历史状况而变化的情况。如在原始社会的蒙昧阶段，兄弟姐妹之间可以通婚，后来就遭到禁止；夫妻关系经历过一妻多夫制、一夫多妻制和一夫一妻制的种种演变；父与子的关系在母系社会是不明确的，甚至以甥舅关系出现，在封建社会则有嫡长与庶出之分；等等。因而列维—斯特劳斯又区别了不变因素的多种形式，如间断性不变因素、关系形式不变因素、结构性不变因素、功能性不变因素等。但这样一来，不变因素就只剩下了相对的性质和意义。

到了以福柯为代表的后结构主义，明确反对使用笼而统之的普遍性断语，反对将个别问题的研究结论推广到更大范围，用"宏大叙事"武断地涵盖众多生动具体的复杂现象，更拒绝那种所谓"放之四海而皆准"的规律性结论。在福柯看来，只有学术和学科领域中的"局部性哲学"和"局部性术语"，而没有所有学术和学科领域都适用的普遍性东西。福柯表明自己的态度说："我并不否认历史，我只是将一般的、空洞的变化范畴搁置起来，这是为了揭示不同层面上存在的转换活动。我拒绝接受千篇一律化的时间模式。"或用他听起来更趋极端的话说："要制造差异，即把差异作为对象来构建。"①

无疑，在现代意识的观照下，差异远比共性更有价值。对此，比较文学在可比性问题上也做出了自己的回应，其策略可谓是调和性质的。具体说即把可比性当作能够开展比较研究的一种可能，此外还必须辅之于其他条件，从而既扩展了它的范围，又限制了它的作用。根据国外比较文学界的概括，大体有以下六个环节：

1. 比较的"可能性"；2. 比较的"内容"；3. 参照意义或背景意义；4. 比较的意义；5. 比较的表现层次，属于个例比较、典型比较

---

① 均见［法］福柯《知识考古学》第 5 章"结束语"。

或者总体比较；6. 概括的性质，具体概括还是抽象概括。①

我们看到，通过可比性的确认所提供或得到保障的比较研究的合法性，只充当了其中的一个前提。然后还必须就比较对象的内容、比较工作的参照系数（经验层面上是别人是否做过同类工作，理论层面上是方法论的依据）和比较研究本身的学术意义或现实意义进行论证。这样一来，似乎可比性得到了更多理由的支持，但同时却转移了问题的重点，改变了问题的性质。

与此同时是对比较范围的限定，要求区别研究工作究竟属于哪一层次。个例比较只限于个别现象，作家也好，作品也好，得出的结论只适用于这一特定的对象，不具有推广性。典型比较主要也面向个例，但这样的个例具有典型性或代表性，因此得出的结论也能够推广开去，适用于同类型的所有例子。总体比较范围要更大，不是个例而是总体情况的比较，结论的适用范围也广得多，但也同样限定在某一界线内，不能随意跨出去涉足别的领域。在最后的环节即对比较研究得出的结论的概括上，则要求区分是具体概括还是抽象概括。应该说概括都是带有抽象性的，所谓具体概括，是指在抽象过程中不舍弃具体的、形象的、足以说明特征的东西，或者接近马克思《政治经济学批判导言》所说的"从抽象上升到具体的方法"，是"思维用来掌握具体并把它当做一个精神上的具体再现出来的方式"。② 一般来说，抽象概括适用于更大范围，更有普泛性质，但具体概括因其丰富的内涵同样有演绎的充分空间。

显而易见，为了证明或裁决某一项比较研究是可行的，事情只有变得更复杂。本来只是一个最基本的学理基础，现在放大成对比较研究全过程的检测。在面面俱到的同时，很有可能什么也没点透彻。

---

① ［加］马克·昂热诺等主编：《问题与观点：20 世纪文学理论综论》，史忠义、田庆生译，百花文艺出版社 2000 年版，第 58 页。"个例比较"，译文原作"个性比较"，引文酌改。

② 《马克思恩格斯选集》第 2 卷，第 103 页。

四　类似性：应答现代意识挑战的新规划

学理根据，作为整个学科建设的基石，它的首要条件是简约。它应该只是一个基本的原理，一个简明的逻辑起点，然后再在其上发展出和构建起整个学科的大厦来。本着这样的认识，为了更有成效地应对现代思潮的挑战，我们提出"类似性"（affinity）的范畴，作为比较文学的可比性的根据①。

首先需要说明，affinity（也译作"亲合性"）源自拉丁语 affinis，原意是指有关系、有联系的属性。它曾在西方自然科学中为早期化学文献广泛使用，以说明事物所具有的能够互相发生化学反应的能力。它的内涵和外延都表明，它不同于别的表示同一性质的概念，着重的是不同事物彼此的关系与联系，彼此发生感应和作用的特性方面。特别重要的是，它讲究的是动态的合，而不是静止的一。

我们承认，事物不可能完全同一或表现出无条件的普遍性，差异也许是事物更为根本的属性。在这个意义上，现代意识针对古典思想过分强调事物的共同性而忽略了其差异性，反过来突出和强调差异的一面，有其积极的意义。但同样不容否认，在我们的宇宙中，任何个别的事物都不是绝对孤立的，相反，均在特定程度上处在互相联系之中。即使差异再大的事物，只要条件具备，也会呈现出亲和、契合、互补的趋势，一如化学反应过程中不同元素的重新组合。由此，可比性的表述整个转移到了差异性上来。事物之所以能够进行比较，并不因为它们有某种普遍性，而在于它们既有差异性而又能在一定条件下互相结合产生新的效应。两种文学现象或文化现象之所以有理由进行比较研究，就由于这样的比较研究能够导致新的审美的和认知的效应。它们的差异是不言而喻的，但关键在它们进入比较领域后能营造出新的意境和义境，就像不同的物品进入化学实验后会发生反应，生

---

① 笔者在所著《中国文学在英国》（花城出版社 1992 年版）一书的"余论"部分提出了这一范畴，但没有展开论述。

成新的化合物一样。

类似性的原理，还可以从哲学的角度来加以阐释。维特根斯坦曾举各种游戏为例，作了有说服力的论述。他说，不要相信因为它们有什么"全体所共同的东西"，所以才统统被称为"游戏"。全体共有的东西并不存在，有的只是彼此的"相似之处"，并且即使"相似"也远不是全都相似。分别考察那些种类不同的游戏，会发现一些游戏和别的游戏有许多对应地方，但在和另外一些游戏对比时这些对应地方或共同处又丢失了，同时却有其他共有的特征表现出来。这种情况他称之为"亲缘关系"，又称"家族相似性"。①显然情况极像家族的各个成员，差异和共性在不同层次以种种方式互相重叠和交叉着。维特根斯坦还专门提醒我们，对这一点，要靠"看"，而不是靠"想"去把握。无疑他要我们直接面对现象的丰富复杂性。类似性和这里所说的"亲缘关系"或"家族相似性"意思是相通的。要构建比较文学的基础，办法并非去求证比较对象全体所有的共同性，而是在差异的前提下去发现它们各种组合、各种情况下可能有的亲缘相近。

由此，也从理论上解开了比较文学难以回避的一个困惑。当我们通过影响、接受、传播、译介等各个途径的查勘，梳理出不同国家的文学和文化彼此的交叉重叠的道路时，经常产生一个问题：这些国家的文学和文化的独创性何在？作为比较研究的可行性的必要保证，我们业已论证过它们的普遍性根据，接下来的研究过程和结论又是程度不等的共性的揭示与展现，因而给人印象是比较文学总在肯定二者的相同点。尽管不可能否认每个国家和民族的文学和文化的成就离不开本身的创造，甚至在细节上很有可能强调在这一创造，但实际研究分明又在削弱这一创造，这至少导致了逻辑上的矛盾。现在这一矛盾从根本上被消除了，因为比较文学的出发点已经转到了各国文学和文化的差异和特性。比较文学丝毫不去抹煞这样的差异和特性，而只是关注在何种条件下它们会转化成类似性或亲缘性。

---

① ［英］维特根斯坦：《哲学研究》，李步楼译，商务印书馆1996年版，第47—48页。

　　类似性的提出，既为比较文学的学理根据奠定了新的基石，也使比较研究的机制和性质呈现了不同于往日的面貌。最重要的一点是"求同"的原则彻底被颠覆了，重点放在了"求异"上，"同"只是在一定条件下或有限范围内才见得到的情况。比较文学现在贯彻的是"求异"的原则，或更确切说是"求实原则"，实事求是地描述比较对象"异"和"同"的复杂情况。

　　就这样，比较文学的研究不仅回答了现代思潮的挑战，也为自己敞开了更广阔的空间，为让研究对象进入比较的领域提供了更多样的途径。很可能所谓的类似和差异，都不是简单的断语，也摆脱了传统意义上的统一和对立，相反接近一种谱系的展示，就像光谱那样标示出光线内在的衍射结构。在这个谱系中，各个文学现象间的不同特征，呈现出交叉、递进、重叠、复合、衰减、膨胀、跃迁……说到底，类似与差异，都只是在同一个谱系中的位置的距离，相隔较远可能就见出了差别的方面，相隔较近或毗邻可能就是类似。从而比较文学的学科研究，将形成一种谱系学式的知识结构和理论形态。一句话，比较文学研究中有关同和异的分析，成了动态的标示，而不再是静态的界定。

　　　　　　　　　（原载《南京师范大学文学院学报》2002 年第 4 期）

双边文化关系研究与"原典性的实证"的方法论问题

严绍璗

一

比较文化的研究，是人们认识人类文化的共性和各自民族性的一个重要的途径。其中，关于不同民族文化之间相互关系的研究，即双边文化关系或多边文化关系的研究，无疑具有重要的意义。它通过揭示异质文化之间复杂而生动的关系，进一步来解明各民族文化的发生、发展，并有助于深刻认识文化的本质特性——例如关于文化的民族性、文化的时代性、文化的包容性、文化的趋同性、文化的传承性等。

所谓文化与文学的双边与多边关系研究，我觉得至少应该包含了这样三个层次。

第一层次，在两种或几种不同的文化与文学样式中，探讨和揭示相互融入的异文化形态。

这一研究属于"关系研究"的表层形态。它对于深入地探讨双边关系的内在机制，具有引领作用。目前，中日文学与文化的关系研究大体上停留在这一层面上。由于未能作进一步的推进，读者对"何其相似乃尔"已经感到厌倦。我们并不是在绝对的意义上排斥表层研究，它毕竟是双边文化研究的第一步，而且，就中日文化与文学关系来说，这对那些始终执着于把日本文化与日本文学看成是脱离世界文明大道而独立存在的"美意识怪圈"的研究中来说，此种表层研究的结论仍然是具有启蒙的重要的作用。但问题是这第一步的路数必须对头，研究者的视野必须开阔，他的文化学与文学的功力必须能够推动他进入深一步的领域，那么，文学与文化的关系的研究，将会是生动而丰富的。

第二层次，探讨的揭示异文化融入的传递轨迹，包括传递中的分解形态，以及中间媒体的作用与意义。

两种不同质的文化形成"关系"，一定存在着传递的渠道，它的形式应该是多样的。在传递的过程中，诚如法国文艺学家布吕纳提埃尔（B. Bruneticve）所说："文学类型也像生物的种族一样，也会分解和合成。"例如，在早期中国诗向日本传递，并参与成为和歌"三十一音数律"形成和因素方面，我相信我们已经开始找到了中国诗被"分解"并和"三十一音数"相"合成"的若干传递轨迹。①

这一层次的研究，还特别注意到"中间媒体"的形态与作用。此处的所谓"中间媒体"，是为了解明异质文化传递中复杂的变异而特别确认的一种特定的文化形态——它是指在本土文化消融异质文化的相关的因子，在尚未最后完成变异时，异质文化因子所呈现的若干状态，我们把它称为"中间媒体"。例如，从日本神话、传说等向物语的发展过程中，我们相信我们也已经找到了它们的中间媒体——一种由文人运用汉文或准汉文创作的，类似与中国古传奇的文体。我们把此种文体界定为从神话向物语发展的"中间媒体"。② 而此种被称为"中间媒体"的文学样式，它具体的每一个文本，又有许多"中间媒体"存在。

双边文化关系研究中，重视"传递轨迹"与界定"中间媒体"，便将文化的研究，更贴近于文化的实际，并将深化对异质文化关系的认识。所以，这一层面的内容，是文化关系研究中决不可缺少的。

---

① 严绍璗：《中日古代文学关系史稿》，湖南文艺出版社 1987 年版，第 47—90 页。

② 严绍璗：《日本古传奇〈浦岛子传〉の研究——日中文化における神話から小說への軌跡についての研究》，《日本文部省国際日本文化研究センター紀要》第 12 集（平成 7 年 6 月）。

第三层次，探讨与揭示在异文化浸润中本土文化与文学的变异，特别是本土文化因子与异文化因子相互组合的模式，以及由此而产生的本土文化与文学的新样式。这些新样式，它们应当是属于民族文化与民族文学的新的形式。

这一层次的研究，就双边（与多边）文化的关系来说，具有"定位"的意义。实际上，当我们要对"异质文化关系"作学术界定时，其概念的意义最后将落实在这一层次。到底什么是比较文化意义上的"文化关系"？并不是说两个文本有相似之处，则它们就有了某种"关系"。比较文学的"关系研究"不承认这种肤浅的随意性。它指的是在一个独立完整的文本中，确实内含着异质文化的因子——这些异质文化因子，程度不同地已经被"变异"而融汇于文本之中，只是研究者采用实证的手段使它得以还原。这里所说的"独立完整的文本"，可以是一个作品，可以是一种文体，也可以是一种样式。

这个层次的研究应该具有两方面的功能。一方面它要将"异质文化的关系"从内层揭示于表面，从而完成"关系"的界定；另一方面因为融入于文本中的异质文化因子，都在不同的程度上被"变异"。——所谓"变异"，便是指被本土文化所消融，而且成为本土文化体现自身民族性的成分。所以这一层次研究，也在于解明异质文化因子参与本土文化民族性形成的功能。这表明"关系研究"在这一层次上，十分重视"美意识"（美学）的特征。

上述三个层次是一个完整的系统工程，在每一个层次上，都离不开对相关作家与作品进行文学的以及文化学诸方面的考察，也都离不开对当事双方或多方的文化与文学进行综合性的考察。

1994 年 10 月，《东北亚文学关系研究会纪要》向我们发出了忠告，"在面向 21 世纪的时刻，包括中日文学关系在内的东北亚文学关系研究，必须克服线性描写、只做文学交往实录的窘境。"这一忠告乞求把"包括中日文学关系在内的东亚文学关系研究"更向前推进一步。其拳拳之心，令人感佩。然而，对"包括中日文学关系在内的东北亚文学关系研究"来说，要摆脱目前所处的尴尬境地，我意倒不在于归罪"线性研究"与"交往实录"等等。事实上，从上述界定的关于文学与文化的"关系"的范畴来考察，"包括中日文学关系在内的东北亚文学关系"，至今仍然是一片空白，我们至今也还没有人能说清楚东北亚文学之间，到底是什么"关系"。如果连基本的"关系"都似是而非，那么，研究者又从何谈起"接受外来文化的主体性特点"，又怎样"把文学还给文学"？其实，双边文化与文学的关系研究，始终是支撑整个比较文化研究的基础工程，它总是总体工程中的重工业。当前来说不是这个工程陷入窘境，而是营造这个工程的研究者，在方法论方面陷入了困境。①

二

方法论问题的提出并不是偶然的。它是我国比较文化研究发展到一定的阶段，并且需要进一步向前推进的时候，不能不提出的问题。

方法论问题对于在比较文化研究中揭示异质文化的相互关系方面愈来愈具有突出的意义。在一定的程度上可以说，方法论问题决定了我们的所谓研究当真是否经得起文化事实的检验。目前有不少的所谓研究，由于在方法论上走入误区，他们的结论或许一时被称为达到了"新高度"，称为"新学说"，在某些新闻媒介上造成轰动效应，然而，它们究竟经不起历史文化事实的验证。这样的"研究成果"误导研究者，在学术研究中具有破坏性。

从根本上来说，所谓方法论问题，实际上是一个学术观念问题，又是一个学术知识问题，也是一个研究者的学风问题。从近来的一些所谓研究来看，方法论问题，其实也是涉及研究者的人品道德的问题。

比较文化的研究的方法，当然是因人而异。每一位成熟的研究者，都会有属于他自己的方法论。正因为如此，学术研究才呈现出丰

---

① 中国比较文学学会、北京大学比较文学与比较文化研究所：《中国比较文学通讯》，北京大学比较文学与比较文化研究所 1997 年版。

富多彩。但是，无论方法论具有多么独特的个性，作为对一个共同的主题的研究，恐怕也还存在若干必须共同遵循的符合科学的原则。所谓方法论的"科学的原则"，我以为这便是使研究能够揭示或接近"文化事实"的原则。目下学术界的某些"研究"，常常是"目的是根本的，结论是先设的，方法是随意的"。这种研究，其结果无疑是离"文化事实"愈来愈远，并且经反复指出还执迷不悟，那么，即使在一段时间里许多人蜂拥而上，即使得到多大的政治力与经济力的支持，在文化学术史上，它只能是"伪学术"、"伪科学"。它们在文化学术史上的作用，便是警示同行，避免在类似的状态下再次跌入误区。

关于文学与文化的双边关系或多边关系的研究，在尊重研究者各自"研究个性"的同时，还是应当遵循共同的基本的研究法则，我以为应该大力地提倡"原典性的实证研究"。

所谓"原典性的实证研究"，是指研究的"实证性"。从根本上来说，人文科学的研究，许许多多的命题都处在"假设"之中，都是研究者的一种"判断"。这些"假设"、这些"判断"，我们不可能运用实验的手段来加以证明。因此，自然科学一直嘲笑人文科学是"想象者的乐园"。但是，人文研究之所以成为科学，不只是因为它具有了认识人文现象的观念形态，而且还因为它已经具备了揭示内在逻辑的系统性手段。人文研究虽然不能运用"实验"加以证明，然而，它却可以运用"实证"加以推导，并得出相应的结论。这是其他任何方法都难以达到的。在现今奢靡学风极盛于研究界之时，强调研究的"实证性"，对维护学科的生命力具有根本性的意义。

正因为如此，我认为，"实证的研究"，特别是"原典性的实证研究"，它是双边文化关系或多变文化关系研究的最基本的方法论。

"原典性的实证研究"是一个可以操作的系统。我以为它主要由下面四个层面组合成为一个完整的学术研究体系：

第一，确证相互关系的材料的原典性；

第二，原典材料的确实性；

第三，实证的二重性；

第四，双边（或多边）文化氛围的实证性。

三

我想就这一操作系统的四个层面作一些说明。

第一，所谓"确证相互关系的材料的原典性"，具有两个层次的含义。一是指作为研究的材料，对研究的客体（对象）来说必须具有"原典性"。这便是指"材料"与"对象"必须具有时间上的（时代意义上的）一致性。例如，研究徐福东渡日本，那么，就必须有与"徐福的时代"具有一致性的材料。现在的问题是，徐福是公元前 3 世纪的人物，学者们振振有词地拿出来作为"徐福东达日本的研究的材料"，最早的却是公元 17 世纪的文献。用两千年后的文献记录，来证明两千年前的"事实"，这样的文献、这样的材料，就没有什么"原典性"可言，材料不具备"原典性"，结论当然也就不会正确。①当代史学界与中日文化界的一些人士所谓的"徐福研究"具有充分的典型意义——他们创造了一个首先设定结论，然后再进行一些不需要任何前提的所谓"研究"，然后便宣称结论的正确性。这是把学术当作游戏。当然，现在已经看得很清楚，这场游戏从一开始就为一些人在政治上与在经济上的变态心理所支配，所以它就不可能进入到学术的轨道上来。

"材料的原典性"的第二层次的含义，对双边文化或多边文化的研究来说，便是作为"研究的材料"，必须是本国或本民族的"原典材料"。这里便涉及"翻译"的问题，或者说是"翻译"与双边文化研究的关系问题。按照我的看法，"翻译"是两种文化接触的渠道，无疑是比较文化（文学）研究的一个领域，但是，比较文化（文学）

---

① 关于徐福东渡的论文与综合报道甚多。其辨正论文可参见罗元贞《徐福不可能到达日本》，《山西大学学报》1987 年第 4 期，谢芳《一片汪洋都不见，指向谁边》，《文史知识》1993 年第 2 期，严绍璗《中国文化在日本》第三章《徐福的传说》，新华出版社 1994 年版。

中的"关系"的研究，是不可能依靠"翻译"来进行的。比较文化（文学）的研究必须在两种或两种以上的语言文本中进行；这便是另一种"材料的原典性"。作为翻译家的"翻译"，与作为研究家的"研究"，这是两个不同层面上的活动，不可等合而为一。由于世界上不存在两种可以完全一一对等的语言文字，因此，"译本"与"原本"的不整合，是客观的事实。没有一个翻译家有胆量说，"我的译本，就是换了一种文字的原本。"如果再加上翻译家内内外外的各种条件，译本与原本的差异自然会更大了。

台湾《新闻报》周刊 1995 年 8 月 12 日一期有夏语冰文《脏话满嘴粗话连篇，美利坚总统都爱国骂》。该文记约翰逊总统事说："（约翰逊对他的）化妆师赫尼克吼道：'小子，你他妈的滚蛋！'赫尼克吓呆了，刚吐出'先生'二字，约翰逊又吼道：'小子，你他妈的滚蛋！'。"文章又记杜鲁门对《坦白话》一书的作者默尔·希勒说："我告诉你，（蒋介石）他从来就是他妈的不好。"文章又说："英俊潇洒，形象良好的肯尼迪，私底下也是一个'畜生'、'他妈的'等粗语朗朗上口的总统。"

如果有研究中国民间俚语的人，真的使用夏先生的报道，认为中美两国都有"国骂"的永恒词汇——"他妈的"，这便跌入了译者设置的陷阱中。英语中虽然有如"SHIT"、"BITCH"、"SUN OF A BITCH"、"FUCK"、"FUCK OFF"等骂人话，但没有哪一个词可以与中国语中的"他妈的"相等的。汉语"他妈的"是一个"隐性词汇"，依鲁迅的训解，是"你的妈妈被我使用过"，其主体是发话者本人，英语中难以有相同内含的俚语与之匹配，即使有如"FUCK"这样的词，然其内涵与"他妈的"也相去甚远。

目前，在中日文学与文化的双边关系研究中，有些研究仍然为译本所羁绊。近十数年来，我们已经译出了一批日本文学的名著，实在是一件好事。但是，汉译本是供阅读和欣赏用的，并不能作为双边关系研究的文本。我曾经阅读过一篇关于"中日文学中的色彩研究"的论文。其中在论述古代日本人特别倾向于"青色"时，引用了杨烈先生译的《古今和歌集》中纪贯之的歌：

> 外子有青衣，洗时如降雨。雨淋草上春，草绿添娇妩。

译歌很美，节律犹如五言汉诗。然而，如果读原歌，原歌是这样的：

> わがせこが　衣はる雨　ふるごとに　野べの緑ぞ
>
> 　　　いるまさりける

原来，按照原歌文本，是根本不涉及"青"这一色彩的。所谓"青衣"，是汉译者的自我意会。这种意会表现了译者对日本的美意识的理解，我们毋需对此作什么价值评价。问题是研究者在实际操作中忽视了遵循"材料的原典性"原则，故而提出了一个于研究本题毫无关系的文本来作为论说的依据。由此而得出的这样那样的结论当然也就是没有意义的。

第二，所谓"原典材料的确实性"，这是指在双边文化与文学研究中，在已经具备了原典材料的条件下，必须使原典材料中的主要材料具有"确实性"，即在推导中具有不能辩驳、无法推倒的实证性作用。

关于日本古代最早的物语《竹取物语》与中国文化的关系问题，自江户时代以来，已经打了三百多年的官司，莫衷一是。一般拿来论证的材料，一个系统是中国秦汉时代"嫦娥飞升"的传说，一个系统是四川阿坝地区的"斑竹姑娘"的传说。这些材料是很有意义的，但是，它的确证性只具有表层意义，而且，同样的材料还可以得出双向影响的结论。日本比较文学学会会长中西进教授就曾问过我，以这些材料，你怎么证明不是日本文化影响了中国，而是中国文化影响了日本呢？这是个有趣的问题。中国学者以为这些材料足以证明其论题，而日本学者却从中得出了完全相反的结论。其关键便是原典材料没有"确证性"。我们如果真想就这一设计双边关系的本题，做出具有"判定性"的结论，就必须提出具有"确定性"的材料。

什么是具有"确定性"的材料呢？材料至少有两个方面。

一是比证日本上古时代（例如在《古事记》、《万叶集》等中存在的）"竹崇拜"心态，与中国秦汉魏晋时代"竹崇拜"心态，我们就可以获得材料的"确证性"。

二是比证中国秦汉之际形成的"日月神客体论"新神话与日本"日月神本体论"神话的差异，我们也可以获得材料的"确证性"。[①]

这一实例要说明的是，并不是所有的同时代原典材料都具有"确证性"，只有那些反映文化事实本质的原典材料，才能在双边文化的研究中具有确定性的意义。

原典材料的"确证性"，用打官司的行话来说，便是"死证"。

第三，所谓"实证的二重性"问题。双边文化关系的研究，一般都是靠文献进行的。但是，实证方法论不仅注意到文献的确证性，而且也尽量注意到运用文物参与实证的可能性，我们称为"实证的二重性"。就中国学者而言，自觉地运用二重实证法是从 20 世纪开始的。19 世纪末和 20 世纪初，甲骨文字的出土与敦煌文献的发现，刺激了学术方法论的重大革新。1915 年，王国维在日本写成《三代地理小纪》一文。这一论文与其说是获得了一种研究结果，倒不如说是提供了一种古史研究的新思维——古史研究必须建立在实证的基础上，此种实证，又必须建立在古代文献与地下文物相互参证的基础上。王国维用大量出土的甲骨文材料印证文献，遂为不移之论。

双边文化关系的研究中，凡是能运用文物材料的，应该尽量运用，使结论更加深刻而生动；凡是必须运用文物材料的，缺少了这一部分，就不能提出准确的结论。例如，关于"徐福与日本"的关系问题，这是一个必须具备有二重证据才能确证的课题，然而，张扬四

---

① 严绍璗：《かくや姫の研究》，《東アジアの中の平安文学》，日本勉誠社刊，平成 7 年 5 月。

处的"徐福到达日本"的学者们，不仅至今未能提供任何确证的文献材料，而且更未能提供起码的文物证据。所以，所谓的"徐福到达日本"在中日文化史上是一个至今无法确证的"结论"。

在《日本的发现》这一专题研究中，我曾经指出，中国上古时代称原日本人为"倭"，这是一个人种译名。此即是 AINU 人的最早的汉译。"倭"在上古时代作"委"，"委"在上古音系中发"æ"音。吴语上海话把"矮"读若"æ"，便是保留了上古音。所以"倭"便是"AINU"的直音。《后汉书·东夷传》记"光武中元二年（57年），倭奴国奉贡朝贺……光武赐以印绶，"此处称为"倭奴"，是"æ"的长音，更接近"AINU"的本音。几年前，《北京日报》驻日本记者发回一个报道，在解读古代福冈时，称那里有一个"倭国"、一个"奴国"、一个"倭之奴国"。令人震惊。这其实是21世纪初日本学者的说法，他们根本不懂汉语音系的古今变化与转递。中国学者就不应该如此茫然无知了。这一文献上的官司，已为在日本九州志贺岛出土的一枚金印所辩证。该印玺的印文为"汉委奴国王印"，从而确证了"倭奴"就是"委奴"，"倭"读若"委"，"委奴"就是"AINU"。这就使实证具有了二重性。由于文献与文物的相互印证，便使结论更加符合文化史的实际。

第四，所谓，"双边文化氛围的实证性"，这是指从事双边或多边文化研究的人，不仅要在使用的材料上具有原典性，而且，作为研究者本身，他还应该具有两种以上文化氛围的实际经验。

有美国学者说，日本文化的特征是"筷子文化"，韩国学者批驳道，韩国才是真正的"筷子文化"。假如他们都有过中国的生活经验实证，或许也就不会这么大胆了吧。

同样，在中日文化关系的研究中，这种实证经验对研究者来说，实在是非常重要的。例如，有些学者认为，中国的"儒学"对日本的近代化具有重大意义。他们甚至提出"儒学资本主义"的概念，以便于"西方资本主义"相区别。在他们的文章中，称"儒学资本主义"乃是一种崇尚人际关系，上下协调，以和为贵，以人为本的资本主义。犹如是儒学未能在本土实现其理想却在日本创造了"人间天堂"一般。显而易见，这些论文的作者，大都没有对象国文化氛围的实证经验，没有对日本的社会与经济，思想与文化，乃至企业运作，民众生活作过什么像样的调查。当前，日本经济步入低谷，且难以提升。那么，此时的"儒学"为何不能再一次地来拯救日本呢？其实，"儒家日本"不过是一个幻影罢了。就研究者来说，如果没有文化氛围的实证，所谓的研究，便容易受已有文献的束缚，容易人云亦云，跌入别人的误区，制造虚假学术，骗人骗己。

在获取此种文化的实证经验时，我以为要特别注重下列三方面的文化氛围。

1. 要特别体验文化氛围中的"美意识"经验。

中日两国民众对于"美"的感受很不相同，表现在文化中的"美意识"就不相同。我曾经劝一位作家读《源氏物语》，后来她给我写来一张便条说："好不容易耐着性子读完了这三部书（丰子恺译本共三册），实在读不出一个'好'字来。"《源氏物语》在日本文艺史上，是确立日本古代文学美意识的既是经典性又是奠基性的作品，然而，在中国真正能欣赏它的读者层却是相当微弱的。究其原因，最主要的当是美意识的隔膜。

我们常常提到日本近世俳人松尾芭蕉的俳句《古池》，这也是日本文艺史上美意识的经典，典型地表现了日本文学的审美情趣。

古池や　蛙飛びこむ　水の音

中国研究者很难理解这首俳句的精髓。常有读者问，一只青蛙，跳入古池中，激起了水声。为什么就经典性地表现了古代日本的美意识呢？

中日民族在美意识方面的隔阂，我以为主要是由两个根本性的原因造成的。一是"美"的意念不同，一是传递美意识的"形态"不同。

　　日本文化与文学从古代达于近世，形成了"静寂"（わび），"物哀"（物の哀），"幽玄"（ゆうげん）三大情趣，构成了日本民族最根本的美意识特征。日本人所能感知的优秀的文化艺术，无一不与这些美意识特征相联系。像诺贝尔文学奖获得者日本作家川端康成，他的整个艺术观念与艺术成就，便几乎完全根植于这种传统的日本美意识之上。川端康成早期的表达他"新感觉派"意识的代表作品《伊豆舞女》与获奖的《雪国》、《古都》、《千只鹤》，以及他在诺贝尔奖受奖典礼上以《我生活在美丽的日本》为题发表讲演，把日本传统的"静寂"、"物哀"、"幽玄"的三大情趣推向极致。甚至在作品中把这三者推向更高境界——"魔界"。这便是把心灵的感受，从"自然之美"引向"死亡之美"。

　　死亡具有最高的"美"，这有悖于中国人的审美情趣，但它却一直是日本文化表现的美意识的最高境界，并由许多作家躬身实践。中国读者常常不得其解，近代日本作家自杀率非常高，例如有岛五郎、芥川龙之介、太宰治、田中英光、原民喜一直到川端康成，他们并不是为生活所逼，而是怀着对"美"的追求，去体验理念中最高的"静寂"、"物哀"和"幽玄"。《伊豆舞女》中，作者描写纯洁美丽的少女阿熏，在静寂幽玄的大自然中，带着淡淡的渴望，等待死的来临。后期作品《雪国》中，作者描写"我"的情人在大火中死去，"我"并没有常人般的悲哀，而是感到"她的内在生命正在变形，在转变成一种新的东西。是什么的延续，是新生命的开始。"在这里，"死亡"已经超越了肉体消亡的原来意义，而成为"新生命开始"的"美"的象征。①

　　有学者说，日本人的美意识根本上呈现"虚无观"。但即使是这样，这种"虚无观"与西方文化的"虚无主义"有很大的不同。一般说来，西方现代派作家在表现自我存在的无意义以及生存的徒劳

---

　　① 参见中西进《辭世のことば》，中央公論社刊，昭和62年3月。山折哲雄《お迎えのとき—日本人の生死観》，日本祥傳社刊，平成6年11月。

时，总是以现代社会生活条件的荒谬与混乱为前提，总是表现出自我在现实的压抑下挣扎和破碎的痛苦，总是表现出对现状不满的焦虑情绪。它们综合而成为西方文化"虚无观"的根本特征。现代派作家的个性虽然各不相同，但其内在核心是与"异化"密切相关，却是没有疑问的。这与日本美意识的"虚无观"根本不是同一种境界，后者是一种平心静气，把自身融解于大自然，并与之合为一体的"谛观"审美情趣，它与佛学的"空无观"密切相关，却没有佛学核心的"彼岸"观念。这便是日本民族从自身文化中产生的独特的"美意识"。

就文学作品来说，中日两国读者从中感知美意识的形态，即"感知途径"也有很大的差异。阅读文学作品，是一系列"意识"活动的过程。两国文学作品引发读者的"审美意识"活动非常的不同。

中国的文学，善于依靠作者在作品中设定特定背景中的特定人物的特定状态来表现自己的美意识，而全部的审美情趣则是在作品的特定状态中完成的。读者通过作者在作品中设定的特定层次，引起美感共鸣。这种美感的"感知途径"可以称为"本音形态"。

日本的文学，把作品中的美意识传达于读者的形态，与中国文学的"本音形态"很不相同。以芭蕉的《古池》为例。中国读者常常把俳句中的"古池"作为"静寂"的物象，而把"青蛙"作为打破这个"静寂"的道具——古池是孤独闲寂的表象，跳入古池的青蛙则打破了静寂。目前已见的多种译句，便把这样的意趣提供给欣赏者。但实际上，这种情趣并不是芭蕉《古池》内蕴的美意识。

俳句在表现上的最重大的特征，在于读者不是通过视觉，而是依靠听觉获得美感。它真正引起欣赏者心灵的颤动，不在于俳句本身，而在于俳句之外的"余韵"。在俳句中，古池并不是物化意义上的道具，它表现的只是一种"意识"，即横亘在"时间"与"超越时间"之间的一个意识的过渡带。青蛙跳入水中，由这个动作激起的声音要创造一个"无限的寂静"——随着听觉中声音的消失，不仅恢复了原来的寂静，而且进入了一个超越以前"静寂"的"更加静寂"的空间。从而进入一种超越时间的永恒的静寂状态。这样，作者便把读者带入了一种对生命的超越——即对"生"与"死"的二元的超越之中。这便是芭蕉的美意识。这样的美感经验，对于中国研究者来说，正是理解日本文化最困难之处。此种美感的获得，完全是通过读者沿着俳句所指示的"情趣方向"去体验的。此种"余韵性主旨"，是与和歌的形成而同时并生的，并且渗透于日本文化的各个方面。"余韵性主旨"或"余韵"，是读者与文学作品本身美感共鸣的最基本的形式。我们称之为"余音形态"。

事实上，这种美意识渗透于这个民族生活的各个方面，诸如建筑、庭院、饮食、美术、书道、花道、柔道、茶道以及人际关系之中。中国研究者必须在此种独特的文化氛围中，仔细体会，反复品味，多项比较，潜心领悟。在双边文化关系的研究中，如果缺乏此种文化氛围的实证经验，研究者要确实把握日本文化的美意识，实在是非常困难的。

2. 要特别体验文本使用语言的语义与母语的差别。

比较文化的研究者不一定是语言学者，但研究的宗旨决定了他或许比语言学者要更加关心两种语言的"语义"差别。

法国《星期四周刊》1991 年初曾有一篇题为《给交战者上一堂语义课》的文章（1991. 1. 31—2. 6 期），文章分析了在 1990 年的海湾战争中布什与萨达姆"可怕的对话意义"。当萨达姆占领科威特之时，布什说："我们要用酸菜塞满萨达姆的屁股"。美国人的这句话是很严厉的，在第二次世界大战中，美国人也曾说过，他们"将把酸菜塞满希特勒的屁股"。这句话的语义表示的是美国人真的愤怒了。可惜的是萨达姆好像没有听懂，于是美国的坦克开进了沙漠。在阿拉伯语和希伯来语中，"词"具有双重意义——即言和行同时进行。阿拉伯人说："我们要烧毁美国！"西方人以为这是恫吓，至多阿拉伯人只是说出一个打算或一种计划，但事实上，阿拉伯人的言和行是同时进行的。美国人便措手不及了。

这段故事对比较文化研究者真是意味深长。理解不同民族之间

"语义"的差别，是感知一个民族文化氛围的基本内容。

日本学者安田喜一在《朦胧的雾》一书中描述了他与中国生活的"碰撞"状态：

A. "今天大学没有课，我照例用过早餐在工作室写作论文。10 时，女服务员来整理房间。她进门见我便问'你在家呐？'我没有理睬，可她又问'你今天没有课？'我实在不明白，她为什么对我的私人活动有这样大的兴趣。"

B. "从餐厅回来的路上，碰到了 D 先生。D 问'吃过饭了？'我说'吃过了。'他问'饭还可以吧？'我说'可以。'他问'今天吃些什么了？'我有意地停了一下，以示我的不快。出于礼貌，我说'饺子吧。'D 又说'先生喜欢吃饺子？'我说'是的'。我希望他能换一个话题，可是，D 先生仍然对此穷追不放。他说'现在韭菜很少，只能是白菜馅的了。'我其实也不知道什么韭菜白菜的，就'唔唔'的作了回答。这是一次非常累的对话……"①

这是两种文化对话中由于"语义"差异而造成的歧义。在 A 段中，女服务员的两个问话，与日语中的"你好"是完全一个意思。D 先生在 B 段中的问话，完全是亲热的表示，没有任何刺探隐私的成分。但是，日本语的寒暄语从不涉及具体内容。上述 B 段的寒暄在日语中应该这样进行的：

甲：你好！

乙：你好！

甲：你近来很忙吧？（意思是一定很忙）

乙：真很忙（或一般忙）。

甲：那请多保重。

乙：谢谢，那告辞了。

在这里没有任何实质性内容，这是日本语语义的"体面主义"和"协调主义"。但是，中国人常常会忽视日本语语义在"协调"中所

---

① 私家刊，平成 5 年 2 月。

包藏的真正的意思，也造成可悲的歧义。

一位中国在日的博士学生去听了指导老师最反感的对手的课，打电话告诉导师。导师只说了一句话："それじや、いいです"。学生认为导师说"很好"（意思是接着听吧）；导师认为已经向学生表明了态度"我知道了"（意思是下不为例）。于是，学生继续听课，导师大发其火。假期了，学生自己先定了回去的日子，打电话告诉导师。导师又说："じや、いいです"。学生认为导师说："好，你去吧"（心安了）；导师认为已经向学生表示了不满："既然你已经决定了，我有什么办法"（不高兴）。

从事中日双边文化与文学的关系研究，一定要明了中日语义的差异，特别要掌握日语的"协调主义"、"体面主义"等的语义特征。此种语义在表示"好的"、"行的"的同时，竟然也可以表示若干相反的意愿倾向。这种表示肯定的语词用来表示否定的意愿，完全在于日本语在运用中特别注意了会话双方的调和，以及避免在感情上直接伤害对方——语义的特征实在是一个民族文化心态的表现。

3. 要特别体验对象国文化与本土文化在观念方面的差异。

美意识是一种文化。在美意识之外，还存在着广泛的文化层面。

有一位研究中国当代文学的日本学者，曾就"一分钟小说"《强刺激》向我提问，因为他实在不懂小说到底写了些什么。作品说一位女青年因煤气中毒而昏迷，男友呼唤，母亲号哭，领导转告好消息，医生抢救……都毫无办法。她的女友在她身边轻轻地说："你快醒醒，你不醒，有些事儿我没法办。你知道吗？有人在背后说你曾经……"她突然仰起脸，尖着嗓子喊了一声："胡说！"拉着女友的手说："造谣！"中毒的女青年因此得救。日本研究者不明白具有如此神力的"强刺激"到底是什么，但是，中国读者一看就明白了。这是两种文化观念的差异。[1]

日本"记纪神话"关于"日本的诞生"有一段描写男女二神

---

[1] 《北京晚报》1991年3月8日。

"性器"的形成。中国读者往往觉得这是日本文化原始性和日本人野蛮的表现，但是，日本人则完全相反，认为这是"表现我们祖先神形成的最神圣的时刻"。国内发表过几篇关于《源氏物语》和《红楼梦》比较研究的论文，几乎都有一个共同的观点，认为这两部作品都表现了贵族大家庭衰亡的必然、男性贵族的糜烂和女性的悲惨命运。于是便判定它们"何其相似乃尔"。但是，如果真的确切地体味了《源氏物语》的文化内涵，理解了日本平安时代后期的社会文化特征（包括当时的婚姻形式的特征），研究者就不会再把这两部相距七百多年的作品看成是"如出一辙"了。

日本很有名的一位教授到中国很有名的一所大学讲学，很有名的校长宴请，二人对话：

校长：您一人到中国来，太太不会有问题吧。

客人：我太太大概认为我是世界上最好的男人了，所以不会有问题的。

这实在可以称为"聋子的对话"。客人对校长的寒暄莫名其妙，校长对客人的回话也莫名其妙。两位都是名人，然而，对于对方的文化观念都是毫无所知的。

作为双边文化关系的研究者，如果缺少对对象国文化观念的基本理解，那就很难参与两种文化的真正的对话，这是不言自明的。

四

在双边文化与多边文化的研究中，运用"原典性的实证研究"方法，是一个复杂的综合性的系统工程，它建立在严肃的学术观念之上，又需要十分艰苦的辛劳，急功近利之徒是难以操作的。

实证的方法论，在中国学术史上有过长期的论争。近四十余年来，在中国学术界又屡遭批判，然而，实证的研究，却一再显示它内含的学术生命之力。当无数的空谈泛论成为"文化垃圾"之后，那些经过实证而确立的命题，却仍然始终支撑着双边或多边文化关系的研究。

　　我们在实证的方法方面，更向前推进一步，提出了"原典性的实证的研究"。它既是一种研究的方法，同时也是一种研究的观念。它虽然不是研究者必须遵循的唯一的操作法则，至少也应该是从事文化与文学关系的研究者应该遵循的基本的操作原则。

　　有人指责"原典性的实证研究"不过是"一对文献中的书虫"。此话真是切中要害。提倡这一方法论，便是基于研究文化与文学关系的人，必须钻研文献，辛苦读书。我的老师顾颉刚先生，作为中国近代学术史上"疑古学派"的魁首，告诫我们"25年成一文"。真可谓"书虫"之"书虫"。现在有些人的文章写得很热闹，然而，从他的文章中便可以知道作者是不读书的，更何谈钻研文献变成"书虫"之有！

　　80年代重振的中国比较文学与文化研究，从一开始有些学者就走入欧美学派之争的误区。甲主美国学派，乙主法国学派，并用欧美学派来划分中国学者的研究。研究刚刚起步，便匆匆地来树中国学派的旗帜。这些做法都误导研究者不是从自身的中国文化教养的实际出发，认真读书，切实思考，脚踏实地来从事研究，而是堕入所谓"学派"的空洞观念之中。学术史告诉我们，"学派"常常是后人加以总结的，今人大可不必自己为自己树"学派"，而应该把最主要的精力运用到切切实实的研究之中。历史常常与人开玩笑，想到甲房间去的人，有时发现自己却呆在了乙房间。中国的比较文学研究，有时不也有这种尴尬的感觉吗？

　　在现在的状态中，真切爱护中国比较文学事业的学人，为校正我们有时患有的"视觉错位"，最好的疗法则是莫过于读书与思考了。也许在这个意义上，我的朋友们大都会赞同这一"原典性的实证研究"的方法论的。

　　　　　　　　　　　　　（原载《中国比较文学》1996年第1期）

比较文学平行研究功能模式新论

王向远

一　平行研究方法及其三种功能模式

"平行研究"作为比较文学研究方法之一，指的是对没有事实关系的跨文化的文学现象进行比较研究时所运用的一种方法。

某种意义上说，世界上没有什么不可比的东西，"风马牛不相及"不是绝对的。任何东西都有或多或少的共性，以至佛教哲学认为世界上万事万物没有差别，具有绝对同一性。但另一方面，实际上世界上也没有绝对相同的东西，没有绝对可比的东西，因为任何不同的东西都具有独特的质的规定性，或称个性。比较文学平行研究的方法论前提就是：没有什么文学现象不可比，又没有什么文学现象完全可比。平行研究就处在了可比与不可比的微妙的境地。说到"可比"，平行研究摆脱了事实关系的束缚，又不受语言、文化、国界、学科的制约，就的确有点像有的学者所讥讽的，具有"无限可比性"了。然而，平行研究的范围一旦失去必要的限定，一旦达到了"无限可比"的程度，堕入漫无边际的、为比较而比较的滥比，那就失去了它本身的质的规定性，也就取消了它自身存在的合理性。另一方面，如果因"不可比"而不比，那事实上就更难做到。我们给一种文学现象定性和定位，我们要搞清一个作家、一部作品、一种民族文学的特征、不对它进行上下左右的比较，怎么可能？因此，"平行研究"的核心问题，实际上就是对"可比性"加以适当的界定和限制的问题。关于这个问题，卢康华、孙景尧先生在《比较文学导论》中，较早提出了明确而又可行的"可比性"的标准。他们写道："进行比较研究首先要确立一定的'标准'，建立关系，或是把研究的问题提到一定的范围中来。"① 这是一个相当简练的关于平行研究的可比性标准的说明，只可惜作者没有将这个观点充分展开来加以阐述。这个标准的要点，似乎包括了三个方面：第一，就是要在研究对象之间"建立关系"，以避免拉郎配似的硬比；第二，要有"问题"意识，即：进行某项平行研究，一定是为了解决什么"问题"，以避免为比较而比较；第三，论题要有一定的范围，以避免大而无当的空泛之论。陈惇、刘象愚先生在《比较文学概论》（新版）中，进一步阐释了所谓"关系"的概念，认为比较文学所要研究的是"跨民族、跨语言、跨文化界限和跨学科界限的各种文学关系"，而"各种文学关系"可分为三个方面，即"事实关系"、"价值关系"、"交叉关系"。影响研究所要研究的是"事实关系"，而平行研究所要研究的是"价值关系"和"交叉关系"。② 但实际上，所谓"价值关系"与"交叉关系"，两者之间本来就"交叉"着，还需要做进一步的说明。"价值关系"似乎可以理解为作家作品在主题思想、观念意识等形而上层面上的内在的相通、相异关系；"交叉关系"是作品在题材、结构、文体、类型等方面的外在形式上的"同构关系"。

要对平行研究及其可比性问题做出更深入、更科学的说明，还必须对平行研究的不同功能及由此形成的方法模式做出进一步的总结、划分和界定。笔者认为，可以把平行研究划分为三种基本的功能及相关的方法模式。

平行研究方法的第一种功能，是使文学现象"连类比物"、"相类相从"，从而为总结民族文学、世界文学中的基本规律提供整理大量相似、相同或相通的文学事实。这就是我国古代所谓的"连类比物"、"相类相从"式的类同研究。一般地说，寻找和发现类同和同

---

① 卢康华、孙景尧：《比较文学导论》，黑龙江人民出版社1984年版，第173页。
② 陈惇、刘象愚：《比较文学概论》，北京师范大学出版社2000年版，第15页。

类，既是人们的一般心理需求，也是科学研究的最初的起点。《易》中说："同声相应，同气相求"，《诗经》有云："嘤其鸣矣，求其友声"，说的就是每一个人都有寻找同类者的心理动机。日本著名作家芥川龙之介的短篇小说《鼻子》，描写一个和尚因长了一个特大型鼻子煞是苦恼，在现实人群中找不到同类，就翻遍古书，企图从古人中找到一个与他长着同样鼻子的人。这里揭示的实在是人类共同的心理奥秘。在日常生活中，"无独有偶"是人们常用的感叹，"吾道不孤"可以使人聊以自慰，而"不伦不类"、"不三不四"即是因为无有其类而常常令人侧目。我们在文学作品的阅读和欣赏中，经常是以已有的阅读经验、阅读积累为背景的。我们在阅读中读到"何其相似乃尔"的文学现象时，常常就会有一种"发现"的喜悦，并试图探讨其中的原因。为已知的一种文学现象寻找未知的同类，也是"连类比物"、"相类相从"式的类同形成的文化心理依据。现有的"连类比物"、"相类相从"式的类同的平行比较，已经揭示了古今中外文学中许多普遍现象，如天神降大洪水惩罚人类，人兽结婚，父子相残，兄弟阋墙，丈夫考验妻子的忠贞，为美女而战，魔鬼与天神打赌，聪明反被聪明误等，不一而足。然而，一旦要使这种类同的文学现象进入研究状态，事情就不那么简单了。这里有一个关键问题：作为人类精神现象来说，所谓"同"不是绝对的。平行研究要搞明白：到底在多大程度上，在何种意义上是相同的；这种雷同是表面性的，还是实质性的；是"不言而喻"的东西，还是尚未被充分认知的东西；这种类同的比较能否有助于研究者探讨出某种规律性的东西。也就是说，类同的研究不能停留在"何其相似乃尔"的浅层面上。类同研究一定要符合它的基本功能，即：必须在大量的类同现象中，抽象出某种有益处、有新意的结论。其研究特点是，作者并不预先设定结论，而是用事实和材料说话，其基本的研究方法是归纳与分析。（详后）

平行研究方法的第二种功能，是使被比较的对象"相映成趣"、"相得益彰"，并由此形成"相映成趣"、"相得益彰"的互衬式、比照式的平行比较模式。

　　任何事物都处在一定的时空关系和逻辑关系中，平行比较有助于被比较的两种或多种事物的特性、价值得到映衬和凸显。俗话说："红花还要绿叶来扶持"。用这句俗语来概括比较文学中的比照式的平行研究是很形象、很恰切的。就好比是把红绿两种颜色艺术地搭配起来，相互映衬，愈见其美。比照式平行研究的对象，不必是类同的东西，也不是相反的、对立的东西。他们的关系彼此有别，又相互依存、相互关联。它们是红与绿的非对立的关系，是"花"与"叶"的共生关系，而不是"花"与"花"，"叶"与"叶"的等同关系，或是"花"、"叶"与石头之类的完全不同的东西。在比较文学研究中，这种比照式的平行研究，主要不是为了求同，也不是为了辨异，而是要在比照之下使两者相映成趣，相得益彰，达到珠联璧合的效果。如朱光潜先生通过大量的中西诗歌的平行对照，指出："西诗以直率胜，中诗以委婉胜；西诗以深刻胜，中诗以微妙胜；西诗以铺陈胜，中诗以简隽胜。"中西诗所表现出的这些不同的情趣，在比照中相映成趣。在这里，"直率"与"委婉"、"深刻"与"微妙"、"铺陈"与"简隽"不是等同的关系，也不是对立的关系，而是相辅相成、相对而言、相得益彰的关系。再如，拙文《中国的鸳鸯蝴蝶派与日本的砚友社》所研究的两个流派，基本上没有事实关系。对两者的平行比较的最终目的，不是找出它们的相同之处，而是要说明：相似的文学传统，相似的文化氛围和社会环境，相同的读者群落，造成了这两个同形同质的文学流派；长期以来，日本的文学史著作都给了砚友社以相当的篇幅和充分的评价，而中国的文学史却对鸳鸯蝴蝶派采取了过火否定、甚至故意抹杀的态度。两个流派的比较，可以使长期受到贬抑的鸳鸯蝴蝶派的价值与地位得到彰显。看来，"相映成趣"、"相得益彰"的互衬式的平行比较，还有一个特别的作用，即可以使那些在民族文学的视野内看起来似乎不是那么显眼、不是那么重要的作家作品和文学现象，在比较中显出它的重要性和独特的价值。互衬式的比较研究一般在写作之前，研究者就已经形成了一定的观点甚至结论，并带着强烈的价值判断、审美判断进入写作过程，通过互衬式的比较，强化、强调和凸显自己的结论。也就是说，将在民族文学、国别文学研究中得出的观点和结论予以放大，从而使被比较的双方互为借镜，以资对照，收到"相映成趣"、"相得益彰"的效果。

平行研究方法的第三种功能，是使研究对象处在"相生相克"、"相反相成"的对比式、反比式的关系中。有些文学现象虽然没有事实上的关系，但它们却有着"相生相克"、"相反相成"的对比式、反比式的关系，也只有通过平行比较来揭示这种关系，并由此形成了"相生相克"、"相反相成"的反比式平行研究的模式。如笔者在《中国的"战国策派"和"日本浪漫派"》①一文中，采用的就是"相生相克"、"相反相成"的反比式平行研究的思路。中日现代文学中的这两种流派，没有事实关系，对它们进行平行比较就是为了说明：和典型的法西斯主义文学流派"日本浪漫派"比较起来，中国的战国策派"无论从哪方面说，都不是法西斯主义文学流派。法西斯主义文学所具有的几个基本的特征——种族主义、国家主义、国粹主义和极端民族主义，全面否定近代文化的'反进步主义'，把皇权和专制独裁加以神化并顶礼膜拜的极权主义，尤其是支持并鼓吹对外侵略扩张的军国主义和霸权主义——中国的'战国策派'无一具备"。结论是：不能把战国策派说成是法西斯主义的。反比式的比较研究，仿佛在一个画面上将黑白两种相反的颜色放在一起加以对比，突出它们的对立，使黑者愈见其黑，白者更显其白。笔者的另一篇文章《日本的侵华文学与中国的抗日文学》②，所研究的日本侵华文学与中国的抗日文学，两者非但不是"同类"或"类同"，而是针锋相对、截然对立，但又相互依存——没有日本的侵华，就没有中国的抗日；没有侵华文学鼓吹侵略的无耻，就不能凸显抗日文学反侵略的壮烈与荣光。

---

① 王向远：《中国的"战国策派"和"日本浪漫派"》，《中国现代文学研究丛刊》1997年第2期。

② 王向远：《日本的侵华文学与中国的抗日文学》，《北京社会科学》1997年第3期。

将两者加以对比，有助于揭示那段特定的历史时期中日两国文学的基本特征。在文学的平行反比的研究中，还有很多有待开拓的荒地。如现代世界的反法西斯主义文学与法西斯主义文学的对比研究，冷战期间西方的反共文学与东方反美、反帝文学的对比研究，世界文学中的乌托邦文学与反乌托邦文学的对比研究，上帝（天神）形象与恶魔（魔鬼）形象的对比研究，文学中的有神论思想（神秘主义思想）与无神论思想的对比研究，享乐主义文学与禁欲主义文学的对比研究，"世纪初"文学与"世纪末"文学的对比研究，通俗文学与高雅文学、世俗文学与宗教文学现象的对比研究等。这样的对比研究的题目，使被比较的双方自然地处在了"相生相克"、"相反相成"的对立统一关系中，问题点十分突出，可比性非常强，比较后的结论也往往会有新意和启发性。这种反比式的平行研究，需要研究者用明确的思想来选择研究对象和研究课题，对于为什么要做这种比较研究有一种高度的自觉性、目的性和针对性，并渗透着研究者明确的价值判断。

二　类同研究中的多项式平行贯通方法

在上述的三种平行研究方法的功能模式中，被使用最多的还是第一种模式，即类同比较、类比的模式。但这个模式在运用中出现的问题也最多。20多年来我国的平行研究中出现了大量牵强附会的，人称"X与Y式"的简单比附的文章，令老一辈治学严谨的学者感到担忧。早在10多年前，季羡林先生就指出："X与Y这种模式，在目前中国的比较文学研究中，颇为流行。原因显而易见：这种模式非常容易下手。""试问中国的屈原、杜甫、李白等同欧洲的荷马、但丁、莎士比亚、歌德等有什么共同的基础呢？……勉强去比，只能是海阔天空，不着边际，说一些类似白糖在冰淇淋中的作用的话。这样能不产生危机吗？"① 钱钟书先生对"平行研究"似乎也不以为然。杨绛

---

① 季羡林：《对于 X 和 Y 这种比较文学模式的几点意见》，载季羡林《比较文学与民间文学》，北京大学出版社 1991 年版，第 372 页。

先生在《记钱钟书与〈围城〉》一书中曾以诙谐的口吻记述道："现在他（指钱钟书——引者注）看到人家大讲'比较文学'，就记起小学里造句：'狗比猫大'，'牛比羊大'；有个同学比来比去，只是'狗比狗大，狗比狗小'，挨了老师一顿骂。"从中可以看出钱先生对"平行比较"的担忧和委婉的批评。

在平行研究的类同研究模式的理论阐述方面，翻译家方平先生的见解很值得注意。1987 年北京的外国文学出版社出版了方平的《三个从家庭出走的妇女——比较文学论文集》，这是我国第一部专门的平行研究的论文集，收《王熙凤和福斯塔夫》《三个从家庭出走的妇女》《曹雪芹和莎士比亚》等文章十八九篇，作者从 20 世纪 80 年代初就从事中西文学的平行研究，在平行研究领域中积累了丰富的实践经验。该书中的《可喜的新眼光——代后记》是一篇出色的比较文学学科理论的文章，可惜一直未引起应有的重视。方平谈到了平行研究的目的、方法和宗旨，虽然篇幅有些长，但还是有必要引述如下。

假如有这么一篇文章，《〈红楼梦〉和〈呼啸山庄〉》，很好的题目，是中外两部伟大的古典文学名著的比较，两者之间也存在着某种程度的可比性，例如这一对东方怨偶是叛逆型的，那一对西方情侣同样是叛逆型的。但如果论证到此为止，而并没有进一步的发隐显微，那也许会令人失望。因为你所做的，无非是把两个国家在各自的文学史研究范围内可以做出的论断串联在一起罢了。A：B＝A+B，这其实是拿罗列代替比较了。

……你进行的比较，总得有自己的发现，自己的创见。换句话说，"比较文学"的比较，希望能产生化学反应，就像化学方程式：$2Na+Cl_2 \rightarrow 2NaCl$（钠+氯→盐）。也许比较文学（平行）研究也可以试着排列成一个简单的方程式：A：B→C。

……C 代表了比较文学研究所取得的不同层次的深度。它是一种进行创造性的分析、演绎、归纳后所取得的成果。它为不同文化背景的民族文学描绘出一条运动着的规律，或者对某一种文艺现象进行新的探讨，提出新的论断，或者是对于被比较的作品、作家的重新认识，甚至只是一个有启发性的问题的提出。C才是"平行研究"所追求的目标，唯有C才证明了"平行研究"自身的存在价值。①

　　方平先生用化学方程式的形式，总结了平行研究的两种模式，即A：B＝A＋B和A：B→C，并认为A：B→C才是平行研究的宗旨，其表述是十分精彩的。不过，这里的问题似乎应继续深入探讨。A：B→C这个公式中的A：B，仍是A与B两项，而不是ABCD……多项。正如方平先生所说，平行研究的目的是为了获得对某种规律、现象的新的认识。问题是，在"连类比物"、"相类相从"式的类同研究中，如果只是A、B两种因素、而不是多种因素的比较，如果不能充分归纳尽可能多的事实，能否就可以总结和提炼出规律性的东西呢？我们先从方平先生自己的平行研究的具体实践来看。方平先生有代表性的文章，大都属于类同研究，同时又是A与B的两项式研究。其中，《王熙凤和福斯塔夫》通过两个文学形象的平行比较，对文学创作中"美"与"善"的关系有了新的领会，那就是：从伦理的角度看并不"善"的人物形象，却具有审美价值。他说："有时候，'美'可以从不同于'善'的角度，去看到同一事物的另一方面；当'美'进入了她的艺术世界，'美'就显示出了她自己的个性和相对独立性。""只有莎士比亚和曹雪芹那样的伟大的天才作家，才能给他们笔下的反面人物那种不可抗拒的艺术魅力。"② 无疑，这种结论是正确的。但是，问题在于，即使不做"王熙凤和福斯塔夫"的平行比较，这个结论是否可以做出呢？在方平的另一篇重要文章《曹雪

---

　　① 方平：《可喜的新眼光——代后记》，《三个从家庭出走的妇女——比较文学论文集》，外国文学出版社1987年版，第362—363页。
　　② 方平：《王熙凤和福斯塔夫》，《三个从家庭出走的妇女——比较文学论文集》，外国文学出版社1987年版，第33、40页。

芹和莎士比亚》中，作者通过对这两个作家的平行比较，提出了
"衡量一个民族所引以为自豪的伟大的古典（俗）文学作家的两个标
准：普及和深度——既是家喻户晓、深入人心，又能吸引世代学者从
事终生研究，成为一门没有止境的学问"①。这个结论也是正确的。
但问题同样是，不做这样的比较，这个结论是否也可以做出？

看来，平行研究的类同研究在实践上的局限，与"平行研究"理
论解说的不完备、不周延有着密切的关系，所以我们还是应该返回到
"平行研究"的理论自身，对"平行研究"的反思应该从"平行研
究"这个术语、这个表述方式本身开始。"平行研究"（Parallelism or
Parallel Study）这个术语是从外国照搬过来的。"平行"给人以意义
上的两点直觉与暗示。第一，构成"平行"关系的是两条线，或两
个点，或两个面；第二，这两条线，或两个点，或两个方面，就好像
是两条永远都不会相交的铁轨，就好像隔着银河的牛郎与织女，永不
相交，永不会合。这就很容易诱导研究者选择"两线"式，或"两
点"式、"两面"式的两项并立的选题。于是，诸如《杜甫与歌德》、
《迦梨陀娑与莎士比亚》、《汤显祖与莎士比亚》、《川端康成与沈从
文》之类的选题层出不穷，只要找到相同点就选题。而事实上，要在
两位不同作家那里找到相同点，常常是轻而易举的事。如上所说，
"平行研究"类同研究的目的和宗旨，是通过平行比较得出规律性
的、有理论价值的新观点、新视角或新结论。要做到这一点，就需要
对同类事实和相关事项，做尽可能多的收集、整理、分析、比较、归
纳。可是，目前流行的"两项"式的平行比较，由于止于两项对照，
就不能容纳"尽可能多"的同类的和相关的事项，也就谈不上在多
个事项中进行整理、分析、比较和归纳，有价值的结论也就无从得
出。近20年来中国比较文学中出现的大量流于简单比附的"A：B＝
A+B"式，即季羡林先生所严厉批评的"X比Y"式的平行比较的文

---

① 方平：《曹雪芹和莎士比亚》，载《三个从家庭出走的妇女——比较文学论文集》，
外国文学出版社1987年版，第373页。

章，其症结就在这里。一个作家与另一个作家，一个作品与另一个作品，或一种作家作品与另一种作家作品的两项比较，是最简单的平行比较，这类平行比较"很容易下手"，但又很不容易做好。它遭到严厉批评和否定是理所当然的。

方平先生提出的 $A : B \rightarrow C$，比第一种方法"$A : B = A + B$"有了质的飞跃，但也有局限。那就是仍然没有摆脱 A 与 B 的两项式比较，它可以得出一些有益的结论，但结论又往往由于材料的两极性，缺乏由众多事实材料而提炼为规律性见解的基础，其 C 的部分，也难免是用有限的事例，来证明众所周知的、或没有多少创新的平凡的见解。

因而我主张，在类同研究中，变两项式平行研究为多项式平行研究。化用方平先生的化学方程式，则可表示为：

$$X_1 : X_2 : X_3 : X_4 : X_5 \cdots\cdots \rightarrow Y$$

在这里，X_1、X_2、X_3、X_4……表示不同民族、不同语言、不同文化背景中的同类材料，它们可以是作家作品，可以是概念、术语和命题，也可以是彼此关联的不同的学科；Y 则表示研究者的新的见解。这是最高级的平行比较的模式，也是钱钟书先生在《管锥编》等著作中成功运用的方法。在这里，"平行研究"就不再是"平而不交"的研究，平行的两条线"="形变为纵横交错的多个"井"字形，这就是纵横交叉的"贯通"。"平行研究"也就变成了"平行—贯通"的研究。

在"平行—贯通"研究方面，我国比较文学在实践上有堪称典范的钱钟书先生的著作。他的《管锥编》等著作既不是"影响研究"，也不是通常的"平行研究"。有人仅仅把比较文学理解为"影响研究"和"平行研究"两端，所以坚决反对把《谈艺录》《管锥编》看成是"比较文学"著作。事实上，钱先生的研究是跨语言、跨国界、跨文化的"平行贯通研究"，也就是钱先生自己反复强调的"打通"。这不但是"比较文学"，而且是比较文学的最高境界。我们应该对钱先生的研究方法进行深入的总结和提炼，以充实我们的学科理论，矫正西方式的术语在研究实践中造成的误导。钱先生的贯通研究，有着强烈的问题意识，即从解决和说明某个问题出发，决不为比较而比较。例如，钱先生的《通感》一文，研究的是中外诗歌中将人的视觉、听觉、触觉、嗅觉、味觉互相打通的"通感"现象。他例举了我国和西方许多国家的诗歌，表明"通感"是人类诗歌共同的现象。再如，钱钟书在题为《诗可以怨》的演讲中，把"诗可以怨""当作中国文评里的一个重要概念而提出来"，例举了中国古代有关著作中的相关论述，同时以西方的大量相关论述作为比照，表明"诗可以怨"是对古今中外作家创作共同心理的一个概括。张隆溪的《诗无达诂》一文，大得钱钟书的神髓，将中国古典文论、古希腊的文论、现代西方的阐释学熔为一炉，揭示出在文学的理解和接受中，"诗无达诂"是普遍性现象，也是中外文论中一个普遍的理论命题。这三篇典范性的平行研究的论文，全都以具体的"问题"——诗可以怨、通感、诗无达诂——作为文章的标题，"问题"就像一块吸铁石，将相关的古今中外的材料吸附过来。这里没有 X 比 Y 或 A 比 B 式的两项或两极对比，不是单文孤证，而是多项、多极的旁征博引的比较研究。这里包括多学科、多对象，跨文化、跨民族、跨时空、跨国界，纵横交错，触类旁通，连类举似，充类至尽，集思综断，最后殊途同归。各种界限被研究者的思想贯通起来了，所有不同的材料都服务于研究者对某一特定问题的思考和发现。同时，研究者使用了严格的文献学方法，句句有来历，事事有出典，这就避免了随意发挥、敷衍，滥发空论的弊病。可见，"平行贯通研究"不同于一般的"平行研究"，它和"传播研究"一样，需要科学的实证，需要丰富的文献来支撑，也需要更多的思想和见识学识。这是比较文学的最高层次。

原载《北京师范大学学报（社会科学版）》2003 年第 2 期

第二单元

译介学研究

论文学翻译的创造性叛逆

谢天振

人们尽可以对翻译下各种各样的定义，但我们不得不承认，当埃斯卡皮（Robert Escarpit）说"翻译总是一种创造性的背叛"这句话时，他确实击中了翻译问题，尤其是文学翻译的要害，并且提出了一个极富建设性的课题。

然而，十分可惜的是，埃斯卡皮对"创造性叛逆"没有进行详细的阐述，仅仅指出："说翻译是背叛，那是因为它把作品置于一个完全没有预料到的参照体系里（指语言）；说翻译是创造性的，那是因为它赋予作品一个崭新的面貌，使之能与更广泛的读者进行一次崭新的文学交流；还因为它不仅延长了作品的生命，而且又赋予它第二次生命。"① 这里所说的"参照体系"埃斯卡皮已经说明是指语言，而"崭新的面貌"主要也是指的语言。这样，在埃斯卡皮看来，所谓的"创造性背叛"实际上仅仅是语言环境与语言外壳的转换，这显然把文学翻译的创造性叛逆解释得过于简单了。

对于比较文学来说，文学翻译中的创造性叛逆具有特别的研究价值，因为在这种创造性叛逆中，不同文化的交流、碰撞、变形等现象表现得特别集中，也特别鲜明。

通常以为，文学翻译中的创造性叛逆的主体仅是译者。其实不然，除译者外，读者和接受环境同样是创造性叛逆的主体。因此，本

---

① ［法］埃斯卡皮：《文学社会学》，王美华、于沛译，安徽文艺出版社 1987 年版，第 137 页。

文拟从译者——媒介者、读者——接受者和接受环境这三个方面对文学翻译中的创造性叛逆作一番考察。

一　媒介者的创造性叛逆

在文学翻译中媒介者即是译者。译者的创造性叛逆有多种表现，但概括起来不外乎两种类型：有意识型和无意识型。具体的表现有以下四种。

1. 个性化翻译

译者，尤其是优秀的译者，在从事文学翻译时大多都有自己信奉的翻译原则，并且还有其独特的追求目标。譬如同样是拜伦的诗，马君武用七言古诗体译，苏曼殊用五言古诗体，而胡适则用离骚体。不同的诗体不仅赋予拜伦的诗以不同的中文面貌，更重要的是，它们还塑造了彼此不同的诗人拜伦的形象。

再譬如，傅东华在翻译美国小说 *Gone With The Wind* 时，觉得"译这样的书，与译 Classics 究竟两样"，所以不必"字真句确地译"。于是他在翻译时，碰到人名地名，"都把它们中国化了"，"对话方面也力求译得像中国话，有许多幽默的、尖刻的、下流的成语，都用我们自己的成语代替进去"，"还有一些冗长的描写和心理的分析，觉得它跟情节的发展没有多大关系，并且要使读者厌倦的"，"就老实不客气地将它整段删节了。"① 然而，当我们的读者随着思嘉、媚兰、瑞德、希礼们（均为十足地道的中国人名），从肇嘉州、钟氏坡一起漫游到曹氏屯（均为极地道的中国地名）时，他们是否会意识到他们正在欣赏美国作家密西尔的作品呢？

比较多的个性化翻译，一个很主要的特征就是"归化"。所谓"归化"，它的表面现象是用极其自然、流畅的译语去表达原著的内容，但是在深处却程度不等地都存在着一个译语文化"吞并"原著文化的问题。例如，严复译的《天演论》是有口皆碑的译界精品，

---

① 傅东华：《飘·译序》，浙江人民出版社 1979 年版，第 3—4 页。

其开卷第一段更是脍炙人口。然而，令人"倾倒至矣"的究竟是严译的内容呢还是严复的译笔呢？当我们读着"怒生之草，交加之藤，势如争长相雄，各据一杯壤土。夏与畏日争，冬与严霜争，四时之内，飘风怒吹，或西发西洋，或东起北海，旁午交扇，无时而息。上有鸟兽之践啄，下有蚁蜂之啮伤。憔悴孤虚，旋生旋灭。菀枯顷刻，莫可究详。"这样古典朴雅、气势恢弘的桐城派古文式的译文时，答案是不言而喻的。更有甚者，严译的《天演论》第一句"赫胥黎独处一室之中"把原著的第一人称径自改为第二人称，译语文化对原著文化的"吞并"更显昭著——作者以第三人称出现文中是中国古文的特征之一。又如，苏曼殊译苏格兰农民诗人彭斯的诗《一朵红红的玫瑰》，诗僧译成"颖颖赤墙靡，首夏初发苞，侧侧青商曲，眇音何远姚？……"俨然一首词丽律严的五言诗。然而在译诗里，原诗清新明快的风格、素朴爽直的农夫村姑形象不见了，读者看到的是一幅典型的中国文人仕女执袖掩面、依依惜别的画面。

个性化翻译的特征也并不全是"归化"，它还有"异化"——译语文化"屈从"原著文化的现象。美国诗人庞德在翻译中国古诗时，就有意识地不理会英语语法规则，显著的例子如他把李白的"荒城空大漠"的诗句译成 Desolate Castle, the sky, the wide desere，没有介词或代词进行串连，没有主谓结构，仅是两个名词词组与一个名词的孤立地并列。熟谙中国古诗并了解庞德进行的新诗实验的人一眼可看出，这是译者有意仿效中国古诗的意象并置手法（尽管这一句其实并非典型的意象并置句）。这种译法理所当然地使英语读者感到陌生和吃惊："我们不明白，汉语是否真像庞德先生的语言那么奇怪？"[1] 但它的效果也是显而易见的："从奇异但优美的原诗直译，能使我们的语言受到震动而获得新的美。"[2] 其实，这种译法产生的何止是"震

---

[1] 转引自赵毅衡《远游的诗神》，四川人民出版社 1985 年版，第 229 页。

[2] 同上。

动"，它还触发了美国的一场新诗运动呢①。

可与之相映成趣的是中国诗人穆旦（即查良铮）的翻译。穆旦在翻译 T. S 艾略特的 *The Love Song of F. Alfred Prufrock* 时，照搬英语原诗中 Should l, after tea and cakes and ices/Have the strength to force the moment to its crisis! 的句式，写出了像"是否我，在用过茶、糕点和冰食以后/有魄力把这一刻推到紧要的关头？"这样与中文文法格格不入的句子。严厉的语文学家肯定会对此大皱眉头，并斥之为"句式欧化"；但宽容的语文学家一定能发现，中文中不少句式，诸如"当……的时候""与其……不如……"等，正是通过这些"欧化"翻译传入的。

2. 误译与漏译

绝大多数的误译与漏译属于无意识型创造性叛逆。例如英译者在翻译陶诗《责子》中"阿舒已二八"一句时，把它译成了"阿舒十八岁"。他显然不懂汉诗中的"二八"是十六岁的意思，而自作聪明地以为诗中的"二八"是"一八"之误。这样的误译造成了信息的误导。

误译当然不符合翻译的要求，任何一个严肃的翻译家总是尽量避免误译。但是误译又是不可避免地存在，尤其是在诗歌翻译和较长篇幅的文学作品翻译之中。

对于比较文学来说，误译有时候有着非同一般的研究价值，因为误译反映了译者对另一种文化的误解与误释，是文化或文学交流中的阻滞点。误译特别鲜明、突出地反映了不同文化之间的碰撞、扭曲与变形。譬如莎剧《罗密欧与朱丽叶》中朱丽叶在等待保姆带回罗密欧消息时有一段独白：

……

But old folks, many feign as they were dead;

---

① 转引自赵毅衡《远游的诗神》，四川人民出版社 1985 年版，第 229 页。

Unwieldy, slow, heavy and pale as lead.

这里，朱丽叶因等待情人的消息而无比焦灼的心情跃然纸上。但朱丽叶毕竟是一位有教养且温柔美丽的女性，因此即使在这种情况下，她脱口而出的也只是一句"old folks"——一个感情色彩不十分明显的词，可是从上下文中则可以体会出其中的嗔怪意味。有一种中译本把这段话译成：

> ……但是这些老东西。真的，还不如死了干净。又丑，又延迟，像铅块一样，又苍白又笨重。①

这样一来，女主人公的形象近乎一个破口大骂的泼妇，原著的文学形象被扭曲了。②

又如鲁迅翻译果戈理的小说《死魂灵》，当译到戈贝金大尉出现在彼得堡时，译文中说："他的周围忽然光辉灿烂，所谓一片人生的广野，童话样的仙海拉宰台的一种。"鲁迅还给仙海拉宰台（Sheherazade）作注，说它是《一千零一夜》里的市名。③ 这样就把《一千零一夜》中的讲故事的女主人公谢赫拉扎台误解为一座城市，这样自然也无法传达果戈理"有如谢赫拉扎台讲的故事一样美丽"的原意了。

以上例子均属无意误译，造成误译的原因都是因为译者对原文的语言内涵或文化背景缺乏足够的了解。

与此同时，还存在着有意的误译。譬如苏联作家阿·托尔斯泰的名作三部曲《苦难的历程》的英译名是 *Road to Calvary*（译成中文为《通往卡尔瓦利之路》），这里英译者故意用一个含有具体象征意义

---

① 曹未风：《曹译莎士比亚全集34 罗密欧及朱丽叶》，文化合作股份有限公司1946年版。

② 朱生豪译为："可是年纪老的人，大多像死人一般，手脚滞钝，呼唤不灵，慢腾腾地没有一点精神。"较好传了原著形象。

③ 参见戈宝权《漫谈译事难》，《当代文学翻译百家谈》，北京大学出版社1989年版。

的地名 Calvary（出典自《圣经》，系耶稣被钉上十字架的地方）代替了俄文中那个泛指"苦难、痛苦"的普通名词 муки。当然，这样做的结果是阿·托尔斯泰的英译本被蒙上了厚厚一层宗教色彩。

傅雷译的几部巴尔扎克长篇小说的书名也是有意误译的佳例。如巴尔扎克原著的书名是 *La Cousine Bette*，*Le Pere Goriot*，本来，前者应译为《表妹贝德》或《堂妹贝德》，后者则应译为《高里奥大伯》或《高里奥老爹》。但傅雷在仔细揣摩全书内容后，却把前者译为《贝姨》，后者译为《高老头》，这样不仅从形式上缩短了译语国读者与译作的距离，而且还细微地传达出了人物在作品中的特定处境（《贝姨》）、独特性格和遭遇（《高老头》），堪称成功的创造性叛逆。

以上两例表明，译者为了迎合本民族读者的文化心态和接受习惯，故意不用正确手段进行翻译，从而造成有意误译。

为了强行引入或介绍外来文化的模式和语言方式，也是造成有意误译的一个原因。如前面已经提到的庞德翻译的汉诗和穆旦翻译的英诗，这种翻译恰如鲁迅所称，"不但在输入新的内容，也在输入新的表现法"①。

漏译也分无意与有意两种。无意的漏译多为一言半语，通常未产生什么文学影响。有意的漏译即节译，我们将在下面予以分析。

3. 节译与编译

节译与编译都属于有意识型创造性叛逆。造成节译与编译的原因有多种：为与接受国的习惯、风俗相一致，为迎合接受国读者的趣味，为便于传播、或出于道德、政治等因素的考虑，等等。

例如我国早期翻译家伍光建在翻译法国大仲马的《侠隐记》（现通译《三个火枪手》）时，压缩或节略景物描写与心理描写，凡与结构及人物个性没有多大关系的语句、段落、议论、典故等统统删去，把原作差不多删掉三分之一。其原因，一方面如茅盾所分析的，"他是根据了他所见当时的读者程度而定下来的……因为他料想读者

---

① 参见鲁迅《二心集》，人民文学出版社 1973 年版。

看不懂太累赘的欧化句法。①"另一方面则是因为中国历来的小说没有景物描写与心理描写，照原著译出的话，怕读者不易接受。这样做的结果，读者阅读、接受固然就容易多了，但与此同时，由于大量节译作品的存在（林纾译《茶花女》，马君武译《复活》，曾朴译《九三年》，均有不同程度的删节），原作的丰富性、复杂性没有了，原作的民族文学特性（景物描写与心理刻画）也没有了，于是给读者造成一种错觉："西洋小说太单调"。

接受国的道德伦理观念对文学翻译的影响最明显地反映在蟠溪子翻译的《迦因小传》上，译者为了不与中国传统的道德观念相悖，故意把原著中女主人公与男主人公两情缱绻、未婚先孕等情节统统删去。后来林纾重译此书，补全了蟠译删削的情节，引起激烈的反应。有人就此评论说："吾向读《迦因小传》，而深叹迦因之为人，清洁娟好，不染污浊，甘牺牲生命，以成人之美，实情界中之天仙女；吾今读《迦因小传》，而后之迦因之为人，淫贱卑鄙，不知廉耻，弃人生义务，而自殉所欢，实情界中之蟊贼也。"② 节译本塑造出一个与全译本（遑论原著）完全不同的文学形象。类似的情形在当今中国依然存在，譬如薄伽丘的名作《十日谈》和劳伦斯的名作《查特莱夫人的情人》，由于道德方面的原因，只有它们的节译本才能公开出版发行，它们的全译本要么只能极少量地在内部发行，要么被禁止出版。

在某种程度上而言，编译也是一种节译，编译者与节译者一样，旨在理清原著的情节线索，删除与主要情节线索关系不大的语句、段落、甚至篇章，以简洁、明快的编译本或节译本的形式介绍原著。因此，在大多数情况下，编译与节译在文学交流中所起的作用与产生的影响是差不多的。编译与节译最大的差别在于：节译本中所有的句子

---

① 转引自《中国翻译文学大稿》，中国对外翻译出版公司 1989 年版，第 84 页。

② 转引自郭绍虞等主编《中国近代文论选》（下册），人民文学出版社 1965 年版，第510 页。

都是依据原本直接翻译的，而编译本中的句子，既有根据原文直接翻译的，也有根据原文编写、改写的，甚至还有编译者出于某种需要添写的。由于这后两种情况，编译本对原著造成的变形有时就要超过节译本。

但是，在不少场合，编译与节译实际上是混杂在一起的，根本无法区分。据说，日本学者岛田建次在其《外国文学在日本》一书中曾把日本著名作家森鸥外译的《即兴诗人》与安徒生原文详加对照，发现森鸥外有时把原文整段删掉，有时又加上自己的描述来启发日本读者的想象力①。我国早期翻译家如林纾、包天笑等的翻译，实际上都属于编译范畴。事实上，他们自己也意识到这点，所以他们称自己的译品为"译述"或"达诣"（严复语）。

节译与编译在传播外国文学上的积极作用是显而易见的。时至今日，我们仍有好多家出版社在组织译者从事节译外国文学名作的工作，这些书的发行量还相当大，可见读者对它们也仍是非常欢迎的。

4. 转译与改编

文学翻译中的转译与改编都属于特殊型创造性叛逆，它们的共同特点是都使原作经受了"两度变形"。

转译，又称重译，指的是借助一种外语（我们称之为媒介语）去翻译另一外语国的文学作品。这种形式的翻译，无论中外古今，都很普遍。譬如，我国最早的汉译佛经所用的术语就多半不是直接由梵文翻译过来的，而是间接经过一个媒介——有学者认为可能是天竺文字或西域文字②；英国译者诺思根据阿米奥的法译本翻译普鲁塔克的希腊语作品；在匈牙利和卢森堡，莎士比亚的作品长时期内是通过德译本转译的；在日本，自明治至大正初年，也大多通过英文转译法国和俄国的文学作品，有一段时期（明治二十年代）甚至还盛行转译的风气，如森欧外，即使懂得原作语言，也一律从德文转译。

---

① ［日］田中千春：《日本翻译史概要》，《编译通讯》1985 年第 11 期。

② 马祖毅：《中国翻译简史》，中国对外翻译出版公司 1984 年版，第 15 页。

　　在大多数情况下，转译是不得已而为之的，尤其是在翻译小语种国家的文学作品时，因为任何国家也不可能拥有一批通晓各种小语种的译者。然而文学翻译又是如此复杂，译者们在从事具有再创造性质的文学翻译时，不可避免地要融入译者本人对原作的理解和阐述，甚至融入译者的语言风格、人生经验乃至个人气质，因此，通过媒介语转译其他国家的文学作品之所以会产生的"二度变形"也就不难理解了。更何况媒介语译作中还存在一些不负责任的滥译本，以及存在一些有独特追求的译本，例如十八世纪的法译本就追求"优美的不忠"，而18世纪时法语曾是英语与意大利语、西班牙语、葡萄牙语、有时还是波兰语与俄语之间的媒介语，通过这些"优美的不忠"的译本转译的作品将会是什么结果，当是不难想见的了。

　　在我国，叶君健先生曾提供了好几个因转译而产生变形的例子，他把安徒生童话的丹麦文原作与英译本进行了对照，把但丁《神曲》片断的意大利原文与英、中译文进行对照，指出其中的巨大差异①。

　　除了变形问题外，转译中媒介语的变化也是一个值得研究的问题。如从"五四"前后直至三四十年代，日语曾经是我国文学翻译中的极主要的媒介语：鲁迅、周作人兄弟早在20世纪初编译出版的《域外小说集》中，就通过日语（还有德语）转译了波兰等"弱小民族"的文学作品以及俄国契诃夫、安德烈耶夫等人的短篇小说。之后，包括不少大作家、大诗人在内的许多小说、诗歌、剧本，仍有不少是通过日译本转译的，如高尔基的剧本《仇敌》、《夜店》，雷马克的长篇小说《战后》，裴多菲的诗等。但是自五十年代起，日语的这种媒介作用就明显地让位于英语与俄语了。这里面，政权的更迭当然是一个原因，但更重要的原因恐怕跟各个时代文化界人士中的留学生由来有关（从"五四"至40年代，从日本留学回来的人士在我国文化界占有相当的比例）。

---

　　① 叶君健：《关于文学翻译作品的一点体会》，《当代文学翻译百家谈》，王寿兰编，北京大学出版社1989年版，第116页。

　　最后，转译还具体地展示了译语国对外国文学的主观选择与接受倾向。一些掌握了英语、日语的译者、作家，不去翻译英语文学或日语文学的作品，却不惜转弯抹角、借助英语、日语翻译其他语种的文学，这个现象很值得研究。譬如巴金，在三、四十年代的翻译活动中，除了偶尔翻译过一些英语作品外，几乎一直致力于通过英语转译俄罗斯文学作品。巴金晚年回忆自己五十年文学生涯时这样说："……我后来翻译过屠格涅夫的长篇小说《父与子》和《处女地》，翻译过高尔基的早期的短篇，我正在翻译赫尔岑的回忆录。"① 从这里而不难窥见中国作家以及以他为代表的广大中国读者对俄国文学的积极追求。

　　文学翻译中的改编，不单单指的作品文学样式、体裁的改变，同时还包括语言、文字的转换。

　　改编经常出现在诗歌、剧本的翻译之中。如林纾把易卜生的剧本《群鬼》改译成文言小说《梅孽》，方重用散文体翻译乔叟用诗体写成的《坎特伯雷故事集》，朱生豪用散文体翻译莎士比亚剧本中的人物对白（原作为无韵诗体），等等。

　　改编在国外也是普遍存在的。例如在法国，纪德与巴罗合作，把德国作家卡夫卡的小说《城堡》搬上了法国舞台，纪德也同样用散文体翻译了莎士比亚的无韵诗体剧《安东尼与克莉奥佩特拉》。

　　通常，改编的"叛逆"仅在于文学作品的样式、体裁的变化上。例如，由于莎剧中的译本大多是散文体翻译的，于是中译本的读者就得到一个错觉，以为莎剧的原作也是用散文体写作的。但是改编对原作内容的传达倒是比较忠实的，尤其是严谨的翻译，例如上述方重译的《坎特伯雷故事集》和朱生豪译的莎剧，因为摆脱了诗体的束缚，译作对原作的内容反倒易于表达得比较透彻和全面。当然，由于文学翻译中普遍存在的创造性叛逆，即使是严谨的改编翻译，在作品内容的传达上照样有变形现象。

---

　　① 巴金：《文学生活五十年》，载巴金《创作回忆录》，人民文学出版社 1982 年版。

值得注意的还有另一种改编，这种改编多是在已有译本的基础上进行的，所以这种改编严格地说不属于文学翻译的范畴，只能视作文学翻译的外延，但它对原作进行"两度变形"的性质与上述改编是一样的。

如我国著名剧作家田汉与夏衍曾分别在 1936 和 1943 年把托尔斯泰的长篇小说《复活》改编成剧本，并搬上我国话剧舞台，产生大影响。但由于改编者对托尔斯泰的原作的独特理解和改编意图，更由于两位改编者本人又是极优秀的剧作家，因此他们的改编作尽管在总的情节内容上忠于原作，但正如研究者所指出的，"两个改编本都抹去了原作的宗教色彩"，"作品的基调、风格等显然与小说《复活》有很大的差异，它们都已中国化了"①。尤其是田汉的改编本，针对当时中国正在遭受日本军国主义侵略的特定背景，有意突出原作中并不起眼的几个波兰革命者的形象，还让他们唱出"莫提起一七九五年的事，那会使铁人泪下：我们的国家变成了一切三的瓜，我们二千七百万同胞变成了牛马；我们被禁止说自己的话，我们被赶出了自己的家。"这样的歌，其对原作的创造性叛逆赫然可见。

二 接受者的创造性叛逆

文学翻译中的创造性叛逆还来自接受者——读者。

人们较少注意到读者在文学翻译中的作用。然而，如果我们承认文学翻译的最终目的是文学交流，那么我们不难认识到，脱离了读者接受的文学翻译就是一堆废纸，毫无价值可言，因为只有在读者的接受中文学翻译才能实现其文学交流的目的。

文学翻译是一种再创造，这是大家都承认的事实。然而我们还应该看到，当译者把完成了的译作奉献给读者后，读者以他自己的方式，并调动他自己的人生体验，也加入到了这个再创造之中。由于读者的加入，文学翻译中的创造性叛逆变得更加丰富，更加多姿多

① 倪蕊琴：《列夫·托尔斯泰比较研究》，华东师范大学出版社 1988 年版，第 109 页。

彩了。

顺便提一下，近年来翻译研究者们已经认识到，读者的阅读和理解实际上也是一种翻译。英国翻译理论家乔治·斯坦纳指出："每当我们读或听一段过去的话，无论是《圣经》里的'列维传'，还是去年出版的畅销书，我们都是在进行翻译"。①

由于读者的翻译是在译者翻译的基础上进行的，因此他的翻译与原作相比的话，必然比译者的翻译更富创造性、更富叛逆精神。如美国著名哲学家弗洛姆在《被遗忘的语言》里从卡夫卡的小说《审判》的英译本里引了这样一句话："Someone must have been telling lies about Joseph K., for without having done anything wrong he was arrested one fine morning."（一定有人在诬陷约瑟夫·K.，因为他什么错儿都没犯，却在一个明媚的早晨被逮捕了。）然后从语言的角度分析说，"to be arrested"有两种意思，一是被警方拘捕，一是一个人的成长发展受到阻碍。一个被指控触犯了刑律的人被警察逮捕，一个有机体的正常发展受到阻障，二者都可以用 to be arrested。小说从表面看用的是这个字的第一义，但在象征的意义上，也可以从它的第二义去理解；K意识到自己被捕了，同时，自己的成长也受到了阻障。对此，英国比较文学家柏拉威尔指出，弗洛姆的解释完全是从译成英文的 arrest 一词出发的，实际上，卡夫卡的德文原著中使用的是 verhaffct，这个词在德语中只有 arrest 的第一义，而没有它的第二义②。

读者本人对某些社会现象或道德问题的强烈见解和思考，也会影响读者对文学作品的"翻译"。俄国作家屠格涅夫曾经成功地塑造了罗亭这样一个典型的"多余人"形象。也许是屠格涅夫对"多余人"形象的了解太深了，所以当他阅读莎士比亚的《哈姆雷特》时，竟不由自主地把哈姆雷特与俄国社会中的"多余人"形象相比较，从

---

① ［美］乔治·斯坦纳：《通天塔——翻译理论研究》，庄绎传编译，中国对外翻译出版公司1987年版，第22页。

② 转引自陈惇、刘象愚《比较文学概论》，北京师范大学出版社1988年版，第222页。

而得出了"哈姆雷特"是自我中心的利己主义者，是对群众无用之人，并不爱奥菲利娅，而是个好色之徒，他同靡菲斯特一样代表"否定精神"等这样的结论。① 这里，屠格涅夫显然塑造了一个作者、译者都始料未及的新的哈姆雷特形象。

与此相仿的是列夫·托尔斯泰对莎士比亚作品的猛烈抨击与否定，托尔斯泰坚决宣称："莎士比亚不是艺术家，他的作品不是艺术作品。"这位注重道德自我完善的作家无法理解，为什么莎士比亚笔下的人物都热衷于追求个人的幸福与利益，没有谁想到拯救自己的灵魂和使人类从罪恶中得救的问题，他更不能接受那些充满复仇、残杀、好人坏人无区别地大量死亡的舞台场面。这样，尽管他读了不少莎士比亚剧作的俄译本，德译本，甚至英文原作，但他得到的印象"始终如一"。

三 接受环境的创造性叛逆

读者的创造性叛逆一方面来自他的主观因素——他的世界观、文学观念、个人阅历，等等，另一方面，也来自他所处的客观环境——不同的历史环境往往会影响读者接受文学作品的方式。这样，在后一种情况下，尽管创造性叛逆具体体现在读者的接受上，但其根源在于环境，因此有必要把这种创造性叛逆与读者的创造性叛逆分开考察。

一般而言，作者在从事其文学创作时，心目中总是有其特定的对象的，并且自信其作品能被他的特定对象所理解。但是由于文学翻译，他的作品被披上了另一种语言的外衣，被介绍给非他预料之中的对象阅读，而这些对象既不是与他处在同一文化环境，有时候还不处于同一历史时代，于是作品的变形便在这样的接受中发生了。

斯威夫特的《格列佛游记》是一部字字隐藏讥讽的政治讽刺小说，诸如书中拥护"甲党"和"乙党"的穿高跟鞋派和穿低跟鞋派，吃鸡蛋先敲大端的"大端派"和先敲小端的"小端派"，在斯威夫特

---

① 杨周翰：《攻玉集》，北京大学出版社1983年版，第55页。

所处的英国社会里，都有明确的隐射对象。但是，当这部小说被译介到其他国家以后，人们不再注意小说的政治锋芒了，人们感兴趣的仅是作者以其丰富的想象力所描绘出来的充满怪诞异趣的大人国、小人国的故事。譬如在中国，斯威夫特的这部小说自 1914 年林纾开始翻译起，就不断地被译介。但大多数译本仅译出其第一、第二部，即"小人国""大人国"两部，有的干脆以"小人国""大人国"名之，而且明确列入《少年文学故事丛书》或《世界少年文库》。一部严肃的政治讽刺小说，就这样因环境的作用，竟演变成了一本轻松有趣的儿童读物。

更为明显的事实也许要推寒山诗在美国的流传了。寒山诗在中国本土上几乎无人知晓，文学史上更没有他的地位。但是他的诗于 1954 年被译成英文在美国发表后，却不胫而走。尤其在 50 年代末、60 年代初，美国的青年大学生中几乎形成了一股不大不小的"寒山热"，继 1954 年翻译的 27 首寒山诗后，1958 年又翻译发表了 24 首寒山诗，1962 年又出版了寒山诗的英译诗集，内收寒山诗百首之多。更有甚者，在这时期美国大学里的嬉皮士学生，几乎人人都称读过寒山诗（当然是译诗），而且喜欢、甚至崇拜寒山这个人。著名的"垮掉一代"的作家杰克·克洛厄（Jack Kerouac）还把他的自传体小说题献给寒山，寒山诗在美国的影响之大，由此可见一斑。

寒山诗为何能在美国产生如此之大的影响呢？有关学者经过研究发现了几个原因：1. 在寒山诗译介到美国之前，学禅之风正在美国社会流行；2. 60 年代的美国校园盛行嬉皮士运动；3. 寒山本人的形象。

答案就是这么简单。原来，充满禅机、崇尚自然的寒山诗正好迎合了当时美国社会的学禅热和嬉皮士运动。而更为有趣的是，诗人寒山的形象——一个衣袍破烂、长发飞扬、站在高山上迎风大笑的狂士形象，使得嬉皮士们把他视作他们心目中的理想英雄。这一切都促成了寒山诗在美国的流传。后来，在 70 年代以后，嬉皮士运动已成过去，"寒山热"也成历史，但寒山诗却从此在美国的翻译文学史上生下了根，许多中国文学的英译集不收孟浩然，不收杜牧，却收录寒山的诗。有学者因此指出："寒山在美国赢取了他在中国一千年也没有沾上的文学地位。"①

英国长篇小说《牛虻》在新中国的命运也很说明问题：小说《牛虻》在其本土也是一本并不出名的作品，但是在 50 年代末 60 年代初的中国却广受欢迎。之所以如此，小说本身的艺术魅力固然是一个原因，但另一个原因也不容忽视，即在当时的中国青年中正在开展一个向苏联革命作家奥斯特洛夫斯基学习的热潮，而《牛虻》恰恰是这位作家极其喜爱的作品，于是《牛虻》便与奥斯特洛夫斯基的自传体小说《钢铁是怎样炼成的》一起成为当时中国广大青年案头必备的读物。可是到了 60 年代下半期，中国发生了"文化大革命"，政治环境大变，当在这种政治气候熏陶下的青年学生又一次接触到《牛虻》时，情况就大不一样了，他们中的不少人不仅感受不到书中昂扬的革命精神，相反觉得这本书充满了资产阶级的人性论，甚至把它看作是一部"黄色小说"。这真是绝妙的环境创造性叛逆了。

[原载《外国语》（上海外国语学院学报）1992 年第 1 期]

---

① 叶维廉：《中国古典文学比较研究》，台湾黎明书局 1977 年版，第 173 页。

林纾的翻译

钱钟书

　　汉代文字学者许慎有一节关于翻译的训诂，义蕴颇为丰富。《说文解字》卷十二《口》部第二十六字："囮，译也。从'口'，'化'声。率鸟者系生鸟以来之，名曰'囮'，读若'讹'。"南唐以来，小学家都申说"译"就是"传四夷及鸟兽之语"，好比"鸟媒"对"禽鸟"的引"诱"，"讹"、"讹"、"化"和"囮"是同一个字①。"译"、"诱"、"媒"、"讹"、"化"这些一脉通连、彼此呼应的意义，组成了研究诗歌语言的人所谓"虚涵数意"（Polysemy, manifold meaning)②，把翻译能起的作用（"诱"）、难于避免的毛病（"讹"）、所往的最高境界（"化"），仿佛一一透示出来了。文学翻译的最高理想可以说是"化"。把作品从一国文字转变成另一国文字，既能不因语文习惯的差异而露出生硬牵强的痕迹，又能完全保存原作的风味，那就算得入于"化境"。十七世纪一个英国人赞美这种造诣高的翻译，比为原作的"投胎转世"（the transmigration of souls)，躯体换了一个，而精魂依然故我③。换句话说，译本对原作应该忠实

---

　　① 详见《说文解字诂林》第 28 册，第 2736—2738 页。参看《管锥编》（三），第546页。

　　② 参看《管锥编》（二），第317—318页。

　　③ 乔治·萨维尔（George Savile First Marquess of Halifax）至蒙田（Montaigne）《散文集》译者考敦（Charles Cotton）书；《全集》，瑞立（W. Raleigh）编本，第 185 页。十九世纪德国的希腊学大家威拉莫维茨（Ulrich v. Wilamowitz-Moellendorff）在一种古希腊悲剧希、德语对照本（*Euripides Hppolytus*）弁首的《什么是翻译?》（*Was ist Uebersetzen?*）里，也用了相类的比喻。

得以至于读起来不像译本，因为作品在原文里决不会读起来像翻译出的东西。因此，意大利一位大诗人认为好翻译应备的条件看来是彼此不相容乃至相矛盾的（paiono discordanti e incompatibili e contraddittorie）：译者得矫揉造作（ora il traduttore necessariamente affetta），对原文亦步亦趋，以求曲肖原著者的天然本来（inaffettato，naturale o spontaneo）的风格。① 一国文字和另一国文字之间必然有距离，译者的理解和文风跟原作品的内容和形式之间也不会没有距离，而且译者的体会和自己的表达能力之间还时常有距离。就文体或风格而论，也许会有希莱尔马诃区分的两种翻译法，譬如说：一种尽量"欧化"，尽可能让外国作家安居不动，而引导我国读者走向他们那里去，另一种尽量"汉化"，尽可能让我国读者安居不动，而引导外国作家走向咱们这儿来（Entweder der Uebersetzer lässt den Schriftsteller möglichst in Ruhe und bewegt den Leser ihm entgegen，oder er lässt den Leser möglichst in Ruhe und bewegt den Schriftsteller ihm entgegen）②。然而"欧化"也好，"汉化"也好，翻译总是以原作的那一国语文为出发点而以译成的这一国语文为到达点。③ 从最初出发以至终竟到达，这是很艰辛的

---

① 利奥巴尔迪（Leopardi）：《感想杂志》（Zibaldone di pensieri），弗洛拉（F. Flora）编注本，5 版第 1 册，第 288—289 页。

② 希莱尔马诃（Friedrich D. E. Schleiermacher）：《论不同的翻译方法》（Ueber die Verschiedenen Methoden des Uebersetzens），转引自梅理安一盖那司德（E. Alerian-Genast）《法国和德国的翻译艺术》（Französische und deutsche Uebersetzungskunst），见恩司德（F. Ernst）与威斯（K. Wais）合编《比较文学史研究问题论丛》（Forschungsprobleme der vergleichenden Literaturgeschichte，1951）第 2 册 25 页；参看希勒格尔《语言的竞赛》（Der Wettstreit der Sprachen）里法语代表讲自己对待外国作品的态度（A. W. Schlegel，Kritische Schriften und Briefe，W. Kohlhammer，1962，Bd. I，s. 252）。利奥巴尔迪讲法、德两国翻译方法的区别，暗合希莱尔马诃的意见，见前注所引同书第 1 册 289 页又 1311 页。其实这种区别也表现在法、德两国戏剧对外国题材和人物的处理上，参看黑格尔《美学》（Aesthetik），建设（Aufbau）出版社 1955 版，第 278—280 页。

③ 维耐（J. P. Vinay）与达贝而耐（J. Darbelnet）合著《法、英文体比较》（Stylistique compareé du français et de l'anglais，1958）10 页称原作的语言为"出发的语言"（langue de départ）、译本的语言为"到达的语言"（langue d'arrivée）。比起英美习称的"来源语言"（source language）和"目标语言"（target language），这种说法似乎更一气呵成。

历程。一路上颠顿风尘，遭遇风险，不免有所遗失或受些损伤。因此，译文总有失真和走样的地方，在意义或口吻上违背或不很贴合原文，那就是"讹"，西洋谚语所谓"翻译者即反逆者"（Traduttore traditore）。中国古人也说翻译的"翻"等于把绣花纺织品的正面翻过去的"翻"，展开了它的反面："翻也者，如翻锦绮，背面皆花，但其花有左右不同耳。"释赞宁《高僧传三集》卷三《译经篇·论》这个比喻使我们想起堂·吉诃德说阅读译本就像从反面来看花毯（es como quien mira lost apices flamencos por el revés）①。"媒"和"诱"当然说明了翻译在文化交流里所起的作用。它是个居间者或联络员，介绍大家去认识外国作品，引诱大家去爱好外国作品，仿佛做媒似的，使国与国之间缔结了"文学因缘"②，缔结了国与国之间唯一的较少反目、吵嘴、分手挥拳等危险的"因缘"。

彻底和全部的"化"是不可实现的理想，某些方面、某种程度的"讹"又是不能避免的毛病，于是"媒"或"诱"产生了新的意义。翻译本来是要省人家的事，免得他们去学外文、读原作，却一变而为导诱一些人去学外文、读原作。它挑动了有些人的好奇心，惹得他们对原作无限向往，仿佛让他们尝到一点儿味道，引起了胃口，可是没有解馋过瘾。他们总觉得读翻译像隔雾赏花，不比读原作那么情景真切。歌德就有过这种看法；他很不礼貌地比翻译家为下流的职业媒人（Uebersetzer sind als geschäftige Kuppler anzushen）——中国旧名"牵

---

①　《堂·吉诃德》第 2 部 62 章；据马林（F. R. Marin）校注本第 8 册 156 页所引考订，1591 年两位西班牙翻译家（Diego de Mendoza y Luis Zapata）合译霍拉斯（Horace）《诗学》时，早用过这个比喻。赞宁在论理论著作的翻译，原来形式和风格的保持不像在文学翻译里那么重要；锦绣的反面虽比正面逊色，走样还不厉害，所以他认为过得去。塞万提斯是在讲文艺翻译，花毯的反面跟正面差得很远，所以他认为要不得了。参看爱伦·坡（E. Allan Poe）《书边批识》（Marginalia）说翻译的"翻"就是"颠倒翻覆"（turned topsy-turvy）的"翻"，斯戴德门（E. C. Stedman）与沃德培利（G. E. Woodbrry）合编《全集》第 7 册，第 212 页。

②　"文学因缘"是苏曼殊所辑汉译英诗集名；他自序里只讲起翻译的"讹"——"迁地勿为良"（《全集》北新版第 1 册，第 121 页），没有解释书名，但推想他的用意不外如此。

马"，因为他们把原作半露半遮（eine halbverschleierte Schöne），使读者心痒神驰，想象它不知多少美丽①。要证实那个想象，要揭去那层遮遮掩掩的面纱，以求看个饱、看个着实，就得设法去读原作。这样说来，好译本的作用是消灭自己；它把我们向原作过渡，而我们读到了原作，马上掷开了译本。自负好手的译者恰恰产生了失手自杀的译本，他满以为读了他的译本就无须去读原作，但是一般人能够欣赏货真价实的原作以后，常常薄情地抛弃了翻译家辛勤制造的代用品。倒是坏翻译会发生一种消灭原作的功效。拙劣晦涩的译文无形中替作者拒绝读者；他对译本看不下去，就连原作也不想着了。这类翻译不是居间，而是离间，摧毁了读者进一步和原作直接联系的可能性，扫尽读者的兴趣，同时也破坏原作的名誉。十七世纪法国的德·马罗勒神父（l'abbé de Marolles）就是一个经典的例证。他所译古罗马诗人《马夏尔的讽刺小诗集》（*Epigrams of Martial*）被时人称为《讽刺马夏尔的小诗集》（*Epigrams against Martial*）②；和他相识的作者说：这位神父的翻译简直是法国语文遭受的一个灾难（un de ces maux dont notre langue est affligée），他发愿把古罗马诗家统统译出来，桓吉尔、霍拉斯等人都没有蒙他开恩饶命（n'ayant pardonné），奥维德、太伦斯等人早晚会断送在他的毒手里（assassinés）③。不用说，马罗勒对

---

① 歌德：《精语与熟思》（*Maximen und Reflexionen*），汉堡版（Hamburger Ausgabe）14册本《歌德集》（1982）第 12 册，第 499 页。参看鲍士威尔（Boswell）1776 年 4 月 11 日记约翰生论译诗语，见李斯甘（C. Ryskamp）与卜德尔（F. A. Pottle）合编《不祥岁月》（*The Ominous Years*），第 329 页，又鲍士威尔所著《约翰生传》牛津版，第 742 页。

② 狄士瑞立（I. Disraeli）：《文苑搜奇》（*Curiosities of Literature*），《张独斯（Chandos）经典丛书》本第 1 册，第 350 页，引梅那日《掌故录》（*Menagiana*）。

③ 圣佩韦（Sainte-Beuve）《月曜日文谈》（*Causeries du lundi*）第 14 册 136 页引沙普伦（Jean Chapelain）的信。十八世纪英国女小说家番尼·伯尔尼幼年曾翻译法国封德耐尔（Fontenelle）的名著，未刊稿封面上有她亲笔自题："用英语来杀害者：番尼·伯尔尼。"（Murthered into English by FrancesBurney）——见亨姆罗（Joyce Hemlow）《番尼·伯尔尼传》（*The History of Fanny Burney*）16 页。诗人彭斯（Robert Burns）嘲笑马夏尔诗的一个英译本，也比之于"杀害"（murder），见《书信集》，福格森（J. De Lancy Ferguson）编本第 1 册 163 页。

他的翻译成绩还是沾沾自喜、津津乐道的。①我们从亲身阅历里，找得到好多和这位神父可以作伴的人。

　　林纾的翻译所起"媒"的作用，已经是文学史公认的事实②。他对若干读者，也一定有过歌德所说的"媒"的影响，引导他们去跟原作发生直接关系。我自己就是读了林译而增加学习外国语文的兴趣的。商务印书馆发行的那两小箱《林译小说丛书》是我十一二岁时的大发现，带领我进了一个新天地，一个在《水浒》、《西游记》、《聊斋志异》以外另辟的世界。我事先也看过梁启超译的《十五小豪杰》、周桂笙译的侦探小说等，都觉得沉闷乏味③。接触了林译，我才知道西洋小说会那么迷人。我把林译哈葛德、迭更司、欧文、司各德、斯威佛特的作品反复不厌地阅览。假如我当时学习英语有什么自己意识到的动机，其中之一就是有一天能够痛痛快快地读遍哈葛德以及旁人的探险小说。四十年前④，在我故乡那个县城里，小孩子既无野兽片电影可看，又无动物园可逛，只能见到"走江湖"的人耍猴儿把戏或者牵一头疥骆驼卖药。后来孩子们看野兽片、逛动物园所获得的娱乐，我只能向冒险小说里去找寻。我清楚记得这一回事。哈葛德《三千年艳尸记》第五章结尾刻意描写鳄鱼和狮子的搏斗；对小孩子说来，那是一个惊心动魄的场面，紧张得使他眼瞪口开、气儿也不敢透的。林纾译文的下半段是这样：

　　　　然狮之后爪已及鳄鱼之颈，如人之脱手套，力拔而出之。少须，狮首俯鳄鱼之身作异声，而鳄鱼亦侧其齿，尚陷入狮股，狮

―――――――――――

　　① 例如他自赞所译桓吉尔诗是生平"最精确、最美丽、最高雅"（la plus juste，la plus belle et la plus élégante）的译作，见前注所引圣佩韦书130页。

　　② 在评述到林纾翻译的书籍和文章里，寒光《林琴南》和郑振铎先生《中国文学研究》下册《林琴南先生》都很有参考价值。那些文献讲过的，这里不再重复。

　　③ 周桂笙的译笔并不出色；据吴趼人《新笑史·犬车》记载，周说"凡译西文者，固忌率，亦忌泥"云云，这还是很中肯的话。

　　④ 这篇文章是1963年3月写的。

腹为鳄所咬亦几裂。如是战斗，为余生平所未睹者。[照原句读，加新式标点]

狮子抓住鳄鱼的脖子，决不会整个爪子像陷进烂泥似的，为什么"如人之脱手套"？鳄鱼的牙齿既然"陷入狮股"，物理和生理上都不可能去"咬狮腹"。我无论如何想不明白，家里的大人也解答不来。而且这场恶狠狠的打架怎样了局？谁输谁赢，还是同归于尽？鳄鱼和狮子的死活，比起男女主角的悲欢，是我更关心的问题。书里并未明白交代，我真心痒难搔，恨不能知道原文是否照样糊涂了事①。我开始能读原文，总先找林纾译过的小说来读。我渐渐听到和看到学者名流对林译的轻蔑和嗤笑，未免世态逐炎凉，就不再而也不屑再去看它，毫无恋惜地过河拆桥了！

　　最近，偶而翻开一本林译小说，出于意外，它居然还有些吸引力。我不但把它看完，并且接二连三，重温了大部分的林译，发现许多都值得重读，尽管漏译误译触处皆是。我试找同一作品的后出的——无疑也是比较"忠实"的——译本来读，譬如孟德斯鸠和迭更司的小说，就觉得宁可读原文。这是一个颇耐玩味的事实。当然，一个人能读原文以后，再来看错误的译本，有时不失为一种消遣，还可以方便地增长自我优越的快感。一位文学史家曾说，译本愈糟糕愈有趣：我们对照着原本，看翻译者如何异想天开，把胡猜乱测来填补理解上的空白，无中生有，指鹿为马，简直像"超现实主义"诗人的作风②。但是，我对林译的兴味，绝非想找些岔子，以资笑柄谈助，而林纾译本里不忠实或"讹"的地方也并不完全由于他的助手们外语程度低浅、不够了解原文。

---

　　①　原书是 She，寒光《林琴南》和朱羲冑《春觉斋著述记》都误混为 *Montezuma's Daughter*。狮爪把鳄鱼的喉咙撕开（rip），像撕裂手套一样；鳄鱼狠咬狮腰，几乎咬成两截；结果双双丧命（this duel to the death）。
　　②　普拉兹（M. Praz）：《翻译家的伟大》（*Grandezza dei traduttori*），见《荣誉之家》（*La Casa della fama*），第 50、52 页。

举一两个例来说明。

《滑稽外史》第一七章写时装店里女店员领班那格女士听见顾客说她是"老妪"，险些气破肚子，回到缝纫室里，披头散发，大吵大闹，把满腔妒愤都发泄在年轻貌美的加德身上，她手下一伙女孩子也附和着。林纾译文里有下面一节：

> 那格……始笑而终哭，哭声似带讴歌。曰："嗟乎！吾来十五年，楼中咸谓我如名花之鲜妍。"——歌时，顿其左足，曰："嗟夫天！"又顿其右足，曰："嗟夫天！十五年中未被人轻贱。竟有骚狐奔我前，辱我令我肝肠颤！"

这真是带唱带做的小丑戏，逗得读者都会发笑。我们忙翻开迭更司原书（第一八章）来看，颇为失望。略仿林纾的笔调译出来。大致如此：

> 那格女士先狂笑而后嘤然以泣，为状至辛楚动人。疾呼曰："十五年来，吾为此楼上下增光匪少。邀天之佑。"——言及此，力顿其左足，复力顿其右足，顿且言曰："吾未尝一日遭辱。胡意今日为此婢所卖！其用心诡鄙极矣！其行事实玷吾侪，知礼义者无勿耻之。吾憎之贱之，然而吾心伤矣！吾心滋伤矣！"

那段"似带讴歌"的顺口溜是林纾对原文的加工改造，绝不会由于助手的误解或曲解。他一定觉得迭更司的描写还不够淋漓尽致，所以浓浓地渲染一下，增添了人物和情景的可笑。写作我国近代文学史的学者一般都未必读过迭更司原著，然而不犹豫地承认林纾颇能表迭更司的风趣。但从这个例子看来，林纾往往捐助自己的"谐谑"，为迭

更司的幽默加油加酱①。再从《滑稽外史》举一例，见于第三三章
（迭更司原书第三四章）：

> 司圭尔先主……顾老而夫曰："此为吾子小瓦克福。……
> 君但观其肥硕，至于莫能容其衣。其肥乃日甚，至于衣缝裂而
> 铜钮断。"乃按其子之首，处处以指戳其身，曰："此肉也。"
> 又戳之曰："此亦肉，肉韧而坚。今吾试引其皮，乃附肉不能
> 起。"方司圭尔引皮时，而小瓦克福已大哭，摩其肌曰："翁乃
> 苦我！"司圭尔先生曰："彼尚未饱。若饱食者，则力聚而气
> 张，虽有瓦屋，乃不能阒其身。……君试观其泪中乃有牛羊之
> 脂，由食足也。"

这一节的译笔也很生动。不过，迭更司只写司圭尔"处处戳其
身"；只写他说那胖小子吃饱了午饭，屋子就关不上门，只写他说儿
子的眼泪有"油脂性"（oiliness）；什么"按其子之首"、"力聚而气
张"、"牛羊之脂，由食足也"等等都出于林纾的锦上添花。更值得
注意的是，迭更司笔下的小瓦克福只"大哭摩肌"，一句话没有说。
"翁乃苦我"那句怨言是林纾凭空穿插进去的，添个波折；使场面平
衡；否则司圭尔一个人滔滔独白，说得热闹，儿子仿佛哑口畜生，他
这一边太冷落了。换句话说，林纾认为原文美中不足，这里补充一
下，那里润饰一下，因而语言更具体，情景更活泼，整个描述笔酣墨
饱。不由我们不联想起他崇拜的司马迁《史记》里对过去记述的润

---

① 林纾《畏庐文集》里《冷红生传》自称"木强多怒"，但是他在晚年作品里，常
提到自己的幽默。《庚辛剑腥录》第 48 章邴仲光说："吾乡有凌蔚庐［'林畏庐'谐音］
者，老矣。其人翻英、法小说至八十一种……其人好谐谑。"邴仲光这个角色也是林纾美化
的自塑像；他工古文，善绘画，精剑术，而且"好谐谑"，甚至和强盗厮杀，还边打架，边
打趣；使在场的未婚妻倾倒而又绝倒（第 34 章）。《践卓翁小说》第 2 辑《窦绿娥》一则
说："余笔尖有小鬼，如英人小说所谓拍克者。""拍克"即《吟边燕语·仙狯》里的"迫
克"（Puck），正是顽皮淘气的典型。

色或增饰①。林纾写过不少小说，并且要采取用"西人哈葛德'和"迭更先生"的笔法来写小说②。他在翻译时，碰到他认为是原作的弱笔或败笔，不免手痒难熬，抢过作者的笔代他去写。从翻译的角度判断，这当然也是"讹"。即使添改得很好，毕竟变换了本来面目，何况添改未必一一妥当。方才引的一节算是改得不差的。上面那格女士带哭带唱的一节就有问题。那格确是一个丑角，这场哭吵也确有装模作样的成分。但是，假如她有腔无调地"讴歌"起来，那显然是在做戏，表示她的哭泣压根儿是假的，她就制造不成紧张局面了，她的同伙和她的对头也不会严肃对待她的发脾气了，不仅我们读着要笑，那些人当场也忍不住笑了。李贽评点《琵琶记》第八折《考试》批语："太戏！不像！""戏则戏矣，倒须似真，若真反不妨似戏也。"③林纾的改笔过火得仿佛插科打诨，正所谓"太戏！不像！"了。

----

① 例如《孔子世家》写夹谷之会一节是根据定公十年《榖梁传》文来的，一但是那些生动、具体的细节，像"旌羽袯、矛戟剑拔，鼓噪而至"、"举袂而言"、"左右视"等，都出于司马迁的增饰。

② 见《庚辛剑腥录》第33章，《践卓翁小说》第2辑《洪嫣篁》。前一书所引哈葛德语"使读者眼光随笔而趋"，其实出于"迭更先生"《贼史》第17章："劳读书诸先辈目力随吾笔而飞腾。"

③ 参看容与堂本《水浒传》第一回李贽《总评》："《水浒传》事节都是假的，说来却似逼真，所以为妙。常见近来文集，乃有真事说做假者，真钝汉也！"据周亮工《书影》卷一，《琵琶记》的评点实出无锡人叶昼手笔。李贽《续焚书》卷一《与焦弱侯》自言："《水浒传》批点得甚快活，《西厢记》、《琵琶》涂抹改窜得更妙。"袁中道《游居柿录》卷六也记载："见李龙湖批评《西厢》《伯喈》[即《琵琶记》]，极其细密。"钱希言《戏瑕》卷三《赝籍》条所举叶昼伪撰书目中无《批评琵琶记》。不论是否李贽所说，那几句话简明扼要地提出了西洋经典文评所谓"似真"与"是真"、"可能"与"可信"（Vraisemblable, vrai; possible, probable）的问题。布瓦洛伦事实是真而写入作品未必似真（Le vrai peut quelquefois n'être pas vraisemblable. —Boileau, *Art Poètique*, Ⅲ, 48）；普罗斯德论说话编造得像煞有介事就绝会真有其事（Le vraisemblable, malgré l'idée que se fait le menteur, n'est pas du tout le vrai. —Marcel Proust, La Prisonniére, in *Ala Recherche du temps perdu*, "La Pleiade", Ⅲ, p. 179）；可以和李贽的批语比勘。文艺里的虚构是否成为伦理上的撒谎，神话是否也属于鬼话，这是道德哲学的古老问题，参看卜克（Sissela Bok）《撒谎》（*Lying*, Quartet Books, 1980）206—209页。

大家一向都知道林译删节原作，似乎没人注意它有时也像上面所说的增补原作。这类增补，在比较用心的前期林译里，尤其在迭更司和欧文作品的译本里，出现得很多。或则加一个比喻，使描叙愈有风趣，例如《拊掌录·睡洞》：

而笨者读不上口，先生则以夏楚助之，使力跃字沟而过。

原文只仿佛杜甫《漫成》诗所说"读书难字过"，并无"力跃字沟"这个新奇的形象。或则引申几句议论，使意义更显豁，例如《贼史》第二章：

凡遇无名而死之儿，医生则曰："吾剖腹视之，其中殊无物。"外史氏曰："儿之死，正以腹中无物耳！有物又焉能死？"

"外史氏曰"云云在原文是括弧里的附属短句，译成文言只等于："此语殆非妄。"作为翻译，这种增补是个不足为训的，但从修辞学或文章作法的观点来说，它常常可以启发心思。林纾反复说外国小说"处处均得古文文法"，"天下文人之脑力，虽欧亚之隔，亦未有不同者"，又把《左传》《史记》等和迭更司、森彼得的叙事来比拟①，并不是空口说大话。他确按照他的了解，在译文里有节制地掺进评点家所谓"顿荡"、"波澜"、"画龙点睛"、"颊上添毫"之笔，使作品更符合"古文义法"②。一个能写作或自信能写作的人从事文学翻译，

① 见《黑奴吁天录·例言》、《冰雪因缘·序》、《孝女耐儿传·序》，《洪罕女郎传·跋》《撒克逊劫后英雄略·序》等。《离恨天·译余賸语》中《左传》写楚灵王伐随一节讲得最具体。据《冰雪因缘·序》看来，他比能读外文的助手更会领略原作文笔："冲叔［魏易］初不着意，久久闻余言始觉。"

② 林纾觉得很能控制自己，对原作并不任性随意改动。《块肉余生述》第5章有这样一个加注："外国文法往往抽后来之事预言，故令读者突兀惊怪，此用笔之不同者也。余所译书，微将前后移易，以便观者。若此节则原书所有，万不能易，故仍其原文。"参看《冰雪因缘》第26、29、39、49等章加注："原书如此，不能不照译之"，"译者亦只好随他而走。"

难保不像林纾那样的手痒；他根据个人的写作标准和企图，要充当原作者的"诤友"，自信有点铁成金、以石攻玉或移橘为枳的义务和权利，把翻译变成借体寄生的、东鳞西爪的写作。在各国翻译史里，尤其在早期，都找得着可和林纾作伴的人。像他的朋友严复的划时代译本《天演论》就把"元书所称西方"古书、古事"改为中国人语"，"用为主文谲谏之资"；当代法国诗人瓦勒利也坦白承认在翻译桓吉尔《牧歌》时，往往心痒痒地想修改原作（des envies de changer quelque chose dans le texte vénérable）①。正确认识翻译的性质，认真执行翻译的任务，能写作的翻译者就会有克己工夫，抑止不适当的写作冲动，也许还会鄙视林纾的经不起引诱。但是，正像背负着家庭重担和社会责任的成年人偶而羡慕小孩子的放肆率真，某些翻译家有时会暗恨自己不能像林纾那样大胆放手的，我猜想。

上面所引司圭尔的话"君但观其肥硕，至于莫能容其衣"，应该是"至于其衣莫能容"或"至莫能容于其衣"。这类文字上的颠倒讹脱在林译里相当普遍，看来不能一概归咎于排印的疏忽。林纾"译书"的速度是他引以自豪的，也实在是惊人的②。不过，他下笔如飞，文不加点，得付出代价。除了造句松懈、用字冗赘而外，字句的脱漏错误无疑是代价的一部分。就像前引《三千年艳尸记》那一节里"而鳄鱼亦侧其齿，尚陷入狮股"（照原来断句），也很费解；根

---

① 吴汝纶《桐城吴先生全书·尺牍》卷一《答严幼陵》。斯宾迦（J. E. Spingarn）编注《十七世纪批评论文集》（*Critical Essays of the Seventeenth Century*）第 1 册《导言》自 51 页起论当时的翻译往往等于改写；参看马锡生（F. O. Matthiessen）《翻译：伊丽沙伯时代的一门艺术》（*Translation: An Elizabethan Art*）自 79 页起论诺斯（North），又 1211 页起论弗罗利奥（Florio），都是翻译散文的例子。瓦勒利（Valéry）语见《桓吉〈牧歌〉译诗》（*Traduction en vers des Bucoliques de Virgile*）弁言，《诗文集》七星版（1957）第 1 册 214 页。

② 《十字军英雄记》有陈希彭《序》说林纾"运笔如风落霓转，……所难者，不加窜点，脱手成篇"。民国二十七年印行《福建通志·文苑传》卷九引陈衍先生《续闽川文士传》也说林纾在译书时，"口述者未毕其词，而纾已书在纸，能限一时许就千言，不窜一字"；陈先生这篇文章当时惹起小小是非，参看《青鹤》第 4 卷 21 期载他的《白话一首哭梦旦》："我作畏庐传，人疑多刺讥。"

据原文推断。大约漏了一个"身"字："鳄鱼亦侧其身，齿尚陷入狮股。"又像《巴黎茶花女遗事》"余转觉忿怒马克挪揄之心，逐渐为欢爱之心渐推渐远"，赘余的是"逐渐"；似乎本来想写"逐渐为欢爱之心愈推愈远"。中途变计，而忘掉删除那两个字。至于不很——或很不——利落的句型，例子可以信手拈来："然马克家日间谈宴，非十余人马克不适"（《茶花女遗事》）；"我所求于兄者，不过求兄加礼此老"（《迦茵小传》第四章）；"吾自思宜作何者，讵即久候于此，闪思不如窃马而逃"（《大食故宫余载·记帅府之缚游兵》）。这些不能算是衍文，都属于刘知几所谓"省字"和"点烦"的范围了（《史通》内篇《叙事》、外篇《点烦》）。排印之误不会没有，但也许由于原稿的字迹潦草。最特出的例子是《洪罕女郎传》男主角的姓（Quaritch），全部译本里出现几百次，都作"爪立支"；"爪"字准是"瓜"字，草书形近致误。这里不妨摘录民国元年至六年主编《小说月报》的恽树珏先生给我父亲的一封信，信是民国三年十月二十九日写的；"近此公［指林纾］有《哀吹录》四篇，售与敝报。弟以其名足震俗，漫为登录［指《小说月报》第五卷七号］。就中杜撰字不少：'翻筋斗'曰'翻滚斗'；'炊烟'曰'丝烟'。弟不自量，妄为窜易。以我见侯官文字，此为劣矣!"这几句话不仅写出林纾匆忙草率，连稿子上显著的"杜撰字"或别字都没改正，而且无意中流露出刊物编者对名作家来稿常抱的典型的两面态度。

在"讹"字这个问题上，大家一向对林纾从宽发落，而严厉责备他的助手。林纾自己也早把责任推得干净："鄙人不审西文，但能笔达；即有讹错，均出不知。"（《西利亚郡主别传·序》）[①]这不等于开脱自己是"不知者无罪"么？假如我上文没有讲错，那么林译的"讹"决不能全怪助手，而"讹"里最具特色的成分正出于林纾本人

---

① 这是光绪三十四年说的话。民国三年，《荒唐言·跋》的口气大变："纾本不能西文，均取朋友所口述者而译，此海内所知。至于谬误之处，咸纾粗心浮意，信笔行之，咎均在己，与朋友无涉也。"助手们可能要求他作上面的声明。

的明知故犯。也恰恰是这部分的"讹"能起一些抗腐作用，林译因此而可以免于全被淘汰。试看林纾的主要助手魏易单独翻译的迭更司《二城故事》（《庸言》第一卷十三号起连载），它就只有林、魏合作时那种删改的"讹"，却没有合作时那种增改的"讹"。林译有些地方，看来助手们不至于"讹错"，倒是"笔达"者"信笔行之"，不加思索，没体味出原话里的机锋。《滑稽外史》一四章（原书一五章）里番尼那封信是历来传诵的。林纾把第一句"笔达"如下，没有加上他惯用的密圈来表示欣赏和领会：

> 先生足下：吾父命我以书与君。医生言吾父股必中断，腕不能书，故命我书之。

无端添进一个"腕"字，真是画蛇添足！对能读原文的人说来，选更司这里的句法差不多防止了添进"腕"或"手"字的可能性（…the doctors considering it doubtful whether he will ever recover the use of his legs which prevents his holding a pen）迭更司赏识的盖司吉尔夫人（Mrs. Gaskell）在她的小说里写了相类的话柄：一位老先生代他的妻子写信，说"她的脚脖子扭了筋，拿不起笔"（she being indisposed with sprained ankle, which quite incapacitated her from holding pen）[1]。看来那是一个中西共有的套版笑话。《晋书》卷六八《贺循传》"及陈敏之乱，诈称诏书，以循为丹杨内史。循辞从脚疾，手不制笔"；《太平广记》卷二五〇引《朝野金载》："李安期……看判曰：'第书稍弱。'迭人对曰：'昨坠马伤足。'安期曰：'损足何废好书！'"林纾从容一些，即使记不得《晋书》的冷门典故，准会想起唐人笔记里的著名诙谐，也许就改译为"股必中断，不能作书"或"足胫难复原，不复能执笔"，不但加圈，并且加注了[2]。当然，助手们

---

① 《克兰福镇往事》（*Cranford*）《几封旧信》（*Old Letters*）。

② 例如《大食故宫余载·记阿兰白拉宫》加注："此又类东坡之黄鹤楼诗"；《微克逊劫后英雄略》第 35 章加注："此语甚类宋儒之言"；《魔侠传》第 4 段 14 章加注："'铁弩三千随婿去'，正与此同。"

的外文程度都很平常，事先准备也不一定充分，临时对本口述，又碰上这位应声直书的"笔达"者，不给与迟疑和考虑的间隙。忙中有错，口述者会看错说错，笔达者难保不听错写错；助手们事后显然也没有校核过林纾的稿子。在那些情况下，不犯"讹错"才真是奇迹。不过，苛责林纾助手们的人很容易忽视或忘记翻译这门艺业的特点。我们研究一部文学作品，事实上往往不能够而且不需要一字一句都透彻了解的。对有些字、词、句以至无关重要的章节，我们都可以"不求甚解"，一样写得出头头是道的论文，因而挂起某某研究专家的牌子，完全不必声明对某字、某句、某典故、某成语、某节等缺乏了解，以表示自己严肃诚实的学风。翻译可就不同，只仿佛教基本课老师的讲书，而不像大教授们的讲学。原作里没有一个字可以滑过溜过；没有一处困难可以支吾扯淡。一部作品读起来很顺利容易，译起来马上出现料想不到的疑难，而这种疑难并非翻翻字典、问问人就能解决。不能解决而回避，那就是任意删节的"讹"；不敢或不肯躲闪而强作解人，那更是胡猜乱测的"讹"。可怜翻译者给扣上"反逆者"的帽子，既制造不来烟幕，掩盖自己的无知和谬误，又常常缺乏足够厚的脸皮，不敢借用博尔赫斯（J. L. Borges）的话反咬一口，说那是原作对译本的不忠实（El original es infiel a la traduccion）[1]。譬如《滑稽外史》原书第三五章说赤利伯尔弟兄是"German-merchants"，林译第三四章译为"德国巨商"。我们一般也是那样理解的，除非仔细再想一想。选更司决不把德国人作为英国社会的救星；同时，在十九世纪描述本国生活的英国小说里，异言异服的外国角色只是笑柄[2]，而赤利伯尔的姓氏和举止表示他是道地英国人。那个平常的称谓在这

---

① 见所作 "Sobre el Vathek de William Beckford" in *Otras Inquisiciones*, Alianna Emecee, 1979, p. 137。

② 豪斯（H. House）《迭更司世界》（*The Dickens World*）51 又 169 页论迭更司把希望寄托在赤利伯尔这类人物身上。皮尔朋（Max Beerbohm）开出一张表，列举一般认为可笑的人物，有丈母娘、惧内的丈夫等，其中一项是："法国人、德国人、意国人……但俄国人不在内。"见克莱（N. Clay）编《皮尔朋散文选》94 页。

里有一个现代不常用的意义：不指"德国巨商"，而指和德国做进出口生意的英国商人①。写文章评论《滑稽外交》或介绍迭更司的思想和艺术时，只要不推断他也像卡莱尔那样向往德国，我们的无知谬误大可免于暴露丢脸；翻译《滑稽外史》时，只怕不那么安全了。

　　所以，林纾助手的许多"讹错"，都还可以原谅。使我诧异的是他们教林纾加添的解释，那一定经过一番调查研究的。举两个我认为最离奇的例子。《黑太子南征录》② 第五章："彼马上呼我为'乌弗黎'（注：法兰西语，犹言"工人"），且作势，令我辟此双扉。我为之启关，彼则曰：'戀尔西（注：系不规则之英语）。'"《孝女耐儿传》第五一章："白拉司曰：'汝大能作雅谑，而又精于动物学，何也？汝殆为第一等之小丑！'英文 Buffoon、滑稽也，Bufon，癫蟆也。"白拉司本称圭而伯为"滑稽"，音吐模糊，遂成"癫蟆"。把"开门"（ouvre）和"工人"（ouvrier）混为一字，不去说它，为什么把也是"法兰西语"的"谢谢"（merci）解释为"不规则之英语"呢？法国一位"动物学"家的姓和法语"小丑"那个字声音相近，雨果的诗里就叶韵打趣过③；不知道布封这个人，不足为奇，为什么硬改了他的本姓（Buffon）去牵合拉丁语和意语的"癫蟆"（bufo，bufone），以致法国的"动物学"大家化为罗马的两栖小动物呢？莎士比亚《仲夏夜之梦》第三幕第一景写一个角色遭魔术禁咒，变为驴首人身，他的伙伴惊叫道："天呀！你是经过了翻译了（Thou art translated）！"那句话可以应用在这个例上。

---

　　①　参见叶斯泼生（O. Jespersen）《近代英语文法》（*Modern English Grammar*）第 1 册第 2 部分 304 页。当然，在他所举德·昆西、迭更司等例子以前，早有那种用法，如十七世纪奥伯莱的传记名著里所谓"土尔其商人"，就指在土尔其经商的英国人（John Aubrey，*Brief Lives*，ed. O. L. Dick，An Arbor Paperbacks，p. 19："Mr Dawes, a Tukey merchant"，P. 26："Mr Hodges, a Turkey merchant"）。

　　②　原书是 *The White Company*；《林琴南》和《春觉斋著述记》都误淆为 *Sir Nigel*。

　　③　雨果《作祖父的艺术》（*L'Art d'être grand-père*）第 4 卷第 1 首《布封伯爵》（*Le Comte de Buffon*）（Je contemple, aumilieu des arbres de Buffon, / Le bison trop bourru, la baouin trop bouffon"）。

　　林纾四十四五岁，在逛石鼓山的船上，开始翻译①。他不断译书，直到逝世，共译一百七十余种作品，几乎全是小说。传说他也曾被聘翻译基督教《圣经》②，那多半是不懂教会事务的小报记者无稽之谈。据我这次不很完全的浏览，他接近三十年的翻译生涯显明地分为两个时期。"癸丑三月"（民国二年）译完的《离恨天》算得前后两期间的界标。在它以前，林译十之七八都很醒目；在它以后，译笔逐渐退步，色彩枯暗，劲头松懈，读来使人厌倦。这并非因为后期林译里缺乏出色的原作。塞万提斯的《魔侠传》和孟德斯鸠的《鱼雁抉微》就出于后期。经过林纾六十岁后没精打采的翻译，它们竟像《鱼雁抉微》里嘲笑的神学著作，仿佛能和安眠药比赛功效③。塞万提斯的生气勃勃、浩瀚流走的原文和林纾的死气沉沉、支离纠绕的译文，孟德斯鸠的"神笔"（《鱼雁抉微·序》见《东方杂志》第一二卷九号）和林纾的钝笔，成为残酷的对照。说也奇怪，同一个哈葛德的作品，后期所译《铁盒头颅》之类，也比前期所译他的任何一部书来得沉闷。袁枚论诗的"老手颓唐"那四个字（《小仓山房诗集》卷二〇《续诗品·辩微》又《随园诗话》卷一），完全可以移评后期林译；一个老手或能手不肯或不复能费心卖力，只依仗积累的一点儿熟练来搪塞敷衍。前期的翻译使我们想象出一个精神饱满而又集中的林纾兴高采烈，随时随地准备表演一下他的写作技巧。后期翻译所产生的印象是，一个困倦的老人机械地以疲乏的手指驱使着退了锋的秃笔，要达到人"一时千言"的指标。他对所译的作品不再欣赏，也不甚感

---

　　① 黄浚《花随人圣盦摭忆》238 页："魏季渚（瀚）主马江船政工程处，与畏庐狎。一日告以法国小说甚佳，欲使译之，畏庐谢不能；再三强，乃曰：'须请我游石鼓山乃可。'季渚慨诺，买舟载王子仁同往，强使口授《茶花女》。……书出而众哗悦，林亦欣欣。……事在光绪丙申、丁酉间。"光绪丙申、丁酉是 1896—1897 年；据阿英同志《关于〈茶花女遗事〉》（《世界文学》1961 年 10 月号）的考订，译本出版于 1899 年。

　　② 张慧剑《辰子说林》7 页："上海某教会拟聘琴南试译《圣经》，论价二万元而未定。"

　　③《波斯人书信》（Lettres Persanes）第 143 函末附医生信，德吕克（G. Truc）校注本 260–261 页。林译删去这封附"翰"（《东方杂志》第 14 卷 7 号）。

觉兴趣，除非是博取稿费的兴趣。换句话说，这种翻译只是林纾的"造币厂"承应的一项买卖①；形式上是把外文作品转变为中文作品，而实质上等于把外国货色转变为中国货币。林译前后期的态度不同，从一点上看得出。他前期的译本大多数有自序或他人序，有跋，有《小引》，有《达旨》，有《例言》，有《译余剩语》，有《短评数则》，有自己和别人所题的诗、词，还有时常附加在译文中的按语和评语。这种种都对原作的意义或艺术作了阐明或赞赏。尽管讲了些迂腐和幼稚的话，流露的态度是庄重的、热烈的。他和他翻译的东西关系亲密，甚至感情冲动得暂停那支落纸如飞的笔，腾出工夫来擦眼泪②。在后期译本里，这些点缀品或附属品大大减削。题诗和题词完全绝迹；卷头语例如《孝友镜》的《译余小识》，评语例如《烟火马》第二章里一连串的"可笑"、"可笑极矣"、"令人绝倒"等，也几乎绝无仅有；像《金台春梦录》以北京为背景，涉及中国的风土掌故，竟丝毫不能刺激他发表感想。他不像以前那样亲热、隆重地对待他所译的作品；他的整个态度显得随便，竟可以说是淡漠或冷淡。假如翻译工作是"文学因缘"，那么林纾后期的翻译颇像他自己所译的书名"冰雪因缘"了。

　　林纾是"古文家"，他的朋友们恭维他能用"古文"来译外国小说，就像赵熙《怀畏庐叟》："列国虞初铸马班。"（陈衍《近代诗钞》第一八册）后来的评论者也照例那样说，大可不必，只流露出他们对文学传统不甚了了。这是一个需要澄清的问题。"古文"是中国文学史上的术语，自唐以来，尤其在明清两代，有特殊而狭隘的含义。并非文言就算得"古文"，同时，在某种条件下，"古文"也不一定和白话文对立。

　　"古文"有两方面。一方面就是林纾在《黑奴吁天录·例言》、《撒克逊劫后英雄略·序》、《块肉余生述·序》里所谓"义法"，指

---

①　前注所引《续闽川文士传》："［纾］作画译书，虽对客不辍，惟作文则辍。其友陈衍尝戏呼其室为'造币厂'，调动辄得钱也。"参看《玉雪留痕·序》："若著书之家，安有致富之日？……侧哈氏黩货之心，亦至可笑矣！"

②　《冰雪因缘·序》、又59章评语："畏庐书至此，哭已三次矣！"

"开场"、"伏脉"、"接笋"、"结穴"、"开阖"等等——一句话，叙述和描写的技巧。从这一点说，白话作品完全可能具备"古文家义法"。明代李开先《词谑》早记载"古文家"像唐顺之、王慎中等把《水浒传》和《史记》比美①。林纾同时人李葆恂《义州李氏丛刊》里的《旧学盦笔记》似乎极少被征引过。一条记载"阳湖派"最好的古文家恽敬的曾孙告诉他："其曾祖子居先生有手写《〈红楼梦〉论文》一书，用黄、朱、墨、绿笔，仿震川评点《史记》之法"②；另一条说："阮文达极赏《儒林外史》，谓：'作者系安徽望族，所记乃其乡里来商于扬而起家者，与土著无干。作者一肚皮愤激，借此发泄，与太史公作谤书，情事相等，故笔力亦十得六七。'倾倒极矣！予谓此书，不惟小说中无此奇文，恐欧、苏后具此笔力者亦少；明之归、唐，国朝之方、姚，皆不及远甚。只看他笔外有笔，无字句处皆文章，褒贬讽刺，俱从太史公《封禅书》得来。"③ 简直就把白话小

① 《李开先集》，路工编第3册945页。参看周晖《金陵琐事》上记李贽语，胡应麟《少室山房笔丛》卷四一记"巨公"、"名士"语。其他像袁宏道、王思任等相类的意见，可看平步青《霞外捃屑》卷七论"古文写生逼肖处最易涉小说家数"。钱谦益《初学集》卷三二《王元照集序》："昔有学文于熊南沙者，南沙教以读《水浒传》"；《列朝诗集传》丁九王书承《君不见·苕川席上戏赠晋陵朱进士》："君不见罗生《水浒传》，史才别逞文辉烂。……马迁、丘明走笔端，神机颠倒庄周幻。"这两节都未见人征引。

② 流传的归有光评点《史记》并非真本（参王懋竑《白田草堂存稿》卷八《跋归震川〈史记〉》，又陆继辂《合肥学舍札记》卷一引姚鼐自言所见"震川有《史记》阁本，但有圈点，极发人意"），然而古文家奉它为天书，"前辈言古文者所为珍重授受，而不肯轻以示人者"（章学诚《文史通义》内篇一《文理》）。恽敬给予《红楼梦》以四色笔评点的同样待遇，可以想见这位古文家多么重视它的"文"了。

③ 阮元语想出自李氏收藏的手迹，别处未见过。李氏对《儒林外史》还有保留："《醒世姻缘》可为快书第一，每下一笔，辄数十行，有长江大河、浑灏流转之观。……国朝小说惟《儒林外史》堪与匹敌，而沉郁痛快处似尚不如。"李慈铭《越缦堂日记补》咸丰十年二月十六日："阅小说演又名《醒世姻缘》者。……老成细密，如此道中之近理者"；黄公度《与梁任公论小说书》："将《水浒》、《石头记》、《醒世姻缘》以及太西小说，至于通行俗谚，所有譬喻语、形容语、解颐语，分别钞出，以供驱使"（钱仲联《人境庐诗钞笺注·黄公度先生年谱》光绪二十八年）。这几例足够表明：晚清有名的文人学士急不及待，没等候白话文学提倡者打鼓吹号，宣告那部书的"发现"，而早觉察它在中国小说里的地位了。

说和《史记》、八家"古文"看成同类的东西，较量高下，追溯渊源。林纾自己在《块肉余生述·序》、《孝女耐儿传·序》里也把《石头记》、《水浒》和"史、班"相提并论。我上文已指出，他还发现外国小说"处处均得古文文法"。那么，在"义法"方面，外国小说本来就符合"古文"，无须林纾转化它为"古文"了。

不过，"古文"还有一个方面——语言。只要看林纾信奉的"桐城派"祖师方苞的教诫，我们就知道"古文"运用语言时受多少清规戒律的束缚。它不但排除了白话，也勾销了大部分的文言："古文中忌语录中语、魏晋六朝人藻丽俳语、汉赋中板重字法、诗歌中隽语、南北史佻巧语。"① 后来的桐城派作者更扩大范围，陆续把"注疏"、"尺牍"、"诗话"的腔吻和语言都添列为违禁品②。受了这种步步逼进的限制，古文家战战兢兢地循规蹈矩，以求保卫语言的纯洁，消极的、像雪花而不像火焰那样的纯洁③。从这方面看，林纾译书的文体不是"古文"，至少就不是他自己所谓"古文"。他的译笔违背和破坏了他亲手制定的"古文"规律。譬如袁宏道《记孤山》有这样一句话："孤山处士妻梅子鹤，是世间第一种便宜人！"林纾《畏庐论文·十六忌》之八《忌轻儇》指摘说："'便宜人'三字亦可入文耶！"④然而我随手一翻，看到《滑稽外史》第二九章明明写着：

---

① 沈廷芳《隐拙轩文钞》卷四《方望溪先生传》附《自记》。方苞敬畏的李绂《穆堂别稿》卷四四《古文词禁八条》是一直被忽略的文献，明白而详细地规定了禁用"儒先语录"、"佛老唾余"、"训诂讲章"、"时文评语"、"四六骈语"、"颂扬套语"、"传奇小说"和"市井鄙言"。自称曾被李氏赏识的袁枚也信奉这些"词禁"，参看《小仓山房文集》卷三五《与孙俌之秀才书》。

② 梅曾亮《柏枧山房文集》续集《姚姬传先生尺牍序》："先生尝语学者，为文不可有注疏、语录及尺牍气"；吴德旋《初月楼古文绪论》第二条："忌小说、忌语录、忌诗话、忌时文、忌尺牍。"

③ 推崇方苞的桐城人也不得不承认他的语言很贫薄——"啬于词"（刘开《孟涂文集》卷四《与阮芸台宫保论文书》）。

④ 《朱子语类》卷一二五："老子……笑嘻嘻地，便是个退步占便宜底人。"这原是"语录"，用字不忌。陈梦锡《无梦园集》马集卷四《注〈老子〉序》暗暗针对朱熹："老子非便宜人也。……非为人开便宜门也，老子最恶便宜。"这就是晚明人古文破了"忌语录"的戒了。

"惟此三十磅亦巨，乃令彼人占其便宜，至于极地。"又譬如《畏庐论文·拼字法》说"古文之拼字，与填词之拼字，法同而字异。词眼纤艳，古文则雅炼而庄严耳"，举了"愁罗恨绮"为"填词拼字"的例子。然而林译柯南达利的一部小说，恰恰题名《恨绮愁罗记》。更明显地表示态度的是《畏庐论文·十六忌》之一四《忌糅杂》："糅杂者，杂佛氏之言也。……适译《洪罕女郎传》，遂以《楞严》之旨，掇拾为序言，颇自悔其杂。幸为游戏之作，不留稿。"这节话充分证明了，林纾认为翻译小说和"古文"是截然两回事，"古文"的清规戒律对译书没有任何裁判效力或约束作用。其实方苞早批评明末遗老的"古文"有"杂小说"的毛病，其他古文家也都提出"忌小说"的警告①。试想翻译"写生逼肖"的小说而文笔不许"杂小说"，那不等于讲话而紧紧咬住自己的舌头吗？所以，林纾并没有用"古文"译小说。而且也不可能用"古文"译小说。

林纾译书所用文体是他心目中认为较通俗、较随便、富于弹性的文言。它虽然保留若干"古文"成分，但比"古文"自由得多；在词汇和句法上，规矩不严密，收容量很宽大。因此，"古文"里绝不容许的文言"隽语"、"佻巧语"像"梁上君子"、"五朵云"、"土馒头"、"夜度娘"等形形色色地出现了。白话口语像"小宝

---

① 方苞语亦见前注所引沈廷芳文。吴德旋《初月楼古文绪论》评袁枚"文不如其小说"，自注："陈令升曰：'侯朝宗、王于一其文之佳者尚不能出小说家伎俩，岂是名家！'"按陈氏语见黄宗羲《南雷文案》后集卷四《陈令升先生传》。参看彭士望《树庐文钞》卷二《与魏冰叔书》："即文字写生处，亦须出之正大自然，最忌纤佻，甚或诡诬，流为稗官谐史。敝乡徐巨源之《江变纪略》、王于一之《汤琵琶》、《李一足传》取炫世目，不虑伤品。"李良年《秋锦山房集》卷三《论文口号》九首之六："于一文章在人口，暮年萧瑟转歉歉；《琵琶》《一足》荒唐甚，留补《齐谐》志怪书。"汪琬《钝翁前后类稿》卷四八《跋王于一遗集》："前代之文，有近于小说者，盖自柳子厚始，如《河间》《李赤》二传、《谪龙说》之属皆然。然子厚文气高洁，故犹未觉其流宕也。至于今日，则遂以小说为古文词矣。……亦流为俗学而已矣！夜与武曾［即李良年］论朝宗《马伶传》、于一《汤琵琶传》，不胜叹息。"王猷定《四照堂集》卷七《李一足传》实据"与一足游最久"的朝程愈《白松楼集略》卷八《李一足小传》改写。韩愈的另一同伙李翱所作《何首乌录》、《解江灵》等，也"近于小说"。

贝"、"爸爸"、"天杀之伯林伯"（《冰雪因缘》一五章，"天杀之"即"天杀的"）等也纷来笔下了。流行的外来新名词——林纾自己所谓"一见之字里行间便觉不韵"的"东人新名词"① ——像"普通"、"程度"、"热度"、"幸福"、"社会"、"个人"、"团体"（《玉楼花劫》四章）、"脑筋"、"脑球"、"脑气"、"反动之力"（《滑稽外史》二七章、《块肉余生述》一二章又五二章）、"梦境甜蜜"、"活泼之精神"、"苦力"（《块肉余生述》一章又三七章）等应有尽有了。还沾染当时以译音代译意的习气，"马丹"、"密司脱"、"安琪儿"、"俱乐部"② 之类连行接页，甚至毫不必要地来一个"列底（尊闺门之称也）"（《撒克逊劫后英雄略》五章，原文"Lady"），或"此所谓'德武忙'耳（犹华言为朋友尽力也）。"（《巴黎茶花女遗事》，原书一〇章，原文"du dévouement"）意想不到的是，译文里有相当特出的"欧化"成分。好些字法、句法简直不像不懂外文的古文家的"笔达"，倒像懂得外文而不甚通中文的人的狠翻蛮译。那种生硬的——毋宁说死硬的——翻译构成了双重"反逆"，既损坏原作的表达效果，又违背了祖国的语文习惯。林纾笔下居然写出下面的例句！第一类像

　　　　侍者叩扉曰："先生密而华德至。"（《迦茵小传》五章）

把称呼词"密司脱"译意为"先生"，而又死扣住原文里的次序，把

---

① 《〈古文辞类纂〉选本·序》；参看朱羲胄《贞文先生年谱》卷下民国三年记林纾斥"文中杂以新名词"。清末有些人认为古文当然不容许"杂以新名词"，公文也得避免新名词。例如张之洞"凡奏疏公牍有用新名词者，辄以笔抹之，且书其上曰：'日本名词！'后悟'名词'即新名词，乃改称'日本土语'"（江庸《趋庭随笔》；参看胡思敬《国闻备乘》卷四）。易顺鼎《呜呼易顺鼎》第五篇自记很蒙张氏器重，但拟稿时用"牺牲"、"组织"两个"新名词"，张"便大怪他"，说他"明明有意与我反对"，从此不提拔他。

② 《拊掌录·李迫大梦》译意作"朋友小会"；《巴黎茶花女遗事》"此时赴会所尚未晚"是译原书9章的"Il est temps que j'aille au club"。

这个词儿位置在姓氏之前①。第二类像

> 自念有一丝自主之权，亦断不收伯爵。（《巴黎茶花女遗事》，原书五章）
>
> 人之识我，恒多谀辞，直敝我耳。（《块肉余生述》一九章）

译 "spoils me" 为 "敝我"，译 "reçu le comte" 为 "收伯爵'，字面上好像比 "使我骄恣"、"接纳伯爵" 忠实。不幸这是懒汉、懦夫或笨伯的忠实，结果产生了两句外国中文（pidgintraslatorese），和 "他热烈地摇动（shake）我的手"，"箱子里没有多余的房间（room）了"、"这东西太亲爱（cher），我买不起" 等话柄，属于同一范畴。第三类像

> 今此谦退之画师，如是居独立之国度，近已数年矣。（《滑稽外史》一九章）

按照文言的惯例，至少得把 "如是" 两字移后："……居独立之国度，如是者已数年矣。" 再举一个较长的例：

> 我……思上帝之心，必知我此一副眼泪实由中出，诵经本诸实心，布施由于诚意。且此妇人之死，均余搓其目，着其衣冠，扶之入枢，均我一人之力也。（《巴黎茶花女遗事》，原书二六章，"… mais je pense que le bon Dieu reconnaîtra que mes larmes étaient varies，a prière fervente，mon aumône sincère，et qu'ilaura pitié de celle qui，morte jeune et belle，n'a eu que moi pour lui fermer les yeur et l'ensevelir."）

---

① 宗惟惠译《求凤记》的《楔言》第 3 节、第 8 节等把称呼词译音，又按照汉语习惯，位置在姓名之后，例如 "史列门密司"、"克伦密司"，可以和 "先生密而华德" 配对。

"均我"、"均余"的冗赘，"着其衣冠"的语与意反（当云"为着衣冠"，原文亦无此意），都撇开不讲。整个句子完全遵照原文秩序，一路浩浩荡荡，顺次而下，不重新安排组织。在文言语法里，孤零零一个"思"字无论如何带动不了后面那一大串词句，显得尾大不掉；"知"字虽然地位不那么疏远，也拖拉的东西太长，欠缺一气贯注的劲头。译文只好减缩拖累，省去原文里"上帝亦必怜彼妇美貌短命"那层词意。但是，整句的各个子句仍然散漫不够团结；假如我们不对照原文而加新式标点，就会把"且此妇人之死"另起一句。尽管这样截去后半句，前半句还是接榫不严、包扎太松，不很过得去。也许该把"上帝之心必知"那个意思移向后去："自思此一副眼泪实由中出，祈祷本诸实心，布施由于诚意，当皆蒙上帝鉴照，且伊人美貌短命，舍我无谁料理其丧葬者，当亦邀上帝悲悯。"这些例子足以表示林纾翻译时，不仅不理会"古文"的约束，而且常常无视中国语文的习尚。他简直像《撒克逊劫后英雄略》里那个勇猛善战的"道人"，一换去道袍，就什么清规都不守了①。

　　在林译第一部小说《巴黎茶花女遗事》里，我们看得出林纾在尝试；在摸索，在摇摆。他认识到，"古文"关于语言的戒律要是不放松（姑且不说放弃），小说就翻译不成。为翻译起见，他得借助于文言小说以及笔记的传统文体和当时流行的报刊文体。但是，不知道是良心不安，还是积习难改，他一会儿放下，一会儿又摆出"古文"的架子。古文惯手的林纾和翻译生手的林纾仿佛进行拉锯战或跷板游戏；这种忽进又退、此起彼伏的情况清楚地表现在《巴黎茶花女遗事》里。那可以解释为什么它的译笔比其他林译晦涩、生涩、"举止羞涩"；紧跟着的《黑奴吁天录》就比较晓畅明白。古奥的字法、句法在这部译本里随处碰得着。"我为君洁，故愿勿度，非我自为也"，就是一例。原书第一章里有一节从"Un jour"至"qu'autrefois"共二百十一个字。林纾只用十二个字来译："女接所欢，嬲，而其母下之，

_____

①　《撒克逊劫后英雄略》二十章："盖我一擐甲，饮酒、立誓、狎妓，节节皆无所讳。"

遂病。"要证明汉语比西语简括，这种例子是害人上当的①。司马迁还肯用浅显的"有身"或"孕"（例如《外戚世家》、《五宗世家》、《吕不韦列传》、《春秋君列传》、《淮南衡山列传》、《张丞相列传》），林纾却从《说文》和《玉篇》引《尚书·梓材》句"至于嫡妇"，摘下了一个斑驳陆离的古字；班固还肯明白说"饮药伤堕"（《外戚传》下），林纾却仿《史记·扁鹊仓公列传》，惜墨如金地只用了一个"下"字。这可能就是《畏庐论文》所谓"换字法"了。另举一个易被忽略的例。小说里报道角色对话，少不得"甲说"、"乙回答说"、"丙于是说"那些引冒语。外国小说家常常花样翻新，以免比肩接踵的"我说"、"他说"、"她说"，读来单调，每每娇柔纤巧，受到修辞教科书的指斥②。中国古书报道对话时也来些变化，只

---

①　林纾原句虽然不是好翻译，还不失为雅炼的古文。"嫡"字古色烂斑，不易认识，无怪胡适错引为"其女珠，其母下之"，轻藐地说："早成笑柄，且不必论"（《胡适文存》卷一《建设的文学革命论》）。大约他以为"珠"是"珠胎暗结"的简省，错了一个字，句子的确就此不通；他又硬生生在"女"字前添了"其"字，干吴紧挈"其女"的"其母"变成了祖母或外祖母，那个私门子竟是三世同堂了。胡适似乎没意识到他抓林纾的"笑柄"，自己着实赔本，付出了很高的代价。关于汉语比西语简洁，清末有一个口译上的掌故。"载洵偕水师提督萨镇冰赴美国考察海军，抵华盛顿。参观舰队及制造厂毕，海军当局问之曰：'贵使有何意见发表否？'洵答曰：'很好！'翻译周自齐译称曰：'贵国机器精良，足资弊国模范，无任钦佩！'闻者大哗。……盖载洵仅一张口，决无如许话也。"（《小说大观》第一五集陈灏一《睇向斋秘录》）这个道听途说的故事几乎是有关口译的刻板笑话。在十七世纪法国喜剧里，就有骗子把所谓"土耳其"语两个字口译成一大段法语的场面（Ergaste："Oui, le langage turc dir beaucoup en deux mots."—Jean de Rotrou, *La Soeur*, Ⅲ. Ⅳ, *Oeuvres*, Garnier, pp. 252 – 253; Covielle："Oui, la langue torque est comme cela, ell edit beaucoup en peu demots."—Moliere, *Le Bourgeois gentilhomme*, Ⅳ. ⅳ, *Oeuvres complètes*, "La Societe des Belles Lettres", t. Ⅵ, pp. 271 – 272）；十九世纪英国讽刺小说里一反其道，波斯人致照例成章的迎宾辞（a well-set speech），共一百零七字，口译者以英语六字了事，英国人答辞只是一个"哦"（Oh）字（James Morier, *Hajji Baba in England*, ch. 15, "The World's Classics," p. 85）。

②　参看亚而巴拉（A. Albalat）《不要那样写》（*Comment il ne faut pas écrire*）28—29页；浮勒（H. W. Fowler）《现代英语运用法》（*Modern English Usage*）343页"习气"（Mannerism）条，高华士（E. Gowers）增订本第2版302页"倒装"（Inversion）条，又533页"说"（Said）条。

写"曰"、"对曰"、"问"、"答云"、"言"等，而不写明是谁在开口。更古雅的方式是连"曰"、"问"等都省得一干二净，《史通》内篇《模拟》所谓"连续而去其'对曰'、'问曰'等字"①。例如：

> "……邦无道，谷，耻也。""克伐怨欲不行焉，可以为仁矣。"曰："可以为难矣。仁则吾不知也。"（《论语·宪问》）
>
> "……则具体而微。""敢问所安?"曰："姑舍是。"（《孟子·公孙丑》）

佛经翻译里往往连省两次，例如：

> "……是诸国土，若算师、若算弟子能得边际，知其数不?""不也，世尊。""诸比丘，是人所经国土……"（《妙法莲华经·化城喻品》第七）
>
> "……汝见是学、无学二千人不?""唯然，已见。""阿难，是诸人等……"（同书《授学·无学人记品》第九）

在文言小说里像：

> 曰："金也。……""青衣者谁也?"曰："钱也……""白衣者谁也?"曰："银也。……""汝谁也?"（《列异传·张奋》）
>
> 女曰："非羊也，雨工也。""何为雨工?"曰："雷霆之类也。"……君曰："所杀几何?"曰："六十万。""伤稼乎?"曰："八百里。"（《柳毅传》）
>
> 道士问众："饮足乎?"曰："足矣。""足宜早寝，勿误樵苏。"（《聊斋志异·崂山道士》）

---

① 参看《管锥编》（一），第470—472页。

都是偶然一见。《巴黎茶花女遗事》却反复应用这个"古文"里认为最高雅的方式：

> 配曰："若愿见之乎？吾与尔就之。"余不可。"然则招之来乎？"
> 曰："然。""然则马克之归谁送之？"
> 曰："然。""然则我送君。"
> 马克曰："客何名？"配唐曰："一家宾瞠。"马克曰："识之。""一亚猛着彭。"马克曰："未之识也。"
> 突问曰："马克车马安在？"配唐曰："市之矣。""肩衣安在？"又曰："市之矣。""金钻安在？"曰："典之矣。"
> 余于是拭泪问翁曰："翁能信我爱公子乎？"翁曰："信之。""翁能信吾情爱，不为利生乎？"翁曰；"信之。""翁能许我有此善念，足以赦吾罪戾乎？"翁曰："既信且许之。""然则请翁亲吾额……"

值得注意的是，在以后的林译里似乎不再碰见这个方式。第二部有单行本的林译是《黑奴吁天录》，书里就不再省去"曰"和"对曰"了（例如九章马利亚等和意里赛的对话、二○章亚妃立和托弗收的对话）。

林译除迭更司、欧文以外，前期那几种哈葛德的小说也未可抹杀。我这一次发现自己宁可读林纾的译文，不乐意读哈葛德的原文。也许因为我已很熟悉原作的内容，而颇难忍受原作的文字。哈葛德的原文滞重粗滥，对话更呆板，尤其冒险小说里的对话常是古代英语和近代英语的杂拌。随便举一个短例。《斐洲烟水愁城录》第五章："乃以恶声斥洛巴革曰：'汝何为恶作剧？尔非痫当不如是。'"这是很利落的文言，也是很能表达原文意义的翻译，然而没有让读者看出原文里那句话的说法。在原文里，那句话（What meanest thou by such mad tricks? Surely hou art mad.）就仿佛中文里这样说："汝干这种疯狂的把戏，于意云何？汝准是发了疯矣！"对英语稍有感性的人看到这些不伦不类的词句，第一次觉得可笑，第二、三次觉得可厌了。林纾的文笔说不上工致，而大体上比哈葛德的明爽轻快。译者运用"归宿语言"超过作者运用"出发语言"的本领，或译本在文笔上优于原作，都有可能性①。最讲究文笔的裴德（Walter Pater）就嫌爱伦·坡的短篇小说词句凡俗，只肯看波德莱亚翻译的法文本；法朗士说一个唯美派的少年人（un jeune esthète）告诉他《冰雪因缘》在法译本里尚堪一读②。虽然歌德没有承认过纳梵尔（Gérard de Nerval）法译《浮士德》比原作明畅，只是傍人附会传讹③。但也确有出于作者亲口的事例。惠特曼并不否认弗莱理格拉德（F. Freiligrath）德译《草叶集》里的诗也许胜过自己的英语原作；博尔赫斯甚至赞美伊巴拉（Néstor Ibarra）把他的诗译成法语，远胜西班牙语原作④。惠特曼当然未必能辨识德语的好歹，博尔赫斯对法语下判断却确有资格的。哈葛德小说的林译颇可列入这类事例里——不用说，只是很微末的事例。近年来，哈葛德在西方文坛的地位稍稍回升，主要也许由于一位有世界影响的心理学家对《三千年艳尸记》的称道⑤；英国也陆续出版了他的评传，说明他在同辈通俗小说家里比较经得起时间的考验⑥。水涨船高，林译可以沾光借重，至少在评论林译时，我们免得礼节性地把"哈葛德是个不足道的作家"那类老话重说一遍了。

---

① 参看培茨（E. S. Bates）《近代翻译》（*Modern Translation*）112 页所举例。
② 班生（A. C. Benson）《裴德评传》23 页；法朗士（A. France）《文学生活》（*La Vie litteraire*）第 1 册 178 页。
③ 见前注所引《比较文学史研究问题论丛》第 2 册，第 27 页。
④ 德老白尔（H. Traubel）《和惠特曼在一起》（*With Walt Whitman in Camden Town*），白拉特来（S. Bradley）编本第 4 册 16 页；沙蓬尼埃（G. Charbonier）《博尔赫斯访问记》（*Entrevistas con J. L. Borges*），索莱尔（Martí Soler）西班牙语译本第 3 版（1975）11—12 页。
⑤ 荣格（C. G. Jung）《现代人寻找灵魂》（*Modern Man in Search of a Soul*）里那著名的一节已被通行的文论选本采入，例如瑞德（M. Rader）《现代美学论文选》（*A Modern Book of Esthetics*）增订 3 版、洛奇（D. Lodge）《十世纪文评读本》（*Twentieth-century Literary Criticism: A Reader*）。
⑥ 我看到的有柯恩（H. Cohen）《哈葛德的生平和作品》（*Rider Haggard: HisLife and Works*, 1960）和爱理斯（P. B. Ellis）《哈葛德：来自大无限的声音》（*H. Rider Haggard: A Voice from the Infinite*, 1978）。都写得不算好，但都声称哈葛德一直保有读众。

林纾"译书虽对客不辍，惟作文则辍"。上文所讲也证明他"译文"不像"作文"那样慎重、认真。我顺便回忆一下有关的文坛旧事。

不是一九三一、就是一九三二年，我在陈衍先生的苏州胭脂巷住宅里和他长谈。陈先生知道我懂外文，但不知道我学的专科是外国文学，以为准是理工或法政、经济之类有实用的科目。那一天，他查问明白了，就慨叹说："文学又何必向外国去学呢！咱们中国文学不就很好么！"① 我不敢和他理论，只抬出他的朋友来挡一下，就说读了林纾的翻译小说，因此对外国文学发生兴趣。陈先生说："这事做颠倒了！琴南如果知道，未必高兴。你读了他的翻译，应该进而学他的古文，怎么反而向往外国了？琴南岂不是'为渊驱鱼'么？"他顿一顿，又说："琴南最恼人家恭维他的翻译和画。我送他一副寿联，称赞他的画，碰了他一个钉子。康长素送他一首诗，捧他的翻译，也惹他发脾气。"我记得见过康有为的"译才并世数严林"那首诗②，当

① 好多老辈文人有这种看法，樊增祥的诗句足以代表："经史外添无限学，欧罗所读是何诗？"（《樊山续集》卷二四《九叠前韵书感》）。他们不得不承认中国在科学上不如西洋，就把文学作为民族优越感的根据。在这一点上，林纾的识见超越了比他才高学博的同辈。试看王闿运的议论："外国小说一箱看完，无所取处，尚不及黄淳耀看《残唐》也！"（《湘绮楼日记》民国三年七月二十四日）。这"一箱"很可能就是《林译小说》，里面有《海外轩渠录》、《鲁滨孙漂流记》以及迭更司、司各德、欧文等的作品。看来其他东方古国的人也抱过类似态度，龚古尔（Edmond de Goncourt）就记载波斯人说：欧洲人会制钟表，会造各种机器，能干得很，然而还是波斯人高明，试问欧洲也有文人、诗人么（si nou-savons des littérateurs, des poètes）？——《龚古尔兄弟日记》1887 年 9 月 9 日，李楷德（R. Ricatte）编"足本"（Texte intégral）第 15 册 29 页。参看莫理阿《哈吉巴巴在英国》54 章，前注所引书 335 页。

② 《庸言》第 1 卷 7 号载《琴南先生写〈万木草堂图〉，题诗见赠，赋谢》："译才并世数严林，百部虞初救世心。喜剩灵光经历劫，谁伤正则日行吟。唐人顽艳多哀感，欧俗风流所入深。多谢郑虔三绝笔，草堂风雨日披寻。"林纾原作见《畏庐诗存》卷上《康南海书来索画〈万木草堂图〉，即题其上》。康有为那首诗是草率应酬之作。"日"、"风"两字重出，"哀感顽艳"四字误解割裂［参看《管锥编》（三）324—325 页］，对仗实在粗拙，章法尤其混乱。第五、六句又讲翻译小说；第七句仿佛前面第一、二、五、六句大讲特讲的翻译不算什么，拿手的忽然是诗、书、画；第八句把"风雨飘摇"省为"风雨"，好像说一到晴天就不用看这幅画了。景印崔斯哲写本《康南海先生诗集》卷一二《纳东海亭诗》没有收这首诗，也许不是漏掉而是删去的。

时急于要听陈先生评论他交往的名士们，也没追问下去。事隔七八年，李宣龚先生给我看他保存的师友来信，里面两大本是《林畏庐先生手札》，有一封信说：

> ……前年我七十贱辰，石遗送联："讲席推前辈；画师得大年。"于吾之品行文章，不涉一字。[石遗]来书云"尔不用吾寿文。……故吾亦不言尔之好处。"①

这就是陈先生讲的那一回事了。另一封信提到严复：

> ……然幾道生时，亦至轻我，至当面低毁。②

我想起康有为的诗，就请问李先生。李先生说，康有为一句话得罪两个人。严复一向瞧不起林纾，看见那首诗，就说康有为胡闹，天下哪有一个外国字都不认识的"译才"，自己真羞与为伍。至于林纾呢，他不快意的有两点。诗里既然不紧扣图画，都是题外的衬托，那么首先该讲自己的古文，为什么倒去讲翻译小说？舍本逐

---

① 朱羲胄《贞文先生学行记》卷二载此联作："讲席推名辈；画师定大年。"

② 《畏庐文集》里《送严伯玉 [严复儿子] 至巴黎序》和《尊疑 [严复别号] 译书图记》推重严复，只是评点家术语所谓"题中应有之义"、不"上门骂人"的"尊题"。《洪罕女郎传·跋》称赞严复，那才是破格表示友善。《畏庐诗存》卷上《严幾道六十寿，作此奉祝》："盛年苦相左，晚岁荷推致。"坦白承认彼此间关系本来不很好；据林纾的信以及李先生的话，严复"晚岁"对林纾并不怎么"推致"。严复《愈野堂诗集》卷下有为林纾写的两首诗。《题林畏庐〈晋安耆年会图〉》："纾也壮日气食牛，上追西汉摛文藻。……虞初刻划万物情，东野口才逊雄鳌"；《赠林畏庐》："尽有高词媲汉始，更搜重译到虞初。"不直说林纾的古文近法归有光、方苞等，而夸奖它"上追"《史记》，这大约就使林纾感到"荷推致"了。严复显然突出林纾的古文，也不认为他用"古文"翻译小说，像赵熙所说"列国虞初铸马班"；又只把他的翻译和诗并列为次要。"口"一个刻本作'受'字。"汉初"和"虞初"对偶工整，缺陷是不很贴切司马迁的时代；"愈野堂"命名的来历想是刘歆《移书让太常博士》："夫礼失，求之于野，古文不犹愈于野乎！"

末，这是一①。在这首诗里，严复只是个陪客，难道非用"十二侵"韵不可，不能用"十四盐"韵，来它一句"译才并世数林严"么？"史思明懂得的道理，安绍山竟不懂！"②喧宾夺主，这是二。后来我和夏敬观先生谈起这件事，他提醒我，他的《忍古楼诗》卷七《赠林畏庐》也说："同时严幾道，抗手极能事。"好在他"人微言轻"，不曾引起纠纷。文人好名，争风吃醋，历来传作笑柄，只要它不发展为无情、无义、无耻的倾轧和陷害，终还算得"人间喜剧"里一个情景轻松的场面。

林纾不乐意被称为"译才"，我们可以理解。刘禹锡《刘梦德文集》卷七《送僧方及南谒柳员外》说过"勿谓翻译徒，不为文雅雄"，就表示一般成见以为"翻译徒"是说不上"文雅"的。远在刘禹锡前，有一位公认的"文雅雄"搞过翻译——谢灵运。他对"殊俗之音，多所通解"；传布到现在的《大般涅槃经》卷首明明标出："谢灵运再治"；抚州宝应寺曾保留"谢灵运翻经台"古迹，唐以来名家诗文集里都有题咏③。我国编写文学史的人对谢灵运是古代唯一的大诗人而兼翻译家那桩事，一向都视若无睹。这种偏见也并非限于翻译事业较不发达的中国。歌德评价卡莱尔的《德国传奇》（*German Romance*）时，借回教《古兰经》的一句话发挥说："每一个翻译家也就是他本民族里的一位先知。"（So ist jeder Uebersetzer ein Prophet

---

① 据林纾《震对集选·序》，康有为对他的古文，不甚许可，说："足下奈何学桐城！"《方望溪集选·序》所讲"某公斥余"，就指那句话。

② 林纾"好谐谑"的例子。史思明作《樱桃子》诗，宁可不押韵，不肯把宰相的名字放在亲王的名字前面；这是唐代有名的笑话（《太平广记》卷四九五引《芝田录》，《全唐诗》卷八六九《谐谑》一）。安绍山是《文明小史》四五、四六回里出现的角色，影射康有为，双关康氏的姓名（"安康"）和安禄山的姓名，"绍"是"绍述"之意；唐史常说"安史之乱"，安禄山和史思明同伙齐名，一对"叛逆"。林纾称赞《文明小史》"亦佳绝"，见《红礁画桨录·译余赘语》；他的《庚辛剑腥录》九章里有个昆南陔，也是"康南海"的谐音。

③ 慧皎《高僧传》卷七《慧睿传》、《慧严传》；《永乐大典》卷二六〇三《台》字下引自唐至元的题咏诗文。

in seinem Volke)① 他似乎忘记了基督教《圣经》的一句话："一位先知在他本国和自己家里是不受尊敬的。"（《马太福音》一三章五七节）近在一九二九年，法国小说家兼翻译家拉尔波还大声疾呼，说翻译者是文坛上最被忽视和贱视的人，需要团结起来抗议，卫护"尊严"，提高身分②。林纾当然自命为"文雅雄"，没料想康有为在唱和应酬的文字社交里，还不肯口角春风，而只品定他是个翻译家；"译才"和"翻译徒"，正如韩愈所谓"大虫"和"老虫"，虽非同等，总是同类。他重视"古文"而轻视翻译，那也不足为奇，因为"古文"是他的一种创作；一个人总觉得，和翻译比起来，创作更亲切地属于自己，尽管实际上他的所谓"创作"也许并非自出心裁，而是模仿或改编，甚至竟就是偷天换日的翻译。让我们且看林纾评价自己的古文有多高，来推测他对待古文和翻译的差别有多大。

林纾早年承认不会作诗，陈衍先生《石遗室诗集》卷一《长句一首赠林琴南》记载他："谓'将肆力古文词，诗非所长休索和'。"他晚年要刻诗集，给李宣龚先生的信里说：

---

① 歌德《艺术与文学评论集》（*Schriften zur Kunst und Literatur*），前注所引同书第 12 册 353 页。

② 拉尔波（Valery Larbaud）《翻译家的庇佑者》（*Le Patron des traducteurs*），《全集》迦利玛（Gallimard）版第 8 册 15 页。随便举几个十七八世纪的佐证。索莱尔的有名幽默小说里说一些人糊口只靠译书、"那桩卑贱的事"（traduire des livres, qui est une chose très vile. —C. Sorel, *Histoire comique de Francion*, ed. E. Roy, t. Ⅱ, p. 80）。蒲伯给他朋友一位画家（C. Jervas）的信里说自己成为"一个不足挂齿的人"（a person out of the question），因为"翻译者算不得诗人，正像裁缝不算是人"（a Translator is no more a Poet, than a Taylor is a Man. −Pope, *Correspondence*, ed. G. Sherburn, Vol. Ⅰ, P. 347）；他又说，一位贵人（Lord Oxford）劝他不要译荷马史诗，理由是："这样一位好作家不该去充当翻译者"（So good a writer ought not to be a translator. —J. Spense, *Anecdotes*, *Observations and Characters of Books and Men*, "Centaur Classics", p. 181）。蒲伯的仇人蒙太葛爵夫人给女儿（the Countess of Bute）的信里谈到一位名小说家："我的朋友斯摩莱特把时间浪费在翻译里，我为他惋惜。"（I am sorry my friend Smollett loses his time in translations. −Lady Mary Wortly Montagu, *Letters*, "Everyman's Lib," p. 449）。

> 吾诗七律专学东坡、简斋；七绝学白石、石田，参以荆公；
> 五古学韩；其论事之古诗则学杜。惟不长于七古及排律耳。

可见他对于自己的诗也颇得意，还表示门路很正、来头很大。然而接着是下面的一节：

> 石遗已到京，相见握手。流言之入吾耳者，——化为云烟①。
> 遂同往便宜坊食鸭，畅谈至三小时。石遗言吾诗将与吾文并肩，
> 吾又不服，痛争一小时。石遗门外汉，安知文之奥妙！……六百
> 年中，震川外无一人敢当我者；持吾诗相较，特狗吠驴鸣。

杜甫、韩愈、王安石、苏轼等真可怜，原来都不过是"狗吠驴鸣"的榜样！为了抬高自己某一门造诣，不惜把自己另一门造诣那样贬损以至糟蹋，我不知道第二个事例。虽然林纾在《震川集选》里说翻译《贼史》时，"窃效"归有光的《书张贞女死事》②，我猜想他给翻译的地位决不会在诗之上，而很可能在诗之下。假如有人做个试验，向他说；"不错！比起先生的古文来，先生的诗的确只是'狗吠驴鸣'，先生的翻译像更卑微的动物——譬如'癞蟆'吧——的叫声。"他会怎样反应呢？是欣然引为知音，还是怫然"痛争"，替自己的诗和翻译辩护？这个试验当然没人做过，也许是无须做的。

（选自钱钟书《七缀集》，生活·读书·新知三联书店2002年版，第77—114页）

---

① "流言"指多嘴多事的朋友们在彼此间搬弄的是非。
② 见《归震川全集》卷四；同卷《书郭义官事》、《张贞女狱事》也都是有"小说家伎俩"的"古文"。

18 世纪法国传教士汉学家对《诗经》的译介与研究

——以马若瑟、白晋、韩国英为例

钱林森

中国古典诗歌西传法国，得益于 18 世纪法国汉学的勃兴，也得益于 18 世纪来华传教士汉学家率先译介与引进，尽管其引介之最初动因并不出于纯文学的考量，而出于传教布道的宗旨、在于对中国文明的总体考索。以布道传教为根本宗旨，以探索中华古老文明奥秘为己任、以寻求异教文明与基督教义相汇融为旨归的法国入华耶稣会士，为着传教的需要，十分注重中国文化经典的译述、探究。作为中国文学文化灿烂的源头、榜列"五经"的《诗经》，自然受到他们的格外青睐，古代中国人的歌唱因而被率先引进到法国和欧洲，成为中国文学西渐的先行。据说，第一个把《诗经》译成西方语言的，是法国耶稣会士金尼阁（Nicolas Trigault，1577-1628），但他的译文却未留存下来。西方学者公认最早的西译《诗经》，是法国传教士孙璋（Alexandre de la Charme，1695-1767）的拉丁文译本，他的《诗经》翻译始于 1733 年，但真正刊行面世，是一百年以后的事①。在 18 世纪与孙璋差不多先后同时对《诗经》进行翻译、研究的法国传教士还有赫苍璧（Julien - Placide Herieu，1671 - 1746）、白晋（Joachim Bouvet，1656 - 1730）、马若瑟（Joseph Marie de Prémare，1666 -

---

① ［法］费赖之：《在华耶稣会士列传及书目》（下册），冯承钧译，中华书局 1995 年版，第 748 页。

1735）、宋君荣（1698—1759）、韩国英神父（Pierre-Martial Cibot，1727-1780）等。赫苍璧曾编过一部《诗经》选译①，白晋则著有《诗经研究》（稿本）②，马若瑟也有《诗经》选译。宋君荣不仅译注了《诗经》，还运用其中的资料来研究中国的天文历史③。18 世纪下半叶，韩国英神父秉承法国传教士汉学家注重文化经典的译介和学术开发的传统，恪守传教布道的宗旨，连续在多卷汉学巨著《北京耶稣会士中国论集》（简称《中国论集》）刊发系列长文，选译、全面介绍《诗经》，将这一时期法国人对中国古典诗歌的译介和研究，推向新的发展阶段。我们在这里，仅从《诗经》法译文本流传、影响的角度，对马若瑟、白晋、韩国英神父的相关诗译与诠释加以梳理、考析，便不难见出，中国诗歌西渐法国的初期，如何受制于译介者的布道、证道取向而伴随传教士汉学的生成、勃兴、发展而发展的某些特点。

马若瑟的《诗经》选译

马若瑟（Joseph Maricdc Prémare，1666-1735），系康熙帝特使白晋招募二期来华的耶稣会士，他在华历练不久，遂成为著名的索隐派汉学家。1666 年生于法国瑟堡城（Cherbourg），1735 年殁于澳门，其生前业绩特色，颇得业内人士肯定："若瑟之传教热忱，鼓励其研究中国语言文字。其研究与一般传教师异，盖其志不仅在肆习传教必须之语文，而尤注重于寻究中国载籍中之传说，有裨于宗教者予以利用，发挥教理，若瑟此类研究，成绩甚优，甫数年即能用优美的中国文字著述立说。"其著译甚丰，被后世汉学界推崇为来华传教士中，

---

① ［法］费赖之：《在华耶稣会士列传及书目》（下册），冯承钧译，中华书局 1995 年版，第 593 页。

② ［法］费赖之：《在华耶稣会士列传及书目》（上册），冯承钧译，稿本藏巴黎国家图书馆，第 438 页。

③ 如研究《诗经》中的日蚀。同上书，第 694 页。

"于中国文学造诣最深者。"① 从文本流布来看，马若瑟神父是将《诗经》部分诗歌介绍到法国并产生过影响的首个译者。他选译了《诗经·周颂》中的《敬之》（法译 "*Un jeune Roi prie ses Ministres de l'instruire*"——《一位年轻君王请求大臣教导他》）、《天作》（法译 "*A la louange de Ven vang*"——《文王颂》）、《诗经·大雅》中的《皇矣》（法译 "*A lalouange du même*"——《文王颂二》）、《大雅·抑》（法译 "*Conseils donnés à un roi*"——《谏君王》）、《大雅·瞻卬》（法译 "*Sur la perte du genre humaine*"——《人类之不幸》）、《小雅·正月》（法译 "*Lamentations sur lesmiseres du genre humain*"——《哀民生之多艰》）、《大雅·板》（法译 "*Exhortation*"——《劝诫》）、《大雅·荡》（法译 "*Avis au Roy*"——《忠告君王》）等八首诗②，刊发在杜赫德神父（Y- B. du Holde）主编的《中华帝国全志》1736 年第 2 卷第 370—380 页，开创了法国人探究中国文学源头的先河。杜赫德还为此专门撰文对《诗经》作了介绍，这可能是我们见到的法国人最早介绍《诗经》的文字③。杜赫德告诉法国读者，《诗经》是中国人的一部古老的诗集，"整部作品收录的都是周王朝时期创作的一些颂诗、赞美歌以及诗歌，描写了在天子统治下管辖封地的诸侯们的风俗习惯和准则。" 对这部诗集的解析，中国诠释家形成了不无自相矛盾的看法，一方面，"人们对美德大加赞颂，从中发现了很多非常睿智的箴言"，就连孔子也对其大加称颂，"肯

---

① 雷慕沙：《亚洲新杂纂》（卷二），转引自费赖之《在华耶稣会士列传及书目》（上册），中华书局 1995 年版，第 527—528 页。

② Voir J - B. du Halde, " Description géographique, historique, chronologique, politique et phisique de l'Empire de laChine et de la Tartarie chinoise", Vol. Ⅱ, 1736, pp. 370-380.

③ *Ibide.*, pp. 369-370. 杜赫德对《诗经》最初介绍的文字，载其主编的《中华帝国全志》第二卷第 369—370 页，巴黎，1736 年。如下引文，均据此迻译，不再一一详注。18 世纪法国世俗汉学家弗雷莱 1714 年 9 月 7 日宣读、1720 年发表的《关于中国诗歌》（ "De la poésie chinoise" ）一文，虽然征引了一首所谓《诗经》四言诗，据考证，这纯粹是误读。

定作品中的说理是非常纯洁和神圣的"；另一方面，却有部分学者认为，"夹杂的一些糟粕破坏了这部作品：因为其中包含有怪诞和无神论的内容，使其被视为伪经"。杜赫德强调，《诗经》中的诗作在中华帝国享有"极高的权威"。虽然在他看来，《诗经》文体风格显得十分"晦涩难解"——原因可能源自"文笔的简练，以及作品中随处可见的隐喻和大量古老的谚语"，不过，正因其"晦涩难解"，才赢得了博学者的重视和尊敬。杜赫德打破了《诗经》风、雅、颂的分类法，把《诗经》中的诗分为五种不同的类型。一是对人的颂歌，因其才或德受到赞美，"按照一些习规，人们在一些盛大隆重的典礼、献祭仪式、葬礼和祭奠祖先的仪式上吟诵"。二是反映王朝的风俗，"就像小说一样，是由个人创作的，不被吟诵，但会在皇帝和大臣面前朗诵。其中如实地描绘了各种风俗，批评民众和统治他们的诸侯的不足之处"。三是比兴的诗，"都是用比喻和对比的修辞手法"。四是颂扬高尚的事物，"从某些大胆的讽刺的内容开始，引向赞赏"。五是可疑的诗，即被孔子斥为"伪经"的诗。从杜赫德对《诗经》的这般介绍，我们不难看到，传教士对《诗经》的探究重心虽不在文学，但当其首次接触到这部文化经典时，又不可能绕过文学的切入点，而首先集中在《诗经》这部"经书"的文学性质的考辨上；当其一旦进入纯文学（诗歌）的探索时，又难以说出个究竟来，真实反映出引介初始阶段的实际水平。由于杜赫德的《中华帝国全志》在18世纪欧洲所拥有的巨大影响，它于1735年在巴黎以法文面世后不久，又由英、德、俄等三种文字在欧洲传播，伟大的歌德在1781年11月10日的日记记载中，奇妙地发出了赞叹："啊！文王！"大约是这位德国诗坛巨星从马若瑟译诗和杜赫德的绍介中获得了对《诗经》最初印象的反映，这可以见出马若瑟、杜赫德开拓之功的反响。

通读马若瑟首译《诗经》八首诗，从选题体裁和内容看，均为《诗经》颂、雅中的"颂歌体"（Ode），译者冠以"八首颂歌"，内容多为颂扬帝王帝祖，或劝诫、规谏君王大臣的诗篇，彰显德性，讽喻弊端；从其迻译方式及准确性来看，译文大体把握原诗原意，采取意译的移植方式，基本上传达并保持了原诗的内容和风格，显示了译者较高的汉语言修养和水平，实在难能可贵。在此，我们不妨对照原文来读一读马氏迻译的《诗经》首篇颂歌（Premiere Ode）《敬之》，即可证实。先读原诗（含今译），这是群臣在宗庙进戒成王的乐歌，或谓成王自箴的诗。一说，为成王悔过告庙诗之一。

敬之敬之，	戒慎恐惧，戒慎恐惧，
天维显思，	天道光明显赫，
命不易哉。	天命不会更易。
无日高高在上，	不要以为"天高高在上"，
陟降厥士，	自上至下无所不察，
日监在兹。	天天监视我们。
维予小子，	只有我小子——成王，
不聪敬止。	不聪明，也不警惕。
日就月将，	愿日有所就月有所成，
学有缉熙于光明。	学而明达洞察机先。
佛时仔肩，	大家辅助我担当重任，
示我显德行。	请以德行启示我。①

译者马若瑟将《敬之》迻译成法文，全诗如下：

Je scai qu'il faut veiller san cesse sursoi- même：que le ciel a une intelligence à qui rienn'écappe：que ses arrêts font sans appel. Qu'onne dise donc pas qu'il est tellement élevé & siloin de nous，qu'il ne pense gueres aux choses d'ici - bas. Je scai qu'il considére tout：qu'il entredans tout，& qu'il est sans cesse présent à tout. Mais hélas！je suis encore bien jeune：je suis peuéclairé，& je n'ai pas assez

---

① 杨任之：《诗经今译今注》，天津古籍出版社 1986 年版，第 529—530 页。

d'attention sur mesdevoirs: je n'applique cependant de toutes mesforces, & je tâche de ne point perdre de tems, nedésirant rien avec plus d'ardeur, que d'arriver à laperfection: J'espere que vous m'aiderez à porterun fardeau si pesant: & que les bons conseils quevous voudrez bien me donner, ne serviont pas peuà me rendre solidement vertueux, ainsi que je ledésire. ①

我们依据马氏上述法译文本试着还原为如下中文:

> 我知, 应时刻自省: 天命难违, 它做出的便是最终裁定, 不可挽回。莫说老天高高在上, 遥不可及, 不问世间事。我知, 他洞悉一切: 他明察秋毫, 无时无处不在。唉! 不过我年纪尚轻: 资质愚钝, 不够重视自身的责任; 然而我会极尽全力, 既不容热情消逝, 也不虚抛时日, 只臻完美。望诸位助我担此重任: 望诸位赐我金玉良言, 让我成为德行坚定的人, 此为我所欲也。

由上我们不难见出, 马氏译文大体表达了原诗的内涵和风格, 难怪其教友及后世学者都钦佩这位传教士译手的汉学学养之超拔。

但我们也必须注意到, 马若瑟的汉学造诣和水平, 虽然一直为其同辈和后世学者所称道、所乐道, 被视之对中国文学"认识之深", 为清初入华耶稣会士"无人能及"。然而, 当人们对照《诗经》原作仔细拜读他所迻译的、颇具影响的上述几首颂诗, 也不难发现"一些令人惊讶的曲解之处"②, 曾为后世学者所质疑。这让我们感觉到, 马若瑟或许在盛名之下, 其实难副。限于篇幅, 仅以其中最短也最易

---

① Voir J - B. du Halde, "Un jeune Roi prie ses Ministres de l'inftruire", *Description géographique*, *historique*, *chronologique*, *politique et phisique de l' Empire de la Chine et de la Tartarie chinoise*, Vol. II, 1736, p. 370.

② Ting Tchao-tsing, *Les Descriptions de la Chine par les Français* (1650-1770), Paris: Librairie orientaliste Paul Geuthner, 1928, p. 77.

移植的《天作》为例，加以检视，看看马氏的译文和中国原诗之间究竟存在多大的差距。请读《诗经》原诗。这是一首祭祀岐山的乐歌。岐山，为周之发祥地，太王，王季始迁于此，故祭祀之：

天作高山，	上天造下这高山，
大王荒之。	太王来开辟它。
彼作矣，	人们造下房屋啦，
文王康之。	文王来安定他。
彼徂矣，	人们都来了呀，
岐有夷之行，	岐山的道路多平坦，
子孙保之。	子子孙孙保有它。①

马若瑟将《天作》译为《文王颂》（*A la louangede Ven-Vang*），全诗译文载杜赫德主编《中华帝国全志》第二卷（1736 年）第 370—371 页，照录如下：

C'est le ciel qui a fait cette haute montagne, & c'est Tai- Vang qui l'a rendue un désert; cetteperte vient uniquement de sa faute; mais Veng- Vanglui a rendu son premier éclat. Le chemin ou celuilà s'était engagé est rempli de dangers: mais lavoie de Veng- Vang est droite et facile. Postéritéd'un si sage roi, conservez chèrement le bon heurqu'il vous a procuré. ②

依据上述法译，我们大体可转换成如下的汉语文字：

---

① 金启华译注：《诗经全译》，江苏古籍出版社 1984 年版，第 806 页。

② Voir J- B. du Halde, *Description géographique*, *historique*, *chronologique*, *politique et phisique de l' Empire de la Chineet de la Tartarie chinoise*, Vol. Ⅱ, 1736, pp. 370-371.

上天造下这座高山，大王将它夷为沙漠；这损失仅是他阴差阳错；文王却就此始建功业。大王所辟之途充满凶险：文王则是通衢大道。睿智君王的后代，要珍惜保留他为你们谋取的福祉。

将马氏这首《文王颂》的译文和《天作》原诗放在一起，对照阅读，即可发现马氏译文中一些不可思议的曲解。本诗题旨既是歌颂周朝的两位伟大的先辈，而这座高山（岐山）又原本是天帝赐予周朝一份珍贵的馈赠品，那怎么能说"大王将高山夷为沙漠（un désert）"呢？原来译者并不了解原诗"大王荒之"中的确切意思，而将此处的"荒"理解为"荒漠"或"沙漠"（désert），这显然是误解①。按照这句被曲解的译文误导，所以接下来，又将原诗第三句"彼作矣"，迻译成"这损失仅是他（大王）的错"，译者在此又犯了第二个错误②。如此错上加错，才有下文"大王所辟之途充满'险阻'""文王却走上'通衢大道'"等这样令人费解、与原诗原意毫无关系的译句出现。更为离奇的是，马若瑟在迻译此诗时，还给译文加上一些注释和说明，他本人叵能一点儿都解释不清楚：夏商周在古代中国历史上被称为"三代"，即"三个朝代"（les trois dynasties）。而不了解"代"此词本义的马若瑟，则将其译为"race"（族）。因此，马若瑟称"周"为"第三族"；而"周"其实是中国历史上的第三个朝代。正如有研究者不无道理所指出的："如果我们不知道原文说的是什么，那么这个严重的错误可能会导致整个历史变得难以理解。而如果我们了解中国历史，译者的注释就变得多余了。"③ 如此看来，法国人要读到

---

① 严粲："治荒为荒，犹治乱为乱也。今谚言开荒，即始辟之意也。"转引自金启华译注《诗经全译》，江苏古籍出版社 1984 年版，第 806 页，注二。

② 郑玄："彼，彼万民也。……彼万民居岐邦者，皆筑作宫室以为常居，文王则能安之。"转引自金启华译注《诗经全译》，江苏古籍出版社 1984 年版，第 806 页，注三。

③ Voir Ting Tchao-tsing, *Les Descriptions de la Chine par les Francai* （1650-1770），Paris：Librairie orientaliste PaulGeuthner，1928，pp. 76-77. 作者严厉地质疑道："尽管马若瑟在汉语研究方面投入了不少时间，但他明显连最简单的句子都不能理解。而朱熹则对这些句子给出了清楚透彻的注释。"

比较完美准确的《诗经》译文，还需要等到一个半世纪后，河间府耶稣会士顾赛芬神父（Sérphian Couvreur，1835－1919）的《诗经》（1896）全译本才有可能。

白晋对《诗经》的诠释

白晋（Joachim Bouvet，1656－1730），法国勒芒（LeMans）人，年轻时进亨利四世耶稣会士学校学习，1673 年加入耶稣会，1687 年 7 月入华，为路易十四派往中国的首批"数学家"传教士之一，与后来的马若瑟、傅圣泽一起，是传教士汉学家"索隐派"或"象征论"（figurism）① 代表人物，1730 年 6 月逝世于北京。白晋神父生前著述甚多②，于儒家经籍曾有深入研究，除《易经释义》外，1718 年前后，还撰写过《诗经研究》（未刊本）。他在这部著述中，以布道、证道为目的，以天主教"神话诠释学"（mythography）为手段，对《诗经》中的诗篇进行"再思""再释"，从中发现许多和《圣经》中的故事、人物相吻合的特殊事例，"足以和《圣经》历史和本教教义相提并论，相互发明，从而衔接东西，举为天主教在华'古已有之'的明证。"③ 正是基于这样的动因和取向，白晋的《诗经》研究完全基督教化了。最典型的例证，莫过于他对《诗经·大雅》中《生民》一诗的阐释，先读《生民》第一章：

---

① 所谓"索隐派"或"象征论"，据台湾学者李奭学考论，是指清初入华耶稣会士运用特殊的"经解之学"或《圣经》"解经学"（biblical exegesis）的方法，对中国古籍进行重新解读的风潮，在康熙帝时期盛极一时，白晋、马若瑟等都是当时的主要代表。他们所解读者，皆以《易经》、《书经》、《诗经》等典籍为主，神秘色彩或神话性重。"加以方法上他们每由广义的托喻诠释着手，当时欧洲学者多以为和《旧约》寓言学有关，故称之'象征论者'或'索隐派'。"见李奭学《中国晚明与欧洲文学———明末耶稣会古典证道故事考铨》中第 4 章"神话：从解经到经解"，生活·读书·新知三联书店 2010 年版，第 193—199 页。

② ［法］费赖之：《在华耶稣会士列传及书目》（上册），中华书局 1995 年版，第 437—440 页。

③ 李奭学：《中国晚明与欧洲文学——明末耶稣会古典证道故事考铨》，生活·读书·新知三联书店 2010 年版，第 194 页。

厥初生民，

时维姜嫄。

生民如何？

克禋克祀，

以弗无子。

履帝武敏歆，

攸介攸止，

载震载夙，

载生载育，

时维后稷。

对此诗中姜嫄"履帝武敏歆"后"载生载育"，怀胎后稷的这种奇异的诞生故事和方式，白晋作如下解读："当她（指姜嫄——引者）鼓足勇气献上牺牲时，内心充满了崇高的爱的意愿，这种爱来自意欲拯救众生的天上的丈夫，她缓步踏着至亲至爱的人的足迹前行，全神贯注地等待他的神圣的意愿和决定。她内心纯真的祭献之情在上帝眼前散发一股沁人心肺的气味，神灵的美德瞬时便进入她的体内，她那处女的腹中突然感到一阵骚动，其子后稷就这样孕育在她的腹了。"①白晋认为，中国疏注家们由于其"异教的蒙昧和顽固地坚持文字意义的表象"，而"远离了该文的神秘和神圣的意义"，失去了判断问题的能力，声称"只要把智慧之光与传统进行一番比较，就可轻而易举地恢复其真正的意义"②。为此，他运用傅均夏（Fabius

---

① ［法］雅瓦莉：《神农后稷》，转引自许明龙主编《中西文化交流先驱》，东方出版社1993年版，第183—184页。

② Hou Ji, Prince Millet, *l'agriculteur divin*：*interprétation du mythe chinois par le Père JoachimBouvet. S. J. Acte du IIIe colloque international de sinologie*, *Appréciation par l'Europe de la tradition chinoise à partirdu XVIIe siècle*, Paris, Les Belles Lettres, 1893. pp. 93–106. 中译参见［法］雅娃丽《耶稣会士白晋对后稷的研究》，［法］谢和耐、戴密微等《明清耶稣会士入华与中西汇通》，东方出版社2011年版，第335页。

Planciades Fulgentius) 《神话学》（*Mitologiae*）中"因事模拟之学"（analogy）的方法来解读《诗经·生民》姜嫄怀胎后稷的故事。白晋的诠解无视古来中国注家之见，不但拒绝视之为初民宗教仪式或"男女野合"的托词，更不以儒家传统的德行或政治寓言视之，反而认定这是历史事实，乃所谓"不婚受孕"（virgin birth）的东方典型。其依据是，姜嫄受孕和《福音书》中圣母玛利亚"圣灵感孕"而生耶稣的故事十分近似。于是，姜嫄遂由周人的母系始祖变成白晋笔下玛利亚的"化身"（figura），堪为世人或生民之母。白晋就这样假此"智慧之光"，将姜嫄怀胎后稷的诗句"恢复"其"神圣和真正的意义"，即"还原"为天主教文本。亦即在象征论的诠解之下，姜嫄已经纯然天主教化，根本就是玛利亚的东方分身。如此推论，正如李奭学先生所示，无非又因上述所谓"因事模拟"的"托喻"或"寓言"之学而来①。

从方法论看，白晋经解《诗经》并不限于"因事模拟"的"托喻"法，还大胆地采用了"字源托喻法"，力求"在托喻中另觅托喻，在诠释中再寻诠释"②。还以《生民》为例。在索隐派、象征论者白晋看来，此一诗组首章述姜嫄，除了上述不婚受孕所衍生的玛利亚形象之外，"姜嫄"一名另有深意。"姜"字系由"羊"及"女"字合组而成，而第二章写后稷降世时，又谓之"先生如达"。这里的"达"字果如郑玄所训，系"羍"的转字，那么姜嫄和后稷之间的关

---

① 李奭学：《中国晚明与欧洲文学——明末耶稣会古典证道故事考诠》，生活·读书·新知三联书店 2010 年版，第 210 页。

② 李奭学在阐明白晋读《诗经》何以广纳解经学多种托喻解读法时，有这么一段精当论析："解经学乃天主教的神圣之学，异教神话基本上却是旁门左道，异教文本也称不上是文化正统，所以有心挪用异教的疏家必须在托喻中另觅托喻，在诠释中再寻诠释，有如白晋之解《生民》一般，否则左道的亵渎绝对难以变成本门的神圣。天主教的神话诠释学家因为有此通权达变的认识，是以古典神话才能为解经所用。耶稣会的象征论者也因有神话诠释学这块后盾，故此收编《诗经》，挪用《易经》，才能面不红，耳不赤。"他指出，"傅均夏以降的神话诠释学家在因事模拟之外，尤长于字源托喻法"，而白晋神父深受其影响。同上注，第 219 页。

系便是"母羊生小羊"。对相信郑笺的人而言，如此诗法不过显示"羊"乃"羌"或其后周人的民族图腾罢了，渊源自岐山以羊为山神的周人神话。但是白晋得其所奉天主的启示，对此另表异见。他的基础是《圣经》，因为经中屡屡比人为"羊"，又把耶稣比为"牧羊人"。经文既然有此明示，姜嫄又是玛利亚的化身，则上文所谓"母羊生小羊"若从字源托喻的角度看，不就指后稷乃"天主的羔羊"吗？《若望默示录》中有分教：天主座前的羔羊无他，正是圣子耶稣。《说文解字》训"羌"，谓羌人自西徂东，而"西"字在白晋的认知中无如又指"泰西"之地。后稷为耶稣的"事实"，因此再得一文字学式的象征论佐证。即使《生民》第三章稚子后稷的哭声，白晋也有不同的看法。他以东来许慎自居，而联想力一发，就将"呱"字解为"啼"也。"啼"字从"口"，附以"帝"字，是以白晋相信《生民》打一开头，歌咏的就是"道成肉身的圣子的哭声"（lescris infantiles du Verbe incarné），也就是降世为人的"上帝的哭声"①。在白晋象征论的著作里，字源托喻法的实践随处可见。比如，白晋的《古今敬大鉴》卅书，认为《诗经·正月》"有皇上帝"中的"上帝"同为己教的天主。为了说明这个"上帝"乃天主教那无始无终的"元始"，白晋特地又依许慎为据而从容发挥道："皇从白，为古'自'字，即'皇'字也，'自王'也。"② 不一而足。再如，他对《生民》第七章"诞我祀如何"这一诗句中"我"字的诠释，拆解成左边的"手"和右边的"戈"两字组合，手持戈，显然是人，轻巧地得出了后稷既是神又是人的结论，说什么此人于此，"完全应该被视为父亲上帝"，但他同样也很适宜上帝之子基督，"基督同时是人类世俗生命和精神生命的本原……他甘心情愿地将一生奉献给了我们

---

① Hou Ji, Prince Millet, "l'agriculteur divin: Interprétation du mythe chinois par le R. P. Joachim Bouvet S. J.", 转引自李奭学《中国晚明与欧洲文学——明末耶稣会古典证道故事考铨》，生活·读书·新知三联书店 2010 年版，第 220—221 页。

② 李奭学：《中国晚明与欧洲文学——明末耶稣会古典证道故事考铨》，生活·读书·新知三联书店 2010 年版，第 228—229 页。

的永久拯救"① 云云。

从方法论角度，我们似应看到，白晋诠释《诗经》诗篇时，还吸取了神话诠释学道德寓言的滋养，颇受英雄化神说的浸染。虽然"英雄化神说"② 一词，白氏在解经时未曾用到，但他诠解《生民》一诗，在明示自己经解目的时，这样强调过："中国人的正统传统，把这些高尚的和真正神圣的道德与品质，都归于神圣的国王或古代编年史中的英雄，它们实际上仅涉及了王国中的国王和王公，也就是唯一的一位弥赛亚救世主，即神人。这些英雄中的每一位，都是崇尚自然信仰的学者思想中的理想的典范。"③ 白晋强调，他之经解目的就在于求证上述这一"事实"。为此，他选用这些英雄中最著名的周王朝的先祖百谷王后稷为研究对象，揭示其"圣王"与"英雄"的面相，彰显其"真正神圣的道德品质"，还原其"弥赛亚救世主"的化身。我们看到，白晋读《诗经·生民》稍作联想，就情不自禁地将之视为天主教的道德寓言。《生民》第四章写后稷长成，"克岐克嶷"，于是"蓺之荏菽"，终而"禾役穟穟"，"麻麦幪幪"。这一派庄稼景象，白晋认为是虚笔，其中实具精神意蕴的，是"其心田的耕耘"（la culture même du coeur），"唯有天父才可实行之"。他还抬出《礼记》这顶儒家文本的大帽子强解一番："后稷终生从事这种上天栽种技术的土地，就是人类的心田本身"④。此处，正如批评家所指出的，白晋复因姜嫄已和玛利亚结合为一，所以让后稷这位"内心的耕耘者"摇身二变，变成《圣经》里的"天父"或三位一体的基督论中的圣

---

① Hou Ji, Prince Millet, "l'agriculteeur divin: interprétation du mythe chinois par le Père Joachim Bouvet. S. J.", 中译见雅娃丽《耶稣会士白晋对后稷的研究》，[法] 谢和耐、戴密微等《明清耶稣会士入华与中西汇通》，东方出版社 2011 年版，第 340 页。

② 李奭学：《中国晚明与欧洲文学——明末耶稣会古典证道故事考铨》，生活·读书·新知三联书店 2010 年版，第 230—240 页。

③ [法] 谢和耐、戴密微等：《明清耶稣会士入华与中西汇通》，耿昇译，东方出版社 2011 年版，第 334 页。

④ 同上书，第 337 页。

子耶稣。如此附会成解的结论,白晋分析《诗经》时几乎俯拾皆是。姜嫄与后稷的故事,由是转为另一种形式的天主教神话,在白晋这位象征论大师笔下完全被证道故事化了,深深打上了英雄神话说的印记,"具有高度属灵的色彩"①。

由此可见,索隐派白晋神父所开拓的中国诗歌研究,只不过是西方传教士布教、证道指向下的"实验性"的尝试和产物,他对《诗经》的解读、考铨,纯然远离了中国"诗歌之源"的文学层面,抽离其固有的历史文化语境而进行的"再诠";他所承袭的基督教神话诠释学的套路和方法,诸如"因事模拟"、"英雄化神说"、"字源托喻"等,虽不无"机杼新出"的创意和方法论的意义,时而给人耳目一新的感觉②,但从现代人的观点看,未免有穿凿附会之嫌。这便是 18 世纪初叶传教士汉学家初遇中国文学难能两全的格局,法国人对中国诗歌进行文学层面、诗学意义的绍介,也许要等到 18 世纪下半叶以后才可见端倪。

韩国英对《诗经》的译介

法国 18 世纪下半叶对中国古典诗的引进,得力于韩国英神父(Pierre- Martial Cibot,1727-1780)等传教士汉学家的积极引介和开发,他恪守传教布道的宗旨,秉承法国入华传教士汉学家注重文化经典的迻译和学术开发的传统,以多卷的《北京耶稣会士中国论集》(简称《中国论集》)为平台,继续对《诗经》及古代诗文加以深入的绍介、摘发,从而将这一时期中国诗歌的研究,推向新的发展阶段。韩国英出生于法国里摩日城,16 岁时入教会,1759 年入华,1760 年抵北京,直至 1780 年殁于此,他寓华近 22 年,居京逾二十载,被耶稣会称为"其人多才,通文学,对于一切科学皆有

---

① 李奭学:《中国晚明与欧洲文学——明末耶稣会古典证道故事考铨》,生活·读书·新知三联书店 2010 年版,第 212—213 页。
② 同上书,第 221 页。

禀赋，兼具热心"① 的才俊之士，生前曾被聘为圣彼得堡研究院通讯院士，是 18 世纪汉学巨制《北京耶稣会士中国论集》的主要撰稿人之一。据我们查核获悉，韩国英神父在《中国论集》第一卷（1776 年）和第二卷（1777 年）发表长文《中国古代论》（*Essai sur l'Antiquité des Chinois*），对中国典籍《诗经》重新作了较全面、客观的介绍。《中国论集》第三卷（1778 年）和第五卷又以《中国名人肖像》（*Portaits des Chinois célèbres*）的栏目，刊发了陶渊明、李白、杜甫等名家的生平简历，这可能是法国介绍中国古典诗人最早的文字。接着，韩神父在《中国论集》第四卷（1779 年）又以《中国人之孝观》（*Doctrinedes Chinois sur La Piété Filiale*）为题，编发了一组诗和散文诗体作品，内收七首《诗经》法译诗篇及评点②。下面我们依次举例作一介绍和评述。

韩国英在《中国论集》第四卷以"中国人之孝"为主题，译介了《诗经·小雅》中的《蓼莪》（法译"Lefils affligé"——《悲伤的儿子》）、《祈父》（法译"Legénéral d'armée"——《上将军》）、《常棣》（法译"Lefrere"——《兄弟》），《诗经·大雅》中的《文王》（即《文王颂》"Louages de Ouen-ouang"）、《思齐》（法译"Louages de Tai-Gin，Mere de Ouen-ouang"——《文王之母大姜颂》），《诗经·鄘风》中的《柏舟》（法译"La jeune veuve"——《年轻的寡妇》）、《诗经·郑风》中的《将仲子》（法译"La bergere"——《牧女》）等七首诗③。译者在这里将《将仲子》、《柏舟》这样一些实际上抒发普通人纯真朴实的爱情歌唱，及《棠棣》、《祈父》、《蓼莪》这样一些表现社会底层一般人生活理想的

---

① ［法］费赖之：《在华耶稣会士列传及书目》（下册），冯承钧译，中华书局 1995 年版，第 938—939 页。

② Voir, *Mémoires concerrnant l'histoire, les sciences, les arts, les Moeurs et les usages des Chinois par les Missionnairesde Pékin*, Paris, Vol. Ⅵ, 1776-1814, pp. 168-193.

③ Mémoires concerrnant l'histoire, les sciences, les arts, les Moeurs et les usages des Chinois par les Missionnairesde Pékin, Tomb Ⅳ, 1976-1814, pp. 171-177.

诗章，力图跟歌颂文王、母后的颂歌体融为一体，统统纳入中国人之"忠孝观"框架下加以审视，彰显其美德善行，旨在证明古代中国人的传统思想与基督教教义并无矛盾，这显然与其前任经解《诗经》的价值取向，是一脉相承的。我们看到，当韩国英将这些不同思想艺术倾向的诗捆绑在一起，硬是纳入忠孝观的视域下加以移植时，便不能不产生"扩张"或"弱化"原诗旨意的主观性的"误解"或"偏离"现象，《柏舟》一诗的迻译就是译者主观性地"扩张"原诗旨意的一个典型例证。《柏舟》本意一解，是一首寡妇守节自誓的诗。诗序曰："《柏舟》，共姜自誓也。卫世子共伯早死，其妻守义，父母欲夺而嫁之，誓而弗许。故作是诗以绝之。"（共伯，僖侯之子。卫武公杀兄自立，在周宣王十六年，即公元前 812 年）《柏舟》本意二解，经研究所得，共伯没有早死，与史实不符。认为此诗是写少女有所爱，誓不改变，这是怨恨父母不能谅解的诗。我们先读《柏舟》原诗（含今译）如下：

泛彼柏舟，　　　　柏木船儿在漂荡，
在彼中河。　　　　漂荡在那河中央。
髧彼两髦，　　　　垂发齐眉的少年郎，
实维我仪，　　　　该和我来成一双，
之死矢靡它。　　　到死来，我也不会变心肠。
母也天只！　　　　妈呀，天哟！
不谅人只！　　　　这样不相信人呀！

泛彼柏舟，　　　　柏木船儿在漂荡，
在彼河侧。　　　　漂荡在那河岸旁。
髧彼两髦，　　　　垂发齐眉的少年郎，
实维我特，　　　　该和我来配成双，
之死矢靡慝。　　　到死来，我也不会变主张。
母也天只！　　　　妈呀，天哟！

不谅人只！　　　这样不相信人呀！①

　　该诗写一个普通的女子坚贞不屈地诉求爱情，怨其母不了解她，是一首质朴、真实的爱情吟唱，与儒家"守节"思想或基督教义的观念并无多少实际的关联，但在法译者韩国英神父笔下，少女的"誓情"却完全变了形。我们再读《柏舟》法译移植后的文字。韩国英神父将《柏舟》译为《年轻的寡妇》（*La jeuneveuve*），全诗法译载《北京耶稣会士中国论集》第四卷，第 172—173 页，巴黎，1779 年，照录如下：

　　La Jeune Veuve. Chi‐king Koué‐fong, Chap. Ⅶ————Une barque lancée à l'eau ne remonteplus sur le rivage. Mes cheveux autrefois flottanssur mon front furent coupés ou relevés sur ma tête. J'appartiens à l'époux qui reçut ma foi ; je la luigarderai jusqu'au tombeau. O ma mère ! ma mère ! pourquoi prétendre vous prévaloir de vos droits ? Mon coeur les révère & compare vos bienfaits àceux du Tien : mais ce coeur est incapable d'unelâche infidélité… Une barque lancée à l'eau neremonte plus sur le rivage. Mes cheveux autrefoisflottans sur mon front furent coupés ou relevés surma tête. Mes sermens m'ont donné à mon époux ; je lui ferait fidèle jusqu'à la mort. O ma mère ! mamère ! pourquoi vous prévaloir de vos droits ? Moncoeur en est touché & compare vos bienfaits àceux du Tien : mais ce coeur ne se souilliera jamaisd'un parjure. ②

　　依据韩国英上述法译，我们大致可还原为如下汉语文字：

————————

　　① 金启华译注：《诗经全译》，江苏古籍出版社 1984 年版，第 100—101 页。

　　② Mémories concernant l'histoire, les sciences, les arts, les moeurs et les usages des Chinois par les Missionnaires de Pékin, Paris, Tome Ⅳ, 1779, pp. 172—173.

　　小船一旦下水，便不再上岸。我那曾经垂到前额的秀发要么剪掉，要么短短地贴在头顶。我属于那接受了我忠贞诺言的丈夫；我将对他遵守诺言直至死亡来临。哦，母亲！母亲！为什么要宣称您的权利？我的心尊重它们，视您的恩情犹如上天的恩惠；然而这颗心却无法承受可耻的不忠……

　　小船一旦下水，便不再上岸。我那曾经垂到前额的秀发要么剪掉，要么短短地贴在头顶。我对丈夫发下过誓言；我将对他保持忠诚直至生命结束。哦，母亲！母亲！为什么要宣称您的权利？我的心为它们触动，视您的恩情犹如上天的恩惠；然而这颗心却永远不会因背誓而蒙污。

　　我们再将上述译文和《诗经·鄘风》中的《柏舟》放在一起对照阅读，就不难发现，韩国英神父对此诗的迻译，显然选取了《柏舟》原诗与史实不符的"寡妇自誓守节"的解说，而摒弃了少女有所爱而不为父母所理解的"怨诗"本意，采取了"扩张"、"强化"或歪曲原诗本意的手法，致使原诗抒情意蕴和抒情形象的变形与偏移。此处的抒情女主角已不是原作中情窦初开的普通少女，而是从一而终的年轻"寡妇"，如此歌吟角色内涵的"扩张化"、"强化"或"偏移"，皆出于译者韩国英神父为突出节妇形象的重塑所致，皆有意为之，而非韩神父知识功底欠缺的"误笔"。诸如原作开句"汎彼柏舟，在彼中河"，译成了"Une barquelancée à l'eau ne remonte plus sur le rivage"（小船一旦下水，便不再上岸）；接下来，原作中"髧彼两髦"（那垂发齐眉的少年郎），莫名其妙地变成抒情女主人本人要剪去自己的"秀发"，大有"削发为尼"的决绝之势。

　　译者或许以为，只有经过如此的"改塑"或"重塑"，才足以表现"年轻寡妇"忠于夫君的美德，才能与儒家女子"忠孝观"挂上钩，也才能与西方天主教义相汇融。为此，译者为凸显女主角的"忠孝观"，不惜笔墨加上原诗所没有的描写诗句，而这与原诗表达的情感诉求和真实意义相距甚远。这样的例证在韩国英《诗经》的迻译中几乎随处可见。

我们看到，至 18 世纪下半叶，以韩国英神父为代表的法国传教士汉学家所译介的中国诗，虽然仍以《诗经》为主，其研究路向，虽仍以了解中国总体文化为根本出发点，以探求儒家思想与基督教教义的一致性为追求，但相较于上时期马若瑟、白晋经解《诗经》之索隐式诠释，似乎更接近文学和诗学的研究，这无疑是一大前进，具体表现在如下几个方面。

其一，对《诗经》作为中国古代灿烂的文化和文学源头，有了较为正确、深入的理解，做出了相对于上半叶更为贴近的介绍。韩国英神父从诗风角度，向法国读者介绍了《诗经》中的"风"、"雅"、"颂"的内涵。称"风"是讽刺短歌，通过歌谣可以让国王体察民情，从中来了解"人民的性格、兴趣、才能和风俗"，这就像在法国，读者读着这些歌谣，犹如读着法国不同省份的公、侯，伯、男爵敬献皇帝的歌谣一样，可以了解他们治下的情况。至于国风中的诗风格不同，表达思想方式不同，乐调不同，也正像在他之故国里昂人的歌唱决不同于普罗旺斯人的歌唱，布尔日人表达思想的方法不会跟芒什人相符，布列塔尼人唱的调子相异于洛林人和弗朗什———孔泰人一样。韩国英称赞《诗经》是"一部伟大而特别的诗集，是那一历史发展阶段中珍贵、不朽的作品"。内中的诗歌，是"如此优美和谐，贯串其中的是古老的高尚而亲切的调子，表现的风俗画面是那样的纯朴和独特"[1]，足以与历史学家所提供的真实性相媲美，论及到了《诗经》文学层面的历史价值。

其二，对中国诗歌的初步研究，他深刻地认识到，"中国语言没有任何与欧洲语言相近似的地方，中国诗歌语言中所有的字都具有动作性和形象性"，进而对中国语言的特点作了探讨，韩国英神父对汉语特色领会颇深，他说，汉语有如下的特点。第一，言简意赅。这给

---

① Voir, *Mémoires concerrnant l'histoire*, *les sciences*, *les arts*, *les Moeurs et les usages des Chinois par les Missionnairesde Pékin*, Paris, Tomb Ⅱ, pp. 74~84.

最生动的形象增添了一种活力，一种力量，一种潜能，实在很难向欧洲人解释清楚，就像对不懂唱歌的人解释乐谱那样困难。第二，形同画图。汉字首先是对眼睛说话，这使诗歌对称的形象产生一种秀丽如画、赏心悦目之感。第三，由于汉语的特点，句法和表现手法，在其他语言中被视作艺术手法的对比、递进、重复等在汉语里是自然的运用。第四，这个语言拥有各种各样为别种语言所没有的重复手段。第五，在最富丽堂皇的夸张、描写和口头叙述中都必须做到简明扼要，显得不是铺陈细节，而是将细节凝缩于一个观点之中①。这些精辟的论述，显然触及到了中国诗歌语言的特点。

其三，初步认识到中国诗歌有其独特的规则。他认为，中国诗歌的技巧，跟法国诗歌相比，照欧洲人初看起来，"就如象棋的技法之于贵妇人的游戏"。在中国，文人作一手好诗，如同法国步兵上尉拉一手手风琴一样，是极容易的事。然而，在中国作为一个诗人，仅仅具有才气还不够，还必须具有广博的知识、正确的思想、描写事物的出色的想象力以及将自己的诗情适应于严格的诗律之灵活性。因此，必须具备下述的能力。首先，在作诗的时候，善于挑选适当的字作停顿；要在诗句中运用那些最有力、最生动、最响亮的词；其次，每首诗只能容纳一定数量的字，这些字必须根据一定的规则来组合，并以一个韵脚收尾。又其次，诗节的句子有多有少，但一定要符合韵脚的安排，符合主题的发展②。这里，很明显，已经初步地接触到了中国古诗的某些艺术特征，虽然，这些认识很不充分。

其四，看到了中国诗歌运用隐喻、比兴和象征等等独特的表现手法，认为：这不仅给中国诗增添魅力，而且也给它们造成某种神秘性。中国诗歌语言的固有特性和表达方法的独特，给西方人移植和欣赏带来无法想象的困难。韩国英神父就说，"理解汉语诗的困难与翻

---

① Voir, *Mémoires concerrnant l'histoire*, *les sciences*, *les arts*, *les Moeurs et les usages des Chinois par les Missionnairesde Pékin*, Paris, Tomb Ⅷ, p. 83.

② Ibid., Tomb Ⅷ, pp. 237-238.

译汉语诗的困难相比实在算不了什么。因此，我译这首诗就和别人用黑炭临摹一幅细密的画差不多。"① 据此，学者们特别提醒法国读者在阅读和欣赏中国诗歌时，要十分注意其独特的表现手法和不同的审美内涵。他们指出，有些事物及其内含的思想，似乎在任何时代任何民族都相似，但在中国却往往相反。比如说，一个欧洲诗人，当他描写一个女人披在肩后卷曲的、金黄色的长发，又大又蓝的眼睛，玫瑰色的面颊，修长、轻盈的身材，裸露的胸怀，他自以为绝妙地写出了这个女人的美。然而，这样描写的美人，对一个中国诗人来说，一点也不美。因为他们有自己的美学标准，有全然不同于欧洲诗人的表达方式。

其五，本时期法国《诗经》译介者通过亲历的实践认识到，汉语和母语之间太过悬殊的差异性，是移植中国诗的主要难度所在。韩国英神父认为：中国人写的诗是一种完全不同于欧洲语言的另一种语言系统，"其中的每个字都会产生情节，构成图像，因此，要在不放弃'诗性'的条件下翻译这些诗句几乎是不可想象的。汉诗语言优美的形式与华丽的光彩来自中国人的传统，来自他们的'经'，来自他们的文学与风俗，来自他们全部的思想与先见，来自他们构想与表达事物的方式，这些与我们之间的距离，无疑比他们的国度还要遥远。"② 这些诗既难于逐字移植，纳入西方语言中，"如果执意将其纳入我们的语言之中，就会使中国人显得滑稽可笑，使得译文不堪卒读。换言之，这就好比我们选出大诗人卢梭（这里指让-巴蒂斯特-卢梭③——引者）的几篇颂歌，让国子监的太学生们用一

① Cité in Poésies de l'époque des Thang, traduites du chinois et présentées par le Marquis d'Hervey-Saint-Denys, Paris: l'Editions Champ Libre, 1977, p. 109. 转引自德理文《唐诗》，巴黎新版 1977 年版，第 109 页。

② Voir, Mémories concernant l'histoire, les sciences, les arts, les moeurs et les usages des Chinois par les Missionnaires dePékin, Paris, Tome Ⅳ, 1779, pp. 168-169.

③ 让-巴蒂斯特-卢梭（Jean-Baptiste Rousseau, 1670-1741），法国诗人、剧作家，一生写了大量的宗教颂歌。

种可以接受，甚至明白易懂的方式将它们逐字翻译成汉语"；也不易于采用西人所熟悉的《圣经》中人物形象与崇高体修辞，加以置换，一旦采用这种方法"置于'经'的语言系统中，即使是出现在那些我们能够对之抱有最大希望的地方，也无法引起文人的任何想象；它们会用晦涩的观念阻碍思想的传达，用一些毫无美感、趣味与情致的'新东西'，使人们松弛了对其本身的关注。"两难之中，故而必须采取适宜的翻译方略，这便是 18 世纪伊始马若瑟就运用的自由诗体的意译策略。然而，"意译本身就是才华的坟墓，是一种令人悲哀的翻译策略"，它是以去除"诗性"为代价的。或许这正是 18 世纪传教士汉学家译介《诗经》的弊端所在，而这种弊端在中法文学相遇、交流初始阶段，实在是无法避免的，法国人译介中国诗而不失去"诗性"的成熟，需要经世纪的探索，至 19 世纪顾赛芬，乃至 20 世纪戴密微时代才有可能。

（原载《华文文学》2015 年第 5 期）

第三单元

主题学研究

中西诗在情趣上的比较

朱光潜

诗的情趣随时随地而异，各民族各时代的诗都各有它的特色，拿它们来参观互较是一种很有趣味的研究。我们姑且拿中国诗和西方诗来说，它们在情趣上就有许多的有趣的相同点和相异点。西方诗和中国诗的情趣都集中于几种普遍的题材，其中最重要者有（一）人伦，（二）自然，（三）宗教和哲学几种。我们现在就依着这个层次来说。

一　先说人伦

西方关于人伦的诗大半以恋爱为中心。中国诗言爱情的虽然很多，但是没有让爱情把其他人伦抹煞。朋友的交情和君臣的恩谊在西方诗中不甚重要，而在中国诗中则几与爱情占同等位置。把屈原、杜甫、陆游诸人的忠君爱国爱民的情感拿去，他们诗的精华便已剥丧大半。从前注诗注词的人往往在爱情诗上贴上忠君爱国的徽帜，例如毛苌注《诗经》把许多男女相悦的诗看成讽刺时事的。张惠言说温飞卿的《菩萨蛮》十四章为"感士不遇之作"。这种办法固然有些牵强附会。近来人却又另走极端把真正忠君爱国的诗也贴上爱情的徽帜，例如《离骚》、《远游》一类的著作竟有人认为爱情诗。我以为这也未免失之牵强附会。看过西方诗的学者见到爱情在西方诗中那样重要，以为它在中国诗中也应该很重要。他们不知道中西社会情形和伦理思想本来不同。恋爱在从前的中国实在没有现代中国人所想的那样重要。中国叙人伦的诗，通盘计算，关于友朋交谊的比关于男女恋爱的还要多，在许多诗人的集中，赠答酬唱的作品，往往占其大半。苏李、建安七子、李杜、韩孟、苏黄、纳兰成德与顾贞观诸人的交谊古今传为美谈，在西方诗人中为歌德和席勒，华兹华斯与柯尔律治，济慈和雪莱，魏尔兰与兰波诸人虽亦以交谊著，而他们的集中叙友朋乐趣的诗却极少。

恋爱在中国诗中不如在西方诗中重要，有几层原因。第一，西方社会表面上虽以国家为基础，骨子里却侧重个人主义。爱情在个人生命中最关痛痒，所以尽量发展，以至掩盖其他人与人的关系。说尽一个诗人的恋爱史往往就已说尽他的生命史，在近代尤其如此。中国社会表面上虽以家庭为基础，骨子里却侧重兼善主义。文人往往费大半生的光阴于仕宦羁旅，"老妻寄异县"是常事。他们朝夕所接触的不是妇女而是同僚与文字友。

第二，西方受中世纪骑士风的影响，女子地位较高，教育也比较完善，在学问和情趣上往往可以与男子欣合，在中国得于友朋的乐趣，在西方往往可以得之于妇人女子。中国受儒家思想的影响，女子的地位较低。夫妇恩爱常起于伦理观念，在实际上志同道合的乐趣颇不易得。加以中国社会理想侧重功名事业，"随着四婆裙"在儒家看是一件耻事。

第三，东西恋爱观相差也甚远。西方人重视恋爱，有"恋爱最上"的口号。中国人重视婚姻而轻视恋爱，真正的恋爱往往见于"桑间濮上"。潦倒无聊悲观厌世的人才肯公然寄情于声色。像隋炀帝、李后主几位风流天子都为世所诟病。我们可以说，西方诗人要在恋爱中实现人生，中国诗人往往只求在恋爱中消遣人生。中国诗人脚踏实地，爱情只是爱情；西方诗人比较能高瞻远瞩，爱情之中都有几分人生哲学和宗教情操。

这并非说中国诗人不能深于情。西方爱情诗大半写于婚媾之前，所以称赞容貌诉申爱慕者最多；中国爱情诗大半写于婚媾之后，所以最佳者往往是惜别悼亡。西方爱情诗最长于"慕"，莎士比亚的十四行体诗，雪莱和勃朗宁诸人的短诗是"慕"的胜境。中国爱情诗最善于"怨"。《卷耳》、《柏舟》、《迢迢牵牛星》，曹丕的《燕歌行》，梁元帝的《荡妇秋思赋》以及李白的《长相思》、《怨情》、《春思》诸作是"怨"的胜境。总观全体，我们可以说，西诗以直率胜，中诗以委婉胜；西诗以深刻胜，中诗以微妙胜；西诗以铺陈胜，中诗以简隽胜。

二　次说自然

在中国和在西方一样，诗人对于自然的爱好都比较晚起。最初的诗都偏重人事，纵使偶尔涉及自然，也不过如最初的画家用山水为人物画的背景，兴趣中心却不在自然本身。《诗经》是最好的例子。"关关雎鸠，在河之洲"只是作"窈窕淑女，君子好逑"的陪衬；"蒹葭苍苍，白露为霜"只是作"所谓伊人，在水一方"的陪衬。自然比较人事广大，兴趣由人事移到自然本身，是诗境的一大解放，不特题材因之丰富，歌咏自然的诗因之产生，即人事诗也因之得到较深广的义蕴。所以自然情趣的兴起是诗的发达史中一件大事。这件大事在中国起于晋、宋之交，当公元 5 世纪左右；在西方则起于浪漫运动的初期，在公元 18 世纪左右。所以中国自然诗的发生比西方的要早一千三百年的光景。一般说诗的人颇鄙视六朝。我以为这是一个最大的误解。六朝是中国自然诗发轫的时期，也是中国诗脱离音乐而在文字本身求音乐的时期。从六朝起，中国诗才有音律的专门研究，才创新形式，才寻新情趣，才有较精妍的意象，才吸哲理来扩大诗的内容。就这几层说，六朝可以说是中国诗的浪漫时期，它对于中国诗的重要亦正不让于浪漫运动之于西方诗。

中国自然诗和西方自然诗相比，也像爱情诗一样，一个以委婉、微妙、简隽胜，一个以直率、深刻、铺陈胜。本来自然美有两种，一种是刚性美，一种是柔性美。刚性美如高山、大海、狂风、暴雨、沉寂的夜和无垠的沙漠；柔性美如清风皓月、暗香、疏影、青螺似的山光和媚眼似的湖水。昔人诗有"骏马秋风冀北，杏花春雨江南"两句可以包括这两种美的胜境。艺术美也有刚柔的分别，姚鼐《复鲁絜非书》已详论过。诗如李杜，词如苏辛，是刚性美的代表，诗如王孟，词如温李，是柔性美的代表。中国诗自身已有刚柔的分别，但是如果拿它来比较西方诗，则又西诗偏于刚，而中诗偏于柔。西方诗人所爱好的自然是大海，是狂风暴雨，是峭崖荒谷，是日景；中国诗人所爱好的自然是明溪疏柳，是微风细雨，是湖光山色，是月景。这当然只就其大概说。西方未尝没有柔性美的诗，中国也未尝没有刚性美的诗，但西方诗的柔和中国诗的刚都不是它们的本色特长。

诗人对于自然的爱好可分三种。最粗浅的是"感官主义"，爱微风以其凉爽，爱花以其气香色美，爱鸟声泉水声以其对于听官愉快，爱青天碧水以其对于视官愉快。这是健全人所本有的倾向，几乎诗人都不免带有几分"感官主义"。近代西方有一派诗人，叫作"颓废派"的，专重这种感官主义，在诗中尽量铺陈声色臭味。这种嗜好往往出于个人的怪癖，不能算诗的上乘。诗人对于自然爱好的第二种起于情趣的默契欣合。"相看两不厌，惟有敬亭山"，"平畴交远风，良苗亦怀新"，"万物静观皆自得，四时佳兴与人同"诸诗所表现的态度都属于这一类。这是多数中国诗人对于自然的态度。第三种是泛神主义，把大自然全体看作神灵的表现，在其中看出不可思议的妙谛，觉到超于人而时时在支配人的力量。自然的崇拜于是成为一种宗教，它含有极原始的迷信和极神秘的哲学。这是多数西方诗人对于自然的态度，中国诗人很少有达到这种境界的。陶潜和华兹华斯都是著名的自然诗人，他们的诗有许多地方相类似。我们拿他们两人来比较，就可以见出中西诗人对于自然的态度大有分别。我们姑拿陶诗《饮酒》为例：

采菊东篱下，悠然见南山。山气日夕佳，飞鸟相与还。此中有真意，欲辨已忘言。

从此可知他对于自然，还是取"好读书不求甚解"的态度。他不喜"活在樊笼里"，喜"园林无俗情"，所以居在"方宅十余亩，草屋八九间"的宇宙里，也觉得"称心而言，人亦易足"。他的胸襟这样豁达闲适，所以在"缅然睇曾邱"之际常"欣然有会意"。但是他不"欲辨"，这就是他和华兹华斯及一般西方诗人的最大异点。华兹华斯也讨厌"俗情""爱邱山"，也能乐天知足，但是他是一个沉思者，是一个富于宗教情感者。他自述经验说："一朵极平凡的随风荡漾的花，对于我可以引起不能用泪表现得出来的那么深的思想。"他在《听滩寺》诗里又说他觉到有"一种精灵在驱遣一切深思者和一切思想对象，并且在一切事物中运旋"。这种彻悟和这种神秘主义和中国诗人与自然默契相安的态度显然不同。中国诗人在自然中只能见到自然，西方诗人在自然中往往能见出一种神秘的巨大的力量。

三　哲学和宗教

中国诗人何以在爱情中只能见到爱情，在自然中只能见到自然，而不能有深一层的彻悟呢？这就不能不归咎于哲学思想的平易和宗教情操的淡薄了。诗虽不是讨论哲学和宣传宗教的工具，但是它的后面如果没有宗教和哲学，就不易达到深广的境界。诗好比一株花，哲学和宗教好比土壤，土壤不肥沃，根就不能深，花就不能茂。西方诗比中国诗深广，就因为它有较深广的哲学和宗教在培养它的根干。没有柏拉图和斯宾诺莎就没有歌德、华兹华斯和雪莱诸人所表现的理想主义和泛神主义；没有宗教就没有希腊的悲剧，但丁的《神曲》和弥尔顿的《失乐园》。中国诗在荒瘦的土壤中居然现出奇葩异彩，固然是一种可惊喜的成绩，但是比较西方诗，终嫌美中不足。我爱中国诗，我觉得在神韵微妙、格调高雅方面往往非西诗所能及，但是说到深广伟大，我终无法为它护短。

就民族性说，中国人颇类似古罗马人，处处都脚踏实地走，偏重实际而不务玄想，所以就哲学说，伦理的信条最发达，而有系统的玄学则寂然无闻；就文学说，关于人事及社会问题的作品最发达，而凭虚结构的作品则寥若晨星。中国民族性是最"实用的"，最"人道的"。它的长处在此，它的短处也在此。它的长处在此，因为以人为本位说，人与人的关系最重要，中国儒家思想偏重人事，涣散的社会居然能享到二千余年的稳定，未始不是它的功劳。它的短处也在此，因为它过重人本主义和现世主义，不能向较高的地方发空想，所以不能向高远处有所企求，社会既稳定之后，始则不能前进，继则因其不能前进而失其固有的稳定。

我说中国哲学思想平易，也未尝忘记老庄一派的哲学。但是老庄比较儒家固较玄邃，比较西方哲学家，仍是偏重人事。他们很少离开人事而穷究思想的本质和宇宙的来源。他们对于中国诗的影响虽很大，但是因为两层原因，这种影响不完全是可满意的。第一，在哲学上有方法和系统的分析易传授，而主观的妙悟不易传授。老庄哲学都全凭主观的妙悟，未尝如西方哲学家用明了有系统的分析为浅人说法，所以他们的思想传给后人的只是糟粕。老学流为道家言，中国诗与其说是受老庄的影响，不如说是受道家的影响。第二，老庄哲学尚虚无而轻视努力，但是无论是诗或是哲学，如果没有西方人所重视的"坚持的努力"（Sustained effort）都不能鞭辟入里。老庄两人自己所造虽深而承其教者却有安于浅的倾向。

我们只要把老庄影响的诗研究一番，就可以见出这个道理。中国诗人大半是儒家出身，陶潜和杜甫是著例。但是有四位大诗人受老庄的影响最深，替儒教化的中国诗特辟一种异境。这就是《离骚》、《远游》中的屈原（假定作者是屈原），《咏怀》诗中的阮籍，《游仙》诗中的郭璞，以及《日出入行》、《古有所思》和《古风五十九首》中的李白。我们可以把他们统称为"游仙派诗人"。他们所表现的思想如何呢？屈原说：

> 惟天地之无穷兮，哀人生之长勤。往者余弗及兮，来者吾不闻。……漠虚静以恬愉兮，淡无为而自得。闻赤松之清尘兮，愿承风乎遗则。——《远游》

阮籍在《咏怀》里说：

> 去者余不及，来者吾不留。愿登太华山，上与松子游。

郭璞在《游仙诗》里说：

> 时变感人思，已秋复愿夏。淮海变微禽，吾生独不化！虽欲腾丹豀，云螭非我驾。

李白在《古风》里说：

> 黄河走东溟，白日沦西海，逝川与流光，飘忽不相待。……君当乘云螭，吸景驻光彩？

这几节诗所表现的态度是一致的，都是想由厌世主义走到超世主义。他们厌世的原因都不外看待世相的无常和人寿的短促。他们超世的方法都是揣摩道家炼丹延年驾鹤升仙的传说。但是这只是一种想望，他们都没有实现仙境，没有享受到他们所想望的极乐。所以屈原说：

> 高阳邈以远兮，余将焉兮所程？

阮籍说：

> 采药无旋返，神仙志不符，逼此良可感，令我久踌躇。

郭璞说：

> 虽欲腾丹豀，云螭非我驾。

李白说：

> 我思仙人，乃在碧海之东隅。海寒多天风，白波连山倒蓬壶。长鲸喷涌不可涉，抚心茫茫泪如珠。

他们都是不满意于现世而有所渴求于另一世界。这种渴求颇类西方的宗教情操，照理应该能产生一个很华严灿烂的理想世界来，但是他们的理想都终于"流产"。他们对于现世的悲苦虽然都看得极清楚，而对于另一世界的想象却很模糊。他们的仙境有时在"碧云里"，有时在"碧海之东隅"，有时又在西王母所住的瑶池。据李白的计算，它"去天三百里"，仙境有"上皇"，服侍他的有吹笙的玉童，和持芙蓉的灵妃。王乔、安期生、赤松子诸人是仙界的"使徒"。仙境也很珍贵人世所珍贵的繁华，只看"玉杯赐琼浆"，"但见金银台"，就可以想象仙人的阔绰。仙人也不忘情于云山林泉的美景，所以"青溪千余仞"、"云生梁栋间"、"翡翠戏兰苕"都值得流连玩赏。仙人最大的幸福是长寿，郭璞说"千岁方婴孩"，还是太短，李白的仙人却"一餐历万岁"。仙人都有极大的本领，能"囊括大块"、"吸景驻光彩"、"挥手折荒木"、"拂此西日光"。升仙的方法是乘云驾鹤，但有时要采药炼丹，向"真人""长跪问宝诀"。

这种仙界的意象都从老庄虚无主义出发，兼采道家高举遗世的思想。他们不知道后世道家虽托老学以自重，而道家思想和老子哲学实有根本不能相容处。老子以为"人之大患在于有身"，所以"持无欲以观其妙"为处事金针，而道家却拼命求长寿，不能忘怀于琼楼玉宇和玉杯灵液的繁华。超世而不能超欲，这是游仙派诗人的矛盾。他们的矛盾还不仅此。他们表面虽想望超世，而骨子里却仍带有很浓厚的儒家淑世主义的色彩，他们到底还没有丢开中华民族所特具的人道。屈原、阮籍、李白诸人都本有济世忧民的大抱负。阮籍狂放不羁，而在《咏怀》诗中仍有"生命几何时，慷慨各努力"的劝告。李白在《古风》里言志，也说"我志在删述，垂辉映千春"。他们本来都有淑世的志愿，看到世事的艰难和人寿的短促，于是逃到老庄的虚无清静主义之中，学道家作高举遗世的企图。他们所想望的仙境又渺不可追，"虽欲腾丹谿，云螭非我驾"，仍不免"抚心茫茫泪如珠"，于是又回到人境，尽量求一时的欢乐而寄情于醇酒妇人。"欲远集而无所止兮，聊浮游以逍遥"，在屈原为愤慨之谈，在阮籍和李白便成了涉世的策略。这一派诗人都有日暮途穷无可如何的痛苦。从淑世到厌世，因厌世而求超世，超世不可能，于是又落到玩世，而玩世亦终不能无忧苦。他们一生都在这种矛盾和冲突中徘徊。真正大诗人必从这种矛盾和冲突中徘徊过来，但是也必能战胜这种矛盾和冲突而得到安顿。但丁、莎士比亚和歌德都未尝没有徘徊过，他们所以超过阮籍、李白一派诗人者就在他们得到最后的安顿，而阮、李诸人则终止于徘徊。

中国游仙诗人何以止于徘徊呢？这要归咎于我们在上文所说过的哲学思想的平易和宗教情操的淡薄。哲学思想平易，所以无法在冲突中寻出调和，不能造成一个可以寄托心灵的理想世界。宗教情操淡薄，所以缺之"坚持的努力"，苟安于现世而无心在理想世界求寄托，求安慰。屈原、阮籍、李白诸人在中国诗人中是比较能抬头向高远处张望的。他们都曾经向中国诗人所不常去的境界去探险。但是民族性的牵累太重，他们刚飞到半天空就落下地。所以在西方诗人心中的另一世界的渴求能产生《天堂》、《失乐园》、《浮士德》诸杰作，而在中国诗人心中的另一世界的渴求只能产生《远游》、《咏怀》、《游仙》诗和《古风》一些简单零碎的短诗。

老庄和道家学说之外，佛学对于中国诗的影响也很深。可惜这种影响未曾有人仔细研究过。我们首应注意的一点就是：受佛教影响的中国诗大半只有"禅趣"而无"佛理"。"佛理"是真正的佛家哲学，"禅趣"是和尚们静坐山寺参悟佛理的趣味。佛教从汉朝传入中国，到魏晋以后才见诸吟咏，孙绰《游天台山赋》是其滥觞。晋人中以天分论，陶潜最宜于学佛，所以远公竭力想结交他，邀他入"白莲社"，他以许饮酒为条件，后来又"攒眉而去"，似乎有不屑于佛的神气。但是他听到远公的议论，告诉人说它"令人颇发深省"。当时佛学已盛行，陶潜在无意之中不免受有几分影响。他的《与子俨等疏》中：

> 少学琴书，偶爱闲静，开卷有得，便欣然忘食。见树木交荫，时鸟变声，亦复欢然有喜。常言五六月中，北窗下卧，遇凉风暂至，自谓是羲皇上人。

一段是参透禅机的话。他的诗描写这种境界的也极多。陶潜以后，中国诗人受佛教影响最深而成就最大的要推谢灵运、王维和苏轼三人。他们的诗专说佛理的极少，但处处都流露一种禅趣。我们细玩他们的全集，才可以得到这么一个总印象。如摘句为例，则谢灵运的"白云抱幽石，绿筱媚清涟"，"虚馆绝诤讼，空庭来鸟雀"，王维的"兴阑啼鸟散，坐久落花多"，"倚杖柴门外，临风听暮蝉"和苏轼的"舟行无人岸自移，我卧读书牛不知"，"敲门都不应，倚杖听江声"诸句的境界都是我所谓"禅趣"。

他们所以有"禅趣"而无"佛理"者固然由于诗本来不宜说理，同时也由于他们所羡慕的不是佛教而是佛教徒。晋以后中国诗人大半都有"方外交"，谢灵运有远公，王维有瑗公和操禅师，苏轼有佛印。他们很羡慕这班高僧的言论风采，常偷"浮生半日闲"到寺里去领略"参禅"的滋味，或是同禅师交换几句趣语。诗境与禅境本来相通，所以诗人和禅师常能默然相契。中国诗人对于自然的嗜好比西方诗要早一千几百年，究其原因，也和佛教有关系。魏晋的僧侣已有择山水胜境筑寺观的风气，最早见到自然美的是僧侣（中国僧侣对于自然的嗜好或受印度僧侣的影响，印度古婆罗门教徒便有隐居山水胜境的风气，《沙恭达那》剧可以为证）。僧侣首先见到自然美，诗人则从他们的"方外交"学得这种新趣味。"禅趣"中最大的成分便是静中所得于自然的妙悟。中国诗人所最得力于佛教者就在此一点。但是他们虽有意"参禅"，却无心"证佛"，要在佛理中求消遣，并不要信奉佛教求彻底了悟，彻底解脱；入山参禅，出山仍然做他们的官，吃他们的酒肉，眷恋他们的妻子。本来佛教的妙义在"不立文字，见性成佛"，诗歌到底仍不免是一种尘障。

佛教只扩大了中国诗的情趣的根底，并没有扩大它的哲理的根底。中国诗的哲理的根底始终不外儒道两家。佛学为外来哲学，所以能合中国诗人口味者正因其与道家言在表面上有若干类似。晋以后一般人曾把释道并为一事，以为升仙就是成佛。孙绰的《游天台山赋》和李白的《赠僧崖公诗》都以为佛老原来可以相通，韩愈辟"异端邪说"，也把佛老并为一说。老子虽尚虚无而却未明言寂灭。他是一个彻底的个人主义者，《道德经》中大部分是老于世故者的经验之谈，所以后来流为申韩刑名法律的学问，佛则以普济众生为旨。老子主张人类回到原始时代的愚昧，佛教人明心见性，衡以老子的"绝圣弃知"的主旨，则佛亦当在绝弃之列。从此可知老与佛根本不能相容。晋唐人合佛于老，也犹如他们合道于老一样，绝对没有想到这种凑合的矛盾。尤其奇怪的是儒家诗人也往往同时信佛。白居易和元稹本来都是彻底的儒者，而白有"吾学空门不学仙，归则须归兜率天"的话，元在《遣病诗》里也说"况我早师佛，屋宅此身形"。中国人原来有"好信教不求甚解"的习惯。这种马虎妥协的精神本也有它的优点，但是与深邃的哲理和有宗教性的热烈的企求都不相容。中国诗造到幽美的境界而没有造到伟大的境界，也正由于此。

（原载《中国比较文学》1984 年第 1 期）

欲望的荒谬——莎士比亚《特洛伊罗斯与克瑞西达》和汤显祖《邯郸梦》的比较研究

张　弘

一　比较的依据

　　莎士比亚（1564—1616 年）的《罗密欧与朱丽叶》和汤显祖（1550—1616 年）的《牡丹亭》，由于共同讴歌了现实生活中的爱情，讴歌了这种纯真感情冲决封建教条的力量，已经有人作了比较。本文准备讨论的则是另外两个剧本，即莎士比亚的《特洛伊罗斯与克瑞西达》和汤显祖的《邯郸梦》①。之所以选中它们，不仅因为二者写作年代相仿。据著名莎士比亚专家爱德蒙·钱伯斯爵士研究，《特洛伊罗斯与克瑞西达》约写在 1601—1602 年间；《邯郸梦》的写作年代，据今日所见最早版本（臧氏修订本与明天启元年刻本）上作者的题词，肯定不迟于 1602 年。这诚然是历史上的巧合，但更重要的是，这两个剧本反映了中英两位作者共同生活的时代——16 世纪下半叶及 17 世纪初——类似的社会特点与思潮。当时英格兰正处在文艺复兴时期。如同葛兰西正确地指出的，文艺复兴虽发端于意大利，但这一总的运动的完成是在欧洲其他部分，通过西班牙、法国、英国和葡

---

　　① 《特洛伊罗斯与克瑞西达》，《莎士比亚全集》中译本第 7 卷，人民文学出版社 1986 年版。本文引文并据波士顿 1974 年版莎士比亚全集英文会注本作了必要的校改；《邯郸梦》传奇（一题《邯郸梦记》，又作《邯郸记》），钱南扬点校，《汤显祖戏曲集》卷下，上海古籍出版社 1962 年版。以下两剧的引文不再另注出处。

萄牙的世界扩张而实现的。① 以乔叟和爱拉斯摩作为先驱与中介，借助于在意大利学习法律与商业的访问者和罗马教会神职人员的交流传播，加上新型学校教育与印刷术的推动作用，随着玫瑰战争的结束和都铎王朝的建立，英格兰终于在法、德、荷兰和西班牙各国之后也迎来了文艺复兴的黎明。英格兰民族的独立，工商资本主义最初发展，海外殖民地的开拓，宗教改革与教派纷争，以及莎士比亚参与其中的戏剧与文学的空前繁荣，这些就是莎士比亚亲身经历的伊丽莎白统治下的主要历史事件。

在中国，虽然没有发生西欧那样的文艺复兴，但延续千年之久的封建社会内部，同样在经济、思想、文化各方面产生了引人注目的变动。这是明代中叶以后，手工业者、市民和商人，开始形成一定的社会力量，农村小土地私有制与雇佣制度进一步发展，思想领域和传统的理学体系里出现了新的潮流，通俗的平民文化也取代了贵族化的正统文化流行开来。尽管这一发展势头因中国社会演变的特殊规律性而未能长期保持下去，对其性质与作用的评价也有分歧，但这一变动是以后姗姗来迟的中国近代社会的先兆，是大家普遍公认的。

《特洛伊罗斯与克瑞西达》和《邯郸梦》这两个剧本既是相似的历史时代的结晶，又是伟大剧作家的精心建构，虽然它们得到的注意还不够。莎士比亚在英国文学和世界文学中的重要地位无须我赘述。汤显祖是明代最伟大的戏剧家，在中国文学史上占有重要的篇章。他像莎士比亚一样富有批判与创新的精神，为了突出剧作的"意趣神色"，他敢于突破曲律的规定，不怕别人的反对。他留下的四个剧作合称"玉茗堂四梦"（另有一个与别人合写的试验性习作《紫箫记》），虽然数量远不及莎士比亚的丰富，但成就之高，影响之广，当时及后代都有定评。汤显祖同样是一代宗师。追随与摹仿他的剧作家们形成了"玉茗堂派"，流风延及清代中叶。他的剧作如《牡丹

---

① ［意］安东尼奥·葛兰西：《狱中札记》，葆煦译，人民出版社 1983 年版，第 244—245 页。

亭》，直到今天还在舞台上公演。更主要的是，汤显祖和莎士比亚同属于这样一类伟大作家，他们一方面感应着时代的精神，一方面又以自己的创作丰富着时代精神。他们始终关怀并思索着当代最迫切的问题，并为此求索探究，呕心沥血，因而思想和心灵都经历了一个艰难的过程，并在他们创作生涯上打下了不可磨灭的印记。《特洛伊罗斯与克瑞西达》和《邯郸梦》就都写在特定的时期，一个是莎士比亚风格转换之作，一个是汤显祖戏剧创作的绝唱，并都留有特殊的印记。由此，他们的剧作便形成了极其丰富多彩又极其复杂的世界，在瑰丽、变形甚至怪诞的想象里，呈现出似乎永远难以穷尽的层面，虽然可能有过许多发现，但仍能继续找到新东西。

这就是选择《特洛伊罗斯与克瑞西达》和《邯郸梦》进行平行比较的出发点。

二　内容的底蕴

首先我们就会发现，《特洛伊罗斯与克瑞西达》和《邯郸梦》有一个共通点，它们思想内容的奥秘都有待于再开掘。《特洛伊罗斯与克瑞西达》从 19 世纪末起，就在批评家的眼光里变成了"问题剧"，原因是剧作的意图难以澄清以致成为问题，现代有的文学史著作干脆称它是莎士比亚最艰深的剧本。[①]《邯郸梦》的命运虽不是如此扑朔迷离，但它在一段时间内被当作汤显祖晚年消极思想的产物，除了对明代官场腐败的揭露外，没剩下多少可取之处，因此中国的文学史、戏剧史对它缺乏应有的评价。

实际上，两个剧本的主题思想都是对人的问题的深入思考。剧作家不再在一般意义上讴歌与赞颂人，相反换用批判的眼光，对人进行冷峻的考问。这不仅由于"文学是人学"，必然要涉及人的问题，还因为莎士比亚与汤显祖所面临的时代关注点便是以人为中心的一系列

---

① ［英］艾弗·埃文斯：《英国文学简史》，蔡文显译，人民文学出版社 1984 年版，第 17 页。

问题。

文艺复兴的历史功绩被认为是重新发现了"人"。布克哈特的著作《意大利文艺复兴时期的文化》专门有一部分题为"世界的发现和人的发现"。这里所说的"人",就其具体内涵而言,当然不可能是抽象的超然于社会历史条件之上的个体,而是指随着城市经济的发展而形成的工商资产阶级及其代表人物,包括知识分子、政治家和雇佣兵队长及艺术家等。然而,相对于中世纪基督教戒律的束缚,相对于上帝至高无上的地位,这些新型的个人的出现,在广延的意义上,确实意味着"人"作为一个类族同"神"的抗衡。人不再趋从于宗教的目的,相反追求着人自身的完美,其中的要旨首先是恢复作为生活和历史的创造者的人的精神。这从15世纪初佛罗伦萨人维托里诺·达·费尔特雷的一段话里充分体现出来:"并非要求所有的人都成为律师、医生、哲学家,或在大庭广众中进行活动,也并非所有人都具有这些天赋的才能,但是我们所有的人都要为生活尽我们的社会义务,我们所有的人都要为我们自己所产生的个人影响负责。"①

因此,人文主义者崇尚古典,首先是为了人自身的培养与造就。另一位佛罗伦萨人布鲁尼认为:"要成为一个对未来充满智慧的人,就应当在(科学和文学)这两方面进行修养。"② 这就是当时一些知识分子不远千里寻访古代希腊与罗马的遗著残篇的真正动力。对他们来说,知识与学养,而不是虔信与潜修,才是实现关于人的新型理想的可靠阶梯。

当然,距离这新理想的真正实现,距离完美人格的真正建立,历史的进程还非常遥远,文艺复兴只不过是个起步。在严格的意义上,人文主义者自己(这里不包括那些效忠于罗马教廷的知识分子)也没有完全摆脱对教会的依附和对宗教的归依。关键在于,人已经意识

---

① 转引自〔英〕哈伊《意大利文艺复兴的历史背景》,生活·读书·新知三联书店1988年版,第137—138页。

② 同上书,第138页。

到自己的重要性，从而改变了俯身屈膝在上帝面前的奴隶姿态。当代著名的文艺复兴专家哈伊说得好："关于造物、救赎、人的堕落和基督答应信徒们使他们获得神性，这些实质性的论点已简单地构成了所谓'人的文艺复兴哲学'的基础。在谈论宗教信条——无论哪一种信条的时候，很明显，人是处于整个画面的中心的。"① 问题不在人仍同宗教保持着千丝万缕的联系，而在于人从这种旧有的联系中为自己找到了新的位置。

不管如何，市民社会的人在挣脱中世纪神学的绳索。对世俗的生活方式与生活态度的肯定，对禁欲主义的嘲笑和为占有财富而辩护，对教会与神职人员的抨击乃至对基督的蔑视，对知识文化与公共教育的推崇和对迷信的否定，这一切，都是人对自己应有权利与价值的认可。正是随着人的个性的觉悟，人一边发现了客观的新世界——它不再是上帝的恩赐，而是人的才华、意志和能力的创造，一边又发现了自我内在的新世界，即人的精神世界或心灵世界。主体的诗与抒情的诗由此而产生了，带有个性表现的绘画与雕塑随之问世了，体现智慧的力量以征服自然的科学发明也一一在诞生中。在中世纪基督教文化的强大藩篱下，不知不觉已成长起一株以人的尊严与力量为标志的新文化之树。

基督教的"原罪"说实际上已遭到否定。然而，人自身就没有弱点与缺点吗？难道果真像卢梭说的，人的天性只是善吗？文艺复兴的悲剧恰好就在这里，它动摇了神的偶像，但又把人树为新的偶像。而任何一种偶像崇拜，都只会带来灾难。人的个性、情感、意志和欲望受到过度的颂扬，甚至人性的丑陋与卑劣也受到顶礼膜拜。我们既可在马基雅维利的《君主论》里清晰地辨认出这种思想倾向，也能在当时一些风云人物乖张的性格与举止里看到个性无止境的张扬所达到的极限。关于后者，布克哈特《意大利文艺复兴时期的文化》一书

---

① 转引自［英］哈伊《意大利文艺复兴的历史背景》，生活·读书·新知三联书店1988年版，第175页。

搜集了许多例证。正像该书作者指出的，文艺复兴中人的重新发现和个性的充分发展，一方面造成了更崇高的性格和新的艺术光辉，另一方面又因个人主义的膨胀带来普遍的道德沦丧。① 人性的解放很快走上了反面。看一看拉斐尔笔下静穆雍容的人物画像，不难发现，走出神的阴影的人曾是多么自信与安详，但没有多久就演变为米开朗琪罗后期雕塑的扭曲与狂躁，人分明在承受欲火与野心的煎熬。

文艺复兴自身的这一弱点，是这个运动未能在意大利最后完成的重要主观原因。16 世纪末，随着城市共和国的消亡，意大利的文艺复兴和人文主义就转入了低潮。这也正是莎士比亚创作《特洛伊罗斯与克瑞西达》的前夕，同时也是英格兰文艺复兴由盛及衰的时期。文艺复兴波及英国较迟，但由于玫瑰战争中封建贵族势力遭到了重创，这时期新兴的工商业资产阶级发展比较顺利，加上英国赢得了与西班牙争夺海上霸权的胜利，为开拓海外市场与殖民地创造了条件，因而英格兰的文艺复兴是与资本主义的最初扩张相伴随的。在英格兰，文艺复兴又和宗教改革同步，不像欧洲大陆其他国家，宗教改革是文艺复兴之后的事件，所以文艺复兴的进程又同罗马天主教、新教、英国国教之间的教派斗争以及与此相关的都铎王朝的主权之争交织在一起。文艺复兴和人文主义倡导的新精神及时地为资本主义的最初成长及宗教、政治斗争提供了思想武器，与此同时，在资本追逐利润的扩张中，在残酷无情的宗教斗争中与争权夺利中，人性的张扬又加倍明显地暴露出卑劣的一面。尽管爱拉摩斯的友人、人文主义者的领袖托马斯·摩尔爵士在《乌托邦》里描绘了一幅人性善良、财产共享、战争受到禁止、人人追求心灵与肉体的完善的理想图景，现实的状况却相去甚远。包括摩尔爵士自己，在实际生活中照样是个狂热的天主教徒，利用亨利八世给他的权力，残酷迫害清教徒。随着伊丽莎白一世时期文学繁荣的消歇，文艺复兴在英格兰同样很快地步入了尾声。

---

① ［瑞士］雅各布·布克哈特：《意大利文艺复兴时期的文化》，何新译，商务印书馆1979 年版，第445—446 页。

　　在明代中叶以后的中国，人的问题当然是以另一种方式提出来的，不过其物质基础与现实动因一样是经济生活中新的因素的萌发与成长。当时在封建专制的明王朝统治下，以江南地区为中心，出现了一系列工商业市镇，那里产生了最早的丝织手工工场，尤以苏州为集中。因统治阶级企求长生不老丹药而刺激发展起来的采矿业，也出现了雇佣劳动的生产方式。① 以手工业劳动者、雇工、小业主、商人等为主体的市民阶层开始要求有新的价值观念与道德观念。在这种情况下，以王阳明的"心学"为哲学先导，久久窒息于"存天理，灭人欲"的教条之中的人性觉悟过来，向往着获得合法的地位。人的天性、人的情感，不想再处在同儒家礼教的对立中而继续遭到贬损。在"心学"左派泰州学派的理论主张里，人性与情感被抬高到与"天理"、"圣道"相等的崇高地位，一些思想家与文学家纷纷用各自的术语提倡人的自然天性："真情"、"童心"、"性灵"……他们或四处讲学，或主持书院，或游说王公大人，或通过文学创作与著书立说宣传自己的主张，一句话，他们决心"败却铁网，打破铜枷"（袁宏道语），向封建礼教的网罗发动冲刺，其中以李贽的思想最为激进。他公开声明："天生一人，自有一人之用，不待取给于孔子而后足也。"（《答耿中丞》）这无异是同上千年来牢牢统治人们思想的孔孟之道进行决裂，进而宣布了人在精神上的独立。汤显祖自己，师承泰州学派，也提出了"天地之性人为贵"、"君子学道则爱人"（《贵生书院说》）等把人放在首位的主张。这些理论与学说，一方面是中国古代思想传统中民主成分在新的历史条件下的再度发扬，一方面体现了新的生产力因素不满旧有的生产关系的现实要求。封建地主统治阶级害怕这一进步思潮，以"道学"之名概行禁止，汤显祖对此进行了针锋相对的斗争。他在写给泰州学派的重要代表、自己的老师罗汝芳的信中说："道学久禁，弟子乘时首奏开之"（《奉罗近溪先生》），记录了自己的战斗业绩。当然，这一进步思潮同占统治地位的正统礼

---

　　① 　参阅傅衣凌《明清社会经济史论文集》，人民出版社 1982 年版，第 25—26 页。

教相比，同根深蒂固的传统习惯相比，还是十分微弱的，但它造成的激荡与影响，却留下了不可磨灭的历史年轮，通俗小说与戏曲的创作因此走向了成熟与繁荣，诗文革新运动因此获得了新的动力，文艺理论与文学批评也随之面目一新。这一时期，同样是中国文学史上少有的黄金时代，人性与情感在文学中得到了前所未有的充分表现。

　　然而，这一时期同样只是转瞬即逝的曙色。如果说，欧洲文艺复兴运动中人的解放由于它自身的过分膨胀，结果走向了反面，那么中国明代中叶以后人性的觉醒，却是因发育不全中途夭折了。幅员广大、中央集权的专制国家远比神圣罗马帝国松散联盟下公侯小国的统治强大与稳固，工商小市镇也不及西欧的城市国家在经济上与政治上都享有独立的地位，新生的社会力量还没有发展到足以和封建地主阶级统治相抗衡的程度，许多叛逆的思想观点从根本上说不曾跳出儒学或庄老学说的范畴，至多掺合了禅释的成分，那些得风气之先的士大夫本身就无力彻底挣脱封建观念意识的规范。最典型的要算著名诗人袁宏道（他是李贽与汤显祖的友人）。他在年轻时候为追求心灵的自由与个性的解放，坚决辞去官职，放情于湖光山色之间，但他很快又回到官场。终其一生都动摇在时而隐退时而出仕的矛盾里。① 像李贽这样思想较为彻底的人，当时属于凤毛麟角。万历三十年（1602）李贽受明代封建统治者迫害死于狱中，著作也遭查禁烧毁，这以后整个以个性的觉悟与启蒙为旗帜的思想运动就落进了低谷。不久，随着明代社会阶级矛盾、民族矛盾和政治经济危机的加剧，"心学"在知识分子内部进一步受到清算，被斥为无补于国计民生的"空疏之学"。明亡清兴，整个学风向着"经世致用"的"朴学"转变。晚明思想运动呼唤人性与情感的努力，只剩下不死的精魂，犹如长夜的寒星，闪烁在中国封建社会最后年代那些进步的文学家与思想家的作品里。

---

　　① 参阅拙文《性灵的解脱》，载《晚明文学革新派公安三袁研究》，华中师范大学出版社1987年版。

　　《特洛伊罗斯与克瑞西达》和《邯郸梦》就是以人的发现和觉醒为中心的思想文化运动出现曲折之后各自的反思，当然是通过艺术想象，借用艺术形式的反思。不同的是，反思的侧重面有所区别。《特洛伊罗斯与克瑞西达》剖析的是从中世纪神学教条解放出来的情感在极度放纵下的变异形态，《邯郸梦》展现的则是阻碍中国士大夫超越传统封建观念的深层原因，原因不仅在外界环境的封闭与僵化，更在于内心的病态与萎弱。

　　下面，将通过对本文的分析来证明上述论点。

三　本文分析之一：关于《特洛伊罗斯与克瑞西达》

　　表面看去，《特洛伊罗斯与克瑞西达》描写的是个爱情故事。爱情的主题不仅通过贯穿全剧的男女主人公在特洛伊战争中的恋爱经历，也透过作为陪衬的帕里斯与海伦的恋爱表现出来。剧中克瑞西达的舅舅、特温伊罗斯和克瑞西达之间的牵线人潘达洛斯与帕里斯同声高唱："爱情，爱情，只有爱情是一切！"（第三幕第一场）戏开场不久，在第一幕第三场中，特洛伊主将赫克托的挑战和希腊统帅阿伽门农的应战，都是以爱的名义提出的。然而这是莎士比亚的反讽手法。尽管剧本主要根据乔叟的同名长诗改编，但已远远超出原来题材写骑士与贵妇人恋爱的狭小范围，而把目光锐利地投向了爱情的另一面。

　　剧本首先揭示了爱情与理性的不相容。理性，这抨击宗教迷信与神权的有力武器，是人的尊严与价值的主要体现。它是人文主义的骄傲，是文艺复兴时期的无冕之王。但在剧本里，理性却一次次败下阵来。第二幕第二场特洛伊人讨论战争前途的情景充分表现了这一点。本来理性的启示已经使赫克托认识到，为了海伦这样一个"既不属于我们，对我们又没多大价值的"女人而牺牲无数士兵的宝贵生命是毫无意义的，特洛伊国王普里阿摩斯和祭司赫勒诺斯都同意他的看法。但帕里斯为了自己同海伦的恋情拼命反对，正像普里阿摩斯一针见血指出的："你自己吮吸着蜜糖，却让人家去尝胆汁的苦味。"特洛伊罗斯正沉溺在同克瑞西达的热恋中，也跟着攻击"理智"是"尺寸狭窄的束缚"，说什么"如果谈论理性，不如关门睡大觉"；因为"理性和尊严使生龙活虎的人变得苍白虚弱，使高涨的欲念变得沮丧低落"。① 就在这样的攻击之下，最后赫克托竟然放弃了"自认为正确"的意见，同意继续和希腊人对峙下去。理性即使努力昭示真理，最终也敌不住情感的泛滥与欲念的膨胀。

碰巧特洛伊罗斯自己也经受了变幻莫测的情感造成的理性困惑。在潘达洛斯撮合下，特洛伊罗斯终于同克瑞西达合衾同床，初度良宵。但第二天一早为了换回被俘的重要将领安忒诺，克瑞西达受特洛伊王宫之命，去了希腊军营。就在当天晚上，克瑞西达又同希腊将领狄俄墨得斯勾搭上了。出使希腊军营的特洛伊罗斯在另一名希腊将领俄底修斯陪同下，暗中目睹了两人偷情幽会、无比亲热的场景。时间不过隔了一个白天，特洛伊罗斯眼睁睁地看着才向自己献出贞操的情人转而又向另一个男人做出了本来应该属于他的一切，他"不肯接受眼睛和耳朵的见证"，不相信那真的是克瑞西达——我还没有发疯，我知道那不是她。

俄底修斯只得回答说：

难道是我疯了吗？刚才明明是克瑞西达。（第五幕第二场）

眼前发生的一切是如此违背常理，但又确凿无疑，于是理智与经验、推理与事实产生了矛盾，神志清醒与疯傻混淆了界线。是相信常识才算正常，还是蔑弃感官更高明？特洛伊罗斯不得不陷入悖谬之中：

理性可以造反，不受地狱的惩罚；疯狂可以伪装成全部的理智，不显出一点矛盾。（同前引）

---

① 特洛伊罗斯这里的后半句台词是根据前引英文本补上的，见第 1 卷 462 页，第二幕第二场。

这真是理性极度的不幸！理性再次受到了奚落，但这次奚落它的，不是孔武有力的英雄，而只是一个小女子过于多情的心。这不是刚从中世纪神学教条的束缚里挣脱出来的人性的情感吗？难道它不是充溢与泛滥得过度了吗？

剧中女主人公克瑞西达的形象，就是一个情欲溢出常度的象征。在中世纪传说和乔叟的同名长诗里，克瑞西达就是爱情不专的轻浮女子的典型。莎士比亚强化了这一点。他改变克瑞西达的身份，让她由寡妇变为少女，但她同样富于爱的经验，懂得如何驾驭男人的心。她与特洛伊罗斯从互相接触到最后同床中间经过几个月时间，完全是有意识的拖延，因为她十分清楚男人最终要的是什么，只是不打算很快就给出去（参见第一幕第二场）。这种给予对她来说不外是做爱的享受，所以她头天夜里刚同爱人度罢良宵，次日早晨就能毫无难色地接受敌方将领调笑的接吻。

第四幕第五场的构思与描写完全属于莎士比亚的创造。希腊军营的众将领，平时威武庄重的英雄们，此刻个个成了急色儿，上自主帅阿伽门农，下至老将涅斯托，争着同她亲嘴，有的还想得双份儿。她却从容不迫，应付自如。不仅如此，"她的眼睛里、嘴角边都含情欲诉，连她脚后跟都会说话；她身上的每一块骨节，每一个动作，都透露出她风流的精灵。"（第四幕第五场）为此，希腊军营里同样为了个女人引发了一场混战。几乎没费任何周折，克瑞西达已堕落为实际上的营妓。就在同一天早晨，她还在特洛伊罗斯怀里信誓旦旦："时间、武力、死亡，尽你们把我的身体怎样摧残吧；可我的爱情基础是这样坚固，就像吸引万物的地心，永远不会动摇。"（第四幕第二场）但刚过去一个白天，她就投入了狄俄墨得斯的怀抱。比起赤裸裸的色情来，这甚至更卑鄙，因为一切都是假借着美好的名目进行的。克瑞西达最后没有忘记为自己辩护："啊，可怜我们的女性！"（第五幕第二场）但莎士比亚立刻又让丑角忒尔西忒斯无情地揭穿了她。我们不必像忒尔西忒斯那样尖刻，但可以肯定，体现在克瑞西达身上的，是一种完全丧失了精神的美质的色欲。

整个剧本实际上是复合的双线结构。特洛伊罗斯与克瑞西达的恋爱主线，由处于隐线地位的帕里斯与海伦的恋爱关系陪衬着；写爱情和写战争的两条情节又互相交织。莎士比亚的剧作不同于乔叟同名长诗的一个显著之点，就是把荷马史诗《伊利亚特》中从希腊军队内部不和到赫克托阵亡的整个战争情节的主干移植了过来。对特洛伊罗斯与克瑞西达恋爱实质的剖露引导观众与读者夫思忖帕里斯与海伦恋爱的本质，后者正好是整个特洛伊战争的导火索。于是合乎逻辑地引出了推论：色欲的泛滥不仅践踏了理性，而且导致了战争，战争同样是色欲泛滥的后果。确实，一旦失落了精神的光辉，一旦失去了正义的价值，战争和爱情二者本质上都是穷凶极恶的占有。由此，不仅乔叟同名长诗描写的情意缠绵、哀婉感伤的罗曼史讽刺性地成了一场恶俗的闹剧，而且《伊利亚特》里以辉煌的辞藻吟唱的诸神与英雄们角力搏斗的威武场面也顿时暗淡失色，只剩下凡庸的卑琐的争夺。正如忒尔西忒斯嘲骂的，整个一场特洛伊战争，"争来争去不过为了一个王八和一个婊子，结果弄得彼此忌恨，白白损失了多少人的血！"（第二幕第三场）至于希腊人和特洛伊人都喜欢挂在口头的"荣誉"和"胜利"等，大多是用以掩饰内心卑劣的堂皇借口。因此毫不奇怪，《特洛伊罗斯与克瑞西达》一剧从头至尾看不到一幕悲壮激烈的战争场景。战斗开始前先商定好交战方式，不由人怀疑那是生死搏斗还是例行的游戏；有时还顾念"亲属的情谊"，结果厮杀者刀下留情就像没有睡醒（参见第四幕第五场）。这不等于说莎士比亚缺少荷马再现宏大战争场景的才华，也不意味着戏剧舞台的格局规模不及史诗吟唱伸展自如，相反这正说明剧作者有意表现战争的荒唐与没有意义。最典型的是赫克托之死的场面。赫克托之死原是《伊利亚特》全诗高潮。赫克托死前焚烧希腊战船的赫赫战功，赫克托死后特洛伊全城的痛悼及葬礼，诗中渲染铺垫，写得规模宏大，声势逼人。即使赫克托迎战阿喀琉斯的情景，也体现了宿命的力量，以至风云为之惨淡变色。但在《特洛伊罗斯与克瑞西达》一剧中，赫克托之死充其量是场乘人不备的谋杀。他没有倒在堂堂正正的格斗中，而是战斗间歇时解除了武装，遭到阿喀琉斯的偷袭，被乱刀砍死的（参见第五幕第八场）。阿喀琉斯，这位声势显赫的英雄，理都没理睬赫克托公正决胜的要求（在这以前赫克托曾打败他并放过他一回），不是靠诸神佑护，却是靠手段的卑鄙赢得了胜利。与此同时，古希腊英雄们半神半人的眩目光晕都脱落得干干净净，——暴露出人性的卑劣，尽管他们还保留着堂皇潇洒的骑士风度和贵族气派，在反讽的透视下，这些反而衬托出他们的虚骄与滑稽。

四 本文分析之二：关于《邯郸梦》

撇开主人公卢生最后悟道成仙的"神仙道化"因素先不论，《邯郸梦》写的是人的一生。这部长达三十出的传奇戏，展现的是中国上千年封建社会知识分子典型的人生道路。由科举功名到高官厚禄，由妻荣子贵到光宗耀祖，由钟鸣鼎食到声色嗜好，由生前享受到死后封荫，其中穿插着宠辱兴衰的交替、贤良奸佞的倾轧、否泰循环的遭遇。除开这些有碍飞黄腾达的消极方面，以上每一内容都是传统知识分子梦寐以求的人生最高理想。士大夫的这条人生道路当然是由封建社会的政治制度与文化背景限定的。自从唐太宗本着"使天下英雄尽人吾彀中"的动机确立科举制度以来，古代知识分子无论仅仅要求"闻达"，还是真诚地为着"兼济天下"，都不得不走"学而优则仕"也即读书做官的道路。或者不妨说这是历史环境的局限，是客观条件的强制。但中国士大夫自身主体方面应负什么责任？这一点还很少有人自觉到和思索过。同样身为士大夫的汤显祖，通过《邯郸梦》的创作，对此作了考问。

剧本对中国士大夫心态的审察，是通过对卢生形象的剖析完成的。卢生原来务农，家有田亩，年年丰收，生活富裕，但他并不满足。他所向往的是"建功树名，出将入相，列鼎而食，选声而听"。（第四出）正是这种欲望驱使他在仕宦之路上奔走颠沛。他先攀了门富贵姻亲，同著名望族崔氏结了婚。然后用崔家的金银贿赂与买通朝廷中的权贵，考上状元，当上了翰林学士，负责起草皇帝的文书。他借此方便伪造文书替妻子弄到了诰命一品夫人的荣耀，此后历经陕州知州、河西陇右四道节度使兼大将军，开河御边，封为定西侯，官升兵部尚书同平章事。当上了丞相。不久遭到流言诽谤，判处死刑，后赦免流放海南崖州。三年后皇上恩赦归京，重新拜为首相，晋封越国公。皇帝赐府第、园林、田庄、名马、女乐、财宝无数，子孙都荫官封爵。正是这样的大富大贵，诱使卢生陷于名利场的沉浮升降中，虽劣迹种种而恬不为惭，虽风波险恶而乐不知返。尽管在绑赴刑场行将斩首之际他也曾后悔过："吾家本山东，有良田数顷，足以御寒馁，何苦求禄，而今及此？"（第二十出）在艰难备尝的流放途中也曾意识到："行路难，不在水，不在山；朝承恩，暮赐死，行路难，有如此。"（第二十二出）但那是片刻的醒悟，一旦皇帝赦还，又立即山呼万岁，叩头谢恩，重新开始名利场上的征逐。

在卢生身上，汤显祖揭示出，促使中国士大夫心甘情愿地走入封建统治者设置的圈套中的，不是别的，正是他们的利欲之心，这是他们最深层也是最始初的原动力。虽然中国古代的知识分子熟读圣贤书，"四书"、"五经"背得滚瓜烂熟，但孔孟的遗训非但成不了约束利欲之心的理性原则，反而往往变成放纵物欲的理论根据。这一点剧本有生动深刻的描写。第二十七出，志满意得的卢生得到了皇帝赏赐的二十四名宫廷女乐，她们不仅是乐工，而且是侍妾。当即卢生引经据典，发表了一通"戒女色，不可近"的高论，夫人就劝他：

这等，相公可谓道学之士，何不写一奏本，送还朝廷罢了？

卢生却又引用权威的儒家经典《礼记》回答说：

这却有所不可。《礼》云："不敢虚君之赐。"所谓却之不恭、受之惶愧了。

然后他把这二十四名宫廷女乐安置在御赐的翠华楼里，以便供他每夜轮流纵欲取乐，有时甚至一个女人还满足不了他——

> 听我吩咐：今夜便在楼中派定，此楼分为二十四房，每房门上挂一盏绛纱灯为号，待我游歇一处，本房收了纱灯，余房以次收灯就寝。倘有高兴，两人三人临期听用。

这真可谓穷奢极欲到了顶点。为了能无限期地享受下去，卢生又企求长生不老，相信什么阴阳"采战之术"，结果八十多岁高龄一病不起，自食其果。临死之前，他加倍贪恋权势，汲汲不忘功名利禄，牵肠挂肚于子孙的安排，还支撑着病危之体亲笔写遗表，只因为皇帝欣赏他的书法。用别人的话说，这叫做"忍死求恩泽"（第二十九出）。利欲已经从头到脚浸透了卢生每个毛孔。

以科举制度笼络知识分子的"帝王之术"，本身就处在无法克服的悖谬之中。一方面它要求知识分子精通与实践儒学经典的道德训条，另一方面又以物质的利益与实惠引诱知识分子，"一登龙门，身价百倍"，哪怕原来再穷困不堪，只要通过科举考试，接踵而来的便是权势、钱财和女色。在这种科举制度下造就出来的知识分子，必然是利欲之心与圣贤之学兼而有之的矛盾怪物。恰恰由于有圣贤之学作幌子，这种利欲的躁动披上了各种貌似合理的伪装，反而显得加倍的虚伪。当时明代社会的实际生活中，多的是这样一些被斥为"伪道学"的士大夫。李贽曾勾勒过他们的形象：

> 人尽如此，我亦如此，公亦如此。自朝至暮，自有知识以至今日，均之耕田而求食，买地而求种，架屋而求安，读书而求科第，居官而求尊显，博求风水以求福荫子孙。种种日用，皆为自己身家计虑，无一厘为人谋者。及乎开口谈学，便说尔为自己，我为他人，尔为自私，我欲利他。（《答耿司寇》）

李贽在这里同时谈到自己，认为他本人也属于这种类型。能够像这样直面现实、敢于解剖自身的当然只有少数人。汤显祖也是少数先觉者之一，他创作的《邯郸梦》通过艺术的想象说明了不具备批判的眼光，中国士大夫利欲之心的搏动，只能局限在传统的价值观念和人生理想的范围里，脱不出"人尽如此"的生活模式；相反，由于继续停留在封建意识形态的范围内，所谓人性的苏醒或个性的自由，只会造成人们更加肆无忌惮地在封建君主圈定的富贵场里追名逐利，即使杀头之痛或流放之苦也无法使他们真正清醒过来。这就是《邯郸梦》给予观众与读者的最重要的启示。

《邯郸梦》的结尾是富于戏剧性的。剧本最后告诉我们，卢生经历的一切，他所有的欲望与企求，统统只是片刻梦幻。当他在邯郸道边的小客舍午睡方醒之时，店老板做的黄粱米饭尚未焖熟。原来邂逅相遇的仙翁吕洞宾同他开了个小小玩笑，借给他的枕头有神奇的妙用，让他出真人幻，又由幻悟真。中国的成语"黄粱梦"就是由此而来的，追溯起来这原是相当古老的传说。然而传说和成语都意在强调荣华富贵犹如镜花水月，汤显祖的剧作则进而揭示了，在封建皇帝恩准之下企求荣华富贵的利欲之心，同样不外是瞬间即逝的泡影。

五　母题：欲望及其荒谬

现在已不难发现，莎士比亚的《特洛伊罗斯与克瑞西达》和汤显祖的《邯郸梦》表现的是同一母题，即欲望的母题。

"生死根本，欲为第一。"欲望是人性的组成部分，是人类与生俱来的。它是本能的一种释放形式，构成了人类行为最内在与最基本的根据与必要条件。在欲望的推动下，人不断占有客观的对象，从而同自然环境和社会形成了一定的关系。通过欲望或多或少的满足，人作为主体把握着客体与环境，和客体及环境取得同一。在这个意义上，欲望是人改造世界也改造自己的根本动力，从而也是人类进化、社会发展与历史进步的动力。但正如弗洛伊德指出的："本能是历史地被决定的。"① 作为一种本能结构的欲望，无论是生理性或心理性的，不可能超出历史的结构，它的功能作用是随着历史条件的变化而变化的。因此欲望的有效性与必要性是有限度的。"满足不是绝对的，总有新的欲望会无休止地产生出来。"② 由于欲望这种不知餍足的特性，欲望的过度释放会造成破坏的力量。叔本华说过，欲望过于剧烈和强烈，就不再仅仅是对自己存在的肯定，相反会进而否定或取消别人的生存。③ 用"上帝的命定"或"天理"来取消或压制别人的欲望是不合理的，但过度推崇与放纵欲望也是愚蠢的。欲望不是纯粹的、绝对的东西，它需要理智的调控与节制，它也绝不可能像有人声称的是文明发展的唯一动力。

《特洛伊罗斯与克瑞西达》和《邯郸梦》这两个剧本分别从自己角度对欲望进行了审视，它们涉及色欲和利欲这两个人类基本欲望。在《特洛伊罗斯与克瑞西达》里，欲望不仅亵渎了爱情的精神光辉，而且粗暴地排斥着理性。除了前面的分析，这里还可补充一个例子。剧本第一幕第三场，希腊将领们聚会讨论军心涣散士气不振的问题，从阿伽门农、涅斯托到俄底修斯，都向"理性"求救，他们不是呼求"恒心"和"德行"，就是倡导"秩序"和"纪律"。有些批评家曾觉得这一场描写与第二幕第二场格格不入而感到困惑，因为在这里"理性"得到了尊崇，不像在特洛伊人那里理性被感情用事排斥在一边，似乎两场戏的倾向性有矛盾。其实这正是莎士比亚的深刻之处，它意在说明：一旦欲望主宰一切，理性的启示就非但失去了效用，而且相反，理性还有可能被欲望当作维持、刺激与强化自己的兴奋剂。这时候，欲望不但排挤了理性，还俘虏了理性，强奸了理性。这是欲望过分膨胀的又一形式，或又一变态。它不仅无视理性的约束，而且

---

① ［奥］弗洛伊德：《弗洛伊德后期著作选》，林尘等译，上海译文出版社 1986 年版，第 39 页。

② ［德］黑格尔：《美学》，德文本，柏林建设出版社 1955 年版，第 135 页。

③ ［德］叔本华：《世界作为意志和表象》，格里泽巴赫德文全集本，莱比锡，1859 年，第 1 卷，第 413 页。

假借理性的名义为己所用。说到底，希腊人向"理性"求救，是为了把这场旷日持久的荒唐战争继续下去，在更深的层次上他们同样处在欲望的盲目驱使之下，那就是由色欲引发的征服欲，二者实际是沟通的。只有从这里出发，才会理解莎士比亚凭空虚构第四幕第五场希腊众将领争着调戏克瑞西达一场戏的用意，才会明白俄底修斯当场说的"为了一个女人我们来混战这一场"这句双关语的深刻含义。

莎士比亚笔下欲望的过度膨胀，显然是资本主义原始积累与最初扩张时期人欲横流的缩影。《邯郸梦》的情况不同，剧本表现的是一种发育不全的扭曲状态的欲望。卢生不满足于田舍郎生活的欲望追求，同中国古代封建统治者对士大夫人生道路的规划是同一指向的。欲望的骚动虽然同样以不寻常的力量驱策着主人公，但基本上没有脱离封建制度规定与允许的轨道。这种欲望能否得到满足，除了机遇与本人正当或不正当的努力，还在很大程度上听命于个别最高统治者即皇帝的意旨。因此剧本中欲望的实现并不是人性真正从封建制度下的解放，而是对既存统治秩序的接受。《邯郸梦》有出戏题名"极欲"，这里的悖谬之处正在于，个人欲望的极度释放，是以趋同既定的社会规范和遵从个别统治者的裁决为前提条件的。这样，本来是带有反叛性的作为人性觉悟表现的欲望的追求，非但没有造成同封建统治秩序的进一步对抗，而且接受了封建社会既定价值观念的导向。事实上，利欲观念的增强，是明代中叶以后经济生活里工商业繁荣的必然结果，它应该为新的生产力因素的进一步发展提供历史驱动力，但它仍滑进了封建制度早已规划好的旧轨道。除此之外，即使是这样一种不健全的欲望，在实现过程里也缺少真正意义上的个性自由，因为它主要取决于其他的个别人的意愿。汤显祖把这样一种本质虚幻的欲望追求归结为一枕黄粱梦，正是他的省悟与洞察。

由上述可以看出，《邯郸梦》里的人性欲望，实际上并未真正冲破封建意识的牢笼，它不过在封建制度思想枷锁的重压下苏醒了过来，并没有抛弃掉这副枷锁。要说人的觉醒，这是个虚弱的人，既没有挣脱种种旧的绳索，也没有找到新的力的支撑点。人性开始躁动，开始不满意旧的教条，但没有为自己树立新的理性原则，因此终究无法彻底粉碎陈腐的礼教，不得不仍旧局限在原来的轨道里，以至连这么一点萌动的人性最后也只能归于窒息。汤显祖晚年自号"茧翁"，他比喻自己是茧中的蛹，虽有生命力，却只能"乾而不出"（《茧翁口号》，《玉茗堂诗》卷十一），这其实也是明代中叶以后整个以人性启蒙为旗帜的思想运动的象征。当时思想界的另一位领袖人物、汤显祖的好友达观和尚（又号真可，即紫柏老人）曾指出明代启蒙运动只注重"情"的弊端，提出应该"以理直言"，才能"攻无不破"（《皮孟鹿门子问答》，《紫柏老人集》卷二十一）。然而远未强大与成熟的明代社会的新生力量不可能像欧洲城市第三等级那样为自己找到新的思想武器，达观所谓的"理"，也并不包含有任何决定性的新质。《特洛伊罗斯与克瑞西达》反映的则是另一种情况。同样是人的觉醒，那里却是过分强壮的人，因自己的强壮而随心所欲得冲昏了头。实力越来越雄厚的欧洲工商资产阶级大胆向神权及王权挑战，更由于海外市场的开拓觉得自己是新世界的主人，他们有一种无所不能的自我错觉。这就是西方迅速发育成熟的社会与东方长期停滞不前的社会带来的区别，不同的文化历史条件带来的区别。在《邯郸梦》里，欲望是发育不良的畸形变态；在《特洛伊罗斯与克瑞西达》里，欲望则是过分专断的恶性膨胀。

这就从不同侧面展示了欲望的荒谬。"荒谬"是个现代概念，无论在莎士比亚或汤显祖的头脑里，肯定不会出现有关"荒谬"的观念，但他们的艺术想象与艺术描写，虽反映的是各自的历史与社会，是不同的时间与空间，却都在现象上显现了荒谬，则是共同的事实。按照现代的观念，"荒谬从本质上讲就是一种分离，它不是存在于被考察的两种因素的任何一种里面，而是存在于它们的对立之中。"①《特洛伊罗斯与克瑞西达》和《邯郸梦》所表现的，如前所述，恰恰

---

① [法]加缪：《西绪福斯的神话》，转引自《二十世纪法国思潮》，商务印书馆 1987 年版，第 137 页。

正是欲望情感与理性原则的对立与不平衡。这二者本来应该处于统一与平衡之中。按照文艺复兴时期意大利思想家特勒肖（1509—1586年）的看法，温和适度的情感构成了美德，因为它们与精神获得的有利的冲动相一致，这种冲动有助于精神的保存。相反，不适度的情感构成了恶，因为它们与有害的冲动相一致，这种冲动会造成精神的腐败。① 黑格尔也认为，欲望与理性的统一与平衡，乃是人在内在主体方面的自由的条件。② 加缪曾列举种种具体形式的荒谬，那属于人类更晚近的思考。归根结底，所谓荒谬，是人内在主体平衡的失落，是人自由的丧失。在这个意义上，或者应该说，两个剧本分别描写的欲望的荒谬，是在人的发现之后对人自身状态及其构成的最初考问，它破译的是存在于当时历史条件下的另一种形式的荒谬。

六　想象的世界

由于《特洛伊罗斯与克瑞西达》和《邯郸梦》都把焦点集中在体现为欲望的荒谬的人的问题上，两个剧本的想象世界共同呈现出古代与当今、梦幻与现实的有趣而复杂的交织。

两个剧本都有原先的作品为根据，这在维多利亚王朝与明代戏剧创作中都是普遍的风尚。莎士比亚剧作主要依据乔叟同名长诗和荷马《伊利亚特》改编，这前面已提到过，此外还可能参照了一些中世纪的传说故事。汤显祖《邯郸梦》则取材于唐代沈既济（750？—800年？）的小说《枕中记》。更早，东晋干宝（285？—350年？）的《搜神记》和南朝刘义庆（403—444年）的《幽明录》都记载过类似故事，但情节极为简单。不过两位剧作家都没有局限于原有传说——那只是他们想象力凭借与运用的原材料。以《特洛伊罗斯与克瑞西达》为例，除前面提到的，改动较显著的地方还有：（1）《伊利

---

① 《物性论》第9卷第4节。参阅［美］克利斯特勒《意大利文艺复兴时期八个哲学家》，姚鹏等译，上海译文出版社1987年版，第122—123页。

② 参阅［德］黑格尔《美学》，第1卷序论，第二节。

亚特》所写的从阿喀琉斯与阿伽门农不和到赫克托之死这段中心情节发生的年代，由原来的战争第十年即最后一年改为第七年；（2）把特洛伊罗斯与克瑞西达从结为情人到两下分手的经过，由乔叟长诗的近一个月时间压缩为一天一夜，并让男主人公亲眼看到女方的变心，而不是像原来久拖不决，疑虑猜测，最后从来信获得准讯。《邯郸梦》也对《枕中记》的结构作了调整，主要删去了卢生第二次受朝廷贬逐的情节，增设了反面人物奸臣宇文融，把仙人吕翁具体化为吕洞宾，并增加了后来传说的"东海八仙"中其他几位神仙，等等。

原有传说材料的取舍与组合，显然受剧本母题的支配。莎士比亚把想象力投向古希腊世界，但真正关注点却在 16 世纪的现实，这是他选择与改造传说的出发点。由此，剧本里的特洛伊战争完全丧失了神话意味，蜕变成一场人的欲望的纷争。奥林匹亚诸神隐退得干干净净，战争结局不再由他们决定，而是人性内在的因素操纵着人的命运。人一样是卑微渺小的，不过从前摆布人的是威力无比的神，那是宿命的，但也是悲壮的崇高的，因为人失败在比自己强大百倍的无名力量前，他竭尽全力奋斗也不免一死。而今人却听命于自己的欲望，他自己完全可以驾驭它，但他一样受其任性的驱使。如果他同样失败，那只说明人的盲目无能。崇高不复存在，剩下的只有人性的卑劣。

尽管这是对当时现实的洞察，但《特洛伊罗斯与克瑞西达》的描写毕竟是对古代的向往与回忆。这并不奇怪，因为爱琴海乃至地中海东部沿岸的古典世界，曾是人文主义者的理想国，莎士比亚无疑是在作再一次的巡礼。透过当代人的视野，其结果不免令人失望：古典的英雄与美女，同样为疯狂的欲望所左右而偏离了理性的精神。这也是莎士比亚的剧作向我们昭示的东西。然而，这种回顾，这种巡礼，毕竟是表现了对失落的理想的依恋和某种程度的执着。特洛伊城墙的缕缕斜阳里，分明有莎士比亚在文艺复兴惨淡黄昏下踽踽独步的凝视。

在崇高的长袍下暴露出卑劣来，便多少显得滑稽。这决定了《特洛伊罗斯与克瑞西达》全剧亦庄亦谐、率意笑骂的艺术格调。莎士比亚特意在剧中安排的丑角忒尔西忒斯当然是最令人注目的。这个人物不见于乔叟同名长诗，即使在《伊利亚特》中也很少露面，并动辄受到贬斥，但在剧本里，他从头至尾活跃在舞台上，口中满篇粗鲁得不堪入耳的嘲骂，正好与其他人物典雅华赡的谈吐形成对比，每每不留情面点穿问题的实质与要害，其直率程度叫淑女绅士下不来台，但他道破的却是真理。更主要的还是贯穿全剧的反讽手法。剧中英雄们尊贵得体的言谈举止，看来无一不是讽刺。克瑞西达动人的爱情表白，也同样是对她轻浮不贞的反衬。剧本处理人物的冷峻态度，在莎士比亚全部戏剧创作中都是罕有的。因此之故，《特洛伊罗斯与克瑞西达》在艺术形式上也占据了独一无二的地位，突破了当时所有现成的戏剧样式规范。还在1623年"第一对开本"出版时，剧本就单独编列，不属于莎士比亚历史剧、悲剧、喜剧三组作品中的任何一组。诗人海涅说得好：

> 《特洛伊罗斯与克瑞西达》既不是一般意义上的喜剧，也不是一般意义上的悲剧；这个剧不属于一定之规的诗剧种类，甚至更难用手头现成的尺度去评价它，它是莎士比亚一个独特的创造。①

《邯郸梦》的想象世界从总体说是个梦幻世界，卢生全部生活经历只是一场梦境。按理说，梦是欲望满足的最自由的途径，汤显祖又善于写梦，不仅四部剧作全以写梦著称，诗歌中也颇多写梦之佳篇，他满可以通过梦境的想象虚构，给有识之士指出人性觉醒后的正当归宿。但封建制度视为天经地义的"学而优则仕"的现实人生道路对他影响太深了，即使梦幻形式的想象也难以摆脱现实的巨大阴影，汤显祖自己在《"邯郸梦记"题词》中称之为"世法影"。于是虽然总体

---

① 《莎士比亚笔下的少女与妇人》，见《海涅选集》，人民文学出版社1983年版，第455页。

上写的是梦境，和《枕中记》相比，剧本反而大大增加了诸如科举考试侥幸得中、开通河道骚扰百姓、朝廷上下腐败成风等现实场景与真实细节，并着重展现了卢生遭皇帝贬逐差一点杀头、流放中艰苦备尝，不止一次面对死亡的复杂心理活动。唯一能提醒观众《邯郸梦》所写是梦幻情境的，只是全剧头尾"入梦"、"生寤"寥寥几出戏。它们与全剧总的格调多少有点显得脱节，但又是不可分割的一部分。也就是说，只有结合这少数几出戏的提示与点破，剧中所有现实的场景与感受才会转化为虚幻的东西。汤显祖《题词》说："第概云如梦，则醒复何存？"说的就是这意思。这样一来，剧本整个否定了封建制度为知识分子规划设计的这条人生道路，整个否定了知识分子自己在这条道路上的追逐与颠沛。由此可见，《邯郸梦》的批判力量，绝不仅仅在那些揭露了封建官场种种丑恶面的具体场景——这样的看法忽略了全剧总的结构与倾向，从而低估了剧本的意义。我们看到，对现实场景与真实细节的精心刻画与极力烘托，正是为了最终揭穿这所有的轰轰烈烈与惨痛奇耻都只是空无的幻影。

由此，《邯郸梦》也呈现出自己的艺术风貌。一方面，剧本在明代传奇戏长于人情描摹的基础上，注重真实细节的现实主义描写，因而剧作几乎反映了明代中叶以后社会现实生活的各个方面（虽然假托唐代）。这种现实主义的风味远比汤显祖前此的三个剧作浓烈。汤显祖戏剧创作总的艺术倾向是富于浪漫情调与神话色彩，《邯郸梦》却以现实主义的描写赢得了观众。当时的戏剧评论家吕天成在《曲品》里谈到《邯郸梦》的艺术效果时说："即梦中苦乐之致，犹令观者神摇，莫能自主。"这应该是当时演出过程中接受与反应情况的纪实。另一方面《邯郸梦》又吸收与结合了元代以后杂剧中"神化道化剧"的传统，把《枕中记》吕翁点化卢生铺张扩充为整整一出戏的启悟与忏悔。这两方面的结合，使《邯郸梦》在明代中叶以后风格多样的传奇戏中别开生面，它被誉为"别是传奇一天地"（焦循《剧说》卷五），是毫不夸大的。

想象力驾驭着传说，因此，根本没有必要用历史的眼光去看待这两个剧本，又有什么理由要惊诧，《特洛伊罗斯与克瑞西达》里生活在公元前 12 世纪的赫克托引用了亚里士多德（第二幕第二场），俄底修斯又提到了 6 世纪末的希腊著名运动员迈罗呢（第二幕第三场）？它们本身就是莎士比亚自由不羁的想象力的佐证。同样的道理，像写《曲海总目提要》的董文阳那样，穿凿附会地考证《邯郸梦》的本事，也是完全多余的。还是另一位批评家吴梅有见地，他认为像这样以传说为根据的剧本，以"虚到底"的态度看待只有更好。①

只有文学想象力的驰骋，而不是对实人实事的描写，才更深刻地把握了历史。它不是对具体历史事件或历史人物亦步亦趋的摹写，而是对时代中心问题的解答。在此基础上它进而深入一步把握了历史的本质。就这一点而言，《特洛伊罗斯与克瑞西达》和《邯郸梦》有异曲同工之妙。《特洛伊罗斯与克瑞西达》涉及的是文艺复兴中人的尊严和价值得到肯定后如何看待人自身的问题：是清醒地看到人的二重性，还是把人当作代替神的新偶像来崇拜？只需回顾一下当时文学创作情况就能发现，不少人是采取后一种态度的，只要是人的属性，就一切都合理。当时意大利小说与喜剧描写的爱情，就既有纯洁真挚的情感，又有厚颜无耻和肆无忌惮的肉欲享受，二者同样受到肯定与尊崇。文艺复兴晨光微熹又突然陨落中暴露出来的理想与现实的矛盾，随之而来的宗教改革与反改革斗争过程的酷烈、野蛮与专制，工商资产阶级在最初资本扩张中的私欲膨胀，都加倍严峻地重复提出了这一问题。莎士比亚没有回避。虽然他在《罗密欧与朱丽叶》里赞美过打破宫廷爱情陈套，不顾封建习俗禁忌的真纯人性之爱，但他同时也认识到爱欲与情感的卑劣方面。就像柯勒律支在关于莎士比亚的演讲里指出的，莎士比亚从来不把信仰与理性都教导我们嫌恶的东西描写成可爱的东西，不把猥亵打扮成美德。他一方面热情地称颂人的尊严与伟大，一方面又冷峻地剖析人性的各个方面。当然这在他思想上和创作中都经历了一个过程，《特洛伊罗斯与克瑞西达》就是他思索与

① 见《顾曲麈说》，第 2 章第 1 节。

解答的开始。

　　汤显祖面临着类似的问题。对他来说，需要考虑的是当时的历史条件下觉醒的人性的去向归属问题。理学对人性的压抑肯定应该推倒，然而这个解放出来的人性向何处去？汤显祖本人是以提倡"情"而著名的，但它仅仅是《牡丹亭题词》所说的那个"生者可以死，死可以生"的男女之间的"至情"吗？除此之外这个心学的范畴还有什么实践的意义？固然把"情"或"心"抬到同"理"相等的高度是对"情"与"心"的尊崇，但假如"理"仍然保持着封建意识形态的道统的内容，不就先验地规定了"情"或"心"向封建道统的趋同吗？不改造旧有的意识形态与思想范畴，不建立新的价值观念与人生理想，"情"或人性的弘扬最终会是什么结果呢？《邯郸梦》提供的就是这方面的思考。值得注意的是，《邯郸梦》里卢生最后忏悔时已经作了表示："弟子一生耽搁了个'情'字。"（第三十出）"情"不再是冲决封建网罗的动力与武器，反而变成了士大夫们向封建制度归顺的引力与惯性。这个结果是发人深省的。实际上，其中的消息《牡丹亭》也透露出来了。尽管剧本里促使杜丽娘死而复生的"至情"如此神奇动人，但她同爱人的结合最后仍须通过"奉旨完婚"才能获取那个社会包括生身父亲的承认。在整个封建制度及其意识形态未根本改变的社会条件下，任何人性的苏醒，最终不是向封建礼教妥协退让，就是为野蛮落后的人欲横流所吞噬。这也是当时不止一个的先觉者的困惑。

　　于是《特洛伊罗斯与克瑞西达》和《邯郸梦》都从根本上接触到了时代的中心问题。在欧洲，是从中世纪神学的阴影走出来的人性如何正常发展的问题，疑问的提出与解答预示了以后西方文明史上的理性重建。在中国，是进一步批判封建制度及其意识形态并建设新的思想理念以取而代之的问题，只有这样人性的觉醒才会上升到更高的层次，获得一个坚实的基础。这还要经过漫长的岁月。然而重要的是，坚冰已经开始破裂。应该说，人类寻求自由，寻求内在主体的平衡，是一个长期的似乎没有尽头的辩证变化的过程。人将永远置身在欲望情感与理性原则的张力之中，莎士比亚和汤显祖不过感受了一定历史阶段的矛盾。无论东方或西方的诗人和哲学家，都会在以后的漫长岁月里，在历史发展的危机时刻，再一次，而且不止一次地付出艰苦的思索。这或许正是人自身面临的永恒的困惑，永恒的荒谬。

七　荒谬与焦灼

然而，荒谬并不等于是终止点，虽然在许多人的目光里是这样。它也可以是出发点，例如对加缪来说，荒谬是人类不屈不挠的行动的伦理基础。他告诉我们，神话里的西绪福斯应当被看作是幸福的；因为一旦弄清楚巨石永远会再一次滚落下来的无边沉重之后，沉重的表象就消失了，人从而理解并掌握了自己的命运；神被赶出了世界，命运必须由人自己来解决，仅仅是不断地推动巨石挣扎着上山的努力，就足以充实人的心灵。"荒谬的真正特性就在于它是个出发点，对存在来说，它和笛卡尔的理性怀疑精神是一致的。"[1] 洞察人的荒谬状态和心态后为改变这种状况的持续努力，加缪称之为"叛逆"。人必须有所行动。除了是行为的总和外，人就是虚无。"我叛逆，所以我存在"。[2]

《特洛伊罗斯与克瑞西达》的结尾，特洛伊罗斯一边为失恋与复仇的痛苦所煎熬，一边率士兵撤回特洛伊城。他勉励特洛伊人不要为挫折懊恼。英雄已经死去，城池为之震撼，但他还要坚持战斗。莎士比亚没有像乔叟那样让特洛伊罗斯在故事结束前就死去，这毋宁说是一个象征。它象征着对欲望的荒谬的超越，超越的途径就是行动。这对莎士比亚本人也是如此。他不是展现了欲望的荒谬就算完了，并非巧合，《特洛伊罗斯与克瑞西达》只是莎士比亚创作生涯上承前启后阶段的作品。写这个剧本时，莎士比亚已结束了前期历史剧与喜剧的创作，还没有完全投入悲剧创作里。莎士比亚在对欲望的荒谬进行反

---

① ［法］加缪：《叛逆者》，法文本，伽里马出版社 1951 年版，第 19 页。
② 同上书，第 36 页。

讽的基础上，进一步严肃地解剖与批判了人性的各个负面，这时候恰好进入 17 世纪，是文艺复兴在意大利本土与英格兰都已结束的时刻。莎士比亚那些体现着人性的尊严与智慧的苦恼，展现着心灵的美丽与欲念的狂乱，刻画了性格的刚度与情感的复杂的全部杰作，就是在此之后陆续写出来的。莎士比亚看到了人性的卑劣与阴暗之处，发现了存在的荒谬，但他并没有因此颓唐，相反，他运用自己的笔，也在继续战斗。差不多和《特洛伊罗斯与克瑞西达》同时，莎士比亚写出了《哈姆雷特》，剧中主人公对存在的意义提出了诘问：

　　　　活着，还是不活着？这是个问题。……

　　但哈姆雷特仍属于行动的典型，虽然再三踌躇迟疑，他最终迈出了决定性的一步。由此，他不再是单纯的提问者，而升华为行动的人，他以自己的行为解答了自己提出的问题，实现了人的价值与意义。这完全可以看作是对存在的荒谬的真正超越。在文艺复兴及人文主义暗淡失色的时代背景下，莎士比亚进一步的创作活动及其剧作的积极意义可以说是不言而喻的。

　　《邯郸梦》的结尾是另一景象。卢生一梦醒来，在仙人们点化下幡然觉悟，出家仙游去了。这当然也是对欲望的荒谬的超越，但只是一种虚幻的超越，消极的超越。得道成仙，割断凡缘，当然摆脱了一切欲望的痛苦，达到了无上的自由，但在本质上失去了人的存在。这是向神界的归依，向虚无的逃遁，而不是现实的解放之路。

　　对汤显祖本人来说，从《牡丹亭》的礼情到《邯郸梦》的忏情，从早期极口称颂"情"的出生入死的力量到后期贬斥"情"的耽误人生，这一转折本身就是耐人寻味的。同样不是巧合，《邯郸梦》成了汤显祖一生戏剧创作的句号。就在写作《邯郸梦》前后一段时间里，达观大师为力争取消严重窒息矿业发展的朝廷矿税北上赴京，不久李贽在河北通州遭到逮捕在狱中自杀，随即达观也被诬在北京遇害身亡。汤显祖自己也屡遭封建官僚机构的打击，被勒令削职"闲住"。从此之后直到逝世的十多年里，汤显祖再没写过一出戏，是江郎才尽了吗？从汤显祖五十岁左右所写的《邯郸梦》来看，那恣肆的才情和老辣的技巧，说明他正处在一生戏剧创作的巅峰，然而他竟然长时期地搁下了笔，在平淡的乡居生活中度过了余生。

本文一开头就指出，《邯郸梦》的写作和《特洛伊罗斯与克瑞西达》基本上是同时。历史的轨迹竟然如此奇妙，它告诉我们；几乎同时，在西方的英国和东方的中国，两位伟大的剧作家在经历了类似的思想文化活动的潮起潮落之后，一个继续在自己钟爱的戏剧艺术里进行追寻与考问，一个却消沉地不再有所作为。这令人不由自主地联想起同是明代中叶后问世的神魔小说《西游记》里孙悟空筋斗云翻不出如来佛掌心的故事。这同样是一个含义深刻的象征。一度觉醒的人性，曾以自己蓬勃的生命朝气向封建礼教发起冲击，但终究跳不出封建意识形态虽衰朽而仍强大的桎梏，向释道之流的宗教空无世界寻求寄托也就成了唯一一条出路。汤显祖就是这样的。早年他曾不顾身家性命，勇敢地上疏揭发上层统治集团的腐败，惩处地方劣绅的横行不法，即使流放在僻远地区也不忘记兴办教育。但在封建统治阶级的高压之下，他不得不从当时政治斗争与思想斗争的旋涡里抽身出来，同时在封建社会晚期儒道释合流的文化氛围里，自然而然地从"穷则独善其身"的儒家伦理哲学过渡到佛家道家的消极出世思想，在那里寻找内在主体的另一种平衡。这是中国晚期封建社会里普遍的精神现象，也是普遍的精神悲剧，远远不止汤显祖一个人；此后相当长的一段历史时期内，那些为行将就木的中国封建社会敲响丧钟的激烈的批判家，几乎到最后无一不变成虚无的遁世者。这里出现的反差不仅是东方与西方、汤显祖和莎士比亚个人之间的差异，而且也是两个地域之间整个新生的社会力量在势力强弱和成熟程度上的差异。

《邯郸梦》最后第三十出有一套东海八仙轮唱以点化启悟卢生的"浪淘沙"，其格调意境立刻使人回忆起《红楼梦》里的"好了歌"。仙人们指点凡俗的书生，婚姻、功名、享乐、痛苦、儿孙都已不存在，都是空无的，每唱一段，仙人就喝令卢生："你个痴人!"卢生看来已有觉悟，仙人喝令一声，他就答应一声，其实，细细品味，那一迭一声"我是个痴人"的应答，又凝结着多少梦醒后无路可走的酸楚！

在荒谬是进一步的真实行动的基础的严格意义上，说得更确切一些，《邯郸梦》表现的还只是一种焦灼，一种蛹蛾无力挣破茧子的焦灼，一种由中国历史条件决定的不可能很快就消除的焦灼。

[选自《欲望与幻象：东方与西方——国际比较文学协会第十三届年会（东京）中国学者论文集》，江西人民出版社 1991 年版，第 89—120 页]

曹雪芹与陀思妥耶夫斯基的"新人"形象比较

刘小枫

就精神情境而言,曹雪芹的问题同样是陀思妥耶夫斯基的问题:恶的现世是否可以解脱?

曹雪芹和陀思妥耶夫斯基在力图解决他们各自所面临的石头世界这一问题时,不约而同给这个世界引入了一位新人形象。

既然世界已经沦为冷酷、无稽的石头世界,要给这个世界"补情",就得依赖一个涉足此世的新人,通过他把"情"的法则带到世界中来。世界的精神形态沦落了,意味着作为整体的人的形象败坏成了分裂的群魔,必得要有作为象征、隐喻的新人来昭示价值真实。世界的精神形态的转换以新人的出现为中介,成为扭转精神秩序的联系环节。就曹雪芹和陀思妥耶夫斯基的问题来说,新人形象乃是"情"与无情转换的联系环节。从他们各自设想的"新人"身上,可以看到几乎所有涉及的问题。曹雪芹与陀思妥耶夫斯基解决自己所面临的问题到什么程度、结果如何,甚至如何解决,都取决于这位负担过繁的新人的素质和精神意向。

新人形象一再成为人类精神史上的突出问题,绝非偶然。人与美好生活理想的关系,在人类精神史上无不是通过作为美好生活理想的化身这类中介形象突现出来:周公、孔子(儒家)、真人、神人(道家)、先知、耶稣或佛陀都是美好生活理想的化身。中介形象有一个共同特征:在现世之中、又越逾了现世,从而对现世构成一种精神压力。中介形象所象征、意指的价值形态不同,中介形象本身自然也会不同。儒家、道家、基督教、佛教所规定的价值形态不同，它们各自所提供的理想化身必然不同。

儒家的理想化身是先王和孔圣，历史王道的价值原则决定了这些形象的性质。无论先王还是孔圣，都是历史中的"王"、历史王道的体现者或传达者，因为，儒家给出的超越现实形态的美好生活理想就是历史的王道。道家精神的理想化身是融入大化的真人、神人，经常假托于老子这个具体的人身，因为道家精神的美好生活理想就是体"道"成"无"。道家精神的理想化身严格说来不能有具体之名，因为"道"作为绝对无体给不出任何谓词，如果给出谓词就已不是"无"，所以说"圣人无名"。

基督的上帝作为神圣者能给出价值谓词，这就是在其自我启示的救恩行动中践行的爱，给人世揩去孤苦无告的眼泪的恩典。爱的恩典既不是现世的自然法则，也不是历史的"理性"法则，而是上帝的神意法则。正因为如此，基督教的理想化身既不可能是历史王道中的先王或后王，也不可能是无名的真人，只能是上帝自己的独生子耶稣基督。耶稣作为圣子步入恶的人世，带给人类上帝的救恩（福音），使爱之不可能成为可能（爱的实现）。基督教的理想化身是神而人，绝非故弄玄秘，而是因为这一形象的原形——上帝不在这个世界，但为了与世人一同承负现世的恶来到了这个世界。

作为理想化身的中介形象不能等同于被中介的双方之任何一方，因而，作为中介的理想形象总会给现世带来价值区分。这种区分在儒家体现为道德的历史理性与非道德的历史的界限，孟子将此转换为伦理的人禽之分。道家的理想人身则划分自然时间与历史时间中的人，这种区分在形态上与儒家相同，即区分自然人（非历史时间中的存在）与历史时间中的人，价值评价相反而已。基督教的区分是罪的人身与蒙恩重生的人身，历史时间中的人与自然状态中的人只有程度差异，没有本质差异，都是罪中人。只有在蒙上帝的救恩重生的人那里，才豁然出现新的存在素质。对于基督教而言，人的美好形象既不在自然人身上，也不在历史的人身上，人之为人并非在于超逾历史时间或自然状态，而在于领承上帝的恩典，不受任何历史或自然法则支配。

作为理想人身的中介形象是一种价值指向，是感性个体必得与之趋同的超越之所向，召唤着历史中的个体追随、效仿，成为新人。如果古典的中介形象被历史摧毁了，不再具有精神有效性，现世中的人与理想形态的本质关联出现断裂，生存于现存的世界中的个体就丧失了通向美好生活的桥梁。于是，人们必得重新设定中介形象，重新找到新的纯粹关联的环节，"新人"形象的问题就出现了。

由此而来的问题是新人形象与先前的理想人身的关系。在陀思妥耶夫斯基，这一问题具体体现为，近代理性主义提出人而神的新人形象，神而人的形象被人而神的形象所取代会有什么结果？在曹雪芹，这一问题体现为，既不跟随历史中的先王、又不追随自然时间中的真人的"新人"能在红尘中立足吗？

曹雪芹和陀思妥耶夫斯基的新人形象都与先在的理想人身有本质上的联系，先在的价值形态（曹氏——庄禅，陀氏——基督教精神）深深盘桓在他们的精神意识中，反叛不过是信念危机的表达。这与20世纪的情形截然不同：传统的价值形态已被一笔勾销，随之而来的"新人形象"必然是群魔乱舞，人人都自诩为新人。

陀思妥耶夫斯基已经敏感到群魔形象出现的潜在趋势，这不仅表现在他致力勾画出的一系列"群魔"形象，更表现在他确立"新人"形象的明确意识和巨大努力。陀思妥耶夫斯基清楚地意识到，没有比描绘一个美好的人物更难、也更紧迫的了：

> 因为这是一个无比困难的任务。美是理想，而理想，无论是我们，还是文明的欧洲，都还远未形成。在世界上只有一个绝对美好的人物——基督，因此这位无可比拟、无限美好的人物的出现当然也是永恒的奇迹（《约翰福音》也是这个意思，他把奇迹仅仅看作是美的体现、美的表现）。（《书信集》，页192）

陀思妥耶夫斯基想要紧紧拉住原初的理想人身的衣襟，希望耶稣重临，他的新人形象梅思金公爵以基督的形象为原型，就是可以理解的了。梅思金到这个美在受难的世界中来，只是为了洗涤恶，用自己的爱和受难的牺牲恢复人与上帝的原初关系。在陀思妥耶夫斯基笔下，梅思金公爵显得具有"超凡的"天性。

但梅斯金公爵毕竟不是耶稣，仅是使现世重新与耶稣恢复关系的新人形象，他曾经历过近代理性主义的魔火，被钉死在历史理性的十字架上死而复活。纪德敏锐地发现，《白痴》与《罪与罚》有一种隐秘的内在关联，也即是说，梅思金公爵与拉斯柯尔尼科夫有一种内在的联系。的确，《白痴》的写作紧随《罪与罚》，梅思金公爵的出场紧随拉斯柯尔尼科夫在内心的苦役中重生之后。梅思金公爵的痴和敏感、爱与隐忍的素质，似乎得之于拉斯柯尔尼科夫这样的生命时刻："如今他似乎也不能自觉地解决任何问题；他只能感受罢了。生活替代了推理，他的头脑里应该产生一种截然不同的东西。"①

这一转变的内心历程艰难得可怕。拉斯柯尔尼科夫曾力图尝试：人能否通过自己的理性智慧来解决现世中的恶。历史理性向人提出了离弃上帝、石化心灵的"客观要求"，陀思妥耶夫斯基把是否接受这一历史理性的要求明确为受难的不幸和犯罪的不幸之间的界限。拉斯柯尔尼科夫根据理性法则分析历史中的恶后得出这样的结论：人有权利跨越这一界限，涉过血泊，按自己的意志做自己应该做的。

作为法律系学生，拉斯柯尔尼科夫浸润过时代精神——启蒙理性的精神原则。在他看来，根据人类历史合乎自然规律的理性法则，人被分为两类。一类是平凡的人，是繁殖同类的材料，一类是超凡的人，具有在自己的环境里说出新见解的才能。凡人顺从生活、循规蹈矩，超凡人全都犯法，倾于破坏，但无不是为了美好的未来。跨过带血的尸体，涉过无辜的血泊，都是历史理性要求并允许超凡人去担当

---

① ［俄］陀思妥耶夫斯基：《罪与罚》，朱海观、王汶译，人民文学出版社 1982 年版，第 726 页（以下随文注页码）。

的。根据这一基本法则，超凡人有权力革除凡人（顺从生活的人）的生活，因为他们是历史理性的障碍，是对理性生活来说全然无所谓的人。用拉斯柯尔尼科夫的话来说，他们是"虱子"，理应被超凡人的两根指头捏死。

如此价值原则是从历史事实中理性地归纳出来的。人类历史上的恩人和伟人都曾经跨过无辜的血泊："大家都杀人，在世界上，现在杀人，过去也杀人，血像瀑布一样地流，像香槟酒一样地流，为了这，有人在神殿里被带上桂冠，以后又被称作人类的恩主"（《罪与罚》，页364）。拉斯柯尔尼科夫的话听起来就像贾雨村说的"成者公侯败者贼"。成功了，杀人者是恩人，失败了才是恶人，恩人和恶人没有实质区别。

根据历史理性的法则，那些杀人的人类恩人有自己的价值根据：杀人是为了推动历史，带领世界走向未来目的。这被看作西方拯救意识的伟大变革：从来没有救世主，人类只能自己救自己。历史理性包含着这样的理论内涵：古典的拯救意识是神而人，由基督临世受苦、死而复活给世人带来上帝的救恩，但历史表明上帝不能救人类，只有靠人自己的历史行动。因而，拯救意识颠倒为人而神，用历史中人的悲惨鲜血和眼泪才能换来一个崭新的世界。人们要想清除人世间的恶，建立新的耶路撒冷，就必须犯罪、允许杀戮、赞颂残酷。谁说我们不仁，我们就理直气壮地说：就是要不仁。

历史理性和新的拯救精神要求出现这样的"新人"：他取代了基督的身位，自居为历史的理性，负有带领人类实现大地的理想的使命。这样的新人可以为了历史的未来目的杀人，因为他是作为人类的恩人杀人，他的行为与历史理性的客观规律相一致。这种人不能用血肉之躯构成，只能用石头和青铜铸成，"他在当街筑起一座坚固的炮台，不由分说，把无辜的有罪的人一齐轰死！战栗的畜生，只许你们服从，不许你们有愿望，因为那不是你的事！"（《罪与罚》，页364）

这绝非伦理学上所谓手段与目的的关系问题，而是历史世界的价值根据的问题；究竟应该相信"客观的"历史理性，还是相信"主观的”神圣的上帝。

拉斯柯尔尼科夫杀死放债的老太婆是一种理性行为，以便证实自己的逻辑推导是否成立，是否因贯彻自己属人的意志而成为“人类的恩人”。拉斯柯尔尼科夫伏罪之后依然确信，他在逻辑上没有错，“要是我成功了，人们就会给我戴上桂冠，现在却束手就擒！”索尼娅为拉斯柯尔尼科夫陷入犯罪的恶痛心，他却对索尼娅说：“不要为我哭，虽然我是个杀人犯，但我要一辈子做个勇敢和诚实的人。也许有一天你将会听到我的名声。”（《罪与罚》，页 690—691）受难基督的上帝为人类承负恶的神性法则被历史理性的人自己担当恶的原则取代了。弥赛亚不再是救赎之爱，而是历史理性的辩证者，是“支配一切发抖的畜生和芸芸众生的权力”。

受理性的狡计诱惑之后，拉斯柯尔尼科夫感到爱心是一种累赘、一种让人感到不舒服的生命感觉：“如果我孤身一人，谁也不爱我，我自己也从来没有爱过任何人，那该多好！”（《罪与罚》，页 692）近代理性精神的后果，就是拉斯柯尔尼科夫式的石头心的成形。陀思妥耶夫斯基尖锐地指出，历史理性只是看起来善良，实际上却是邪恶；历史理性带来了可耻的混乱和情欲的嚣张：

> 理性在现实面前破产，何况有理性有学问的人现在也开始教导人说，没有纯理性的论据，世界上不存在什么纯理性，抽象的逻辑不适用于人类。①

处于受苦的不幸中的索尼娅把拉斯柯尔尼科夫看作“世上最不幸的人”。这双不安、痛苦地关切拉斯柯尔尼科夫的目光竟然出于破碎了的心、被凌辱震悚了的灵魂，不是奇迹吗？索尼娅正属于拉斯柯尔尼科夫所谓的“凡人”一类，尽管遭受生活中恶的摧残，心灵却天

---

① 转引自［俄］叶尔米洛夫《陀思妥耶夫斯基论》，满涛译，上海译文出版社 1985年版，第 129 页。

使般高贵。在受苦的不幸中，索尼娅仅仅凭靠基督的爱活着。在拉斯柯尔尼科夫灵魂因陷入犯罪的不幸最孤寂的时刻，只有索尼娅爱他。索尼娅不曾得到过世人的爱，她的生命散发的却全是爱。

索尼娅受苦的爱温暖了顽石，爱"像火花似的在拉斯柯尔尼科夫心里燃烧起来，突然像一场大火烧遍了他的全身。拉斯柯尔尼科夫心里的一切立刻软化了，他泪如雨下。他怎么站着，就怎么扑倒在地上……他跪在广场中心，趴在地上，怀着快乐和幸福吻了吻这片肮脏的土地"（《罪与罚》，页699）。一种生疏已久的感情潮水般涌上心头，拉斯柯尔尼科夫没有去抗拒这种感情，让眼泪尽情地流。

梅思金公爵在爱心的复活中诞生了。受苦的爱心亲吻这片肮脏的大地，拉斯柯尔尼科夫终于懂得，大地虽然肮脏，却不可用人血来清洗，只能靠上帝的爱来承受。虽然从人的理性看来依然说不通，但拉斯柯尔尼科夫开始相信，只有凭靠爱才能在不幸的世界中承负恶。尽管上帝的爱在这世界上仍然必遭不幸、屈辱，人的生命唯有凭靠这不幸的、遭屈辱的爱。作为新人形象的梅思金公爵的本质，就是必遭不幸、屈辱、显得软弱无力的爱，这使他与曹雪芹的新人形象对世界的态度判然有别。

曹雪芹的新人形象不是经过一番精神搏斗产生出来的。曹雪芹还不晓得启蒙理性带来的解决现世恶的全新方案，但晓得现世就是苦、不幸、残酷，儒家对这个世界的恶的政治解决行不通，所以他毋庸与儒家的王道历史哲学争辩。如果不曾遭遇"一种闻所未闻、见所未见的可怕瘟疫"，陀思妥耶夫斯基大概也不会显得那样尖锐，至多重复索福克勒斯、莎士比亚的问题。那场瘟疫是由侵入人体的旋毛虫引起的，这些具有智慧和意志的旋毛虫以科学理性的结论为自己的出发点，在当时还不曾传到中国，因此，我们无需将这场"瘟疫"引致的问题摆在曹雪芹面前。这里的问题依然是古典性的，尽管也许曹雪芹预感到整个传统的宗法即将瓦解，"白茫茫大地一片真干净"。即将东侵的启蒙理性精神最终把中国礼法的大观园抄检了，但实际抄检大观园的，并非陀思妥耶夫斯基遭遇的那场来自西方的"瘟疫"，而是中国历史上一再重复的痼疾。对于曹雪芹的问题，我们只需要看他是否能突破自己面临的可能再回到无情的石头世界的精神循环。

曹雪芹的"新人"（指贾宝玉，编者注）一出场就与儒家信念尖锐对立，以"背父兄教育之恩，负师友规训之德"为荣。在这位"新人"眼中，才子佳人诸书，开口"文君、满篇'子建'，终涉淫滥"，倡"文章经济"，"为忠为孝"的人，统统不过是禄蠹。功名利禄，传统礼教，经世致用之学统统遭到诋毁。

曹雪芹的"新人"依据什么精神诋毁儒家信念？或者说要带给世界的是什么精神原则？

天地生人，除大仁大恶两种，余者皆无大异。若大仁者，则应运而生；大恶者，则应劫而生。运生世治，劫生世危。尧、舜、禹、汤、文、武、周、召、孔、孟、董、韩、周、程、朱、张，皆应运而生者；蚩尤、共工、桀、纣、始皇、王莽、曹操、恒温、安禄山、秦桧等，皆应劫而生者。大仁者，修治天下，大恶者，扰乱天下。清明灵秀，天地之正气，仁者之所秉也；残忍乖僻，天地之邪气，恶者之所秉也。今当运隆祚永之朝，太平无为之世，清明灵秀之气所秉者，上至朝廷，下及草野，比比皆是。所余之秀气，漫无所归，遂为甘露，为和风，洽然溉及四海；彼残忍乖僻之邪气，不能荡溢于光天化日之中，遂凝结充塞于深沟大壑之内，偶因风荡，或被云摧，略有摇动感发之意，一丝半缕误而逸出者，值灵秀之气适过，正不容邪，邪复妒正，两不相下，亦如风水雷电，地中既遇，既不能消，又不能让，必致搏击掀发后始尽；故其气亦必赋人，发泄一尽始散。使男女偶秉此气而生者，在上则不能为仁人君子，下亦不能为大凶大恶。置于万万人之中，其聪俊灵秀之气，则在万万人之上；其乖僻邪谬、不近人情之态，又在万万人之下；若生于公侯富贵之家，则为情痴情种；若生于清贫之族，则为逸士高人；纵然偶生于薄祚寒门，断不能为走卒健仆，甘遭庸夫驱制驾驭，亦必为奇优名

偈。(《红楼梦》,第二回)

这话通过儒生贾雨村之口说出来,意味深长。"情痴情种"的精神之源是"残忍乖僻之邪气",透露出这位"新人"对人生世界空得透彻的精神。诋毁人的道德本性,对于儒家信念来说是致命的。礼教忠孝、功名利禄、君子人格都植根于人之德性。德性是儒家提供的承负世间恶的价值基础,曹雪芹的"新人"直斥儒家的德性根柢,诋毁先圣,这在新儒学占统治地位的时代,当然让人觉得疯得可怕。然而,这段贾雨村言不仅对于儒家道学来说疯得可怕,对于庄禅精神而言,同样疯得可怕。"残忍乖僻之邪气"作为"情痴情种"的根基,不仅诋毁德性,也诋毁清虚的真性和清净的佛性。依凭这"乖僻之邪气",曹雪芹的"新人"才难以忍受僧道式的清寂,道士的妖术邪法、导气之术在他眼里"总是虚诞"。这位"新人"既不修经世礼教,亦不参禅面壁,不过放荡吟诗赋酒而已,飘然诗仙一副"狂禅"的样子。然而,这位"狂禅"式的"新人"提出了新的人性根据和世界价值形态的根基,这就是"情性"。在一开始,这位"新人"就被规定为"天下古今第一淫人",但"淫"的含义中贯注了"意"。显然,所谓"情性"的基质就是"残忍乖僻之邪气"。

以"情性"取代儒、道、释的德性、真性、佛性,堪称中国精神史上的重要事件。尽管高张情性在魏晋时代已有先声,但提出情性的形而上学问题,唯有红楼情案。过去,"情"被埋没在各种圣人的价值原则之下,玄学的真人之"情"其实无异于无情,没有进入历史时间,"情"就仍然被"弃在青埂(情根)峰下"。"淫"在这里标明的是一种生存世界的基本动力,一息生命在"淫"中展开,在"淫"中获得自己的个体命运。"意淫"的提法似乎不仅在为得性适意重新争取现实生命,也在为儒家的在世情怀正名。正是在这一意义上说,曹雪芹第一次把"情根"、"情性"提高到形而上学水平。

这不与陀思妥耶夫斯基的想法一致么?陀思妥耶夫斯基的全部努力不就是要为整个世界确立爱的根基?

　　这种类比显然错了。的确，曹雪芹的"情根"、"情性"和陀思妥耶夫斯基的"爱心"都是针对世界的恐怖、颠倒、混乱和痛苦的事实提出来的。可是，在陀思妥耶夫斯基那里，"爱"的形而上学地位是在魔鬼与上帝为争夺人的灵魂而进行的永恒斗争这一背景上出现的。"神"与"魔"之间永恒的斗争，在褊狭的理智和盲目的情欲范围内无法解决，人"同时观照两个深渊"，处于一种内在的争战中。换言之，上帝的爱不在彼岸，而是突入历史时间之中承负现世恶。因此，梅思金公爵的出场绝不是要勾销善与恶的本质性区分，而是使人一劳永逸地以爱心克制世界和人性之中的恶。

　　曹雪芹的"新人"的"情"性基于道家的根本虚无和佛家的绝对大空，本来不想进入历史时间，不想沾染只有在历史时间中才有的善与恶，只不过为使"情"性真正实现自身，又必须回到历史时间之中。于是，这位"新人"自视为善恶并存的人。贾雨村的"真"言不仅包含"情种"的精神来源，也包含对历史时间的本质规定：历史时间本身就是由"残忍乖僻之邪气"构成的。梅思金的精神原则与现世原则根本对立，曹雪芹的新人与历史现世同禀一气。

　　从生命感觉来看，这两位"新人"的精神气质也不可同日而语；曹雪芹的"新人"有"聪俊灵秀之气"，梅思金公爵是"白痴"；前者在历史的恶中撒尽性情，后者总是准备无保留地为承负恶作出牺牲。梅斯金诞生于拉斯柯尔尼科夫心中的魔鬼之死，曹雪芹的"新人"诞生于劫难世界的运则，运气好就进尧舜禹汤文武周公至孔孟董韩周程朱张的圣人谱系；运气不好，就成了蚩尤共工桀纣始皇王莽曹操桓温安禄山秦桧一类。曹雪芹的"新人"是不是像拉斯柯尔尼科夫的化身？

　　（选自刘小枫《拯救与逍遥（修订本）》，华东师范大学出版社2011年版，第256—268页，题目为作者所拟）

第四单元

文类学研究

试论欧洲十四行诗及波斯诗人莪默凯延的鲁拜体与我国唐代诗歌的可能联系

杨宪益

我想提出供讨论的题目是比较一下我国唐代兴起的新体诗歌和欧洲的十四行诗以及古代波斯的鲁拜体四行诗，并提出一个假设，即两者之间会不会有某种联系。我这样说，也许会使人们感觉这是毫无根据的臆测，因为中国语文不属于印度欧罗巴语系，汉文与西方语文差别很大，在诗歌形式发展上，走的是完全不同的道路；所以乍一看来，很难相信在诗歌体裁方面能够互相影响。但是我们可以提出，我国从魏晋时开始，讲究声律，创作了新体诗，早已有人说过，这是受了梵文声律的影响。虽然由于汉文的特点，齐梁以后讲究双声叠韵和四声对偶，在诗歌形式方面，有其独特的发展，然而过去中国诗歌曾受过外来影响，似乎也是一个不能忽视的事实。如果我国六朝以来兴起的新体诗歌可能受到过外来声律学的启发，我们说唐代诗歌可能影响过欧亚其他地方的诗歌形式，这个假设似乎也是可以成立的。

让我们先看看欧洲十四行诗的起源问题。西方学者一般都认为十四行诗的起源还弄不清楚。大家都知道英法等国的十四行诗体源自意大利文艺复兴时期贝特拉伽（Fran-eeseo Petrarca）等所写的十四行诗。莎士比亚的十四行诗是意大利十四行诗的一个变种，即莎士比亚的十四行诗由三个四行诗组（quatrain）加上末尾同韵的两行诗组成，而较早的意大利十四行诗则是由一个八行诗组（octave）和一个六行诗组（sestet）组成，前面的八行又可分为两个四行诗组（quatrain），但在前八行和后六行之间，音乐上一般要有个顿挫，最后六行更加急促奔放，以结束全诗。一般西方学者认为最早的一首十四行诗是十三世纪初西西里岛的诗人披埃·德勒·维奈（Pier delle Vigne）的作品。维奈此人的名字见于但丁神曲地狱篇（Inferno）第十三章，这也是很多人都知道的。维奈约生于1190年，死于1249年；他曾是腓德烈皇帝二世的宠臣，因皇帝怀疑他不忠，被监禁备受苦刑，并被弄瞎了眼睛而自杀，根据当时基督教义，凡自杀者都要在地狱受苦，但丁把他在地狱受苦的情景写成了动人的诗句。13世纪中除了维奈以外，还有一些别的意大利诗人用过十四行诗这一体裁，也都是属于西西里地方的这一流派。西西里岛当时还是在阿拉伯影响之下，当时西欧文化远比近东一带文化落后，很多东西都是从东罗马和大食文化传过去的，西西里岛则是接受东方文化的一个首站。当然，当时受到阿拉伯文化影响的西西里岛诗人也可能自己创造了这种诗体，但另外一个可能就是十四行诗这种体裁是从阿拉伯人方面传过去的。由于我们对中古阿拉伯诗歌知道不多，一时还没有根据来证明这个假设。可是当时阿拉伯势力横跨欧亚，在大食文化的东边就是强盛的中国文化。从历史年代和地理条件来看，如果我们在唐代诗歌里找到类似十四行诗的体裁，这个假设，即不但欧洲最早的十四行诗是从阿拉伯人方面传到西西里岛的，而且其来源还可远溯到中国，似乎也是可以成立的。

我国唐代著名诗人李白写过不少"古风"体的诗歌，其中有些从形式上来看，很像西方的十四行诗。著名的"花间一壶酒"就是很完整的一首，全诗如下：

花间一壶酒　　独酌无相亲
举杯邀明月　　对影成三人
月既不解饮　　影徒随我身
暂伴月将影　　行乐须及春
我歌月徘徊　　我舞影零乱
醒时同交欢　　醉后各分散
永结无情游　　相期邈云汉

开头是一个八行诗组，用的是一个韵，然后是一个间隔，下面是一个六行诗组，用的是另一尾韵。

前面的八行诗组又可以分为两个四行诗组；第二个四行诗组是第一个四行诗组的延伸和发展。这和意大利的十四行诗体的规律是完全符合的。

在李白的"古风"体诗歌中，我们还可以举出其他一些首，也都同十四行诗的形式相似，如他为当时文士的不遇慨叹的一首：

咸阳二三月　宫柳黄金枝
绿帻谁家子　卖珠轻薄儿
日暮醉酒归　白马骄且驰
意气人所仰　冶游方及时
子云不晓事　晚献长杨辞
赋达身已老　草玄鬓若丝
投阁良可叹　但为此辈嗤

头八句描写当时得宠的权贵骄纵浪游，洋洋得意，后六句以扬雄的遭遇为例，写当时文人不受重视，受到权贵们的嗤笑，也是一个八行诗组加上一个六行诗组合成的。再如他的一首游仙诗，写中原遭到战祸的悲惨情景：

西上莲花山　迢迢见明星
素手把芙蓉　虚步蹑太清
霓裳曳广带　飘拂升天行
邀我登云台　高揖卫叔卿
恍恍与之去　驾鸿凌紫冥
俯视洛阳川　茫茫走胡兵
流血涂野草　豺狼尽冠缨

　　头八句写登山后看见天上玉女邀请他登上云台峰，后六句写驾鸿升天，看见尘世的情景，也是一个八行诗组加上一个六行诗组合成的。我们还可以举一首嘲笑不识时务、食古不化的鲁儒的诗为例：

> 鲁叟谈五经　　白发死章句
> 问以经济策　　茫如坠烟雾
> 足著远游履　　首戴方山巾
> 缓步从直道　　未行先起尘
> 秦家丞相府　　不重褒衣人
> 君非叔孙通　　与我本殊伦
> 时事且未达　　归耕汶水滨

　　头八句描写鲁儒形象的可笑，后六句是对鲁儒的斥责，也是一个八行诗组加上一个六行诗组合成的，前八行又可分为两个四行诗组。以上所举的例子都是五言古诗，我们还可以举一首七言古诗《行路难》为例：

> 金樽清酒斗十千　　玉盘珍馐直万钱
> 停杯投箸不能食　　拔剑四顾心茫然
> 欲渡黄河冰塞川　　将登太行雪满山
> 闲来垂钓碧溪上　　忽复乘舟梦日边
> 　　行路难　　　　　行路难
> 　　多歧路　　　　　今安在
> 长风破浪会有时　　直挂云帆济沧海

　　这也是前面一个八行诗组，又可分为两个四行诗组；后面的六行诗组，虽不完全整齐，有四行是三字句，但前面的八行诗组与后面的六行诗组之间有一个顿挫，这也是同意大利的十四行诗形式完全一致的。

有人也许认为李白的古风体诗一般都是由若干四行诗组合成，其中有些偶然是六行诗组，所举各诗都是此例，只是在行数上同西方的十四行诗巧合，算不得是真正的十四行诗，但是前面所举各例都是两个四行诗组加上末尾一个六行诗组；至少这可以说明李白的古体诗常常喜欢用这个组合。李白的时代比西西里岛的披埃·德勒·维奈要早好几百年，维奈只留下一首十四行诗，而前面随便举出的李白的十四行诗则已有四五首之多，因此不管李白的诗歌影响到西方这一假设是否能成立，如果我们说李白是世界上最早使用这种诗歌体裁的鼻祖，似乎也不算过分。

下面我还想把唐代盛行的绝句体同莪默凯延的鲁拜体（Rubai）作一比较。大家都知道莪默大约生于公元 1048 年，死于公元 1123 年。他的出生地方是呼罗珊（Khura-san）省的首都尼沙波尔（Nisha-pur），靠近阿姆河，在波斯（今伊朗）的东北部，也就是说，离今日的阿富汗不远。鲁拜体诗在公元 11 世纪到 12 世纪间盛行于波斯东北一带，这正是莪默的时代。实际上，莪默也并不是首创这种诗体的第一人，这种诗体的起源可能还要早一些。据传说，古代波斯人鲁达吉（Rudaki）在今阿富汗境内的嘎兹尼（Ghazni）城，看到小孩子们玩核桃，并唱着："滚呀，滚呀，滚到巷子那头去呀！"他就用这个调子创作了这种诗体。这当然只是民间传说，不足以证明鲁达吉就是鲁拜诗体的创始者，但至少可以说明鲁拜诗体大概起源于民间歌谣，而且早在公元十世纪就出现了，因为鲁达吉死于公元 941 年，还有，这种歌谣形式很可能是从阿富汗传到伊朗境内的。

鲁拜（Rubai）的原意是四行诗，在这四行中，第一行、第二行和第四行需要押韵，第三行不押韵，所以在形式上同我们唐代盛行的绝句是很象的。这种诗体在古代波斯又被称为"塔兰涅"（Taraneh），意思正是"断章"或"绝句"。两种诗体形式既然相似，名称又如此相同，说明两者之间很可能有某种联系。从时间和地域方面来看，如果说鲁拜体是从唐代绝句演变而来，这并不是不可能的。这个假设也并未为我首创，一位意大利学者包沙尼（Alesandro Bausani）就曾经指出鲁拜体可能来自中亚的西突厥，而且他也认为可能与唐代的绝句同出一源。我们知道突厥人于公元 1031 年越过阿姆河，从东方侵入波斯境内，并在 1041 年占领了莪默的出生城市尼沙波尔，这正是莪默出生前八年。鲁拜体既然可能起源于民间歌谣，很可能是由西突厥从中国传播过去的。

　　关于莪默凯延所用的鲁拜体在中亚盛行于公元 10 世纪前后的问题，不少西方学者还认为这与当时在中亚流行的一种宗教派，苏菲派（Sufism）有关，这种信奉苏菲教派的人是一种在野修行的隐士，穿粗布衣裳，一说苏菲（Sufi）这个字即指粗布衣裳而言，但他们不反对耽乐饮酒，他们的人生观和世界观很类似我们唐代不得意的在野文士，吟诗饮酒，以佛教和道教思想寄托自己的理想。相传为莪默凯延所写的鲁拜体四行诗就反映了这种思想感情。唐代李白的不少诗篇的内容也与此非常相似，我们可以引下面的一首著名绝句为例：

　　　　问余何事栖碧山　笑而不答心自闲
　　　　桃花流水窅然去　别有天地非人间

　　由此可见，不但鲁拜诗体在形式上很像我国唐代的绝句，就是在思想内容上，同某些唐代文人的诗篇也是很相似的。从历史时代和地理条件来看，李白的诗歌传到中亚，影响了当地的诗歌创作，这也并不是不可能的事。

　　当然，以上我提出的假设，由于西方十四行诗和莪默凯延的鲁拜诗体与我国唐代诗歌的可能联系，实际上是属于中西交通史性质的探讨，已经不完全是属于比较文学研究的范围。从比较文学方面来看，我们把不同国家或地域的文学作品或现象加以比较，并不要求证明两者之间一定要有直接影响的关系。历史时代上或地域上距离很远的文学，即使两者之间不可能有任何实际联系，也可以拿来比较。但是我们中国学者们是历史唯物论者，我们认为文学艺术是人类社会活动的一种反映。在不同时代和不同地域的人，如果他们属于类似地位的社会阶层，具备类似的社会条件，经受类似的社会压迫，就可以有类似的思想感情，即使他们在时代和地域上距离很远，不可能有任何直接或间接的相互影响。相反，即使在同一地区，属于不同阶级的人却可以具有完全不同的思想感情，这就是如鲁迅所说过的，《红楼梦》里的焦大和林妹妹，虽然都在大观园内，却并没有共同的审美观念。我们不能同意某些西方学者从人性论出发的观点，认为只要是人，就会有相同的思想感情。比较文学是一门新兴的学科，我们认为只有坚持科学的反映论，认为文学是人类社会在一定的物质条件下的产物，比较文学这个学科才能有坚实的可靠的基础。无论唐代李白的某些诗篇是否曾经直接影响过中亚和欧洲的诗歌，我们认为中外文学上这种偶合现象也总是可以给以科学的解释的。

（原载《文艺研究》1983 年第 4 期）

中国现代小诗与日本的和歌俳句

王向远

季羡林先生在 1986 年的一次学术会议上曾提出了这样一个问题，在日本，"为什么独独新诗不发达呢？介绍到中国来的文学作品，绝大部分都是长篇、短篇小说，戏剧和散文有一点，古代俳句数量颇多，但是几乎一首日本新诗都没有。在日本本国新诗歌也不受到重视，没有听说有什么重要的新诗人，这个问题不是也同样有趣而值得探讨吗？"①

在中日文学比较研究中，这确实是一个"有趣而值得探讨"的问题。其实，在日本现代文学中，新诗（白话自由诗）不是不发达，重要的著名的新诗人很多（如北村透谷、岛崎藤村、北原白秋等），译介过来的日本新诗也不少，特别是"五四"时期，中国文坛曾大量地翻译过日本新诗。仅在 1920 年，周作人、郑伯奇、郭绍虞等人就分别翻译并发表了贺川丰彦、生田春月、堀口大学、石川啄木、武者小路实笃等人的白话新诗。然而，这些日本新诗对中国诗坛的影响的确远不能与日本的和歌（亦称"短歌"）、俳句相比。大量事实表明，日本的和歌俳句对 1921 年至 1923 年间中国"小诗"（四行以内的无韵自由诗）的生成和流行起了重要作用。相比之下，日本的白话自由诗对中国新诗的影响则不是那么明显。原因很简单，日本的白话自由诗和中国的新诗一样是西方的舶来品，中日两国新诗的共同来源

---

① 季羡林：《当前中国比较文学的七个问题》，载季羡林《比较文学与民间文学》，北京大学出版社 1991 年版，第 323—324 页。

都是西方，即使日本新诗对中国有影响，那也是次要的和间接的；和日本新诗不同，和歌、俳句则是日本独特的诗体，它们对中国小诗的直接和重大的影响在中日文学交流中就特别引人注目。当时或稍后的许多诗人、学者对和歌俳句如何影响中国都有过描述。如余冠英曾说过："五四"时期，"模仿'俳句'的小诗极多"。① 成仿吾说过："周作人介绍了他的所谓日本的小诗，居然有数不清的人去模仿。"② "五四"时期著名的小诗作者，就有郭沫若、康白情、俞平伯、徐玉诺、沈尹默、冰心、宗白华、应修人、汪静之、冯雪峰、潘漠华、谢旦如、谢采江、钟敬文等。当然，这些诗人并非都受到了日本的和歌俳句的影响，和歌俳句也并不是中国小诗形成的唯一条件。对此，周作人曾经指出："中国的新诗在各方面都受欧洲的影响，独有小诗仿佛是在例外，因为它的来源是在东方的；这里边又有两种潮流，便是印度和日本，……"③ 这种看法已为后人所广泛接受。如冯文炳认为："那时写小诗，一方面是翻译过来的日本的短歌和俳句的影响，一方面是印度泰戈尔诗的影响。"④ 后来又有人进一步发挥周作人的观点，认为小诗的"来源有三：一是日本的俳句与和歌，二是印度泰戈尔的《飞鸟集》，三是中国古代的小诗"。⑤ 由于所受影响的不同，中国小诗大体形成了三派。一派较多地受日本和歌俳句的影响，其基本特点是具体的、写实的、感受的、天真自然的，代表作是湖畔诗社的《湖畔》和"海音社"的《短歌丛书》；一派较多地受泰戈尔的《飞鸟集》的影响，其基本特点是抽象的、冥想的、理智的、老成持重的，其代表诗作是冰心的《繁星》和《春水》；还有一派主要受中国古诗的影响，如宗白华的《流云》和俞平伯的《冬夜》等，宗白华就曾说过："我爱写小诗，短诗，可以说是承受唐人绝句的影响，

① 余冠英：《新诗的前后两期》，《文学月刊》1932 年第 3 期。
② 成仿吾：《诗之防御战》，《创造周报》1923 年 5 月 13 日，第 1 号。
③ 周作人：《论小诗》，《觉悟》1922 年 6 月 29 日。
④ 冯文炳：《湖畔》，《谈新诗》，人民文学出版社 1984 年版。
⑤ 陆耀东：《论"湖畔"派的诗》，《文学评论》1982 年第 1 期。

和日本的俳句毫不相干，泰戈尔的影响也不大。"① 当然，这三源只是大体的划分，事实上，对绝大多数诗人来说，日本的和歌俳句、泰戈尔的《飞鸟集》和中国古诗的影响是兼而有之，互相渗透，而不是截然无涉的。有一个事实被人们忽略了，那就是，泰戈尔的《飞鸟集》本身就是在日本俳句的影响下写成的。1916 年泰戈尔访问日本时接触并了解了日本的古典俳句，尤其对日本"俳圣"松尾芭蕉的名句《古池》赞叹不已。泰戈尔的传记作者克里希纳·克里巴拉尼写道："这些罕见的短诗可能在他（泰戈尔）身上产生了影响。他应（日本）男女青年的要求，在他们的扇子或签名簿上写上一些东西，……这些零星的词句和短文，后来收集成册，以题为《迷途之鸟》（现通译《飞鸟集》——引者）和《习作》出版。"② 所以说，受了泰戈尔的影响，实际上也就是间接地受了日本俳句的影响。

日本的和歌、俳句在"五四"时期之所以广泛地影响中国，具有某些必然的内在原因。首先，"五四"时期新文学家们对日本和歌俳句的兴趣和关注，是直接承续着清末民初黄遵宪等"诗界革命"的先驱者的。黄遵宪早在《日本国志》和《日本杂事诗》两部著作中就介绍了日本的和歌。《日本杂事诗》有诗云："弦弦掩抑奈人何，假字哀吟'伊吕波'，三十一声都怆绝，莫披万叶读和歌。"并注解说："（日本）国俗好为歌，……今通行 5 句 31 言之体，……初 5 字，次 7 字，又 5 字，又 7 字，又 7 字，以 31 字为节。声哀以怨，使人辄唤奈何。"他还根据自己对和歌及日本民间歌谣、中国地方歌谣的了解，提出创作"杂歌谣"，以实现诗歌创作通俗化。这种"杂歌谣"的主张得到了广泛的赞同，大大地促进了近代"新体诗"的形成。后来，他还写信给梁启超，打听日本"新体诗"的情况，询问它同"旧和歌"有什么关系。看来，黄遵宪、梁启超等人是自觉地以日本和歌的发展变迁情况为外部参照的。由于黄遵宪等人的介绍，

---

① 宗白华：《我和诗》，《艺境》，北京大学出版社 1987 年版，第 189 页。
② ［印度］克里巴拉尼：《泰戈尔传》，倪培耕译，漓江出版社 1984 年版，第 316 页。

当时的中国文坛对日本和歌并不陌生。同样地，那时留学日本的许多中国人对日本俳句也都比较熟悉，甚至有人还成了在日本知名的"俳人"。如一位名叫罗朝斌的人就以俳句闻名于日本，日本俳句大师河东碧梧桐曾称赞说："清人罗朝斌，亦号苏山人，精俳句，（正冈）子规、（高滨）虚子屡为之惊叹不已。"① 可见，和歌、俳句是清末民初中日两国的文学、文化交流中的一个重要的津梁，它为"五四"时期中国新文学家们对和歌俳句的接受和借鉴奠定了基础。"五四"时期的新文学家们对日本和歌俳句的借鉴比黄遵宪他们更适其时，更有条件。因为那时，作为"古诗"的和歌俳句的革新已经完成，正冈子规提出了"写生"理论，以近代的写实主义精神批判并改造了耽于"空想"的传统的旧俳句；与谢野宽、与谢野晶子等人以慷慨有力的"虎剑"精神矫正了旧和歌的"无丈夫气"的绵软无力；石川啄木的短歌"不但内容上注重生活的表现，脱去旧例的束缚，便在形式上也起了革命，运用俗语，改变行款，都是平常的歌人所不敢做的"。② 也就是说，到了 20 世纪初，和歌俳句已经完成了由"古诗"向"现代诗"的转变，它们既是"古"的，因为保留了原有的诗形，又是"新"的，因为它们寄寓着现代精神，在日本文学由传统向现代的转型期，和歌俳句没有被淘汰，反而获得了新生。"五四"时期的中国诗人们一方面看到了日本和歌俳句的这种复兴和现代化，另一方面，他们又处在 20 世纪初欧美"意象派"的庞德等人所掀起的"俳句热"中，不能不对和歌俳句给予更多的关注。他们显然比晚清时期的同行们更了解、更理解日本俳句，像周作人那样的对和歌俳句颇有研究的专家，以前是没有的。周作人为中国文坛理解和借鉴日本和歌俳句起了重要的作用。1921 年他就在《小说月报》12 卷 5 号上发表《日本的诗歌》一文，详细介绍了流行至今的日本的短歌、俳句和川柳三种形式。认为"短诗形的兴盛，在日本文学史上，是极有

---

① 王晓秋：《近代中日文化交流史》，中华书局 1992 年版，第 277 页。
② 周作人：《〈古事记〉及其他》，《知堂书话》（下），岳麓书社 1986 年版。

意义的事"，日本诗歌的特点是"诗思的深广"和"诗体的简易"，而且，"感觉锐敏，情思丰富，表现真挚，具有现代的特性"。他在这篇文章里还列举并译述了 20 多首著名诗人的和歌俳句。同年底，周作人又在《小说月报》上发表了《日本诗人一茶的诗》，其中译述了小林一茶的名句 49 首。1922 年，周作人在《觉悟》杂志发表《论小诗》一文，首次对小诗的概念、小诗的来源、特征，尤其是小诗与俳句的关系做了系统的分析阐述。周作人的这些介绍和翻译在社会上产生了很大的影响，以至许多文学青年群起仿效，直接促成了中国的"小诗运动"在 1921 年间的形成。

日本的和歌俳句对中国的影响主要在于其短小的诗型，在于它的简洁含蓄的抒情方式。"五四"时期的中国诗人们从西方学来了长诗型，以用来叙事和抒发较为复杂的情感。但是，一时的激动，刹那间的感受则需要更短小、更简洁的诗体加以表达。中国古诗本来大都属于这种短诗型，但却束缚在文言和格律之中。这样，日本的诗歌以及受日本诗歌影响的泰戈尔的《飞鸟集》就成了小诗的最好的蓝本。早在 1920 年，郭沫若就提出不同的感情需要不同形式的诗来表达："大波大浪的洪涛便成为'雄浑'的诗，……小波小浪的涟漪便成为'冲淡'的诗，便成为周代的《国风》、王维的绝诗、日本古诗人西行上人与芭蕉的俳句、泰戈尔的《飞鸟集》。"[1] 周作人也是基于日本和歌俳句的抒情特点来介绍和歌俳句的。他在《论小诗》中认为："短歌大抵是长于抒情，俳句是即景寄情，小呗（一种民间小曲——引者）也以写情为主而更为质朴；至于简洁含蓄则为一切的共同点。从这里看来，日本的歌实在可以说是理想的小诗了。"这里把和歌俳句看成是"小诗"，突出表明了中国诗人们对和歌俳句这种短小诗体的关注。其实，日本不像印度那样有"大诗"（叙事诗）和"小诗"（抒情诗）的概念之分，日本人自己也不把和歌俳句说成是"小诗"。中国新文学家显然是站在世界文学的大视野上看待日本诗歌的，而且

---

① 郭沫若：《论诗三札》，《郭沫若论创作》，上海文艺出版社 1983 年版，第 238 页。

只看重其诗体的短小，而对它们本有的格律就略而不顾了。我们知道，和歌是"五七五七七"共5句31个音节；俳句是"五七七"3句17个音节。要严格模仿这种格律是很困难的。事实上，中国也只有少数小诗大体模仿俳句的格律，如郭沫若于1921年创作的描写日本自然风景的诗《雨后》（收《星空》集），共有四节，每一节都是3句，而且大体都取"五七五"的形式，如其中的第二节；"海上泛着银波，/天空还晕着烟云，/松原的青森。"第四节："有两三灯光，/在远远的岛上闪明——/初出的明星?"中国传统诗歌都是双句对偶，没有这种单句不对称的诗形。这里不仅基本采用了俳句的"五七五"的格式，而且最后一句用的是名词结尾，也颇带有俳句的韵味。没有郭沫若对日语及日本文学的熟知，是写不出这样的和俳句形神皆似的小诗的。但是，中国大部分的小诗都没有遵守"五七五"的格律，更不必说日本诗歌所特有的修辞方法，如俳句的"季语"（在句中表示出该俳句所吟咏的是哪一个特定季节的事物）、"切字"（起断句作用的特定的助词、助动词）以及和歌的"枕词"、"序词"（主要在为了使格律完整而冠于某些特定词语之上的装饰语）和双关词等。事实上，这些日语中特有的表现方法，中文不可能平行移植，不仅难以摹仿，就连翻译过来都很困难。由于日语中的字词都是多音节的，一个字一般都有两个以上的音节，所以和歌的31音节也只相当于十几个字，俳句的17个音节则只相当于五六个词，中文翻译要保持原有的31或17个音节，就势必要增添不少原文中所没有的字词，这样格律似乎保全了，但在内容上却又等于画蛇添足。所以，反对模仿俳句的成仿吾说："俳句是日本文特长的表现法，至少不能应用于我们的言语。"① 周作人也深有体会地说："凡是诗歌，皆不易译，日本的尤甚：如将它译成两句五言或一句七言，固然如鸠摩罗什说同嚼饭哺人一样；就是只用散文说明大意，也正如将荔枝榨了汁

---

① 成仿吾：《诗之防御战》，《创造周报》1923年第1号。

吃，香味已变，但此外别无适当的方法，……"① 周作人翻译的俳句，就在这种无可奈何当中将本是格律诗的俳句给散文化了，也就是说，求神似而不求形似，将格律诗译成了自由诗。而这一无可奈何的权宜之计，却正适应了"五四"时期自由体诗的风潮，如果真的将俳句译成了格律诗，俳句在中国的影响势必会受到限制。周作人翻译的和歌，一般都用两句、20 个左右的汉字，俳句一般都用一句十来个汉字。所以在当时读者的印象中，俳句是"一句成诗"（冯文炳语），非常短小的。

中国的小诗虽然迫不得已舍弃了俳句的形式格律，但小诗作者们对俳句的"简洁含蓄"、朴素凝练、余味深长、满含着悟性的象征的抒情是努力仿效的。他们非常赞赏和歌俳句的以少胜多的隽永和蕴藉，郁达夫在谈到和歌俳句时就曾说过："31 字母的和歌，……只有清清淡淡、疏疏落落的几句，就把乾坤今古的一切情感都包括得纤屑不遗了。至于后来兴起的俳句哩，又专以情韵取长，字句更少——只17 字母——而余韵余情，却似空中的柳浪，池上的微波，不知所自始，也不知其所终，飘飘忽忽，袅袅婷婷；短短的一句，你若仔细反刍起来，会经年累月的使你如吃橄榄，越吃越有味。"② 他们特别赞赏日本"俳圣"松尾芭蕉的作品，郭沫若曾举松尾芭蕉吟咏日本风景名胜松岛的俳句"松岛呀，啊啊，松岛呀，松岛呀！"为例，认为简单至极的、近于原始的诗往往最富有诗意，因为这样的俳句"在简单的形式当中，能够含着相当深刻的情绪世界"。③ 松尾芭蕉的另一首最著名俳句《古池》——"幽幽古池啊，有蛙儿蓦然跳进，池水的声音"，在中国竟有十几种译法，许多人把它当作小诗的典范，梁宗岱甚至认为这首俳句"把禅院里无边的宁静凝成一滴永住的琉璃似的梵音"，是象征主义诗歌的"最好的例"。④ 很受和歌俳句影响的以

---

① 周作人：《日本的诗歌》，《小说月报》1921 年第 12 卷 5 号。
② 郁达夫：《日本的文化生活》，《宇宙风》1936 年第 25 期。
③ 郭沫若：《诗歌底创作》，《文学》1944 年第 3、4 期。
④ 梁宗岱：《象征主义》，《文学季刊》1934 年第 2 期。

汪静之、应修人、冯雪峰等人组成的湖畔诗社的小诗、以海音社的《短歌丛书》为中心的谢采江等人的小诗，都是在表现"余韵余情"的"情绪世界"上见长的。《短歌丛书》的《清晨》中有一首小诗："听胜利的恋歌啊！/雨后池畔的蛙声"，似有点松尾芭蕉的《古池》的韵味；汪静之的《蕙的风》中有一首小诗《芭蕉姑娘》："芭蕉姑娘呀，/夏夜在此纳凉的那人呢?"，简单的一问，令人回味无穷。冯雪峰的《西湖小诗》中有"风吹皱了的水，/没来由地波呀，波呀"。真如郁达夫所说的"池上的微波，不知所自始，也不知其所终"了。"清晨好似一个美妙的女郎，/每天破晓的时候，/倚窗来望我"（《清晨》），含蓄而又明快地表达了青年人的思春心理。"黄叶败脱下来了，/狂风又花花的笑了。""海水不住的荡着，/已作了日光的跳舞场。"（《短歌丛书》）等等，都表现了诗人对外在自然的细腻的观察，刹那间的感觉，良好的悟性，活跃的情绪，借景抒情，以景寄情，呈现出一个主客合一的世界，将个人轻快的心境融化、投射在客观景物之中。湖畔诗社和海音社的《短歌丛书》中的很多小诗就是这样，仅仅表达一种感受，一种直觉和一种情绪，并不表现和说明一个明确的思想和道理。这和和歌俳句的根本精神是相通的。日本禅学大师铃木大拙认为："俳句本身并不表达任何思想，它只用表现去反映直觉，……它们是最初直观的直接反映，是实际上的直观本身。"[1]俳句如此强调刹那间的直觉，和中国传统诗歌的基本精神显然是不相吻合的。我以前在总结日本诗歌特点的时候曾说过：中国的古典诗歌，波斯、印度和欧洲的古典诗歌，不表现某一思想、不说明某一道理是不能成立的；而日本的和歌俳句从不把说明、表达某种思想作为写诗的任务和目的。诗歌却只是写一景致或表达一种感受，这只相当于中国诗歌中的"比"、"兴"的部分。[2] 实际上，中国的一些小诗也

---

① ［日］铃木大拙：《禅与日本文化》，陶刚译，生活·读书·新知三联书店1989年版，第165页。

② 王向远：《东方文学史通论》，上海文艺出版社1994年版，第105页。

像日本的和歌俳句一样，侧重瞬间感兴的直观表现，把在古诗中难以独立的"比"、"兴"独立成诗了。

　　在这一点上，受日本和歌俳句影响较大的海音社与湖畔诗社的小诗，和受泰戈尔影响、受中国古诗影响较大的冰心、俞平伯的小诗比较起来，就表现出了完全不同的旨趣。前者重直观，重感受，重情绪，后者则重理智，重逻辑，重说理。冰心的小诗和泰戈尔《飞鸟集》一样，大都是说理的格言诗，如《繁星》中有"言论的花儿/开的愈大，/行为的果子/结得愈小"。"聪明人！/要提防的是，/忧郁时的文字，/愉快时的语言。"难怪梁实秋说她是"一位冷若冰霜的教训者"了。① 胡适抱怨俞平伯"偏喜欢说理，他本可以作诗，但他偏要兼作哲学家"；② 闻一多也批评俞平伯"太多教训理论"。③ 而海音社和湖畔诗社的小诗正相反，草川未雨（张秀中）在《中国新诗坛的昨日今日和明日》中认为海音社的《短歌丛书》的写法是具体的、暗示的，象征比喻的；汪静之在总结湖畔诗社的小诗的特点时曾说过：湖畔诗社四诗友"不把诗写成冷冰冰的格言"。④ 这样的特点是与日本诗歌（和歌俳句）相通的。所以，从风格上看，冰心的小诗是饱经沧桑、精于事理、老到持重的；而湖畔诗社的小诗则体现出晶莹剔透、朴素自然、天真烂漫的青春少年的气质。这种朴素自然，天真烂漫的风格与小林一茶的俳句风格很有关系。小林一茶是周作人专门撰文评价的唯一的一个日本俳人，对中国小诗的影响颇大。而且周作人在介绍、翻译小林一茶的俳句的时候，特别强调一茶俳句所独有的风格特色。周作人指出："一茶的俳句在日本文学史上是独一无二

　　① 梁实秋：《〈繁星〉与〈春水〉》，范伯群编《冰心研究资料》，北京出版社1984年版，第372页。

　　② 胡适：《俞平伯的〈冬夜〉》，《俞平伯研究资料》，天津人民出版社1986年版，第209页。

　　③ 闻一多：《〈冬夜〉的评论》，《俞平伯研究资料》，天津人民出版社1986年版，第249页。

　　④ 汪静之：《回忆湖畔诗社》，《诗刊》1989年第7期。

的作品，可以说是前无古人，大约也不妨说后无来者的。他的特色在于他的小孩子气，……一方面是天真烂漫的稚气，一方面又是倔强皮赖，容易闹脾气的：因为这两者本是小孩的性情，不足为奇。"① 一茶创作了许多脍炙人口的"孩子气"的俳句。如"来和我玩吧，没爹没娘的可怜的、小麻雀儿呀！"；"不要打它呀，苍蝇在搓它的手，搓它的脚呢！""小小雀儿呀，你快躲到路旁吧，烈马跑来啦！"等。这种"孩子气"的诗，在中国湖畔诗社的《湖畔》诗集中也随处可见，如"'花呀，花呀，别怕罢，'/我慰着暴风猛雨里哭了的花，/花呀，花呀，别怕罢！"（《小诗六》）"蛙的跳舞家呵，/你想跳上山巅吗？/想跳上天吧？"（《西湖小诗第十五》）这里把弱小的动植物视为同类，视为朋友，而生起一种孩子般的天然的同情，和一茶的俳句如出一辙。在《湖畔》中描写爱情的小诗里，也依然带着这种天真的孩子气，如"伊香甜的笑，/沁入我的心，/我也想跟伊笑笑呵。"（《笑笑》）"亲爱的！/我浮在你温和的爱的波上了，/让我洗个澡罢。"（《爱的波》）这样的素朴天真、稚气扑人的诗，洋溢着"五四"新义学特有的时代气息。朱自清在给汪静之的《蕙的风》作序时说得好：其中的诗"有时未免有些稚气，然而稚气究竟远胜于暮气；……况且稚气总是充满着一种新鲜风味。"② 中国诗歌发展了几千年，越来越成人化，老年化，这些小诗中的单纯、天真和幼稚，正如冯文炳所说的，"却正是旧诗文里所没有的生机。"③

尽管中国小诗曾充满了这样的生机，但是，这种生机并没有维持多久，它到了1924年前后就衰微了。如上所说，小诗这种形式是在外来诗歌（主要是日本的和歌俳句）的启发和影响下形成的诗歌革新实验运动，它的宗旨是打破传统诗歌的语言禁锢，打破诗歌的贵族化的垄断，使写诗不以语言规范为核心，不以诗的形式为核心，而是

---

① 周作人：《俺的春天》，《知堂书话》（上），第29页。
② 朱自清：《〈蕙的风〉序》，《湖畔诗社评论资料选》，华东师范大学出版社1986年版，第98页。
③ 冯文炳：《湖畔》，《谈新诗》，人民文学出版社1984年版。

以个人感受为核心，以个人的情绪为核心。在 20 世纪 20 年代初那个吐故纳新的特定的文化和文学转型时期，小诗的流行具有矫枉过正的性质。所谓"矫枉"是对僵化的传统的古典诗歌形式的"矫枉"，但是它"过正"了，除了一首小诗限制在两三行，除了诗的短小以外，其他的形式完全甩掉了。中国的小诗在流行的两三年中，始终没有形成自己的特有的形式，或者说，没有形成一种独立的诗体。这种唯"小"而已、缺乏艺术规范的诗，写起来容易，但是却很难写好。小诗的灵魂本是作者清新的感受和瞬间的悟性，然而清新的感受不易多得，瞬间的悟性也并不常有，所以，大部分小诗也只有写得平淡无奇，甚至如蒲风所说的"大量产生"，"粗制滥造，丑不成话"① 了。诚然，日本的和歌俳句也同样存在着中国小诗那种大量产生、粗制滥造的情况。尤其是俳句，它一开始就是一种通俗化的诗体，日本人从文人墨客到一般家庭妇女都能作俳句，因而号称"全民皆诗人"，但是无论怎样粗制滥造，它的基本形式（格律、特有的修辞等）都没有被丢掉。另一方面，中国的小诗没有像日本的和歌俳句那样形成一种内在的审美特质。日本人作俳句讲究所谓"俳句趣味"，所谓"俳句趣味"，就是"淡泊平易的趣味"（正冈子规语），或称"非人情"（夏目漱石语，意即超社会、超人间）的趣味，而其实质就是"禅宗趣味"。"禅宗趣味"是日本诗歌审美意识的核心。日本文学史上一流的和歌俳句诗人，如西行、慈圆、鸭长明、松尾芭蕉、小林一茶等人都是佛教禅宗僧人。像松尾芭蕉的《古池》那样的名句，表现的就是禅宗教徒对宇宙本体的感悟，对自我与大自然同一性的体验。芭蕉式的这种超越性、悟道性，贯穿着、影响着整个日本俳句的发展历史，是日本诗学的精髓。而"五四"时期的中国却缺乏总体的佛教文化氛围（当时的佛教是被当作新文化的对立面看待的），而且小诗的作者也没有日本诗人那样的禅学修炼。剧烈变动的时代又很难给诗人们提供一种虚静、淡泊、超越的环境和心境。在"五四"个性解

① 蒲风：《五四到现在的中国诗坛鸟瞰》，《诗歌季刊》1934 年 1 卷 1—2 期。

放的时代浪潮中，小诗作为一种表现自我和个性的文学形式是非常便当的，但是，由于小诗体制的短小，它只适合描写一种心境，一种情绪，一种直觉和一种感受，却很难承载多大的社会内容。当时代已经由"五四"时期的"个性解放"逐渐向"五四"以后的"社会解放"发展过渡的时候，仅仅表达个人感受和瞬间情绪的小诗就显得不合时宜了。读者和批评家对诗的社会价值、社会意义的要求越来越高。周作人在《论小诗》中所提倡的表现并不"迫切"的"日常生活"和"刹那的感觉之心"、捕捉"刹那的内生活的变迁"的主张，也与时代节奏不相协调了。因此，到了 20 年代中期，中国的小诗便处在双重的危机之中：形式的危机和内容的危机。以闻一多为代表的"格律派"是对小诗形式上的否定，早期左翼诗人的社会性、宣传性、鼓动性的诗则是对小诗的内容上的超越。小诗在这种否定与超越中失去了它存在的合理性，也便走向了衰亡，小诗也就成了中国现代文学中的一种"历史的存在"。不过，小诗的一些特点，以及小诗从日本和歌俳句所借鉴的许多诗艺，不久就被继之兴起的象征主义诗歌所汲取。松尾芭蕉的象征和暗示，小林一茶的鲜明的意象，都对中国的象征派的诗歌产生了一定的影响。所以，与其说小诗衰亡了，不如说小诗在衰亡中转化了。

（原载《中国比较文学》1997 年第 1 期）

巴罗克的涵义、表现和应用

杨周翰

　　《中国大百科全书·外国文学卷》没有收巴罗克的条目（可能收入建筑或艺术类了），我们编的外国文学史和我们写的外国文学研究论文中，如果不是从不出现这个词，至少也很少见。这事实说明巴罗克作为文学术语——代表一种风格，或西方文学某一特定时期的风格，还没有受到注意或不予接受。

　　巴罗克作为一个文学术语，在西方一个世纪以来，经过提出、反对、反复讨论、应用、已被广泛接受、"有可能扩散得更广。"①

　　最早试图应用这个名词到文学上的是瑞士学者佛尔弗林（Heinrich Wölfflin）。在他的《文艺复兴和巴罗克》（Renaissance und Barock）一文中（1888），他论述了罗马的建筑风格，最后他谈到巴罗克风格也可以应用到文学和音乐上去。②

　　佛尔弗林提出这个论点之后，并未引起巨大反响。直到第一次世界大战以后，才掀起关于巴罗克的讨论和研究的第一次高潮，主要发生在德国，波及欧洲其他国家。这一现象正是战后整个欧洲社会思潮和精神气候的一个组成部分。这种社会思潮集中地、系统地体现在德国哲学家施本格勒（Oswald Spengler，1880—1936）的巨著《西方的没落》（Untergang des Abendlandes，1918—1922）一书中。我们还注

---

　　① René Wellek, *Concepts of Criticism*, New Haven: Yale University Press, 1963, p. 88. 这部论文集里有一篇专论《文学研究中的巴罗克概念》，可参考。

　　② 同上书，第 71 页。

意到这一时期也正是德国表现主义戏剧、西欧现代派诗歌和小说抬头的时期。对巴罗克发生兴趣，不是孤立的现象。

西方对巴罗克的研究自第一次世界大战后开端以来，一直兴趣未减，而到了六七十年代，以韦勒克的《文学研究中的巴罗克概念》（1962）为标志，似乎又掀起一次高潮。① 这一发展形势和哲学上的存在主义的再发现，语言学结构主义的兴起，文学上诸如荒诞派戏剧的兴起，在时间上又是吻合的。西方研究界对巴罗克的兴趣到现在也尚未衰竭。

我们今天研究巴罗克有什么意义呢？

这个概念在我们的外国文学研究里比较生疏，研究一下可以提供一些信息；在西方虽然已是老题目，在我们还可算新信息。（其实，外国文学中，尤其是时间上稍远一些的，还有许多领域对我们来说仍是"新"的。）其次，巴罗克概念给我们提供了一个新的角度去看待文艺复兴到十七世纪这一段文学的发展。从文艺复兴直接跳到古典主义，其间缺乏联续性、过渡性。当然，是否可以用巴罗克作为断代名词，还值得讨论，下面还要谈到。不过，巴罗克作为一个全欧性的"运动"已是成立了的事实。

此外，巴罗克研究不仅有助于解释文学史的发展，而且对深入理解一种特殊的文学表现形式是非常必要的。这种表现形式有它的时代性，也有它的普遍性。难怪有的评论家认为这种风格贯串整个欧洲文学，从欧里庇得斯到兰波（Rimbaud），一种风格代表一种精神状态和意识形态，因而有人甚至把这概念引用到哲学、数学、物理学。② 作为文学描述术语和批评术语，巴罗克给我们提供了一个新的、有用的角度。

西方近一百年来对巴罗克的研究积累了大量的成果，发表了许多

---

① 参看 Tak-Wai Wong, *Baroque Studies in English*, 1963–1974: *A Survey and Bibliography*, Richmond: The New Academics Press, 1978（黄德伟：《欧洲白缗文学研究》）。

② René Wellek, *Concepts of Criticism*, New Haven: Yale University Press, 1963, p. 72.

看法，有的是相互矛盾的。我们研究西方文学有必要掌握这些成果和观点，作出我们的判断。在中西比较文学领域里，国外也有不少学者把巴罗克概念应用到中国诗歌和戏剧的研究上。其可行性到底怎样，值得再探讨。

巴罗克这个概念在西方也不是被人一致接受的。不过，时至今日，即使开始持反对立场的法国学者，保守的英国学者，也都逐渐接受。这个概念已被普遍承认和应用了。

巴罗克作为一种艺术风格的术语最早是指文艺复兴后期意大利的建筑的特点。中世纪建筑最高成就应算哥特式教堂，是为宗教服务的。这种建筑给人一种神秘的感觉，信徒们一进教堂，视线就被逼迫向前，直到神坛。文艺复兴时期的建筑最有代表性的是意大利佛罗伦萨等城市的私人府邸，是为新兴的富商和贵族霸主服务的，核心思想是享乐，物质的享乐和精神的享乐。按照当时的审美观念，这种建筑是匀称的，宏伟的，它给人以一种明朗而不是晦暗，活泼而不是沉思的感觉。文艺复兴时期，即使是教堂也和哥特式教堂迥乎不同，如罗马的圣彼得大教堂，它的平面图是所谓希腊十字架形，即成正十字形。教堂给人的感受只能站在教堂的中心点才能领略。[①] 它不是引向神秘，而是使人享受周围的美。所以即使是教堂，人还是占据了美的中心。当时的罗马教皇大都出生贵族，在政治上、宗教上镇压新教，在艺术趣味上又是享乐的。

由于科学的发展，绘画里开始用透视法，产生了立体感，一反中世纪的平面呆板。也就是说绘画更加现实主义，更加合理，对象的比例更合乎理性。建筑也复如是，一座建筑，各部分的分割（articulation）十分明晰，总体十分和谐、合理。

但是到了文艺复兴后期，美的享受变成了或者说堕落为感官刺激。巴罗克建筑打破了匀称、平衡、合理的原则，给人一种不规则、

---

① Nikolaus Pevsner, *An Outline of European Architecture*, London：Penguin Books, 1945, p. 95.

不稳定的感觉，看不出部分与整体之间的明朗关系，相反却引起一种视觉幻象和戏剧性的效果。例如，巴罗克建筑特别喜欢用椭圆形，把圆形拉长扭曲，大而至于圣彼得大教堂的广场，小而至于窗户。都不是圆的，而呈椭圆形。圣彼得大教堂前由贝尔尼尼（Gian Lorenzo Bernini）设计的两翼圆柱廊把广场合抱，呈椭圆形，面对大教堂正面，给人一种向上瞻望一座舞台的感觉。梵蒂冈宫入口处的有名的"王家走廊"（Scala Regia），它隐藏在周围建筑物之中，它的出现非常突兀。它本身狭长，到终端变得更窄，整座走廊向上倾斜，加上光线两端明，中间暗，使这座建筑具有强烈的戏剧性。在装饰方面，巴罗克建筑从形式到材料都追求新奇怪谲，椭圆形的窗、螺旋形的柱、尖圆顶、多角形、棕榈叶以及许多无意义的花饰。

巴罗克精神体现在绘画和雕塑里就是感情的夸张，特别是哀伤的感情，形象上则是一种扭曲。早期的雕塑和米开朗基罗的"皮埃塔"（Pieta，圣母玛利亚抱耶稣尸体像，在罗马圣彼得大教堂）就已见端倪，突出了哀婉之情。一百年后贝尔尼尼雕塑的圣铁烈莎像（在罗马胜利的圣玛利亚教堂）把这位西班牙贵族出身、重建白衣僧团的狂热天主教徒塑造成一个疯狂入迷、形似晕厥的姿态，旁边还塑了一个小天使把一支金箭刺进她的心脏。

巴罗克绘画则往往表现为比例的失调，对照的强烈，如廷托雷托（Tintoretto），而最能说明问题的莫过于出生于希腊克里特岛的西班牙画家埃尔·格莱科（El Greco，"希腊人"），他所画的人物形象都是拉长了的，特别是面部，给观者一种忧郁痛苦的感觉，突出人物受难的表情，形象的比例既失调，色彩的对比又非常刺目。无论是巴罗克雕塑还是巴罗克绘画都是夸张感情到了歪曲的程度，而主要是强烈的痛苦感情，精神上的紧张状态。

最有代表性的巴罗克音乐形式莫过于赋格曲，或称遁走曲（Fugue）。这是一种复音乐曲形式，有一个或两个或更多短小的主题，由一个声部唱出或奏出，然后各声部按对位法不断重复模仿，相互交织，给人以一种流动不定的、错综复杂、华丽绚烂的感觉。这种形式是在十七世纪形成的，到了巴赫而登峰造极。

从巴罗克艺术来看，它的特点是华丽、扭曲、刺激，反映着一种不安、不稳定的精神状态。用布克哈特（Burckhardt）的话说，它"标志文艺复兴盛期的衰落"。用到文学上，除了这些基本特点之外，它似乎取得更广泛一些的涵义。

艺术术语用到文学理论和文学评论上是寻常的事，如罗珂珂（rococo），哥特式（Gothic），怪诞（grotesque），镶嵌（mosaic）等。佛尔弗林把巴罗克引用到文学也可以说是顺理成章。

巴罗克一词（baroque）的词源，众说不一。一般认为它是从葡萄牙语巴罗珂（barroco）一词演变而来，原来是珠宝商用来称呼形状不规则的珍珠的术语。最初它是一个带有贬义的词，表示不完美、粗糙以至丑陋怪诞，但也有新颖奇特的一面。钱钟书先生在《通感》一文中把它译为"奇崛"。

我们研究巴罗克，我觉得可以从四个方面着手，这四个方面是相互联系的。一、巴罗克文学的效果；二、达到这种效果的手段；三、构思；四、意图，或创作的出发点。

巴罗克文学，尤其是诗歌，最突出的特点就是使人吃惊，好像这些诗人都立意要"语不惊人死不休"一样。读者无论在感受方面或者理性方面都受到不同程度的冲击。

产生这种效果的手段，有的学者用两个形象予以概括：刻尔吉（Circe）和孔雀。[①] 刻尔吉是擅长魔法的女神，她把奥德修的伙伴们都变成猪，因此她象征变幻、谲变的原则；孔雀则象征炫耀、华丽的原则。所谓变幻，在组织上、形式上即变化多端，不平衡，不规则，例如诗歌里不整齐的格律，戏剧里多层中心人物和松散的结构（不严格遵照亚里士多德的模式），散文里的拖沓或另一极端的压缩。总之都不符合文艺复兴时期所提倡的整齐和谐的理想。在意象方面则趋于怪谲、华丽、触动人的感官。节奏和情景则富于戏剧性。

----

① René Wellek, *Concepts of Criticism*, New Haven: Yale University Press, 1963, p. 124.

这些技巧上的特点来源于特定的思维方式。一个就是所谓辩证、论证、辩论思维（dialectic），也就是柏拉图在对话录中的思维方式，目的是通过问答、反复论辩，要对某一问题追问出一个原委来，表现了一种探索的精神，探求真理的精神。从这里就演变出（虽不能说等而下之）所谓的奇思妙想（意大利文的 Concetto，西班牙文的 Concepto，英文的 Conceit）。这个词在十六七世纪本来就相当于"思想"、"观念"，后来才用于奇思、矛盾的诡词、夸张、奇特的比喻等概念。

另一个就是修辞。修辞本身也是一种思维方法。亚里士多德就认为辩证和修辞是人类理性活动的两个分支。从中世纪以来直到近代，修辞作为教育和文化的一个重要组成部分，影响着西方人们的思维方式。从历史上看，修辞也是为论辩服务的。甚至像最新的"解构主义"（Deconstruction）的倡导者德里达（Derrida）追随尼采之后，声称哲学也要从形式、修辞、比喻的角度去探讨。① 足见修辞学在西方思想、文化领域影响之深远。

修辞学的核心或最基本的原则，我以为是二分法。例如各种比喻（明喻、隐喻）就是把两项不同而又类似的事物并列在一起；寓言呈现的是一项，实指的则隐在背后；替代法（metonymy）以一物代替与之关联的另一物；矛盾的拼合（oxymoron）把完全对立的两项拼在一起，一般常举的例子如"残酷的慈悲"。一与多的结合也是修辞学中一种主要手段，例如"组格玛"（zeugma）用同一动词或形容词管辖两个不同性质的名词，如"她向那无家可归的孩子打开她的家门和她的心"，"她在舞会上丢失了她的项链和她的心"；又如双关语，一语两义或多义；有时用两个概念代替一个概念（hendiadys），或用更多的词表述一个概核（pleonasm）或重复；或用部分代表全体（synecdoche）。修辞学里还有一类常用的手法就是颠倒词序（chiasmus）或错位（hypallage），所谓错位一般指的是把形容词放在不该放的名词

---

① J·Derrida, *Of Grammatology*, Baltimore: The Johns Hopkins University Press, 1976, XXII.

之前，如"不眠之夜"。再就是夸张（hyperbole）和不足（litotes），所谓"不足"就是婉转，不和盘托出，其实是以守为攻，如"不坏"实际意味"很不好"，与粉饰、迂回的说法（euphemism, meiosis）很近似。修辞学中还有所谓的"突降法"（anticlimax），从严肃突然降到轻浮，从崇高突然降到卑下，与读者期待相反，例如"他爱上帝，爱正义，也爱竞赛汽车。"这些手法都包含一正一反。最后，修辞学还有一种手法，就是设问和呼召，设问往往是一种反问手法，设问和呼召都包括说者与听者两方，尽管听者往往不在场。

修辞学经常不为我们所注意，但在西方现代以前却是社会文化一项很重要的内容，在很大程度上影响着、支配着特别是作家的思维。随便举个例子。矛盾的拼合法实际上是客观现实的反映。社会本身就充满了凶残暴虐，它偏要用表面的善良掩饰起来，把善与恶硬套在一起。巴罗克作家所表现出来的特点是和客观世界给他们的感受和引起的思想不可分的。从他们使用的这些修辞手段我们可以推断出在这后面隐藏着的他们的心理状态，推断出他们的意图，从这里又可能反过来检验其表现形式和效果。

那么，巴罗克作为一种情感、一种心态、一种精神状态或一种思想意识又是怎样的呢？有人称之为"欧洲良知之危机"，感情与理性失去平衡，理性不能控制感情，人失去了对理性、对人性的信念，失去了天人的和谐观，世界和宇宙失去了完整性。主要表现如下。

一、忧郁、沮丧。十七世纪英国作家勃顿就写过一部巨著《忧郁的解剖》。[1] 忧郁到了尽头便会想到死亡。莎士比亚为什么要在《哈姆雷特》里特意写了掘墓一场，让丹麦王子拿着约立克的骷髅大做文章？为什么邓约翰在临死前要人把他裹在包尸布里画像？"死亡的舞蹈"是当时绘画的常见的主题。牧师泰勒写了《圣洁的生》和《圣洁的死》两部书。

二、悲哀、怜悯、同情。《哈姆雷特》里莪菲丽亚之死以及王后

---

[1] 参看杨周翰《十七世纪英国文学》，北京大学出版社1996年版。

对她的哀悼；前面提到的米开朗基罗的"皮埃塔"雕像，都是这种感情的流露。表现这类感情的作品比比皆是。

三、幻觉。混淆现实与幻象，这是一个很重要的特点。它说明人们把握不住现实，对现实不理解。在文学里，人生如梦、人生如舞台这类话题（topoi）也是俯拾皆是。西班牙作家卡尔德隆就写过叫作《世界大舞台》和《人生如梦》的剧本。在后一剧本中，西吉斯蒙多王子被囚禁、释放、再囚禁、再释放的经历，使他学到人生一切幸福都将像梦一样消逝。现实世界就像天上的云，是多变的幻象，忽而像骆驼，忽而像黄鼠狼，忽而像鲸鱼（《哈姆雷特》）。哈姆雷特可能是装疯，但安东尼是自戕前沉痛而清醒地宣称："有时我们看一朵云很像一条龙，有时云气又像熊或狮子，像带箭楼的碉堡，像一座悬崖，好像在和我们的眼睛开玩笑。"

世界既失去了它的"合理性"，也失去了它的联续性，也就变成支离破碎。有人把巴罗克作家看世界比作印象派画家的画，世界仅仅是由无数不同颜色、不同深浅的点构成的，影影绰绰。① 宇宙破碎了，诗人的诗作里布满了宇宙的碎片，埃及女王形容安东尼的光辉形象，说他脸上有一个太阳，一个月亮。安东尼失败了，小宇宙破碎了，与之相应，大宇宙也必然支离破碎。

人生是一幅模糊的画，是舞台，是梦，现实与幻象不分，互相混淆。戏剧中经常使用的乔装改扮、误会、魔法巫术、突变等等现象能仅仅解释为戏剧技巧手法么？毋宁说这种手法的一再出现反映了一种观念，或者说一种下意识，为许多人所共有，真即是假，假即是真。人生就是幻觉，生活里没有幻觉，生命也就终止了，像唐吉诃德那样。

四、放纵。文艺复兴时期的理想的人是"健全的体魄，健全的头脑"，这一理想已不复存在。爱情由"真诚心灵的结合"这一理想变

---

① 参看穆格夫人《巴罗克敏感性的欧洲背景》。Odette de Mourgues, *European Background to Baroque Sensibility*, Pelican Guide to English Literature3。

成了纵情。莎士比亚的《安东尼与克里奥帕特拉》即是一例。这剧开宗明义第一句台词就点明了这点："唉，我们主帅的迷恋溢出了尺度了。"一个不惜让罗马消溶在第表河里，另一个不惜让埃及消溶在尼罗河里，只要爱情。埃及女王自称"我们是以爱情为职业的"，莎士比亚这里用了一个多义词 trade，可以解作"走惯恋爱的路"（她以前和恺撒也生过儿子），也可以解作"交易"，那么爱的涵义就更加等而下之了。

放纵的表现不仅爱情里有，放纵也表现为一种变态的疯狂，甚至表现为对残酷行为的迷恋，表现为虐待狂和受虐待狂。

五、神秘主义。这主要是爱和神秘主义的结合，特别表现在天主教诗人的作品里。在他们身上人文主义思想和天主教意识的矛盾特别尖锐，灵与肉的斗争特别激烈。这恐怕在一定程度上是天主教在宗教改革的巨大浪潮面前施加压力的结果吧。例如英国诗人克拉肖（Crashaw）劝说丹比伯爵夫人皈依天主教，就把接受天主教比作男女之爱，用了许多暗示性很强的意象，而且仿照"配画寓意诗"（emblem-book）①，冠以插图。把爱和宗教意识结合起来，还表现为爱即是死。诗人把爱的欢乐与痛苦和死亡等同起来了。克拉肖的《圣铁烈莎颂》就有这样的诗句："你将常常诉说/那甜蜜而又微妙的疼痛，/那难以忍受的快活，/那死亡，死去的人/会爱他的死，还想再死一遍，/希望永远这样被人杀死"。

再如安东尼在他自戕前说："我要像一个新郎那样死去，像登上恋人的床榻一样奔赴死亡。""奔赴"原文作 run into，包含着更进一步的暗示。埃及女王临死前也说："我心里怀着永恒的渴望"，"渴望"原文作 Longing，表示对爱的缠绵、强烈的欲望，而"永恒"im-mortal 实际是"死亡"的同义词。

---

① 十六七世纪盛行于欧洲的一个文类，每篇作品以一句格言开始，下面是一幅画，再下面是诗。这类作品具有（往往是宗教的）象征意义，诗是画的注释。有人认为巴罗克诗歌渊源于此。

　　有人说，巴罗克诗人充分意识到他有话要说，却又说不明白。他充分了解把意念表达出来的困难，充分了解语言之不足。也就是说，内心的苦闷和痛苦难以言传，诗人必须和语言搏斗，他的诗往往流于晦涩难明。

　　巴罗克既代表一种矛盾的、激烈斗争的心态，在风格上也表现为充满了矛盾。形象的错乱，比喻的奇特，似非而是的论辩，以至句法的扭曲，大胆运用修辞手法，这一切都与作者的心态是一致的。

　　巴罗克代表一种心理状态，一种特殊的精神状态，一种哲学，一种世界观。诚如韦勒克所说，它却不限定于某一宗教派别，有天主教的巴罗克，也有新教的巴罗克；也不限定于某一阶级，有贵族的巴罗克，也有市民和农民的巴罗克；甚至不限定于某一民族，而是一个全欧现象。可以说，它是笼罩全欧的"时代精神"。那么是不是可以用巴罗克来作为文学史断代的标记呢？韦勒克认为可以，因为它能概括文艺复兴和古典主义之间欧洲文学的普遍风格，又能包括各国自己的派别，如意大利的玛利诺派，西班牙的冈果拉派，法国的辞藻派，英国的玄学派。但这里问题很多。第一，无论从思想内容还是从风格来说，巴罗克不可能包括这一时期一切文学，似乎也无人尝试作这样的断代。作为一个"文学运动"，像后来的浪漫主义，它有独立的存在，但同时还有其他文学流派并存，它不能包揽一切。此外还有一个民族感情、民族批评传统的问题。断代也还有一个起讫问题，有人把它定在十六世纪最后十年一直到十八世纪中叶，下限似乎太长了，上限又似乎太短。文学史的发展总是盛中就埋伏着衰，衰中又冒出复兴的迹象。总之，巴罗克作为文学史断代的概念还值得研究。

　　巴罗克作为一种风格概念能否扩大应用？有人认为它是历史上屡见不鲜的现象，每当伟大的艺术进入衰落时期就出现巴罗克风格，表现为卖弄辞藻和追求戏剧效果。尼采就持此看法。[①] 这里除了有历史循环论的嫌疑之外，衰落的表现未必都仅仅是辞藻的修饰或对戏剧性

---

① René Wellek, *Concepts of Criticism* , New Haven：Yale University Press, 1963, p. 116.

效果的追求，或其他什么巴罗克特点，可能表现出很不同于巴罗克的一些特点。此外，能不能把巴罗克从产生它的社会历史环境里抽出来，把它孤立起来，变成一个普遍的批评概念，应用于一切文学呢？这是一个复杂的问题。浪漫派诗歌、哥特式小说、罗珂珂风格、现代派诗歌和戏剧，都可以和巴罗克牵连得上，有的神秘，有的华丽，有的怪诞，不是都合乎巴罗克的特点么？也有人曾尝试过把这种风格应用到中国古典戏剧和诗歌上去，如《中国传统舞台的"巴罗克精神"》，《李商隐：九世纪中国的巴罗克诗人》，《中国巴罗克传统中孟郊的诗》。① 我觉得巴罗克是特定历史时期、特定空间范围、特定文化下的产物，它和其他意识形态、其他表现方式有相通之处，是否能普遍而又准确地应用于其他文学，值得进一步研究。

我们说巴罗克的产生有它的社会历史原因，如宗教改革和反宗教改革的斗争，各种性质的频仍的战争，政治上的斗争，社会的动荡。这些都是产生巴罗克文学的基本条件，但是独独产生"这一种"文学，而不是其他种类的文学，则有赖于特定的文化，其中包括思潮、哲学、心理形态、文学传统等。就巴罗克来说，我觉得修辞学是一个很关键的影响。

修辞学在西方人们的文化修养里，在两千多年间，一直占着很重要的地位，虽然在当代西方文化里它已没有什么地位。"修辞学的意思是'说话的技巧'，因此根据这一基本概念，修辞学教人怎样艺术地组织谈吐。随着时间的迁移，这一最初的观念演变成一门科学、一种艺术、一种生活理想，事实上成为古代文化的一根支柱。"② 雅典的民主生活，罗马的法治，希腊化时期的学术研究，中世纪教会的教育，使修辞一直受到重视。到了文艺复兴时期，修辞学不仅仍在学校里教授，修辞学的书也层出不穷。

---

① Tak-Wai Wong, *Baroque Studies in English*, 1963－1974: *A Survey and Bibliography*, Richmond: The New Academics Press, 1978. （黄德伟：《欧洲白缛文学研究》）

② ［德］库尔提乌斯：《欧洲文学和拉丁中世纪》，原德文，英译本 E. R. Curtius, *European Literature and the Latin Middle Ages*, Princeton：Princeton U. P., 1973, p. 64。

前面提到亚里士多德在《诗学》里声称论辩和修辞是人类理性活动的两大分支。我们现在在表达思想感情仍离不开修辞，只是我们没有意识到而已。修辞的目的无非是要提高说理和动情的效力。西方系统化了的修辞学无异是思维方式的系统化。夸张是修辞手段，它就是一种思维方式。思维离不开修辞。与修辞最相适应的思维也许应是富于感情色彩的思维。亚里士多德认为作为悲剧媒介的语言应当是美化了的、给人以快感的语言，即带有节奏性、音乐性的语言，也就是说修辞的语言；他又说要使情节惊心动魄，主要靠突转与发现，这些显然也是修辞手段。奥维德的诗，塞内加的悲剧最为有意识地运用修辞手段，以期达到或则优雅、或则悲惨、或则机巧的效果。他们在创作时运用修辞是很突出的，只是他们做得过分，反而给人以不真实的感觉。

修辞学不仅和文学创作有着密不可分的关系，以至可以说不了解修辞就不可能完全了解西方文学；它和其他艺术也有紧密关系。十五世纪佛罗伦萨建筑师阿尔贝尔蒂（L. B. Alberti）就敦促画家要熟悉"诗人和修辞学家"，因为他们能刺激画家去发明，赋予他们绘画的主题以形式。① 所谓发明（inventio）正是演说术五个要素中的第一要素，指的是"新意"，而不是机械的模仿。可见修辞学不仅可以向画家提供如何美化作品的启发，更重要的是教他如何构思，如何安排结构。修辞学和音乐的关系更为密切。早在中世纪，"音乐的教学法就采用修辞学的教学法。有的所谓'发明术'（ars inveniendi；参看巴赫的'创意曲'），所谓音乐题目等等。"② 培根在他最后的一部著作《自然史》（Sylvia Sylvarum）里说："对答曲和遁走曲是与修辞学的手段，与重复和叠字法吻合的。"③

可见任何艺术活动都离不开修辞学，任何自我表现都离不开修辞

---

① ［德］库尔提乌斯：《欧洲文学和拉丁中世纪》，原德文，英译本 E. R. Curtius, *European Literature and the Latin Middle Ages*, Princeton：Princeton U. P.，1973，p. 77。

② 同上书，第 78 页。

③ 英文《牛津大字典》Fugue 条引文。

学。因此有人说"接受古代修辞学是西方中世纪以后很长一段时期艺术上自我表现的决定性因素。"修辞学在西方长期以来是教育的一部分，是一个人的文化修养的组成部分。很像"不学诗，无以言"一样。歌德甚至把修辞看作"人类最高的需要"之一。① 讲究修辞这种风气甚至感染到社会下层，莎士比亚喜剧中的丑角不是因为咬文嚼字出错而受到嘲笑吗？所以说修辞也是社会文化的一部分。在一定的条件下，它就发挥某种特殊的作用。巴罗克就是危机时期修辞发挥特殊作用的表现。我们从宏观的文化角度去考察巴罗克就能更直接地阐明巴罗克之所以为巴罗克的道理。

（一九八六年七月为全国高等院校外国文学教学研究会讲习班讲）

（原载《国外文学》1987 年第 1 期）

---

① E. R. Curtius, *European Literature and the Latin Middle Ages*, Princeton：Princeton U. P. , 1973, p. 63.

形象学研究

弥尔顿《失乐园》中的加帆车

——十七世纪英国作家与知识的涉猎

杨周翰

　　弥尔顿《失乐园》（1665）第二章写撒旦听说上帝创造了世界，决定去一探虚实。第三章，他来到了地球，有这样三行诗。诗人把撒旦比作一只雕，从喜马拉雅山飞下，想飞向印度去猎取食物，但

　　　　途中，它降落在塞利卡那，那是
　　　　一片荒原，那里的中国人推着
　　　　轻便的竹车，靠帆和风力前进。

　　　　　　　　　　　　　　　　　　（437—439）

　　塞利卡那意即丝绸之国，中国。中国文物制度出现在西方作家作品中，近代以来，在文学史里已是常见的事。弥尔顿诗中和十七世纪其他作家著作中援引中国文物制度也屡见不鲜。这里，我想先谈谈加帆车这一事物，它本身有一个很有趣的经历。

　　李约瑟在《中国科学技术史》这部巨著中（Ⅵ. 2. p. 274ff）详尽地追溯了加帆车在西方的报道、传播以至仿造的历史。据他考证，欧洲人最早的记载是西班牙人冈扎雷斯·德·门多萨（Gonzales de Mendoza）《中华大帝国风物史》，1958 年出版。很快，三年后，英国人罗勃特·帕克（Robert Parke）受地理学家哈克路特（Hakluyt, 1552-1616）之托，将此书译成英文。其中有一段这样写道：

中国人最善于发明，他们有各种张帆而行的车辆。制作精巧，使用轻便。许多人都见到过此物，相信不是假的。此外，还有许多印度群岛人和葡萄牙人也见到从中国进口的布匹和陶器上，绘着这种车，足见这种图像是有实际根据的。

十几年后，荷兰航海家林硕吞（Jan Huyghen van Linschoten，1553-1611）的《东西印度群岛游记》（1596，英译本 1598）里也有这样一段记载：

> 中国多能工巧匠，从中国来的制品可以证明。他们制造并使用带帆的车辆（像船一样），也有车轮，制作十分巧妙，在田野里行走时，靠风力推动，好像在水上飘行一样。

李约瑟还引了英国人科克斯（R. Coeks）1614 年给东印度公司打的报告，其中谈到高丽"发明一种大车，扁轮，张帆，像船一样，用来载货"。又说日本天皇曾想用这种车运兵进攻中国，但为高丽某贵族所阻。意大利哲学家坎帕内拉（Campanella）写的《太阳城》（1623）把加帆车说成是产在锡兰，并增加了想象成分："车上插帆，即使逆风也能前进，因为车轮里套着车轮，制作奇妙。"

可见这样一件事物和其他东方和欧洲以外的事物一样，在十六七世纪之交深深抓住了欧洲人的想象，这种兴趣一直延续到弥尔顿时代以后，直到十九世纪。

关于加帆车不仅有文字记载，而且十六七世纪西欧舆地学家在绘制地图时多在中国境内绘上加帆车，如出生在荷兰的德国舆地学家沃尔提留斯（Ortelius）所制的《舆地图》（1570）[1]；麦卡托[2]（Mecator）的《舆地图》（1613）都有图形。英国人斯比德（J. Seed）

---

① 利玛窦（Matteo Ricci），1583 年到中国就携带了沃氏的《舆地图》。
② 麦卡托（Mercator），佛兰芒舆地学家，荷兰文作 Kremer，1512-1594。

《中华帝国》（1626）一书中也有加帆车的插图。

加帆车在欧洲不仅见诸记载和舆图，而且有人仿造。在弥尔顿之前最轰动一时的是佛兰芒（比利时）数学家、工程师斯特文（Simon Stevin）。李约瑟（Ⅵ.1. pp. 227-228；Ⅵ.2. pp. 279-280）详细报道了这次试验。斯特文约在1600年左右在荷兰舍文宁根海滨，在奥兰治的摩理斯亲王的资助下，制造了大小两架加帆车，试验结果从舍文宁根行驶到普登，五十四英里的距离，用了不到两小时，而步行则要十四小时。李约瑟为此加了按语说："这种运输工具的速度对欧洲文化的冲击是不容低估的。这种从中国来的刺激，至少是不容忽视的，事实是它产生了了不起的后果。"斯特文的陆地舟据说在欧洲一再为人所仿造，历二百年不衰。①

可见就这件具体的东西说，在欧洲即使不是家喻户晓，也是广为人知了。而且传播之快，也是惊人的。事实上，弥尔顿并非在英国文学中把加帆车用在诗里的第一个诗人。李约瑟在谈到整个十七世纪欧洲人是如何钦佩中国的技术发明时，提到了弥尔顿在他不朽的诗篇中引用了加帆车这一形象。但在弥尔顿之前，本·琼生写的假面剧《新大陆新闻》（1620）也已经提到了。这出讽刺新兴的新闻事业的喜剧有这样一段关于在月球上发现了新大陆这条"新闻"的对话：

信使甲（"外勤记者"）：那里的车辆很像贵妇人的脾气——随风转。

纪录员（"主笔"）：妙，就像中国的手推车一样。

足见这一事物在17世纪初，至少在英国知识界确已颇为人所熟知了。更有趣的是斯特文的试验也出现在琼生的作品中。他的喜剧《新客栈》1629年上演，其中有这样一段对话。无业游民弗莱，军官

―――――――――

① 明末，我国大发明家王徵（1571—1644）几乎同时也受到《帝王世纪》的启发，制作随风而行的飞车。

提普托和店主在谈论击剑。店主说，欧几理德和阿基米德都是击剑师，前一个礼拜还在乐园里比赛。这明明是胡说，在追问之下，店主继续扯谎说，三天之前从乐园来人谈到了此事，弗莱也作证道：

> 弗莱：是的，是那人告诉我们的。
> 他是从奥兰治亲王击剑师那儿听来的。
> 提普托：是斯特文吗？
> 弗莱：是的，他曾抬出三十件武器向欧几理德
> 挑战，阿基米德都没有见过这许多武器，
> 还有各种机械，多半是他自己发明的。

斯特文（1548—1620）和琼生（1572—1637）生活在同一时代而略早，他在奥兰治亲王摩理斯宫廷任职，设计过一套水闸，作为军事防御工事。看来这位发明家在当时已成为一个传奇式人物了。

这种车在中国的记载最早是《博物志》和《帝王世纪》，郭璞注《山海经》可能就根据《博物志》。《博物志》说"奇肱民善为拭扛，以杀百禽。能为飞车，从风远行。汤时西风至，吹其车至豫州，汤破其车，不以视民。十年东风至，乃复作车遣返。其国去玉门关四方里。"这显然是一种传说，但也抓住了中国文人的想象。据李约瑟调查，两晋以后，沈约《竹书纪年》注、梁元帝《金楼子》、任昉《述异记》都有记载，宋以前广为人知。但这种飞车属于神话传说，并非实物。这种传说中的飞车最早的图形在中国著作中见诸《异域图志》（1489），后来陆续有王崇庆（1597）、吴任臣（1786）、郝懿行（1809）、汪绂（1895）等所制，都是《山海经》的插图。作为实物，中国文献记载极少，不知始于何时。实物图形在李约瑟著作中提到麟庆《鸿雪因缘图记》（1849）最早，以后又有刘仙洲《中国机械工程史料》（1935）。这些图形就是李约瑟所说"现在山东河南还能看到的"加帆车的近代写实图形。马可·孛罗时期中国有没有加帆车，不能肯定，他的游记里没有提到。但他也没有提到长城，不能就此说长

城不存在。至少可能在明末是有这种东西的。据李约瑟、斯特文仿制加帆车是受到朱载堉（1536—1611）的启发，当时还是西方商人航海冒险家和传教士涌向东方的时候，接触到中国社会和中国学者，中国的文物制度直接间接得以传播到欧洲。弥尔顿得知中国有加帆车是并不奇怪的。但具体是从哪本书或哪本地图上得来的，很难考证。美国学者汤姆逊（E. N. S. Thompson）1919 年曾发表文章《弥尔顿的地理知识》可能有所考证。我怀疑弥尔顿很可能是从当时流行的黑林（Peter Heylyn，1599—1662）著《小宇宙志》（Microcosmos；a Little Description of the Great World，1621；后来扩大为《宇宙志》Cosmography，1652）里得来。这部描写世界各国概况的书讲到中国时，有这样一段话"中国地势平坦，货车和车乘张帆而行。"弥尔顿诗中的一些地名多采用黑林的拼法。此外当时通行的舆地图，弥尔顿也很可能有所涉猎。

加帆车这段小小故事说明一个问题。十五六世纪随着西欧各国国内资本主义的兴起而出现了海外探险的热潮，带回来许多关于外部世界闻所未闻的消息，引起了人们无限的好奇心。另一方面，人们对封建现实不满，向古代和远方寻求理想，如饥似渴地追求着。仅仅理想国的设计，几乎每个作家都或多或少画了一个蓝图，从《乌托邦》、《太阳城》、培根的《新大西国》、锡德尼的《阿刻底亚》、莎士比亚的《暴风雨》，到不大被人注意的勃吞的《郁症的解剖》中的《致读者》一章。这种追求古今西东知识的渴望是时代的需要，作家们追求知识为的是要解决他们最关心的问题。加帆车不过是这一持久的浪潮中的一滴水珠而已。

当然，文艺复兴时期人们所获得的知识真假混杂。关于中国的文物制度，他们倾向于把它理想化。一些具体的事物也往往以讹传讹，如大学者斯卡立哲（Scaliger，1540—1609），就说中国瓷器能免毒、能取火，勃朗（Sir Thomas Browne，1605—1682）在《常见的谬误》一书中予以纠正，但这种讹说当时是很流行的，英国诗人马伏尔（Andrew Marvell，1621—1678）《绘画家的最后指示》一诗中仍保持这讹说。不过另一方面，对东方的知识也是日益丰富的，中国的文物出现在文学作品里也渐渐多起来。中国的丝绸不必说了，中国药材、酒、瓷器、鹅、桔，都见于十七世纪英国著作和文学作品中。①

正是在这样一个追求知识的热潮中，涌现出一大批饱学之士，其中许多在文学史上占着很重要的地位。在弥尔顿同时代人当中有一个很奇特的作家——即上面提到的罗勃特·勃吞（Robert Burton，1577—1640）。他可以算做是个"皓首穷经"的书生，他在牛津大学做了三十年学问，可以说学贯古今西东。他自况为"一条闲游的狗，看见鸟儿就要向它汪汪叫"。他把这些学问用于解决时代病。他和哈姆雷特一样，认为人是自然的杰作，但目前处境可悲——从神的地位降到了兽的水平。他概括地称此病为"忧郁症"。他研究人类罹疾的种种表现和病因。和弥尔顿一样，他认为人类的不幸总根源在亚当抵不住引诱而堕落，从此引出天人两界的灾难。因而他写了《忧郁症的解剖》。这是一部有待介绍的奇书，文字幽默机智，形象生动。

勃吞的书谈到中国的地方有三十多处，主要来源是马可·孛罗游记和利玛窦的出访中国记（Expeditiones ad Sinas）。涉及的内容有宗教、迷信、偶像崇拜、巫术、鬼神；政治制度、经济、法律、科举制度、城市规划；地理，卫生、饮食、医药；心理、幻觉、精神病、嫉妒。贯穿这部巨著的总的精神还是人文主义，例如他赞扬中国的科举，因为科举表明重才而不重身世；赞扬规划完善的城市，其中包括元代的大都（出自马可·孛罗）；赞扬中国人民的勤劳和国家的繁荣。其借鉴的目的是很明显的。

我们不妨看看他的广博的知识中有关地理的知识。如前所述，近代西欧人向外扩张，发现了新大陆，地理发现这一新鲜事物引起人们极大兴趣，十七世纪初中叶作家的作品中，地理知识很显著突出。地

---

① 莎士比亚《一报还一报》（2.1.90）：庞培："当时我们家里只有两个煮梅子，那是好久以前的事了，放在果盘子里，那盘子大概三便士吧，两位大人一定见过这种盘子，虽说不是中国的瓷盘子，也是不错的盘子。"

理书籍、游记成了当时的畅销书，考虑到当时的印刷条件，转译之速也是惊人的。作家、著作家有的有海外经历，但多数要靠间接知识，即使到海外，像弥尔顿，最远也不过意大利。我们从勃吞接触到的地理书籍也可以了解弥尔顿的地理知识。

勃吞不像徐霞客，他足不出户，在书斋里神游六合。他说："我从不旅行，我只读地图，我读地图时，我的思想自由翱翔，我一向喜欢研究宇宙志。"又说："我觉得任何人面对一幅地图都会很高兴的。'地理提供的知识，品类之多，令人不能置信，在人们心里勾引出无穷乐趣，刺激着人们去追求更多的知识。'① 在地舆图、地形图上，似乎可以亲眼看到世界上远方的州、府、县、市，而足迹不必出书斋。在地图上还可以用比例尺和罗盘测量那些地方的范围、距离，考察其位置。"勃吞接着又讲了一个掌故"查理大帝有三张银桌，一张桌子的桌面上刻着君士坦丁堡的地图，一张刻着罗马地图，第三张刻着世界地图，他十分喜爱"。

勃吞的叙述使我们生动地看到当时人们是怎样热衷于追求知识以及从中得到的满足。我们不妨再看看他所读过的舆图和游记作家。这些包括沃尔提留斯、麦卡托、洪狄乌斯的舆图、坎姆登（Camden，1551-1623）、马可·李罗、哈克路特、林硕吞的游记和有关哥伦布和维斯普契（Vespucci，1451-1512）的著作，不下二三十种。弥尔顿的地理知识来源恐怕也不外乎这些。

十七世纪初期英国出了一批大学问家，他们有的研究历史，有的从事文学创作，有的是教会人士，如考古学家坎姆登、国教理论家胡克（Hooker，1554-1600）、圣经翻译家、理论家安德鲁斯（Andrewes，1555-1626）、培根、历史学家塞尔登（Selden，1584-1654）、哲学家霍布士、医生勃朗、牧师泰勒（Jeremy Taylor，1613-1667），文学家如邓恩、琼生、弥尔顿。这些著作家、诗人的共同特点是知识面

---

① 这是勃吞引荷兰人洪狄乌斯（Hondius，即 Abraham de Hondt，1638-1691）为麦卡托的著作写的序里的话。

广，古代文史哲、宗教文学、外邦异域的知识以至近代科学，无所不包。他们的文章和诗歌旁征博引。他们的文风和诗风竟然形成了一个独特的流派——"巴罗克"（Baroque）。"巴罗克"从思想上说，代表了一种追求、动荡不安的精神状态，在艺术上则崇尚靡丽雕饰，是文艺复兴前期肯定自然与理性这种精神趋向衰退和精神困惑的表现，到十七世纪后期和十八世纪，理性和信心才又恢复。这批作者喜欢炫耀学问，从表面看，带有装饰性，事实上在许多场合也确是装饰品，但从根本上说，学问知识是起机能作用的，是作者的精神、思想、感情所需要的，是为这些服务的。

以泰勒而论，他是个牧师，散文大家，十八世纪几乎完全被人遗忘了，还是十九世纪初浪漫派批评家重新"发现"了他。他和他同时代人，也包括弥尔顿，一样考虑的是一些重大的、根本性的问题：上帝与人，天堂与地狱，善与恶，光明与黑暗，健康与疾病，生与死，基督教与古代文化等等之间的矛盾，反映出人们在动荡的历史时期的苦闷和彷徨。他企图调和宗教和理性，来解决矛盾。他阅读范围之广，英国十九世纪初浪漫派诗人、评论家科尔律治称之为"汪洋无际"（oceanic reading）。他饱读宗教文献、古代文史哲和当代史地，这些正是构成他思想的原料。一切文艺作品都是社会生活在作家头脑中的反映的产物。因此研究作家头脑的构成应是文学评论的一个重要组成部分。头脑里装些什么？头脑怎样工作？这些都是很值得研究的问题。这使人想起艾略特一段话。他在论玄学派诗人时说：

> 当一个诗人的头脑装备完善可以开始工作的时候，他的头脑就不停顿地综合着各种南辕北辙的经验；普通人的经验是杂乱的、无规律的、零碎的。普通人堕入情网或阅读斯宾诺莎，这两种经验互不为牟，和打字机的声音或烧菜的味道也联系不起来，但在诗人头脑里，这些经验永远在形成新的整体。

这话似乎给我们打开了一扇通向创作的奥秘过程的门，给一般认为很神秘的创作过程——灵感、神思等，以科学的解释。只有像孙悟空钻进铁扇公主的肚子，"钻进"作家的头脑里去，评论才能入木三分。

泰勒在地理知识方面，不能和勃吞或弥尔顿相比。但地理知识、天文知识给他提供了一个广阔的时空视野。这是他的思想所要求的，他的思想要求高度概括性和普遍性。这一点他和弥尔顿很相似。他要宣扬宗教，他认为宗教是解决人类根本的、普遍的问题的钥匙。他的目光因之也就放诸四海。他是这样用"巴罗克"风格渲染上帝的仁慈的：

> 就如太阳向南回归线运行的时候，谛视着晒得黧黑的埃塞俄比亚人，但同时又从它的后门放射出光芒，散发出影响；它能一直看到东方的地角，而它却面向着西方，因为它是一团火球，它酷似具体而微的"无极"。上帝的仁慈也正是这样。

许多评论家都指出他在风格上和勃吞、弥尔顿，甚至莎士比亚有相似之处（称他为"圣职人员中的莎士比亚"）。这不仅是风格问题，风格和思想感情是分不开的。王国维曾说"昔人于诗词，有景语、情语之别。不知一切景语皆情语也"，也是同一道理。

在十七世纪前半这一批作家中，弥尔顿当然是最有成就的。他不仅是个革命活动家，同时是个饱学之士。他的兴趣范围很广，除古代文学、宗教、音乐之外，还潜心史地。他写了一系列著名的政论文章，还写了一部《不列颠史》（1646—1670）。他仔细研究了以前的英国史，认为水分太多，不及希腊罗马史家严谨，因此他自己写了一部。他还写过一部《莫斯科公国简史》，写成于1650年。英国革命后，革命政府很关心俄国的态度。俄国驱逐了英国商人，英国国务会议曾提出抗议。书中引用的材料有哈克路特的航海记，波切斯（Samuel Purchas，1575-1626）《巡礼记，又名世界概况及历代宗教》（1613）以及《续哈克路特，英国和各国海陆旅行家的游记中所见世界历史》。弥尔顿还改写过伊利莎白朝一些旅行家的游记，删刈其中迷信猎奇成分，修改了其中华丽辞藻或过分朴实的文字，于死后1682年出版。这些工作成果都反映在《失乐园》等诗篇中。此外，在语言研究上，弥尔顿也下过一番工夫。本·琼生编过一本英文文法，弥尔顿则编了一部拉丁文法，还着手编纂拉丁字典，但未完成。

我粗略统计了一下《失乐园》第一章约八百行中的地名，取自《圣经》的有三十四个，取自古典文学的有十六个，取自传奇文学的有三个，一般地名三十个，自创地名一个（"万魔国"Pandeonium）。从地域看，极北到挪威（以后各章最远伸展到北极），极南到非洲（以后推到好望角），极东到印度（以后尚有中国），极西到古代世界的极西点赫斯佩利亚（西班牙）、直布罗陀和爱尔兰（以后到大西洋、美洲）。从全诗来看，弥尔顿的视野不仅遍及全世界，而且上天入地，包括整个宇宙。

弥尔顿之所以需要这样大的活动空间，决定于他的史诗的性质和主旨。弥尔顿的史诗，所谓"文人史诗"或"第二代史诗"和荷马史诗，所谓"原始史诗"不同。欧洲史诗从荷马以后，性质有了改变。荷马史诗通过生动的神话传说，反映英雄主义，风格机智活泼。维吉尔的史诗，所谓"第二代史诗"，虽然还保留了英雄主题，而且在形式上竭力模仿荷马，但故事单薄，而主要是反映他的政治哲学思想，风格庄严凝重，有时迷离哀婉。史诗这形式经过一系列作家运用之后，到了《失乐园》，除了某些技巧特点之外，已经丧失了荷马史诗的英雄主义，也没有哪个"人物"称得上"史诗英雄"。弥尔顿自己称《失乐园》为"一首十二章的诗"。《失乐园》的主题更加接近维吉尔的《伊尼德》和但丁的《神曲》。在某种意义上说，它们都是政治诗、寓言诗，有的牵涉到帝国的命运，有的牵涉到人类的命运，带有普遍意义，在风格上也相似。英国评论家阿诺德（Matthew Arnold，1822-1888）在他的演讲集《论翻译荷马》把弥尔顿和荷马的风格作了一个比较，并指出这种风格上的差异是和思想分不开的。"荷马的节奏流畅、迅速，相反，弥尔顿的节奏吃力、故意迟缓。他们各自的节奏和格律是和他们的思想方式相一致的，是由思想方式决定的。弥尔顿的脑子里充满了思想、想象、知识，以致他的诗歌都无法包容。……这种饱和的、紧密的、压缩的、含蓄的思想，体现在节奏的运行之中，造成了他的特有风格——崇高但艰深而严峻。"弥尔顿在《失乐园》里怀着沉痛的心情总结了英国革命失败的教训，他赋予了一个民族的命运以全人类的普遍意义，把英国民族如何在政治上得救的问题仍然写成对人类命运的探索。他的意图既然如此，因此从题材的选定到场景的规划都为此服务。主题涉及全人类，故事所需要的活动范围顺理成章地应是全宇宙了。因此我们读《失乐园》有一个感受，即空间概念非常突出。

《失乐园》里有一段描写，很有代表性，也曾引起过争议。这一段（第十一章）写上帝因耶稣说情，同意不毁灭人类，但派天使迈克尔把亚当和夏娃驱逐出乐园。迈克尔领他们走上一座高山，指点给他们看人类从那时起，迄洪水止的一段"历史"。就在这样一座山上，后来撒旦又指点给耶稣看人间的荣耀，来引诱耶稣。原诗不妨试译如下：

> 两人登上这座山（指亚当、夏娃）
> 去看上帝展示的未来。这座山
> 是乐园最高处，从山巅可以清晰地
> 看到半圆的大地伸向目力
> 所能达到的最最遥远的远方。
> 这座山同魔鬼在荒野为了另一目的
> 引诱第二个亚当所在的那座山（指耶稣）
> 高度不相上下，视野也相同，
> 魔鬼向他指点了人间帝业和荣耀。
> 在这里他极目望去，可以看到（"他"指耶稣）

　　负有盛名的古今都会，最伟大的

帝国的都城，从喀塔伊可汗的都城（喀塔伊，即中国）

汗八里克的坚固的城坦和帖木儿（汗八里克，即北京）

王座所在、俄诺克斯河畔的撒马尔罕，

到西那诸王的北京，从这里再瞩目（西那，即中国）

伟大的莫卧儿的亚格拉和拉合尔，

再沿着黄金的马六甲半岛看下去，

波斯皇帝夏宫所在的埃克巴丹，

以及后来的伊斯法罕，俄国沙皇的

莫斯科，土耳其苏丹所住的拜占庭，

此外，他还可以看到许多地方：

埃塞俄比亚帝国和它极东的港口

厄尔科科，还有海运不甚发达的

王国：蒙巴萨、基洛洼、马林迪，

和一度被误认为俄斐的索法拉，

还有刚果王国，和极南的安哥拉；

从这里，从尼日尔河到阿特拉斯山，

还有阿尔曼索尔、费兹、苏兹、

摩洛哥、阿尔及尔和特累米森诸王国；

从此到欧罗巴，罗马将要统治

全世界：此外，他还通过想象看到（因在地球背面）

莫特祖默皇帝统治的富饶的墨西哥，

还有秘鲁的库斯科，阿塔拔里帕王

在这里治理着更加富饶的国土，还有

未被蹂躏的圭亚那，它的都会

西班牙人称之为黄金城。迈克尔摘除了

亚当的障眼膜，为他展示了更壮丽的远景。

　　这种地名的堆砌断然引不起现代读者的兴趣，可能被认为是《失乐园》的败笔。翻译家遇到这种地方更感绝望，翻起来吃力不讨好。① 但是还没有评论家认为弥尔顿的这类描写是节外生枝或充填篇幅。它不仅是史诗这种类型要求有的组成部分（catelogue——检阅式的罗列），而且与主题思想有密切联系。这一点，下面再论。这里想先谈谈大批评家艾略特对这段的批评。

艾略特最不欣赏弥尔顿（后来态度略有改变）。他说："弥尔顿无论哪一时期的诗歌，形象性都不明显"，弥尔顿不善于使人感到"具体的地点、具体的时间"。他反对的是弥尔顿的描写不具体，形象不鲜明。殊不知这正是弥尔顿的长处，也是他意趣所在。英国小说家福斯特（E. M. Forster）在《小说的方方面面》一书中提出一个有趣的论点正好为弥尔顿辩解。福特斯说，多数小说家有地点感，如阿诺德·班内特（Arnold Bennett）的小说《五城》，但很少小说家有空间感，而空间感是托尔斯泰的非凡的才具。他说"主宰《战争与和平》的是空间，不是时间"。此话虽然显得有些偏颇，但很有道理。② 有时，印象派批评颇能一语破的。不妨把福斯特的话译出来：

> 在人们读了一会儿《战争与和平》之后，心里感到某种回响，但是不能确定是什么东西起了这回响。不是故事引起的，当然托翁和司各脱一样也关心情节的发展，和班内特一样也是诚恳的小说家。也不是哪些插曲，更不是哪些人物引起的。这回响是由俄国广袤的土地引起的，作者把一些情节和人物撒在了这片土地上，是由多少大小桥梁、冰冻的河川，森林，道路，花园，田野累积起来而产生的，在读者经过了这些桥梁河川等之后，产生了一种宏伟和洪亮的感受。

---

① 据说塔索的史诗《解放了的耶路撒冷》有三四十节都是地名的堆砌，而且与诗歌情节毫无关系。

② 此外，福斯特绝对没有认为人物和故事不重要。

这段话说得非常好，用在《失乐园》也是再恰当不过的。除了弥尔顿语言的洪亮的音乐效果外，它还给人以无限的宏伟的空间感。除了空间感以外，它还给人以宏伟的历史感、时间感。这种境界的造成，不是靠一般的真实的细节，而是靠另一种构成空间感的细节。弥尔顿的地理知识，也包括历史知识，起了决定性的作用。这种知识并不是外来的技术性的枝节，而是他的宇宙观和人生观的一部分，是他对人类历史看法的一部分。

这里有两种见解值得研究。一种是把细节看成是技术性的小节，是附加在作品的"局势气脉"上的。林纾《畏庐论文》有一段话就是这个意思。他说：

> 盖局势气脉者，文之大段也；缔章绘句，原属小技，然亦不可不知。
> 大处既已用心，此等末节，亦不能不垂意及之。①

小技末节应是同作家的世界观有机地联系起来的，是由它决定的。

另一种见解是认为作者所以能产生宏伟的气势，是因为他能超脱。英国现代诗人宾宁（Laurence Binyan）论弥尔顿就说："在《失乐园》中，呈现在眼前的一切差不多都是从一定距离以外见到的。"王国维在《人间词话》里也有类似的话："诗人对宇宙人生，须入乎其内，又须出乎其外。入乎其内，故能写之，出乎其外，故能观之。入乎其内，故有生气，出乎其外，故有高致。"这类"距离说"的言论是很多的。一入一出，入比较容易体会，出是什么意思？站远一点保持一定的距离？怎样保持距离？怎样"观"法？是不是如英国十九世纪浪漫派诗人沃兹沃斯所说的"平静中的回忆"？从弥尔顿的

---

① 林纾讲的是写文章时用"拼字法"，他说作文时要善于"用寻常经眼之字，一经拼集，便生异观"。"蜂蝶者，常用字也，凄然二字亦然，一拼为蝶凄蜂惨，则异矣。"他讲的方法很像约翰逊论玄学派诗人，"使不和谐的东西，和谐起来"（discordia concors），"把最最不相干的意念硬套在一起"。

《失乐园》来讲"气脉"也好，"高致"也好，都是他的思想境界的体现。同一现实，作家头脑不同，反映在作品里，有的境界高，有的低。境界的高低是决定作品有无价值的一个重要标准。① 弥尔顿的境界高，思想有深度，力图捕捉根本性的问题。也许这就是所谓"出"吧。

回到弥尔顿这一段诗。它引起了争论。争论的另一方，即辩护的一方，基本上能着眼于弥尔顿的用意。例如英国学者蒂理亚德（Tillyard）就这样分析："弥尔顿眼前的目的是要给读者这样一个印象——大地各处广阔的空间，历史的各个伟大的时代。简明扼要地罗列一番对这首诗的体制是很必要的。"他批评艾略特说："每个人名或地名都和历史上某一重大事件紧密联系着的，有些地方或因旅行家的游记而出名。而艾略特先生发这样的议论，俨然马可·孛罗和卡蒙斯②从来没有存在过，从来没有引起人们的好奇心似的。"

蒂理亚德仅仅提到好奇心当然是不够的，但是他很精明地注意到弥尔顿的地名人名都和历史上重大事件有关，可惜没有发展下去。我们知道弥尔顿在少年青年时代就对生活采取十分严肃的态度，立志有所作为。他诗篇中这些地理名词，历史人名的"堆砌"，正表现了在他那种精神状态的推动下长年积累下来的知识，这些知识又反过来影响他的宇宙观、人生观的形成，表现在诗篇里就成其"高致"。知识和"小技"、"末节"一样，不是附加的装饰，而是宇宙观、人生观的素材，是同根本有关的东西。

这段诗的情节很简单，不过是要说迈克尔引着亚当和夏娃到乐园的高山上去向他们展示未来，这座山同后来撒旦引诱耶稣时所登上的山，高低和视野都差不多。但诗人却用了三十几行的篇幅，岂非小题

---

① 美国当代小说家欧文的《富人，穷人》，生活面很广，反映美国社会很生动，但境界不高，表现作者所感兴趣的东西，都十分浅露，以至庸俗。许多所谓"现实主义"的小说，都有此病。

② 卡蒙斯（Camoëns, Luis de, 1524-1580），葡萄牙诗人，军事冒险家，到过印度果阿和中国澳门。

大做？而且这个比喻，即撒旦引诱耶稣的图景，在《复乐园》（Ⅲ.251ff）又大致重复了一遍，只是规模范围略小，足见在弥尔顿思想里占很重要的地位。魔鬼指点山下图景是"为了另一目的"，即用帝国权势引诱耶稣，那么在这里的目的是什么呢？我以为弥尔顿的目的是要把撒旦引诱耶稣时展示的荣华权势和迈克尔即将展示给亚当看的前景作一比较。这前景就是人类吃了禁果以后充满罪恶和灾难的历程以及最后得救的希望。异教的荣华对耶稣是个考验，人类堕落后的灾难对亚当也是个考验。因此把亚当登上的山和耶稣登上的山类比，并大做文章，自有其内在的联系。为达到此目的，他就征用他的丰富的史地知识。从这些知识里，我们可以看出他对这些知识的态度。作为一个人文主义者，他对这些"世俗"的伟业是崇敬的，只是作为一个宗教信徒，作为一个虔诚的清教徒，他才对它持否定态度。弥尔顿的宇宙观人生观是矛盾的，但他始终不能忘怀于人文主义。通过知识的涉猎（当然这不是唯一的途径）形成了他的人文主义宇宙观人生观，而人文主义的宇宙观人生观又使他无限眷恋这些知识，两者互为依存，并在诗歌里流露出来。

作家知识的涉猎和积累牵涉到文学史上常提到的影响问题。这当然只是作家接受外界影响的一条途径。影响问题很复杂，非三言两语所能说清。这里有两个方面值得研究。

影响有偶然因素，但最终决定于作者的需要。有一般的需要，如满足好奇心，有为达到某一具体需要而去积累知识。有些知识遭到天然扬弃——遗忘，有些被批判否定，但并不见得就排除于记忆之外。但文学史上所谓的影响多半指正面的接受。这里面主观因素很大。作者对对象往往怀着同意、同情、热爱、尊敬以至崇拜的心情。勃吞在设计他的理想国时，以墨西哥和中国为借鉴，他说"耶稣会士利玛窦等人笔下的中国人十分勤劳，土地富庶，国中没有一个乞丐或游手好闲的人，因此他们兴旺发达。我们的条件也一样，我们的人民体魄强健，思想活泼，物产应有尽有，如羊毛、亚麻、铁、锡、铅、木材等，也有优秀的工匠来制造产品，但我们缺少勤奋。我们把最好的商品运往海外，他们能很好利用，满足需要，把我们的货物分别加工，又运回到我国，高价出售，有时用零碎原料制成一些廉价品，反回来卖给我们，价钱比成批原料还贵"，如此等等。勃吞为了满足自己对比的需要，而将对象美化。

有时作家只要能满足需要，不求甚解的情况也是有的。例如上引弥尔顿一段诗里，汗八里克即元大都，即下面的北京，有时称中国，有时称塞利卡那，有时称喀塔伊，有时称西那。这里显然有各种不同来源的混淆。也不排除弥尔顿知道是同物异名。他的目的只是要能烘托气势，制造铿锵的音调，即使不尽准确也没有关系。到底文学上的影响有多少是讹传、歪曲、误解，倒是很有趣味的问题。但是作品中准确的材料来源并不一定能构成杰作，文学史上颇有些例子，如福楼拜的《萨朗波》，英国女小说家乔治·爱略特的《罗慕拉》，作者都作了实地调查，积累了大量准确知识，但作品都不成功。特别有趣的是这两部作品一部发表在 1862 年，一部在 1863 年，看来都是受了实证主义，注重表面事实的影响吧，因而混淆了历史和文学的界限。①

我们讲扩大知识、接受影响，主要指接受优秀文化遗产，也是从我们主观要求出发，关于接受优秀文化遗产的重要性，经典作家的言论俱在，不必赘言。

其次一个问题，影响从某个意义上讲也可理解为思想的接触、砥砺，引起深入思考，把消极的接受变为积极的"探讨"。仅有实践和生活还不足以产生伟大作品，还必须有一定的高度、深度、崇高的境界（也包括表现方式），才能产生伟大作品。英国评论家阿诺德在这方面有值得参考的见解。阿诺德的文学主张是保守的，他把古典文学、文化，奉为标准和规范。他特别强调批评的作用，他认为批评可以帮助促成人们对优秀文学的正确看法，使当代文学向古典优秀文学看齐，这一点正是他保守所在。但他认为批评可以活跃思想界，这是

---

① 《随园诗话》卷五："宋严有翼诋东坡诗误以为葱为韭，以长桑君为仓公……然七百年来，人知有东坡，而不知有严有翼。"

完全正确的。他断言（《批评在当前时代的功能》）思想不活跃，精神生活没有生气，产生不出伟大作品。这话有一定道理。（这当然不是唯一的条件，因为产生伟大作品的条件很多。）社会如此，一个作家也是如此。他的思想不和活着的和死了的人的敏锐思想接触、砥砺、对比、参照，很难达到深度，获得"高致"。弥尔顿卷入革命不可谓不深，倘若他不多所涉猎，在涉猎中找到思想素材，找到培养思想的温床，找到磨炼思想的砺石，找到他认为适当的表达手段，也写不出《失乐园》这样不朽的诗篇。

弥尔顿在《再次为英国人民声辩》这篇政论文中有一段著名的自述。他以光明磊落、满怀激情的语气，答复政敌对他个人的诽谤。他写他怎样"从青年时代起，就致力于研究法律，不问是教会法或世俗法，都把它放在优先于一切的地位，因为我考虑到，不管我能否起作用，都应该随时准备为国家、为教会、为那些为传播福音而出生入死的人们服务。"他写他青年时代如何专心致志苦攻学问，大学毕业后在父亲田庄仍然"倾全力阅读希腊拉丁作家的著作，有时也到城里调剂一下生活，不是去买书，便是去吸取一些数学和音乐上的新知识，这些是我当时最感兴趣的东西。"在意大利一年多的旅行，全是同知识界的交往切磋，"使学识和友谊同时获得交流"，"把搜集到的书装船运回。"回国以后，"非常愉快地继续了中断的读书生活，让那些受人民委托的人、特别是上帝，去处理当前的问题。"（指革命前夕的政治。）他采取了"用之则行，舍之则藏"的态度。在十年资产阶级革命风暴中，他积极投身到政治斗争中去，运用他的丰富的学识，写了一系列铿锵有声的政治文章，取得了辉煌的战果。革命失败后，他痛定思痛，如骨鲠在喉，不吐不快，运用他的丰富的学识，写了三部不朽的诗篇。马克思把他比作春蚕，说："弥尔顿出于同春蚕吐丝一样的必要而创作《失乐园》，那是他的天性的能动表现。"（《剩余价值理论》）天性正是说他的抱负或革命责任感。他把他的学识当作体现这种责任感和抱负的手段。

从弥尔顿和十七世纪一批作家可以看出，他们追求知识都是为满足各自的需要，也是时代的需要。知识对他们的宇宙观人生观起着一定的影响。但仅仅靠知识丰富并不能造成伟大作家。有的作家的作品堆砌知识，有的作家知识很丰富，但仍没有产生第一流的文学作品。但是反过来，如果弥尔顿没有丰富的学识，他的这三部作品乃至其他一切作品也都是不可想象的。具体的知识学问可以在作品里表现出来，但也不一定。学识从根本上说是提高思想境界的一种手段。弥尔顿的学识表现在他的"高致"，也在作品中有具体的表现。在他的"汪洋无际"的学识中，加帆车只能算沧海一粟而已。

（原载《国外文学》1981 年第 4 期）

中国文学中一个套话化了的西方人形象

——"洋鬼子"浅析

孟 华

1840 年，在中国历史上爆发了第一次鸦片战争，从此，西方人用"船坚炮利"轰开了"天朝"的大门。自那时起，一直到 20 世纪 40 年代末，在长达一百多年的历史中，人们在中国文学作品中经常会读到一个用来指称西方人的词语，那就是"洋鬼子"，或简称"鬼子"。

以下摘取几例为证。

第一次鸦片战争时期（1840—1842）的民谣《三元里等乡痛哭鬼子词》中有诗云："……水战陆战兼能，岂怕夷船坚厚？务使鬼子无只身存留，鬼船无片帆回国。"①

义和团运动（1898—1901）时期，天津出现了许多揭帖，其中的《神助拳》痛骂外国侵略者道："鬼子眼珠俱发蓝……要平鬼子不费难……大法国，心胆寒，英吉、俄罗势肃然。洋鬼子，尽除完，大清一统靖江山。"②

近代作家刘鹗（1857—1909）的小说《老残游记》（1903）借主人公老残的游历见闻，反映了晚清吏治的黑暗及社会风情。在小说第一回中，作者讲述了主人公在一艘船上的遭遇：他见一艘大船处于危

---

① 转引自阿英编《鸦片战争文学集》（上），古籍出版社 1957 年版，第 786 页。

② 《神助拳》，载陈振江、程歉编著《义和团文献辑注与研究》，天津人民出版社 1986 年版，第 34 页。

境之中，便前去提醒，而船上却有人挑拨，对船主道："他们用的是外国向盘，一定是洋鬼子差遣来的汉奸。他们是天主教！他们将这只大船已经卖与洋鬼子了，所以才有这个向盘。请船主赶紧将这三人绑去杀了，以除后患。"①

近代民主革命家陈天华（1875—1905）1904 年前后作《警世钟》一文，向民众宣传反帝思想。他在文中呼吁："洋兵不来便罢，洋兵若来，奉劝各人把胆子放大，全不要怕他……万众直前，杀那洋鬼子，杀投降那洋鬼子的二毛子。"②

现代剧作家洪深，在他的成名作《赵阎王》（1922）一剧中，用"鬼子"一词指称 20 世纪来华的西方人："那鬼子尽教着村里人信洋教，说鬼子话，拜洋菩萨。"③

除"洋鬼子"④ 或"鬼子"外，这一时期的中国文学中还常使用其他含有"鬼"字的词汇，诸如"鬼使"、"鬼气"、"鬼头"等。这些词中的"鬼"字也都多少与外国或外国人有关。

如"鬼使"一词即指出使外国的外交官。《汉语大词典》"鬼使"词条引用了清人陈康祺在《燕卜乡脞录》中的一句话予以说明，称："若鬼使，则出使外洋之员；以西人初入中国，人皆呼为鬼子也。"⑤

在同一部词典中，词条"鬼气"则引用了何绍基（1799—1873）《沪上杂诗》中的两句诗文为例，曰："愁风闷雨人无寐，海国平分鬼气多。"并将此处的"鬼气"一词解做"外国侵略者的气焰"⑥。

"鬼"字若与"头"字组合，即成"鬼头"一词，从字面看，该词的意义是"鬼的头"，实则指称印有外国国王头像的纸币，又称

① （清）刘鹗：《老残游记》，陈翔鹤校、戴鸿森注，人民文学出版社 1994 年版，第11—12 页。

② 陈天华：《陈天华集》，刘晴波、彭国兴编校，湖南人民出版社 1982 年版，第 70—71 页。

③ 洪深：《洪深文集》（1），中国戏剧出版社 1957 年版，第 96 页。

④ 有关与"洋"字同时并存的"番"、"夷"等词的情况，详见下文四。

⑤ 罗竹风主编：《汉语大词典》卷 12，汉语大词典出版社 1995 年版，第 448 页。

⑥ 同上书，第 451 页。

"鬼头银"。①

以上例子已使我们可清楚地看到，自十九世纪中叶至二十世纪中叶，西方人在中国文学中的形象是始终与"鬼"字紧密联结在一起的，"鬼"字几乎成了"洋"字的代用词。而在上述所有包含了"鬼"字的词组中，又以"洋鬼子"一词的使用频率为最高。我们由此可将"洋鬼子"视为这一百年间中国人言说西方人最具代表性的话语之一。这种在某一历史阶段中被"反复使用"、具有"多语境性"的单一形态的具象，在比较文学形象学中被称为"套话"（stéréotype）。本文所要探讨的，就是"洋鬼子"这一形象是如何和缘何生成的？它是如何套话化了的？换用形象学的术语表述，即是说它经历了怎样的"社会化"和"文学化"过程？而它的内涵在数百年间又经历了怎样的变迁？

一 "洋鬼子"辞源初探

说到"鬼"字，一个普通中国人的脑海中立刻就会映现出阴间地府里张牙舞爪的怪物。究其缘由，这或许与该字的字源不无关联。在中国古文字中，"鬼"字原意为"死人"。《说文解字》称："人所归为鬼。"清人段玉裁的注释本在此解后列举了东晋训诂学家郭璞（276—324）的注释，称其引尸佼（约前390—约前330）所作《尸子》（已佚）云："古者谓死人为归人。"并以儒家最古老的典籍之一《礼记·礼运》篇为例，引用了"鬼气归于天，形魄归于地"一句。②

此外，在与《礼记》同样古老的《易经》与《诗经》中，还有将"鬼"与"方"字结合，以"鬼方"谓"远方"之意的使用。《易·既济》云："高宗伐鬼方，三年克之"；《诗·大雅》亦有"内奰于中国，覃及鬼方"之句。《汉语大词典》引证上述文字以说明

---

① 罗竹风主编：《汉语大词典》卷12，汉语大词典出版社1995年版，第456页。
② （汉）许慎撰、（清）段玉裁注：《说文解字注》，上海古籍出版社1988年第2版，第434页。

"鬼方"即"远方"之意①。近代著名报人汪康年曾在笔记中对"鬼子"词意做过如下解释："中国呼外人为'鬼子'、为'鬼番',其言实本于'禹伐鬼方'。鬼方非真酆都地狱也,盖以其不似常人,故有此称。铸魑魅魍魉于鼎,盖亦借我匕刀之意尔。今外国人戡定蛮地,亦以其酋长之形刻于之器,以示武工之显赫耶,抑思戡乱之艰难耶?寓意可知矣。"②

由此可知,"鬼"字从一开始就被赋予了一层负面意义:它与现世的、活着的、有生命的、此在的人相悖,是其相反的方面,其中包括一切"非我"的层面。当然,随着时间的推移,"鬼"字的语义场渐被拓宽,其内涵也愈来愈丰富。当下通行的《汉语大字典》即排列出了"灵魂"、"祖先"、"万物精灵"、"计谋"、"蔑称"等十来种意义③。不过稍加留意,人们就不难发现,所有这些词意均可由"与正常人相悖"这层意义推衍出来。而当"鬼"字与"子"字结合,组成了"鬼子"一词时,上文提及的"与正常人相悖"的否定意义就被发展到了极致:在中国人的日常语汇中,"鬼子"一般说来是个骂人的詈词。

倘在"鬼子"前加上修饰语"洋"字,这个詈词所骂的对象就被极度限定了,它十分明确地指向了洋人、外国人。那么,"鬼子"

---

① 详见《汉语大词典》第12卷,第445页。另,王国维《鬼方昆夷獫狁考》有"鬼方之名,当作畏方"之谓(详见《观堂集林》卷十三,收入《王国维遗书》第二册,上海书店1996年版)。

② 汪康年:《汪穰卿笔记》,上海书店出版社1997年版,第215页。关于这一点,还有一件趣闻似可作补充。清人张德彝所著《随使法国记》一书同治十年(1871)五月初三日记:回寓后,有法人郑延来拜,坐谈间,言:"久闻贵国人民呼泰西人曰'桂子',不知何所云然,方祈明示。"对曰:"夫华人呼西人曰'桂子'者,实非'桂子',乃'龟兹'也。"在随后一大段的即兴阐发中,年轻的张德彝由两千年前龟兹葡萄入华谈起,最后引出的结论为:"桂子"实乃国人不知"龟兹"音"秋慈"而读字的本音,以讹传讹而造成(详见《随使法国记》,载钟叔河主编《走向世界丛书》,岳麓书社1985年版,第460页)。

③ 详见汉语大字典编辑委员会《汉语大字典》下卷,四川辞书出版社1995年版,第4427页。

一词是如何与"洋"字结合在一起的呢？中国人又缘何要创造出这样一个詈词来骂外国人呢？为了回答这些问题，仅仅考证"鬼"字的字源显然就不够了，我们需到记载有西人来华踪迹的各种史书及笔记中去寻觅答案。

二 "洋鬼子"形象生成的史前史阶段
——明代作品对早期来华西人的描述

如同其他民族一样，中国人在初接触外国人时，首先注意到的是他们最刺激自己感官的"相异性"，也就是他们最不同于本民族的"怪异"的外貌体征。近代西方人来华始于明代，而在明人对西方人最早的描述中，各式描绘人种特征的词汇比比皆是，诸如"深目"、"高鼻"、"鹰嘴"等。

《筹海图编》（1561—1562）是明代的一部海防著作。这部署名胡宗宪①的书，引用了当时的刑部尚书顾应祥的一段话，对1517年到达广州的葡萄牙商人作了有趣的描写。文中写道："佛郎机国名也，非铳名也。正德丁丑（1517年），予任广东佥事署海道事，蓦有大海船二只，直至广东城怀远驿，称系佛郎机国进贡，其船主名加比丹，其人皆高鼻深目。"②

毫无疑义，"高鼻深目"正是西人有别于中国人最主要的相貌特征，因而被首先记录了下来。几乎同样的画像又于1574年出现在另一部历史笔记《殊域周咨录》中。该书作者为明人严从简，他在谈及外国商人时这样写道："首领人皆高鼻白皙，广人能辨识之，游鱼洲快艇多掠小口往卖之，所在恶少与市……"③

---

① 《辞海》称此书实出于其幕僚郑若曾之手（见《辞海》编辑委员会编《辞海》，上海辞书出版社1979年缩印本，第1886页）。

② 转引自周景濂编著《中葡外交史》，商务印书馆1991年版，第11页。据方豪先生考证，文中提及的"加比丹"实为葡文 Capitao 的音译，明人误作1517年来华葡使之名。参阅方豪《中西交通史》（下），岳麓书社1987年版，第664页。

③ （明）严从简：《殊域周咨录》，余思黎点校，中华书局1993年版，第324页。

我们在稍后由清人修纂的《明史》中，找到了对最早来华的西洋人更详细的相貌描写。《和兰传》把荷兰人描画为："其人深目长鼻，发眉须皆赤，足长尺二寸，顾伟倍常。"① 而《佛郎机传》则记葡萄牙人为："其人长身高鼻，猫睛鹰嘴，拳发赤须。"② 除相貌外，这里还记录了西洋人的体征，包括他们的肤色、身长、毛发的颜色及形状等。

这些奇异怪诞的相貌体征，与中国古代传说中青面獠牙的鬼怪颇有相似之处，已可使人生发出负面的联想。更何况，与这些内容相伴相佐的，总有另一类负面的摹写，这就是对西洋人性格的描写。

在《殊域周咨录》作者的笔下，我们已可看到这样的结合，文中在记西洋人性格时先后使用了"凶狠无状"、"犷悍不道"一类的贬义词。③

在同一部《明史·佛郎机传》中，离上引文对相貌体态的描写不远处还有这样几句："佛郎机最号凶诈，兵器比诸夷独精，前年驾大舶，突进广东省下，炮铳之声，震动城郭。"④ 此话原出自御史何鳌之奏文，此前已为《明实录》所引。⑤

需要指出的是，何鳌文中有关葡人放炮的叙述很有些语焉不详。在规定语境所营造的氛围中，这种"模糊性"产生的张力，会对阅读产生相当的误导作用。事实上，当年葡船鸣放的实为礼炮。明人张燮在《东西洋考·吕宋》中对此已作了交代，曰："所谓'铳声如雷'，'炮声殷地'者，大概即指安剌德、比留斯等船上之鸣放礼炮也，吾国无此礼俗，故特书之，以示惊异。"⑥ 张燮之言实乃一种事

---

① 《明史·和兰传》，载《二十五史》，中华书局 1986 年版，第 927 页。
② 《明史·佛郎机传》，载《二十五史》，中华书局 1986 年版，第 927 页。
③ 见严从简《殊域周咨录》，余思黎点校，中华书局 1993 年版，第 322—323 页。
④ 《明史·佛郎机传》，第 926 页。
⑤ 详见《明实录·武宗实录》。
⑥ 转引自周景濂编著《中葡外交史》，商务印书馆 1991 年版，第 12 页。文中提及的"安剌德"为葡商 Fernao Perez Andrade，"比留斯"为葡使 Thomas Pirez。

后推理，似不足以揭示何鳌如此描述的真实原因。从何鳌奏折上下文给定的逻辑反推，他恐怕主要还是想渲染葡人的"凶诈"及"兵器独精"。但不管原因何在，有一点是确定无误的，那就是何鳌对当时来华的这些西人深感不安。

当然，产生不安的原因极其复杂，概述之大约有三。首先是事出有因。据方豪先生考证，安剌德来华的次年，其弟"西妙（Simaode Andrade）续至"，在华作恶多端，"夺财物，掠子女"。1520年，"御史何鳌乃上疏请逐番人"①。翻检当时的史书，此类事件时有记载。② 可见，早期来华的商人确有不少"凶残"者。其次，是中西在人种、礼俗、性格上的差异。从心理学的角度而言，差异往往会对性格内向的人造成精神恐慌，更何况中西间的反差如此巨大。最后，则应归咎于一种更为深层的心态因素。古代中国人并无世界的概念。在他们的理念中，中国即为中央之国，其余"东夷西戎南蛮北狄"一概皆为中华帝国之番属。这种从传统中继承下来的无知的等级观，使他们所期待的来华异邦人，个个都应是恭顺有加的"朝贡"者，岂料西人竟张狂到鸣炮的地步，公然对中国人传统的秩序、观念挑战，实堪忧虑。

面对这些长相怪诞、膀大腰圆、习俗迥异、性格"凶诈"的西洋商人，当时的朝廷命官鲜有主张开海禁的。而何鳌对"史实"的记录以及由此推出的结论，恰投合了时人的心态，因而其奏折才会被反复引用。随着这些引文的流布，何鳌对西人的描述也就拥有了更多的读者，这反过来又扩散和强化了时人对西人的惧怕和蔑视之情。在作者与读者间交互存在着的这种心理影响，是个颇值得探讨的问题。实

---

① 方豪：《中西交通史》（下），岳麓书社 1987 年版，第 667 页。西文书对西妙其人亦有记载，称："此人秉性贪暴，所在劫夺财货，掠买子女……有一水手，偶触其怒，遂置于死。此种恶行，深为中国官吏所痛恨……"（Andrew Ljungstedt, *Historical Sketch of the Portuguese Settlements in China*, Boston, 1836.）译文转引自张维华《明史欧洲四国传注释》，上海古籍出版社 1980 年版，第 7 页。

② 上文所引《殊域周咨录》就称佛郎机人"多掠小口往卖之"（上引书，第 324 页）。

际上，这往往就是一个塑造了原初形象的文本得以流传的主要原因，它构成了一个接受怪圈：越是时髦的，越易被接受，流传也就越广；而流传越广的也就越时髦。文本流传的直接结果，就是形象被社会普遍认同，成为一种"社会集体想象"，此即为形象的"社会化"。与此同时，形象的"文学化"过程也就开始了：当此一形象进入到文学或副文学（诸如游记、笔记等）作品中去时，它也就在一定程度上"文学化"了。

明人何乔远所作的《名山藏》一书亦曾引用了何鳌与邱道隆合奏的一份奏折，曰："昔祖宗时，夷贡有朝，毋敢阑入，自吴廷举弛禁，于是夷心无厌，射利如隼，扬帆如驰，以致佛郎机伺隙而侮，令宜驱绝。"① 这里，性格描述词语被何鳌等人再次强化了：从"好利"、"凶诈"一变而为"夷心无厌"、"射利如隼"。后者原本就蕴含着凶残的意象，使人可更具体、更形象地联想到"鬼"：一群"高鼻"、"鹰嘴"的洋人，"如隼"般地扑向中国的财富宝藏。如此勾勒出的强盗嘴脸，除了引起人们的"惴惴不安"外，还使人产生极度的轻蔑，尤其为"重义轻利"的儒家传统所不齿。一如严从简所言，中国人"疾其不仁而痛绝耳"②！总之，体貌与性格描写的结合，才使中国人趋向于将"西洋人"与"鬼子"的形象两相叠加。

实际上，当时中国人对西人入华的不安程度要远远超出我们从上述词语中所能感受到的力度。我们在明代的许多史书、笔记中甚至还可找到对西人"食小儿"的记载。其中尤以《殊域周咨录》所记最为周详，书中这样写道："其人好食小儿，然惟国主得食，臣僚以下不能得也。其法以巨镬煎水成沸汤，以铁笼盛小儿，置之镬上，蒸之出汗。汗尽，乃取出，用铁刷刷去苦皮。其儿犹活，乃杀而剖其腹，

---

① 《名山藏·王享记》（八），北京大学出版社 1993 年版，第 6152 页。文中提及的吴廷举为明布政使，是当时首先主张改成宪，允许非朝贡国船只来华贸易的官员（参阅《中葡外交史》，第 15 页）。

② （明）严从简：《殊域周咨录》，余思黎点校，中华书局 1993 年版，第 324 页。

去肠胃，蒸食之。"①

读着这几行令人发指的描述，作者对那些外国"夷蛮"的惧怕、憎恶和轻蔑之情跃然纸上。然而，在此类描述中值得注意的是，"食小儿"行为的主体均以泛指代词"其人"一笔带过，作者既不交代具体人名，亦不点明时间、地点。这种神话传说式的叙事方式，不脱中国"以文入史"传统笔法之臼，难以被视作证据确凿的史实，因而只可以"虚构"论。而一切虚构都是想象的、主观的。布律奈尔在论形象时曾说过："形象是加入了文化的和情感的、客观的和主观的因素的个人的或集体的表现。任何一个外国人对一个国家永远也看不到像当地人希望他看到的那样。这就是说情感因素胜过客观因素。"② 明人关于西人"食小儿"的叙述当也是"情感因素胜过客观因素"的结果。

不过，此类"文学化"的描述并非完全没有事实依据。笔者在研究过程中就曾多次读到西人抢掠和买卖小孩的记录。除上引的《殊域周咨录》外，《明实录》的记载更为详尽："先是两广奸民，四通番货，勾引外夷，与进贡者混，以图私利，招诱亡命，略买子女，出没纵横，民受其害，参议陈伯献请禁之……"③ 而明人叶权（1522—1578）《游岭南记》中也有如下记载："日余在番人家，见六七岁小儿啼哭，余问通事，番人所生耶？曰：'非。是今年人从东莞拐来卖者，思父母哭耳'。"④ 这些被洋"寇"掠走或买走的小孩往往从此便失踪了，这在当时激怒了许多中国人，故有陈参议"请禁之"之举。严从简一类的文人是否由此而产生了"食小儿"的推论和想象，我

---

① （明）严从简：《殊域周咨录》，第 320 页。此书对早期来华葡人的记述亦最为周详。对"食小儿"几乎同样的描述还见诸《月山丛谈》（详见顾炎武《天下郡国利病书》，张维华《明史欧洲四国传注释》第 7 页转引）。

② P. Brunel, C. Pichous, A-M. Rousseau, *Qu'est-ce que la littérature comparé*, A. Colin, 1983 年，p. 64.

③ 转引自周景濂编著《中葡外交史》，商务印书馆 1991 年版，第 15 页。

④ （明）叶权等：《贤博编》，凌毅点校，中华书局 1987 年版，第 46 页。

们不得而知①，但上述史实所引发的民怨，至少为此类想象营造了心理、情感、文化的氛围，而氛围是具有巨大的影响力的。

有趣的是，我们所读到的史书对洋人劫掠孩童的记叙多少也都具有"语焉不详"的特征，倘若严从简果真由此而生发出"食小儿"的想象，那就再一次证实了"模糊性"的历史叙事可产生的张力及对阅读的导向性作用，一如我们在前文所述。

以上，我们粗略考察了明代部分文章典籍对早期来华西人的描述，初探了"洋鬼子"形象雏形生成的过程及原因。需要说明的是，明人笔下对西人的描述虽明显带有妖魔化的倾向，但真正用"鬼"字指称外国人之例似并不很多②，且仅用"番"字为修饰语，而从未将"洋"字与"鬼"或"鬼子"连用，本文开头征引的所有作品均为 1840 年以后之作。联想到国人普遍以"洋"字指代"欧美"实乃近代之事③，而西人抵华最先到达的广东沿海一带又有称西人为"番

---

① 张维华先生对"食小儿"一事尚有如下按语："按明人疑佛郎机国与狼徐鬼国相对，古传狼徐鬼国'分为二洲，皆能食人'，佛郎机与之相对，亦能染食人之风。《月山丛谈》当是由此附会而成之言也。"（《明史欧洲四国传注释》，第 7 页）

② 囿于学识与时间，笔者目前仅觅到以下几例：一是明人王临亨（1548—1601）《粤剑编》记："辛丑九月间，有二夷舟至香山澳，通事者亦不知何国人，人呼之为红毛鬼。"（凌毅点校，中华书局 1987 年版，第 92 页）。一是叶权《游岭南记》中称"佛郎机人"役使之"奴"为"黑鬼"（详见上引书，第 46 页）。严格说来，此处"鬼"字指称的并非西人，但因与西人有关，权且为例。另两例存诸明代著名戏剧家汤显祖（1550-1616）的作品中：一是他游历澳门时留下的诗作《南海江》："病余扬粤夜，伏栏绕云烟。阁道晴穿屐，溪桥夜出船。时时番鬼笑，色色海人眠。舶上兼灵药，吾生倘自存。"（《汤显祖诗文集》上，徐朔方笺校，上海古籍出版社 1982 年版，第 424 页。）一是《牡丹亭》中也多次出现"番鬼"一词（如第二十一出老和尚的戏文中有"小僧广州府香山澳多宝寺一个住持。这寺原是番鬼们建造……"见《汤显祖全集》，徐朔方笺校，北京古籍出版社 1999 年版，第 2137 页）。

③ 尽管"西洋"一词早在宋代即已出现（南宋祝穆《方舆胜览》："西洋，在巨海中，莫知畔岸。"），至元、明使用频率更高（如《岛夷志略》、《异域志》、《瀛崖胜览》、《西洋番国志》等），但一般所指皆泛，并不专指"欧洲"或"欧美"。以"洋"或"西洋"指代"欧洲"的用法似自明代葡人抵澳始，如《粤剑编》即将居澳西士称作"西洋之人"（第 91 页）。欧洲传教士东来后该词的使用明显增多，本文所涉明末以后的文本即可为证，内中多有将"西洋人"与"鬼"并用的情形。

鬼"、"番人"的习惯①，倘将其中的广东方言因素暂时忽略不计②，我们或可在一定意义上将"番"字视作"洋"字的前身，而将明代视作"洋鬼子"一词产生的史前史阶段。此外，笔者受时间所限，迄今未能查阅早期记载西人来华实况的方志、野史（如《广东通志》等），更未能深入到广东沿海一带进行人类学意义上的"田野调查"，仅靠某些正史、文学文本及若干笔记，实难对"洋鬼子"一类俚语、詈词做完整的词源考。此乃本文一大缺憾，需待日后进一步的研究去补正。但无论如何，上文征引的明人记叙，已说明它们为套话"洋鬼子"的产生及其符指关系的最终确立做好了心理、文化准备，理应被纳入到这一形象的社会化、文学化进程中去，并成为其中的重要组成部分。

倘对此一阶段的西人形象做一小结，似可以"怪诞"、"贪婪"、"鄙俗"等词语去概述之，并从中解读出"轻蔑"、"恐惧"、"憎恶"等意。究其缘由，则大致有三：

——在人种学、人类学层次上：西人"怪异"的相貌体态、举止行为，使中国人从心理上就产生了恐惧感、拒斥感；

——在文化层次上：早期来华的西方商人张扬、外向、贪婪的性格也与中国人的温和谨慎格格不入，与儒家传统的轻利重义的价值取

---

① 清人李调元《南越笔记》（卷一）在"广东方言"条下记有："海外诸夷曰番鬼"（上海：商务印书馆民国二十五年，第13页）。明代来华比利时传教士金尼阁（Trigault，1577–1628）整理出版的《利玛窦中国札记》中也有对澳门人称西人为"番鬼"的记载，译文如下："为表示他们对欧洲人的蔑视，当葡萄牙人初到来时，就被叫做番鬼。"（何高济等译，中华书局1983年版，第175页）此外，澳门有村名"番鬼塘"，据称为葡人抵澳登陆之地（该村至今仍沿用此名），足见"番鬼"乃当地对西人最早的称谓之一。明代及清代前中期的某些文本也记录了此一称谓，如上引汤显祖作品中的例子。而"番人"的称谓则多见诸笔记文本，且与"番鬼""西洋人"等词语杂用，如后文所引《粤剑编》、《檐曝杂记》、《竹叶亭杂记》等书。

② 作为广东方言的"番鬼"或"番鬼佬"，迄今一直存活在粤语口语中，且大多为形容词，如"番鬼婆""番鬼妹""番鬼葡萄"（莲雾）、"番鬼佬凉茶"（一种由大麦与啤酒花为主要原料的低浓度酒精饮料）等。

向更是完全相悖，故为中国人所不齿；

——在世界观念的层次上：自给自足的经济体系导致了中国长期的闭关锁国、与世隔绝，进而导致了"中国即天下"观念的产生；而当这种无知遭遇到了异族存在的事实时，便演变为一种中华中心主义，使国人视一切异国均为蛮夷及朝贡者。

需要强调指出的是：西人可怖的长相、与"我"迥然有别的性格，这些人种学、人类学因素又经由想象而得到了强化。在当时中国人的意识中，换言之，在时人的社会集体想象中，西人往往由于这些与"我"之间的巨大差异，这种种的"不正常"，而使人生发出对"鬼"的联想。事实上，正是"西人"与"鬼"在"不正常"上的相似性，才使想象得以介入语义场的重组，产生了"鬼"的隐喻意义①，遂使明人或明或暗地以"鬼"指代西人，并由此赋予了西人最早的象征价值。

三　清代前中期几部笔记中的"鬼子"形象辨析

明末清初，随着西方天主教传教士和更多商人的东来，中国文学中对西人的描述日渐增多，西人的形象也因此种外部关系的变化而呈现出较丰富的形态。

笔者考察了这个历史阶段内的若干笔记，发现 1840 年前中国文人笔下的"鬼子"一词内涵多义且复杂，远非"轻蔑"、"恐惧"、"憎恶"等词语所能概括。

让我们还是从文本阅读开始。

清人赵翼（1727—1814）在所著《檐曝杂记·诸蕃》中对西洋人做了如下描述："广东为海外诸蕃所聚。有白蕃、黑蕃，粤人呼为'白鬼子'、'黑鬼子'。白者面微红而眉发皆白，虽少年亦皓如霜雪。

---

① 关于想象与隐喻的关系，参阅利科《在话语和行动中的想象》，原载《从文本到行动》（*Dutexteàl'action*，Seuil，1986 年），中译文载孟华主编《比较文学形象学》，北京大学出版社 2001 年版，第 46 页。

黑者眉发既黑，面亦黔，但比眉发稍浅，如淡墨色耳。白为主，黑为奴，生而贵贱自判。黑奴性最愨，且有力，能入水取物，其主使之下海，虽蛟蛇弗避也。古所谓'摩诃'及'黑昆仑'盖即此种。"① 在讲述了一段生动的黑奴性愨的故事后，《杂记》接着写道："又有红夷一种，面白而眉发皆赤，故谓之'红毛夷'，其国乃荷兰云。"②

我们很容易就会注意到，在上引文中，作者除以"红夷"指称荷兰人外，还使用了另外两个不同的词语称呼西洋人："番"和"鬼子"。按照上下文给定的语境，两词的不同显而易见："番"字主要是书面语、文学语言；而"鬼子"则是口语、大众用语。尤其值得一提的是，对"鬼子"一词，作者仅使用了一次，且是为了说明粤人是如何称谓西人的，当属一种客观报道。显然，作者在使用"鬼子"一词时并未赋予其感情色彩，至少并未赋予其16、17世纪与1840年后该词所蕴含的"恐惧"、"憎恶"之意。

而此类"客观报道"在"诸蕃"一节中时时得见。通读全文，我们会强烈感受到作者渴求记录亲见亲闻的愿望。联想到作者赵翼于1766—1772年曾先后在两广、贵州、云南等地任县令，长期生活于广东③，就更使人相信作者具有一种相对客观公允的"实录"态度。

然而，作者为何会持此种相对中性的立场？

要想回答这个问题，恐怕先需做一历史回顾。众所周知，康雍乾三朝是中国历史上的一个鼎盛时期。一般说来，在中国历史上，当国家处于强盛时，执政者往往会采取相对灵活、开放的经贸政策，清代也不例外。1686年，康熙帝颁旨下令开海禁。自此，西方与中国的海上贸易得到了迅速的发展。仅1764年一年，海上贸易额就达555万两白银。在整个18世纪，甚至19世纪上半叶，尽管外贸主要集中在广州一地，而海禁又时时发生，但中国的对外贸易一直呈增长态

---

① 赵翼：《檐曝杂记》，李解民点校，中华书局1997年版，第64—65页。
② 同上。
③ 参阅《檐曝杂记》点校者序，同上书，第1页。

势。① 这就使得中国文人，尤其是居住在广东沿海地区者，得以通过自己的亲历来获取对外国以及外国人的直接、真实、鲜活的认知。

此外，明末清初，相当一批欧洲传教士来到中国传教。他们中间的某些人，特别是耶稣会传教士，被留在清廷中为皇室服务。作为欧洲文化的载体，这些神父们在传教的目的下有意识地通过他们从西方带来的科学仪器、日用品、艺术品，也通过他们关于科学和宗教的著述，将西方的知识传入中国。

换言之，在那个时代的中国，相对而言，了解外部世界的渠道较前扩大，对相异性的接触和认知也就相应地有所增加。而这一切，都不可避免地作用于中国人的心态，使之发生了某些变化，一些作家笔下的西人形象也就随之而变。

这种相对宽松、开放的思想似乎一直延续到鸦片战争前夕。我们在清人姚元之（1776—1852）的《竹叶亭杂记》中读到了对西人远较赵翼详尽和精确的描述：（澳门）"夷屋鳞次，番鬼杂还，俨然一外国也……其人皆楼居，高楼峻宇，窗扇悉以玻璃，轩敞宏深，令人意爽。楼下多如城之瓮洞，贱者处之。其屋以白石攒灰垩之，宛如白粉，洁净可玩。其俗，有尊客至，当家老翁出迎，礼以脱帽为恭，以妇女出见为敬，男子无少长则避之。客至，款留酒果，设大横案，铺以白布，列果品茶酒于其上。近门处为尊客座，排列依次而北，其妇坐于案之横头。"② 在这样大段的铺陈后，作者用了整整一段文字来记叙西人待客的方式：如何摆桌，如何安排客人的座位，如何上菜，等等。这段描述细致到连刀叉的形状都未忽略，一一详加记录，而对形形色色的酒以及盛装各种酒所使用的相应酒具记叙得更是周详。

更有趣的是，作者对这些居澳"番鬼"的习俗饶有兴致，对妇女的发式、化装、衣着、服饰，花园的布局，刑法制度，男女正常和非正常的关系，出家人……作者均不惜笔墨，详加描述。这一部分是这

---

① 参阅戴逸等《简明清史》第 2 卷，人民出版社 1985 年版，第 508 页。
② 赵翼：《檐曝杂记》，李解民点校，中华书局 1997 年版，第 91—92 页。

样结束的：“番妇见客，又有相抱之礼。客至，妇先告其夫将欲行抱礼，夫可之，乃请于客，客亦允，妇出见。乃以两手搴其裙跳且舞，客亦跳舞，舞相近似接以吻，然后抱其腰。此为极亲近之礼也。”①阅读至此，真令人忍俊不禁。显然，作者误将所见所闻西人举办舞会的场面当作了“番妇”见客的常礼。

由此，我们看到了一种颇具人性，甚至和蔼可亲的“番鬼”形象。它一方面全然不同于明代文本中常见到的“怪异、贪婪、粗鄙”的形象，另一方面又迥然有别于 1840 年后“可怖”的“鬼”像。于是，作者赋予了“鬼子”一词一种全新的内涵，它同时混有对相异性的好奇、欣赏与友善之情。

但一个“鬼”字，仍然揭示出了作者潜意识中的等级观。这种居高临下俯瞰“四夷”的叙事角度，显然在很大程度上继承于传统，是明人文本中塑造的西人形象经由一代代的口、笔传递与转述而潜入到清代中国人的集体想象中。即使姚元之们对相异性抱着极友善的态度，也实难完全摆脱社会集体想象的制约。

此外，“鬼子”一词作为直接称谓出现在清人笔记中（在赵翼笔下还仅为转述民间称谓的引语），亦从一个侧面说明某些“俗文化”因素在历史的演进过程中逐渐为知识阶层所接受，从而改变了身份，登上“雅文学”之殿堂。

事实上，“鬼子”一词所指的改变，先于一切的，是由上文论及的历史、文化语境的演变而造成的。我们所讨论的“他者形象”说到底揭示出的乃是形象制作者“置身于其间的文化的和意识形态的空间”②，因此，形象学十分重视社会、历史、文化语境研究，对一部文学作品而言，这些构成了人们所说的“动力线”，它或明或暗总会作用于文学中的他者形象。

---

① 赵翼：《檐曝杂记》，李解民点校，中华书局 1997 年版，第 91—92 页。
② ［法］达尼埃尔-亨利·巴柔：《从文化形象到集体想象物》，原载《比较文学概论》（*Précis de littérature comparée*，sous la direction de P. Brunel ei Yves Chevrel，PUF，1988.），中译文载孟华主编《比较文学形象学》，北京大学出版社 2001 年版，第 121 页。

　　然而，单凭这一点，似乎还不能完全解释清楚为何这些清代作者会对西人取一种较为公允的态度。依笔者之见，这种较为中性、客观的描述，在一定程度上也反映出了中国文人自古以来对未知世界——其中当然包括异域、异邦——的好奇之心。

　　与本文第二部分所引的那些"憎恶、鄙视"西人的文本并存，明代也有一些笔记是以赵翼与姚元之的方式描写"番鬼"们的，譬如上文提及的明人王临亨的《粤剑编》。作者在"志外夷"一节中描绘了时人所了解的外国，而其中"鬼"字出现在多个词语中，如："黑鬼"、"红毛鬼"等。但"鬼"并非指称外国人的唯一词语，作者同时还使用了"西洋人"、"番人"等其他词语①。王临亨对西人的状写十分重视物质文化层面，他在描述就餐情况时这样写道："其人闻税使宴客寺中，呼其酋十余人，盛两盘饼饵、一瓶酒以献。其饼饵以方尺税复之，以为敬。税使悉以馈余。饼饵有十余种，各一其味，而皆甘香芳洁，形亦精巧。吾乡巨室毕闺秀之伎以从事，恐不能称优孟也。税似白布，而作水纹，精甚，亦吾乡所不能效。"② 读了这段描述，我们无法否认王临亨对西人的描述同样是相对客观的。倘将此文与《檐曝杂记》作一比较，就不得不承认清人赵翼无论是在对"鬼"所做的人性化描写，还是在对物质文化的重视上，都与明人王临亨一脉相承。

　　这种相似性，或许首先应归因于"笔记"文类的特性。在中国文学中，笔记是一种并无一定之规、形式灵活的文类。这种灵活性使笔记可容纳一切人们想要记录的内容，因而就可涉及人类生活和自然界的方方面面：天文地理、风土人情、政经历史、文学艺术，无所不包。加诸作者可在此类作品中自由地表述，不拘一格地写作，它一向颇受中国文人

---

　　① （明）叶权等：《贤博编》，凌毅点校，中华书局1987年版，第91—92页。

　　② 同上书，第91页。另，同样相对客观的描述也见诸明人叶权的《游岭南记》。作者在文中用了大段篇幅详细记录了居"濠镜澳"的"佛郎机"人之相貌、衣着、饮食、器物、文字、语言、礼俗……内中甚至有对耶稣基督"神像"的描绘（详见《贤博编》，凌毅点校本，第44—46页）。

的青睐。而这种"博"与"杂"的特色又使笔记一向对"异"——奇异的、相异的人、物、事——有着特殊的兴趣，因而笔记内总是充斥着各种奇闻逸事、怪物异人。正因如此，笔记往往可揭示出作者对相异性的真实心态，为比较文学形象学研究提供极其珍贵的资料。

上文提及的几部笔记使我们了解到：明清之际，并非所有的中国文人对外部世界都采取封闭的态度。恰恰相反，他们中间的某些人，特别是身处沿海地区，有条件得见异国人、得闻异域风土人情者，甚至努力在设法了解彼处、他者——那些恰与"此处"、与"我"完全不同的人与物。这种对外部世界、对知识的好奇心，特别是明人叙事中的表现，明显具有背离当时主流话语的倾向，表现出作者对相异性的独特看法，是研究作家"人差"的好范例①。更重要的是，它呈现出了中国人思想、观念、心态的丰富性与多样性，值得思想史家们认真予以研究。然而最令笔者感兴趣的，却是下述奇特的语言景观：在同一历史阶段，在使用同一语符"鬼"来指代西人的情况下，不同的作者竟能描画出如此不同的形象，赋予同一语符以如此不同的语义，这使我们不得不惊叹中文词与义、能指与所指关系的复杂性、多样性。

现在再回到上文讨论的几部笔记上去。倘进一步审视之，我们就会发现：它们之间的区别与其相似性同样明显。

这种区别首先表现在对肖像的描写中。

《粤剑编》满足于对西人奇异的相貌、外形的描摹。如"志外

---

① 法国比较学者莫哈（Jean·Matc Monra）建议使用利科对想象实践研究的成果，将异国形象分为"意识形态"与"乌托邦"两类。前者为"按本社会模式，完全使用本社会话语重塑出的异国形象"，后者则为"用离心的、符合一个作者（或一个群体）对相异性独特看法的话语塑造出的异国形象"。（《试论文学形象学的研究史及方法论》，载《比较文学形象学》，第35页。）但在实际研究中，我们很难将一个形象完全定义为"意识形态"的或"乌托邦"的，两者往往并存于同一文本内，只有孰多孰少之差。譬如王临亨的描述中，内中虽明显表现出作者的独特看法，但也同时存有某些"本社会模式"及"话语"。笔者因而不赞同套用上述类型，而建议对具体文本做具体分析。莫哈本人也意识到了如此分类的弊端，他在后文曾用一句话言明："但若以为这两种现象互为逆反，则是错误的。它们是辩证的相互包含的。"（见《比较文学形象学》，第38页）

夷"一节这样写道:"西洋之人,深目隆准,秃顶虬髯。身着花布衣,精工夺目。"① 稍后,作者又描画了"黑鬼"的肖像:"番人有一种,名曰黑鬼,遍身如墨,或云死而验其骨亦然。能经旬宿水中,取鱼虾,生啖之以为命。"② 接着是对"红毛鬼"的描写:"其人须发皆赤,目睛圆,长丈许。"③ 而《檐曝杂记》和《竹叶亭杂记》却仅仅保留了对西人不同肤色的描写,以区别"鬼子"的人种,至于相貌,则基本未予涉猎。这其中主要的原因恐怕在于:经过 200 余年与西人的直接接触,其人种学特征已进入"常识"范畴中,不再是什么新奇事,作者们当然也就可以对此忽略不计了。

其次,清代的两部笔记对外国文化关注的重点与程度也与明代的不同。《粤剑编》仅限于描写外国的器物,而《檐曝杂记》、《竹叶亭杂记》的作者则已有可能带着欣赏的口吻,饶有兴致地去状写这些"番鬼"们的习俗了。论及习俗,其实明人并非完全没有涉猎,叶权的《游岭南记》中就有一段文字详细记载了"佛郎机人"的礼仪与宗教:"男子以除帽半跪为礼,妇人如中国万福。事佛尤谨,番书旁行,卷舌鸟语,三五日一至礼拜寺,番僧为说因果,或坐或起,或立或倚,移时,有垂涕叹息者。其所事神像,中悬一檀香雕赤身男子,长六七寸,撑挂四肢,钉着手足,云是其先祖为恶而遭此苦,此必其上世假是以化愚俗而遏其凶暴之气也。下设木屏,九格,上三格有如老子像者,中三格是其先祖初生其母抚育之状。下三格乃其夫妇室家之态,一美妇人俯抱裸男子不知何谓。通事为余言不了了。"④ 这段文字,写得谐趣生动,充分显现出作者对相异性的盎然兴趣。但毕竟

---

① (明)叶权等:《贤博编》,凌毅点校本,中华书局 1987 年版,第 91 页。

② 同上书,第 92 页。

③ 同上。

④ (明)叶权等:《贤博编》,凌毅点校本,中华书局 1987 年版,第 45 页。点校者称:"据我们所知(此书)仅有万历间黄应台刻本,此次点校,即用此本为底本。"(第 1 页)王士禛在此节中并未用"鬼",而是分别以"番人""西洋人"来指称居澳西人,但他将此节列入专谈怪异鬼神的"谈异"目,仍表现出他的基本态度。

受制于文化的阻隔，加诸"通事"的"不了了"，作者只得以完全认同性的语汇去描述、理解、想象相异性（将"赤身男子"的被钉，归咎于"其先祖为恶"，以"老子"喻圣徒像……），或干脆就承认"不知所谓"。无独有偶，清人王士禛的《池北偶谈》中也有一段对澳门天主堂的描写，恰可与此文做一对比："其教曰天主……寺僧曰法王，以时集男女礼拜，其所奉曰天母，名玛利亚，抱一婴儿，曰天主，为耶稣……"① 王士禛从未到过澳门，这段记"香山澳"的文字也被纳入专记怪异鬼神的"谈异"目内，但彼时中国人对西方文化的整体认知水平提高了，也就保证了他记录的相对准确性。从物质层面到精神层面，从对天主教故事的"不了了"到对玛利亚、耶稣的正确称谓，我们从这种变化中实在可以测量出中国人的知识场在两百余年间有了多么大的变化与扩展。

总之，外部语境的相对宽松，对相异性认知的丰富，中国人心态的演变，这些在"鬼子"一词语义的变化中均得到了很好的诠释。而通过这种对西人相对中性和客观的描述，笔记作者们使"鬼子"的形象变得颇具人性，愈来愈可接近、可沟通了。通过这样一个人性化了的"番鬼"形象，他们记录了自己的亲见亲闻，同时也表达出了热望了解相异性的求知欲及一种相对开放的心态。

四　鸦片战争使"洋鬼子"成为单一语义的套话

自鸦片战争起，西方人开始了入侵中国的历史。他们在中国烧杀抢掠的罪行激起了中国人民的强烈反抗。正是这一历史事实强化了"鬼子"一词中各种负面的意义。随着一系列割地赔款、丧权辱国的不平等条约的签订，"洋""鬼""子"终于完整组合成一个词，并正式进入到文学文本中。本文开头征引的全部例子都生成于这个时期之中或之后。"洋鬼子"也因此而最终演化为一个具有单一语义的套话式形象，它浓缩了中国人对这段历史的痛苦记忆和对外国入侵者的仇

---

① （清）王士禛：《池北偶谈》，靳斯仁点校，中华书局1982年版，第5—7页。

恨。下面将以北京小曲《外国洋人叹十声》为例，探讨一下"洋鬼子"语义在这个特殊的历史阶段中怎样由泛而窄直至单义的运作过程。

之所以选取这首民谣，一来是因为它恰产生于第二次鸦片战争时期，属于本节所涉历史阶段；二来也是因为它的版本较好：这首小曲最早刊载于《通报》（*T'oung Pao*）1899 年号上，是由法国汉学家微席叶（Arnold Vissiere，1858—1930）于十九世纪末在华搜集到的。这样的版本保证了小曲保持其原汁原味，至少使其免受后来一系列"意识形态化"的"改写"，因而应能更贴近时人的心态。①

小曲不长，现全文照录，以方便后文的分析：

> 外国洋人叹十声
>
> 洋鬼子进中国叹了头一声　看了看中国人目秀眉清　体态人情衣冠齐整　外国人中国人大不相同
>
> 洋鬼子照镜子叹了二声　睄了睄自己样好不伤情　黄发卷毛眼珠儿绿　手拿之哭丧棒　好似个猴儿精
>
> 洋鬼子进皇城叹了三声　到了那大清门不叫我们行　履顺着皇城往西拐　他进长安门　该班的把他横
>
> 洋鬼子怨本国叹了四声　巴哈里他不该要上北京城　通州西八里桥打了一仗　伤损了我国人　数也数不清

---

① 《外国洋人叹十声》是法国汉学家微席叶在华搜集到的一首北京小曲。在刊发此曲的 1899 年的《通报》上，微席叶在诗前附言中称此曲在北京"很有名"（见《通报》1899年号，p. 213）。此后，小曲为王重民先生自巴黎抄回，收入阿英先生选编的《鸦片战争文学集》中。阿英先生在诗后附按语："这一只小曲，是王重民先生自巴黎法国国立图书馆抄藏的，已经不是刊本的原文，是译文，有几处不可解……"（北京：古籍出版社 1957 年版，第 254 页）。但据笔者所见，《通报》上刊发的法译文后实附有中文原文，且中文稿绝非对法译文的回译，证据有二：一是中文稿将八里桥战役的英军统帅 Harry Parkes 误写作"巴哈里"，而微席叶先生在法译文中特在此处加注说明了这个称谓有误，并将其中文实名"巴夏礼"标注了出来。二是原诗"不可解"处全部照录无误，而译文一般是不会作此处理的。至于为何会有这些"不可解"，笔者以为很可能是因小曲使用了北京方言所致。

　　　　洋鬼子害中国叹了五声　广土烟西土烟如今大时兴　外国人只把中国哄　谁想到是慢毒　害的真不轻

　　　　洋鬼子要传教叹了六声　实指望中国人随他一样行　那晓得中国人什么事全懂　孔圣人家门口　别卖三字经

　　　　洋鬼子上堂子叹了七声　外国人供天主七天一念经　施医院他又治病症　治罗锅治瘸子 不要一文铜

　　　　洋鬼子错主意叹了八声　外国人尽讲究洋法大时兴　造轮船作火车玩艺作的妙　我国的机器局 也献与了你们大清

　　　　洋鬼子要通商叹了九声　洋货行洋药行还有洋取灯　这些年坑害中原金银真不少　如今晚洋茶盅　有点不时兴

　　　　洋鬼子后了悔叹罢了十声　到今日想回国万也万不能　幸喜得天朝皇恩重　只许我们盖洋楼　不许我们进皇城①

　　阅读这首十小节的民谣，我们立即就能感到字里行间充溢着的对"洋鬼子"的讥讽与嘲笑。若再细分析之，这种嘲讽似由三个层面的对立营造出来。

　　首先是在人种和文化层次上的对立。第1、2小节从相貌、秉性、着装（服饰、发型）诸方面将注视者（中国人）与被注视者（外国人）进行了比照，凸现出两者间的差异；而第6、7小节又在信仰、文化层面上将两者对立起来，以"孔圣人家门口，别卖三字经"一句嘲笑了"洋鬼子"的传教企图，隐含着儒家文化优于天主教文化的价值判断。

　　由此便引出另一个层面——侵略者与被侵略者之间的对比：在"西八里桥打了一仗"的"洋鬼子"，"伤损了我国人，数也数不清"。这个表述虽未直接使用"侵略者""被侵略者"这些明显对立的词

----

　　① 本文选录的是《通报》所载中文稿（*T'oung Pao*，1989，pp. 221-22）。为使国内读者了解微席叶版原稿情况，此处仅将繁体字改为简体字，其余一律照抄不误，此稿阿英版在个别字词的使用及断句上略有区别（详见阿英编《鸦片战争文学集》上卷，古籍出版社1957年版，第253—254页）。

语，但已点明了双方誓不两立的地位与身份；更重要的是：它将前文在人种层面上的对比逻辑化了，明确赋予了其褒贬之意："我"目清眉秀，"衣冠齐整"，因为"我"生活在自己的家园；而你们这些"洋鬼子"，"黄发卷毛眼珠儿绿"——相貌之所以如此丑陋，皆因你们如强盗般地入侵，扰乱了我们宁静的生活。因此，这是在道德层次上，或曰在意识形态层次上的对比。

作为对第二个层次的补充，还存在着第三种比照："洋鬼子"的所作所为与其实际企图之间的强烈反差。小曲的 5、7、8、9 小节从多方面揭示出"洋鬼子"的居心叵测：你们表面上仁慈，又给治病，又提供工厂，但实际上，你们所做的一切无非是要欺骗中国人，掠夺我们的资源与财富。显然，这一层面的对照也依然是在意识形态方面的，它揭示出"洋人"的虚伪与狡诈。

以上三个层次的对照使整首民谣寓意深刻。值得注意的是，除"洋鬼子"外，小曲通篇未使用任何一个其他的批判性词语，而仅仅以北京人特有的不急不火的调侃，通过各种比照，凸显出鸦片战争时期中西间这些无法调和的对立与矛盾。借用罗兰·巴尔特（Roland Barthes）的符号学术语来表述，这些对立的形象，在整体上可作为"第二意指系统"的能指，它们直指"洋鬼子"在华犯下的种种罪行，作者由此也就传递出了对洋人的仇恨与轻蔑之情①。此外，小曲每一小节开首反复使用的"洋鬼子"一词，既点明了中国人仇恨的对象，也将"仇恨"这一内涵最大限度的表面化了。于是我们看到："洋鬼子"的语义场在这首小曲中被极度地压缩，几乎只剩下了两种所指：轻蔑与仇恨，但"轻蔑"仍可说是一种派生意义——一切皆由"仇恨"而来。

我们在此处不惜篇幅读解此文在各个层次上的对立，除了希望以

---

① ［法］罗兰·巴尔特：《符号学原理》（Eléments sémiotiques），王东亮译，生活·读书·新知三联书店 1999 年版，第 83—84 页。另请参阅《神话——大众文化诠释》（Mythologies），许蔷蔷等译，上海人民出版社 1999 年版，第 169—174 页。

实例证实这一时期套话"洋鬼子"的语符关系已最终确立外，主要还是想由此凸显出套话的一个主要特质——两分法。巴柔教授对两分法曾做过如下解释："套话以暗含的方式提出了一个恒定的等级制度，一种对世界和对一切文化的真正的两分法。"① 即是说，套话一经提出，就已将世界分出了优劣高下，将"我"与"他者"绝对对立了起来。

实际上，这种对立从中国人开始使用"鬼"字指称西人时即已存在，甚至在其"史前史"阶段，即在明代史书对西人相貌体征、性格行为的描述、记载中就已露端倪。然而，那时的对立还多少处于或明或暗的状态，并不绝对；而及至清代前中期的笔记中，情况就更加复杂：随着"鬼"字内涵的丰富，这种对立甚至表现得有些含混起来。我们甚至可以说，在鸦片战争前用来指称西人的"鬼"字的含义中，"怪异"占了相当的比重。它有时与"惧怕"、"仇恨"、"轻蔑"等词义相互交错，有时平分秋色，有时则超越了其他意义。但在这首每节诗文均以"洋鬼子"开首的北京小曲中，对立则变得十分清晰、明了，占绝对主导地位。作者通过由三个层面的比照结构出的对立，加诸"洋鬼子"一词的反复使用，不仅成功地表达了中国人对西方入侵者的仇恨和轻蔑，而且在语符"洋鬼子"与语义"仇恨"间建立起了最直接、最简单的联系。这里，"洋鬼子"一词指向了一种唯一可能的诠释，于是，它便从多义的"符号"变成了一个只有单一语义的"信号"。而信号一旦确立，它便具有了套话的特质：在某一历史阶段中可被"反复使用"，是个具有"多语境性"的单一形态的具象。

然而，这个语义简单化的运作过程并非一蹴而就，它如同心态的演变成形一样，在时间上也经历了一个"长时段"。前文所引的所有

---

① ［法］达尼埃尔-亨利·巴柔：《形象》，原载《总体文学与比较文学》（*La littérature générate et comparée*，A. Colin，1994），中译文载孟华主编《比较文学形象学》，北京大学出版社 2001 年版，第 160 页。

文本都证实了这样一个事实：在三百年间，"鬼"或"鬼子"的语义场始终是在变化着的，有时相当狭窄，有时却又较为宽泛，包容性较大。我们在前文已经初步探讨过语义变化的原因，指出了"动力线"、对他者认知的水平及心态三者在其中所起的作用。仅就认知水平而言，一般说来，对他者的认知愈丰富，描述他者词汇的语义场也就愈宽泛，语义就愈多样化。然而，这个规律只有在注视者与被注视者国家双边关系正常时才适用。当外部形势变得严峻、紧张时，譬如在两次鸦片战争时期，这个规律就基本不起作用了；在主流话语中，它完全让位于动力线的作用。倘若说直至1840年，"洋鬼子"因其语义场的相对宽泛，而尚无法被称作套话①，那么，从两次鸦片战争起，中西间剑拔弩张的政治、军事、外交关系已将"鬼子"的语义场最大限度地挤压了。显然，是极度紧张的外部关系压缩了"洋鬼子"一词的语义空间，它将一切与此种紧张形势不相符的阐释全部排除在外，同时又将在明代史书中早已存在的西人"可憎"的一面以及"鬼"与"鬼子"一词里原本就蕴涵着的对西人"轻蔑"、"惧怕"的意义扩张到极致，最终导致了这个具有单一所指的套话完成其确立过程，正式成形。

作为一种象征语言，形象的功能正是在于说出跨文化的关系，说出作为注视者的"我"和被注视者的"他者"之间的关系。而作为形象的特殊形式，套话言说的不仅是一般意义上的跨文化关系，且是在这一历史阶段中最为概括、最具代表性的跨文化关系。

自鸦片战争起，"洋鬼子"这个具有单一语义的信号出现在文学作品中的例子不胜枚举，除前文已列举的之外，还可再试举几例：

夏燮的《中西记事·粤民义师记》记载了1840年广州民众抵抗英军的过程。在记述耆英为迎英人而令广州市民清扫街道时，作者转

---

① 关于套话的时间性问题，请参阅孟华《试论套话的时间性》，载乐黛云等主编《文化传递与文学形象》，北京大学出版社1999年版，第197—207页。

述市民们的不满道："官方清道以迎洋鬼，其以民为鱼肉也！"①

1842 年，诗人金和将一首描述西人的诗直接题为《说鬼》，诗云："三大臣盟江上回，侍从亲见西鬼来（江南俗称夷曰鬼子…——原诗注）。白者寒瘦如蛤灰，黑者丑恶如栗煤。发卷批耳髭绕腮，洋睛睒睒秋深苔……"②

"洋鬼子"一词也出现在《死中求活》中，这部小说产生于中法战争（1884—1885）期间。作者在此书中让中方将领刘永福（1837—1917）直接出现。当刘永福向地方乡绅要求提供供给时，后者称曾资助一千石谷米杂粮给议会，但"可怜那议会中的豪杰哪里用着，全被洋鬼子搬去河内省"③。

以上几处诗文中的"洋鬼"或"洋鬼子"，语义是如此鲜明、清晰、简单，如同任何一个形成了约定俗成语义的词语一样，一说"洋鬼子"，无须借助任何说明，读者立即就能破译其符码④。它不会再有任何歧义，直指那个唯一的所指。我们在本文开首引用的《神助拳》与《警世钟》两首诗已再清楚不过地说明了这一点。

以上对"洋鬼子"一词语义简化过程及其缘由的讨论，基本上是围绕着"鬼"或"鬼子"展开的，对修饰语"洋"字似应再作一点补充说明。前文已述，"洋"字的使用虽古已有之，但用以普遍指称西人

---

① 阿英编：《鸦片战争文学集》（下），古籍出版社 1957 年版，第 729 页。

② 阿英编：《鸦片战争文学集》（上），第 44—45 页。

③ 阿英编：《中法战争文学集》，中华书局 1957 年版，第 177 页。

④ "番鬼"的情形与"洋鬼子"完全相同，囿于篇幅，此处不予详述。陈原先生《在语词的密林里》将"番鬼"专列一条（第 104 条），介绍了该词在鸦片战争前后使用的情形，恰弥补了本文的不足，特全文照录："番鬼，一百多年前有一个华南群众新造的词：'番鬼'——把外来的（外国的）东西称为'番'，是古已有之的；但是近代则将这些'番'邦（外国）来的'番'人蔑称为'鬼'，故称'番鬼'。鬼是比人低一等的生物（死物拟人化即变为生物），而且是使人讨厌的异物，愤激之情溢于字面。'番鬼'一词又转回英文，则写作 Fan Kwae，这个字进入了 19 世纪的英语词汇库，美国来华的首批冒险家中，有一个叫做亨脱（Hunter）的就写过一部《广州番鬼录》（Fun Kwae At Conton），记录了当时爱国群众（尽管有点狭隘的锁国倾向）对'番鬼'的种种态度，保存了西方人侵略者眼中所见的不甘为奴的中国人的本色。"（《陈原语言学论著》，卷二，辽宁教育出版社 1998 年版，第 230—231 页）

却是近代以来的事情。对搜集到的现有文本进行分析，大致可将 1840 年作为语词转换的一个关键时刻：此前，一般使用"番"、"夷"①；而此后，"夷"字继续沿用，"番"字虽仍存诸闽粤一带的作品中，但从总体而言出现频率已大大降低；与此同时，"洋"字的使用则呈上升趋势；因而人们一般将"番""洋"转换的第一个理由归因于语言的现代化。不过，在与"鬼"字的结合中，"番"字从未彻底让位于"洋"字，因而很难仅用语言现代化来解释此一现象。事实上，倘对"番"、"洋"的使用情况作一分析，似可看出以下两种倾向：一是方言层面上的区分——"番"字多出现在南部沿海一带，而"洋"字则多为北方地区所用（"洋"字的使用呈增长趋势也从一个侧面折射出西方势力逐渐深入中国内地）；二是在语体层面上的区分——"番"字为文人所偏爱，而"洋"字则更多出现在民间文学中，即是说，"番"字基本上为书面语，"洋"字则多为口语。由此又引发了我们对另一现象的关注：上文征引的鸦片战争以来的文本有不少出自文人之手，而"洋鬼子"一词又多出现在这些作品的对话部分中。这说明某些作家，如同清代前中期的文人一样，在自己的作品（特别是写实作品）中渐渐采用了坊间的表述方式，使某些口语、俚语渐为雅文学所接纳。这样，我们在讨论语言现代化的同时，在讨论语词的地域性特点的同时，也就再次讨论了文学的演化过程，讨论了"洋鬼子"这一套话化了的形象的文学化过程。

五　结论

综上所述，"洋鬼子"一词在中国生成的过程大致可分为三个阶段。

---

① "夷"的使用要较"洋"字更为普遍，且与"番"字一样具有两种词性：有时为形容词（如"夷人""夷鬼"），更多的时候则为名词（如"西夷"或单独使用的"夷"）。但无论属于哪种词性，包含"夷"字的称谓在鸦片战争前即已大量使用。及至鸦片战争及此后相当长的一段时期，"夷"字几乎成为官方文件与文人著述对西人通行的称谓，远较"洋鬼子"的使用频率高。鉴于"夷"字的情况十分复杂，需另文专论，此处恕不涉及。

　　——明正德至万历年间：西方商人、使者们抱着通商和扩张的目的，以探险的心态进入中国。基于他们体貌及性格特征的"怪异"、在华行为的"张狂"，加诸中国人自身传统的民族中心论和对外部世界的无知，这些西人遂被国人视作或/和称作"鬼子"，其所指主要包含怪诞、鄙俗、可憎等。不过，此词虽在口头语汇中生成，也载入某些方志或俗文学作品内，但大多在坊间流传，很少为文人所使用。此外，由于最早与西人接触的是广东沿海一带居民，故"鬼子"一词所具有的"洋"的指向，大多以广东方言"番"字的形态进入能指。因而这一阶段可视作"洋鬼子"一词的史前史阶段。但明人对西人史实与想象相混淆的描述已记录在民族集体记忆中，这为日后该词符指关系的正式确立奠定了历史的、文化的、心态的基础。

　　——明万历年后至 1840 年：在集体无意识的作用下，中国人沿袭明代的称谓，仍用"鬼"、"番鬼"指称来华的西方人（主要仍是商人与传教士）。所不同的，一是这些含"鬼"的字词此时已为"雅文学"所接纳，渐渐进入了文学文本；二是随外部语境及中国人心态的变化，它基本上失去了往日"鄙俗"和"可憎"的内涵，而代之以对相异性的好奇、友好之情；当然，内中亦不乏对"夷蛮"人传统的"轻蔑"感。

　　——自 1840 年起：帝国主义的侵华战争激怒了中国人，"鬼子"一词原本具有的一切"憎恨"的内涵骤然表面化，使该词中一直蕴涵着的"洋"的指向凸显出来。加诸中国语言文字自身的现代化，"洋鬼子"一词的能指、所指遂最终确立，真正发展为一个咒骂西人的詈词，频繁出现在中国文学作品中。

　　倘将这三个阶段结合起来作一总结，那么，套话"洋鬼子"的内涵的确是极其丰富的。实际上，在一定程度上，我们甚至可以说"洋鬼子"一词浓缩了整整一部中国近现代史：它记录了中国与外部世界交往的过程——从闭关锁国到被迫开放门户再到奋起反抗侵略；它更记载了中国人在这一漫长历史过程中所经历的复杂心路历程——对西方人从无知、恐惧、轻蔑到好奇再到愤怒和仇恨。值得注意的是，这些情感一方面确有一个渐进历时发展的过程，另一方面又往往呈现为"并置"、"重叠"的立体形态。总之，中国人把对历史的记忆和想象都熔铸在这一套话中，它言说了"我"与"他者"在不同时间段内的不同关系。巴柔教授在《形象学理论研究：从文化史到诗学》一文中曾指出：清点词汇、确认语义场，这些在语词层面的研究可发展出一种观念史①。而本文所作，就是在这个方向上的一个初步探讨。至于较系统和完整的研究，则尚需时日以积累资料和深化思考。②

（选自孟华《中国文学中的西方人形象》，安徽教育出版社 2006 年版，第 1—30 页）

---

① ［法］达尼埃尔-亨利·巴柔：《形象学理论研究：从文化史到诗学》（*Recherche sur l'imagologie：de l'Hrstoire culturelle à la Poétique*），原载 *Revista de Filikigia Francesa*，8（Servicio de Publicaciones，Univ. Complutense，Madrid，1995）。中译文见孟华主编《比较文学形象学》，北京大学出版社 2001 年版，第 213 页。

② 本文在写作过程中，承蒙彭兆荣、李华川、张沛、郭秦等提供部分资料，韩一宁代查过部分资料，特此一并致谢。另，本文修订成文后笔者始见王尔敏先生大作《鬼·鬼子·洋鬼子·假洋鬼子》（载《中国近代思想史论续集》，社会科学文献出版社 2005 年版，第156—179 页）。该文全面总结了国学大师、文史专家们对"鬼"字字源、词旨的考辨，又援引大量史料清晰梳理出"鬼子"一词指代西洋人的发生、演变史，其精深厚重，远非拙作可比。笔者愿将本文作为一篇比较文学形象学习作就教于王尔敏先生。

西方的中国形象史研究：问题与领域

周　宁

如果从《马可·波罗游记》（约 1298 年）问世算起，西方的中国形象已经有七个多世纪的历史。我们在知识社会学与观念史的意义上，研究该形象的历史，至少有三个层次上的问题值得注意：一、西方的中国形象是如何生成的。在理论上，它必须分析西方的中国形象作为一种有关"文化他者"的话语，是如何结构、生产与分配的；在历史中，它必须确立一个中国形象的起点，让西方文化中中国形象的话语建构过程，在制度与意义上都可以追溯到那个原点。二、中国形象的话语传统是如何延续的。它考察西方关于中国形象叙事的思维方式、意象传统、话语体制的内在一致性与延续性，揭示西方的中国形象在历史中所表现出的某种稳定的、共同的特征，趋向于套话或原型并形成一种文化程式的过程；三、中国形象是如何在西方文化体系中运作的。它不仅在西方现代性观念体系中诠释中国形象的意义，而且分析西方的中国形象作为一种权力话语，在西方文化中规训化、体制化，构成殖民主义、帝国主义、全球主义意识形态的必要成分，参与构筑世界现代化进程中西方中心主义的文化霸权。西方的中国形象史研究，是一个全新的领域，笔者在上述三个层次上，尝试提出并规划该研究中的基本前提、主要问题与学科领域。

一

首先是西方的中国形象的历史起点。西方的中国形象出现于 1250

年前后。① 1245 年，圣方济各会修士约翰·柏朗嘉宾受教皇之命出使蒙古，从里昂到哈剌和林，写出《柏朗嘉宾蒙古行记》，10 年以后，鲁布鲁克的威廉出使蒙古归来，写出《鲁布鲁克东行记》。② 柏朗嘉宾与鲁布鲁克虽然没有踏上中国土地，但他们游记中介绍的"契丹"，确实就是中国。柏朗嘉宾与鲁布鲁克把"契丹"带入中世纪晚期的西方文化视野，开启了马可·波罗前后两个世纪的"契丹传奇"，而且确定了这种东方情调的传奇的意义：大汗统治下的契丹，是财富与秩序的世俗天堂。

蒙元世纪是人类历史上一个重要的时刻，成吉思汗家族横扫旧大陆带来的"世界和平"，瞬间推进了欧亚大陆的文明一体化进程。从柏朗嘉宾出使蒙古，到 1347 年马黎诺里从刺桐登船返回欧洲，一个世纪间到中国的欧洲人，历史记载中有名有姓的，就不下 100 人。从 1247 年柏朗嘉宾写作《蒙古行记》到 1447 年博嘉·布拉希奥里尼完成他的《万国通览》，整整 200 年间，西方不同类型的文本中——其中包括游记、史志、书简、通商指南、小说诗歌——都出现有关契

---

① 马可·波罗时代之前，西方就有关于中国的传说，我们从戈岱司编的《希腊拉丁作家远东古文献辑录》中知道古希腊一直到中世纪西方关于中国的种种"说法"，笔者在《永远的乌托邦》一书里，也从古希腊开始讨论西方的中国形象。但这些传说毕竟虚无缥缈、难以稽考，甚至经常难以确定地理与国家所指是否中国。从马可·波罗时代开始讨论西方的中国形象，将此前西方关于中国的传说，当作西方的中国形象的史前史，一则是因为蒙古帝国打通了欧亚大陆的交通，西方第一次有可能"发现"与"发明"中国，一时间出现许多表述中国的文本，而且这些文本中的中国形象，已经表现出某种套话性或话语性，不外是重复强调大汗的帝国疆土辽阔、物产丰富、君权强大。二则，此时出现的中国形象，不仅指涉明确、特征鲜明，而且具有一定的历史连续性，大中华帝国的神话，从马可·波罗时代一直延续到启蒙运动早期，虽然强调点有所变化。三则，也正是从这个时代开始，西方文化开始将中国作为文化他者，想象构筑一个具有确定乌托邦或意识形态意义的中国形象。比如说，马可·波罗时代西方的中国形象成为西方文艺复兴与资本主义早期的世俗精神、绝对主义君权、海外扩张欲望的隐喻。

② 参见《柏朗嘉宾蒙古行记·鲁布鲁克东行记》，耿升、何高济译，中华书局 1985年版。

丹、蛮子的记述。① 旅行与器物的交流带来了观念的变化，中世纪基督教狭隘的世界观念被大大扩展，世界突然之间变得无比广阔，而在这个广阔的世界中，大汗统治的契丹与蛮子可能是最诱人的地方。赫德逊在《欧洲与中国》指出，蒙元世纪欧洲发现旧世界的最大意义是发现中国，"……抓住了拉丁欧洲的想象并改变了它的思想观点的，更多的是去中国的旅行，而不是去亚洲的任何其他部分。当时大多数欧洲旅行家既前往中国，也到过波斯和印度，但是他们把最高级的描绘留给了中国。……马可·波罗一家在哥伦布之前就已经为中世纪的欧洲发现了一个新大陆。使欧洲船只来到明朝中国海岸的这一海上事业的全部活动，应该看作是'鞑靼人统治下的和平'的余波。"②

　　1250 年是西方世界经济体系与世界知识体系的起点，也是西方的中国形象的起点。在中世纪晚期的东方游记中，影响最大的数《马可·波罗游记》与《曼德维尔游记》。《马可·波罗游记》是最让西方人想入非非的一本书。从某种意义上说，是马可·波罗创造了西方集体记忆中的契丹形象。《马可·波罗游记》有关中国的内容集中在三个方面：1. 物产与商贸，2. 城市与交通，3. 政治与宗教。契丹蛮子，地大物博，城市繁荣，政治安定，商贸发达，交通便利。契丹传奇不仅具有清晰的形象，还有确定的类型化的意义与价值。契丹蛮子，最大的魅力在于其物质繁荣。无论在经济上还是政治上，蒙古治

---

　　① 这些文本现存的主要有：《柏朗嘉宾蒙古行记》（1247 年）、《鲁布鲁克东行记》（1255 年）、《马可·波罗游记》（约 1298 年）、孟德·高维奴等教士书简（1305—1326 年）、《鄂多立克东游录》（1330 年）、《大可汗国记》（约 1330 年）、《通商指南》（约 1340 年）、《马黎诺里记》（1354 年）、《曼德维尔游记》（约 1350 年）、《十日谈》（1348—1353 年）、《坎特伯雷故事集》（1375—1400 年）、《克拉维约东使记》（1405 年）、《万国通览》（1431—1447 年）、《奉使波斯记》（1436—1480 年）。这些文本的作者有教士、商人、文学家；文体有历史、游记、书信、语录体的记述（后者如《万国通览》），还有纯文学作品。文本的语言既有高雅的拉丁语，也有通俗的罗曼语或法-意混合语。至于文本的内容，既有纪实、也有虚构，而且经常是纪实与虚构混为一体。

　　② ［英］赫德逊：《欧洲与中国》，王遵仲等译，中华书局 1995 年版，第 135、137 页。

下的中国相对于中世纪晚期贫困混乱的欧洲来说，都算得上是人间天堂。这是一个方面，另一个方面，中世纪晚期的欧洲文化也需要一个物质化的异域形象，因为这是他们超越自身基督教文化困境的一种启示。物质化的契丹形象可以激发中世纪晚期西方文化中的世俗欲望，使其变成资本主义文明发生的动力。

契丹传奇是关于东方世俗乐园的传奇。正如黄金是财富的象征，契丹话语中传奇化的大汗，则成为权力与荣誉的象征。马可·波罗、鄂多立克、马黎诺里的文本中，都有对大汗威仪的描述。在大汗的形象中，隐约透露出中世纪晚期欧洲的世俗政治理想。马可·波罗的故事主要流传在南欧、意大利半岛与伊比利亚半岛。中世纪晚期的英国人、法国人或德国人，在读另一部流传广度几乎与《马可·波罗游记》不相上下的东方故事——《曼德维尔游记》。1500 年之前，欧洲各主要语种都有了《曼德维尔游记》的译本。今天我们可以见到的《曼德维尔游记》的手抄本有 300 种之多，而《马可·波罗游记》则只有 119 种。曼德维尔爵士是位"座椅上的旅行家"，旅行故事都是他虚构的，他也像其他游记作者那样用几乎程式化的套语赞叹中国的物产丰富、城市繁荣，然而他的兴趣并不在这里，在关于中国的章节里，大汗的故事占去 70%的篇幅。大汗国土广大，统治严明，拥有无数的金银财宝，像土耳其的苏丹，大汗有 100 多位妻子，大汗是世界上最强大的君主，长老约翰也没有他伟大。地理大发现之前，《马可·波罗游记》与《曼德维尔游记》，就是欧洲人拥有的东方知识的百科全书了。[①]

研究西方的中国形象，有两种知识立场：一是现代的、经验的知识立场，二是后现代的、批判的知识立场。这两种立场的差别不仅表现在研究对象、方法上，还表现在理论前提上。现代的、经验的知识立场，假设西方的中国形象是中国现实的反映，有理解与曲解，有真理与错误；后现代的、批判的知识立场，假设西方的中国观是西方文

---

① 详见周宁著/编注：《契丹传奇》，学苑出版社 2004 年版。

化的表述①，自身构成或创造着意义，无所谓客观的知识，也无所谓真实或虚构。在后现代的、批判的理论前提下研究西方的中国形象，就不必困扰于西方的中国观是否"真实"或"失实"，而是去追索西方的中国想象，作为一种知识与想象体系，在西方文化语境中是如何生成、如何传播、如何延续的。蒙元世纪大旅行草草结束，但西方关于中国的乐园传说，却在社会不同阶层间流传，直到伊比利亚扩张，从"世界上最远的海岸"（指中国）带回最新的消息。

地理大发现的时代是个浪漫的时代，新消息与旧传说、知识与想象、虚构与真实，使人们的头脑与生活都分外丰富。尽管此时西方的中国形象传奇与历史混杂，甚至许多欧洲人还无法判断契丹或中国是否是同一个现实中的国家，但理想化的"大中华帝国"的形象已经出现。它在某种程度上是契丹传奇的继续，但已经有了更多的历史意义。门多萨神父的《大中华帝国志》出版，标志着契丹传奇时代的终结。中华帝国第一次在西方文本与文化中获得了历史化的清晰完整的形象。它塑造了一个完美的、优越的中华帝国形象，它的意义不是提供了某一方面的真实的信息，而是总结性地在西方文化视野中树立了一个全面、权威或者说是价值标准化的中国形象。为此后两个世纪间欧洲的"中国崇拜"提供了一个知识与价值的起点。

西方文化开始将中华帝国的形象塑造成一个在很多方面都优于他们自身文明的文化乌托邦。这既是一次发现又是一次继承，历史精神与道德色彩越来越多地渗入中国形象，一个财富与君权的物质化的契丹形象转化成一种文化智慧精神与道德秩序的中华帝国形象，契丹神话中的某些因素被遗忘了，某些因素又被植入新的中国神话中，当他们描述中国人口多、国土大、城市棋布、河流交错、财富丰足时，我

---

① 霍尔研究文化的意义时使用"表述"（representation），他认为"表述"是同一文化内部成员生产与交换意义的基本方式，它将观念与语言联系起来，既可以指向现实世界，也可以指向想象世界。参见 *Presentation*：*Cultural Representations and Signifying Practices*，edited by Stuart Hall，London：The Open University，1997，Chapter Ⅰ，"The Works of Representation"。

们感到契丹神话仍在继续。而当他们津津乐道中国的司法制度、文官制度与考试制度、中国的圣哲文化与贤明统治、中国的语言与中国人的勤劳时，我们又感到一种新话语或新神话的诞生，因为后者的精神价值明显高于物质价值。

中国形象从西方的地理视野进入哲学视野，从物质欲望进入文化向往。门多萨神父奠定了大中华帝国形象的基础，以后金尼阁、卫匡国、基歇尔神父又不断丰富，敏感开放文艺复兴文化首先从宗教、历史、文化、人性等角度为中西文明确定一个共同的基础。这个基础可能是基督教普世主义的，也可能是人文主义的世界主义的，总之，一个共同的起点是文化理解与利用的前提。当传教士们穿凿附会地证明中国民族、宗教、语言的神圣同源性时，哲学家们也开始思考这种同源性是否可以引渡到世俗理念中去。孔子与苏格拉底的教导是否有共同的含义？中国的城市管理是否可以作为欧洲城市管理的范型？由伦理观念规范的社会秩序是否可以代替法律的约束？由文人或孔子思想培养出的哲学家管理国家，是否可以成就一种现世理想？[1] 西方开始在文艺复兴与地理大发现的文化背景中，在乌托邦想象的传统视野中，构筑并解读中国形象的文化意义。他们在中国发现了哲人王，发现了哲人当政的制度，发现了理想化的伦理政治秩序。

中国以"孔教乌托邦"的形象出现在早期启蒙哲学家的社会理想中，标志着欧洲的中国形象进入了哲学时代。启蒙哲学家对乌托邦的现实性与历史性的信念，来自于两个基本观念：一是性善论，二是道德理想通过政治权威达成社会公正与幸福。这两个基本观念，恰好又体现在孔教乌托邦的观念与制度原则中。这是他们利用中国形象将乌托邦渡入历史的主要依据。只有哲人政治，才是最完美、最开明的政治。这是中国形象的意义，同时也是一些启蒙主义者尊崇的新型的政治伦理社会的理想尺度。乌托邦将从地理大发现时代的世界地图上移到启蒙运动中的世界历史中，证明乌托邦具有地理与历史的现实性，

---

① 详见周宁著/编注《大中华帝国》，学苑出版社 2004 年版。

是历史的机会。"孔教乌托邦"体现着开明君主专制的理想：如果欧洲君主都像中国皇帝那样，柏拉图的理想国就不再是乌托邦了。改造世界从改造君王开始，启蒙主义者期望通过理性的建立与道德教育塑造开明的君主，成就人类幸福与正义。启蒙主义者都是真正的乐观主义者，他们坚信，人一旦掌握并运用了理性，所有的乌托邦都将在历史的进步中变成现实。孔教乌托邦成为启蒙主义者批判与改造现实的武器。[①]

二

我们在一般社会想象意义上讨论西方的中国形象。关注的问题是七个多世纪西方的中国形象的生成演变的意义过程，不仅涉及不同时代流行的特定的中国形象如何表述如何构成意义，而且，更重要的是，发现西方的中国形象在不同社会文化语境下发生演变、断裂或延续、继承的方式，揭示西方中国形象叙事中那种普遍性的、稳定的、延续性的特征，那种趋向于套话或原型的文化程式。从 1250 年前后到 1750 年前后，西方的中国形象不断被美化；从早期资本主义世俗精神背景下契丹传奇，到文艺复兴绝对主义王权期待中的大中华帝国神话，最后到启蒙理想中的孔教乌托邦，西方的中国形象表现出明显的类型化的一致性与延续性来。解释这种形象及其传统的意义，除了西方资本主义扩张早期的中西关系之外，还有西方现代的文化心理结构。

西方美化中国形象的传统在"中国潮"[②] 世纪达到高峰，"中国潮"开始于 1650 年前后，结束于 1750 年前后。一个世纪间，中国潮表现在社会物质文化生活的各个方面，从高深玄妙的哲学、严肃沉重的政治到轻松愉快的艺术与娱乐。孔夫子的道德哲学、中华帝国的悠

---

① 详见周宁著/编注：《孔教乌托邦》，学苑出版社 2004 年版。

② 17—18 世纪，西方社会文化生活中普遍出现一种泛中国崇拜的思潮，人称"中国潮"（Chinoiserie）。它既指一般意义上西方人对中国事物的热情，又特指艺术生活中对所谓的"中国风格"的追慕与模仿。

久历史、汉语的普世意义，中国的瓷器、丝织品、茶叶、漆器，中国工艺的装饰风格、园林艺术、诗与戏剧，一时都进入西方人的生活，成为他们谈论的话题、模仿的对象与创造的灵感，在欧洲社会面前，中国形象为他们展示了"梦寐以求的幸福生活的前景"。①

"中国潮"实际上是那个时代西方人追逐异国情调的一种表现。没有比中国更遥远的地方，也就没有比中国更神秘更有吸引力的地方，包括他们的思想观念、人与物产、生活方式。"中国潮"的发起人起初是商人与传教士，后来是启蒙哲学家，尤其是法国的哲学家。他们在中国形象中发现批判现实的武器。在推翻神坛的时候，他们歌颂中国的道德哲学与宗教宽容；在批判欧洲暴政的时候，他们运用传教士们提供的中国道德政治与开明君主专制的典范；在他们对君主政治感到失望的时候，他们又在经济思想中开发中国形象的利用价值，中国又成为重农主义政治经济学的楷模。中国形象不断被西方启蒙文化利用，从宗教上的自然神论到无神论、宽容主义，从政治上的开明君主专制、哲人治国到东方专制主义，中国形象已经经历了宗教之争、哲学与宗教之争、哲学与政治之争、政治之争。值得注意的是，每一场争论的结果，似乎都对西方的中国形象不利，宗教之争最后证明中国人不是无神论者，而是更为原始的多神论者；政治之争证明中国不是开明的君主专制，而是依靠棍棒进行恐怖统治的东方专制主义暴政的典型；经济之争最后证明中国不是富裕，而是贫困，不是社会靠农业发展，而是社会停滞于农业。②

"中国潮"是契丹传奇以来五个世纪的美好的中国形象的高潮。"中国潮"在启蒙运动中期达到顶峰，退潮也开始了。人们普遍注意到，1750 年前后，欧洲的中国形象发生了明显的转变。这种转变不是突然出现，瞬间完成的，但转变的幅度依旧令人吃惊。五个世纪的

---

① *China and Europe*：*Intellectual and Artistic Contacts in the Eighteenth Century*，by Adolf Reichwein，Kegan Paul，Trench，Trubner & Co.，Ltd. 1925，pp. 25-26.

② 详见周宁著/编注：《世纪中国潮》，学苑出版社 2004 年版。

美好的中国形象时代结束了。欧洲文化当年对中国的热情几乎荡然无存，如今除了贬抑与厌恶之外，更可怕的是遗忘。西方的中国形象研究，普遍关注这次转变，但真正值得思考的问题，还不是这次转变如何发生，而是要解释这次转变何以发生。

西方的中国形象研究，更多地属于观念史或知识社会学研究，它试图从历史中不断变化的、往往是非连续性的观念与想象中，寻找某种文化策略与逻辑。文本是唯一的依据，而作为文本的语境出现的现实，在此也不是指文本所反映的现实对象（如中国），而是构成文本写作的社会语境与话语策略（西方文化）。西方的中国形象，真正的意义不是认识或再现中国的现实，而是构筑一种西方文化必要的、关于中国的形象。启蒙运动中中国形象逐渐转变，造成这种观念变化的，不是中国的现实，而是西方的文化精神与中西贸易与政治军事关系方面的变故。可以这样说，真正使中国形象改变颜色的，主要有两个方面的原因，一是启蒙运动文化观念本身的进步，从有神论到无神论、从开明专制主义到共和主义、从传统的重农主义和重商主义到现代资本主义政治经济理论。到英国完成工业革命，法国开始大革命，封建专制的中华帝国无论如何也不可能再成为西方文明发展的楷模了。二是西方扩张中与中国的权力关系的变化。

异域形象作为一种文化隐喻或象征，是对某种缺席的或根本不存在的事物的想象性、随意性表现，其中内容包括三个方面：一、对地理现实的中国的某种认识与想象；二、对中西关系的焦虑与期望；三、对西方文化自我认同的隐喻性表述或象征。赛义德在对东方学概念进行限定性说明时，强调异域想象与现实权力之间的关系，认为正是特定时代东西方之间存在的那种"权力关系、支配关系、霸权关系"，决定着西方"论说东方的话语模式"。① 在此意义上，西方的中国形象的生成与转化、断裂与延续，也不仅是纯粹的观念与文化的问

---

① ［美］爱德华·W. 萨义德：《东方学》，王宇根译，生活·读书·新知三联书店1999 年版，第 8 页。

题，而与西方现代扩张过程中中西之间力量关系的结构变化紧密关联。

首先是西方现代扩张史上中西权力关系的变化。西方的中国形象与西方的现代扩张的历史，几乎是同时开始的。蒙元世纪西方人走向世界，西方的中国形象也出现了。1250年是西方人的世界知识的起点，也是西方中心的世界体系的起点。蒙元世纪西方的大旅行瞬间开始又瞬间结束。蒙古帝国崩溃、奥斯曼土耳其扩张，又将西方压制在欧亚大陆的西北角，直到新航路发现，西方扩张在西半球与东半球同时开始。他们征服了美洲，但在亚洲的经历却并不顺利。葡萄牙开辟了以果阿为中心的东方贸易网，荷兰人继承并发展了这个贸易网，将中心从印度西海岸移到更远的东南亚的巴达维亚，并且使贸易更加系统化。经过一个多世纪的努力，西方扩张势力只在亚洲边缘建立了一些贸易点和军事要塞，而且除了在东南亚，所有这些贸易点或军事要塞都岌岌可危。可以说，直到18世纪，东西方势力对比中，东方相对而言依旧强大。亚洲的游牧文明扩张达到历史的高峰，他们在波斯建立了萨非帝国，在印度建立了莫卧儿帝国，在中国建立了清帝国。这些游牧文明与农耕文明结合的东方帝国，虽然在经济技术上都已相对停滞，但政治军事、宗教文化的扩张仍在继续。

中国潮在欧洲出现的那个世纪里，西方扩张进入了一个停歇与调整期。1650年前后，荷兰东印度公司开始衰落，西方扩张的第一次高潮已经结束。西方进入东方的扩张势力，基本上被阻止在东方帝国的海岸上。这种局势直到1750年前后发生转变。此时，欧洲已经能够大批生产瓷器，工艺也有了较大的改变，基本上可以满足西方社会的需求，无须再大量地从遥远的中国高价进口。瓷器的价格跌落了，进入寻常百姓家，漆器壁纸的欧洲产品甚至比中国进口的还优秀。英国人喝茶上瘾，商人们大量贩运茶叶，1716年英国东印度公司建立了与广东的直接贸易，茶税从世纪初的100%降到世纪中的12.5%，茶价一路下跌，1750年英国年进口的茶叶已达到3700万磅，茶也成了寻常百姓的日常饮料。更重要的是，他们终于找到了中国人需要的东西：鸦片。他们将印度的鸦片运往中国贸易茶叶，英国对华贸易出现顺差。英国东印度公司基本上控制了印度次大陆，欧亚贸易中亚洲从出口成品到出口原材料，欧洲不仅占有经济优势，而且也表现出政治军事优势。欧亚贸易已从重商主义自由合作贸易进入帝国主义殖民劫掠贸易时代。试想一个贫困的、出产廉价产品和原材料的、被掠夺的、即将被征服的国家，能够令人仰慕令人重视吗？欧洲的中国形象与欧洲的中国茶同时跌价。人们可以追慕那些富裕先进的国家民族的习俗风格，但不会效仿落后堕落的国家的生活、思想与艺术风格。

1750 年前后在西方扩张史、东西方关系史和西方的中国形象史上，都是一个重要的转折点。1750 年前后英国完成了对印度的殖民统治，以英国为首的西方扩张的第三波开始。同时，衰落出现于所有的东方帝国，首先是萨菲王朝，其次是莫卧儿，最后是清帝国。世界格局变了，英国军事与经济实力已强大到足以打破旧有的平衡。在整个一个世纪里，英国人及时避免了革命的消耗，又放弃在欧洲争取霸权，他们一边发展国内经济，一边继续海外贸易，加强国际市场的竞争力。他们在美洲与印度战胜了法国人，普拉西战役基本上完成了英国在印度的全面征服，建立起有效的殖民统治。英国在印度的殖民化统治的建立，对英国本土来说，有助于完成工业革命，对东方扩张来说，赢得了打开中国的基础。首先是英国人用印度的鸦片扭转了西方三个世纪对中国的贸易逆差，其次是英国以印度为基地，用印度的补给与雇佣军赢得了鸦片战争，西方持续三个多世纪向东方扩张的进程临近完成。在世界现代化竞逐富强的进程中胜出的西方，还有可能继续仰慕一个愚昧专制停滞衰败的东方帝国吗？

其次，西方现代性观念的变化，也是中国形象转型的重要原因。现实世界中西方物质权力关系，影响着西方表述中国的话语模式。西方的中国形象在 1750 年前后发生转变，是有其深远的现实政治与经济原因的。这只是问题的一个方面，另外，还有西方文化心理本身的结构变化方面的原因。西方的中国形象，是西方文化投射的一种关于文化他者的幻象，它并不一定再现中国的现实，但却一定表现西方文化的真实，是西方现代文化自我审视、自我反思、自我想象与自我书写的方式，表现了西方现代文化潜意识的欲望与恐怖，揭示出西方社会自身所处的文化想象与意识形态空间。博岱在《人间乐园》一书中提出，考察近现代欧洲与非欧洲人的关系，应该注意到两个层次与两个层次之间的关系。第一个层次是物质的、现实的、政治经济层次的关系，第二个层次是观念的、文化的或神话的层次的关系，这两个关系层次彼此独立又相互关联。①

西方的中国形象是西方现代文化自我认同与世界规划的组成部分。西方现代文明的扩张，在政治经济文化领域全面推进，起初是贸易与传教，启蒙运动之后，又自命肩负着传播推行现代文明的使命。这种扩张是自我肯定与对外否定性的。外部世界是经济扩张军事征服政治统治的对象，也是传播基督教或推行现代文明的对象。但同时，西方文明在观念与心理上，还存在着另一种冲动，这是一种自我否定与对外肯定的心理倾向。它的具体表现就是所谓的东方神话。而东方神话也是理解西方历史上中国崇拜的一个必要的心理文化背景。

东方神话根植于西方文化的源头，两希传统（古希腊与希伯来）中都具有深厚的东方情结。古希腊文明来源于近东文明，对于东方世界，古希腊文化心理中既有恐惧又有向往。这种心理延续到中世纪，恐惧来自于伊斯兰威胁，向往则指向传说中盛产黄金的印度与长老约翰的国土，马可·波罗的契丹传奇又将这种东方向往转移到中国。中国变成西方想象中的世俗天堂。地理大发现是一场革命，它不仅改变了世界，也改变了西方对自身、世界、历史的看法。改变对自身的看法是，西方文明并不是唯一的文明也不是最优秀的文明，由此形成一种宗教与文化上的宽容精神，改变对世界的看法在于发现世界是人的世界，由不同民族国家习俗法律组成，不是人与怪物的世界，改变历史的看法在于，历史体现为一种文明的进程。这种文化相对主义观点

---

① 参见 Henri Baudet. *Paradise on Earth*: *Some Thoughts on European Images of Non-European Man*, Trans, by Elizabeth Wentholt, New Haven and London, Yale University Press, 1965。

出现于文艺复兴时代，在启蒙运动中达到高潮。

东方神话发动了地理大发现，地理大发现似乎又确证了东方神话。当大中华帝国作为优异文明或现世乌托邦出现在启蒙文化中时，中西关系在观念心理层次上对西方文化的巨大的"现实价值与神话般的力量"就实现了。中华帝国在社会生活方面，它是时尚与趣味的乐园，在思想文化上，它是信仰自由与宽容的故乡，在政治制度上，它是开明君主制度甚至哲人王的楷模。东方产生优异的文明。东方神话在中华帝国形象中获得了某种新的、现实的解释。启蒙运动是文化大发现的时代。启蒙主义者相信，对广阔世界的了解，能够使他们更好地认识与改造自身的文化。在启蒙理性的背景上，有一种深厚的乌托邦冲动与浪漫主义精神。他们不仅仰慕中华帝国的文明，甚至以伊斯兰文明批判欧洲文明。值得注意的是，西方人在政治经济层面上扩张征服外部世界的同时，在文化上却敬慕颂扬这个正不断被他们征服的世界。在东西关系上，现实层次与观念层次的倾向完全相反，但又相互促进。对东方的向往与仰慕促动政治经济扩张，扩张丰富的东方器物与知识，又在推动已有的东方热情。两种完全相反的倾向又相辅相成，这就构成一种历史张力。

1750 年前后，西方的中国形象随着西方整个的东方主义话语的转变而转变，这里除了东西现实权力关系的变化外，西方现代性文化结构自身的变化，也不可忽视。西方现代性从早期开放的解码化的时代进入逐渐封闭的再符码化时代。明显的标志是：一、"古今之争"尘埃落定，明确现代胜于古代，今人胜于古人；二、地理大发现基本完成，世界上再也没有未发现的土地，而在已发现的土地上，还没有人间乐园；三、西方政治革命、科学革命、工业革命的成功，使西方摆脱中世纪以来那种对神圣、对古代、对异邦的外向型期望与崇拜。西方文化视野从古代异域转向现代西方，价值取向也向心化了。启蒙哲学家在理性启蒙框架内构筑的世界秩序观念，是欧洲中心的。首先是进步叙事确立了西方的现代位置与未来指向，所有的异域文明都停滞在历史的过去，只有西方文明进步到历史的最前线，并接触到光明的未来。然后是自由叙事确立了西方社会与政治秩序的合法性与优越性，西方之外的国家，都沉沦在专制暴政与野蛮奴役中，最后是理性叙事，启蒙精神使西方外在的世界与内在的心灵一片光明，而东方或者整个非西方，依旧在愚昧与迷信的黑暗中。在强烈的西方中心主义文化价值秩序中，中国形象逐渐黯淡了，马可·波罗时代以来 500 年间西方美化的中国形象的时代也结束了。

三

尽管西方的中国形象话语的生成与变化，与西方现代扩张过程中中西之间力量关系的结构变化相关联，但建构中国形象的意义系统，最终来自西方文化本身，来自于西方的现代性意识与无意识。研究西方的中国形象，现代性是一个核心概念。一则是西方的中国形象出现在西方现代历史上，并且与西方现代历史具有相同的起点①；二则是作为西方现代文化自我的投射，西方的中国形象只有在西方现代性叙事语境中，才能够得到系统深刻的解释。西方曾在文艺复兴与启蒙运动时代开放的现代性叙事中赞美中国，又在殖民主义与帝国主义自足的现代性叙事中批判中国。启蒙大叙事②构筑的世界观念秩序，建立在一系列二元对立范畴上，诸如时间的现代与古代，空间的西方与东方。东方与西方的二元对立的世界格局、以欧洲为中心、以进步与自由为价值尺度的世界秩序，是一种知识秩序，每一个民族都被归入东方或西方，停滞或进步、专制或自由的范畴；也是一种价值等级秩序，每一种文明都根据其世界与历史中的地位，确定为文明或野蛮，

---

① 笔者认为，西方现代的起点在 1250 年，而不是 1500 年。参见拙文《中国形象：西方现代性的文化他者》，《粤海风》2003 年第 3 期。

② 大叙事（Grand narrative）又称元叙事（Meta-narrative），指统摄具体叙事并赋予知识合法性的某种超级叙事，如启蒙运动构筑的有关现代性的一整套关于理性、自由、进步、人民等主题的宏大叙事，不仅确立了知识的规范，也确立了权力的体制。因此，大叙事在一定意义上又是"主宰叙事"（Master narrative）。参见［法］让-弗朗索瓦·利奥塔《后现代状况》，岛子译，湖南美术出版社 1996 年版。

优等或劣等，生活在东方、停滞在过去、沉沦在专制中的民族，是野蛮或半野蛮的、劣等的民族；还是一种权力秩序，它为西方资本主义经济政治扩张准备了意识形态基础，野蛮入侵与劫掠就成为正义的进步与自由的工具……

西方现代性文化构筑中国形象，重要的是确立中国形象在西方的世界观念秩序中的位置以及中国形象与西方文化在西方自我认同过程中形成的差异对立、优劣等级的关系。中华帝国在精神上是愚昧的、道德上是堕落的、政治上是专制的、历史上是停滞的，与西方的现代性价值，诸如理性、素朴、自由、进步等完全相反。在这种意义上，中国形象的功能不是某种程度上反映或认识中国的现实，而是作为"他者"帮助确认了西方有关地缘文明的观念秩序。

如果说 1250 年是西方的中国形象史的起点，1750 年则是其间最重要的转折点。否定的中国形象出现于 1750 年前后，标志性的时间或文本，是 1742 年英国海军上将安森的《环球旅行记》出版与 1748 年法国哲学家孟德斯鸠的《论法的精神》出版。《环球旅行记》介绍的那个贫困堕落的中国与孟德斯鸠《论法的精神》中分析的那个靠恐怖的暴政统治的中国，逐渐改变着西方人对中国文明的印象。此后的一个世纪间，邪恶堕落的东方专制帝国的中国形象，在西方不断被加强。马戛尔尼使团访华，没有明显的经济与政治效果，文化作用却很大，使团带回的有关中国的各种报道，足以"令中国人名声扫地"。半野蛮的专制帝国沉沦在"卑鄙的暴政下"，行将覆灭，那里"商人欺骗、农民偷盗，官吏则敲诈勒索他人钱财"。鸦片战争爆发，西方的中国形象终于走到另一个极端，封闭、停滞、邪恶、堕落的鸦片帝国，沉入西方想象的东方黑暗的中心。

西方现代早期的那种外向超越、离心开放的价值取向，在启蒙运动中发生变化，18 世纪后期出现的否定的中国形象，到 19 世纪达到高潮。这一阶段的中国形象特征，主要表现在东方专制愚昧、停滞野蛮的中华帝国形象上。进步与自由又是西方现代性"大叙事"中的核心概念。中国形象作为"他者"，正好确定了这两个核心概念的对立面：停滞与专制。在西方现代文化构筑的世界观念秩序中，中国形象的意义就是表现差异，完成西方现代文明的自我认同。中国是进步秩序的他者——停滞的帝国；中国是自由秩序的他者——专制的帝国。

文明停滞的中国形象出现于 18 世纪末，其出现的语境是启蒙主义以欧洲的进步为核心的世界史观。在这一语境中，他们确定中国文明停滞的形象，探讨停滞的原因，即可以证明西方文化的价值与优胜，又可以警戒西方文化不断进取，并为西方扩张与征服提供意识形态根据。西方曾经羡慕中国历史悠久，但很快发现，具有悠久历史的中国，同时也是一个停滞在历史的过去，正在堕入野蛮的国家。文明的悠久与停滞是一个问题的两面：当历史悠久同时意味着历史停滞时，荣耀也就变成了耻辱。孔多塞与马戛尔尼的中国观，出现在西方的中国形象史的转折点上，他们不约而同地看到的中国文明特征：停滞与衰败，以及停滞与衰败的原因：东方专制主义的愚昧暴政。①

停滞的文明的中国形象，出现于启蒙运动后期的法国与英国，到 19 世纪初在德国古典哲学中获得最完备的解释，从而作为标准话语定型。它既表现为一种具有教条与规训意义的知识，又表现为具有现实效力的权力。在理论上说明中国的停滞，进可以为殖民扩张提供正义的理由，退可以让西方文明认同自身，引以为戒。永远停滞的民族，自身是没有意义的。它只能成为其他民族的一面镜子。永远停滞的民族，自身也不能拯救自身，只有靠其他民族的冲击。进步是人类历史的法则，停滞是取得共识的"中国事实"。一旦这些问题都确定了，西方入侵中国就可能成为正义之举，在观念中唯一的障碍，如今只剩下人道主义在历史中设置的道德同情。

启蒙主义的进步神话为资本主义的世界性扩张提供了思想武器，但并没有完成其必然的意识形态。社会达尔文主义用进化概念取代进步概念，避免了启蒙思想的温情，进化的过程是一个生存竞争的残酷

---

① 参见拙文《停滞、进步：西方的形象与中国的现实》，《书屋》2001 年第 10 期。

过程，适者生存，不适者就不生存，在进化的普遍法则中，过程的残酷与痛苦都是必要的。优等的欧罗巴民族创造的优秀的西方文明，最终消灭取代劣等的东方民族及其停滞落后的文明，就不仅是一个必然的进程，而且是正义的。文明的进行曲由优等民族的凯歌与劣等民族的呻吟合奏，一半是创造，一半是毁灭。社会达尔文主义将生物科学中的"适者生存"的观念植入社会科学解释历史的发展，"进步"变成了"进化"。表面上看，它更科学了，实质上，在科学的面具下，知识已偷渡成意识形态。

犹如进步与自由是启蒙大叙事的一对紧密相关的肯定性概念，停滞与专制也是一对紧密相关的否定性概念。中华帝国的专制主义形象一旦确立，在不断传播、重复的同时也不断确定、丰富，逐渐普遍化、自然化为一种"常识"，作为话语将全面地左右着西方社会的中国的视野与个别文本的话题与意义，以至于实践领域的中西关系或西方对华政策。话语指历史中生成的有关特定主题的一整套规训知识、发挥权力的表述系统。话语假设语言与行为，观念与实践都是不可分的，话语不仅决定了意义与意义表现的方式，还决定了行为的方式，甚至行为本身也是话语。西方的中国东方专制主义形象将中国确定在对立的、被否定的、低劣的位置上，就为帝国主义的扩张侵略提供了必要的意识形态，福柯认为话语中知识/权力是不可分离的，知识不仅假定"真理"的权力而且使权力变成真理。一旦你确立了民主与专制、文明与野蛮的对立观念，并肯定民主消灭专制，文明征服野蛮是历史进步的必然规律，如果再将中国形象定位在专制与野蛮上，西方掠夺性的野蛮战争就获得了"正义"的解释与动机。

我们在三个层次上研究西方的中国形象。首先，探讨马可·波罗时代以来七个多世纪西方的中国形象的生成演变的意义过程，观察西方视野中的中国形象，作为一种有关"文化他者"的话语，是在何时又如何生成的，在什么社会语境下发生演变、断裂或延续、继承的；其次，分析西方关于中国的中国形象叙事的共同的历史、传统和话语体系，以及该体系在空间上的扩散性与时间上的延续性，揭示西方的中国形象如何表现出某种稳定的、共同的特征，趋向于套话或原型并成为一种文化程式，又如何控制个别文本表述的；最后，解构西方的中国形象中暗含的权力结构，分析它作为知识与想象，是如何在西方文化中规训化、体制化，渗透权力并发挥权力，构成殖民主义、帝国主义、全球主义意识形态的必要成分，并参与构筑世界现代化进程中西方的物质与文化霸权的。

西方构筑的停滞专制的中华帝国形象，是西方帝国主义意识形态的一部分。塑造一个被否定的、邪恶的中国形象，不仅为鸦片战争与殖民统治掩盖了毒品贸易与战争的罪恶根源，而且为掠夺与入侵提供了所谓"正义的理由"；不仅赋予西方帝国主义者以某种历史与文明的"神圣权力"，而且无意识间竟可能让西方霸权秩序中的受害者感到某种"理所当然"。这种定型化或类型化的中国形象，与西方帝国主义在中国的殖民扩张同时出现，不仅说明现实权力结构在创造文本，文本构筑的他者形象也在创造现实，巩固这种秩序。这是话语的权力层面。①

我们很容易为西方的中国形象下一个赛义德式的定义：西方的中国形象是西方文化构筑的一套表述体系或话语，以某种似是而非的真理性左右着西方关于中国的"看法"与"说法"，为不同场合发生的文本提供用以表述中国的词汇、意象和各种修辞技巧，体现出观念、文化和历史中的权力结构，不断向政治、经济、道德权力渗透。在此定义的前提下开展西方的中国形象研究，可以将七个世纪西方的中国形象看作一个连续性整体，一个在时间中不断展开，延续变化但又表现出某种结构性特征的、由各种不同的印象、想象、比喻、象征、观点、判断等构成的织品。在这一整体性的中国形象话语中，许多思潮是纵横交错的，同一素材在不同时代不同视野中，可能显示出完全不同甚至相反的意义。因此，我们研究的问题与领域，不论是断代还是专题，都难以做到界限清晰，不仅素材是相互交织的，观点也相互关联。在西方文化中，中国形象所指，并不是一个地理上确定的、现实

---

① 参见周宁著/编注《鸦片帝国》、《第二人类》，学苑出版社 2004 年版。

的国家，而是文化想象中某一个具有特定文化意义的虚构的空间，这是西方文化在二元对立原则下想象"他者"的方式。在西方的想象中，有两个中国，一个是乐园般光明的中国，另一个是地狱般黑暗的中国。两种中国形象的转化，在西方的中国形象史上，发生在 1750 年前后，启蒙运动的高潮时代。同一个中国，在西方文化中却表现为两种完全不同的形象，而这两种形象在历史不同时期重复或者稍加变化地重复出现在各类文本中，几乎成为一种原型。20 世纪西方的中国形象，依旧表现出两种类型，在可爱与可憎、可敬与可怕两极间摇摆，从黑暗开始，到黑暗结束；从一种莫名的恐慌开始，到另一种莫名的恐慌结束。①

　　我们分析不同时代西方关于中国形象的变异与极端化表现，并不是希望证明某一个时代西方的某一种中国形象错了而另一种就对了，一种比另一种更客观或更真实。而是试图对其二元对立的两极转换方式进行分析，揭示西方的中国形象的意义结构原则。其中反复出现两种极端类型表现出的二元对立原则以及两种相反的中国形象对西方文化认同与超越的功能，才是我们研究的理论前提与宗旨。中国形象是西方文化话语的产物。这种话语可能断裂性地在不同历史时期不断变化甚至完全相反，也可能在变化中表现出某种原型的延续性。20 世纪中期一位美国记者对美国人的中国形象做调查时指出：中国具有两种肯定与否定截然相反的形象。"这两种形象时起时落，时而占据、时而退出我们心目中的中心位置。任何一种形象都从未完全取代过另一种形象。它们总是共存于我们的心目中，一经周围环境的启发便会立即显现出来，毫无陈旧之感，它们还随时出现在大量文献的字里行间，每个历史时期均因循环往复的感受而变得充实和独特。"② 20 世纪末，这种总结基本上被证明无误，另一位研究者发现，20 多年过去了，美国人心目中的中国形象，依旧在传统的两个极端之间摇摆。

---

① 参见周宁著、编注《龙的幻象》，学苑出版社 2004 年版。

② ［美］哈罗德·伊萨克斯：《美国的中国形象》，于殿利、陆日宇译，时事出版社 1999 年版，第 77—78 页。

无知、误解、一厢情愿、异想天开，依旧是美国文化构筑中国形象的基础。[①] 令人困惑的是，即使已近"地球村"时代，世界上信息最发达的美国对中国依旧那么隔膜、陌生、无知，即使是那些有直接中国经验的美国人，对中国的印象与了解，也有那么多不着边际的想象与误解。这是令人失望的，甚至对世界未来大同幸福的美好前景产生怀疑。《被误解的中国》写到 20 世纪 80 年代末，重点在 30—70 年代间。科林·麦克拉斯的《西方的中国形象》（修订版，1999）则写到 90 年代末，重点在 20 世纪最后 20 年。而他认为，即使在最后这 20 年，西方的中国形象——以美国为主——也发生了一次两极间的剧烈摇摆，在 20 世纪内，它是 50 年代邪恶化红色中国形象的继续；在西方的中国形象史上，它是 1750 年之后丑化中国形象的传统的继续。

在西方的文化—心理结构中，潜在的中国形象的原型，比任何客观经验或外在经验都更坚定稳固，更具有塑造力与包容性。20 世纪西方的中国形象，实际上是近千年历史中无数次典型经验的积淀和浓缩。其中有一些客观的知识，但更多的，尤其是在情感领域中，都是那些产生自独特的心理原型的幻想。西方人正是根据西方精神或文化传统无意识中的原型来规划世界秩序"理解"或"构筑"中国形象的。这种原型是具有广泛组织力与消化力的普遍模式，任何外部知识都必须经过它的过滤与组构，变成可理解的形象。对于西方人来说，中国形象这一在长期历史积淀中形成的异域经验模式，使任何中国的"事实"本身都失去自足性，必须在既定原型框架中获得改造与装扮，以充分西方化的、稀奇古怪的形象，滋养西方人的想象以及他们对世界的理解系统。中国，这个飘浮在梦幻与现实之间的"他者"形象或异域，只有在为西方文化的存在提供某种参照意义时，才能为西方人所接受。

（原载《东南学术》2005 年第 1 期）

---

① *China Misperceived*：*American Illusions and Chinese Reality*，By Steven W. Mosher，A New Republic Book，1990，上述观点参见该书第 1—34 页："Prologue"与"Introduction"。

第六单元

比较诗学研究

诗可以怨

钱钟书

　　到日本来讲学，是很大胆的举动。就算一个中国学者来讲他的本国学问，他虽然不必通身是胆，也得有斗大的胆。理由很明白简单。日本对中国文化各个方面的卓越研究，是世界公认的；通晓日语的中国学者也满心钦佩和虚心采用你们的成果，深知道要讲一些值得向各位请教的新鲜东西，实在不是轻易的事。我是日语的文盲，面对着贵国"汉学"或"支那学"研究的丰富宝库，就像一个既不懂号码锁、又没有开撬工具的穷光棍，瞧着大保险箱，只好眼睁睁地发愣。但是，盲目无知往往是勇气的源泉。意大利有一句嘲笑人的惯语，说"他发明了雨伞"（ha inventato l'ombrello）。据说有那么一个穷乡僻壤的土包子，一天在路上走，忽然下起小雨来了，他凑巧拿着一根棒和一方布，人急智生，把棒撑了布，遮住头顶，居然到家没有淋得像落汤鸡。他自我欣赏之余，也觉得对人类作出了贡献，应该公诸于世。他风闻城里有一个"发明品专利局"，就兴冲冲拿棍连布，赶进城去，到那局里报告和表演他的新发明。局里的职员听他说明来意，哈哈大笑，拿出一把雨伞来，让他看个仔细。我今天就仿佛那个上注册局去的乡下佬，孤陋寡闻，没见识过雨伞。不过，在找不到屋檐下去借躲雨点的时候，棒撑着布也还不失为自力应急的一种有效办法。

　　尼采曾把母鸡下蛋的啼叫和诗人的歌唱相提并论，说都是"痛苦使然"（Der Sehmerz macht Huhner und Dichter gackern）①。这个家常而生动的比拟也恰恰符合中国文艺传统里一个流行的意见：苦痛比快乐更能产生诗歌，好诗主要是不愉快、烦恼或"穷愁"的表现和发泄。这个意见在中国古代不但是诗文理论里的常谈，而且成为写作实践里的套板。因此，我们惯见熟闻，习而相忘，没有把它当作中国文评里的一个重要概念而提示出来。我下面也只举一些最平常的例来说明。

《论语·阳货》讲："诗可以兴，可以观，可以群，可以怨。""怨"只是四个作用里的一个，而且是末了一个。《诗·大序》并举"治世之音安以乐"、"乱世之音怨以怒"、"亡国之音哀以思"，没有侧重或倾向那一种"音"。《汉书·艺文志》申说"诗言志"，也不偏不倚："故哀乐之心感，而歌咏之声发。"司马迁也许是最早两面不兼顾的人。仿佛只注意到《诗经·园有桃》的："心之忧矣，我歌且谣。"《报任少卿书》和《史记·自序》历数古来的大著作，指出有的是坐了牢写的，有的是贬了官写的，有的是落了难写的，有的是身体残废后写的；一句话，都是遭贫困、疾病、甚至刑罚磨折的倒霉人的产物。他把《周易》打头，《诗三百篇》收梢，总结说："大抵圣贤发愤之所为作也。"还补充一句："此人皆意有所郁结。"那就是撇开了"乐"，只强调《诗》的"怨"或"哀"了；作《诗》者都是"有所郁结"的伤心人或不得志之士，诗歌也"大抵"是"发愤"的叹息和呼喊了。东汉人所撰《越绝书·越绝外传本事第一》说得更露骨："夫人情泰而不作，……怨恨则作，尤诗人失职，怨恨忧嗟作诗也。"明末陈子龙曾引用"皆圣贤发愤之所为作"那句话，为它阐明了一下："我观于《诗》，虽颂皆刺也——时衰而思古之盛王。"（《陈忠裕全集》卷二一《诗论》）颂扬过去正表示对现在不满，因此，《三百篇》里有些表面上的赞歌只是骨子里的怨诗了。附带可以一提，拥护"经义"而反对"文华"的郑覃苦劝唐文宗不要溺爱

---

① 《扎拉图斯脱拉如是说》（*Also Sprach Zarathustra*）第四部，许来许太（K.Schlechta）编《尼采集》（1955）第 2 册 527 页。

"章句小道"，说："夫《诗》之雅、颂，皆下刺上所为，非上化下而作。"（《旧唐书·郑覃传》），虽然是别有用心的谵言，而早已是"虽颂皆刺"的主张了。《公羊传》宣公十五年"初税亩"节里"什一行而颂声作矣"一句下，何休的《解诂》也很耐寻味。"太平歌颂之声，帝王之高志也。……独言'颂声作'者，民以食为本也。……男女有所怨恨，想从而歌；饥者歌其食，劳者歌其事。"《传》文明明只讲"颂声"，《解诂》补上"怨恨而歌"，已近似横生枝节了；不仅如此，它还说一切"歌"都出于"有所怨恨"，把发端的"太平歌颂之声"冷搁在脑后。陈子龙认为"颂"是转弯抹角的"刺"；何休仿佛先遵照《传》文，交代了高谈空论，然后根据经验，补充了真况实话："太平歌颂之声"那种"高致"只是史书上的理想或空想，而"饥者"、"劳者"的"怨恨而歌"才是生活里的事实。何、陈两说相辅相成。中国成语似乎也反映了这一点。乐府古辞《悲歌行》："悲歌可以当泣，远望可以当归"，从此"长歌当哭"是常用的词句；但是相应的"长歌当笑"那类说法却不经见，尽管有人冒李白的大牌子，作了《笑歌行》。笑吟吟的"吟"字不等同于"新诗改罢自长吟"的"吟"字。

司马迁的那种意见，刘勰曾涉及一下，还用了一个巧妙的譬喻。《文心雕龙·才略》讲到冯衍："敬通雅好辞说，而坎壈盛世；《显志》、《自序》亦蚌病成珠矣。"就是说他那两篇文章是"郁结"、"发愤"的结果。刘勰淡淡带过，语气不像司马迁那样强烈，而且专说一个人，并未扩大化。"病"是苦痛或烦恼的泛指，不限于司马迁所说"左丘失明"那种肉体上的害病，也兼及"坎壈"之类精神上的受罪，《楚辞·九辩》所说："坎壈兮贫士失职而志不平。"北朝有个姓刘的人也认为困苦能够激发才华，一口气用了四个比喻，其中一个恰好和南朝这个姓刘人所用的相同。刘昼《刘子·激通》："梗柟郁蹙以成缛锦之瘤，蚌蛤结疴而衔明月之珠，鸟激则能翔青云之际，矢惊则能逾白雪之岭，斯皆仍瘁以成明文之珍，因激以致高远之势。"（参看《玉台新咏》卷一〇许瑶之《咏楠榴枕》："端木生河侧，因病生成妍"；"榴"通"瘤"。《太平御览》卷三五〇引《韩子》："水激则悍，矢激则远"；《史记·范雎蔡泽列传》："太史公曰：'然二子不困厄，恶能激乎'"；又《后汉书·冯衍传》上章怀注引衍与阴就书："鄙语曰：'水不激不能破舟，矢不激不能饮羽。'"）后世像苏轼《答李端叔书》："木有瘿，石有晕，犀有通，以取妍于人，皆物之病"，无非讲"仍瘁以成明文"，虽不把"蚌蛤衔珠"来比，而"木有瘿"正是"楩柟成瘤"①。西洋人谈起文学创作，取譬巧合得很。格里巴尔泽（Franz Grillparzer）说诗好比害病不作声的贝壳动物所产生的珠子（die Perle, das Erzeugnis des kranken stillen Muschel-ieres）；福楼拜以为珠子是牡蛎生病所结成（la perle est une maladie de l'huitre），作者的文笔（le style）却是更深沉的痛苦的流露（l'écou-lement d'une douleur plus profonde）②。海涅发问：诗之于人，是否象珠子之于可怜的牡蛎，是使它苦痛的病料（wie die Perle, die Krankhe-itsstoff, woran das arme Austertier leidet）③。豪斯门（A. E. Housman）说诗是一种分泌（a secretion），不管是自然的（natural）分泌，像松杉的树脂（like the turpentine in the fir），还是病态的（morbid）分泌，像牡蛎的珠子（like the pearl in the oyster）④。看来这个比喻很通行。

---

① 参看赵翼《瓯北诗钞》七言律三《闻心余京邸病风却寄》之二："木有文章原是病，石能言语果为灾"；龚自珍《破戒草》卷下《释言》："木有刘彰曾是病，虫多言语不能天。"普鲁斯脱的小说里谈起创作，说："想象和思想都可能是良好的机器、但也可能静止不转，痛苦也推动了它们。"（*L'imagination, la pensée peuvent être des machines admirables, maiselles peuvent être inertes. La Souffrance alors les met en marche. ... Le Temps retrouvé*, Ⅲ, "*La Pléiade*", *vol.* Ⅲ, *p.* 908）；这也许是用现代机械化语言为"激通"所作的好比喻。

② 墨希格（Walter Muschg）《悲剧观的文学史》（*Tragische Literaturgeschichte*）第 3 版（1957）415 页引了这两个例。

③ 《论浪漫派》（Die Romantische Schvul）2 卷 4 节，《海涅诗文书信合集》（东柏林，1961）5 册 98 页。

④ 《诗的名称和性质》（*The Name and Natureof Poetry*），卡特（J. Carter）编《豪斯门散文选》（1961）194 页。豪斯门紧接说自己的诗都是"健康欠佳"（out of health）时写的；他所谓"自然的"就等于"健康的，非病态的"。加尔杜齐（Giosuè Carducci）痛骂浪漫派把诗说成情感上"自然的分泌"（secrecione naturale），见布赛托（N. Busetto）《乔稣埃·加尔杜齐》（1958）492 页引；他所谓"自然的"等于"信手写成的，不经艺术琢磨的"。前一意义上"不自然的（病态的）分泌"也可能是在后一意义上"自然的（未加工的）分泌"。

大家不约而同地采用它，正因为它非常贴切"诗可以怨""发愤所为作"。可是，《文心雕龙》里那句话似乎历来没有博得应得的欣赏。

司马迁举了一系列"发愤"的著作，有的说理，有的记事，最后把《诗三百篇》笼统都归于"怨"，也作为一个例子。钟嵘单就诗歌而论，对这个意思加以具体发挥。《诗品·序》里有一节话，我们一向没有好好留心。"嘉会寄诗以亲，离群托诗以怨，至于楚臣去境，汉妾辞宫；或骨横朔野，魂逐飞蓬；或负戈外戍，杀气雄边，塞客衣单，孀闺泪尽；或士有解佩出朝，一去忘反，女有扬蛾入宠，再盼倾国。凡斯种种，感荡心灵，非陈诗何以展其义？非长歌何以骋其情？故曰：'诗可以群，可以怨。'使穷贱易安，幽居靡闷，莫尚于诗矣！"说也奇怪，这一节差不多是钟嵘同时人江淹那两篇名文——《别赋》和《恨赋》——的提纲。钟嵘不讲"兴"和"观"，虽讲起"群"，而所举压倒多数的事例是"怨"，只有"嘉会"和"入宠"两者无可争辩地属于愉快或欢乐的范围。也许"无可争辩"四个字用得过分了。"扬蛾入宠"很可能有苦恼或"怨"的一面。譬如《全晋文》卷一三九左九嫔《离思赋》就怨恨自己"入紫庐"以后，"骨肉至亲，永长辞兮！"因而"歔欷涕流"；（参看《文馆词林》卷一五二她哥哥左思《悼离赠妹》："永去骨肉，内充紫庭。……悲其生离，泣下交颈"）。《红楼梦》第一八回里的贾妃不也感叹"今虽富贵，骨肉分离，终无意趣"么？同时，按照当代名剧《王昭君》的主题思想，"汉妾辞宫"绝不是"怨"，少说也算得是"群"，简直竟是良缘"嘉会"，欢欢喜喜，到胡人那里去"扬蛾入宠"了。但是，看《诗品》里这几句平常话时，似乎用不着那样深刻的眼光，正像在日常社交生活里，看人看物都无须荧光检查式的透视。《序》结尾又举了一连串的范作，除掉失传的篇章和泛指的题材，过半数都可以说是"怨"诗。至于《上品》里对李陵的评语："生命不谐，声颓身丧，使陵不遭辛苦，其文亦何能至此！"更明白指出刘勰"蚌病成珠"，也就是后世常说的"诗必穷而后工"①。还有一点不容忽略。同一件东西，司马迁当作死人的防腐溶液，钟嵘却认为是活人的止痛药和安神剂。司马迁《报任少卿书》只说"舒愤"而著书作诗，目的是避免"名磨灭"、"文采不表于后世"，着眼于作品在作者身后起的功用，能使他死而不朽。钟嵘说："使穷贱易安，幽居靡闷，莫尚于诗"；强调了作品在作者生时起的功用，能使他和艰辛冷落的生涯妥协相安；换句话说，一个人潦倒愁闷，全靠"诗可以怨"，获得了排遣、慰藉或补偿。随着后世文学体裁的孳生，这个对创作的动机和效果的解释也从诗歌而蔓延到小说和戏剧。例如周楫《西湖二集》卷一《吴越王再世索江山》将起瞿佑写《剪灯新话》和徐渭写《四声猿》"真个哭不得，笑不得，叫不得，跳不得，你道可怜也不可怜！所以只得逢场作戏，没紧没要，做部小说。……发抒生平之气，把胸中欲歌欲哭欲叫欲跳之意，尽数写出来。满腹不平之气，郁郁无聊，借以消遣。"李渔《闲情偶寄》卷二《宾白》讲自己写剧本，说来更淋漓尽致："予生忧患之中，处落魄之境，自幼至长，自长至老，总无一刻舒眉。惟于制曲填词之顷，非但郁藉以舒，愠为之解，且尝僭作两间最乐之人。……未有真境之所为，能出幻境纵横之上者。我欲做官，则顷刻之间便臻荣贵。……我欲作人间才子。即为杜甫、李白之后身。我欲娶绝代佳人，即作王嫱、西施之原配。"正像陈子龙以为《三百篇》里"虽颂皆刺"，李渔承认他剧本里欢天喜地的"幻境"正是他生活里蹦天蹐地的"真境"的"反"映——剧本照映了生活的反面。大家都熟知弗洛伊德的有名理论：在实际生活里不能满足欲望的人，死了心作退一步想，创造出文艺来，起一种替代品的功用（Ersatz für den Triebverzicht），借幻想来过瘾（Phantasiebefriedigungen）②。假如说，弗

---

① 参看《管锥编》（三）第 135—139 页。

② 弗洛伊德《全集》（伦敦，1950）第 14 册 355 又 433 页。卡夫卡（Franz Kafka）日记说自己爱慕一个女演员，要称心偿愿（meine Liebe zu befriedigen），只有通过文学或者同眠共宿（Es ist durch Literatur oder durch den Beischlaf möglich.—*Tagebücher* 1910—1923, ed. M. Brod, S. Fischer, 1949, p. 146）。我不知道是否有人引过这句话作为弗洛伊德理论最干脆的实例。

洛伊德这个理论早在钟嵘的三句话里稍露端倪，更在周楫与李渔的两段话里粗见眉目，那也许不是牵强拉拢，而只是请大家注意他们似曾相识罢了。

在某一点上，钟嵘和弗洛伊德可以对话，而有时候韩愈跟司马迁也会说不到一处去。《送孟东野序》是收入旧日古文选本里给学童们读熟读烂的文章。韩愈一开头就宣称："大凡物不得其平则鸣。……人声之精者为言，文辞之于言，又其精也。"历举庄周、屈原、司马迁、相如等大作家作为"善鸣"的例子，然后隆重地请出主角："孟郊东野始以其诗鸣。"一般人认为"不平则鸣"和"发愤所为作"含义相同；事实上，韩愈和司马迁讲的是两码事。司马迁的"愤"就是"坎壈不平"或通常所谓"牢骚"；韩愈的"不平"和"牢骚不平"并不相等，它不但指愤郁，也包括欢乐在内。先秦以来的心理学一贯主张：人"性"的原始状态是平静，"情"是平静遭到了骚扰，性"不得其平"而为情。《乐记》里两句话："人生而静，感于物而动"，具有代表性，道家和佛家经典都把水因风而起浪作为比喻①。这个比喻也被儒家借而不还。《礼记·中庸》"天命之谓性"句下，孔颖达《正义》引梁五经博士贺瑒说："性之与情，犹波之与水，静时是水，动则是波，静时是性，动则是情。"韩门弟子李翱《复性书》上篇就说："情者，性之动。水泪于沙，而清者浑，性动于情，而善者恶"；甚至深怕和佛老沾边的宋儒程颐也不避嫌疑："湛然平静如镜者，水之性也。及遇沙石或地势不平，便有湍激，或风行其上，便为波涛汹涌，此岂水之性也哉！……然无水安得波浪，无性安得情也？"（《河南二程遗书》卷一八《伊川语》）按照古代心理学通俗小说里常用的"心血来潮"那句话，也表示这个比喻的普及。《封神榜》第三四回写太乙真人静坐，就解释道："看官，但凡神仙，烦恼、嗔痴、爱欲三事永忘，其心如石。再不动摇。'心血来潮'者，心中忽动耳。"——"来潮"等于"动则是波"。按照古代心理

---

① 参看《管锥编》（三）第608—610页。

学，不留念什么感情都是"性"暂时失去了本来的平静，不但愤郁是"性"的骚动，欢乐也一样好比水的"波涛汹涌"、"来潮"。我们也许该把韩愈那句话安置在这个"语言天地"里，才能理解它的意义。他另一篇文章《送高闲上人序》就说："喜怒窘穷，忧悲愉佚，怨恨思慕，酣醉无聊，不平有动于心，必于草书焉发之。""有动"和"不平"就是同一事态的正负两种说法，重言申明，概括"喜怒"、"悲愉"等情感。只要看《送孟东野序》的结尾："抑不知天将和其声而使鸣国家之盛耶？抑将穷饿其身，思愁其心肠，而使自鸣其不幸耶？"很清楚，得志而"鸣国家之盛"和失意而"自鸣不幸"，两者都是"不得其平则鸣"。韩愈在这里是两面兼顾的，正像《汉书·艺文志》讲"歌咏"时，并举"哀乐"，而不像司马迁那样的偏主"发愤"。有些评论家对韩愈的话加以指摘①，看来由于他们对"不得其平"理解得太狭窄了，把它和"发愤"混淆。黄庭坚有一联诗："与世浮沉唯酒可，随时忧乐以诗鸣"（《山谷内集》卷一三《再次韵兼简履中南玉》之二）下句的"来历"正是《送孟东野序》。他很可以写"失时穷饿以诗鸣"或"违时佝佗以诗鸣"等，却用"忧乐"二字作为"不平"的代词，真是一点儿不含糊的好读者。

　　韩愈确曾比前人更明确地规定了"诗可以怨"的观念，那是在他的《荆潭唱和诗序》里。这篇文章是恭维两位写诗的大官僚的，恭维他们的诗居然比得上穷书生的诗，"王公贵人"能"与韦布里间憔悴之士较其毫厘分寸"。言外之意就是把"憔悴之士"的诗作为检验的标准，因为有一个大前提："夫和平之音淡薄，而愁思之声要眇，欢愉之辞难工，而穷苦之言易好也。"早在六朝，已有人说出了"和平之音淡薄"的感觉，《全宋文》卷一九王微《与从弟僧绰书》："文词不怨思抑扬，则流淡无味。"后来有人干脆归纳为七字诀："其中妙诀无多语，只有销魂与断肠。"（方文《涂山续集》卷五《梦与施

---

　　①　参看沈作喆《寓简》卷四，洪迈《容斋随笔》卷四，钱大昕《潜研堂文集》卷二六《李南涧诗序》，谢章铤《藤阴客赘》。

愚山论诗醒而有作》）为什么有"难工"和"易好"的差别呢？一个明末的孤臣烈士和一个清初的文学侍从尝试地作了相同的心理解答。张煌言说："甚矣哉！'环宇之词难工，而愁苦之音易好也！'盖诗言志，欢愉则情散越，散越则思致不能深入；愁苦则其情沉着，沉着则舒籁发声，动与天会。故曰：'诗以穷而后工。'夫亦其境然也。"（《国粹丛书》本《张苍水集》卷一《曹云霖诗序》）陈兆伦说得更简括："'欢愉之词难工，愁苦之词易好。'此语闻之熟矣，而莫识其所由然也。盖乐主散，一发而无余；忧主留，辗转而不尽。意味之浅深别矣。"（《紫竹山房集》卷四《消寒八咏·序》）这对诗歌"难工"而"易好"的缘故虽然不算解释透彻，而对欢乐和忧愁的情味很能体贴入微。陈继儒曾这样来区别屈原和庄周："哀者毗于阴，故《离骚》孤沉而深往；乐者毗于阳，故《南华》奔放而飘飞。"（《晚香堂小品》卷九《郭注庄子叙》）一位意大利诗人也记录下类似的体会：欢乐趋向于扩张，忧愁趋向于收紧（questa tendenza al dilatamento nell'allegrezza, e al ristringimento nella tristezza)①。我们常说"心花怒放"，"开心"，"快活得骨头都轻了"，"心里打个结"，"心上有了块石头"，"一口气憋在肚子里"，等等，都表达了乐的特征是发散、轻扬，而忧的特征是凝聚、滞重②。欢乐"发而无余"，要挽留它也留不住，忧愁"转而不尽"，要消除它也除不掉。用歌德的比喻来说，快乐是圆球形（die kugel），愁苦是多角物体形（das Vieleck)③。圆球一滚就过，多角体"辗转"即停，张煌

---

① 利奥巴尔迪（Leopardi）《感想杂志》（*Zibaldone di Pensieri*），弗洛拉（F. Flora）编注本5版（1957）第1册100页。

② 参看拉可夫（G. Lakoff）与约翰逊（M. Johnson）合著《咱们赖以生存的比喻》（*Metaphors We Live By*）（1980）15页"快乐上向，忧愁下向"（Happy is up；sad is down）又18页"快乐宽阔，忧愁狭隘"（Happy is wide；sad is narrow）诸例。

③ 歌德为孟贝尔（J. Ch. Mämpel）自传所作序文，辛尼尔（G. F. Senior）与卜克（C. V. Bock）合选《批评家歌德》（*Goethe the Critic*）（1960）60页。参看海涅《歌谣集》（*Romancero*）卷二卷头诗那一首《幸福是个浮浪女人》（*Das Glück ist eine leichte Dirme*）《诗文书信合集》第二册79页。

言和陈兆伦都说出了这种区别。

　　韩愈把穷书生的诗作为样板，他推崇"王公贵人"也正是抬高"憔悴之士"。恭维而没有一味拍捧，世故而不是十足势利，应酬大官僚的文章很难这样有分寸。司马迁、钟嵘只说穷愁使人作诗、作好诗，王微只说文词不怨就不会好；韩愈把反面的话添上去了，说快乐虽也使人作诗，但作出的不会是很好或最好的诗。有了这个补笔，就题无剩义了。韩愈的大前提有它的一些事实根据。我们不妨说，虽然在质量上"穷苦之言"的诗未必就比"欢愉之词"的诗来得好，但是在数量上"穷苦之言"的好诗的确比"欢愉之词"的好诗来得多。因为"穷苦之言"的好诗比较多，从而断言只有"穷苦之言"才构成好诗，这在推理上有问题，韩愈犯了一点儿逻辑错误。不过，他的错误不很严重，他也找得着有名的同犯，例如十九世纪西洋的几位浪漫诗人。我们在学生时代念的通常选本里，就读到下面这类名句："最甜美的诗歌就是那些诉说最忧伤的思想的"（Our sweetest songs are those that tell of saddest thoughts）；"真正的诗歌只出于深切苦恼所炽燃着的人心"（und es kommt das echte Lied/Einzig aus dem Menschen-herzen, /Das ein tiefes Leid durchgluht）；"最美丽的诗歌就是最绝望的，有些不朽的篇章是纯粹的眼泪"（Les plus déséspérés sont les chants les plus beaux, /Et j'en sais d'immortels qui sont de purs sanglots）①有位诗人用散文写了诗论，阐明一切"真正的美"（true Beauty）都必然染上"忧伤的色彩"（this certain taint of sadness），"忧郁是诗歌里最合理合法的情调"（Melancholy is thus the most legitimate of all the poetical tones）②。近代一位诗人认为"牢骚"（grievances）宜于散文，而"忧伤（griefs）宜于诗"，"诗是关于忧伤的奢侈"（poetry is an

---

　　① 雪莱《致云雀》（*To a Skylark*）；凯尔纳（Justinus Kerner）《诗》（*Poesie*）；缪塞（Musset）《五月之夜》（*La Nuit de Mai*）。

　　② 爱伦坡（Edgar Allan Poe）《诗的原理》（*The Poetic Principle*）和《写作的哲学》（*The Philosophy of Comoposition*），《诗歌及杂文集》（牛津，1945）177 又 195 页。

extravagance about grief)①。上文提到尼采和弗洛伊德。称赏尼采而不赞成弗洛伊德的克罗齐也承认诗是"不如意事"的产物（La poesia, come è stato ben detto, nasce dal "desiderio insoddisfatto"）②；佩服弗洛伊德的文笔的瑞士博学者墨希格（Walter Muschg）甚至写了一大本《悲剧观的文学史》证明诗常出于隐蔽着的苦恼（fast immer, wenn auch oft verhüllt, eine Form des Leidens）③，可惜他没有听到中国古人的议论。

　　没有人愿意饱尝愁苦的滋味——假如他能够避免；没有人不愿意作出美好的诗篇——即使他缺乏才情；没有人不愿意取巧省事——何况他不至于损害旁人。既然"穷苦之言易好"，那么，要写好诗就要说"穷苦之言"。不幸的是，"憔悴之士"才能说"穷苦之言"；"妙诀"尽管说来容易，"销魂与断肠"的滋味并不好受，而且机会也其实难得。冯舒"尝颂孟襄阳诗'不才明主弃，多病故人疏'，云：'一生失意之诗，千古得意之句'"（顾嗣立《寒厅诗话》）。白居易《读李杜诗集因题卷后》："不得高官职，仍逢苦乱离；暮年逢客恨，浮世谪仙悲。……天意君须会，人间要好诗。"作出好诗，得经历卑屈、乱离等愁事恨事，"失意"一辈子，换来"得意"诗一联，这代价可不算低，不是每个作诗的人所乐意付出的④。于是长期存在一个情况：诗人企图不出代价或希望减价而能写出好诗。小伙子作诗"叹老"，大阔佬作诗"嗟穷"，好端端过着闲适日子的人作诗"伤春"、"悲秋"。例如释文莹《湘山野录》卷上评论寇准的诗："然富

---

① 弗罗斯特（Robert Frost）《罗宾逊（E. A. Robinson）诗集序》又《论奢侈》（*On Extravagance*），普利奇特（William H. Pritchard）《近代诗人评传》（*Lives of the modern poets*）（1980）129 又 137 页引。

② 《诗论》（*La Poesia*）第 5 版（1953）158 页。

③ 《悲剧观的文学史》第 16 页。

④ 参看济慈给莎拉·杰弗莱（Sarah Jeffery）的信："英国产生了世界上最好的作家（the English have produced the finest writers in the world），一个主要原因是英国社会在他们生世时虐待了他们（the English World has ill-treated them during their life）。"见济慈《书信集》（*Letters*），洛林斯（H. E. Rollins）辑注本（1958）第 2 册 115 页。

贵之时，所作皆凄楚愁怨。……余尝谓深于诗者，尽欲慕骚人清悲怨感，以主其格。"这原不足为奇；语言文字有这种社会功能，我们常常把说话来代替行动，捏造事实，乔装改扮思想和情感。值得注意的是：在诗词里，这种无中生有（fabulation）的功能往往偏向一方面。它经常报忧而不报喜，多数表现为"愁思之声"而非"和平之音"，仿佛鳄鱼的眼泪，而不是《爱丽斯梦游奇境记》里那条鳄鱼的"温和地微笑嘻开的上下颚"（gently smiling jaws）。我想起刘禹锡《三阁词》描写美人的句子："不应有恨事，娇甚却成愁"；传统里的诗人并无"恨事"而"愁"，表示自己才高，正像传统里的美人并无"恨事"而"愁"，表示自己"娇多"①。李贽读了司马迁"发愤所为作"那句话，感慨说："由此观之，古之贤圣不愤则不作矣。不愤而作，譬如不寒而颤、不病而呻也。虽作何观乎！"（《焚书》卷三《〈忠义水浒传〉序》）"古代"是召唤不回来的，成"贤"成"圣"也不是一般诗人愿意和能够的，"不病而呻"已成为文学生活里不能忽视的事实。也就是刘勰早指出来的："心非郁陶，……此为文而造情也"（《文心雕龙·情采》）；或范成大所嘲讽的："诗人多事惹闲情，闭门自造愁如许"（《石湖诗集》卷一七《陆务观作〈春愁曲〉，悲甚，作此反之》）②：恰如法国古典主义大师形容一些写挽歌（élégie）的人所谓："矫揉造作，使自己伤心。"（qui s'affligent par art）③ 南北朝二刘不是说什么"蚌病成珠"、"蚌蛤结疴而衔珠"么？诗人"不病而呻"，和孩子生"逃学病"，要人生"政治病"，同样是装病、假病。不病而呻包含一个希望：有那样便宜或侥幸的事，假病会产生真珠。假病能不能装得像真，假珠子能不能造得乱真，这也许要看本领或艺术。诗曾经和形而上学、政治并列为"三种哄人的玩意

---

① 吴曾《能改斋漫录》卷一六王辅道《浣溪沙》："娇多无事做凄凉"，就是刘禹锡的语意。

② 范成大诗说："多事"，王辅道词说"无事"，字面相反，而讲的是一回事。参看《管锥编》（一）第323—331页。

③ 布瓦洛（Boileau）《诗法》（L'Art poétique）2篇47行。

儿"（die drei Tiuschungen）①，不是完全没有原因的。当然，作诗者也
在哄自己。

我只想举四个例。第一例是一位名诗人批评另一位名诗人。张耒
取笑秦观说："世之文章多出于穷人，故后之为文者喜为穷人之辞。
秦子无忧而为忧者之辞，殆出于此耶?"（《张右史文集》卷五一《送
秦观从苏杭州为学序》）第二例是一位名诗人的自白。辛弃疾《丑
奴儿》词承认："少年不识愁滋味，爱上层楼。爱上层楼，为赋新词
强说愁。而今识尽愁滋味，欲说还休。欲说还休，却道天凉好个秋";
上半阕说"不病而呻"、"不愤而作"; 下半阕说出了人生和写作里另
一个事实，缄默——不论是说不出来，还是不说出来——往往意味和
暗示着极（"尽"）厉害的"病"痛、极端深切的悲"愤"。第三例
是陆游《后春愁曲》，他自己承认："醉狂戏作《春愁曲》，素屏纨扇
传千家。当时说愁如梦寐，眼底何曾有愁事!"（《剑南诗稿》卷一
五）——就是范成大笑他闭门自造愁。第四例是有关一个姓名不见经
传的作家的故事。有个名叫李廷彦的人，写了一首百韵排律，呈给他
的上司请教，上司读到里面一联："舍弟江南没，家兄塞北亡!"非
常感动，深表同情说："不意君家凶祸重并如此!"李廷彦忙站起来
恭恭敬敬回答："实无此事，但图属对亲切耳。"这事传开了，成为
笑谈，有人还续了两句："只求诗对好，不怕两重丧"（陶宗仪《说
郛》卷三二范正敏《遯斋闲览》、孔齐《至正直记》卷四）显然，姓
李的人根据"穷苦之言易好"的原理写诗，而且很懂诗要写得具体，
心情该在实际事态里体现出来。假如那位上司没有关心下属，当场询
问，我们这些深受实证主义（positivism）影响的后世研究者，未必想
到姓李的在那里"无忧而为忧者之辞"。倒是一些普通人看腻而也看
破了这种风气或习气的作品。南宋一个"蜀妓"写给她情人一首
《鹊桥仙》词："说盟说誓，说情说意，动便春愁满纸。多应念得

---

① 让·保尔（Jean Paul）《美学导论》（*Vorschule der Aesthetik*）第 52 节引托里尔特
（Thomas Thorild）的话，《让·保尔全集》（1965）第 5 册 193 页。

'脱空经'，是那个先生教底？"（周密《齐东野语》卷一一）；"脱空"就是虚诳、撒谎①。海涅的一首情诗里有两句话，恰恰可以参考："世上人不相信什么爱情的火焰，只认为是诗里的词藻。"（Diese welt glaubt nicht an Flammen，/und sie nimmt's für Poesie）② "春愁"、"情焰"之类也许是作者"姑妄言之"，读者往往只消"姑妄听之"。不必碰上"脱空经"，也看作纪实录。当然，"脱空经"的花样繁多，不仅是许多抒情诗词，譬如有些忏悔录、回忆录、游记甚至于国史，也可以归入这个范畴。

我开头说，"诗可以怨"是中国古代的一种文学主张。在信口开河的过程里，我牵上了西洋近代。这是很自然的事。我们讲西洋，讲近代，也会不知不觉地远及中国，上溯古代。人文科学的各个对象彼此系连，交互渗透，不但跨越国界，衔接时代，而且贯穿着不同的学科。由于人类智力和生命的严峻局限，我们为方便起见，只能把研究领域圈得愈来愈窄，把专门学科分得愈来愈细。此外没有办法。所以，成为某一门学问的专家，虽在主观上是得意的事，而在客观上是不得已的事。"诗可以怨"也牵涉到更大的问题。古代评论诗歌，重视"穷苦之言"，古代欣赏音乐，也"以悲哀为主"③；这两个类似的传统有没有共同的心理和社会基础？悲剧已遭现代新批评家鄙弃为要不得的东西了④，但是历史上占优势的理论认为这个剧种比喜剧伟大⑤；那种传统看法和压低"欢愉之词"是否也有共同的心理基础？

---

① 与"梢空"同意。"经"是佛所，有"经"必有佛；《宣和遗事》卷上宋徽宗封李师师就说："岂有浪语天子脱空佛？"

② 海涅：《新诗集》（*Neue Gedichts*）第 35 首，《诗文书信合集》第 1 册 230 页。

③ 参看《管锥编》（三）第 154—157 页。

④ 例如罗勃-格理叶（Alain Robbe-Grillet）《为新派小说辩护》（*Pour un nouveau Roman*）（1963）55 页引巴尔脱（Roland Barthes）的话，参看 66—67 页。

⑤ 黑格尔也许是重要的例外，他把喜剧估价得比悲剧高；参看普罗阿（S. S. Prawer）《马克思与世界文学》（*Karl Marx and World Literature*）（1976）270 页自注 99 提示的那两节。费歇尔（F. T. Vischer），也认为喜剧高于悲剧，是最高的文学品种，参看威律克（R. Wellck）《现代批评史》（*A History of Modern Criticism*）第 3 册（1965）220 页。

一个谨严安分的文学研究者尽可以不理会这些问题，但不妨认识到它们的存在。在认识过程里，不解决问题比不提出问题总还进了一步。当然，否认有问题也不失为解决问题的一种痛快方式。

（选自《七缀集》，生活·读书·新知三联书店 2002 年版，第 115—132 页）

诗无达诂

张隆溪

据柏拉图记载，苏格拉底曾挑出诗人们著作中一些精彩片断，问他们这些诗的意义是什么，却发现"当时在场者几乎无一不能比诗人们更好地谈论他们的诗"①。苏格拉底（或者说柏拉图）相信诗人们在神灵附体、陷入迷狂时才能歌唱，所以他们并没有自觉的创作意图，也不理解自己作品的意义。新批评派把注意力集中到作品本身，感到作者意图在诠释过程中总有点碍手碍脚的时候，难怪会征引柏拉图这段话来支持他们有名的"意图迷误"说了。他们褫夺了作者的权威之后，并没有把它交给别人，而是留给了批评家们自己。文萨特（W. K. Wimsatt）和比尔兹利（M. Beardsley）不仅用"意图迷误"砍断把作品系在作者身上的绳索，又用"感受迷误"砍断了作品与读者的联系。"感受迷误"否定了一切从读者所受影响的角度来评论一首诗的做法。新批评家说作品的意义是独立存在的，实际上他们对于文学作品有如中世纪教会对于《圣经》，拥有唯一的阐释权利。

当代更新的批评并不否定"意图迷误"，却打破客观本文的局限，猛烈抨击"感受迷误"，而在读者反应中界定文学作品的意义。德国阐释学权威伽达默就说，作品意义并不局限于作者原意，因为"它总是由解释者的历史环境乃至全部客观的历史进程共同决定的"②。所谓接受美学（Rezeptionsästhetik）正是在研究各种理解之间的阐释差

---

① Plato, *The Apology*, Trans. Benjamin Jowett, Gobal Grey edition, 1981.

② H. G. Gadamer, *Wahrheit und Methode*, Tübingen, 1960, p. 280.

距的基础上建立起来的。文学的产生和接受可以理解为由作者、作品和读者这样三个环节构成的信息传递过程。实证主义批评完全围绕着作者，新批评则只顾作品，当前的接受美学和读者反应批评又似乎把读者推到前台。这情形用法国文论家罗兰·巴尔特戏剧性的语言说来就是："为了给写作以未来，就必须推翻那神话：读者的诞生必须以作者的死亡为代价。"①

伽达默在说明阐释何以不能以作者原意为准时说，"语言表达无论如何都不仅不够准确，需要再推敲，而且必然地总不能充分表情达意"②。作者原意既然不能借语言充分表达，从有限的语言中去重现作者原意也就是不可能的。这不能不使我们想起中国古人类似的意见。《周易·系辞上》："书不尽言，言不尽意"，就指出了语言达意能力的局限。欧阳修认为这种说法不够准确，因为古来圣贤之意毕竟有赖于书和言才保存下来，传于后世。因此他作了一点小小的修正，指出"书不尽言之烦而尽其要，言不尽意之委曲而尽其理"（《欧阳文忠公文集》卷一百三十《系辞说》）。这正符合庄子的意见："可以言论者，物之粗也，可以意致者，物之精也"（《秋水》）；"意之所随者，不可以言传也"（《天道》）。然而文学所要表现和描绘的不是粗略抽象的"理"，恰恰是具体事物的"委曲"精微，所以对于它的目的说来，文学语言似乎尤其有严重的局限性。陆机《文赋》说："恒患意不称物，文不逮意，盖非知之难，能之难也"；刘勰《文心雕龙·神思》也说："意翻空而易奇，言征实而难巧也"；都是就文学创作的方面，浩叹抒情表意的艰难。事实上不独文学的抒情表意，就是哲学的传道明理，也往往如此。哲学家们常常说，最高的理是无法用语言达出的，即《老子》开宗明义所谓"道可道，非常道。名可名，非常名"。钱钟书先生在评论老子这一命题时，征引了许多哲

① R. Barthes, "The Death of the Author", *Image - Music - Text*, Trans. S. Heath, New York: 1977, p. 148.

② H. G. Gadamer, "Sernantics and Hermeneutics", *Philosopbical Hermeneutics*, Trans. D. E. Linge, Berkeley: 1976, p. 88.

人诗家慨叹和责难语言局限的话，指出这样一个常见的矛盾："立言之人句斟字酌、慎择精研，而受言之人往往不获尽解，且易曲解而滋误解。'常恨言语浅，不如人意深'（刘禹锡《视刀环歌》），岂独男女之情而已哉？"①

这也正是阐释学力求解决的矛盾。由于作者和读者存在于不同的时间空间里，他们之间的时空距离从本体论角度说来是不可克服的，所以尽合作者原意的理解在本质上也就难以达到，而曲解和误解倒会自然地产生。以施莱尔马赫（Schleiermacher）和狄尔泰（Dilthey）为代表的传统阐释学企图排除理解当中属于解释者自己历史环境的成分，即主观成见，最终达到作者原意的重建。但海德格尔把存在定义为在世界中的存在，定义为定在（Dasein），即总是限定在历史性中的存在，这种历史性也决定着存在者对世界的理解，于是德国阐释学思想便发生了激烈的变化。自海德格尔强调了存在与时间的密切关系之后，新的阐释学就不再寻求超越历史环境的"透明的"理解，却倾向于承认主观成分的积极价值。正像伽达默所说，在海德格尔赋予理解以存在的意义之后，"就可以认为时间距离在阐释上能产生积极结果"②。伽达默甚至宣称："成见是理解的前提"③；大卫·布莱奇则把一切批评都称为主观批评，因为"主观性是每一个人认识事物的条件"④。由于语言的局限性和人的存在的历史性，于是"人凡有理解，就总是不同"⑤。

另一方面，当我们说文学语言对于它的目的说来似乎尤其有严重局限性时，我们的用意不仅仅是这句话字面上的意思。因为文学语言的有趣正在其基本的反讽：诗人正是在慨叹找不到适当语言表达的同时，找到了比直说更适当的语言表达。因此，诗人们写到高潮时，往

---

① 钱钟书：《管锥编》（第二册），中华书局1979年版，第406页。

② H. G. Gadamer, *Wahrheit und Methode*, Tübingen, 1960, p. 281.

③ 同上书，第261页。

④ D. Bleich, *Subjective Criticism*, Baltimore, 1978, p. 264.

⑤ H. G. Gadamer, *Wahrheit und Methode*, Tübingen, 1960, p. 280.

往放弃一切铺叙形容，留下一片空白，而在读者的想象中，这片空白
却比任何具体描写更富于刺激，正所谓"此时无声胜有声"。李清照
《凤凰台上忆吹箫》："生怕离怀别苦，多少事、欲说还休"，勾画出
一位多情女子的无限愁苦。辛弃疾《丑奴儿》词写一个少年不懂得
忧愁而"强说愁"，老来饱经忧患，反而"欲说还休。欲说还休，却
道天凉好个秋"。在莎士比亚的名剧里，哈姆莱特临终最后的一句话：
"此外唯余沉默"①，也为我们提供了一个好例证——在惊心动魄的悲
剧场面那特定的语言环境里，这沉默显然比任何雄辩更能打动我们的
心。法国诗人维尼的名句："唯沉默伟大，其余都是贫弱"②，虽非为
写诗而发，却未尝不可借以说明写诗的道理。卡莱尔引德语古谚，
"言语的白银不如沉默的黄金"，更进一步改为："言语不过一时，沉
默属于永恒"③。这样一来，本是无可奈何消极的沉默一变而为意味
深永积极的沉默，本来由于语言的局限性，至理和深情都说不出来，
但作家诗人们发现了语言的暗示性，许多东西就故意不说出来。实际
上，语言的局限性和暗示性并不互相矛盾，反而互为依存。文字作为
象征符号总有其两面性，如保罗·里科所说："掩饰与展示，藏与露，
这两种功能不再是互为外在的了，它们代表着同一种象征功能的两个
方面"④。

希腊文学里最有名的美女海伦，在荷马的《伊利亚特》里很少具
体描写。《伊利亚特》第三卷写海伦登上城墙观战，没有一个字描写
她的容貌仪态，只从特洛伊王侯们轻声的赞叹中，侧面写出她的美。
汉乐府《陌上桑》描写美女罗敷最精彩的句子，也不是直陈，而是

---

① [英] 莎士比亚：《哈姆莱特》，朱生豪译，人民文学出版社 1977 年版，第五幕第
二场第 358 行。

② A. Vigny："La Mort du Loup"，*Poèmes antiques et modernes - Les Destinées*，Gallimaad，
3rd，1973.

③ T. Carlyle，*Sartor Resartus*，Oxford University Press，1881.

④ Panl Ricoour，"Hermeneutics：Approaches to Symbol"，V. W. Gras，*European Literary
Theory and Practice：from Existential Phenomenology to Structuralism*，New York，1973，p. 90.

反衬："行者见罗敷，下担捋髭须。少年见罗敷，脱帽着帩头。耕者忘其犁，锄者忘其锄。来归相怒怨，但坐观罗敷。"这样写都是为读者的想象留出充分余地，司空图所谓"不著一字，尽得风流"（《诗品·含蓄》）。如果较早期的诗人抱怨自己没有足够的言语来抒写胸臆，这种语言的不足现在却成为打开诗意之谜的钥匙。苏轼说："欲令诗语妙，无厌空且静；静故了群动，空故纳万境"（《送参寥师》）；姜夔说："语贵含蓄"（《白石道人诗说》）；严羽《沧浪诗话》说："语忌直，意忌浅，脉忌露，味忌短"（《诗法》）；诗应如"空中之音，相中之色，水中之月，镜中之像，言有尽而意无穷"（《诗辨》）；都强调诗歌语言的暗示性和言外之意，要求诗达于一种空灵的境界。汤显祖认为诗"以若有若无为美"（《玉茗堂文之四·如兰一集序》），便是把含蓄朦胧作为诗的最高品格了。这种主张和西方象征派以来的一些批评理论颇为切合。法国诗人魏尔仑似乎有很接近中国古人的文心，在被誉为象征派宣言的《诗艺》（Art poétique）一诗里，他宣称："最可贵是那灰色的歌，其中朦胧与清朗浑然莫辨"（Rien de plus cher que la chanson grise/ Où 8 13index36au précis se joint）。在同一题目的一首诗里（Ars poetica）里，美国诗人麦克利希（Archibald MarcLeish）故作惊人之谈，说诗当"无声"（mute）、暗哑（Dumb）、沉默（Silent），"诗当无言，如众鸟翩翻"（A poem should be wordless/As the flight of birds），甚至说："诗当无意义，只须存在"（A poem should not mean/But be）。这种种说法都不外追求刘勰所谓"文外之重旨"、"复意"（《文心雕龙·隐秀》），都努力想"以不画出、不说出示画不出、说不出"①。

　　不仅讲以禅入诗的神韵派强调语言的含蓄，就是主张"诗言志"、"文以载道"的儒家正统派，也讲究《春秋》笔法，微言大义。孟子说："言近而指远者，善言也"（《尽心章句下》）；《周易》说："夫

---

① 钱钟书：《管锥编》（第四册），转引自钱钟书《谈艺录》，国光书店1979年版，第321—322页。

《易》……其称名也小，其取类也大；其旨远，其辞文；其言曲而
中"（《系辞下》）；即便强调的是意"旨"，但也主张不应直说而须
"曲"致。董仲舒由此总结出"《诗》无达诂，《易》无达占，《春
秋》无达辞"（《春秋繁露·精华》），更是有影响的提法。"诗无达
诂"云云，诚然是汉儒解经制造的理论根据，目的完全在于便利他们
断章取义，给古代诗篇以符合儒家正统的解释。"诗无达诂"只是诗
的语言不能照字面直解，而绝不是承认理解的历史性和多种解释的合
理合法。事实上，正是汉代的经学家们给《诗经》的每一句话都做
出功利主义和道德论的解释，乃至"诗的地位逐渐崇高了，诗的真义
逐渐汩没了"[1]。因此，汉儒承认诗无达诂至多不过类似新批评派承
认诗的含混和反讽，至于诗的内容或意义，他们都有相当明确而固定
的解释。可是，一旦承认诗的语言不能照字面直解，也就不可避免地
为各种解释打开了缺口。清代的沈德潜似乎意识到这一点，他说：
"读诗者心平气和，涵泳浸渍，则意味自出，不宜自立意见，勉强求
合也。况古人之言包含无尽，后人读之，随其性情浅深高下，各有会
心。如好晨风而慈父感悟，讲鹿鸣而兄弟同食，斯为得之。董子云
'诗无达诂'，此物此志也。"（《唐诗别裁·凡例》）要是董仲舒能
听到这样的话，他会做何感想呢？

　　在中国传统文论里，固然是文以载道、知人论世的儒家观念占据
主导，但自古以来对文学语言的复杂性和阐释差距的可能性，也有充
分的认识。《周易·系辞上》："仁者见之谓之仁，知者见之谓之知"，
大概是最早肯定理解和认识之相对性的说法。具有反传统思想的王
充、葛洪反对一切都以古人为准，要求有更大的学术自由。王充说
"百夫之子，不同父母，殊类而生，不必相似，各以所禀，自为佳
好"（《论衡·自纪》），主张作文不必尽合于前人。葛洪认为德行粗
而易见，文章则精而难识，"夫唯粗也，故铨衡有定焉；夫唯精也，
故品藻难一焉"（《抱朴子·尚博》），则是从鉴赏品评的角度要求一

---

　　① 罗根泽：《中国文学批评史》（第一册），中华书局 1962 年版，第 71 页。

定程度的灵活性。对诗歌语言的两面性深有体会的，要数晋代大诗人陶渊明。他的诗里有这样的句子："此中有真意，欲辨已忘言"（《饮酒》之五），而在他的文里则有"好读书，不求甚解"（《五柳先生传》）这样的名句。欲辨忘言是从写的角度讲，不求甚解是由读的方面看，前者是意识到语言的局限性，后者则认识到语言的暗示性。不求甚解并非不能解或不愿解，而是明白言与意的复杂关系而不拘泥于唯一的解。谢榛《四溟诗话》说得很清楚："诗有可解、不可解、不必解，若水月镜花，勿泥其迹可也"（卷一·四）。为什么诗有不可解呢？薛雪《一瓢诗话》有一段话好像在回答这个有趣的问题，而且明显地模仿《周易》里的句式。他认为：杜甫诗"解之者不下数百余家，总无全璧"，原因在于它内涵丰富，从不同角度看可以见出不同的意义，"兵家读之为兵，道家读之为道，治天下国家者读之为政，无往不可"。金圣叹评《西厢记》，也说它"断断不是淫书，断断是妙文。……文者见之谓之文，淫者见之谓之淫耳"（《读第六才子书西厢记法之二》）。王夫之《薑斋诗话》更明确指出读者的作用："作者用一致之思，读者各以其情而自得。……人情之游也无涯，而各以其情遇，斯所贵于有诗"（卷一·诗绎）。这些例子都说明，中国传统文评已经认识到文学作品的意义与读者体会之间密切的关系，而这一点也正是西方现代文评十分关注的。由庄子关于言意粗精的分辨到苏轼关于诗语空静的要求，直到李渔关于作诗作文的意见："大约即不如离，近不如远，和盘托出，不若使人想象于无穷"（《笠翁文集·答同席诸子》）。中国古代的批评家实际上已意识到文学作品应有许多空白点，即罗曼·英伽顿（R. Ingarden）和伊塞尔（W. Iser）等人所谓"未定点"（die Unbestimmtheitsstelle）。读者在阅读过程中发挥自己的理解力和想象力，填补这些空白，各自在心目中见到作品的种种面貌。这就是说，中国传统文评里所理解的作品已经类似于伊塞尔所谓"呼唤结构"（die Appellstruktur）或意大利批评家厄科（U. Eco）所谓"开放作品"（opera operta），它在读者心中的具体化或最后实现在颇大程度上取决于读者本人的性情、修养和经验。

不仅如此，中国批评家还认识到一篇作品里的虚要以实作铺垫，未定点要以相对稳定的结构作基础。刘熙载说"诗中固须得微妙语，然语语微妙，便不微妙。须是一路坦易中，忽然触着，乃足令人神远"（《艺概卷二·诗概》）。罗兰·巴尔特在讨论作品中的空白点时用了一个也许是典型法国式的比喻，他说："肉体最具挑逗性的部位不正是衣服稍微露开的那种地方吗？……恰如精神分析所证明的，正是这种间歇处最具刺激性"①。这里一位是清代的中国批评家，另一位是现代的法国批评家，他们的话说得很不相同，但他们讲的道理不是很有些相通么？伽达默认为文学作品总的意义"总是超出字面所表达的意义"，艺术语言"意味无穷"，就因为有"意义的过量"②；这和司空图所谓"韵外之致"、"味外之旨"（《与李生论诗书》），不是也很相像么？李渔论戏剧的"小收煞"，认为"只是使人想不到、猜不着，便是好戏法、好戏文"（《闲情偶寄·词曲部·小收煞》）；接受美学认为好的文学作品应不断打破读者的"期待水平"（Erwartung-shorizont），和李渔的说法不是有异曲同工之妙么？如果说诗无达诂导致承认作品结构的开放性，见仁见智最终承认读者对作品意义的创造作用，那么，认为接受美学和读者反应批评的基本原理在中国传统文评里已能窥见一点眉目，也许并非牵强附会的无稽之谈。当然，中国古人的意见往往不成系统，只是在批评的灵感突然彻悟的时刻讲出来的片言只语，然而这些精辟见解往往意蕴深厚，并不因为零碎而减少其理论价值。我们做出这样的比较，并不是说中国占人早已提出了现代西方的理论，只是指出两者之间十分相近。然而相近并不是相等，在仔细审视之下，两者的差异会更明显而不容忽视。但是，正像海德格尔、伽达默和雅克·德里达（J. Derrida）等人所强调的那样，差异正是事物显出特性和意义的前提。在这里我们可以说，差异正是比较

---

① Roland Barthes, *Le plaisir du texte*, Paris, 1973, p. 19.

② H. G. Gadamer, "Aesthetics and Hermeneutics", 林格编译《哲学阐释学》，第101—102页。

的理由。

从上面的讨论可以看出，承认作品是开放性结构，就必然承认阐释的自由。自古以来，从功利和道德的观点看待文学，对文学作品的意义和价值就总是提出唯一的解释和唯一的标准。承认阐释自由使我们能够摆脱这种狭隘观念，充分认识到鉴赏和批评是一个百花盛开的园地，那儿艳丽缤纷的色彩都各有价值和理由。葛洪说得好："文贵丰赡，何必称善如一口乎？"（《抱朴子·辞义》），海德格尔所折服的诗人荷尔德林（Hölderlin）也问道："只能有唯一的一，这怪念头从何而来？何必一切须统于一？"① 文学的创作是广阔的领域，文学的阐释又何必局限于唯一的权威？承认阐释自由正是由于任何个人的理解和认识都受到这个人历史存在的限制，都不具有绝对的真理性。换言之，阐释自由正是以阐释的局限性为前提，而不是意味着任何人可以不受限制、随心所欲地做出自己别出心裁的解释。因此，当斯坦利·费希认为"作品本文的客观性只是一个幻想"时，② 他显然把话说过了头。没有可读可解的作品，也就不可能有阅读和理解，摆脱本文客观性的阅读本身正是一个幻想。作品虽是开放的，有许多空白，但它的基本结构却把读者的反应引向一定的渠道，暗示出填补那些空白的一定方式。由此可知，在阐释活动中和在一般哲学认识论中一样，我们所谓自由并非必然的否定，而是必然的认识。

（原载《文艺研究》1983 年第 3 期）

---

① M. Heidegger, Poetry, Language, Thought, Trans. A. Hofstadter, New York, 1971, p. 219.

② S. E. Fish, "Literature in the Reader: Affective Stylistics", J. P. Tompkins, *Reader-Response Criticis*m, Baltimore, 1980, p. 82.

"迷狂说"与"妙悟说"

——中西文论研究札记

曹顺庆

现在的文学史家，总爱说谢灵运的诗是"有句无篇"。但古代的文人却不太关心他是否有篇，而总是对他的那些"迥句"崇拜得五体投地。宋人吴可曰："学诗浑似学参禅，自古圆成有几联？春草池塘一句子，惊天动地至今传。"（《学诗诗》）金代一位颇有眼光的诗人元好问说："池塘春草谢家春，万古千秋五字新。"（《论诗三十首》）只此二例，便足以说明谢灵运的"池塘生春草，园柳变鸣禽"这一句诗，在古人眼里看来是多么的了不起了。然而有意思的是谢灵运本人却否认这一句子是他自己写的，那么是谁写的呢？谢灵运说是神写的。不信，请看钟嵘《诗品》的记载："《谢氏家训》云：康乐每对（谢）惠连，辄得佳语。后在永嘉西堂思诗。竟日不就，寤寐间忽见惠连，即成'池塘生春草'。故常云此语有神助，非我语也。"① 当然，谢灵运绝不会知道，早在他几百年以前，古希腊的柏拉图已经讲过同样的话了。他说："凡是高明的诗人，无论在史诗或抒情诗方面，都不是凭技艺来做成他们的优美的诗歌"，而是因为"诗人只是神的代言人，由神凭附着"。只要有神助，"最平庸的诗人有时也唱出最美妙的诗歌"（《伊安篇》）。

谢灵运和柏拉图在空间上远隔千山万水，时间上前后相差数百年，然而他们却得出了如此相似的结论，这的确是一个十分有趣的问

---

① 见陈廷杰注《诗品》第46页。

题。为什么他们二人会得出如此相似的说法呢？这也许与文学艺术创作的一种特殊情形有关。金圣叹说："文章最妙，是此一刻被灵眼觑见，便于此一刻被灵手捉住。盖略前一刻，亦不见；却于此一刻，忽然觑见，若不捉住，便寻不出。"① 这种现象，是古今中外的作家们都经常碰到的。从德谟克利特到黑格尔，从刘勰到王国维，都论述了这一问题。这种看来十分奇妙的现象，就是所谓的"灵感"。灵感的实质究竟是什么？怎样才能够获得灵感呢？西方与中国的学者们都对此进行了长期的探索，由于历史条件的限制，当时的人们还不能正确地解释，因此，就导致了各种各样的神秘说法。在西方，普遍流行的权威理论是柏拉图的"迷狂说"，在中国，普遍流行的是严羽等人的"妙悟说"。本文试图通过此二说的比较，找出各自的特征，以期有助于中西美学理论的研究。

不消说，"迷狂说"就是柏拉图的灵感论。而"妙悟说"是否与此相同，也属灵感论呢？这一问题至今尚无定论，因此，有必要先搞清楚"迷狂说"与"妙悟说"的基本共同之处。所谓"灵感"，众所公认的有如下特征：其一，灵感具有着非自觉性；其二，当灵感袭来之时，作家就会进入一种得心应手、出神入化的佳境；其三，当灵感袭来时，就呈现出一种"万象毕来"的巨大的、闪电式的、综合性的创造功能。那么，且看严羽等人所说的"悟"，是否具有这些特征。《沧浪诗话》曰："大抵禅道惟在妙悟，诗道亦在妙悟。"怎样才叫"妙悟"呢？严羽认为，首先要认真学习古代优秀作品，"酝酿胸中，久之自然悟入。"（《沧浪诗话》）而一旦悟入，就会达到一种"入神"的最高境界。什么是"入神"呢，陶明浚《诗说杂记》解释严羽的"入神"一语时说："入神二字义，心通其道，口不能言，……不假雕饰，俯拾即是，取之于心，注之于手，滔滔汩汩，落笔纵横，……此之谓入神。"② 严羽自己也说："及其透彻，则七纵八

---

① 《读〈西厢记〉法》。

② （宋）严羽著，郭绍虞校释：《沧浪诗话校释》，人民文学出版社 1983 年版。

横，信手拈来"，这种"口不能道"，"滔滔汩汩，落笔纵横"的"悟入"，正是灵感不受主观意志控制的突然袭来，正是巨大的综合性创造的典型现象。正如宋人杨梦信所说："学诗元不离参禅，万象森罗总现前，触处见成佳句子，随机钌饳便天然。"（《题亚愚江浙纪行集句诗》）关于这种"妙悟"，明人胡应麟分析得最透彻。他说："严氏（严羽）以禅喻诗，旨哉！禅则一悟之后，万法皆空，棒喝怒呵，无非至理。诗则一悟之后，万象冥会，呻吟咳唾，动触天真。"① 由此可见，"妙悟"即今天所说的"灵感"。因此，我们可以说，"迷狂说"与"妙悟说"皆是关于灵感的论述，这可以说是此二说的第一个共同点。

"迷狂说"与"妙悟说"的第二个共同点，是它们都是将灵感的探讨与宗教迷信联系起来了。

柏拉图认为，灵感有两个来源。其一是神灵凭附在诗人身上，使他处于迷狂状态，给予他灵感，暗中操纵着他的创作。这一观点是在《伊安篇》里提出来的。柏拉图说："诗神就像这块磁石，她首先给人灵感。……优美的诗歌本质上不是人的制作而是神的诏语；诗人只是神的代言人，由神凭附着。"其二是不朽的灵魂从前生带来的回忆。柏拉图认为，灵魂依附肉体，只是暂时现象，而且是罪孽的惩罚。灵魂一旦依附了肉体，就仿佛蒙上了一层障。但灵魂仍然能够依稀隐约地回忆到它未投生人世以前所见到的景象，于是就会产生迷狂，产生灵感。可见，柏拉图所说的这两种灵感的产生，都是与宗教迷信紧密地联系在一起的。

严羽等人则完全以佛教之语言论诗，以佛家之派别界诗。严羽说："禅家者流，乘有大小，宗有南北，道有邪正；具正法眼者，是谓第一义。若声闻，辟支果，皆非正也。论诗如论禅：汉、魏、晋等作与盛唐之诗，则第一义也。大历以还之诗，则已落第二义矣。晚唐

---

① 《诗薮》内编卷二，上海古籍出版社1979年版，第26页。

之诗，则声闻、辟支果也。"① 这已完全是以宗教言诗了。

耐人寻味的是，为什么此二说都将灵感的探讨与宗教迷信联系起来呢？究其原因，主要有这么几点。第一是因为灵感袭来之时，会呈现出一种不受意志控制的不自觉状态。人们由于认识能力还达不到一定的水平，无法理解这种现象，因此只好做出种种神秘的解释，于是乎就转向神，转向了宗教迷信。这种情况，无论是西方还是东方，都是共同的。在中国，司空图有"神而不知，知而难状"②之说。谢灵运有"此语有神助"之谈。汤显祖说："自然灵气，恍惚而来，不思而至。怪怪奇奇，莫可名状。"③ 在西方，此类说法更多。就连大诗人雪莱也说作家的灵感是"不可捉摸的袭来"④。的确，灵感是有点"怪怪奇奇"，"不可捉摸"。因为灵感是不受人们的意志所控制的。正如费尔巴哈所说："灵感是不为意志所左右的，不是由钟表来调节的，是不会依照预定的日子和钟点迸发出来的。"⑤ 而当灵感袭来之时。作家就会呈现出一种不自觉的状态。对此，萨克莱很有体会地说："似乎真好像有一种神秘的力量在移动着笔。"⑥ 李渔说："然亦知作者于此，有出于心，有不必尽出于有心者乎？心之所至，笔亦至焉，是人之所能为也。若乎笔之所至，心亦至焉，则人不能尽主之矣。且有心不欲然，而笔使之然，若有鬼物主持其间者，此等文字，尚可谓之有意乎哉？"这种"心不欲然，而笔使之然"的现象，正是灵感袭来时作家呈现出不自觉状态的典型现象。然而，对于这种不自觉状况，李渔无法解释，只好说"文章一道，实实通神，非欺人语。千古奇文，非人为之，神为之、

---

① 《沧浪诗话》，《历代诗话》本。

② 见《司空表圣文集》卷八《诗赋》，《四部丛刊》本。

③ 《玉茗堂文之五·合奇序》，见《汤显祖集》，上海人民出版社 1973 年版。

④ 转引自《厦门大学学报》1963 年第 3 期。

⑤ 《费尔巴哈哲学著作选集》下，荣震华译，生活·读书·新知三联书店 1962 年版，第 504 页。

⑥ 转引自罗斯罗德·哈丁《灵感分析》，剑桥 1942 年版。

鬼为之也！人则鬼神所附耳。"① 这与柏拉图的说法简直如出一辙！可见，由于人们认识能力低下，无法正确解释这种不自觉状态，因此就将其归为鬼神之凭附，这是第一个原因。

第二个原因是因为宗教思维与灵感思维有着许多相似之处，因而致使"迷狂说"与"妙悟说"皆将灵感的探讨与宗教迷信联系起来了。

马克思指出："宗教是那些还没有获得自己或是再度丧失自己的人的自我意识和自我感觉。"② 宗教思维，最显著的一个特点是非人格化。即身不由己地陷入一种宗教迷狂状态。黑格尔曾经描述道："人就觉得在神面前，自己毫无价值，他只有在对神的恐惧以及在对神的忿然之下的颤抖中才得到提高。"这种宗教迷狂"使心灵向往天国，走向极端，以至把尽管本身符合道德和理性的人道的尘世的东西都一律抛开和加以鄙视。……印度人要把自己引到冥顽不灵和无意识状态。基督教狂热却把痛苦和对于痛苦的意识和感觉当作真正的目的。"③ 柏拉图的灵感论——"迷狂说"，正是与这种宗教思维的迷狂状态特征分不开的。在宗教迷狂中，人们将全身心沉浸在一种宗教恐怖、虔诚、迷醉之中，甚至失去理智，身不由己，出现一种不自觉的心理状态。而这种心理状态，与灵感思维的心理状态是非常相似的。请看看柏拉图的描述："诗人并非借自己的力量在无知无觉中说出那些珍贵的词句，而是由神凭附着来向人说话。""抒情诗人的心灵也正是这样。……不得到灵感。不失去平常理智而陷入迷狂，就没有能力创造，就不能作诗或代神说话。"④ 可以说，宗教思维和灵感思维的这种非理智的不自觉状态，正是促使柏拉图用神赐的迷狂来解释灵感状态的一个重要原因。

宗教思维与灵感思维的共同之处，更是促使严羽等人以禅论诗的

① 李渔：《闲情偶寄》卷三，《李笠翁曲话》，湖南人民出版社 1980 年版，第 104 页。
② 《马克思恩格斯选集》，人民出版社 1972 年版，第一卷第 1 页。
③ 黑格尔：《美学》第二卷，第 96、308—310 页，商务印书馆 1979 年版。
④ 柏拉图《文艺对话录·伊安篇》，人民文学出版社 1963 年版。

一个重要因素。但是，"妙悟说"所受宗教思维的影响，与"迷狂说"并不一样。也许由于孔子"不语怪、力、乱、神"，中国的士大夫不太信鬼神，也基本上没有多少宗教狂热，而是多讲理性，讲人伦道德。既然不讲鬼神，那为什么正统的诗论却会与宗教迷信联系在一起呢？其实，在这一点上，"迷狂说"与"妙悟说"是很不相同的。柏拉图是真心相信灵感是神赐的，而严羽等人却并不认为灵感是释迦牟尼给的。他们之所以以禅论诗，不过是一种比喻，也就是说，用宗教打了一个比方，正如严羽自己所说："以禅喻诗，莫此亲切。……本意但欲说得诗透彻。"[①] 为什么可以用禅来比喻诗呢？因为"大抵禅道惟在妙悟，诗道亦在妙悟"[②]。这就十分清楚地说明了作诗与参禅有着相似之处，宗教思维与灵感思维有着共同之点。而这正是严羽等人所以以禅论诗的重要原因。佛教认为，世界上存在着一种神秘的东西——"真如"。《成唯识论》卷九曰："真，谓真实，显非虚妄；如，谓如常，表无变易。谓此真实，于一切位：常如其性，故曰真如。"然而，这种"真如"是不可用言语、思维来表达的，只能用宗教神秘主义的直观——"悟"来理解。"悟"有顿悟与渐悟，只要一旦悟入，便可达到一种如鱼得水，明心见性，"棒喝怒呵，无非至理"的最高境界。而诗歌创作只要一旦灵感袭来（悟入），则万象冥会，文思泉涌，"信手拈来，头头是道矣。"（严羽语）灵感与禅，正是这样联系起来的。在这个问题上，"迷狂说"与"妙悟说"既有共同之处，又有不同之处。其中的同，体现了人类文化发展的一个根本规律：即历史发展中，各种意识形态绝不是孤立地发展的。除了取决于经济之外，它们还互相影响，互相渗透。"迷狂说"与"妙悟说"正是宗教对于美学理论影响的典型代表。从此二说不同之处，亦可见到中西美学理论由于受到中西文化传统、风俗、宗教等等各方面的影响，而体现着各自的鲜明特色。下面我们就进一步来分析此二说的不

---

① 《答吴景仙书》。

② 《沧浪诗话》。

同之处以及各自的特色。

一　理智与非理智

从表面上看来，"迷狂说"与"妙悟说"都提倡文艺创作中的非理智性。柏拉图说："不失去平常的理智而陷入迷狂，就没有能力创造。""神对于诗人们像对于占卜家和预言家一样，夺取他们的平常理智，用他们作代言人。"① 严羽说："夫诗有别材，非关书也；诗有别趣，非关理也。"并极力攻击当时以理为诗的作家，"近代诸公作奇特解会。遂以文字为诗，以议论为诗，以才学为诗。以是为诗，夫岂不工，终非古人之诗也，盖于一唱三叹之音，有所欠焉。"② 正因为柏拉图与严羽都强调创作中的非理智性，所以遭到了许多人的批判。对于"迷狂说"，朱光潜先生指出，"很显然，灵感说基本上是神秘的反动的。它的反对性特别表现在它强调文艺的无理性"。③ 汝信、夏森同志指出："在西方美学和文艺理论史上，柏拉图的这种神秘主义的灵感说影响颇深，流毒甚广，以后许多把艺术创作过程神秘化的谬说大多伏源于此。"④ 严羽同样也招来了许多非议。李重华《贞一斋诗说》曰："诗教自尼父论定，何缘堕入佛事？"冯班《严氏纠缪》曰："诗者讽刺之言也。凭理而发，……安得不涉理路乎？"钱谦益《唐诗英华序》认为："三百篇中有议论之语。有道理之语，有发露之语，有指陈之语，怎可说不涉理路？"

文艺创作要不要理智？主张非理智性是否就是错误呢？这历来是个争论不休的问题，也是文学创作中一个相当重要的问题。应当说，朱光潜先生等人对柏拉图的批判是正确的，因为文学艺术毕竟是离不开人的理智的。作家创作，总是要经过思考、选择，总是要表现出自己的创作意图与倾向的。黑格尔指出："没有思考和分辨，艺术家就

---

① 《伊安篇》。

② 《沧浪诗话》。

③ 柏拉图：《文艺对话录·译后记》。

④ 《西方美学史论丛》，上海人民出版社 1963 年版，第 28 页。

无法驾驭他所要表现的内容。"① 果戈理说："我越是把事物深思熟虑，我的作品就越是写得逼真。"② 这些论述足以说明，完全抹煞理智在创作中的作用，甚至认为不失去理智就没有创作能力，这显然是错误的。但问题并非如此简单。作家的创作是一个非常复杂的问题，创作中的确常常会出现一些非理智的现象。柏拉图与严羽正是感受到了这一点。有许多作家与理论家也都认识到了这一点。席勒说："冷静地理智干涉我的诗。"③ 别林斯基认为："创作是无目的的而又有目的的，不自觉而又自觉，不依存而又依存的，这便是它的法则。"为什么说创作既是自觉的又是不自觉的呢？别林斯基解释道："当诗人创作的时候，他想在诗的象征中表现某种概念，他是有目的的，并且自觉地行动着的。可是，不拘是概念的抉择或它的发展，都不依存于他那被理智所统治的意志，从而他的行动是无目的的和不自觉的。"④ 清人刘熙载说："大抵文善醒，诗善醉，醉中语亦有醒时道不到者。盖其天机自发，不可思议也。"⑤ 的确，文艺创作过程，既受着作家理智的指导，又不是理智可以完全包括的。某种不自觉的状态的确是存在着并且起着相当重要的作用的。柏拉图的错误在于完全否定了理智的作用，这是应当批判的。但是，我们却不能因此就将他的"迷狂说"全盘否定。也许其中也包含着片面的真理。至于严羽的"妙悟说"，在这一问题上似乎要比"迷狂说"稍微全面一些，辩证一些。那些对严羽"不涉理路"一语的指责并不完全公正。严羽虽然说诗歌创作要"不涉理路"，但他并非主张完全不要理智。他亦指出："古人未尝不读书，不穷理。"严羽所反对的是那种违反创作规律的"以文字为诗，以议论为诗，以才学为诗"。⑥ 因为这种只讲理智的创

---

① 黑格尔：《美学》。
② 见《外国理论家作家论形象思维》，第99页。
③ 朱光潜：《西方美学史》下卷，中华书局2013年版，第438页。
④ 别林斯基：《论俄国中篇小说和果戈里君的中篇小说》。
⑤ 《艺概·诗概》。
⑥ 《沧浪诗话》。

作，势必将文艺引向死胡同，"诗而至此。可谓一厄也。"顾炎武就批评道学家们"以理为宗，不得诗人之趣"①。严羽既要"不涉理路"，又要讲理智，岂非自相矛盾？不，妙就妙在严羽正是能辩证地看到这一问题，主张灵感与理智辩证地统一起来。他说："诗有词理意兴，南朝人尚词而病于理，本朝人尚理而病于意兴，唐人尚意兴而理在其中，汉魏之诗词理意兴，无迹可求。"②严羽所推崇的是文字辞藻、思想理智、感兴灵感的浑然一体，"无迹可求"的最高审美境界。他既不赞成"尚词而病于理"的南朝诗人，又反对"尚理而病于意兴"的宋代诗人。而是主张"词理意兴"的统一。这一观点，无疑是正确的。恰如高尔基所说："完美的艺术形象，都是理性和直觉，思想和情感和谐结合在一起而创造出来的。"③潘德舆《养一斋诗话》说："理语不可入诗中，诗境不可出理外。"也是这个意思。可以说，这一点正是严羽胜过柏拉图之处。搞清楚"迷狂说"与"妙悟说"在这一问题上的得失，对于我们的文艺创作是大有好处的。

二　狂热与虚静

"迷狂"是一种激动而热烈的灵感状态。"妙悟"则相反，它是一种自然而冷静的灵感状态，这种截然相反的现象，是非常有趣的。

康德说："狂热的人只谈论直接的灵感和直观的生活"④。巴尔扎克说："我所有的最好的灵感往往都是来自最为忧愁最为悲惨的时刻。"⑤

---

① 《日知录》卷三"孔子删诗"条。

② 《沧浪诗话·诗评》。

③ 《高尔基论文学》，人民文学出版社 1958 年版，第 327 页。

④ 康德：《优美的感觉与崇高的感觉》，《中德文化丛书之十四》，商务印书馆 1941 年版，第 55 页。

⑤ 北京师范大学文艺理论组编：《文艺理论参考资料》，高等教育出版社 1956 年版，第 416 页。

这些也许是对"迷狂"状态的最佳解释。"迷狂",不但在"迷"(失去理智),而且还在于"狂"。柏拉图认为,当诗人陷入"狂"的状态时,"就会感到酒神的狂欢",他们就会"飞到诗神的园里,从流蜜的泉源吸取精英,来酿成他们的诗歌。"甚至会"狂"到"满眼是泪,……毛骨悚然,心也跳动"。然而正是在这种"迷狂"之中,意思就"源源而来了"(《伊安篇》)。柏拉图的"迷狂说",正是这样一种激动而热烈的灵感状态。

相反,"妙悟说"却没有一点"狂"的味道,而是在平静中慢慢地"悟入"。这种"妙悟"似那深山冷泉,清澈而川流不息。它有两个基本特点。其一是在长期的积累中,自然而然的悟入。严羽指出:"先须熟读楚辞,朝夕讽咏,以为之本;及读古诗十九首、乐府四篇、李陵苏武汉魏五言,皆须熟读,即以李杜二集枕藉观之,如今人之治经,然后博取盛唐名家,酝酿胸中,久之自然悟入。"① 吴可说:"学诗浑似学参禅,竹榻蒲团不计年。直待自家都了得,等闲拈出便超然。"(《学诗诗》)宋人龚相曰:"学诗浑似学参禅,悟了方知岁是年。点铁成金犹是妄,高山流水自依然。"(《学诗诗》)这里所说的"悟",都是强调"自然"。这种"悟",都是依靠平时的苦心经营,功夫到处,自然水到渠成;是经过千锤百炼之后,熟能生巧。

"妙悟"的第二个特点是平静。严羽所说的"自然悟入"完全没有一点"狂"味。吴可所说的"悟"乃是"等闲拈出"之物。"闲"者,静也。这一点,苏东坡说得最透彻。其《送参寥师》诗曰:"颇怪浮屠人,视身如丘井。颓然寄淡泊,谁与发豪猛?细思乃不然,真巧非幻影。欲令诗语妙,无厌空且静;静故了群动,空故纳万境。"(《东坡前集》卷十)这正是以禅家的"坐禅"而体会到从平静之中,能获得"了群动"、"纳万境"的灵感。宋人葛天明亦说:"参禅学诗无两法,死蛇解弄活泼泼。气正心空眼自高,吹毛不动全生杀。"(《寄杨诚斋》)所谓"吹毛不动全生杀",即是要求绝对的虚静,如此方能"悟

_____

① 《沧浪诗话》。

入"。可见所谓"妙悟"正是一种自然而平静的灵感状态。

"迷狂说"要激动而热烈,"妙悟说"要自然而平静,此二说皆是论灵感,却得出了截然相反的结论。原因何在呢?这个问题很复杂。也许是因为中西文化传统的差异——中国人讲节制情感,崇尚理性;西方人讲宣泄情感,推崇惊心动魄的浪漫效果。或许是宗教的差异——西方宗教多讲虔诚的狂热。而佛教多讲禅定虚静。除了上述原因,笔者认为还有一大重要因素,那就是灵感思维本身就存在着热情激动与自然平静的两种状态,这种现象是常见的。刘勰称之为"骏发之士",这些人灵感一来,即能"应机立断",迅速写出作品来。另一种是灵感思维很慢的人,刘勰称之为"覃思之人"。这些人往往要经过"情绕歧路",反复酝酿才能写出作品来。近代文学巨匠郭沫若与茅盾,正是这两种灵感思维的代表。郭沫若灵感袭来时,就会如发狂式地"表现着一种神经性的发作"。甚至会倒在地上"与地球母亲亲昵!"这颇有点像柏拉图所说的"迷狂"。而茅盾的创作灵感,却是慢慢酝酿,自然而然地流出来的。(关于这一点,茅盾在《几句旧话》里谈到过。)这与严羽等人所说的"妙悟"十分相似。也许"迷狂说"与"妙悟说"各自发现了一种灵感状态,各执一隅之解,也各得其所吧。明白这点,对于我们的灵感思维研究,也许是有好处的。

三 神赐与积累

"迷狂说"认为灵感是神赐的,而"妙悟说"却认为灵感来自平时的积累。这是它们之间又一个截然不同之处。柏拉图认为,作家创作必须陷入无理智的迷狂,全凭神赐的灵感。因此,作家的创作就不可能凭技艺,不是靠平时各方面的积累。作家只要等待神赐予灵感,就可以写出优美的作品来。在《伊安篇》中,柏拉图反复说道:"凡是高明的诗人,无论在史诗或抒情诗方面,都不是凭技艺来做成他们的优美的诗歌,而是他们得到灵感,有神凭附着","诗人们对于他们所写的那些题材,说出那样多的优美辞句,像你自己的解说荷马那样,并非凭技艺的规矩,而是依诗神的驱遣。因为诗人制作都是凭神力而不是凭技艺。"

与此相反，"妙悟说"并不认为灵感是来自释迦牟尼，而是来自平时的学习积累，只有在学习积累的基础上，方能有"悟"。严羽认为，若要"悟入"，必须"熟参"汉魏、晋宋、南北朝之诗，"熟参"沈、宋、王、杨、卢、骆之诗，"熟参"开元、天宝、李、杜之诗，"熟参"大历、元和、晚唐、苏黄之诗。所谓"熟参"就是要"朝夕讽咏"、"皆须熟读"，"酝酿胸中"。要学得广，吃得透。只要这样才能出现"妙悟"。否则，"是见诗不广，参诗之不熟耳"。严羽不仅认识到创作需要学识之积累，还初步觉察到了好诗必须来自现实生活之感发。他说："唐人好诗，多是征戍、迁谪、行旅、离别之作，往往能感动激发人意。"① "妙悟"离不开学识之积累，离不开生活之感发。这是我国古代灵感论区别于西方灵感论的一大特色。宋人吕本中明确地指出，"悟入之理，正在功夫勤惰间耳"②。宋人陆桴亭说："人性中皆有悟，必功夫不断，悟头始出；如石中皆有火，必敲击不已，火光始现。然得火不难，得火之后，须承之以艾，继之以油，然后火可不灭。故悟亦必继之以躬行力学。"③ 清人袁守定亦指出："文章之道，遭际兴会，摅发性灵，生于临文之顷者也。然须平日养经馈史，霍然有所怀；对景感物，旷然有会，忽忽相遭，得之在俄顷，积之在平日。"④ "妙悟"基于学识，灵感源于生活。这是古人在艺术实践中总结出来的客观真理。这个观点，就是在今天看来也是正确的。与柏拉图的神赐"迷狂说"相比，这种基于积累的"妙悟说"似乎更符合实际一些。

总而言之，"迷狂说"与"妙悟说"既有着相似之处，又有着不同之处，其共同之处在于它们都是论述文艺创作中的灵感问题，并且都把灵感的探讨与宗教迷信联系起来了。从这共同之处，我们可以发现人类文化发展的一些共同规律。它们的不同之处在于："迷狂说"片面强调

---

① 《沧浪诗话》。

② 《与曾吉甫论诗第一帖》，《苕溪渔隐丛话》前集卷49页。

③ 转引自钱钟书《谈艺录》，开明版，第330页。

④ 《占毕丛谈》，清嘉庆刊版。

非理智性,完全否定了理智在创作中的作用。而"妙悟说"则要求非理智与理智统一起来;"迷狂"是一种激动而热烈的灵感状态,"妙悟"则相反,它是一种自然而平静的灵感状态;"迷狂说"认为灵感是神赐的,而"妙悟说"则认为灵感来自后天的学习积累。从它们的不同之处,我们可以发现中国与西方灵感论具有着各自不同的特色。一般说来,西方之灵感论多强调主观,强调神灵,强调天才与下意识之勃发,且多偏激之论;而中国古代之灵感论,则多强调客观,强调生活,强调学识之积累与有意识之追求,且多辩证之观点。从古希腊至当代西方,从先秦到现代中国,这一基本特征总是显现在每一个时代的灵感论之中。通过"狂迷说"与"妙悟说"的比较,我们可以更清楚地认识到这一点。有比较才有鉴别。可以说,中国古代灵感论,是我国古代美学理论之瑰宝。我们应当把它发掘出来,以充实世界美学理论宝库。

(原载《中国比较文学》1984 年第 1 期)

跨学科的研究（上）

中国诗画中所表现的空间意识

宗白华

现代德国哲学家斯播格耐（O. Spengler）在他的名著《西方之衰落》里面曾经阐明每一种独立的文化都有他的基本象征物，具体地表象它的基本精神。在埃及是"路"，在希腊是"立体"，在近代欧洲文化是"无尽的空间"。这三种基本象征都是取之于空间境界，而他们最具体的表现是在艺术里面。埃及金字塔里的甬道，希腊的雕像，近代欧洲的最大油画家伦勃朗（Rembrandt）的风景，是我们领悟这三种文化的最深的灵魂之媒介。

我们若用这个观点来考察中国艺术，尤其是画与诗中所表现的空间意识，再拿来同别种文化作比较，是一极有趣味的事。我不揣浅陋作了以下的尝试。

西洋十四世纪文艺复兴初期油画家梵埃格（Van Eyck）的画极注重写实、精细地描写人体、画面上表现屋宇内的空间，画家用科学及数学的眼光看世界。于是透视法的知识被发挥出来，而用之于绘画。意大利的建筑家勃鲁纳莱西（Brunelleci）在十五世纪的初年已经深通透视法。阿卜柏蒂在他一四三六年出版的《画论》里第一次把透视的理论发挥出来。

中国十八世纪雍正、乾隆时，名画家邹一桂对于西洋透视画法表示惊异而持不同情的态度，他说："西洋人善勾股法，故其绘画于阴阳远近，不差锱黍，所画人物、屋树，皆有日影。其所用颜色与笔，与中华绝异。布影由阔而狭，以三角量之。画宫室于墙壁，令人几欲走进。学者能参用一二，亦其醒法。但笔法全无，虽工亦匠，故不入画品。"

邹一桂认为西洋的透视的写实的画法"笔法全无，虽工亦匠"，只是一种技巧，与真正的绘画艺术没有关系，所以"不入画品"。而能够入画品的画，即能"成画"的画，应是不采取西洋透视法的立场，而采沈括所说的"以大观小之法"。

早在宋代一位博学家沈括在他名著《梦溪笔谈》里就曾讥评大画家李成采用透视立场"仰画飞檐"，而主张"以大观小之法"。他说："李成画山上亭馆及楼阁之类，皆仰画飞檐。其说以谓'自下望上，如人立平地望塔檐间，见其榱桷'。此论非也。大都山水之法，盖以大观小，如人观假山耳。若同真山之法，以下望上，只合见一重山，岂可重重悉见，兼不应见其溪谷间事。又如屋舍，亦不应见中庭及巷中事。若人在东立，则山西便合是远境。人在西立，则山东却合是远境。似此如何成画？李君盖不知以大观小之法，其间折高、折远，自有妙理，岂在掀屋角也？"

沈括以为画家画山水，并非如常人站在平地上在一个固定的地点，仰首看山；而是用心灵的眼，笼罩全景，从全体来看部分，"以大观小"。把全部景界组织成一幅气韵生动、有节奏有和谐的艺术画面，不是机械的照相。这画面上的空间组织，是受着画中全部节奏及表情所支配。"其间折高折远，自有妙理"。这就是说须服从艺术上的构图原理，而不是服从科学上算学的透视法原理。他并且以为那种依据透视法的看法只能看见片面，看不到全面，所以不能成画。他说"似此如何成画"？他若是生在今日，简直会不承认西洋传统的画是画，岂不有趣？

这正可以拿奥国近代艺术学者芮格（Riegl）所主张的"艺术意志说"来解释。中国画家并不是不晓得透视的看法，而是他的"艺术意志"不愿在画面上表现透视看法，只摄取一个角度，而采取了"以大观小"的看法，从全面节奏来决定各部分，组织各部分。中国画法六法上所说的"经营位置"，不是依据透视原理，而是"折高折远自有妙理"。全幅画面所表现的空间意识，是大自然的全面节奏与和谐。画家的眼睛不是从固定角度集中于一个透视的焦点，而是流动着飘瞥上下四方，一目千里，把握全境的阴阳开阖、高下起伏的节奏。中国最大诗人杜甫有两句诗表出这空、时意识说："乾坤万里眼，时序百年心。"《中庸》上也曾说："诗云鸢飞戾天，鱼跃于渊，言其上下察也。"

中国最早的山水画家六朝刘宋时的宗炳（公元五世纪）曾在他的《画山水序》里说山水画家的事务是：

> 身所盘桓，
> 目所绸缪。
> 以形写形，
> 以色貌色。

画家以流盼的眼光绸缪于身所盘桓的形形色色。所看的不是一个透视的焦点，所采的不是一个固定的立场，所画出来的是具有音乐的节奏与和谐的境界。所以宗炳把他画的山水悬在壁上，对着弹琴，他说：

> 抚琴动操，
> 欲令众山皆响！

山水对他表现一个音乐的境界，就如他的同时的前辈那位大诗人音乐家嵇康，也是拿音乐的心灵去领悟宇宙、领悟"道"。嵇康有名句云：

> 目送归鸿，
> 手挥五弦。
> 俯仰自得，
> 游心太玄。

中国诗人、画家确是用"俯仰自得"的精神来欣赏宇宙，而跃入大自然的节奏里去"游心太玄"。晋代大诗人陶渊明也有诗云："俯仰终宇宙，不乐复何如！"

用心灵的俯仰的眼睛来看空间万象，我们的诗和画中所表现的空间意识，不是像那代表希腊空间感觉的有轮廓的立体雕像，不是像那表现埃及空间感的墓中的直线甬道，也不是那代表近代欧洲精神的伦勃朗的油画中渺茫无际追寻无着的深空，而是"俯仰自得"的节奏化的音乐化了的中国人的宇宙感。

《易经》上说："无往不复，天地际也。"这正是中国人的空间意识！

这种空间意识是音乐性的（不是科学的算学的建筑性的）。它不是用几何、三角测算来的，而是由音乐舞蹈体验来的。中国古代的所谓"乐"是包括着舞的。所以唐代大画家吴道子请裴将军舞剑以助壮气。

宋郭若虚《图画见闻志》上说：

> 唐开元中，将军裴旻居丧，诣吴道子，请于东都天宫寺画神鬼数壁，以资冥助。道子答曰："吾画笔久废，若将军有意，为吾缠结，舞剑一曲，庶因猛厉，以通幽冥！"旻于是脱去缞服，若常时装束，走马如飞，左旋右转，掷剑入云，高数十丈，若电光下射。旻引手执鞘承之，剑透室而入。观者数千人，无不惊栗。道子于是援毫图壁，飒然风起，为天下之壮观。道子平生绘事，得意无出于此。

与吴道子同时的大书家张旭也因观公孙大娘的剑器舞而书法大进。宋朝书家雷简夫因听着嘉陵江的涛声而引起写字的灵感。雷简夫说："余偶昼卧，闻江涨瀑声。想波涛翻翻，迅駃掀搕，高下蹙逐奔去之状，无物可寄其情，遽起作书，则心中之想尽在笔下矣！"

节奏化了的自然，可以由中国书法艺术表达出来，就同音乐舞蹈一样。而中国画家所画的自然也就是这音乐境界。他的空间意识和空间表现就是"无往不复的天地之际"。不是由几何、三角所构成的西洋的透视学的空间，而是阴阳明暗高下起伏所构成的节奏化了的空间。董其昌说："远山一起一伏则有势，疏林或高或下则有情，此画之诀也。"

有势有情的自然是有声的自然。中国古代哲人曾以音乐的十二律配合一年十二月节季的循环。《吕氏春秋·大乐》篇说："万物所出，造于太一，化于阴阳。萌芽始震，凝寒以形。形体有处，莫不有声。声出于和，和出于适。和适，先王定乐，由此而生。"唐代诗人韦应物有诗云：

> 万物自生听，
> 大空恒寂寥。

唐诗人沈佺期的《范山人画山水歌》云（见佩文斋书画谱）："山峥嵘，水泓澄。漫漫汗汗一笔耕。一草一木栖神明。忽如空中有物，物中有声。复如远道望乡客，梦绕山川身不行！"

这是赞美范山人所画的山水好像空中的乐奏，表现一个音乐化的空间境界。宋代大批评家严羽在他的《沧浪诗话》里说唐诗人的诗中境界："如空中之音，相中之色，水中之月，镜中之像，言有尽而意无穷。"西人约柏特（Joubert）也说："佳诗如物之有香，空之有音，纯乎气息。"又说："诗中妙境，每字能如弦上之音，空外余波，袅袅不绝。"（据钱钟书译）

这种诗境界，中国画家则表之于山水画中。苏东坡论唐代大画家兼诗人王维说："味摩诘之诗，诗中有画。观摩诘之画，画中有诗。"

王维的画我们现在不容易看到（传世的有两三幅）。我们可以从诗中看他画境，却发现他里面的空间表现与后来中国山水画的特点一致！

王维的辋川诗有一绝句云：

北垞湖水北，

杂树映朱栏，

逶迤南川水，

明灭青林端。

在西洋画上有画大树参天者，则树外人家及远山流水必在地平线上缩短缩小，合乎透视法。而此处南川水却明灭于青林之端，不向下而向上，不向远而向近。和青林朱栏构成一片平面。而中国山水画家却取此同样的看法写之于画面。使西人诧中国画家不识透视法。然而这种看法是中国诗中的通例，如：

暗水流花径，

春星带草堂。

卷帘唯白水，

隐几亦青山。

白波吹粉壁，

青嶂插雕梁。（以上杜甫）

天回北斗挂西楼。

檐飞宛溪水，

窗落敬亭云。（以上李白）

水国舟中市，

山桥树杪行。（王维）

窗影摇群动，

墙阴载一峰。（岑参）

秋景墙头数点山。（刘禹锡）

窗前远岫悬生碧，
帘外残霞挂熟红。（罗虬）

树杪玉堂悬。（杜审言）

江上晴楼翠霭开，
满帘春水满窗山。（李群玉）

碧松梢外挂青天。（杜牧）

玉堂坚重而悬之于树杪，这是画境的平面化。青天悠远而挂之于松梢，这已经不止于世界的平面化，而是移远就近了。这不是西洋精神的追求无穷，而是饮吸无穷于自我之中！孟子曰："万物皆备于我矣，反身而诚，乐莫大焉。"宋代哲学家邵雍于所居作便坐，曰安乐窝，两旁开窗曰日月牖。正如杜甫诗云：

江山扶绣户，
日月近雕梁。

深广无穷的宇宙来亲近我，扶持我，毋庸我去争取那无穷的空间，像浮士德那样野心勃勃，彷徨不安。
中国人对无穷空间这种特异的态度，阻碍中国人去发明透视法。而且使中国画至今避用透视法。我们再在中国诗中征引那饮吸无穷空时于自我，网罗山川大地于门户的例证：

云生梁栋间，
风出窗户里。（郭璞）［东晋］

绣甍结飞霞，
璇题纳明月。（鲍照）［六朝］

窗中列远岫，

庭际俯乔林。（谢朓）［六朝］

栋里归白云，
窗外落晖红。（阴铿）［六朝］

画栋朝飞南浦云，
珠帘暮卷西山雨。（王勃）［初唐］

窗含西岭千秋雪，
门泊东吴万里船。（杜甫）［唐］

天入沧浪一钓舟。（杜甫）
欲回天地入扁舟。（李商隐）［唐］

大壑随阶转，
群山入户登。（王维）［唐］

隔窗云雾生衣上，
卷幔山泉入镜中。（王维）

山月临窗近，
天河入户低。（沈佺期）［唐］

山翠万重当槛出，
水光千里抱城来。（许浑）［唐］

三峡江声流笔底，
六朝帆影落樽前。

山随宴坐图画出，
水作夜窗风雨来。（米芾）［宋］

一水护田将绿绕，
两山排闼送青来。（王安石）［宋］

满眼长江水，

苍然何郡山？

向来万里急，
今在一窗间。（陈简斋）［宋］

江山重复争供眼，
风雨纵横乱入楼。（陆放翁）［宋］

水光山色与人亲。（李清照）［宋］

帆影多从窗隙过，
溪光合向镜中看。（叶令仪）［清］

云随一磬出林杪，
窗放群山到榻前。（谭嗣同）［清］

　　而明朝诗人陈眉公的含晖楼诗（咏日光）云："朝挂扶桑枝，暮浴咸池水，灵光满大千，半在小楼里。"更能写出万物皆备于我的光明俊伟的气象。但早在这些诗人以前，晋宋的大诗人谢灵运（他是中国第一个写纯山水诗的）已经在他的《山居赋》里写出这网罗天地于门户，饮吸山川于胸怀的空间意识。中国诗人多爱从窗户庭阶，词人尤爱从帘、屏、栏干、镜以吐纳世界景物。我们有"天地为庐"的宇宙观。老子曰："不出户，知天下。不窥牖，见天道。"庄子曰："瞻彼阕者，虚室生白。"孔子曰："谁能出不由户，何莫由斯道也？"中国这种移远就近，由近知远的空间意识，已经成为我们宇宙观的特色了。谢灵运《山居赋》里说：

抗北顶以葺馆，瞰南峰以启轩，
罗曾崖于户里，列镜澜于窗前。
因丹霞以赪楣，附碧云以翠椽。

（引《宋书·谢灵运传》）

南朝刘义庆的《世说新语》载：

> 简文帝（东晋）入华林园，顾谓左右曰："会心处不必在远，翳然林木，便自有濠濮间想也。觉鸟兽禽鱼，自来亲人！"

晋代是中国山水情绪开始与发达时代。阮籍登临山水，尽日忘归。王羲之既去官，游名山，泛沧海，叹曰："我卒当以乐死！"山水诗有了极高的造诣（谢灵运、陶渊明、谢朓等），山水画开始奠基。但是顾恺之、宗炳、王微已经显示出中国空间意识的特质了。宗炳主张"身所盘桓，目所绸缪，以形写形，以色貌色"。王微主张"以一管之笔拟太虚之体"。而人们遂能"以大观小"又能"小中见大"。人们把大自然吸收到庭户内。庭园艺术发达极高。庭园中罗列峰峦湖沼，俨然一个小天地。后来宋僧道灿的重阳诗句："天地一东篱，万古一重久。"正写出这境界。而唐诗人孟郊更歌唱这天地反映到我的胸中，艺术的形象是由我裁成的，他唱道：

> 天地入胸臆，
> 吁嗟生风雷。
> 文章得其微，
> 物象由我裁！

东晋陶渊明则从他的庭园悠然窥见大宇宙的生气与节奏而证悟到忘言之境。他的《饮酒》诗云：

> 结庐在人境，而无车马喧。
> 问君何能尔，心远地自偏。
> 采菊东篱下，悠然见南山。
> 山气日夕佳，飞鸟相与还。
> 此中有真意，欲辨已忘言！

中国人的宇宙概念本与庐舍有关。"宇"是屋宇，"宙"是由"宇"中出入往来。中国古代农人的农舍就是他的世界。他们从屋宇得到空间观念。从"日出而作，日入而息"（《击壤歌》），由宇中出入而得到时间观念。空间、时间合成他的宇宙而安顿着他的生活。他的生活是从容的，是有节奏的。对于他空间与时间是不能分割的。春夏秋冬配合着东南西北。这个意识表现在秦汉的哲学思想里。时间的节奏（一岁十二月二十四节）率领着空间方位（东南西北等）以构成我们的宇宙。所以我们的空间感觉随着我们的时间感觉而节奏化了、音乐化了！画家在画面所欲表现的不只是一个建筑意味的空间"宇"，而须同时具有音乐意味的时间节奏"宙"。一个充满音乐情趣的宇宙（时空合一体）是中国画家、诗人的艺术境界。画家、诗人对这个宇宙的态度是像宗炳所说的"身所盘桓，目所绸缪，以形写形，以色貌色。"六朝刘勰在他的名著《文心雕龙》里也说到诗人对于万物是："目既往还，心亦吐纳。……情往似赠，兴味如答。""目所绸缪"的空间景是不采取西洋透视看法集合于一个焦点，而采取数层视点以构成节奏化的空间。这就是中国画家的"三远"之说。"目既往还"的空间景是《易经》所说"无往不复，天地际也"。我们再分别论之。

宋画家郭熙所著《林泉高致·山川训》云：

> 山有三远：自山下而仰山巅，谓之高远。自山前而窥山后，谓之深远。自近山而望远山，谓之平远。高远之色清明，深远之色重晦，平远之色有明有晦。高远之势突兀，深远之意重叠，平远之意冲融而缥缥缈缈。其人物之在三远也，高远者明了，深远者细碎，平远者冲澹。明了者不短，细碎者不长，冲澹者不大。此三远也。

西洋画法上的透视法是在画面上依几何学的测算构造一个三进向的空间的幻景。一切视线集结于一个焦点（或消失点）。正如邹一桂所说："布影由阔而狭，以三角量之。画宫室于墙壁，令人几欲走进。"而中国"三远"之法，则对于同此一片山景"仰山巅，窥山后，望远山"，我们的视线是流动的，转折的。由高转深，由深转近，再横向于平远，成了一个节奏化的行动。郭熙又说："正面溪山林木，盘折委曲，铺设其景而来，不厌其详，所以足人目之近寻也。傍边平远，峤岭重叠，钩连缥缈而去，不厌其远，所以极人目之旷望也。"他对于高远、深远、平远，用俯仰往还的视线，抚摩之，眷恋之，一视同仁，处处流连。这与西洋透视法从一固定角度把握"一远"，大相径庭。而正是宗炳所说的"目所绸缪，身所盘桓"的境界。苏东坡诗云："赖有高楼能聚远，一时收拾与闲人。"真能说出中国诗人、画家对空间的吐纳与表现。

由这"三远法"所构的空间不复是几何学的科学性的透视空间，而是诗意的创造性的艺术空间。趋向着音乐境界，渗透了时间节奏。它的构成不依据算学，而依据动力学。清代画论家华琳名之曰"推"。（华琳生于乾隆五十六年，卒于道光三十年）华琳在他的《南宗抉秘》里有一段论"三远法"，极为精彩。可惜还不为人所注意。兹不惜篇幅，详引于下，并略加阐扬。华琳说：

旧谱论山有三远。云自下而仰其巅曰高远。自前而窥其后曰深远。自近而望及远曰平远，此三远之定名也。又云远欲其高，当以泉高之。远欲其深，当以云深之。远欲其平，当以烟平之。此三远之定法也。

乃吾见诸前辈画，其所作三远，山间有将泉与云颠倒用之者。又或有泉与云与烟一无所用者。而高者自高，深者自深，平者自平。于旧谱所论，大相径庭，何也？因详加揣测，悉心临摹，久而顿悟其妙。盖有推法焉！局架独耸，虽无泉而已具自高之势。层次加密，虽无云而已有可深之势。低褊其形，虽无烟而已成必平之势。高也深也平也，因形取势。胎骨既定，纵欲不高不深不平而不可得。惟三远为不易！然高者由卑以推之，深者由浅以推之，至于平则必不高，仍须于平中之卑处以推及高。平则必不深，亦须于平中之浅处以推及深。推之法得，斯远之神得矣！（白华按"推"是由线纹的力的方向及组织以引吾人空间深远平之感入。不由几何形线的静的透视的秩序，而由生动线条的节奏趋势以引起空间感觉。如中国书法所引起的空间感。我名之为力线律动所构的空间境。如现代物理学所说的电磁野）但以堆叠为推，以穿斫为推则不可！或曰：将何以为推乎？余曰"似离而合"四字实推之神髓。（按似离而合即有机的统一。化空间为生命境界，成了力线律动的原野）假使以离为推，致彼此间隔，则是以形推，非以神推也。（案西洋透视法是以离为推也）且亦有离开而仍推不远者！况通幅邱壑无处处间隔之理，亦不可无离开之神。若处处合成一片，高与深与平，又皆不远矣。似离而合，无遗蕴矣！或又曰："似离而合，毕竟以何法取之？"余曰："无他，疏密其笔，浓淡其墨，上下四旁，明晦借映。以阴可以推阳，以阳亦可以推阴。直观之如决流之推波。睨视之如行云之推月。尤往非以笔推，无往非以墨推。似离而合之法得，即推之法得。远之法亦即尽于是矣。"乃或曰，"凡作画何处不当疏密其笔，浓淡其墨，岂独推法用之乎？"不知遇当推之势，作者自宜别有经营。于疏密其笔，浓淡其墨之中，又绘出一段斡旋神理。倒转乎缩地勾魂之术。捉摸于探幽扣寂之乡。似于他处之疏密浓淡，其作用较为精细。此是悬解，难以专注。必欲实实指出，又何异以泉以云以烟者拘泥之见乎？

华琳提出"推"字以说明中国画面上"远"之表出。"远"不是以堆叠穿斫的几何学的机械式的透视法表出。而是由"似离而合"的方法视空间如一有机统一的生命境界。由动的节奏引起我们跃入空间感觉。直观之如决流之推波，睨视之如行云之推月。全以波动力引起吾人游于一个"静而与阴同德，动而与阳同波"（庄子语）的宇宙。空时意识油然而生，不待堆叠穿斫，测量推度，而自然涌现了！

这种空间的体验有如鸟之拍翅，鱼之泳水，在一开一阖的节奏中完成。所以中国山水的布局以三四大开阖表现之。

中国人的最根本的宇宙观是《易经》上所说的"一阴一阳之谓道"。我们画面的空间感也凭借一虚一实、一明一暗的流动节奏表达出来。虚（空间）同实（实物）联成一片波流，如决流之推波。明同暗也联成一片波动，如行云之推月。这确是中国山水画上空间境界的表现法。而王船山所论王维的诗法，更可证明中国诗与画中空间意识的一致。王船山《诗绎》里说："右丞妙手能使在远者近，抟虚成实，则心自旁灵，形自当位。"使在远者近，就是像我们前面所引各诗中移远就近的写景特色。我们欣赏山水画，也是抬头先看见高远的山峰，然后层层向下，窥见深远的山谷，转向近景林下水边，最后横向平远的沙滩小岛。远山与近景构成一幅平面空间节奏，因为我们的视线是从上至下的流转曲折，是节奏的动。空间在这里不是一个透视法的三进向的空间，以作为布置景物的虚空间架，而是它自己也参加进全幅节奏，受全幅音乐支配着的波动。这正是抟虚成实，使虚的空间化为实的生命。于是我们欣赏的心灵，光被四表，格于上下。"神理流于两间，天地供其一目。"（王船山论谢灵运诗语）而万物之形在这新观点内遂各有其新的适当的位置与关系。这位置不是依据几何、三角的透视法所规定，而是如沈括所说的"折高折远自有妙理"。不在乎掀起屋角以表示自下望上的透视。而中国画在画台阶、楼梯时反而都是上宽而下窄，好像是跳进画内站到阶上去向下看。而不是像西画上的透视是从欣赏者的立脚点向画内看去，阶梯是近阔而远狭，下宽而上窄。西洋人曾说中国画是反透视的。他不知我们是从远向近看，从高向下看，所以"折高折远自有妙理"，另是一套构图。我们从既高且远的心灵的眼睛"以大观小"，俯仰宇宙，正如明朝沈灏《画麈》里赞美画中的境界说：

　　称性之作，直参造化。盖缘山河大地，品类群生，皆自性现。其间卷舒取舍，如太虚片云，寒塘雁迹而已。

画家胸中的万象森罗，都从他的及万物的本体里流出来，呈现于客观的画面。它们的形象位置一本乎自然的音乐，如片云舒卷，自有妙理，不依照主观的透视看法。透视学是研究人站在一个固定地点看出去的主观景界，而中国画家、诗人宁采取"俯仰自得，游心太玄"，"目既往还，心亦吐纳"的看法，以达到"澄怀味像"（画家宗炳语）。这是全面的客观的看法。

早在《易经》《系辞》的传里已经说古代圣哲是"仰则观象于天，俯则观法于地，观鸟兽之文与地之宜。近取诸身，远取诸物"。俯仰往还，远近取与，是中国哲人的观照法，也是诗人的观照法。而这观照法表现在我们的诗中画中，构成我们诗画中空间意识的特质。

诗人对宇宙的俯仰观照由来已久，例证不胜枚举。汉苏武诗："俯观江汉流，仰视浮云翔。"魏文帝诗："俯视清水波，仰看明月光。"曹子建诗："俯降千仞，仰登天阻。"晋王羲之《兰亭诗》："仰视碧天际，俯瞰绿水滨。"又《兰亭集叙》："仰观宇宙之大，俯察品类之盛，所以游目骋怀，足以极视听之娱，信可乐也。"谢灵运诗："仰视乔木杪，俯聆大壑淙。"而左太冲的名句"振衣千仞冈，濯足万里流"，也是俯仰宇宙的气概。诗人虽不必直用俯仰字样，而他的意境是俯仰自得，游目骋怀的。诗人、画家最爱登山临水。"欲穷千里目，更上一层楼"，是唐诗人王之涣名句。所以杜甫尤爱用"俯"字以表现他的"乾坤万里眼，时序百年心"。他的名句如："游目俯大江"，"层台俯风渚"，"扶杖俯沙渚"，"四顾俯层巅"，"展席俯长流"，"傲睨俯峭壁"，"此邦俯要冲"，"江缆俯鸳鸯"，"缘江路熟俯青郊"，"俯视但一气，焉能辨皇州"等，用俯字不下十数处。"俯"不但联系上下远近，且有笼罩一切的气度。古人说：赋家之心，包括宇宙。诗人对世界是抚爱的、关切的，虽然他的立场是超脱的、洒落的。晋唐诗人把这种观照法递给画家，中国画中空间境界的表现遂不得不与西洋大异其趣了。

中国人与西洋人同爱无尽空间（中国人爱称太虚太空无穷无涯），但此中有很大的精神意境上的不同。西洋人站在固定地点，由固定角度透视深空，他的视线失落于无穷，驰于无极。他对这无穷空间的态度是追寻的、控制的、冒险的、探索的。近代无线电、飞机都是表现这控制无限空间的欲望。而结果是彷徨不安，欲海难填。中国人对于这无尽空间的态度却是如古诗所说的："高山仰止，景行行止，虽不能至，而心向往之。"人生在世，如泛扁舟，俯仰天地，容与中流，灵屿瑶岛，极目悠悠。中国人面对着平远之境而很少是一望无边的，像德国浪漫主义大画家菲德烈希（Friedrich）所画的杰作《海滨孤僧》那样，代表着对无穷空间的怅望。在中国画上的远空中必有数峰蕴藉，点缀空际，正如元人张秦娥诗云："秋水一抹碧，残霞几缕红，水穷云尽处，隐隐两三峰。"或以归雁晚鸦掩映斜阳。如陈国材诗云："红日晚天三四雁，碧波春水一双鸥。"我们向往无穷的心，须能有所安顿，归返自我，成一回旋的节奏。我们的空间意识的象征不是埃及的直线甬道，不是希腊的立体雕像，也不是欧洲近代人的无尽空间，而是潆洄委曲，绸缪往复，遥望着一个目标的行程（道）！我们的宇宙是时间率领着空间，因而成就了节奏化、音乐化了的"时空合一体"。这是"一阴一阳之谓道"。《诗经》上蒹葭三章很能表出这境界。其第一章云："蒹葭苍苍，白露为霜。所谓伊人，在水一方。溯洄从之，道阻且长。溯游从之，宛在水中央。"而我们前面引过的陶渊明的《饮酒》诗尤值得我们再三玩味：

> 采菊东篱下，
> 悠然见南山。
> 山气日夕佳，
> 飞鸟相与还。
> 此中有真意，
> 欲辨已忘言！

中国人于有限中见到无限，又于无限中回归有限。他的意趣不是一往不返，而是回旋往复的。唐代诗人王维的名句云："行到水穷处，

坐看云起时。"韦庄诗云:"去雁数行天际没,孤云一点净中生。"储
光羲的诗句云:"落日登高屿,悠然望远山,溪流碧水去,云带清阴
还。"以及杜甫的诗句:"水流心不竞,云在意俱迟。"都是写出这
"目既往还,心亦吐纳,情往似赠,兴来如答"的精神意趣。"水流
心不竞"是不像欧洲浮士德精神的追求无穷。"云在意俱迟",是庄
子所说的"圣人达绸缪,周遍一体也"。也就是宗炳"目所绸缪"的
境界。中国人抚爱万物,与万物同其节奏:静而与阴同德,动而与阳
同波(庄了语)。我们宇宙既是一阴一阳、一虚一实的生命节奏,所
以它根本上是虚灵的时空合一体,是流荡着的生动气韵。哲人、诗
人、画家,对于这世界是"体尽无穷而游无朕"。(庄子语)"体尽无
穷"是已经证入生命的无穷节奏,画面上表出一片无尽的律动,如空
中的乐奏。"而游无朕",即是在中国画的底层的空白里表达着本体
"道"(无朕境界)。庄子曰:"瞻彼阙(空处)者,虚室生白。"这个
虚白不是几何学的空间间架,死的空间,所谓顽空,而是创化万物的
永恒运行着的道。这"白"是"道"的吉祥之光(见庄子)。宋朝苏
东坡之弟苏辙在他《论语解》内说得好:

> 贵真空,不贵顽空。盖顽空则顽然无知之空,木石是也。若
> 真空,则犹之天焉!湛然寂然,元无一物,然四时自尔行,百物
> 自尔生。粲为日星,渝为云雾。沛为雨露,轰为雷霆。皆自虚空
> 生。而所谓湛然寂然者自若也。

苏东坡也在诗里说:"静故了群动,空故纳万境。"这纳万境与群动
的空即是道。即是老子所说"无",也就是中国画上的空间。老子曰:

> 道之为物,惟恍惟惚。惚兮恍兮,其中有象。恍兮惚兮,其
> 中有物。窈兮冥兮,其中有精。其精甚真,其中有信。(《老子》
> 二十一章)

这不就是宋代的水墨画，如米芾云山所表现的境界吗？

杜甫也自夸他的诗"篇终接混茫"。庄子也曾赞"古之人在混茫之中"。明末思想家兼画家方密之自号"无道人"。他画山水淡烟点染，多用秃笔，不甚求似。尝戏示人曰："此何物？正无道人得'无'处也！"

中国画中的虚空不是死的物理的空间间架，俾物质能在里面移动，反而是最活泼的生命源泉。一切物象的纷纭节奏从他里面流出来！我们回想到前面引过的唐诗人韦应物的诗："万物自生听，太空恒寂寥。"王维也有诗云："徒然万象多，澹尔太虚缅。"都能表明我所说的中国人特殊的空间意识。

而李太白的诗句："地形连海尽，天影落江虚"，更有深意。有限的地形接连无涯的大海，是有尽融入无尽。天影虽高，而俯落江面，是自无尽回注有尽，使天地的实相变为虚相，点化成一片空灵。宋代哲学家程伊川曰："冲漠无朕，而万象昭然已具。"昭然万象以冲漠无朕为基础。老子曰："大象无形"。诗人、画家由纷纭万象的摹写以证悟到"大象无形"。用太空、太虚、无、混茫，来暗示或象征这形而上的道，这永恒创化着的原理。中国山水画在六朝初萌芽时画家宗炳绘所游历山川于壁上曰："老病俱至，名山恐难遍游，唯当澄怀观道，卧以游之！"这"道"就是实中之虚，即实即虚的境界。明画家李日华说："绘画必以微茫惨淡为妙境，非性灵廓彻者未易证入，以虚淡中含意多耳！"

宗炳在他的《画山水序》里已说到"山水质有而趋灵"。所以明代徐文长赞夏圭的山水卷说："观夏圭此画，苍洁旷迥，令人舍形而悦影！"我们想到老子说过："五色令人目盲。"又说："玄之又玄，众妙之门"（玄，青黑色）也是舍形而悦影，舍质而趋灵。王维在唐代彩色绚烂的风气中高唱"画道之中水墨为上"。连吴道子也行笔磊落，于焦墨痕中略施微染，轻烟淡彩，谓之吴装。当时中国画受西域影响，壁画色彩，本是浓丽非常。现在敦煌壁画，可见一斑。而中国画家的"艺术意志"却舍形而悦影，走上水墨的道路。这说明中国人的宇宙观是"一阴一阳之谓道"，道是虚灵的，是出没太虚自成文理的节奏与和谐。画家依据这意识构造他的空间境界，所以和西洋传统的依据科学精神的空间表现自然不同了。宋人陈澼上赞美画僧觉心说："虚静师所造者道也。放乎诗，游戏乎画，如烟云水月，出没太虚，所谓风行水上，自成文理者也。"（见邓椿《画继》）

中国画中所表现的万象，正是出没太虚而自成文理的。画家由阴阳虚实谱出的节奏，虽涵泳在虚灵中，却绸缪往复，盘桓周旋，抚爱万物，而澄怀观道。清初周亮工的《读画录》中载庄淡庵题凌又蕙画的一首诗，最能道出我上面所探索的中国诗画所表现的空间意识。诗云：

性僻羞为设色工，聊将枯木写寒空。
洒然落落成三径，不断青青聚一丛。
入意萧条看欲雪，道心寂历悟生风。
低徊留得无边在，又见归鸦夕照中。

中国人不是向无边空间作无限制的追求，而是"留得无边在"，低徊之，玩味之，点化成了音乐。于是夕照中要有归鸦。"众鸟欣有托，吾亦爱吾庐。"（陶渊明诗）我们从无边世界回到万物，回到自己，回到我们的"宇"。"天地入吾庐"，也是古人的诗句。但我们却又从"枕上见千里，窗中窥万室。"（王维诗句）神游太虚，超鸿濛，以观万物之浩浩流衍，这才是沈括所说的"以大观小！"

清人布颜图在他的《画学心法问答》里一段话说得好：

"问布置之法，曰：所谓布置者，布置山川也。宇宙之间，惟山川为大。始于鸿濛，而备于大地。人莫究其所以然。但拘拘于石法树法之间，求长觅巧，其为技也不亦卑乎？制大物必用大器。故学之者当心期于大。必先有一段海阔天空之见存于有迹之内，而求于无迹之先。无迹者鸿濛也，有迹者大地也。有斯大地而后有斯山川，有斯山川而后有斯草木，有斯草木而后有斯鸟兽生焉，黎庶居焉。斯固定理昭昭也。今之学者必须意在笔先，铺成大地，创造山川。其远近高卑，曲折深浅，皆令各得其势而不背，则格制定矣。"又说："学经营位置而难于下笔？以素纸为大地，以炭朽为鸿钧，以主宰为造物。用心目经营之，谛视良久，则纸上生情，山川恍惚，即用炭朽钩定，转视则不可复得矣！此易之所谓寂然不动感而后通也。"这是我们先民的创造气象！对于现代的中国人，我们的山川大地不仍是一片音乐的和谐吗？我们的胸襟不应当仍是古画家所说的"海阔从鱼跃，天高任鸟飞"吗？我们不能以大地为素纸，以学艺为鸿钧，以良知为主宰，创造我们的新生活新世界吗？

（1949 年 3 月，写于南京）

（选自宗白华《美学散步》，上海人民出版社 2005 年版，第162—199 页）

"我们拥有同一双眼睛"

——论贝尔绘画艺术与伍尔芙美学探索的关联

杨莉馨

  中外文艺史上,诗中有画、画中有诗的例子不胜枚举,20 世纪现代主义文学与视觉艺术的关联,则在英国小说家弗吉尼亚·伍尔芙(Virginia Woolf,1882-1941)的身上体现得尤为显著。作为以视觉艺术为关注核心的精英知识分子群体"布鲁姆斯伯里文化圈"(Bloomsbury Circle)的主要成员,伍尔芙的美学观念与小说实验深受以绘画为代表的视觉艺术的濡染。因此,考察视觉艺术对伍尔芙的影响成为理解作家创作个性与美学风格的重要环节。在这其中,伍尔芙挚爱的姐姐、画家文尼莎·贝尔(Vanessa Bell,1879-1961,下称贝尔)具有举足轻重的地位。作为伍尔夫生命故事中的永恒主角,贝尔除了是妹妹书信、日记、随笔与传记的绝对中心和众多小说人物的原型,更以职业画家的身份在肖像画、静物画和风景画等多方面对伍尔芙的创作提供了启迪。

一 "我爱你胜过这世上任何别人"

  贝尔为莱斯利·斯蒂芬夫妇的长女,艺术评论家克莱夫·贝尔之妻,艺术评论家罗杰·弗莱曾经的情人和画家邓肯·格兰特的终身伴侣,20 世纪早期英国著名的画家和装饰艺术家,"布鲁姆斯伯里文化圈"中的灵魂人物。作为陪伴与照顾伍尔芙长达 59 年的姐姐,她是作家生命中最重要的人物之一,如伍尔芙在给姐姐的信中所写:"毫无疑问，我爱你胜过这世上任何别人。"① 伍尔芙传记作家赫麦尔妮·李甚至认为，以诗人伊丽莎白·巴瑞特·白朗宁的西班牙爱犬对女主人的忠心为主题的小说《弗拉西》，亦以戏仿的形式表达了伍尔芙对姐姐的忠诚。②

　　除了活跃于妹妹的作品中之外，贝尔还通过提供创作素材、职业合作等形式给予妹妹以切实帮助。诗化小说《海浪》（原题《飞蛾》）由贝尔报道客厅中飞蛾命运的法国来信获得灵感的事实已为众人所熟知，另一个事实是，自 1917 年伍尔芙夫妇创办的霍加斯出版社成立以来，出版的大部分作品的封面均由贝尔亲自设计。无论在伍尔芙生前还是去世后，她本人几乎所有作品也都是由贝尔提供封面、封底设计或页面装饰的。根据黛安·菲尔比·吉莱斯皮的《姐妹艺术：弗吉尼亚·伍尔夫与文尼莎·贝尔的写作与绘画》③ 一书的统计，贝尔为伍尔芙的著作设计过封面护套、卷首或卷尾插图以及文中插图的作品多达 23 种，尤其是短篇小说《邱园记事》（*Kew Garden*）1919 和 1927 年的两个版本，堪称贝尔为伍尔芙的小说文本进行视觉艺术装饰的最佳实例，除卷首、卷尾插图和封面设计外，贝尔还为1927 年的版本在第 1、4、5、7、9、11、12 和 13 页均提供了插图。曾在霍加斯出版社任编辑的约翰·莱曼（John Lehman）认为，贝尔的封面设计是伍尔芙作品的有机组成部分，是"共享相同视觉的作家与艺术家的完美合作"④。伍尔芙密友、《奥兰多》主人公的原型薇塔·萨克维尔–韦斯特和哈罗德·尼科尔森夫妇的次子、六卷本伍尔芙书信集的编者之一奈杰尔·尼科尔森通过研究两姐妹的书信也得出

① Virginia Woolf to Vanessa Bell, 10 August 1909, in Virginia Woolf, *The Letters*：Vol. 1, Nigel Nicolson and Joanne Trautmann eds., London：Chatto and Windus, 1975.

② Hermione Lee, *Virginia Woolf*, New York：Vintage Books, 1996. p. 116.

③ Diane Filby Gillespie, *The Sisters' Arts：The Writing and Painting of Virginia Woolf and Vanessa Bell*, Syracuse University Press, 1988.

④ John Lehman, *Thrown to the Woolfs：Leonard and Virginia Woolf and the Hogarth Press*, New York：Holt, Rinehart & Winston, 1978, p. 26.

结论：伍尔芙"是通过……（文尼莎·贝尔的）眼睛学会了理解绘画的"①。

因此，两人的诗画联姻不仅提供了姐妹艺术的绝佳例证，伍尔芙更从姐姐的绘画中获益良多。吉莱斯皮写道："文尼莎的绘画经常吸引弗吉尼亚以文字的形式去创造相似的作品。"② 伍尔芙本人在参观著名画家沃尔特·西克特画展后写下的随笔中也提出："言辞是不规范的媒体；能够生长在静悄悄的绘画王国之中要美好得多。"③ 终其一生，伍尔芙都生活在对姐姐的羡慕、依赖、崇拜与微妙的嫉妒当中，早年在给姐夫的信中即如是说："尼莎拥有我渴望的一切。"④ 她的创作，似乎正是在以文字的形式追逐和模仿姐姐拥有的一切。这体现为她儿时即为了模仿姐姐的作画姿势而宁肯站着写作，成年后更是将日记和练笔视为"素描簿"的对等物，探索如何像画家作画那样去写作，如何将姐姐的视觉语言转化为自己的文字语言。所以传记家莱昂·艾德尔概括说："她在小说里尝试新形式的方法，恰如她那位艺术家姐姐在绘画领域所做的那样，她试图以光华灿烂的词汇去模仿文尼莎的绘画之美，以及罗杰的'视觉与设计'。"⑤ 体现在作品中，伍尔芙在贝尔肖像、静物和风景画的基础上，分别绘写出了语言的肖像、存在于文字中的静物和心灵的风景。

二 定格生命中"存在的瞬间"

就肖像画而言，吉莱斯皮指出：贝尔"以下列两种方式达到了对

---

① Virginia Woolf , *The Letters*：*Vol* , Nigel Nicolson and Joanne Trautmann eds. , London：Chatto and Windus, 1976, p. xxi.

② Diane Filby Gillespie, *The Sisters' Arts*：*The Writing and Painting of Virginia Woolf and Vanessa Bell* , p. 104.

③ ［英］弗吉尼亚·伍尔芙：《伍尔芙随笔全集》第 2 卷，王义国等译，中国社会科学出版社 2001 年版，第 975 页。

④ Virginia Woolf to Clive Bell. May 1908. Virginia Woolf, *The Letters*：*Vol*. 1.

⑤ Leon Edel, *Bloomsbury*：*A House of Lions* , London：The Hogarth Press, 1979, p. 264.

人物肖像超乎表面的呈现：她尝试捕捉画笔下人物的基本特征，同时，她使人物外形让位于对光线、色彩以及整体构图的兴趣"①。因此，放弃对人物外貌细节的追逐，着意捕捉与呈现个性化的本质，成为贝尔肖像画的首要特征。这一点，当然与后印象派绘画传入英国后画家有关人物真实的观念以及如何表现人物本质的理解发生了变化有关。对于罗杰·弗莱在伦敦格拉夫顿美术馆首倡后印象派绘画这一英国现代主义艺术史上划时代事件的影响，贝尔日后在《回忆录》中写道："1910 年秋对我来说是一个似乎一切都进入新生活的时期——一切都显得那么激动、兴奋，新的关系、新的观念、不同的和强烈的情感似乎都喧嚣着进入了一个人的生命。"② 关于之后贝尔的创作变化，她的传记作家弗兰西丝·斯帕尔丁写道："她先前限制自己主要画肖像与静物，现在，她画那些随心所欲的图形，例如街角的交谈或沙滩上的人像等。一般而论，肖像变得更为非正式，姿态的变化更少；对表现对象的捕捉更具瞬间性，图像有如快照，视野出人意料。"③ 贝尔与弗莱之间的通信也表明，她最想做的就是传达人物的基本特质，而非表面上的逼真。身为英国先锋派艺术精神领袖的弗莱对这一点非常认同，并在 1917 年 1 月 28 日给贝尔的信中对她"出色的性格化的能力"④ 进行了称赞。

　　二三十年代之后，贝尔的肖像画更加追求神似，抓住人物身上的突出特点，勾勒为数不多的面部特征，并以之作为整体画面设计的有机组成部分。因此她的作品中不少人物不仅缺乏细部的具体特征，甚至显得面容与身形模糊，只剩下粗线条的轮廓，典型例子可举 1912

---

① Diane Filby Gillespie, *The Sisters' Arts*：*The Writing and Painting of Virginia Woolf and Vanessa Bell*，p. 168.

② Vanessa Bell. *Memoir* Ⅵ：AVG. 转引自 Frances Spalding, *Vanessa Bell*，New Haven and London：George Weidenfeld & Nicolson Limited，1983，pp. 92–93.

③ ［英］弗朗西斯·斯帕尔丁：《20 世纪英国艺术》，陈平译，上海人民美术出版社 1999 年版，第 42 页。

④ 转引自 Diane Filby Gillespie, *The Sisters' Arts*：*The Writing and Painting of Virginia Woolf and Vanessa Bell*，p. 168。

年的《工作室：邓肯·格兰特和亨利·杜塞特在阿希汉姆作画》
(*The Studio*：*Duncan Grant and Henri Doucet Painting at Ashham*)。同
年，贝尔亦为妹妹画下了两幅没有面部特征的肖像《弗吉尼亚·伍尔
芙》(*Virginia Woolf*)和《弗吉尼亚·伍尔芙在阿希汉姆》(*Virginia
Woolf at Asheham*)。前一幅画面中，中性与温暖的色彩、各种三角形
与圆形线条和光线出色地混融，显出高度的抽象性；到了后一幅画面
上，尽管面部轮廓稍有呈现，但依然缺乏细节描摹，妹妹的形体被简
化为一系列的形状与色彩，与人物所躺的椅子以及蓝色背景交相辉
映。1913年，贝尔完成了《利顿·斯特拉奇的肖像》(*Portrait of
Lytton Strachey*)。画面上的斯特拉齐黄皮肤黄衬衣，橙红色的帽子和
胡子，绿色的外套，坐在蓝色的椅子里，正在读一本红封面的书。贝
尔在此运用丰富而鲜明的色彩，勾勒出简约的面部与身体轮廓，反而
使观者对这位传记大师留下了深刻印象。

　　作为和贝尔同在"布鲁姆斯伯里文化圈"的视觉艺术氛围中成
熟，在后印象派画展后成长并力主"生命写作"(life-writing)①的作
家，伍尔芙同样认为写作要摒弃纷繁的物质表象，在对自然与生命本
质的探求中定格人类"存在的""有意味的""瞬间"，通过人物的瞬
间感悟揭开生活的面纱，触探生命的哲理，以片刻捕捉永恒。她之所
以喜爱西克特的绘画，亦正是认为他"喜欢把他的人物放在动态之
中，喜欢观看他们的动作。……当然，人物是静止的，但其中每个人
都是在发生危机的当口儿被逮住了。"②她根据西克特的这一特点赞
其为一位"小说家"，甚至用文字想象出了围绕西克特画面的高潮部
分之前、之后的故事情节，指出"在西克特的画展中，有着许多故事
和三部曲长篇小说"③。

　　在自己的肖像描写中，伍尔芙同样注意捕捉人物的个性化精神特

---

① Virginia Woolf, *Moments of Being*：*Autobiographical Writings*, edited by Jeanne Schulkind
and with n new introduction by Hermione Lee. Pimlico edition. Random House, 2002, p.92.

② ［英］弗吉尼亚·伍尔芙：《伍尔芙随笔全集》第2卷，第975—976页。

③ 同上书，第977页。

征，其大量日记、书信、随笔及回忆录如《存在的瞬间》等，充满着对亲友色彩鲜明的传神描绘；传记《罗杰·弗莱》大量插用了弗莱本人的书信、散文和交谈以使形象更加饱满；小说则更是为亲友绘制的群像画廊。1927 年 5 月，贝尔在读过《到灯塔去》后当即给妹妹写信，感谢她使父母的形象再次鲜活："发现自己再次如此和他们两个面对面，我是如此震惊，以至再也想不到别的事。"赞美妹妹"就肖像画而言，对我来说，你似乎是个出色的艺术家"①。

　　然而，定格人物生命中"存在的瞬间"并非易事。如在《到灯塔去》中，女画家莉丽急于描绘出心目中的拉姆齐夫人和小儿子在一起的母子图，但她又深知人的内心仿佛深不可测的宝藏，于是采用了极简手法，尝试以一个紫色的三角形来象征永恒和谐的母子关系："这是拉姆齐夫人在给詹姆斯念故事，她说。她知道他会提出反对意见——没有人会说那东西像个人影儿。不过她但求神似，不求形似，她说。……质朴，明快，平凡，就这么回事儿，班克斯先生很感兴趣。那么它象征着母与子——这是受到普遍尊敬的对象，而这位母亲又以美貌著称——如此崇高的关系，竟然被简单地浓缩为一个紫色的阴影，而且毫无亵渎之意，他想，这可耐人寻味。"② 在《时光流逝》部分，作家同样采取了高度简约、抽象因而更具象征意味的写作手段以表达时光无情、世事无常的主题。她在日记中写道："这是最最困难的抽象写作片段——我不得不描绘一栋空荡荡的房子，里面没有人物性格，表现时光的流逝，没有任何东西可以依傍，一切都是肉眼无从见到，并缺乏具象化的特征的。"③ 到了《海浪》中，与作家存在隐秘联系的人物罗达多次说到自己"没有面孔"、"没有自己的面

---

① Vanessa Bell to Virginia Woolf. 11 May 1927. 转引自 Hermione Lee, *Virginia Woolf*, p. 474。

② ［英］弗吉尼亚·伍尔夫：《到灯塔去》，瞿世镜译，上海译文出版社 1997 年版，第 257 页。

③ Virginia Woolf, *The Diary of Virginia Woolf*, Vol. 3. 1925－1930, Anne Olivier Bell ed. London：The Hogarth Press, 1980, p. 76.

目"、"我没有自己的面目"①；伯纳德也说："随着寂静的坠落，我被完全销蚀融化，变得面目模糊，几乎跟任何人都一模一样，难以分辨。"② 这些面目模糊甚至空白的人物，和传统作家笔下以清晰线条轮廓分明地刻写出来的人物形象大相径庭，更多成为人类某种精神特质的化身，和贝尔肖像画中的人物别无二致。因此，斯蒂芬"两姐妹都拥有通过实验各种程度的抽象化，来捕捉外部事实的欲望"③。也就是说，在调动各自的艺术手段超越物质主义，以求达到对生活与生命本质的理解方面，两姐妹有着高度的一致性。

三 "以语言文字来传达后印象主义"

在静物绘写方面，两姐妹的作品也存在着密切的呼应关系。作为两次后印象派画展后成长起来的新一代画家及法国画家保罗·塞尚的追随者，贝尔创作了大量将日常家居什物、尤其是餐桌上与厨房内的陈设视为审美静观对象的静物画。在弗莱形式美学的熏陶下，她深受塞尚形式处理技法的影响，注重通过对什物（如洋葱、苹果、鸡蛋、花瓶、牛奶罐、调味瓶等）位置、形体、色彩、明暗远近等对比关系的精心研究与设计，在静观与沉思中以高度概括、简约的能力，以画布上的轮廓线创造出独特的造型效果。代表作如《壁炉架一角的静物》（*Still Life on Corner of a Mantelpiece*，1914）、《碗中苹果》（*Still Life with Apples in a Bowl*，1919）、《厨房中的静物》（*Still Life in the Kitchen*，1933）、《花卉与玻璃罐》（*Still Life with Flowers and Glass Jar*，1956）等。塞尚著名的静物画如《高脚果盘》、《带姜罐的静物画》和《有盖汤盘与瓶子的静物画》等亦是伍尔芙十分熟悉并喜爱的作品。她曾在 1918 年 4 月 18 日的日记中记录了自己和弗莱以及克

---

① ［英］弗吉尼亚·吴尔夫：《海浪》，吴均燮译，人民文学出版社 2003 年版，第 29 页、第 92、172 页。

② 同上书，第 173 页。

③ Diane Filby Gillespie, *The Sisters' Arts：The Writing and Painting of Virginia Woolf and Vanessa Bell*, p. 175.

莱夫·贝尔共进晚餐，聆听弗莱关于塞尚及德拉克洛瓦等的绘画构图与设计分析的全过程，尤其是关于《高脚果盘》的分析，并进一步琢磨那些苹果何以"确实变得越来越红、越来越圆、越来越绿"①。1927 年，伍尔芙夫妇在霍加斯出版社出版了弗莱研究塞尚绘画艺术分量最重的著作《塞尚及其画风的发展》；1928 年，她又对塞尚的传记进行了专门研究。②

因此，和姐姐一样，伍尔芙喜欢在作品中描写餐桌上或厨房内的陈设。《夜与日》中对凯瑟琳·希尔贝里家餐桌的描写就是一段以文字描摹静物的精彩实例："餐桌，说它十分漂亮，一点儿也不过分；上面没有桌布，瓷器在闪亮的棕色桌面上整齐地摆成一个深蓝色的圆圈；正中央，摆着一钵菊花，有茶红色的，有黄色的，其中有一朵洁白的，格外鲜艳，窄窄的花瓣全都向后弯曲，宛如一个坚实的白球。"③ 稍后凯瑟琳的堂妹卡珊德拉眼中的餐桌同样体现出高度的视觉化特征："汤盆的花案别致，每个碟子旁摆着餐巾，折纹笔挺，形似海芋百合花，长条面包系着粉红色的缎带，银质盘子，海蓝色的香槟酒杯，杯脚上凝着薄薄的金片。"④ 最著名的当然还是《到灯塔去》中的描写：作为审美而非食用对象的水果，成为塞尚和贝尔静物写生的文字重现："那孩子把果盘装点得多美，拉姆齐夫人在心中惊叹。因为露丝把葡萄、梨子、香蕉和带有粉红色线条的贝壳状角质果盘装潢得如此美观，令人想起从海神涅普杜恩的海底宴会桌上取来的金杯，想起（在某一幅图画里）酒神巴克思肩上一束连枝带叶的葡萄，它和诸神身上披的豹皮、手中拿的火把放射出来的鲜红、金黄的火光

---

① Virginia Woolf, *The Diary of Virginia Woolf*, Vol. 1. 1915–1919, Anne Olivier Bell ed. London: The Hogarth Press, 1977, p. 141.

② Virginia Woolf, *The Letters*. Vol. 3, Nigel Nicolson and Joanne Trautmann eds. New York: Harcourt Brace Jovanovitch, 1977, p. 29.

③ ［英］弗吉尼亚·吴尔夫：《夜与日》，唐伊译，人民文学出版社 2003 年版，第 89 页。

④ 同上书，第 330 页。

交相辉映,⋯⋯"① 更值一提的是,以伍尔芙母亲和姐姐为原型的拉姆齐夫人同样是以画家的目光来欣赏这一切的:"她的目光一直出没于那些水果弯曲的线条和阴影之间,在葡萄浓艳的紫色和贝壳的角质脊埂上逗留,让黄色和紫色互相衬托,曲线和圆形互相对比⋯⋯"②《海浪》中"太阳已经高高升到天顶"的引子部分中,亦有一幅光影斑驳的餐桌静物图③。

或许身为女性的缘故,斯蒂芬姐妹还都酷爱花卉。贝尔在静物、水彩、室内装饰和舞美设计中均大量使用花卉形象,为妹妹作品设计的封面护套上也几乎都有花卉图案,尤以《邱园记事》的页内装饰最为典型。伍尔芙夫妇在萨塞克斯的乡间寓所"僧舍"内,同样有多幅贝尔的花卉静物作品,如 30 年代初期所作的《花卉静物》(*Floral Still Lifes*) 和《壁炉瓷砖贴面上的花卉》(*Floral Tile Fireplace*)。

伍尔芙在小说中也以多种方式写到了花卉,最具代表性的依然是以英国皇家植物园邱园为题的小说《邱园记事》。作品不仅对邱园花卉的形状、色彩作了细腻描写,而且在光影变动中呈现出色彩的迷人变幻:"⋯⋯那花朵花瓣四敞,芬芳尽吐,即使一丝夏日的微风吹来,也能拂动花瓣,牵动花卉下面被各色光彩交叉四射的褐色泥土上满是水彩似的杂色斑点。那些花瓣色彩的闪光落在光滑的灰白色鹅卵石顶部,或是落到一只蜗牛棕色螺旋形的壳上,或者射到一滴水珠上,点化出一道道极薄的水光之墙,红的、蓝的、黄的,色彩的浓郁,真让人担心它会浓得迸裂,化为乌有。然而它没有迸裂,转眼间闪光已消逝,于是水珠又恢复了其银灰色的模样。闪光移到一张叶片上,照出了叶子的表层皮质下枝枝杈杈的叶脉;闪光继续前移,射在天棚般密密厚厚的心形叶和舌状叶上,使一大片憧憧绿影中透出了光亮。此时

---

① [英] 弗吉尼亚·伍尔芙:《到灯塔去》,第 303 页。
② 同上书,第 315 页。
③ [英] 弗吉尼亚·伍尔芙:《海浪》,第 115 页。

高空的风吹得强劲起来，于是彩色的闪光就上移而反射到头顶那广阔的空间，映入了在这七月的日子里来游植物园的男男女女的眼帘。"①更准确地说，是贝尔的画作诱发了伍尔芙以文字来传递视觉之美的冲动，所以才有了这篇精致的小说；阅读小说又唤起了贝尔再现妹妹笔下美丽的视觉图像的激情，所以才有了《邱园记事》中珠联璧合的插图。吉莱斯皮写道："在《邱园记事》中，伍尔芙努力以语言文字来传达后印象主义。伍尔芙的文字和她姐姐的新作是如此近似，以至于贝尔觉得文本中的某一部分和她的一幅近作甚至'从本质上说，完全一样'。"②

四 "细描法是展示一个景物的最糟糕的方法"

同在肖像画中的处理一样，贝尔亦不喜欢风景画中有逼真的细节，相反更多调动想象，以营造强烈的情感效果。1922 年，弗莱在发表于《新政治家》的一篇文章中写道："文尼莎·贝尔的作品中，人物的外部特征如此之少，真是令人好奇；她画布上的房间都是空的，她的风景也是孤单单的。"③ 著名的《斯塔兰德海滩》（*Stutland Beach*，1912）即以紫色、橙色、深褐等简洁色块、几何图案与为数不多的人体轮廓线组合而成；《围屏风景》（*Screen Landscape*，1913）同样以遒劲、简约的线条与大幅色块传达出强烈的情感意味。

强调内在真实、注重"精神主义"的伍尔芙十分欣赏姐姐的风景画：1921 年，她在书信中对一幅雪景图加以了赞美④；1924 年，她

---

① ［英］弗吉尼亚·伍尔芙：《伍尔芙随笔集》，孔小炯、黄梅译，海天出版社 1996 年版，第 37—38 页。

② See Diane Filby Gillespire, "The Sisters'Arts：Virginia Woolf, Vanessa Bell, and *Kew Gardens*." draft of a paper given at the Modern Language Association Meeting. Houston, Texas, December 1980, p. 3.

③ Roger Fry, "Vanessa Bell and Othon Friesz." *The New Statesman*19, June 3 1922, p. 238.

④ Virginia Woolf , *The Letters*：*Vol.* 2, Nigel Nicolson and Joanne Trautmann eds. London：Chatto and Windus, 1976, p. 469.

对一幅描画姐姐查尔斯顿庄园风景的画作，以及一幅表现一座桥和一条蓝色船只的风景画表达了由衷的钦佩之情①；1927年，她称赞了姐姐表现一辆干草车和丘陵的画②；1930年，在为姐姐于伦敦库林画廊举办的个人画展撰写的"导言"中，伍尔芙又对山丘、海边站着一个男孩的风景画系列进行了评析。③

这种表达心灵的风景的美学观念同样被伍尔芙运用在文学批评和自己的创作中。她指出："细描法是展示一个景物的最糟糕的方法。"④认为虽说丁尼生有可能最准确地描摹了秋天的风景，但"如果要说是表现了秋天的全部精神的话，我们还应该到济慈的诗歌中去找。他表现的不是细节而是情绪"⑤。她同样因有助于"描绘一种用其他方式难以表达的心灵状态"⑥而称赞了夏洛蒂·勃朗特小说《维莱特》结尾处的风暴描写，认为勃朗特的风景描写"携带着情感，点亮了全书的意义"⑦。她自己的小说《达洛卫夫人》中，无论是达洛卫夫人还是她从前的恋人彼得·沃尔什一路所见的风景，均是印象式、存在于意识流之中的，更多打上了人物精神活动或特质的印记；《到灯塔去》中的下列风景描写，更是一幅主观印象强烈渗入的后印象派绘画："那天早晨是如此晴朗，只是偶尔有一丝微风，极目远眺，碧海与苍穹连成一片，似乎点点孤帆高悬在空中，或者朵朵白云飘坠于海面。在远处的大海上，一艘轮船吐出一缕浓烟，它在空中翻滚缭

① Virginia Woolf , *The Letters*：*Vol.* 3, Nigel Nicolson and Joanne Trautmann eds. London：Chatto and Windus, 1977, pp. 270-271.

② Virginia Woolf , *The Letters*：*Vol.* 3, p. 341.

③ Frances Spalding, *Vanessa Bell*, p. 235.

④ ［英］弗吉尼亚·伍尔芙：《伍尔芙随笔全集》第2卷，第980-981页。

⑤ Virginia Woolf, *Books and Portraits*：*Some Further Selections from the Literary and Biographical Writings of Virginia Woolf*, ed. Mary Lyon. New York：Harcourt Brace Jovanovich, 1977, p. 164.

⑥ Virginia Woolf, *Collected Essays I*, New York：Harcourt , Brace and World, 1967, p. 188.

⑦ Virginia Woolf, *Collected Essays I*, p. 188.

绕、久久不散，装饰点缀着这片景色，好像海面上的空气是一层轻纱薄雾，它把万物柔和地笼罩在它的网眼中，让它们轻轻地来回荡漾。有时晴空万里，波平如镜，那悬崖峭壁看上去似乎意识到那些驶过的帆船，那些小船看上去似乎也意识到悬崖峭壁的存在，好像它们彼此之间灵犀相通、信息互传。"①

贝尔风景画，包括装饰画以及为妹妹作品设计的封面常常还有一个特点，即喜用窗口为视点，以窗框为画框，描画窗外的田园风景。这一特点的形成既与贝尔热爱乡居生活有关，亦与她长期在查尔斯顿或其他乡间居所的工作室内作画有关。弗朗西丝·斯帕尔丁在其传记中写道："谷仓太冷，她于是大部分在卧室内作画。她描画从窗口看到的屋前池塘的景色。……透过窗户望见的风景将会在 20 年代成为受人欢迎的主题，因为它满足了现代主义者关注视觉画面的平面性的需要，窗框迫使外部景象进入了一个和绘画表面稳固的关系之中。"②这方面的代表作如 1921 年的《带桌子的室内风景》（*Interior with a Table*）等。窗户同样在她的《交谈》（*Conversation*，也被称为 *Three women*）中扮演了重要角色。这幅表现女性在窗边的私人空间密谈的大型油画启发伍尔芙后来撰写了思考女性艺术家困境、探索女性创造力的《一间自己的房间》、《奥兰多》及《妇女的职业》等随笔与小说作品。鲁丝·C. 米勒也认为，伍尔芙长久以来在小说中对框架结构问题的关注，源自她对绘画艺术的兴趣，以及贝尔、弗莱及后印象主义画风的影响。③

体现在伍尔芙小说中，窗外超越尘世之美常能创造宁静的气氛，使人摆脱身边的烦恼、混乱与压抑，获得精神上的满足与自由，所以伍尔芙的人物常有从窗口凝视窗外的行为，如《远航》中初涉世事的雷切尔因舱内男人们有关宗教的讨论而困惑，故凝视窗外以使自己

① ［英］弗吉尼亚·伍尔夫：《到灯塔去》，第 396 页。

② Frances Spalding, *Vanessa Bell*, p. 153.

③ Ruth C. Miller, *Virginia Woolf*: *The Frames of Art and Life*, London：Macmillan，1993.

获得平静;《夜与日》中,女主人公凯瑟琳亦会习惯性地凝视窗外,以逃避室内场景给她带来的尴尬处境;《海浪》中的苏珊通过凝视窗外"蓝色的景象"以逃避学校压抑刻板的生活。反过来,窗外风景亦能发挥折射人物心境的功能,如《夜与日》中,拉尔夫希望凯瑟琳从他的卧室窗口看出去时能喜欢城市的风景。当她离去后,他再度站到窗口品味她眼中的风景,由此意识到自己对她的爱情;再如《到灯塔去》和《岁月》中,"时光流逝"的意识和个体的孤独感也通过人物在窗边的流连传递了出来。伍尔芙笔下有很多著名的从窗口望出去的风景描写,甚至人物自身也清晰地意识到了这种爱好:如《海浪》"现在太阳落山了"部分中,伯纳德说道:"因为我感兴趣的是生活的全景,——不是站在屋顶上鸟瞰,而是从三层楼的窗子里所看到的全景。"①

吉莱斯皮认为:"在伍尔芙笔下,众多的人物需要隐入一个更加非个人化的王国而不是人际关系,众多的人物通过以窗户为画框的景象或摆放好的水果与花卉获得慰藉,或被其深深吸引。这些都表明了伍尔芙本人的视觉倾向,以及她透过姐姐的眼睛米观察这个世界的能力。视觉艺术,尤其是文尼莎所代表的那些,提醒弗吉尼亚存在一个朴质无华的王国,那里没有个人的自我、错综复杂的人际关系和诸多的社会问题"。②

五 "美几乎就是色彩"

前述吉莱斯皮概括贝尔肖像画的第二个特色是重视光线、色彩以及画面整体的构图与设计,这一特点并不局限于肖像画,她的静物和风景画作同样如此。罗杰·弗莱和邓肯·格兰特因她作品中强烈、鲜明而缤纷的色彩称赞她为"配色学家";斯帕尔丁称她为"〔一战〕

---

① 〔英〕弗吉尼亚·伍尔夫:《海浪》,第187页。

② Diane Filby Gillespie, *The Sisters' Arts*: *The Writing and Painting of Virginia Woolf and Vanessa Bell*, p. 13.

时期出色的配色学家"；伍尔芙的说法则是贝尔是"色彩方面的……诗人。"① "一个人应当成为画家，"她在给姐姐的信中写道，"作为一名作家，我感觉到美几乎完全就是色彩，它非常微妙与善变，从我的笔端滑走，就好像你把一大罐的香槟倒在一只发卡上一样。"② 她在随笔《沃尔特·西克特》中也写道："所有伟大的作家都是伟大的配色师，正像他们同时也是音乐家一样；他们总要设法使他们的场景鲜艳夺目，由明变暗，给人以变化的感觉。"③ 高度强调写作所要营造的视觉效果："小说家归根到底需要我们用眼睛去看。花园、河流、天空、变幻莫测的白云、妇女连衣裙的颜色、躺在相恋者脚下的风光、人们争吵时误入的曲曲弯弯的树林——小说里满是这样的图画。小说家总是对自己说，我怎样才能把阳光带到我的书页上来？我怎样才能展示夜晚？怎样才能展示月出？"④ 为此，她强调要以词与词的组合来调配色彩间的对比关系，以使"读者一饱眼福"⑤，同时以蒲柏、济慈、丁尼生的不同风格为例，指出作家由于气质的差异而在色彩处理上有所不同。

因此，无论从其小说还是随笔来看，伍尔芙都是一位色彩感十分细腻的风景画家：如《雅各的房间》中是如此描写雅各和同学达兰特在船上航行时所见风景的："到了六点，从冰原上吹来一股微风；七点，海水由蓝变紫；七点半，锡利群岛四周呈现出一片粗肠膜的颜色，达兰特坐着掌舵行船，脸色就像祖祖辈辈擦拭过的红漆盒子。九点，天空的红霞、乱云全都退尽，留下一块块楔形的苹果绿和圆盘形的淡黄；十点，船灯在海浪上涂抹着曲曲弯弯的色彩，时而细长，时

---

① Virginia Woolf, *The Letters*: Vol. 6, Nigel Nicolson and Joanne Trautmann eds. London: Chatto and Windus, 1980, p. 381.

② Virginia Woolf, *The Letters*: Vol. 6, pp. 233-34.

③ ［英］弗吉尼亚·伍尔芙：《伍尔芙随笔全集》第 2 卷，第 981 页。

④ 同上书，第 980—981 页。

⑤ 同上书，第 981 页。

而粗短，随着海浪的舒展或隆起产生变化。"①《达洛卫夫人》中，伍尔芙如此表现了色彩、形状与明暗的对比："此时，塞普蒂默斯·沃伦·史密斯正躺在起居室内沙发上，谛视着糊墙纸上流水似的金色光影，闪烁而又消隐，犹如蔷薇花上一只昆虫，异常灵敏；仿佛这些光影穿梭般悠来悠去，召唤着，发出信号，掩映着，时而使墙壁蒙上灰色，时而使香蕉闪耀出橙黄的光泽，时而使河滨大街变得灰蒙蒙的，时而又使公共汽车显出绚烂的黄色。户外，树叶婆娑，宛如绿色的网，蔓延着，直到空间深处；室内传入潺潺的水声，在一阵阵涛声中响起了鸟儿的啁鸣。"②还有《到灯塔去》和《海浪》中伍尔芙对天光水色的描绘等，都是极为精彩的例子。当然，由于绘画的直观性，贝尔更加专注于色彩本身及其过渡与变化，伍尔芙则因视觉化描写服从于整体结构或表现人物的需要而更为关心色彩诉诸于人头脑中的印象。

此外，贝尔在观察和作画时极为重视光线。光色变幻的风景描写同样体现于伍尔芙作品大量描述性的段落中，尤其是海洋、天空与花园，在她的风景画中占据重要地位。收入随笔集《船长临终时》的《太阳和鱼》中，就有一段描写阳光初升时光色变化的脍炙人口的风景描写："与此同时，旭日冉冉东升，一朵白云在太阳光线慢慢地照射上来时，像一幅白色的帘子那样灼灼发光；金黄色的楔形光流从上面瀑泻下来，使峡谷中的树林显出一片葱绿，村庄则成了蓝褐色。在我们身后的天空中，白云犹如白色的岛屿漂浮在淡蓝色的湖泊中。在那儿，天空是无边无垠、任意驰骋的，然而在我们的面前，却有一条轮廓模糊的雪堤聚集起来了。不过，当我们继续观看时，它渐渐消散淡薄，成了片片云絮。瞬息之间，金色剧增，把白色融成了一幅火焰般的薄纱，且变得越来越稀薄，直到在某一刹那间，把辉煌壮观的太

---

① ［英］弗吉尼亚·吴尔夫：《雅各的房间》，蒲隆译，人民文学出版社2003年版，第46页。

② ［英］弗吉尼亚·伍尔夫：《达洛卫夫人》，孙梁、苏美译，上海译文出版社1997年版，第142页。

阳呈现在我们的眼前。"① 简·戈德曼认为：虽然伍尔芙的写作深受罗杰·弗莱和克莱夫·贝尔艺术观的影响，但由于弗莱后期理论观点的变化和贝尔思想的偏激，纯粹用"有意味的形式"观来理解伍尔芙的美学实验并非十分恰当："伍尔芙始终停留在对后印象主义较早阶段的阐释上，发展出了对色彩的兴趣，这一点与在第二次后印象派画展上展出作品的她的姐姐范尼莎的美学实践密切相关。"② 因此，伍尔芙的实验与其说受"有意味的形式"影响，不如说受色彩的影响更大，而在这一过程中，姐姐贝尔起到了更为关键的作用。

综上，由于"布鲁姆斯伯里文化圈"几乎就是"一个画家的世界"，而贝尔是这个世界中的女王，伍尔芙通过观看与倾听学会了使用作为一名作家的"调色板"，通过对姐姐多种绘画形式的模仿与回应表达了对姐姐忠诚的爱。当斯蒂芬姐妹均已年近六旬时，伍尔芙在信中对姐姐感叹："你是不是觉得，我们拥有同一双眼睛，只是眼镜有所不同？我宁愿认为，比起一般姐妹间该做到的那样来说，我和你的关系更加亲密。"③ 正是这种亲密关系造成的影响，使得克莱夫·贝尔准确地概括说：伍尔芙"几乎像是画家一般的视觉……正是将她与其他所有同时代人区别开来的东西。"④ 通过考察斯蒂芬姐妹间的诗画联姻，我们得以更加深入地理解伍尔芙独特艺术风格的由来。

（选自杨莉馨《寻求中西文学的会通》，复旦大学出版社 2016 年版，第 153—168 页）

---

① ［英］弗吉尼亚·伍尔芙：《伍尔芙随笔集》，第 70 页。

② Jane Goldman, *The Feminist Aesthetics of Virginia Woolf*：*Modernism*，*Post-Impressionism and the Politics of the Visual*, Cambridge University Press, 1998, p. 123.

③ Virginia Woolf to Vanessa Bell. 17 August 1937. in Virginia Woolf , *The Letters*：*Vol*. 6.

④ Clive Bell. article in the *Dial*. December 1924, pp. 451–65.

略论魏晋南北朝时期音乐与文学的关系

张伯伟

　　在中国文艺史上，文学与音乐的结缘是最早的。从上古的讴歌吟呼到有文字记录的《诗经》时代，诗与音乐乃至舞蹈的三位一体是最早期艺术的一个显著特征。《尚书·尧典》曰："诗言志，歌永言，声依永，律和声。……击石拊石，百兽率舞。"《墨子·公孟》曰："诵《诗》三百，弦《诗》三百，歌《诗》三百，舞《诗》三百。"《礼记·檀弓下》曰："人喜则斯陶，陶斯咏，咏斯犹，犹斯舞矣。"《毛诗序》曰："诗者，志之所之也。在心为志，发言为诗，言之不足故嗟叹之，嗟叹之不足故咏歌之，咏歌之不足，不知手之舞之，足之蹈之也。"这些文献都是将诗、乐、舞三者联系在一起论述的。所以，有的学者干脆宣称，中国文学的特征，就是"音乐文学"①。

　　其次，文学与音乐的关系，一方面是与之结合而不断产生新的样式，如汉魏乐府、唐声诗、宋词、元曲；另一方面又不断地与之脱离，而突出其语言艺术的特性，如由歌诗变为诵诗、赋诗，由可歌可不歌的《楚辞》发展为完全不可歌的汉赋，汉魏乐府、唐声诗、宋词、元曲也都由合乐之辞逐渐沦为"哑诗"。当然，文学与音乐在后来的脱离，也只是其音乐性的减弱，两者之间的关系是不可能完全隔断的。

　　从中国古代文学理论的发展来看，最早出现的是诗歌理论。由于

---

　　① 朱谦之：《中国音乐文学史》，北京大学出版社 1989 年版，第 31 页。

早期诗、乐、舞的三位一体，诗歌理论与音乐理论不仅是混杂在一起，甚至可以不夸张地说，中国的文学理论就是源起于音乐理论的。

袁枚《随园诗话》卷三指出：

> 千古善言诗者。莫如虞舜教夔典乐。曰"诗言志"，言诗之必本乎性情也；曰"歌永言"，言歌之不离乎本旨也；曰"声依永"，言声韵之贵悠长也；曰"律和声"，言音之贵均调也。知是四者，于诗之道尽之矣。

朱自清也曾将"诗言志"说成是中国历代诗论的"开山的纲领"，而这恰恰是出自于音乐理论的。

"六义"（风、赋、比、兴、雅、颂）是《诗经》学上最重要的概念之一，同时也是中国文学理论中最重要的概念之一，其说出于《毛诗序》。但更早的表述见于《周礼·春官·大师》的"六诗"，原也是就音乐而言的：

> 教六诗，曰风，曰赋，曰比，曰兴，曰雅，曰颂。以六德为之本，以六律为之音。

六德指的是中、和、祇、庸、孝、友等六种品德，六律则指黄钟、大簇、姑洗、蕤宾、夷则、无射等六种乐音的音高标准。从"六诗"到"六义"的转换与递进，实际上也就是从音乐到文学的转换与递进。

西周的教育是以音乐为中心的。《周礼·春官·宗伯》载：

> 大司乐掌成均之法，以治建国之学政，而合国之子弟焉。凡有道者、有德者使教焉，死则以为乐祖，祭于瞽宗。以乐德教国子，中、和、祇、庸、孝、友；以乐语教国子，兴道、讽诵、言语；以乐舞教国子，舞《云门》、《大卷》、《大咸》、《大磬》、

《大夏》、《大濩》、《大武》。

下逮春秋之世，人们可以从《左传》中发现这样两种现象：一是音乐由宗教向人间的坠落而来的普遍性，二是音乐由器物向精神的上升而来的深刻性。所以春秋时人的音乐思想也颇为丰富，大要而言，乃围绕着乐与礼、乐于和、乐与政三者的关系展开的。先秦的文学理论，如果以《毛诗序》为代表的话，也大致可以说是在音乐理论笼罩之下的。①

在曹丕的《典论·论文》出现之前，虽然已有《礼记·乐论》或《荀子·乐论》等音乐专论，却还没有类似的文学专论。正如《四库全书总目》卷一百九十五《诗文评类》小序指出：

> 文章莫盛于两汉，浑浑灏灏，文成法立，无格律之可拘。建安、黄初，体裁渐备，故论文之说出焉，《典论》其首也。其勒为一书传于今者，则断自刘勰、钟嵘。

自曹丕的《典论·论文》出现之后，陆机《文赋》、李充《翰林论》、挚虞《文章流别论》、刘勰《文心雕龙》、钟嵘《诗品》、颜之推《颜氏家训·文章篇》等，都是当时重要的文学理论方面的文章和专书。与文学理论的大发展相比较，汉魏以来的音乐理论则不免逊色②，除了阮籍的《乐论》和嵇康的《声无哀乐论》之外，几乎没有什么有价值的专论出现。其数量和质量与当时的文学理论相比，都是不可同日而语的。

然而音乐理论与文学理论发展的不平衡，并不意味着音乐对文学

---

① 关于《毛诗序》的作者异说颇多，但序中体现的意见，可以视作先秦儒家诗论的总结，却是学术界较为一致的看法。

② 《礼记·乐记》在文献上的判断。学术界的意见不一。或以为出于公孙龙子。或以为出于汉代。从其内容来考察，则基本上是对先秦儒家音乐观念的传承。所以我不将其作为汉代的文献处理。

无影响。曹植《与吴季重书》曰："夫君子而不①知音乐，古之达论，谓之通而弊。""达论"即指《荀子》，墨子非乐，《荀子·解蔽篇》说他"蔽于用而不知文"。所以曹植所说的"弊"，即指"不知文"之弊。魏晋以来的文人，在音乐上的修养是相当深厚的。从创作角度言，音乐（尤其是乐器）作为一种题材进入文学的视野，虽始于西汉②，却盛于两晋。以赋为例，《文选》所收诸赋，便专列"音乐"门共六篇（不限于晋）。如果据《历代赋汇》，当时的音乐赋篇目可列之如下：

嵇康《琴赋》	潘岳《笙赋》
傅玄《琵琶赋》	王廙《笙赋》
傅玄《筝赋》	曹毗《箜篌赋》
孙楚《笳赋》	贾彬《筝赋》
成公绥《啸赋》	孙该《琵琶赋》
成公绥《琵琶赋》	袁山松《歌赋》
夏侯惇《笙赋》	顾恺之《筝赋》
夏侯湛《鞞舞赋》	陈氏《筝赋》
夏侯湛《夜听笳赋》	孙氏《箜篌赋》
陆机《鼓吹赋》	

　　以上所列当然是不完备的，如《宋书·乐志》所引傅玄《节赋》和《琴赋》，《初学记》卷十五引郝默《舞赋》等均不在其内。曹丕《答卞兰教》曰："赋者，言事类之所附也。……故作者不虚其辞，受者必当其实。"如《宋书·乐志》所引诸家音乐赋，往往作为考证之资。音乐赋的大批出现，不只是可以证明音乐扩展了文学的题材，也说明当时文人的音乐素养之深。

---

① "不"字原无，据胡克家《文选考异》："茶陵本'知'上有'不'字。"兹据补。
② 《古文苑》收录宋玉的两篇音乐赋《笛赋》和《舞赋》，乃后人伪托。

其次，音乐往往能触发文学创作的灵感。如成公绥：

> 雅好音律，尝当暑乘风而啸，泠然成曲，因为《啸赋》。
> （《晋书》本传）

又如恒玄，《北堂书钞》卷一百三十载：

> 俗说云：恒玄作诗，思不来辄作鼓吹，既而得思云："鸣鹤
> 响长皐。"叹曰："鼓吹固自来人思。"

《艺文类聚》卷六十八、《太平御览》卷五百六十七记载略同。鼓吹乐是汉代从北方传入中原的音乐，其音变化曲折，悲凉感人。陆机《鼓吹赋》中写道："节应气以舒卷，响随风而浮沉。马顿迹而增鸣，士嚬蹙而霑襟。"就是对音乐效果的描述，它的确能够起到"来人思"的作用①。再如柳恽：

> 尝赋诗未就，以笔捶琴。坐客过，以箸扣之，恽惊其哀韵，
> 乃制为雅音。（《南史》本传）

"以笔捶琴"的目的，大概也是想从激越的音声中获得诗歌创作的灵感吧。

从文学理论的角度看音乐的影响，大致可以分为以下两端：既有借音乐术语以论文者，又有以乐理沟通文理者。兹举例如下。

例一，曹丕《典论·论文》曰：

---

① 到了唐代，诗人往往用诵读佳句的方式以"来人思"，当时称作"发兴"。如王昌龄《诗格》指出："凡作诗之人，皆自抄古今诗语精妙之处，名为随身卷子，以防苦思。作文兴若不来，即须看随身卷子，以发兴也。"张伯伟：《全唐五代诗格校考》，陕西人民教育出版社1996年版，第141页。

"文以气为主，气之清浊有体，不可力强而致。譬诸音乐，曲度虽均，节奏同检，至于引气不齐，巧拙有素，虽在父兄，不能以移子弟。"（《文选》卷五十二）

这是曹丕提出的著名的"文气说"。"气"的概念颇为复杂，先秦以来诸家之说，大致用以表达自然之元气、生理之血气或道德之义气。《论语·泰伯篇》中讲到"辞气"，是将"气"与辞令、声调相结合；《左传·昭公九年》有言："味以行气，气以实志，志以定言，言以出令。"也是将"气"与心志、言论相关合。这些观点对于曹丕"文气说"的形成，都在不同程度上起到了作用。但"文气说"毕竟是一个新说，所以曹丕不得不采用比喻以使人明了，这就有了"譬诸音乐"云云。为什么用音乐比喻可以使人明了？这除了当时文人有较为普遍的音乐素养以外，还因为以"气"论音乐也是先秦乐论中司空见惯的话题。以《左传》为例，昭公元年记医和语曰：

天有六气，降生五味，发为五色，征为五声。

又昭公二十年记晏子语曰：

声亦如味：一气、二体、三类、四物、五声、六律、七音、八风、九歌以相成也。

所谓"一气"，杜预注曰："须气以动。"即指歌唱、演奏都须以气动之。孔颖达疏曰："人以气生，动皆由气，弹丝击石莫不用气。气是作乐之主，故先言之。"又昭公二十五年记子产语曰：

则天之明，因地之性，生其六气，用其五行。气为五味，发为五色，章为五声。

由此可见，先秦乐论中往往以"气"为音乐之本，不同的气便会造成不同的音乐，所以曹丕能够援以为喻。罗宗强先生认为，曹丕的"文气说"与《太平经》中的"气有善恶"论有关，"善气至，善事亦至；善事至，善辞亦至。……以类象而呼之，善恶同气同辞同事为一周也。"所谓"其气异，其事异，其辞异，其歌诗异。"① 堪称卓见。不过，这段话最后的归结点是"歌诗"，还是与音乐有关。何况善恶之气导致善恶之乐，这种同类相应的情况在《礼记·乐记·乐象篇》中也早已道出：

> 凡奸声感人而逆气应之，逆气成象而淫乐兴焉；正声感人而顺气应之，顺气成象而和乐兴焉。倡和有应，回邪曲直各归其分，而万物之理各以类相动也。

所以，曹丕以音乐为譬提出"文气说"，不是没有原因的。

例二，陆机《文赋》有一段论文章之病的文字，全以音乐为喻：

> 或托言于短韵，对穷迹而孤兴。俯寂寞而无友，仰寥廓而莫承。譬偏弦之独张，含清唱而靡应。
>
> 或寄辞于瘁音，徒靡言而弗华。混妍蚩而成体，累良质而为瑕。象下管之偏疾，故虽应而不和。
>
> 或遗理以存异，徒寻虚而以微。言寡情而鲜爱，辞浮漂而不归。犹弦幺而徽急，故虽和而不悲。
>
> 或奔放以谐合，务嘈囋而妖冶。徒悦目而偶俗，故声高而曲下。寤《防露》与《桑间》，又虽悲而不雅。
>
> 或清虚以婉约，每除烦而去滥。阙太羹之遗味，同朱弦之清氾。虽一唱而三叹，固既雅而不艳。（《文选》卷十七）

---

① 罗宗强：《魏晋南北朝文学思想史》，中华书局 1996 年版，第 27 页。

最早指出这段文字"以音乐为喻"的是清人方廷珪。陆机在此虽然指陈文章之病，但同时也透露出文章的最高法则，即"应、和、悲、雅、艳"。方氏引其师语曰："应字、和字、悲字、雅字、艳字，一层深一层，文之能事已毕。"这五项原则，原都是音乐上的要求，陆机则援以论文，沟通了乐理和文理。其中"'应'与'和'系讲音乐文章之声律，'雅'是讲音乐与文章之品格，……'悲'与'艳'二者之提出，即后刘勰所谓'情'与'采'，此对晋宋以来文学观念之影响，尤有极重大之意义。"① 以《诗品》为例，钟嵘评论了一百二十多家作品，大致归于《诗经》和《楚辞》两大系列（出于《小雅》者仅阮籍一家），出于《诗经》者下分古诗和曹植两个分支，出于《楚辞》者均由李陵分出。从具体评论中不难发现，"悲"与"艳"（尤其是"悲"）的原则是贯穿其间的。如他评古诗曰："文温以丽，意悲而远，惊心动魄，可谓几乎一字千金。"评曹植曰："骨气奇高，词采华茂，情兼雅怨，体被文质。"评李陵曰："文多凄怆，怨者之流。"钟嵘的这些评诗原则人所习知，但其源于音乐美学，却往往为人所忽视。

例三，《世说新语·文学》载孙绰语曰：

　　　　《三都》、《二京》，五经鼓吹。

刘孝标注曰："言此五赋是经典之羽翼。"这很容易使人理解为一般意义上的对经典的阐发②。其实，这里的"鼓吹"，应该理解作"鼓吹乐"。魏晋以来，人们心目中的鼓吹乐，具有启人思、增人感的效应，上文引桓玄听鼓吹乐而写出得意的"鸣鹤响长皋"之句，便是典型例证。又如胡僧祐"以所加鼓吹恒置斋中，对之自娱。……

---

　　① 饶宗颐：《文赋与音乐》，载《文辙——文学史论集》，台湾学生书局1991年版，第287页。有关这段文字的阐述，饶文论之甚详，此处从略。

　　② 参看《汉语大词典》"鼓吹"词条释义，见罗竹风主编《汉语大词典》，汉语大词典出版社1995年版，第1388页。

或出游亦以自随。"并且说:"我性爱之,恒须见耳。"(《南史》本传)即使违背了礼仪也在所不惜。大人物喜爱,小百姓也乐闻。如张兴世的父亲仲子曰:"我虽田舍老公,乐闻鼓角,可送一部,行田时吹之。"(《宋书·张兴世传》)可见鼓吹乐在当时深受人们的喜爱。唐人韦庄《又玄集序》称其所选是"诗中鼓吹,名下笙簧","笙簧"与"鼓吹"互文,显然也是以音乐为喻,用来说明选出的作品均为激动人心的篇章。《太平御览》卷五百六十七引孙绰上述语,正属于乐部"鼓吹乐"类。所以,孙绰以"五经鼓吹"来评价《三都赋》和《二京赋》,是以音乐为喻,意在表明这些赋篇不仅思想上符合儒家教义,而且具有很强的艺术感染力,是将儒家经典普及化的模范之作。

以上略从音乐看文学,我们也可以从文学看音乐。如上所述,汉魏以来的音乐专论所存寥寥,然而在以音乐为题材的文学作品中,却包含着相当可贵的音乐思想,可惜治音乐史的学者对此往往注意不够①。兹举例如下:

其一,以悲为美。卢文弨《龙城札记》卷二"古人音喜悲"条指出:"其好尚当起于战国时耳。"但成为风尚则自汉魏以来。王褒《洞箫赋》曰:"故知音者悲而乐之,不知音者怪而伟之。故为悲声则莫不怆然累欷,擎涕抆泪。"(《文选》卷十七)钱钟书先生《管锥编》指出:"奏乐以生悲为善音,听乐以能悲为知音,汉魏六朝,风尚如斯,观王赋此数语可见也。"② 如马融《长笛赋》曰:

融去京师逾年,暂闻甚悲而乐之。(《文选》卷十八)

---

① 如杨荫浏《中国古代音乐史稿》在谈到这一时期的音乐思想时,举出阮籍、嵇康和刘勰三家,其中略涉嵇康的《琴赋》;吴钊、刘东升的《中国音乐史略》则仅举出嵇康《声无哀乐论》一篇文献。吉联抗《魏晋南北朝音乐史料》、蔡仲德《中国音乐美学史资料注译》均颇具参考价值,但对这些文献未能广泛采撷。

② 钱钟书:《管锥编》第三册,中华书局1979年版,第946页。

繁钦《与魏文帝牋》曰：

清激悲吟，杂以怨慕。……凄入肝脾，哀感顽艳。……同坐仰叹，观者俯听，莫不泫泣殒涕，悲怀慷慨。（《文选》卷四十）

嵇康《琴赋》曰：

称其才干，则以危苦为上；赋其声音，则以悲哀为主；美其感化，则以垂涕为贵。（《文选》卷十八）

成公绥《啸赋》曰：

发妙声于丹唇，激哀音于皓齿。……舒蓄思之悱愤，奋久结之缠绵。（《文选》卷十八）

潘岳《金谷集作诗》曰：

扬桴抚灵鼓，箫管清且悲。（《文选》卷二十）

陆机《拟东城一何高》曰：

闲夜抚鸣琴，惠音清且悲。（《文选》卷三十）

均为其例。以悲为美的思想影响及文学，如陆机《文赋》和钟嵘《诗品》，乃为人所习知。又如陆云在《与兄平原书》中说："《答少明诗》亦未为妙，省之如不悲苦，无恻然伤心言。""不悲苦"即"未为妙"。《诗品》评诗重视"悲"的美学效用，已见前引。需要进一步指出的是，钟嵘还将悲怨作为诗歌创作的动机，以前所未有的力度予以强调：

　　若乃春风春鸟，秋月秋蝉，夏云暑雨，冬月祁寒，斯四候之感诸诗者也。嘉会寄诗以亲，离群托诗以怨。至于楚臣去境，汉妾辞宫；或骨横朔野，魂逐飞蓬；或负戈外戍，杀气雄边；塞客衣单，孀闺泪尽；或士有解佩出朝，一去忘返；女有扬娥入宠，再盼倾国。凡斯种种，感荡心灵，非陈诗何以展其意？非长歌何以骋其情？

　　《尚书·君牙篇》有"夏暑雨，小民惟曰怨咨；冬祁寒，小民亦惟曰怨咨。"可知"四候之感诸诗"中有两句涉及到"怨"；接下去谈人生遭际所产生的诗歌创作动机，则除了"女有扬娥入宠，再盼倾国"句外，其他都是由悲怨所引起的。在此之后，钟嵘又论述诗的功能——"使穷贱易安，幽居靡闷，莫尚于诗矣"云云，从句式上看，非常类似于嵇康《琴赋序》中"可以导养神气，宣和情志，处穷独而不闷者，莫近于音声也"。其后唐人所说的"欢愉之辞难工，而穷苦之言易好也"（韩愈《荆潭唱和诗序》），与以悲为美的思想也有一定的渊源关系。

　　其二，感物通灵。音乐感于物而生，早见于《荀子·乐论》和《礼记·乐记》，但这只是从音乐的产生而言。如所谓"凡音之起，由人心生也。人心之动，物使之然也。……乐者，音之所由生也，其本在人心之感于物也。"（《礼记·乐记》）。而汉魏以下的文学作品中讲到音乐的"感物"，往往与"通灵"、"悟灵"、"通神"、"感神"相结合，涉及到音乐的制作和欣赏。这是在道家思想影响下产生的音乐观念。如马融《长笛赋》曰：

　　可以通灵感物，写神喻意。……溉盥污濊，澡雪垢滓矣。（《文选》卷十八）

成公绥《啸赋》曰：

　　玄妙足以通神悟灵，精微足以穷幽测深。（《文选》卷十八）

又《琴赋》：

　　清飚因其流声兮，游弦发其逸响。心怡怿而踊跃兮，神感宕而慷恺。（《初学记》卷十六）

戴逵《琴赞》曰：

　　至人托玩，导德宣情。微音虚远，感物悟灵。（《初学记》卷十六）

这里的"神"、"灵"等概念，大致同于道家之"道"。将音乐由器物向精神方面提升，在春秋时代已是如此①。而在以音乐为题材的文学中，也早就有此类描写。不过，若将前后作品比较一下，就可以发现，其在精神上的提升有着从儒家到道家的转换。这里试以王褒、马融、嵇康和成公绥的四篇赋为例比较如下。王褒《洞箫赋》曰：

　　故听其巨音，则周流泛滥，并包吐含，若慈父之畜子也；其妙声，则清静厌瘱，须叙卑达，若孝子之事父也；科条譬类，诚应义理，澎濞慷慨，一何壮士；优柔温润，又似君子。……吹参差而入道德兮，故永御而可贵。（《文选》卷十七）

这里所说的"道德"，表现的是较为纯粹的儒家思想，其联想方式在当时也是颇为普遍的②。马融《长笛赋》曰：

------

　　① 如《国语·周语》载："二十四年，钟成。伶人告和。王谓伶州鸠曰：'钟果和矣。'对曰：'未可知也。'王曰：'何故？'对曰：'上作器，民备乐之则为和，今财亡民罢，莫不怨恨，臣不知其和也。'……二十五年，王崩，钟不和。"

　　② 如《白虎通·礼乐》指出："闻角声，莫不恻隐而慈者；闻徵声，莫不喜养好施者；闻商声，莫不刚断而立事者；闻羽声，莫不深思而远虑者；闻宫声，莫不温润而宽和者。"陈立《疏证》曰："此亦当是成语。"并引用《公羊传》、《五经通义》、《韩诗外传》等书以证之。

故聆曲引者，观法于节奏，察变于句投，以知礼制之不可逾越焉；听簧弄者，遥思于古昔，虞志于怛惕，以知长戚之不能闲居焉。故论记其义，协比其象，彷徨纵肆，旷漾敞罔，老、庄之概也；温直扰毅，孔、孟之方也；激朗清厉，随、光之介也；牢剌拂戾，诸、贲之气也；节解句断，管、商之制也；条决缤纷，申、韩之察也；繁缛骆驿，范、蔡之说也；蒌栎铫懂，皙龙之惠也。（《文选》卷十八）

这里所发挥的音乐思想，显然是庞杂的。嵇康《琴赋》曰：

愔愔琴德，不可测兮。体清心远，邈难及兮。……能尽雅琴，唯至人兮。（《文选》卷十八）

这里所说的"琴德"，已经不是儒家的传统观念，即所谓"琴者，禁也。所以禁止淫邪，正人心也。"（《白虎通·礼乐》）其所谓"雅琴"，也不是如刘歆《七略》所说的"琴之为言禁也，雅之为言正也，君子守正以自禁也。"（《文选》李善注引）而是具有某种超越的品格，更接近于道家。成公绥《啸赋》曰：

精性命之至机，研道德之玄奥，愍流俗之未悟，独超然而先觉。狭世路之陋僻，仰天衢而高蹈。邈矫俗而遗身，乃慷慨而长啸。……心涤荡而无累，志离俗而飘然。（《文选》卷十八）

这已经完全是道家思想的体现了。将这种变化加以分疏是有必要的。如李善注《文选》，在成公绥《啸赋》"玄妙足以通神悟灵"句下，既引《老子》"玄之又玄，众妙之门"，又引《礼记》"夫礼乐通乎鬼神，穷高远而测深厚"。但后者所说的"礼乐通乎鬼神"，实际上是礼乐的原始意义，用以沟通人神。① 但成公绥所说的"通神悟灵"，实指与老、庄之"道"相沟通，"神灵"当本《老子》三十九章"神得一（道）以灵"之句，这里的"神"是精神之神，绝非鬼神之神。魏晋以来，崇尚玄虚之谈。至晋怀帝永嘉以后，诗歌受到清谈的影响，形成以表现老、庄为主要内容的玄言诗②。而"得意忘言"的思维方式，对于当时的文学理论和绘画理论都有影响，由"形"进乎"神"，如陆机《文赋》、刘勰《文心雕龙》、宗炳《画山水序》、王微《叙画》等。文学作品中表现的音乐思想，和当时的文学思想桴鼓相应，这又显示出文学与音乐在某一方面的同步发展。

其三，自然至音。对音乐的评价，在儒家思想体系中是以美善兼顾的。"子谓《韶》，尽美矣，又尽善也；谓《武》，尽美矣，未尽善也。"（《论语·八佾》）邢昺疏曰："言《韶》乐其声及舞极尽其美，揖让受禅，其圣德又尽善也。……言《武》乐音及舞容则尽美矣，然以征伐取天下，不若揖让而得，故其德未尽善也。"可知儒家的标准是美与善的结合。"子在齐闻《韶》，三月不知肉味。曰：'不图为乐之至于斯也。'"（《论语·述而》）足见孔子对《韶》乐的倾心程度之深。庄子则提出"人籁"、"地籁"和"天籁"的区别，"夫天籁者，吹万不同，而使其自已也，咸其自取，怒者其谁邪？"（《庄子·齐物论》）摆脱礼的束缚，崇尚自然之音，也就是道家音乐思想区别于儒家的标志之一。这种音乐思想在文学作品中的反映，汉魏以来亦颇多见。王褒《洞箫赋》曰：

可谓惠而不弗兮，因天性之自然。（《文选》卷十七）

---

① 王国维《释礼》指出，"礼"字在卜辞中的原形"象二玉在器之形，古者行礼以玉，故《说文》曰：'丰，行礼之器。'……推之而奉神人之酒醴亦谓之醴，又推之而奉神人之事通谓之礼。"《观堂集林》卷六，中华书局1959年版。
② 钟嵘《诗品序》指出："永嘉时，贵黄、老，稍尚虚谈。于时篇什，理过其辞，淡乎寡味。"又卷下评王济等人诗曰："永嘉以来，清虚在俗，王武子（济）辈诗，贵道家之言。"

此句重心虽然在以"惠而不弗"形容洞箫的品格，原本于《论语·尧曰》的"君子惠而不费"，但这里已经用到"自然"一词。其后嵇康《琴赋》写道：

> 固以自然神丽，而足思愿爱乐矣。……更唱迭奏，声若自然。流楚窈窕，惩躁雪烦。（《文选》卷十八）

这里的"自然"，都是用以形容琴音的美妙。李善注曰："言流行清楚窈窕之声，足以惩止躁竞，雪荡烦懑也。"也不妨理解作这样美妙的琴声，具有庄子所谓"澡雪精神"的功效。再后成公绥《啸赋》曰：

> 良自然之至音，非丝竹之所拟。……信自然之极丽，羌尤殊而绝世。（《文选》卷十八）

这就明确将"自然"与"人为"（以丝竹为代表）相对而言，用"至音"、"极丽"来形容自然之音。这最能代表魏晋以下人普遍的音乐观念。如左思《招隐诗》曰：

> 何必丝与竹，山水有清音。（《文选》卷二十二）

陶渊明《晋故征西大将军长史孟府君传》载：

> 又问："听妓，丝不如竹，竹不如肉？"答曰："渐近自然。"（《靖节先生集》卷六）

《梁书·昭明太子传》载：

> 性爱山水。……尝泛舟后池，番禺侯轨盛称"此中宜奏女乐"。太子不答，咏左思《招隐诗》曰："何必丝与竹，山水有

清音。"侯惭而退。

　　道家的"道"，在他们看来是出于"自然"（即自己如此之意）的，老、庄（尤其是庄子）反对人文社会的一切礼俗，对于文明社会给人心带来的桎梏深感悲哀，所以，便只有寄情于"广莫之野"（《逍遥游》）。庄子以自己化作蝴蝶来揭示"物化"之境（《齐物论》），与惠子"游于濠梁之上"而感知"鱼之乐"（《秋水》），都说明了他是通过与自然的融合来体验其"道"、实践其"道"的。这就决定了作为"自己如此"意义上的"自然"，向"自然景物"意义上的"自然"的转变。晋宋以来的山水诗和山水画的产生，与这一思想有着密不可分的联系。而音乐上的"自然至音"与"山水清音"也就这样沟通起来，自然、山水都是"道"的象征。孙绰《游天台山赋》曰："太虚辽阔而无阂，运自然之妙有。"李善注曰："太虚，谓天也；自然，谓道也。"所以，当时的文学和绘画理论，也往往将山水自然向"道"的方面靠拢、提升。孙绰说："此子神情都不关山水，而能作文？"（《世说新语·赏誉》）又在《庾亮碑》中写道："方寸湛然，固以玄对山水。"宗炳《画山水叙》中说："夫圣人以神法道，而贤者通；山水以形媚道，而仁者乐。"由此可见，在道家思想的影响下，音乐界以"自然"为"至音"，文学界以山水为作文之钥，而绘画界乃以山水为"澄怀味像"的对象。就这一方面而言，当时的文学艺术之间是消息相通的。

　　魏晋南北朝时期文学与音乐的关系固然不止上述诸端，如文学批评（包括书法和绘画批评）术语之一的"韵"，既有来自人物品评的影响，实亦不可排除音乐理论的先导作用；又如六朝文学中的"声律论"，与音乐理论及佛经的转读、唱导之间也存在某些联系。由于此题所涉甚广，非小文所堪任，本文姑举其荦荦大者，作举例性说明，至于踵事增华，则请待来兹。

（原载《文学评论》1999 年第 3 期）

第八单元

跨学科研究（下）

禅与诗人的宗教

——中印文学思想交流一例

朱维之

我国和印度都是世界上历史最悠久，文化遗产最丰富的古国。两国的文化、思想交流，也有近二千年的历史了，最初的交流是通过宗教的相互影响。纵观世界上几个古老民族之间文化、思想的交流、融合，开始几乎都是通过宗教的传播和吸收而进行的。日本在我国唐朝的时候派来大量的留学僧，鉴真和尚率弟子、工匠等扬帆东渡，在传播宗教的同时，传去了文化的精华。西方在两千年前，由于希腊、罗马的斯多葛派哲学和希伯来的神学相结合，产生了基督教和中世纪的文化思想，便是最明显的例子。

佛教传入我国，随之而来的有印度和西域各国的文化，大大丰富了我国的文化，达到了鼎盛的局面，特别是在文学艺术方面。例如犍陀罗的佛教艺术，直接影响我国的石窟壁画和雕塑；寺院舍塔丰富了我国的建筑样式和技术；梵文语法和音调，促进了我国的诗文体制和音韵学的发展；番乐的流行，使唐乐多彩多姿，称盛于全世界；因明逻辑之学以及系统剖析的议论文格式，促使我国的学术界有系统的长篇论著出现，如刘勰的《文心雕龙》那样规格严整的雄大学术论著，就是在这个影响下产生的。特别可注意的是佛经的唱读，和变文、宝卷等的流行，引起我国新文体的大变化，大量产生像话本、弹词等俗文学，进一步引起我国小说、戏剧的新发展。这是最大最深远的影响，是我国文学史上一件了不起的大事。我国宋以前的文学创作以短篇的抒情诗为主，偶有叙述诗如最长的《孔雀东南飞》，也只有一千七百多字，三百多行。宋元以后便不同了，长篇的小说、戏剧逐渐发达、完善，而且占了文学创作的主要地位。这个文学史上的空前大变化，是和佛教所带来的西域各国的影响分不开的。有人说，没有印度、西域的影响，我国的小说、戏剧也会发达的。这不是没有可能，但有快慢的不同。可比资本主义在我国的发展，没有西方的影响，根据社会发展的一般规律，我国也可能自己发展资本主义，但有快慢之别。不过资本主义在我国是过了季节的花果，不会太旺盛的。因为在西方已经发展到帝国主义阶段，先进的资产阶级都面临衰落的危机，后进的资本主义更不会有更好的前途。小说、戏剧却不同，有广大的人民丰富多彩的生活，有新时代新制度的蓬勃生气，小说、戏剧是有远大光辉前途的。

　　除了文学的形式以外，在文学思想方面的影响也十分密切。当佛教最初传来时，有道家思想从中做媒介，开始为一部分中国人所接受。后来中国佛教哲理的发展有出于蓝而胜于蓝之势，如玄奘在西域、印度讲学多年，非常受欢迎，各国争聘，甚至引起国与国之间的争吵。后期的印度佛教颇受中国的影响。中国佛教的特色在于禅的思想。中国文学思想流派中，受禅的思想影响特别大。中国诗歌从六朝以后，和禅的关系渐加密切，晋、宋之间，玄言诗和山水诗成了时代思潮，几乎占文坛统治地位。《文心雕龙·明诗》篇中说："宋初文咏，体有因革，庄老告退，而山水方滋。"晋代文艺思潮以老庄为主流，到了宋初，老庄思潮告退而山水诗方兴未艾。谢灵运是第一个山水诗人，他是佛教的学者，庐山白莲社主、高僧慧远的弟子。陶渊明也常去庐山，和莲社关系很密切，虽然没有入社，也不是山水诗人，但他是后世公认的写大自然的名手笔，也是当时时代思潮的带头人。山水诗是佛教的清静和老庄的返自然思想结合的产物。渊明的"采菊东南下，悠然见南山；山气日夕佳，飞鸟相与还。此中有真意，欲辨已忘言。"已见禅心。灵运则在山水的刻画中移进优游自得的意境。他在"池塘生春草"，"明月照积雪"，"云日相辉映，空水共澄鲜"，"春晚绿野秀，岩高白云屯"等如出水芙蓉的诗句中，得到静定的境界，并体验到大自然的无限性。

"南朝四百八十寺，多少楼台烟雨中。"晨钟暮鼓、木鱼经诵之音和六朝金粉、轻歌曼舞的乐声交作。在诗禅发展的同时，又有宫体艳诗的泛滥。到了唐初，张若虚的名篇《春江花月夜》等，表达了诗人的宇宙意识，把陈、隋时代的宫体诗升华到禅的三昧境。佛教在唐代又有了新的气象，禅宗更加发达了，到了盛唐时，王维且有"诗佛"之称。他是个多才多艺的诗人，在音乐和绘画方面也都有卓越的成就。他不但诗中有画，画中有诗，而且诗画中有禅。诗如《酬张少府》：

> 晚年唯好静，万事不关心。自顾无长策，空知返旧林。
> 松风吹解带，山月照弹琴。君问穷通理，渔歌入浦深。

王维之外，孟浩然、韦应物、常建、柳宗元、白居易等也都诗带禅心。孟诗如《题义公禅房》：

> 义公习禅寂，结宇依空林。户外一峰秀，阶前众壑深。
> 夕阳连雨足，空翠落庭阴。看取莲花静，方知不染心。

常诗如《题破山寺》：

> 清晨入古寺，初日照高林。竹径通幽处，禅房花木深。
> 山光悦鸟性，潭影空人心。万籁此都寂，唯余钟磬音。

柳诗如《江雪》：

> 千山鸟飞绝，万径人踪灭。孤舟蓑笠翁，独钓寒江雪。

这首短诗里没有"禅"字，但它的精神、气氛和形象，都表现出深厚的禅意。下面白居易的《逍遥咏》便直接说教：

> 亦莫恋此身，亦莫厌此身，此身何足恋？万劫烦恼根。
> 此身何足厌？一聚虚空尘。无恋亦无厌，始是逍遥人。

白居易诗的特色是有明显的思想倾向性，注重讽喻。他晚年成了虔诚的佛教徒，写了很多的"偈"，类似上面这首《逍遥咏》的风格。

"禅"是梵文"禅那"（Dhyana）的音译略写，意译为"静虑"。佛教教旨，要开发真智，必先入禅，把思虑安静下来。比如打太极拳、做气功之先，要静下思虑来。禅和智互为表里，智无禅不成，禅无智不照。他们认为佛心非不可以言传，惟在禅定，自证三昧，彻见自己的心性。诗人能入三昧境而表达禅机。禅机有不同的相，大抵和诗道相通。由于唐代诗人有了丰富的表达禅心的创作实践，到了宋代才有"以禅喻诗"的文学理论。苏东坡说出了经验："暂借好诗消永夜，每逢佳处辄参禅"，严羽在他的《沧浪诗话·诗辩》中提出了"大抵禅道惟在妙悟，诗道亦在妙悟"的诗论纲领。他解释妙悟之道说：

> 夫诗有别材，非关书也；诗有别趣，非关理也。然非多读书多穷理，则不能极其至。所谓不涉理路，不落言筌者，上也。诗者，吟咏情性也。盛唐诸人，惟在兴趣，羚羊挂角，无迹可求。故其妙处，透彻玲珑，不可凑泊，如空中之音，相中之色，水中之月，镜中之象，言有尽而意无穷。

宋诗的特色在于理性，宋代的哲学以理学为宗，其特色在于哲理中常带禅心。宋诗也是如此，苏东坡和黄山谷的诗正是诗禅一致的佐证。道学家巨子朱熹的诗也含有禅的气味，如："半亩方塘一鉴开，天光云影共徘徊。问渠那得清如许，为有源头活水来。"他的《春日绝句》中有"等闲识得东风面,万紫千红总是春"之句和《鹤林玉露》所载某尼悟道诗极相似。尼诗云:"尽日寻春不见春,芒鞋踏遍陇头云。归来笑捻梅花嗅,春在枝头已十分。"为诗、禅同道的一个佐证。

到了清初,王渔洋又发展了严羽的兴趣说,提出了神韵说:

> 严沧浪以禅喻诗,余深契其说,而五言尤为近之。如王、裴"辋川绝句"字字入禅;他如"雨中山果落,灯下草虫鸣","明月松间照,清泉石上流",以及太白"却下水精帘,玲珑望秋月",常建"松际露微月,清光犹为君",浩然"樵子暗相失,草虫寒不闻",刘慎虚"时有落花至,远随流水香",妙谛微言,与世尊拈花,迦叶微笑,等无差别。通其解者,可语上乘。(《带经堂诗话》卷三)

清末梁启超《饮冰室诗话》也支持这一说法,说"自唐人喜以佛语入诗,至于苏(东坡)土(半山),其高雅之作,大半为禅悦语"。王国维《人间词话》则有所突破,他说:"然沧浪所谓'兴趣',阮亭所谓'神韵'犹不过道其面目;不若鄙人拈出'境界'二字为探本也。"

近年来谈论王国维"境界说"的文章很多,大都是讨论什么是境界的问题,还不见有人注意到王国维心目中的最高境界是什么的问题。《人间词话》文虽简略,而作者心目中显然有一个诗的最高境界,那就是李后主最终的境界。他把李煜的词推崇到"崇高"的地步。他一则说"词至后主而眼界始大,感慨遂深",再则说"温飞卿之词,句秀也;韦端己之词,骨秀也;李重光之词,神秀也",三则说:"尼采谓'一切文学,余爱以血书者',后主之词真所谓以血书者也。宋道君皇帝《燕山亭词》亦略似之;然道君不过自道身世之戚,后主则俨有释迦、基督担荷人类罪恶之意,其大小固不同矣。"这是一个最初受了西方近代哲学和文艺理论的熏陶,认识到《红楼

梦》是悲剧中的悲剧，说楚辞、内典、元剧为中国文学的三大宝库的
近代新文论家所能达到的美学观的高度。他认为宋徽宗和南唐后主同
样是亡国之君，而徽宗的眼光只看到自己的悲戚；"新样靓妆，艳溢
香融，羞杀珠蕊宫女。易得凋零，更多少无情风雨！愁苦！问院落凄
凉，几番春暮！"（燕山亭词）他所念念不忘的只限于一去不复返的
淫乐小天地。后主的境界则扩大到了宏观宇宙："流水落花春去也，
天上人间"，"林花谢了春红，太匆匆，无奈朝来寒雨晚来风，……
自是人生长恨水长东"，"春花秋月何时了……恰似一江春水向东
流。"这些词充分表达了他的宇宙意识。突破了个人狭隘的境界，到
达了"诗人宗教"的坛前。

　　印度文化自古以来富于宗教意识，而且受到邻邦波斯、巴比伦、
亚述、阿拉伯等的影响，这些邻邦文化也都是富于宗教特色的文化。
它在近代又受了西方基督教文化的影响，在现代印度的诗人中，仍不
乏宗教意识的流露。像泰戈尔、奥罗宾多等的诗作都富有宗教的色
彩。泰戈尔的代表作《吉檀迦利》集子的名字就是"诗歌祭"、"献
歌"或以诗歌为献祭品的意思，表达他的宗教思想。奥罗宾多的最大
杰作《莎维德丽：传说与象征》是二万四千行的无韵体史诗，有神
秘、超然的色彩，被称为《失乐园》之后最伟大的英语史诗。

　　印度现代的诗人中最负世界的盛名、最为我国人所熟悉的要算泰
戈尔。他所受的教育有印度传统的，有欧洲的；他在文学上所受的影
响有印度古典的，如迦梨陀莎、胜天和其他毗湿奴教派诗人的作品，
有欧洲近代的，如雪莱、拜伦、华兹华斯、济慈、歌德、叶芝等的作
品。他对大自然的热恋，对神的渴求，就是对真和善的高度理解。他
注意吠檀多经典《奥义书》和佛陀的崇高生活观，崇尚中国的山水
画和老子的哲学，欣赏波斯查拉图斯特拉的教义和基督教的艺术。

　　泰戈尔宣称他的宗教是"一个诗人的宗教"，或"一个艺术家的
宗教"，作为当时精神文明的旗帜，他不反对物质文明，但见西方帝
国主义各国社会的人欲横流，虚伪、丑恶、残酷，心想恢复东方文
明，要掀起一个东方的文艺复兴运动。他向大自然和各国文化遗产中

探求真、美、善，用他那清丽的诗句和铿锵的演说词，向全世界宣扬精神文明。他的演说集《人格》（Personality，1916 年在美国讲），《一个艺术家的宗教》（The Religion of An Artist，1924 年在中国、1925 年在达卡讲），《人的宗教》（The Religion of Man，1930 年在牛津大学讲）都就艺术与宗教的主题加以阐述；不过前两者谈艺术较多，后者谈人生修养较多。

他的"诗人宗教"不是指那一个宗教，而是兼采各家的精华融成他自己的宗教，做为他精神生活的道路，和他的音乐、绘画、诗歌、戏剧、小说创作的生活分不开。他的诗人宗教比诗禅一致说更加积极，把个人的修养应用于社会活动，通过艺术，用美、刺等方法，扩散美育的陶冶。

他所谓"人的宗教"的人，是一个大写的"人"，不是个人的人。大写的人是社会人、民族人或人类人，有高尚的人格、高尚的人性。在《人的宗教》第十章里论"大写人"的本质时，专用他所崇拜的"中国的大圣人"老子的话来说明。《老子》一书早在一千三百多年前就由玄奘译成梵文，早为印度学者所尊重。下面引用的英文是泰戈尔演说词的原文，括弧中引的是《老子》的原文。英译文基本上是忠实的直译，但读来比原文更易解而有新鲜味。足见文化、思想的交流会产生新的东西，在比较文学的研究中会遇见新的启发。泰戈尔用老子《道德经》的话说：

"One who may die but will not perish, has life everlasting."（"死而不亡者寿。"）他解释说，肉体是必死的，短暂的；而人性、人格和创造性的工作的价值是不朽的。人生短暂，艺术长存。个人易死，民族难亡。宇宙的人更是万寿无疆。

"He quickens but owns not. He acts but claims not. Merit he accomplishes but dwells not in it. Since he does not dwell in it, it will never leave him."（"生而不为，为而不恃，功成而不居。夫惟不居，是以不去。"）意思是说，创造或产生一样东西，却不据为己有；做了好事却不要报酬，不自以为了不起；成功了却不居功。正因为他不居功，

所以功劳永远不离开他。文化是民族或人类的产物，个人有所创造，都是对民族或人类做出贡献，做出贡献的个人随着民族或人类而不朽。

"Not knowing the eternal causes passions to rise; and that is evil."（"不知常妄作，凶。"）不知道自然或人生的常理而妄动激情，那是不好的。肉体的毁灭叫做死，人性的丧失叫做亡，这是人的常理。世界流动不居，但渗透人世的高尚的人生真理是可以实现的。泰戈尔强调说：我们今天切不要忘记，单纯的运动本身是没有什么价值的，它可以做为一个信号，提醒惰性的危险。他说：我们可以回想，过去在印度曾由佛陀的教训激起了一个伟大的精神，普遍出现人的真正尊严，成了几百年之久的运动，发出了文学、艺术、科学和各种社会事业的光辉。这是一个运动，它的动力不是什么外加的知识，或权力，或压倒一切的激情。它只是激起灵感，去争取实现德性的自由，实现永恒人生真理的自由。

老子还说："Those who have virtue (dharma) attend to their obligations; those who have no virtue attend to their claims."（"有德司契，无德司彻。"）意思是说，有德的人或怀有永恒人生真理的人注意实行对人的义务；没有德的人注意向人征敛，用以满足自己无穷的欲求。他在这里把"德"解释为达摩，有高度修养，具有崇高品德和无私而怀有不朽真理的禅师。精神文明给人以丰富的能力去实现创造性的事业。

中国伟大的圣人还说："To increase life is called a blessing."（"益生曰祥。"）意思是说，增加生命，实现永生，那是一个福祥。他说：永生并不超越生命整体的限度。譬如高山上大松树的成长，每长一寸，都要保持内部平衡的韵律或和谐。它默然有自制之功，树的干、枝、花、叶、果实，和全树是一体，它们的繁茂并不是畸形的病态，而是一个祥瑞。在人类文明的历史长河中增加一滴贡献的，就可以和人类文明的整体一道，如不废江河万古流。

泰戈尔把《老子》（《道德经》）当作他的"诗人宗教"经典著

作之一，不是偶然的。老子自己虽不提倡宗教，后来道教却奉他为祖师。他是我国最早、最杰出的哲学诗人，他的《道德经》是一部长达五千言的哲理诗篇，比屈原的雄篇《离骚》还长一倍。它的内容比罗马哲学诗人卢克莱修（约公元前99—前55）的《物性论》远更丰富，除宇宙成因、心物关系外，还涉及人生、政治、军事等各个方面的真理。他用诗的语言，有韵律的辞句，形象地写出深湛的哲理，辩证的思想，并有抒情性的插曲，如：

> 沌沌兮，俗人昭昭，我独昏昏；
> 俗人察察，我独闷闷。
> 澹澹兮其若晦，飘兮若无所止，
> 众人皆有以，而我独顽似鄙。
> 我独异于人，而贵食母。

总之，泰戈尔的"诗人宗教"或"人的宗教"，关键在于"大写的人"的意义。恰恰在这个节骨眼上，他完全借用了老子的话来说明。由此可见，他的"诗人宗教"和我国过去的"诗禅一致说"都是中印文学思想和哲学思想交流的产物，是两种文化思想交配而产生的新事物。在我国古代诗人身上，由于道家思想和佛教思想结合而产生"诗禅"的思想，在佛教史上独放异彩。在泰戈尔身上，以印度和西方思想为基础，接受我国道家思想而完成他的"诗人宗教"，在20世纪的世界上发生很大的影响；对我国"五四"以后的新文学界也发生了很大的影响，郭沫若、谢冰心、郑振铎、徐志摩等都已自我表白。其他受了泰戈尔的影响而成长的诗人、作家还有不少。世界之大，诗人作家之多，而泰戈尔对我国现代的影响却很突出，这和中印思潮长期交融分不开。

这里也涉及宗教本身的问题，宗教的神秘主义和唯心主义必须批判，但我们还是要历史地辩证地对待它。因为宗教是意识形态之一，在世界各族人民的历史上往往渗透一切的思想领域，如哲学、政治、文学和艺术等学科都曾长期地和宗教打交道。我们今天要彻底搞好这些学科的历史研究工作，就有必要搞清楚各时代的宗教问题，和它们之间的相互关系问题。在今天，禅和"诗人宗教"的内涵，已经很少宗教的因素，较多的是诗，艺术和人格修养的因素。如"灵感"、"神韵"、"永恒的生命"、"人格"、"创造"等，都不再是宗教所特有的名词，而是艺术论上的用语了。在历史上，宗教的作用是不可无视的；但这种作用，今天正逐渐被美育所代替。宗教和其他意识形态一样，是随着时代和社会的变迁而变迁的；绝不是社会和时代随着宗教的变迁而变迁。将来宗教总有一天会消亡，等到科学更进步，谋事在人，成事也在人时，宗教存在的根源消失了，它就自然消亡了。不过在宗教消亡之后，它的艺术仍有感人的魅力。

（选自方平、朱维之等编著《比较文学论文集》，南开大学出版社 1984 年版，第 1—10 页）

论心理分析场中的曹禺戏剧本色

周安华

1936 年 4 月，日本东京《东流》杂志第 2 卷第 4 期上，发表了郭沫若《关于曹禺的〈雷雨〉》一文。文章称：

> 《雷雨》的确是一篇难得的优秀的力作。……作者于精神病理学、精神分析术等，似乎也有相当的造诣。以我们学过医学的人看来，即使用心地要去吹毛求疵，也找不出什么破绽。在这些地方，作者在中国作家中应该是杰出的一个。（着重号为引者加）

郭沫若这篇数百字的短文，比起当时许多洋洋洒洒的长篇《雷雨》研究评论文章显得微不足道，因而并未引起人们注意。但是，细细体味，郭沫若在文中实际上提出了曹禺戏剧一个十分重要的美学问题：《雷雨》受西方心理分析学影响。作家不仅慧眼独具，看出曹禺懂得"精神分析术"，而且对曹禺用心理分析方法写剧而不露"破绽"给予了赞许。

曹禺剧作中的心理分析方法，是一个十分有趣的课题，对它的探讨将有助于对曹禺戏剧艺术底蕴进行广泛而深入的开掘，从而解开曹禺研究至今尚存的种种疑团。今天我们当然不忌讳弗洛伊德与曹禺发生联系，英国的莱昂内尔·特里林说过，运用心理分析进行批评，"并不是为了暴露作者的隐私，限制作品的意义，反倒是为了找理由使人同情作者，增加作品可能有的意义"①。培根也认为，实验可以压榨自然，向它勒索它的秘密，而批评可以对一部艺术品采用任何工具，找出种种意义。

曹禺是个杰出的艺术心理学家，他的剧作多以表现深刻而复杂的心灵冲突著称，充分体现了文学作为"人学"的艺术本质，成为描画心灵的典范。以《雷雨》为例，它的情感就有——嫉妒、情欲、内疚、惊恐、怜悯、母爱、仇恨、纯情……概括了人世间多种感情领域，再现了广阔人生、大千世界的本相和数代人迥然相异的心理意向。曹禺也是一位具有抒情诗人气质的艺术家，表现在内在激情的饱满、对炽热的憧憬、对一种原始力的向往。在《〈雷雨〉序》中，曹禺这样解释概括过自己的性格："我素来有些忧郁而暗涩，""这些年，我不晓得'宁静'是什么"。"我不明瞭我自己"，"除了自己心里永感着乱云似的匆促、迫切，我从不能在我的生活里找出个头绪"。"我是一个不能冷静的人"。正因为剧作家内心洋溢着激情，因而主体心理投射到客体对象身上，就使后者染上强烈的炽热色彩，繁漪、仇虎、金子……都是这样。"生命烧到电火一样白热"的繁漪，为作家衷心赞美，称："她有火炽的热情，一颗强悍的心"，"情热烧疯了她的心"，却"总比阉鸡似的男子们"，"更值得人佩服"。②剧作家这里的对比显然灌注着他的一种审美评价，即：对热情式性格的肯定，对无所束缚的原始生命力的推崇。他宣称："《雷雨》可以说是我'蛮性的遗留'"，它象征的是"一种神秘的吸引，一种抓牢我心灵的魔"，"一团原始的生命之感"；③作为最初一个模糊的影像，《雷雨》"逗起我兴趣的，只是一两段情节，几个人物，一种复杂而又原始的情绪"。④

---

① 莱昂内尔·特里林：《弗洛伊德与文学》，见《外国现代文艺批评方法论》，江西人民出版社 1985 年版，第 80 页。

② 曹禺：《〈雷雨〉序》，见《曹禺研究专集》。

③ 同上。

④ 同上。

像每个感情丰富的艺术家一样，曹禺也把"幻想"作为个人心灵最深处的所有物而藏匿起来，对剧作家孩提时代经验及创作伊始情形的重新反思将使我们对曹禺创作心理机制获得发现。举一个例子：曹禺剧作中写了许多亲情之爱。《雷雨》中蘩漪和周冲怀着一种亲密的母子感情，慈爱与敬爱互溶，渗透纸页；《日出》里淫浪的喧嚣给陈白露带来深刻的归家——温暖之家——的渴望；直至剧作家对善良的鲁妈、厚道的愫方的深情描摹，都使我们感到在它们背后隐含着作者的一种心灵寄托和深层幻想。显然，它们是曹禺童年郁闷、冷酷、无爱的家庭生活的经年沉淀。曹禺自己说过："我从小失去了自己的母亲，心灵上是十分孤单而寂寞的。"① 这种心理感受到青年时代附贴上更多的心理积淀和社会批判内容，被在戏剧作品中表现出来。正像弗洛伊德所认为的那样：艺术家都是"内向性格者"，他总是构造一个艺术的幻想的世界来满足自己、显示自己②，这样，艺术本身就是一种补偿的手段，艺术家就是去寻找那种能满足他内在欲望的代替物。同样理由，我们也可以推测：《雷雨》中蘩漪、周萍、四凤；《北京人》中思懿、文清、愫方；《家》中的梅、觉新、瑞珏，以至于《原野》中的焦母、大星、金子……一系列以情爱冲突为主体的关系体，都在梦幻似的朦胧中，深深触及了剧作家个人生活和道德哲学。

总之，曹禺对人类心灵世界复杂性的理解，他的抒情诗人的气质，以及作为艺术个性重要决定因素的独特的生活与创作道路，使我们有充分理由在心理分析学和曹禺戏剧艺术之间做一番对比考察。

创立于 19 世纪末叶的心理分析学派（Psycho analytic Criticism），在人类认识思维发展史上标新立异，首次对人的心理活动的深层结构进行透视，充分肯定了潜意识的存在。作为分析人类心理和行为的理

---

① 曹禺：《我的生活和创作道路》，《戏剧论丛》1981 年第 2 期。

② 弗洛伊德：《创作家与白日梦》，见《外国现代文艺批评方法论》，江西人民出版社1985 年版，第 65 页。

论，心理分析学认为：人的精神活动像冰山一样，十之八九淹没在无意识之下，人类的行为均受着潜意识的驱使和操纵。人的本能起着决定的影响，人的精神活动的原动力正是隐藏在无意识的本能背后的性欲冲动。人类一切创造性活动都以想象的满足来实现个体的欲望。在这一理论影响下，一些艺术家、作家便把探索和揭示人的无意识活动，作为反映真实人性的内在本质的手段。

心理分析的理论结构有五大支柱：无意识、婴儿性欲、恋母情结、抑制和转移。它们反映了弗洛伊德及其门徒对人类心灵运动过程的思索。在曹禺剧作中，这些思索被作为塑造戏剧性格和展示心灵矛盾的基本技艺而或多或少地存在。在《雷雨》、《原野》中，曹禺有意识地运用弗洛伊德学说设置人物纽结，贯穿戏剧性格的心灵过程；《北京人》等剧虽然总体偏于清淡辽远的气氛的烘托、大家庭衰势的勾画，但在一些青年形象身上仍显眼地留存着心理分析的痕印。

与西方多少和精神分析有些瓜葛的作家，如陀斯妥耶夫斯基、爱伦坡、卡夫卡、艾略特等人的创作不同，曹禺剧作表面上并看不到大量的梦魇、无意识、赤裸裸的原始本能冲动的描写。戏剧地表上总是演示着一出出平静的井井有条的家庭与社会悲剧，悲剧起因似乎又多是偶然、外在的因素。但是只要稍做开掘，我们就会鲜明地感受到其暧昧的含意，在戏剧对白明显的意义和潜在意义相互作用中，看到一个个同剧作家一样生动而矛盾的"人"，把握在每个性格潜意识中所发生的一切。

曹禺剧作中的无意识（潜意识）心理，多表现冲突中一种难以压抑的情感，或意识与潜意识的阴错阳差。反映在艺术上，如意义的浓缩、语气的替换等。它们分为显性和隐性的两种。

显性的例子一望而知。《雷雨》第二幕，周朴园以不准认子为条件，答应了鲁妈"见见我的萍儿"的要求。相见之下，周萍因大海"当众侮辱父亲的名誉"，气愤地重重打他一耳光。这时——

　　　　鲁妈　（大哭）哦，这真是一群强盗！（走至萍面前）你是萍，——凭，——凭什么打我的儿子？

　　周萍　你是谁？

　　鲁妈　我是你的——你打的这个人的妈。

　　鲁妈这里两次口误，反映着内心一种难言的感情。想认亲骨肉的潜意识冲动，使她几乎脱口说出自己的身份。在她答应不认子却屡屡口误中，潜意识有一个导因，即：两兄弟的激烈冲突。类似的例子还可见于《雷雨》第一幕。繁漪与四凤的一场戏，繁漪在潜意识中是把四凤作为一个同样熟知周萍的情敌而非使女看待的，因而两人的对话充满内心动作，潜意识的因子十分活跃。当四凤说到父亲鲁贵，繁漪说："他倒是惦记着我。（停一下，忽然）他现在还没有起来么？"一次叙问中连续出现两个含义不同的人称代词"他"，集中显示了特定场合下繁漪意识流波动过程的深层情感定势。显然，前一个"他"是摆设的一般意义的——指鲁贵；后一个则是内在的特殊的——指周萍。后者是她不自觉说出的，冲破"自我"的理性规范而泄露。同样，接下来，两人谈到老爷如何如何，繁漪又一次冷不丁冒出一句："这么说，他在这几天就走，突竟到什么地方去呢？"上接下衔，应指老爷。但此时四凤已完全明了繁漪无意识思维的重心，因而胆怯地加以证实："您说的是大少爷？"这段对话，主仆双方心理基础建立在不同层次的自我评价上。在繁漪：有"家人"、"母亲"的身份做遮掩，问亦顺理，自以为名正言顺、势大气粗，因而"自我"防守薄弱，潜意识不时流出；在四凤：年轻、胆小、自视低贱，"高攀"少爷且又偷偷摸摸，因而她分外谨慎、守口如瓶，"自我"决不允许露出一丝破绽。

　　曹禺戏剧中显性无意识心理对表现人物特定场合的情感和内心重负起了很好的作用，它们精约而有一种分寸感，动人心魄。但是，它们并不是曹禺心理表现艺术最精彩动人的部分。最精彩的部分在隐性无意识心理的描摹上。这里，我想以众说纷纭、争执颇大的"相会"一场戏作为我们剖析的例子。

"相会"一场戏，历来千篇一律地被认为：表现了周朴园的虚伪冷酷，侍萍极端的内心痛苦。果真乎？大可怀疑。其一：周朴园为何对一个"下人"询问这许多？其二：侍萍为什么不走并希望周朴园认出自己？我认为，"相会"一场是隐性无意识心理的典范，它写足了双方对情爱的追寻和向往，充分表现了周朴园、侍萍无意识层面下隐藏的真实人性。

这场戏，无意识在意识的压抑下顽强前进成为推动剧情曲折演进的杠杆。周朴园、侍萍都表现出一种强烈的情欲依恋，时时互勾起对已逝情爱的追想。这种情甚至强到几乎使三十年的苦难即刻冰释的程度！"相会"的内心动作，属于潜意识的范畴，具有一种不由自主性——周朴园不由自主要在"你贵姓"、"你姓什么"、"你是谁"的逐步发现中寻找爱的归宿；侍萍则在引路指标的解说中，不由自主地探询着、诉苦着。这种不由自主性的原发力来源于久被禁闭的"伊迪"（id）——因为周朴园以后结婚几次，感情上都不如意，繁漪的倔强使他生厌，于是他转而拼命发展产业。他对事业的勃勃野心、孜孜以求和企业家的冷面是性压抑转移的结果，所谓"好家庭"、"好父亲"也不过是虚幻的观念满足的体现。侍萍是周朴园唯一倾注感情的人。发家的雄心代替不了他内心珍藏的对侍萍至深的情爱，只是后者被掩蔽起来，仅仅从心闸的缝隙时时泄出——如夏天关窗、喜欢旧什物、摆上侍萍的照片等。"相会"一场，在侍萍一再开掘探询下，周朴园的情爱遮掩不住，点点滴滴被挤压出来，使我们看到他对心目中侍萍的深深依恋。实际上，侍萍是在周朴园心灵中生活着的。寻找心理平衡的愿望和补偿心理，使周朴园随着情爱走向心造的世界。在那里他可以得到暂时而急需的精神慰藉和心灵满足。正因此，我们愿意用性心理学中最不稳定的性心理类型——所谓"影子爱情"去评价周朴园的爱。这样，我们就不难理解，当周朴园发现身旁这个风韵尽失、憔悴苍老的中年下人就是当年的侍萍时，那深深的失望，以至精神幻灭。不忍的现实执拗地走进周朴园的幻梦中，他不得不跌醒来，以现实利害的尺度充分理性地衡量侍萍到来的因果，从而像每个负情的男人一样拿出钱来，以钱结账了债。实际上，周朴园对侍萍的爱虽不乏社会学意义的同情、关切、共鸣，却更多的是美丽合意的肉体吸引，是情爱、性爱混杂的复合体。

那么侍萍呢？侍萍重返周公馆，感到的是梦境般的迷茫，"好似魂来过似的"。三十年来，她四方流落，嫁了两次人，"遇人都很不如意"。作为一个女人，当她发现自己又置身于周家时，她对"相会"已有充分心理准备，并在潜意识中有所期待。我们从她对周朴园不断递进的询问——如"老爷是哪个地方（无锡）的人？"、"不知道老爷说的是哪一件？"、"老爷问这些闲事干什么？"、"老爷，你想见一见吗？"、"她遇人都很不如意，老爷想帮一帮她么？"中，可以明显透视出侍萍心叶上周朴园清晰的影像，看出她对旧情的渴求。在她无意识的精神境地依旧燃烧着对周朴园的滚滚情愫。只要我们看一看她身边卑下、低贱的鲁贵，就不难把握在她感情的天平上怎样显著地倾斜向周朴园，也使我们更真切地理解了为什么周朴园以"你走吧"一句回答浇灭了她全部的期待时，她竟热泪盈眶；为什么周朴园忽然尖脸会激起她一腔悲愤？说到底，她对朴园的爱情情爱多于性爱，也是一个不等分的复合体。她对朴园"影子爱情"的成分也存在，幻想成分也很浓。（如果我们把周萍、周冲看成早年周朴园性格与精神的两端再现，那么，归根结蒂，侍萍爱的是周冲，而不是儿子周萍。这是她在重见周萍之初就应从他打鲁大海的一掌中充分意识到的）侍萍虽与周朴园共同生活过两年多，但对他性格中强烈的虚荣欲、冷酷、歹毒、虚假的成分并未了解，而只是凭由意识和潜意识同向运针去编织情爱的锦缎，耽迷于那个有着"彻底得多"的"社会思想"的青年民主派的柔情中，这使她最终不得不吞咽被遗弃的苦果。侍萍不像周朴园无须吃苦，就能把闭锁的 id 转移到发家致富的事业上，她三十年颠沛流离，感情无所寄托，像个夜鬼，四处游魂，因而情感的附着力很强，浓度也高。因此，"相会"对侍萍的心灵宰割、撕裂更分明、更痛楚。不无遗憾的是，周朴园耽于美色的情感重心暴露后，侍萍仍未彻底觉悟。她的被压抑进潜意识的爱恋，使她"用从来没有过"的口气对大海下令，不准他伤害周家的人——"不管是那里的老爷或者少爷"，并表示"你要是做了妈最怕你做的事，妈就死在你的面前"。显然，旧情难断。另一方面，侍萍不愿接受周朴园的钱，也颇耐人寻味。（这不是像许多作品中写的为情不为钱的献身么！）侍萍此举无疑表示了她潜意识中对两人关系的理解。她要保证情爱的纯净，回味的无愧，而不愿将之做成一种交换。否则我们很难想通：一个只求活下去的普通下层妇女，为什么会在不需任何代价的情况下拒绝路人一笔合情合理的馈赠，一个连鲁贵都可以委身的已过中年的女人会在不得温饱的情形下追求虚幻的灵魂高洁。侍萍的不变初衷，正是心理分析学所谓："里比多"的执着。①

于是，在这样广阔的心理背景上，剧作家以"相会"作为聚焦点，富有层次地揭示了周朴园、侍萍性格中人性的丰富内涵，并为其发展提供了坚实的心理依据。

另一方面，在我们研究隐性无意识时，对曹禺剧作中形形色色的梦加以分析，显然是有必要的。弗洛伊德认为：梦是梦者的无意识思维，在任何情况下，它都是微弱的、歪曲的和隐蔽的。无意识冲动是真正的致梦因素，它提供了梦的形成所需要的心力。在每一个梦境中，本能愿望均表现为得到满足。思想在梦中被转变为视觉图像；也就是说，潜伏的梦——思想戏剧化和图像化了。② 曹禺正是这样理解梦和人物潜意识之间的关系，并以之作为细雕戏剧形象手段的。《雷雨》第二幕，曹禺通过繁漪的口说明，十五年前周朴园喝醉了酒，梦呓中说出了他引诱梅侍萍生下周萍，又遗弃了她的真相。这成为繁漪鄙弃周朴园，家庭最初出现裂痕的导因；从剧作家来说，则是第二层"交待"的精彩一笔。按通常情形，周朴园这类极讲"体面"、"秩序"的人，绝不会露出一丝蛛丝马迹。但恰恰是梦——在梦中，他对

---

① 弗洛伊德：《精神分析引论》，商务印书馆 1986 年版，第 174 页。

② 弗洛伊德：《梦的理论》，见《文艺理论译丛》，中国文艺联合出版公司 1983 年版，第 268 页。

侍萍的怀念、内疚的潜意识，轻易突破自我意识监察控制的压抑力而"泄了天机"，使我们得以窥见周朴园心中的秘密。周朴园与侍萍梦中相会作为一种经历的再现，本能愿望表现为满足和实现。《原野》第二幕，剧作家直接写到了大星的梦。深夜里，焦家全睡了。仇虎从金子手里拿过匕首准备杀大星，突然听见大星在屋里呻吟，说着呓语：

> [里面：（闷塞而急促地）……快！……快！金子！
> （无力地）我的刀，我的刀。（痛苦地）金子！
> （模糊下去）金子！……

接着——

> [里面：（幽然长叹）好黑！好黑！（恐怖地呻吟）好黑的世界！（又痛苦地叹一口长气，以后寂然）

大星的梦呓表述着一些断续零乱的梦境意象：……他喊金子帮他与仇虎格斗。——忽然，刀没了。找不到刀。——被刺中。——痛苦地低唤金子……其后，是地狱的浓重无垠的黑暗。

大星的梦显然是白天在焦家发生的一系列事件在他潜意识中的延续、移置、凝结和戏剧化。它与前述周朴园的梦幻不同，正像弗洛伊德后期在释梦理论中补充论证的那样：它与以满足为特征的快乐原则无涉，其意向是逐步显现的恐惧。① 大星的梦是修复恶劣情境的努力，是试图恢复对于刺激物的控制的努力。但是，正像我们看到的那样：他失败了。懦弱的个性使他即使在梦幻里也最终败于敌手。曹禺对大星梦呓的两段描述，富有深意。我们知道，此前大星已真切痛苦地明

---

① 弗洛伊德：《梦的理论》，见《文艺理论译丛》，中国文艺联合出版公司1983年版，第268页。

了金子背叛自己而跟仇虎走的决心，然而梦中他却仍将金子当作至亲的亲人同仇敌忾，这反映出大星对金子感情的深挚、沉迷，反映出他缺少"男子气"的个性；"不无善良"。剧作家以此突出了焦大星性格的软弱、矛盾、重情。另一方面，连焦大星这样胆怯迟疑的人居然在梦中也寻刀杀人，则说明现实对他心灵的宰割如何深痛。从而增加了仇虎杀友前的内疚、不忍和心理压力，渲染了戏剧情节的紧张性。

与周朴园、焦大星的夜梦相反，周冲做的则是"白日梦"，是精神活动创造的一种未来的情景，代表着愿望的实现。十七岁的周冲确是怀着极大的热情来创造一个幻想的世界，同时又明显地把它与现实世界分割开来。在杏花巷 10 号那"四周永远蒸发着腐秽的气息，瞎子们唱着唱不尽的春调"的地方，周冲"海，……天，……船，……光明，……快乐"的梦呓，作为自觉意识，虽不乏理性的清晰、条理和完整，却与现实有着莫大隔膜。依照心理分析学所述：幻想的动力是未得到满足的愿望，每一次幻想就是一个愿望的履行。那么，我们从周冲的"梦呓"中看到的正是他潜意识中对丑恶的社会、专制冷酷的父亲周朴园、沉闷晦气的家的不满和憎恶。扩而大之，它也饱浸着剧作家本人意识底层对家的痛苦经验和对新世界与新人生的期待、瞩望。周冲的梦幻也是曹禺的梦幻。"海，……天，……船，"梦幻美丽的存在，使周冲的悲剧分外震动人心；同样，四凤的幼稚的梦幻也给《雷雨》添上了凄楚的色彩。四凤两年多孤苦无告，一直居于情感的沙漠上。周萍"里比多"的变态诱惑，使她误以为爱情，于是她热情贯注地沿着对方脆弱的情感曲线，编织起幸福的梦幻。她要周萍带她走，天真地说："萍，我好好地伺候你，你要这么一个人。我给你缝衣服，烧饭，做菜，我都做得好！只要你叫我跟你在一块儿"。四凤真正是在做梦，她的梦幻虽从周冲式的海空落下许多，似乎到了半空，但仍未接触到坚实的地面。它既具体又鲜明，既卑微又可怜，充满典型的忠仆式的自我牺牲精神，还稍稍带些母性的慈爱。四凤完全不知也不愿去知周萍的所爱所求，只是一味地盲目地以自己的方式咀嚼着幻境中的爱情的甜果，却无视整个世界的恶浊、腐臭、私欲、不公……由此我们想到鲁妈——那旧衬衣上绣的"一朵梅花",那浸透情意的"萍"字。相似的盲目的爱,不正是她们母女生活悲剧的内在因子么?

曹禺剧作中的许多隐喻和暗示也常常被作为无意识心理的浮物而存在,包孕着较深厚的情感内涵,拴系着性格心灵深处的苦乐恨爱。如《雷雨》第一幕"喝药"一场戏,周朴园命令周冲"请母亲喝"(药),周萍低头至周冲前,说:"你听父亲的话吧,父亲的脾气你是知道的"。它表面是对周冲,实际是对繁漪说的。周萍这里的暗示,是潜意识中残留的对繁漪的情爱和关切。同是《雷雨》第一幕,周萍和繁漪当着周冲的一番言语"斗法",《原野》第二幕仇虎和焦氏的对白,也都在平静的劝诱的语言表象下,隐含着深沉的爱或恨的利刃。它们都受着被压抑的潜意识的支配,具有极丰富的心理内容。它们接近梦的相对自主性,不断提炼人物心理的杂质而仅留下不倦的复仇冲动,推动主人公走向最后的抉择。

以上我们用了相当长的篇幅,叙述了曹禺与心理分析学对比研究的可行性,并具体讨论了曹禺戏剧中无意识心理的表现和作用。但这些仅是整个研究的一部分而远非全部。曹禺剧作中"俄狄浦斯情结"的形态和意义、曹禺戏剧情欲的分类及美丑评价、曹禺戏剧性格的犯罪感和病态、常态焦虑、曹禺戏剧的压抑和转移、沉淀在曹禺剧作中的集体无意识显现着怎样的世代相传的信息等等,都是有待思索探求的课题。我们深信:对这些课题的探讨,将推动曹禺研究和现代戏剧研究进一步走向深化。

(原载《艺术百家》1987 年第 1 期)

论王尔德的审美性伦理观

陈瑞红

近年来，随着对现代性、后现代性以及审美文化理论探讨的深入，伦理生活审美化或者说审美伦理问题成为国内外学界关注的一个热点。尼采、纪德、维特根斯坦、福柯以及韦尔施、罗蒂等人的相关论述，都曾引起国内学者不同程度的关注，然而，英国作家奥斯卡·王尔德（1854—1900）作为现代伦理生活审美化的典型个例，尚未见有人论及。

王尔德是欧洲唯美主义运动的代表，一向认为美学高于伦理学。在对话体批评《作为艺术家的批评家》中，他曾对二者做过如下对比：伦理学像自然选择一样，使生存成为可能；而美学则像性别选择一样，赋予生活丰富多彩和千变万化，使其变得可爱而美好。本文依照王尔德研究的惯例，将对话体批评中的主要发言人视为作家的代言人。在王尔德看来，"鉴别事物的美是我们所能达到的最高境界"。①他将优先权赋予美学，并希图以审美对生活的证明来取代伦理道德。大约在 1890 年夏天，他在一封致拉思伯里夫人的信中写道：

> 正确与错误并非行动的特质，而是与通常的社会机制不完备相关的思想态度。当人沉思时，所有东西都是好的。……至于我本人，我瞩望着唯美主义取代道德伦理、美感主导生活法则那一

---

① ［英］奥斯卡·王尔德：《王尔德全集》第四卷（评论随笔卷），赵武平主编，杨东霞等译，中国文学出版社 2000 年版，第 459 页。

刻的到来：永远不会这样，因而我瞩望着它。①

在这里，作家明确提出了"唯美主义取代道德伦理、美感主导生活法则"的伦理理想。尽管王尔德对此种伦理理想的乌托邦性质有着相当清醒的认识，但他一生的创作、批评乃至处世风格，却又都立足于它所提供的审美立场。要深入理解王尔德的审美性伦理观，首先须对其非理性主义哲学思想作一番检视。

一 非理性哲学基础及对传统伦理学的清算

从作家本人的作品以及研究者提供的资料来看，王尔德基本上秉承的是康德与叔本华的哲学思路。根据理查德·艾尔曼的记述，牛津时期的王尔德不仅谙熟柏拉图、亚里士多德的哲学，而且阅读过康德、黑格尔、洛克、休谟、伯克莱、穆勒等人的著作。王尔德在自己的各类作品及书信中，也曾论及康德、黑格尔、叔本华等人的思想观点。康德的批判精神源自启蒙思想中的理性主义，但它又反过来对18世纪的理性主义展开了批判。理性主义认为，我们绝对能够认识事物的真相，它表现为我们获得的知识或定律，来自纯粹理性——这是永恒的真理的源泉。然而，这种"隐藏在逻辑本质中、作为现代文化之根基"②的乐观主义，遭到了康德哲学的质疑。康德指出，所谓空间、时间和因果关系的认识规律，只是智力所具有的形式，并不是事物实际存在的规律。即使承认有一个超验的"纯粹理性"，这个"纯粹理性"也只是心智先于经验的能力，它给予经验以一定的形式，在经验不到的地方设想出某种观念来加以说明。恰恰由于这些先验的认识形式是基于主观而存在的，我们对事物的本质的认识，也就总是停留在一个表象的世界里。康德提出了"物自体"的概念，用

---

① [英] 奥斯卡·王尔德：《王尔德全集》第五卷（书信卷），赵武平主编，苏福忠等译，中国文学出版社 2000 年版，第 452 页。

② [德] 尼采：《悲剧的诞生：尼采美学文选》，周国平译，生活·读书·新知三联书店 1986 年版，第 78 页。

以说明感觉经验永远达不到的另一个世界。这种对理性主义的反叛后来被叔本华推向了一个新的阶段。

叔本华认为，世界就由现象界中的表象构成，没有表象就没有世界。换个说法，除了我们主体在表象中把握到的世界，这个世界不会剩下别的客体事物，也根本不会有另外的"物自体"。叔本华认为，所谓"理性"或"理性的秩序"，是人的意志欲望对表象进行建构后才形成的；整个世界，包括理念，都不外是意志的客体化，所以他进一步将理解世界之谜的钥匙交给了经验、表象与直观。康德与叔本华对理性主义所做的清算，得到尼采的重视和赞赏，也为19世纪唯美主义运动奠定了非理性的哲学根基。王尔德的非理性主义思想主要建立在这一基础之上。此外，他的怀疑主义与相对主义的思路显然也得益于休谟的怀疑论和黑格尔的辩证法。

王尔德哲学运思的非理性倾向，首先体现为对理性认知能力的怀疑。早在牛津时期，作家就在致朋友的信中表达了这种思想："我得承认自己算不上理性殿堂中的信徒，我以为也许除开妇女的理性外，[男]人的理性便是阳光下最误导最偏执的领路者"。① 再看其小说《道连·葛雷的画像》中格蕾狄丝与亨利·沃登勋爵之间的如下对话：

　　"你是个怀疑论者。"

　　"完全不是！怀疑是虔诚的开端。"

　　"那你是什么呢？"

　　"下定义就是定框框。"

　　"给我一点线索。"

　　"线会断的。你会在错综复杂的岔路中迷失方向。"②

---

① ［英］奥斯卡·王尔德：《王尔德全集》第五卷（书信卷），越武平主编，苏福忠等译，中国文学出版社2000年版，第41页。

② ［英］奥斯卡·王尔德：《王尔德全集》第一卷（小说童话卷），赵武平主编，荣如德、巴金等译，中国文学出版社2000年版，第209页。

显然，亨利勋爵秉承了作家对理性的怀疑。由于对于下定义、判断、分析、推理等理性认知形式的不信任，王尔德在对世界的把握上，转而倚重对感性的、具体的事物的直观、经验："像亚里士多德和研读了康德哲学的歌德一样，我们渴望具体，除了具体的东西之外任何事物都不能满足我们。"① 这种对理性的怀疑、对感性的倚重，也蕴涵在亨利勋爵的如下谈话中：

> 人们常说美是表面性的。也许如此。但它至少不像思想那样表面。对我来说，美是奇迹的奇迹。只有浅薄之辈才不根据外表作判断。②

也就是说，只有不了解人类理性认知的限度、不了解唯有表象本身才是认知可能抵达的对象的人，才会穿越表象、舍弃表象而企图去洞察事物的"本真性实在"。而对于这种本真性实在，王尔德是持怀疑态度的。这一点，从王尔德戏剧人物的谈话中也可见出。如亚吉能认为："真相难得干脆，绝不简单。真相要是干脆或者简单，现代生活就太无聊了，也绝对不会有现代文学！"③ 戈林子爵则干脆说："啊！真相这玩意儿我是能躲多远就躲多远！"④ 当杰克说亚吉能"你一开口就是胡说八道"时，后者则随即反问道："谁开口不是这样呢？"⑤ 这些主导王尔德剧作审美精神的纨绔子们，不仅将日常谈话

---

① ［英］奥斯卡·王尔德：《王尔德全集》第四卷（评论随笔卷），赵武平主编，荣如德、巴金等译，中国文学出版社 2000 年版，第 432 页。

② ［英］奥斯卡·王尔德：《王尔德全集》第一卷（小说童话卷），赵武平主编，荣如德、巴金等译，中国文学出版社 2000 年版，第 26 页。

③ ［英］奥斯卡·王尔德：《理想丈夫与不可儿戏》，余光中译，辽宁教育出版社 1998 年版，第 113 页。

④ ［英］奥斯卡·王尔德：《王尔德全集》第二卷（戏剧卷），马爱农、荣如德等译，中国文学出版社 2000 年版，第 279 页。

⑤ ［英］奥斯卡·王尔德：《理想丈夫与不可儿戏》，余光中译，辽宁教育出版社 1998 年版，第 130 页。

视作"胡说八道"，还对历史做出惊人的断言："历史无非是扯淡。"①
这样一来，无论现实的真相还是历史的真相，都已不可能抵达。可
见，王尔德作品中诸如此类的怪论——正如托马斯·曼所说——"绝
非只是为出风头"而发的，② 而是隐含着很大的颠覆力量，它们通过
调侃与消解日常话语和历史话语，彻底放逐了那个本真性实在。透过
此类对话，我们看到的是作家本人对本真性实在的怀疑。

既然王尔德怀疑语言、思想与客观实在三者之间存在稳固的同一
性关系，那么在他看来，通行的、绝对的、固定不变的价值标准也就
不存在了。于是，从关注个体自由与幸福的立场出发，王尔德对维多
利亚时代清教主义所鼓吹的"贞洁"、"慈善"、"良知"、"克己"和
"自我牺牲"等种种"美德"，一一进行了颠覆：

> 至于德行，什么是德行？勒南先生告诉我们，大自然并不关
> 心贞操。……慈善，甚至连把慈善作为自己宗教的正式组成部分
> 的那些人，也不得不承认他们自己制造了种种罪恶。今天人们喋
> 喋不休地唠叨并如此无知地自夸着良知的功能，其实它的存在不
> 过是不完善发展的一种标志……克己只不过是人们阻碍自身进步
> 的一种方法。自我牺牲不过是野蛮民族自残行为的剩余部分……
> 美德！谁知道美德是什么？你不知道，我不知道，任何人都不
> 知道。③

他鄙夷地称那些自矜有德的功利主义者为"平庸，卑微，乏味"
的"非利士人"，并借亨利勋爵之口讥刺他们："与其说注重实利，

---

① ［英］奥斯卡·王尔德：《王尔德全集》第二卷（邓剧卷），马爱农、荣如德等译，
中国文学出版社 2000 年版，第 131 页。

② ［德］托马斯·曼：《从我们的体验看尼采哲学》，见刘小枫主编《人类困境中的审
美精神》，东方出版中心 1996 年版，第 325 页。

③ ［英］奥斯卡·王尔德：《王尔德全集》第四卷（评论随笔卷），赵武平主编，杨
东霞等译，中国文学出版社 2000 年版，第 405—406 页。

不如说老奸巨猾。他们结账时总是用财富抵偿愚蠢，用伪善抵偿邪恶。"① 所以，戴维德·赫斯特（David Hirst）说，王尔德"最擅长以揭示语言和实行之间的分裂来讥刺他的时代的伪善。"② 皮尔森也指出："没有人在悖论的伪装下说过那么多锐利的话。通过变换他的视点，他迫使他的听众从他们不习惯的角度去看待生活，从而拓展了真理的界限。"③

王尔德不仅否定了道德准则的确定性与合法性，而且进一步指出，道德不是一成不变的，现行的价值观念和行为规范也有其历史的相对性与局限性。譬如，在第一次庭审时，他为自己所做辩护的一个重要切入点，即是社会道德、风习、法律在对待同性恋的态度上所发生的历史变化。此外，王尔德还认为，生活是复杂的和辩证的，正邪善恶之间存在着错综复杂的相互影响和制衡关系，它们可能有共时的交织，也可能发生历时的相互转化，用他的话说："如果我们能够活着看到自己的行动后果，情况可能是这样：那些自诩是善良的人却隐隐地感到懊悔，而被世俗称为邪恶的人却为高贵的欢乐所激动。"④

这种相对主义的价值观同样也反映在其笔下纨绔了的思想中，如达林顿勋爵即认为："好人在这个世界上造成的危害很大。当然，最大的危害在于他们对待坏事过于认真。其实划分好人坏人是荒唐的。"⑤ 由此推论，传统伦理学对好与坏、善与恶、道德与非道德的区分也就失去了效力和意义。至此，王尔德便实现了对传统伦理学的清算和颠覆，为其重建审美伦理学铺平了道路，像伊格尔顿在评价尼

---

① ［英］奥斯卡·王尔德：《王尔德全集》第一卷（小说童话卷），赵武平主编，荣如德、巴金等译，中国文学出版社 2000 年版，第 208 页。

② 转引自 Don L. F. Nilsen, *Humor in Irish Literature: A Referece Guide*. London: Greenwood Press, 1996, p. 81.

③ Hesketh Pearson, *The Life of Oscar Wilde*, London: Methuen, 1949, p. 176.

④ ［英］奥斯卡·王尔德：《王尔德全集》第四卷（评论随笔卷），赵武平主编，杨东霞等译，中国文学出版社 2000 年版，第 405 页。

⑤ ［英］奥斯卡·王尔德：《王尔德全集》第二卷（戏剧卷），马爱农、荣如德等译，中国文学出版社 2000 年版，第 87 页。

采时所说的，"伦理学应让位于美学，为了永恒的自我创造这种更真实的虚构，某种稳定秩序的虚构就得扫到一旁去。"①

走向审美伦理，固然是王尔德非理性哲学观诉诸价值判断的表现，同时，这一选择也缘于西方世界基督教信仰的衰微以及随之而来的整个价值体系的崩溃。就王尔德的个体生命而言，追求审美伦理与对"世纪末"上帝之死、理性幻灭以及价值危机的现代性体验是同步的。

二 人生艺术化与"真正美好健康的个人主义"

一般而言，审美伦理学主张自我生存风格的创造，且更多地关注自我和自身的关系，尤其是自我和自身的美学关系，所以又有自我伦理学或私人伦理学之称。那么，王尔德的审美伦理对于个体的立身处世、个体和自身的关系等，又是如何表述的呢？在著名评论《谎言的衰朽》中，王尔德提出了"生活模仿艺术远甚于艺术模仿生活"的观点，并声言："我的野心并不在作诗上停止，我想把我的生命本身创造成一件艺术品。"② 这种人生艺术化的诉求，构成了王尔德审美伦理的核心内容。然而，人生艺术化之于王尔德，并不仅仅体现为他在服饰、装饰、语言表达以及行为举止等各方面所创造的炫然多彩的审美形式；更为重要的是，它意味着做出像做出艺术决定一样进行伦理决定，从而打通伦理生活与审美生活，确定个体和自身的美学关系。

王尔德认为："以艺术精神对待生命就是把它作为一件手段与目标一致的事物来对待，怀着欣赏的感情见证生命的景观。"正如古希腊欧里庇德斯悲剧中的一个人物所说："站开了，就像一个画家可能做的那样，看我的忧伤。"③ 这样一来，行为主体既是审美主体，又

---

① 转引自赵彦芳《美学的扩张：伦理生活的审美化》，《文学评论》2003 年第 5 期。
② Richard Ellmann, *Oscar Wilde*, London: Penguin Group, 1988, p. 329.
③ Ibid., p. 92.

是审美客体，行为变成了自我表演和欣赏。的确，王尔德本人的生活也就像一幕幕即兴剧似的，其一举一动都带上了浓郁的戏剧色彩。譬如，在《温德米尔夫人的扇子》一剧的首演之夜，回应观众席上爆发的"作家!"的高声呼喊，王尔德戴着紫红色手套，手指夹着香烟，衣襟扣眼里插着一朵绿色康乃馨踱上舞台，做了一段精彩的演讲：

> 女士们，先生们，我今天晚上实在是太愉快了。诸位演员给我们演绎了一出美妙迷人的戏，你们的欣赏也极富才智。祝贺你们的表演取得了巨大的成功……①

从这里，我们可以清楚地看到作家的思路：演员在表演，观众在表演，他本人也在表演；台上台下，戏里戏外，都是浑然一体、诗意盎然的审美性世界。这个世界传递了一种轻灵、多变和悬空的印象，使我们不禁联想到另一位审美伦理的倡导者尼采的名言："对于我们来说没有'现实'"②，"只有作为审美现象，生存和世界才是永远有充分理由的。"③ 在这里，个体既是其自身生活艺术的创造者和欣赏者，同时也是这一艺术的生动的载体，行为的意义从内容转移到形式，道德的考量也随着变为美学风格的选择。实际上，王尔德笔下的纨绔子如道连·葛雷、亨利勋爵、戈林子爵、达林顿勋爵、杰克、亚吉能等，均秉承了生活模仿艺术的审美精神。这些形象都是作为功利主义者的对立面出现的，他们散漫、优雅、智慧、高傲，听任美感主导生活，为追求美的理想甚至不惜冒险犯恶——他们在虚拟的艺术世界里，将生活模仿艺术的审美伦理演绎得更加精微而深入。

---

① Richard Ellmann. *Oscar Wilde*, London：Penguin Group, 1988, p. 346.

② ［德］沃尔夫冈·韦尔施：《重构美学》，陆扬、张岩冰译，上海译文出版社 2006 年版，第 51 页。

③ ［德］尼采：《悲剧的诞生：尼采美学文选》，周国平译，生活·读书·新知三联书店 1986 年版，第 21 页。

沃尔夫冈·韦尔施曾说："升华的需要是成长在审美领域里的一个真正的伦理需要"。① 不可否认，人生艺术化体现了个体生命寻求升华和超越的冲动，并在一定程度上体现了对资本主义工具理性和功利主义的批判。然而，这一审美诉求的双刃性又恰恰在于，追求个体生命审美升华的同时也可能堕入恶。从审美的内在体验来看，人生的艺术化意味着美感代替传统的良心法则，成为主导个体日常选择的伦理依据。例如，在小说《道连·葛雷的画像》中，道连·葛雷因为西碧尔动人的扮相和演艺所激发的美感而爱上她，但西碧尔的热烈回应却反过来破坏了这一美感。随着美感的消失，道连的爱也结束了。他不仅绝情地撕毁了婚约，而且刻毒地、理直气壮地侮辱了对方。在道连所谓的爱情里，只有一个高高在上的、夸大的自我主体，而西碧尔作为审美对象，却被冷酷地客体化了。从外在评价机制来看，人生艺术化意味着美代替传统的道德标准成为衡量、评价个体行为的权威。用王尔德的话说："即使是色彩感，它在个人的发展中也比是非感更为重要。"② 正是基于这种弃绝了责任、义务、理性的评价标准，道连·葛雷轻而易举地克服了西碧尔自杀给自己带来的愧疚，亨利勋爵则认为西碧尔的死包含着一种非常美的成分。道连短命的爱情事件是关于"美感主导生活法则"、美学决定代替道德决定的一个典型示例，同时它也暴露出这一审美伦理所蕴含的恶魔倾向。

值得指出的是，王尔德对其伦理思想与恶的亲和关系从不避讳，还在《供年轻人使用的至理名言》中写道："邪恶是善良的人们编造的谎言，用来说明别人的奇异魅力。"③ 他认为，罪恶增加了人类的经验，增添了世界的色彩；又由于罪恶反对流行的伦理观念，所以它是一种更崇高的道德。其实，王尔德对罪恶大加赞美，尽管不无站在

---

① ［德］沃尔夫冈·韦尔施：《重构美学》，陆扬、张岩冰译，上海译文出版社 2006 年版，第 71 页。

② ［英］奥斯卡·王尔德：《王尔德全集》第四卷（评论随笔卷），赵武平主编，杨东霞等译，中国文学出版社 2000 年版，第 459 页。

③ 同上书，第 487 页。

哲学的立场上对恶的功能进行历史评判的意味，但在更多时候，却是缘于他令审美判断高高地凌驾于伦理判断之上。因此，托马斯·曼将王尔德与尼采相提并论，认为："两人均为叛乱者，而且是高擎美的旗帜的反叛者"，① 他们同属于 "一场席卷全西方的运动，一场克尔恺郭尔、柏格森等多人参与的反对 18、19 世纪古典理性信仰的思想史上的叛乱"②。

如果说人生艺术化是王尔德审美伦理的内在诉求，那么，感觉论个人主义就是这一诉求的外在理论形态。其实，取代道德主体的审美主体在现实生活中会合乎逻辑地发展出一个个单子化的、相互隔膜的主体，他们因为过分专注于内在的心境与体验，从而不可避免地以自我为中心。在王尔德这里，个人主义享有崇高的地位："进化是生命的律法，除了朝向个人主义，否则就没有进化。"③ 在他看来，生活是世上最珍贵的事，而生活的目的是自我个性的发展，自我个性的发展构成其个人主义的核心。王尔德认为，人的真正个性只有在理想的条件下才得以完美地显现，"它将像花木一样自然轻松地生长"、"像孩童的天真那样美妙"。它懂得一切，即使它并不对知识孜孜以求，也拥有天赋的智慧。"除了自己的法律，它不承认任何别的法律；除了自己的权威，它不承认任何别的权威。"④ "它不迫使人都做好人。它知道没有人管的时候，人都是好人。"⑤

王尔德的 "真正美好健康的个人主义" 就建立在这种卢梭式的自然人性观的基础上，他预设了一个至善至美的本真性自我，认为应该由它决定生命过程中的每一个表现和选择。那么，个人如何了解自身

---

① ［德］托马斯·曼：《从我们的体验看尼采哲学》，见刘小枫主编《人类困境中的审美精神》，东方出版中心 1996 年版，第 338 页。

② 同上书，第 87 页。

③ ［英］奥斯卡·王尔德：《王尔德全集》第四卷（评论随笔卷），赵武平主编，杨东霞等译，中国文学出版社 2000 年版，第 316 页。

④ 同上书，第 295—296 页。

⑤ 同上书，第 316 页。

的本真究竟是什么？这个本真性自我又是如何行使决定意志的？个人的自我表现难道真的如愿望的那样不会危害、干扰到他人吗？这一系列问题王尔德都未能、也不可能做出回答。因为人所能把握的本真性自我，说到底只能是生命的原始欲望和感性本能。本真性自我的预设，一方面使王尔德的个人主义能够怀着深切的同情关注个人的自由与幸福，另一方面，却也同时将其置于非理性的悖谬之中，从而决定了它的感觉论本质。

需要强调的是，无论是对生活风格的张扬还是对个人主义的倡导，其实都已涉及个体与他者之间的关系问题。在王尔德的人生艺术化追求中，个体与他者之间的关系通常表现为审美主体与审美客体之间的不对称、不平等的关系，前者相对于后者处于高高在上的、压倒一切的优势地位，从而发展成为以自我为中心的审美者。对于王尔德式的审美者而言，他者则通常处于沉默的、被动的、被剥夺了自主意识和独立人格的客体位置。这种不对称、不平等也体现在作家关于个人主义的论述之中。王尔德的个人主义赋予个人不断膨胀的权利，通过夸大和美化个人的自由意志再一次抬高了自我主体，贬低甚至放逐了他者，而没有指出个人的责任。由此可见，王尔德审美伦理在寻求升华、张扬个性的同时，也存在着致命的弱点，那就是它无法建立起真实、和谐、互为主体性的人与人之间的关系。

三　社会主义——审美人的政治乌托邦

尽管王尔德的审美伦理倾向于把个人从社会中剥离出来，使其成为周围事物和他自己的唯一评判者，但是，个体与社会、国家之间的关系终究是任何伦理学思考都无法回避的问题。那么，怎样的社会政治空间才最适合审美者生活其中呢？从他的时代和环境出发，王尔德所预想的、适合审美人生活的社会制度是社会主义。

社会主义思想在英国可谓源远流长，早在 1516 年，托马斯·莫尔就已写出具有空想社会主义色彩的《乌托邦》。1835 年，罗伯特·欧文组织了"社会主义研究会"，"社会主义"的概念随之在英国民众中得以流传。此后，英国的社会主义经历了著名的宪章运动、工联主义改良主义，于19世纪六七十年代曾一度转入低潮。70年代中叶以后，英国在激烈的国际竞争中逐渐丧失了工业垄断地位，其农业经济也因美国廉价农产品的大量涌入而遭受了巨大冲击。此外，关税壁垒的出现又使产品的出口量大幅度降低。实际上，自1873年起英国经济即进入"大萧条"时期：大批工人失业，无数农场主破产，国内社会矛盾日趋尖锐，大规模工人示威、暴乱、罢工接连发生……所有这些社会问题纠结在一起，粉碎了资本主义永久繁荣的信念，而各种各样的社会主义思潮却在对资本主义弊病的批判中变得十分活跃。80年代，汉德门领导的民主联盟和社会民主联盟、莫里斯领导的社会主义者同盟以及以萧伯纳、韦伯为代表的费边社等社会主义团体先后成立。同时，一些无政府主义社团——主要以《自由》期刊为阵地——也应运而生。这些社会主义者、无政府主义者的思想和学说，不仅吸引了知识分子和有教养的中产阶层，还在作家与艺术家中产生了相当广泛的影响。王尔德关于社会主义的思想就是在这一社会历史背景下酝酿成形的。

早在19世纪70年代末80年代初，王尔德即宣称自己是社会主义者。但在当时，社会主义对他来说还仅仅意味着对专治暴政的一般反抗，这从他1880年发表的、取材于俄国革命的悲剧《维拉，或虚无主义者》中可见一斑。该剧在对革命者的愤怒情绪、暴力倾向和英雄主义言行的描绘中，表现了强烈的反叛激情。尽管《维拉》没能得到剧坛的普遍认可，但王尔德并未放弃他对理想的社会制度的构想。1888年，他在《蓓尔美尔街公报》上撰文为乔治·桑带有空想社会主义色彩的社会理想辩护，认为这种"使我们的时代焕发光彩"的理想并未过时。1891年，在费边社成员萧伯纳等人的影响下，王尔德又在《社会主义制度下人的灵魂》一文中，集中表达了对社会主义的认识和构想。文中论及资本主义的种种弊病，构想了社会主义将给财产所有制度、个人生活、政府职能、艺术体制乃至婚姻家庭等方方面面带来的巨大变革，观点相当激进。

如前所述，王尔德审美伦理观的核心是充分发展自我个性从而创造自我的生活艺术。资本主义显然并不能为这种个性化、艺术化的生活风格提供制度保障。王尔德指出，资本主义的发展带来了严重的阶级压迫和贫富分化，私人财产使穷人挨饿、麻痹、堕落，阻止他们成为充分发展的个人；同时，它又使富人误入歧途，负累重重，也无法发展自身的美好品性。联系到穷人的苦况，王尔德认为，资产阶级为解决贫困而采取的赈济措施，不过是用私有财产来减轻、缓和私有制所带来的罪恶，是既不道德也不公平的，因此他赞赏和同情穷人的不满和反抗："……他们为什么要对富人餐桌上掉下来的面包屑心怀感激？他们应该在餐桌旁就座，这一点他们开始意识到了。"① 同时，他还谈道，现代人成为机器的奴隶并非现代先进科技本身的罪过，而是因为资本主义私有制存在的缘故："现在，机器与人竞争。在正当条件下，机器会为人服务。"② 在这里，王尔德的审美伦理观显示出其政治上的激进性——他虽然没有使用"异化"概念，但实际上已经认识到资本主义社会人的异化问题。而且，王尔德明确表示，要解决资本主义的种种矛盾，就要废除私有制，建立社会主义制度。

王尔德之所以转向社会主义，除了时代和现实的激发，主要的还是缘于美学因素的促动。在 19 世纪，社会主义与艺术审美之间有着尤为密切的关联。一方面，艺术审美本身即蕴含着倾覆性的政治潜能。正如马尔库塞所说，在艺术幻想中显现的爱欲的力量是一种对压抑的否定，或进一步说，"它是对一切秩序的否定"，所以，"艺术体现了革命的终极目标，个人的自由与幸福。"③ 另一方面，作为那个时代激进的政治意识形态，几乎所有的社会主义学说里都

---

① ［英］奥斯卡·王尔德：《王尔德全集》第四卷（评论随笔卷），赵武平主编，杨东霞等译，中国文学出版社 2000 年版，第 291 页。

② 同上书，第 301 页。

③ 转引自杨小滨《否定的美学》，生活·读书·新知三联书店 1999 年版，第 48、46 页。

允满了对现实的批判、对压迫的反抗以及对民主、平等、解放的允诺，这就契合了艺术家或审美者对个性解放和理想生活的追求。因此，莫里斯认为："对于每一个希望恰当地领会社会主义的人来说，都有必要从审美的角度来看待它。"① 王尔德对社会主义的追求，走的就是一条审美之途。这不仅因为他未能提供任何从现行秩序向理想社会过渡的政治变革策略；更重要的，是因为他纯粹从个人主义角度去思考社会主义。在《社会主义制度下人的灵魂》一文的开篇，王尔德即指出："社会主义制度的确立将带来的主要优势是，社会主义将把我们从不得不为别人而活的惨境中解救出来。"② 文中又进一步确认："社会主义自身有其价值，就因为它通向个人主义。"③ 也就是说，王尔德相信社会主义将通过个人主义为其审美者提供理想的社会政治空间。在这里，个人主义是起点，也是终点；而王尔德个人主义的感觉论本质，从根本上决定了其社会主义政治学思考的审美性特征。

正是从感觉论个人主义的立场出发，王尔德在称赏社会主义之余又敏感地感觉到到其中所隐含的、与其审美伦理相悖反的强制意味："但坦白说，我觉得我见过很多的社会主义观点都带有——如果说不是实际的强迫性的话——相当的权威性。"④ 所以，他坚持社会主义的结果必然是国家得放弃一切统治，并借用中国道家无为而治的思想来支持自己的无政府主义观点。王尔德指出，任何管理形式都是失败，所有权威都有辱人格，因此不存在管理人类这样的事。同时，和权力一起，惩罚也应当消失。在未来的社会主义社会，国家应该变成一个自发的联盟，组织劳动、生产和分配必需

---

① 转引自 Ian Britain, *Fabianism and Culture: A Study in British Socialism and the Arts c. 1884-1918.* New York: Cambridge University Press, p. 1。

② [英] 奥斯卡·王尔德：《王尔德全集》第四卷（评论随笔卷），赵武平主编，杨东霞等译，中国文学出版社 2000 年版，第 288 页。

③ 同上书，第 289 页。

④ 同上书，第 293 页。

品，让机器代替个人，来充当文明的奴隶。而且，婚姻和家庭将被更为高尚、美好和自由的爱情所代替，艺术家也不必为来自君主、教皇和庸众的专制而烦恼……总之，"国家制造有用的东西。个人创造美好的东西。"① 至此，王尔德的政治理想与美学理想、社会主义与个人主义，在一种充满浓郁的乌托邦氛围的憧憬中实现了和谐统一。显然，王尔德所寻求的社会主义，是一种带有无政府主义色彩的、审美—空想性质的政治乌托邦，不仅与马克思、恩格斯的社会主义、共产主义理想之间存在着本质的区别，而且与萧伯纳等人的改良社会主义也相去甚远。

不过，尽管王尔德的社会主义不免囿于沉思、流于空想，但它却开拓了作家的社会视野，砥砺了作家社会批判的锋芒。如《快乐王子》、《忠实的朋友》等一系列脍炙人口的童话中，作家以无邪的童真、善良的温情、真挚的爱，反衬出功利主义的虚伪、狡诈与冷酷，表达了对下层民众的同情和对资本主义社会现实的批判。而《温德米尔夫人的扇子》等几部社会讽刺喜剧，则是一方面透过上流社会人士的眼光来欣赏、赞美这个阶层的高贵和风雅，另一方面却又不动声色地揶揄、嘲笑了它的虚伪、贪婪和丑陋。这种双重视角——如理查德·艾仑·凯夫所说——实际上使王尔德从内部向英国上层社会堡垒展开了攻击。② 王尔德的此种批判精神与其超道德的审美性伦理观是矛盾的，但二者又在对资本主义社会现实的否定性中达成一致。

综上所述，王尔德的审美性伦理观深深植根于他的非理性哲学观中，它的形成有赖于"世纪末"特定的社会政治、经济、文化的宏观背景，但它又是对这一时代语境进行反思和批判的结果。通过生活模仿艺术，王尔德的审美伦理确定了个体与自身的美学关系。

---

① ［英］奥斯卡·王尔德：《王尔德全集》第四卷（评论随笔卷），赵武平主编，杨东霞等译，中国文学出版社 2000 年版，第 301 页。

② Richard Allen Cave, "Wilde's plays: Some Lines of Influence", in Peter Raby, ed., *The Cambridge Companion to Oscar Wilde*, 上海外语教育出版社 2001 年版，p. 223。

而感觉论个人主义，既是人生艺术化追求的外在理论形态，也是审美主体在现实生活中的合乎逻辑的发展。为了给其审美者寻找适宜的社会政治空间，王尔德舍弃资本主义而转向了社会主义。然而，王尔德的审美伦理存在着严重的不足——由于它在强调自我审美主体的同时，将他者置于被动的、依附的客体位置，所以，它无法建立起真实、和谐、互为主体性的人与人之间的关系。同时，它所构想的社会主义，也不过是一种带有无政府主义色彩的、审美—空想性质的乌托邦。

（原载《外国文学评论》2006 年第 4 期）

第九单元

中外文学关系研究

《赵氏孤儿》杂剧在启蒙时期的英国

范存忠

元剧《赵氏孤儿》的传入欧洲以及在欧洲发生的影响，已经有了一些介绍。可是，在这一个中西文学关系的问题上，还有不少事例需要更好的安排，也有不少论点需要更多的考虑、更多的阐发。本文拟就《赵氏孤儿》怎样传入英国，传入英国后引起怎样的批评，经过了怎样的改编，改编本子怎样上演，以及上演后取得怎样效果等问题，提供一些事例，并结合当时历史条件和思想倾向，指出这些事例的意义，从而具体说明这本中国戏剧在启蒙时期英国的影响。[①]

一

要谈《赵氏孤儿》怎样传入英国，必须先谈这本杂剧怎样传入法国，因为它是从法国传过去的。在十八世纪初期，英国和中国早就发生了直接关系。中国的茶（武夷、熙春）、瓷器、漆器、南京布、糊壁纸等，通过东印度公司，早就进入英国社会，引起了英国人对东方的兴趣。可是，中国的哲学、伦理、文学，一般是由欧洲大陆——特别是法国——转辗输入的，中国戏剧也是这样。

《赵氏孤儿》传入法国，是在一七三二至一七三三年间。一七三

[①] 关于这一问题，陈受颐论述较多，有《十八世纪欧洲文学里的〈赵氏孤儿〉》，见《岭南学报》1929 年第 1 卷第 1 期；另有英文本，名《中国孤儿：元剧》，见《天下月刊》1936 年第 3 卷第 2 期。本文作者曾写《十七、十八世纪英国流行的中国戏》，见《青年中国》季刊，1940 年第 2 卷第 2 期。本文修订了一些已知事例，增补了一些新的材料，并就当时历史条件与思想倾向，着重阐发这些批评与改编工作的意义。

四年二月，巴黎的《水星杂志》——这杂志现还存在——发表了一篇没有署名的信，说是从法国西北部布雷斯特寄来的。信里有几页法文翻译的中国戏剧。信上说："先生，这就是我答应给你的一件新鲜别致的东西。请你告诉我，你和你的朋友们看了这本中国悲剧觉得怎样。此外，还请你告诉我，我之所以对这本戏发生兴趣，是不是由于这样的一种心情，即凡是时代较古或地区较远的东西总能够引起我们的歆慕。"[1] 这里说的中国悲剧就是《赵氏孤儿》杂剧。这时候，巴黎耶稣会的教士杜赫德（J. B. du Halde）正在编辑一部关于中国的书，叫做《中华帝国志》，简称《中国通志》（Description de la Chine），早于一七三一年在耶稣会士通信录（第二十集）上登了预告，一七三三年又印了一份说明书，介绍内容。到一七三五年，《中国通志》出版，对折本四厚册，里面包括《赵氏孤儿》的法文译本。一年以前《水星杂志》上发表的只是一些片段，这次《中国通志》上登载的是法文译本的全部。[2] 译者是在中国传教的一个耶稣会士，华名马若瑟（Joseph Maria de Prémare）。[3]《赵氏孤儿》是第一个传入欧洲的中国戏剧；就十八世纪来说，它是唯一在欧洲流传的中国戏剧。

我们说，《水星杂志》上发表的只是马若瑟的片段译稿，而《中国通志》上登载的是马若瑟的全部译稿。可是，马若瑟的全部译稿，不是《赵氏孤儿》的全部，而是经过删节的。元剧本以歌唱为主，歌唱里有很好的文章。马若瑟的法文译本则以宾白为主，"诗云"之类刊落大半，至于曲子则一概不译，只注明谁在歌唱。这样一来，

---

① 参阅黎翁（H. Lion）《伏尔泰的悲剧及其戏剧理论》，1895 年，第 223 页。

② 杜赫德系于 1711 年起主编《耶稣会士通信录》，该书又名《有益而有趣的信札》（Letters édifiantes et curieuses）。《赵氏孤儿》的法文译本见其所编《中国通志》（法文本），1735 年，第 3 卷，第 339—378 页。

③ 马若瑟的《赵氏孤儿》法译本完成于 1731 年。王国维的《宋元戏曲史》第 16 章谓杜赫德于 1762 年译此剧，误也。关于马若瑟的译稿如何传入法国，参阅科尔迪埃《西人论华书目》（H. Gordier, Bibliotheca Sinica），1904—1924 年，第 3 卷，第 1787—1788 页。

《正音谱》所谓的"雪里梅花"，王国维所谓的"元剧之文章"，都看不见了。再者，有些地方，宾白脱离了曲子，好像也可以前后贯串；但也有不少地方，宾白脱离了曲子，就上下不很衔接——在这些"曲白相生"之处，经过了割裂，前后脉络就不明显、不自然了。

就马若瑟的汉语程度来说，他好像是可以做出一个较好、较完整的译本的。我们知道，他是在一六九八年（康熙三十七年）到中国来的，从那年起到一七三五年（雍正十三年）卒于澳门止，共留华三十八年，其中在江西各处如饶州、建昌、南昌等处住了二十多年。[1] 他是熟悉汉语的，读过不少中国书，也写过不少东西。除了关于宗教的而外，他译过一些书经与诗经，后来也在杜赫德的《中国通志》上发表。他还用汉语写过一部《经传议论》，分篇讨论六书、六经、易、书、诗、春秋、礼乐、四书、诸子杂书、汉儒、宋儒。在十八世纪初期（康熙年间），到中国传教的耶稣会士，为了便于进行工作，研习中国学问。傅圣泽（Foucquet）和白晋（Bouvet）研习的是《易经》，而马若瑟研习的是理学。马若瑟在他的《春秋论》一篇的自序上说："瑟于十二经、廿一史、先儒传集、百家杂书，无所不购，废食忘寝，诵读不辍，已十余年矣。"[2] 在当时教士中，他是一个"中国通"。可是他译的《赵氏孤儿》，只是大体保存了原作品的轮廓，而不是一个完整的本子。很可能，这位"理学"家，对词曲小道不很内行，为了省事，没有全译。至于比较完整的译本，法国人汝利安（S. Julien）的散文韵文译本，那要到一八三四年才得出版——是一百多年以后的事。[3]

马若瑟的《赵氏孤儿》译稿在欧洲的流传，主要是靠杜赫德的《中国通志》的流传。《中国通志》是李明（Louis Le Comte）的《中国现状新志》（一六九八）以后有关中国的第一部大书，该书在十八

---

① 参阅徐宗泽《明清间耶稣会士译者提要》，1939年，第402—403页。

② 方豪曾论述马若瑟的学习与著述，引文见《方豪文录》，北平上智编译馆1948年版，第164—165页。

③ 科尔迪埃：《西人论华书目》，第2卷，第1787—1788页。

世纪欧洲流行极广。它在欧洲主要语言（如英、德、意、俄）里都有译本，其中最早的是英国的译本。[①] 早在《中国通志》出版以前，伦敦新闻界听到了消息，就已注意了。[②] 后来，《中国通志》在巴黎出版了，伦敦发生了抢译现象。一个以印刷精美得名的出版家叫做瓦茨，另一个以创办《君子杂志》得名的出版家叫做凯夫，都雇了译员，赶着进行工作，凯夫并在《君子杂志》上大为《中国通志》宣传。瓦茨的翻译是一个删节本，进行较快，于一七三六年出版，八开本四册，五年之内印了三次。凯夫的翻译是一个全译本，进行较慢，于一七三八至一七四一年之间分期出版，对折本两大册。从一七三六年至一七四一年，这两个出版家，互相指摘，进行争辩。[③] 对我们来说，这些争辩的意义倒不在其是非曲直，而在说明下面一个事实：就是，在十八世纪的三十年代，中国文物在英国的翻译界、出版界，以及读者界，已经引起了广泛的注意与兴趣。

瓦茨和凯夫的两个《中国通志》英译本，都包括马若瑟的《赵氏孤儿》。因此，在十八世纪四十年代之初，《赵氏孤儿》已经有了两种英译本了：瓦茨的是第一本，凯夫的是第二本。就读者来说，懂法文的——这在当时"上流社会"有相当数量——可读马若瑟的原译本，不懂法文的可以看瓦茨的或凯夫的重译本。凯夫的本子，比较晚出，质量也比较好。

可是，在启蒙时代的英国，《赵氏孤儿》的英译本还不止瓦茨和凯夫的两种。在十八世纪五十年代，以采集、编订英格兰与苏格兰民

---

① 科尔迪埃：《西人论华书目》，第 1 卷，第 45—51 页。

② 参阅勃吉尔（Eustace Budgell）《蜜蜂报》（*Bee*），1733—1734 年，第 24，40，50 期。杜赫德的《中国通志》说明书，四开本四页，系于 1733 年发表，勃吉尔即在同年 8 月份的《蜜蜂报》（第 24 期）作了报道。后来又在 1734 年 2 月份的《蜜蜂报》（第 49，50 期）上作详细介绍。本文作者曾有论述，见《英国语言文学评论》（*Review of English Studies*，Oxford，1949（4），p. 143）。

③ 凯夫（Edward Cave）与瓦茨（John Watts）在《中国通志》翻译问题上的争论，作者曾有介绍，见《约翰逊博士与中国文化》（"Dr. Johnson and Chinese Culture"，*Quarterly Bulletin of Chinese Bibliography*，1945.）。

歌得名的汤姆斯·珀西对中国文物发生了兴趣。他选辑有关中国语言、礼俗、宗教、诗歌、戏剧、园林等文字，合为一集，叫做《中国杂文汇编》，十二开本两册，一七六二年出版。这部《杂著》也包括《赵氏孤儿》。[①] 珀西的《赵氏孤儿》，据说是一个新译，力求保存原作品的一些特点，但实际上是就凯夫的本子作了些润饰。珀西喜欢旁搜博采，也喜欢文字加工。他润饰《赵氏孤儿》的英译本，正同他润饰英格兰与苏格兰的民歌一样。他的本子是《赵氏孤儿》的第三种英译本，基本上同于第二种本子。[②] 不过，经过他的加工，文字比较雅驯，更能适合十八世纪中叶英国读者的口胃，这也有助于《赵氏孤儿》在英国的流传。

综上所述，《赵氏孤儿》通过耶稣会士马若瑟的不完整的法文译本，很快就传到了英国，一再转译，广泛流传，从十八世纪三十年代中期到六十年代初期，前后达二十多年之久。

二

马若瑟的《赵氏孤儿》译稿在当时文艺界引起了哪些批评呢？在讨论这问题之前，我们必须指出：当时欧洲人对于中国戏剧知道得非常之少。从十七世纪中叶起，欧洲有不少人到过中国，有的传教，有的经商，也带回不少消息，耶稣会多卷的通信集是一个例证，可是对于中国戏剧很少提到。因此，在十八世纪三十年代，欧洲文艺界如果留心中国戏剧，除了体会马若瑟的不完整的译稿而外，只能参考杜赫德在《中国通志》上一两页的简短介绍。

杜赫德在巴黎耶稣会做过三十多年的编辑工作，可是没有到过中国。他对中国戏剧的认识，完全得自传闻，而且也是非常有限的。他在《中国通志》上说：在中国，戏剧跟小说没有多少差别，悲剧跟

---

① 珀西编的《中国诗文汇编》的第 1 卷刊载《赵氏孤儿》的译稿。详见 Thomas Percy, *Miscellaneous Pieces Relating to the Chinese*, London：printed for R. and J. Dodsley, 1762。

② 关于珀西的加工问题，作者曾进行讨论，见《英国语言文学评论》（*The Review of English Studies*, No. 4, 1945, pp. 326-329）。

喜剧也没有多少差别，目的都是劝善惩恶。他提到中国戏剧的一些惯例。他说，因为一个演员往往要扮演好几个角色，所以一上舞台，就先作自我介绍。又说，演员在台上，碰到情绪激动，就放声歌唱。他着重指出：中国戏剧不遵守三一律，也不遵守当时欧洲戏剧的其他惯例，因此不可能跟当时欧洲戏剧相比。[①]

在当时文献中，最早对《赵氏孤儿》进行详细的分析批评的，大概是伏尔泰的朋友阿尔央斯侯爵。他在一七三九年出版了一部书，叫做《中国人信札》，里面谈到《赵氏孤儿》。《中国人信札》虽是一个法国作家的书，但在英国流传广、影响大，[②] 因此其中关于《赵氏孤儿》的批评，值得在这里介绍一下。阿尔央斯赞赏《赵氏孤儿》的一些片段，如楔子里公主与程婴商量托孤一节，又如第二折里程婴与公孙杵臼商量救孤一节。可是他主要是从戏剧技巧上指出《赵氏孤儿》的缺点，有不少地方跟杜赫德在《中国通志》上谈的没有多大出入，但比较明确，也比较具体。

首先，阿尔央斯指出：《赵氏孤儿》的作者没有遵守那"从前使希腊人那么高明而不久以前又使法兰西人跟希腊人媲美的种种规律。"他这里指的是三一律，特别是时间一致和地方一致的规律。他说：

> 在那本标题为《赵氏孤儿》的中国悲剧里，孤儿出世了，孤儿被带到远方去了，孤儿被教养成人了，到了二十五岁回到北京，禀告皇帝，说大臣屠岸贾如何残害他的父亲——这些事实全在个把钟头之内一一发生。而皇帝呢？听了孤儿的申诉，就给他

---

① 《中国通志》，1935 年，第 3 卷，第 341—343 页。陈受颐曾有讨论，见《天下月刊》1936 年第 3 卷，第 2 期，第 94—95 页。

② 阿尔央斯的《中国人信札》（*Letters Chinoises*，1739）有英文译本（1741），另有英文仿制本多种，包括哥尔斯密的《中国人信札》（1760—1761）。阿尔央斯仿效孟德斯鸠的《波斯人信札》，假托一位姓庄的中国游历家来批评法国社会，特别是法国的教会，有一定进步意义。其中有一封信（第 23 封）是这位姓庄的从波斯写给北京一位姓俞的。就在这封信里谈到《赵氏孤儿》。这封信见英译本（1741），第 161-164 页。

恢复了他父亲所被剥夺的一切权利，又把大臣处以极刑。这许多事情，必然是在不同时间发生的，其间一定隔得很远，可是作者随随便便堆在一起，违反了一切的或然规律，因而剥夺了观众的部分快感。如果这些事情处理得妥当一些，安排得巧妙一些，那么观众就可以得到更多快感。其实，作者可以让一些演员陈述孤儿早年的苦难，可是这个应当等孤儿走到北京以后再来追诉；这样一来，屠岸贾的罪恶，一经揭发，就可以成为这本戏的主要内容了。

这段文字，有许多地方，是批评家的误解。譬如，他说孤儿是在远方长大的，然后回到北京，朝见皇帝——这些都跟原剧有出入。又如，他说全剧时间二十五年，这与原剧也有出入。① 不过，这些是细节。批评家主要目的是在于指出这本戏的时间不一致和地方不一致。剧中动作是在晋宫、驸马府、太平庄帅府、闹市等五六个地方进行的——这些是地方的不一致。至于时间，从屠岸贾诈传灵公之命把赵朔赐死起至孤儿长大成人，前后二十余年，这也是新古典主义（或称假古典主义）的批评家所不能赞同的。

这是第一点：《赵氏孤儿》违反了三一律。其次，批评家认为《赵氏孤儿》违反了所谓的"措置得体的惯例"。这本戏里包含着许多不该在舞台上表演的动作。赵朔是"在刀头死"的；公主（赵朔妻）是拿裙带自缢死的；下将军韩厥是刎颈死的；假孤儿（程婴子）是给"剁了三剑"死的；公孙杵臼是在被细棍子、大棍子打了之后自己撞台阶死的；最后，屠岸贾是给"钉上木驴，细细的削了三千刀，皮肉都尽，方才断首开膛"死的。阿尔央斯举公主自缢一节为

---

① 元曲《赵氏孤儿》的动作是从屠岸贾诈传灵公之命把赵朔赐死开始的，以前种种系追叙过去事变，从这里（楔子后半段）到第三折的《鸳鸯煞》，时间是很短的。公孙朴臼唱的《梅花酒》里说，"想孩儿离褥草，到今日恰十朝。"这里说的孩儿指假孤儿（程婴之子），真孤儿当时也不过一个月光景。第三折和第四折之间，隔了二十年。全剧时间只二十年几个月。阿尔央斯说二十五年（后来伏尔泰也这么说），与原剧不合。

例。他承认公主自缢是一个可歌可泣的场面，她表达"母亲的慈爱，英雄的慷慨，以及最勇敢的人临死前也很难免的苦痛"。可是他说：

> 公主〔孤儿的母亲〕是在台上自缢死的——这是一个十分可怕的动作，无论如何不该让观众们看到的。我并不是说公主之死没有感动人的力量，可是换一个方式来处理，不是也可以达到同样目的吗？

总之，凡令人吃惊的剧烈动作（如自杀、谋杀），不该在台上表演，而应事后追诉。这是当时新古典主义者对于悲剧的一条惯例。理由是：古希腊的悲剧是这样处理的，古罗马的批评家霍瑞斯以及文艺复兴时期的古典主义者也是这样主张的。不这样做是有碍观瞻的。①

此外，阿尔央斯提出《赵氏孤儿》的另一个缺点，就是它违反古典主义的或然律。他举了两个例子。一个是演员上台时的自我介绍。譬如，屠岸贾上台，就说："某乃晋国大将屠岸贾是也。"程婴上台，就说："自家程婴是也，原是个草泽医人。"公孙杵臼上台，就说："老夫公孙杵臼是也……住在这太平庄上。"阿尔央斯针对这些进行批评：这自我介绍是对哪个人说的？是对自己说的吗？那太可笑了。是对观众说的吗？这就表明作者创造力的贫乏；因为除了要演员称名道姓而外，除了这样毫无意义地说明他为何在这一幕出场而外，他竟不知道如何把演员介绍给观众。另一个例子，是"曲白相生"。他说：

> 欧洲人有许多戏是唱的；可是那些戏里就完全没有说白；反之，说白戏里就完全没有歌唱。这不是说歌唱并不强烈地表达伟大的情感，可是我觉得歌唱和说白不应该这样奇奇怪怪地纠缠在

---

① 这一戏剧惯例，英法文名为 decorum。参阅 A. Nicoll, *The Theory of Drama*, London: George G. Harrap & Company Ltd., 1931, p. 59。

一起。

这"曲白相生",他认为也是违反或然律的。

阿尔央斯是从当时奉为圭臬的新古典主义的惯例来衡量《赵氏孤儿》的。说明了中国戏剧跟十八世纪新古典主义的法国戏剧有多么大的距离。阿尔央斯的议论是有一定的代表性的。十八世纪前期的法国是新古典主义的世界,鼎鼎大名的伏尔泰也没有摆脱它的桎梏。在五十年代,伏尔泰对《赵氏孤儿》也发生了兴趣,可是(我们将在下面提到)他对这本中国戏剧的布局结构的意见,基本上跟他的朋友阿尔央斯侯爵是一致的。

三

阿尔央斯侯爵对于《赵氏孤儿》的看法是不是启蒙时期欧洲文艺界一致的看法呢?那也不尽然——至少在英国不是(或则不完全是)那种情况。从十七世纪中期到十八世纪后期,英国戏剧家和戏剧批评家,在法国影响之下,也讲究新古典主义的规律与惯例,不但根据这些规律与惯例来进行创作,也根据这些规律与惯例来改编(当时称为"改善")莎士比亚的伟大的戏剧。可是,创作家和批评家不断地发出反抗的呼声。就三一律来说吧,十七世纪后期的戏剧家、批评家德莱顿就已指出这根本不是古代希腊戏剧的规律;十八世纪初年的戏剧家法夸尔(Farquhar)进一步说明这些规律的不切实际、不合情理;[1]到了十八世纪中叶,以维护传统出名的批评家约翰逊,也通过名演员加立克,当众宣称这些规律窒息了悲剧的创作。[2] 启蒙时期英国的戏剧家、批评家,谁都受到新古典主义戏剧规律的束缚,但谁都没有严格遵守那些规律,而不少人还有意无意地破坏了那些规律。[3] 在这种

---

[1] A. Nicoll, *The Theory of Drama*, London: George G. Harrap & Company Ltd., 1931, pp. 42-44. (尼科尔:《戏剧理论》)。

[2] 约翰逊:《德罗如瑞剧院开幕词》,1747年,第29—34行。

[3] 尼科尔:《十八世纪前半期英国戏剧史》,1929年,第51—66页。

情况之下，如果英国批评家对于《赵氏孤儿》的看法跟法国新古典主义者不一样，那不是一件偶然的事件。

在当时英国批评家之中，对《赵氏孤儿》进行比较详细讨论的是理查德·赫德。[①]我们说过，法国批评家阿尔央斯谈《赵氏孤儿》，主要是列举这本戏在哪些地方不合于新古典主义的规律，从而指出它的缺点。赫德则不然。他主要是列举这本戏在哪些地方跟古代希腊悲剧相似或相近，从而肯定它的优点。赫德说，《赵氏孤儿》的故事跟古代希腊悲剧家索福克勒斯的《厄勒克特拉》（*Electra*）很有相似之处。在《厄勒克特拉》里，阿加门侬被他的妻子和她的情人刺死以后，他的孤儿俄瑞斯忒斯不是由于一位老师父的拯救而脱险吗？俄瑞斯忒斯不是由这老师父带往另外一个地方掩藏起来、培养长大起来吗？俄瑞斯忒斯长大成人之后不是也回来替父亲报仇吗？这一故事的轮廓跟《赵氏孤儿》是相似的。《赵氏孤儿》的主题是"怨报怨"，《厄勒克特拉》的主题也是"怨报怨"。再谈到复仇的动机，在《厄勒克特拉》里来自神座的谕旨，在《赵氏孤儿》里则来自父亲临死时的遗命。赵朔自尽前不是嘱咐过公主吗？（"公主，你听我遗言，你如今腹怀有孕。若是你添个女儿，更无话说；若是个小厮儿呵，我就腹中与他个小名，唤做赵氏孤儿，待他长立成人，与俺父母雪冤报仇也。"）赫德指出，《赵氏孤儿》里有多少表达愁苦的词句、格言式的话语、道德性的情绪，很像《厄勒克特拉》。此外，《赵氏孤儿》里，在情感激扬部分，"渗杂着歌曲，提炼而为壮丽的诗句，有些像古代希腊悲剧里的和歌"。[②]

赫德说，《赵氏孤儿》就它的布局或结构来谈，跟希腊悲剧是很

---

① 赫德（Richard Hurd）于 1751 年发表他编注的《何瑞思致奥古斯特的诗篇》（*Horace*, *Epistles to Augustus*），后附《论诗的模仿》一文，其中论及《赵氏孤儿》。这本集子从第 3 版起不收《论诗的模仿》一文，原因不详。但珀西认为该文极有价值，收入其所编的《中国杂文汇编》。

② Thomas Percy, *Miscellaneous Pieces Relating to the Chinese*, Vol. 2, 1762, pp. 230 - 231.（《中国杂文汇编》，珀西编，第 2 卷，第 230—231 页）。

相近的。他指出这本戏的 "特殊的单纯性，通体没有做作"，特别表现在人物介绍方面："演员上场，开口就把姓名、角色、任务一一交代清楚。"① 这样，阿尔央斯认为违反或然律的演员自我介绍，在赫德看来，不但不是缺陷，而且说明了结构的简朴、单纯。赫德说，戏剧结构有两条规律：一是动作需要完整、统一；二是事件需要连贯、紧凑。他仔细考察了马若瑟的译本，认为《赵氏孤儿》是相当准确地符合这两条规律的；他觉得，就这本戏的前面三折来谈，动作是完整、统一的，就是诛灭赵氏，而且这动作 "进展得差不多达到亚里士多德所要求的那种速度"。同时，赫德也指出，依照古典戏剧的标准，这本戏还不够完善，在技术上还存在着一些缺陷。他说，为了连贯、紧凑起见，戏的动作最好能更接近结局或煞尾。《厄勒克特拉》的动作不是从俄瑞斯忒斯跟老师父回来复仇那里开始吗？因此，他说，这本戏的动作的开始应当跟复仇事件接得更近一些，应当从孤儿定计复仇那一段开始。赫德没有具体指出哪一段，不过他的意思大概是说，应该从第四折的末尾开始。在这一点上，赫德的意见跟阿尔央斯有些相似，可是在那篇论文里，他没有搬用三一律、或然律、措置得体惯例等来机械地衡量《赵氏孤儿》，而且他断言，"中国诗人（《赵氏孤儿》的作者）对于戏剧做法的最本质的东西并不是不熟悉的。"②

那么中国戏剧怎么会跟希腊古典悲剧有哪些相近或相似之处呢？赫德根据他的文艺理论作了解答。他相信亚里士多德的模仿学说，认为想象的创造（诗的创造）就是模仿自然，而好的作品就是模仿自然的、成功的作品。希腊的《厄勒克特拉》是这样，中国的《赵氏孤儿》也是这样。他认为中国作家，正同希腊作家一样，是自然的学生。正因为如此，尽管条件不同，情况不同，中国戏剧跟西方戏剧在做法上有相似的地方，也有一致的地方。他说：

---

① Thomas Percy, *Miscellaneous Pieces Relating to the Chinese*, Vol. 2, 1762, pp. 230 - 231.（《中国杂文汇编》，珀西编，第 2 卷，第 231 页）。

② Thomas Percy, *Miscellaneous Pieces Relating to the Chinese*, Vol. 2, 1762, p. 229.

　　这一个国家，在地理上跟我们隔得很远。由于各种条件的关系，也由于他们人民的自尊心理和自足习惯，它跟别的国家没有什么来往。因此，他们的戏剧写作的观念不可能是从外面借过来的：我们可以肯定地说，在这些地方，他们只是依靠了他们自己的智慧。因此，如果他们的戏剧跟我们的戏剧还有互相一致之处，那就是一个再好也没有的事实，说明了一般通行的原理原则可以产生写作方法的相似。①

　　这里所谓"一般通行的原理原则"就是他的"诗的模仿"学说。他认为凡是模仿自然的、成功的作品，在写作方法上必然有些相似或一致之处。他就拿《赵氏孤儿》与《厄勒克特拉》来证明这理论，同时也拿这理论来将两者比较。赫德在当时作家中有"巧妙"之名，对任何东西都能说得头头是道。② 他的模仿学说曾引起诗人格雷（Gray）、诗人梅逊（Mason）、批评家华尔顿（Joseph Warton）与历史家吉朋（Gibbon）的注意。③ 他对《赵氏孤儿》的批评也曾引起民歌采集家珀西、谐剧家谋飞，以及当时文艺报刊《每月评论》的注意。④ 对我们来说，赫德的那篇论文的重要性，倒不在他的理论是否准确，而在于他能够摆脱新古典主义者的机械规律来考虑一个传统不同的外国文学作品。他对《赵氏孤儿》的估价是不低的。他的基本论点是：《赵氏孤儿》是模仿自然的、成功的作品，是中国人民的智慧的产物，是可以跟古代希腊的悲剧相比。这一种别开生面的说法，对中国文物在当时英国的传布，无疑起了一定的作用。

---

　　① Thomas Percy, *Miscellaneous Pieces Relating to the Chinese*, Vol. 2, 1762, pp. 222-223.

　　② James Boswell, *Life of Samuel Johnson*, American book company, 1905, pp. 189-190.（鲍士韦尔：《约翰逊传》，第 4 卷，第 189—190 页）。

　　③ 参阅舍伯恩（G. Sherburn）：《复辟时期与十八世纪英国文学》，见鲍（A. C. Baugh）主编的《英国文学史》，1948 年，第 977—978 页。

　　④ 《每月评论》（*Monthly Review*）曾介绍赫德的主要论点，见第 9 卷，1753 年，第 122 页。

四

《赵氏孤儿》杂剧传入欧洲以后，不但引起批评家的注意，也引起剧作家的兴趣。从十八世纪四十年代至八十年代，欧洲有四五种改编本子，其中最早的是英国哈切特（William Hatchett）的本子，一七四一年出版——还在赫德发表《论诗的模仿》的十年以前。这本子的标题是：

> 《中国孤儿》（*The Chinese Orphan*）：历史悲剧，是根据杜赫德的《中国通志》里一本中国悲剧改编的，剧中按照中国式样，插了歌曲。

卷首有一篇献词，开头几句是这样的：

> 异国的产品，地上长的也好，脑子里来的也好，只要有益或有趣，总能够得到人们的欣赏。多少年来，中国把它的农产品供给我们，把它的工艺品供给我们；这一次，中国诗歌也进口了，我相信，大家也一定会感到兴奋。

欧洲戏剧里早就出现过中国式的布景、中国式的人物以及中国传来的故事，[①] 可是中国戏剧的改编，这是第一次。

哈切特的《中国孤儿》卷首有一张剧中人物表，在略为知道一些中国文物的人来看，一定觉得是非常可笑的。元剧《赵氏孤儿》里的人名都给改了，换上一些古怪的名字，但仔细推敲起来，都有其来源。来源就是杜赫德的《中国通志》。《中国通志》刊载着《今古奇观》的部分译文，一共三篇，其中两篇是：《怀私怨狠仆告主》与

---

① 陈受颐曾有简略介绍，见《岭南学报》1929 年第 1 卷第 1 期。作者曾有补充，见《青年中国》季刊，1940 年第 2 卷第 2 期。

《吕大郎还金完骨肉》。很奇怪，这两篇里的一些人名、地名变成了《中国孤儿》的角色。① 更奇怪的是，地名变为人名，男名变为女名，女名变为男名，上下数千年历史人物的姓名，随便安排，屠岸贾改成萧何，公孙杵臼改成老子，提弥明改成吴三桂，赵武改成康熙，真是扯得太远了。哈切特还对"康熙"两字作了解释，说是在"苦闷与悲伤"中得胎的。②

可是，撇开这些人名，剧情却基本符合原作。剧情是这样。一开幕，医生与医生的朋友讲话，说首相弄权，陷害有功的大将军，把大将军一家三口全都杀了，只剩下大将军、大将军的儿子与媳妇。大将军逃了，他的儿子是驸马，他的媳妇是公主，正待分娩。首相跟大祭师商议，要把驸马杀死。禁卫司令奉命把一条绳子、一个毒药瓶、一把刀子（元剧所谓"三般朝典"）送给驸马，令其自尽。（戏的动作就从这里开始，以前种种是追叙。）驸马拔刀自尽，但临死前嘱咐公主，孤儿诞生后应取名康熙。首相与大祭师知道驸马虽死，而孤儿尚在，于是定计杀孤。就在这时候，医生找到公主，搭救孤儿，公主把孤儿交出后就仰药自尽。以上是第一幕，跟元剧《赵氏孤儿》的楔子和第一折第一部分是完全相当的。

《中国孤儿》第二幕跟元剧《赵氏孤儿》第一折的大部分和第二折是完全相当的。医生抱了孤儿，走出驸马府门，碰到禁卫司令，打了一个交道，禁卫司令放他们逃走之后就自杀了。首相得到了这消息就通令全国，凡六个月以下的男孩限于三天之内一起交出，否则做父母的就有"生命财产的危险"。医生带了孤儿去找退隐老臣，商议救孤。老臣是"一个真正的中国人"，是因为看到朝廷不讲信实而归隐田园的。商议的结果是，医生拿出自己的孩子，假冒孤儿，与老臣一

---

① 《中国通志》所载《今古奇观》故事，除上述两篇外，尚有《庄子休鼓盆成大道》，均由耶稣会士宏绪（F.-X. d'Entrecolles, 1662—1741）翻译。陈受颐谓《中国孤儿》的角色系由《中国通志》索引采取（见《岭南学报》，第1卷第1期，第128页），不很确切。

② 哈切特：《中国孤儿》，1741年，第6页。

齐死难，全于真孤儿则由医生抚养。很明显，这些跟元剧没有多大出入。

《中国孤儿》第三幕跟元剧《赵氏孤儿》第三折是大致相当的。这一部分，在元剧里，主要是公孙杵臼与假孤儿的死难，剧情是比较紧张的。在哈切特的戏里，也是这样。不过哈切特在老臣死难以前添了一个场面。医生既然要牺牲自己孩子来替代孤儿，总得和自己的太太商量吧？哈切特就加了医生与医生太太商量、争辩的一个动人的场面。①

《中国孤儿》的最后两幕，跟元剧《赵氏孤儿》比较，改动是较多的。第三幕与第四幕之间隔了一段相当长的时间，但没有像元剧那样的隔了二十年之久。②剧情也很有改变。在第四幕里，首相野心勃勃，想用医生的药剂来陷害晋君。医生跟他的朋友商量，把大将军全家死难经过画在一件皇袍上，等候机会。这时朝臣纷纷向晋君控诉首相，晋君需要证据。在第五幕里，中国正同鞑靼发生战争。正当首相与晋君谈论战争失利的时候，医生出示画袍，把前后故事诉说了一番。结果，首相伏罪了，晋君把他的财产没收了一部分，分给有功人员，同时还给死难老臣（老子）修了一座庄严肃穆的坟墓。全剧就在群众欢呼声中结束。

纵观这个改编本子，尽管在不少地方（特别在最后两幕）跟元剧有出入，但还保存了元剧的轮廓以及元剧的主要段落，如弄权、作难、搜孤、救孤、除奸、报恩。它没有严格遵守三一律。全剧五幕十六场，共有十来支歌曲。哈切特不可能知道元剧的说唱传统，更不可能理解元剧"曲白相生"的妙处，只能依照杜赫德在《中国通志》

---

① 这一场面与明代无名氏《赵氏孤儿记》以及京剧《搜孤救孤》倒有些巧合。参阅《赵氏孤儿记》第30出，选自郑振铎编著《世界文库》第8册，生活书店1935年12月版；《搜孤救孤》第2场，选自《京剧丛刊》第8集，新文艺出版社1953年版。

② 陈受颐谓哈切特的《中国孤儿》的动作约占一个月的时间（参看《天下月刊》，第3卷第2期，第99页）。但依剧情发展来看，一个月的时间是不够的。剧中也没有明确指出。哈切特的这个剧本显然没有遵守时间一致的规律。

里的介绍，把歌曲放在剧情激扬的地方，表现忧愁、愤恨、绝望、悲痛、欢乐。① 研究十八世纪英国戏剧的尼科尔教授指出哈切特企图运用东方色彩，不是没有根据的。②

五

但是，如果我们光从戏剧技巧来考虑哈切特的《中国孤儿》，那么意义是不大的。这本戏始终没有上演过，没有受过舞台考验。照吉尼斯特的意见，这戏虽很有趣，对舞台来说，还是不适宜的。③ 必须指出，这本戏的政治意义远超过了它的戏剧意义。这是一本采取戏剧形式的政治讽刺作品。在这本戏的封面上，哈切特引了五行诗，试译如下：

啊，政客！多么地机诈不测，
狂暴的旋风，蹊跷的礁石，
熊熊的大火，死神的差役，
摇撼的地震，飘浮的疾疫，
这一切，都比不上他的险恶。④

这里，作者好像是一般地攻击"政客"，可是什么政客？哪一个政客？在这戏里都是有具体内容的。

这戏是献给阿格尔公爵（Duke of Argyle）的。献词上说：

---

① 杜赫德不了解中国的说唱传统。他说，中国戏剧里一个人恨着另外一个人，他就唱了；或则打定主意去复仇，他也唱了；或则悲不自胜，快要自杀，他也唱了。请参阅《中国通志》，1735 年，第 3 卷，第 343 页。

② 尼科尔：《十八世纪前半期英国戏剧史》，1929 年，第 112 页。

③ 吉尼斯特（J. Genest）：《英国戏院纪闻，1660—1830》，1832 年，第 4 卷，第 550 页。

④ 引自乔治·西威尔的悲剧《勒雷爵士》（G. Sewell, *Sir Walter Raleigh*）。这出戏于 1719 年开始上演，以后也常演，直至 18 世纪 30 年代后期，是一部带有政治意义的作品。参阅尼科尔：《十八世纪前半期英国戏剧史》，第 106、354 页。

　　我们必须承认，杜赫德给我们的那个中国悲剧（也就是我们这本戏的根据）是很粗糙、很不完善的，可是我觉得这里有些合情合理的东西，连欧洲最有名的戏剧也赶不上。中国人是一个聪明而有见识的民族，在行政管理方面是非常有名的。因此，毫不奇怪，这戏的情节是政治性的。戏里揭露了一系列的行政腐败，而中国那位作家又把它描写为使人深恶痛绝的东西，好像他在这方面熟悉了您〔指阿格尔公爵〕的坚贞不屈的性格似的。当然，中国作者也未免过分了，他把一个人描写得不像人而很像魔鬼。不过，这也许是中国诗人的习惯，有意把首相写成魔鬼，免得老实人受骗。

　　这个献词很明显地提出《中国孤儿》的主题——揭露朝政腐败。这个献词也明显地提出"首相"，作为攻击的目标。元剧《赵氏孤儿》是从"文武不和"谈起的，哈切特的《中国孤儿》也是这样。不过元剧谈的是武臣陷害文臣，而《中国孤儿》谈的是"首相"陷害大将军。这一个改变有其现实的、政治的意义。

　　在十八世纪二十年代至四十年代初年——英国史上的瓦尔帕尔时代——所谓"首相"不是一个普通名词，而是一个专指名词，指的就是瓦尔帕尔（Sir Robert Walpole）。英国的首相制度就是在那个时期发展起来的：瓦尔帕尔是英国第一个首相（当时文献里或称"首席大臣"，或称"唯一大臣"）。从二十年代起，他领导辉格党人，运用贿赂制度、分赃制度来维持长期的统治。瓦尔帕尔弄权忌才，在辉格党里形成一个集团，逐渐把集团以外的人挤走。一七二四年他挤走浦尔特尼（Pulteney），一七三三年挤走卡特勒特（Carteret），一七三三年挤走切斯特菲尔德（Lord Chesterfield）……这样，到了三十年代，辉格党分化了，一部分与瓦尔帕尔合流，称为"在朝党"，另一部分跟托利党结合而为"在野党"，或称"爱国人士"。在野党不但包括上述的政治人物，也包括不少有才气、有文名的作家，如诗人蒲伯，散文家斯威夫特，戏剧家盖依，戏剧家、报章家、小说家菲尔丁，到了后期也包括有军功战绩的元帅阿格尔公爵。哈切特的《中国孤儿》就是献给那位公爵的。

在野党对瓦尔帕尔的在朝党不但在议会里斗争，也在广大人民之中进行各色各样的文字宣传。浦尔特尼与切斯特菲尔德办过好几种小型报刊，如《工匠报》、《迷雾报》、《常识报》。蒲伯写过不少讽刺诗。斯威夫特写过不少小册子。盖依写过《乞丐歌剧》。至于菲尔丁的讽刺戏剧，那更多了，揭露在朝党的贪污腐化；他的《一七三六年的历史年鉴》引起了在朝党压制批评的《戏剧检查法案》。哈切特的《中国孤儿》是这一类的作品。我们不很知道哈切特的生平与活动，可是我们知道他在一七三三年曾把菲尔丁讽刺瓦尔帕尔的《悲剧之悲剧》改编为《歌剧之歌剧》，曾在伦敦各戏院上演多次。① 他是在野党的作家之一。上文说过，他的《中国孤儿》没有上演过；实际上，在一七三七年施行《戏剧检查法案》以后，这一作品也很难上演。他的《中国孤儿》是采用戏剧形式的一个政治斗争作品。

由于在朝党压制批评的种种法规，政治讽刺作品往往须采取迂回曲折的方式。斯威夫特通过"小人国、大人国"等海外奇谈来全面地揭露英国社会。十八世纪三十年代《君子杂志》也通过《小人国议会记录》来报导当时政治情况。菲尔丁的《威尔士歌剧》，用的是威尔士的背景，而他的《一七三六年的历史年鉴》，用的是科西嘉的背景。至于东方背景、东方故事，也常被运用。一七三〇年间的《蜜蜂报》大量介绍中国制度，一七三七年间的《工匠报》运用中国的"社鼠"故事来攻击瓦尔帕尔，一七四〇年间一位无名氏还写了一本册子，叫做《一篇非正式论文，是读了杜赫德的〈中国通志〉以后写的，随时可读，但在一七四〇年不可读》。② 这些，表面上是海客谈瀛，而骨子里别有所指。哈切特的《中国孤儿》是这一类型的

---

① 参阅尼科尔《十八世纪前半期英国戏剧史》，第112、334页；达登：《菲尔丁：他的生活、著作和时代》，第1卷，第69页。

② 关于中国故事在十八世纪三十年代英国政治斗争中的作用。作者曾有论述，请参阅《英国语言文学评论》（RES），1949年4月号，第141—146页。

作品。

关于瓦尔帕尔时期的政治，《中国孤儿》里有概括的反映，如首相的专制，朝政的腐败。可是《中国孤儿》里反映的，主要是十八世纪三十年代末年和四十年代初年的情况。当时英国政府在欧洲政治舞台上着着失势。它联络法兰西，没有得到好处，到了一七三九年，又和西班牙为了争夺殖民地贸易发生冲突，一时局势紧张。瓦尔帕尔迟迟不动，引起不满，后来被迫对西班牙作战，战事失利，引起更大的不满。哈切特的《中国孤儿》反映了这情况。在这部戏里，法兰西叫做"莫卧儿"，西班牙叫做"鞑靼"，西班牙战争叫做"鞑靼战争"。第二幕第二场里说："萧何（首相）得势，中国受苦，他有办法击败国内的敌人，可是他是鞑靼与莫卧儿的傀儡。"①

到了一七四〇年，在野党和议会里对瓦尔帕尔政府进行激烈斗争。我们在上面提到的英国元帅阿格尔公爵大发雷霆之怒，在上议院对瓦尔帕尔政府猛烈抨击，因而被免去了一切职务。蒲伯的讽刺诗里曾加以歌咏：

> 阿格尔，生来握有国家的雷霆，
> 他震动过疆场，也震动了议庭。②

《中国孤儿》第四幕第三场有下面一段愤怒的话：

> 我们还不是像一个腐尸，任凭侵袭，
> 文官好比螟蝗，武人好比雄蜂？
> 各项债，各项税，还不是高可没颈？
> 还不是信任了，反而受骗；慈爱了，反而成仇？

---

① 陈受颐谓鞑靼指法国，莫卧儿指荷兰（见《岭南学报》，第 1 卷第 1 期，第 130 页），但与当时情况不很贴切。

② 蒲伯：《讽刺诗尾篇》（*Epilogue to satires*）1738 年，第 2 篇，第 86—87 行。

还不是给人家鄙视，朋友也好，敌人也好？

还不是给每一个方案，不论是花钱的和平

或是花钱的战争，搜刮得干干净净？

啊中国！中国！你到了怎样的田地！

这一段，总起来是：文官无用，武人无力，国债增长，赋税加重，外交失势，战争失利。

我们不知道哈切特的《中国孤儿》是在什么时候写作的，只知道一七四一年二月份的《君子杂志》的新书报导里有这剧本。① 那时，英国议会里闹得正凶。在野党人卡特勒特在上议院，另一在野党人桑兹（Sandys）在下议院，提议吁请英王"撤换瓦尔帕尔，永不续用"。这案子没有通过，可是反对瓦尔帕尔的斗争继续下去，一直到他一七四二年下台为止。② 《中国孤儿》的出版是适时的。它通过一个东方故事，历举首相专权的恶果，同时也设想首相下台后的情况。《中国孤儿》同《赵氏孤儿》一样，也在歌声中结束：

〔文官唱〕

听啊！几百万有福的生灵，听那可喜的声音！

每一个饭桌上传开了这个痛快的新闻。

举国欢腾

普天同庆！

农民到公侯，

到处在歌讴；

海洋曾由他诃责，

大地曾受他胁迫。

① 《君子杂志》（*Gentleman's Magazine*），第 11 卷，第 2 期（1741 年 2 月号），底页。

② 关于 1741 年 2 月间英国议会中的斗争情况，参阅黎德姆（I. S. Leadam）：《英国政治史》，1921 年，第 9 卷，第 367 页。

如今他倒台了，

大家都开怀了。

放僻邪侈的低了头，

胁肩谄笑的缩了手，

光荣又将可见

中国不怕鞑靼。

〔和歌〕

欢乐，欢乐的今天，

他已被剥夺了威权，

对他的灾厄

谁也不加怜惜，

或则寄以同情，

除了中国的故人。

六

哈切特的《中国孤儿》是《赵氏孤儿》的第一个改编本。十七八年后，英国另有一个谋飞（Arthur Murphy）的改编本。可是，谋飞的本子跟哈切特的本子，除了来源相同而外，没有直接联系，而跟法国伏尔泰的改编本——也叫《中国孤儿》——有很大关系。关于伏尔泰创作他的《中国孤儿》的经过，已有详尽的疏证，① 这里只作一个简略介绍，以便于对谋飞的作品进行讨论。

大家知道，伏尔泰对中国的政教道德有深挚的爱好。可是他对中国戏剧理解不多，因而估价也不高。他的基本论点是当时新古典主义

---

① 庇诺（V. Pinot）曾论证伏尔泰的《中国孤儿》的材料来源，见《法国文学史评论》，第14卷，1907年，第462—471页。又乔堂（L. Jordan）曾编订伏尔泰的三幕本《中国孤儿》，疏证甚详。

者的论点，跟上面说的阿尔央斯侯爵的意见没有多大出入。中国戏剧技术——就马若瑟的《赵氏孤儿》来说——是很粗糙、很幼稚的。他说"我们只能把《赵氏孤儿》比作十六世纪英国的和西班牙的悲剧，只有海峡那边（指英国）和比利牛斯山脉以外（指西班牙）的人才能欣赏"。又说，这不是什么悲剧，而是一个古怪的滑稽戏，是"一大堆不合情理的故事"。又说，"这戏没有时间一致和动作一致，没有风土习俗的描绘，没有情绪的发展，没有词采，没有理致，没有热情"。总之，《赵氏孤儿》是不能跟当时法国的戏剧名著相提并论的。

可是话又得说回来。伏尔泰指出，《赵氏孤儿》是中国十四世纪的作品，若与法国或其他国家十四世纪的戏剧相比，那又不知高明多少倍了，简直可以算是杰作了。就故事来谈，非常离奇，但又非常有趣；非常复杂，但又非常清楚。十三、十四世纪的中国是蒙古族统治的时期，居然还有这样的作品。这就说明征服者不但没有改变被征服者的风土习俗，而是正相反，保护了中国原有的艺术文化，采用了中国原有的法制。这也就证明了"理性与智慧，跟盲目的蛮力相比，是有天然的优越性的。"① 好多年来，伏尔泰同卢梭进行论战。卢梭认为自然状态比文明社会好，主张归真返朴。在他的一七五〇年关于文化艺术的论文里，卢梭曾说，蒙古人、满洲人，文化不及汉人，可是汉人一再被他们征服，说明自然状态比文明社会来得强。这论文里还特别提到伏尔泰，夹着一些嘲笑。② 伏尔泰的意见是：蒙古人、满洲人虽似征服了中国，而最后还是给被征服者的智慧征服了。他深信理性的力量、智慧的力量、道德的力量。③

在这样的思想情况下，伏尔泰着手改编马若瑟译的《赵氏孤儿》。他把这故事从公元前五世纪的春秋时期往后移了一千七八百年。他又把一个诸侯国家内部的"文武不和"的故事改为两个民族之间的文野之争。

---

① 《伏尔泰全集》，莫朗编校本，1877 年，第 5 卷，第 297—298 页。
② 《卢梭全集》，1820 年，第 4 卷，第 13—14 页。
③ 《伏尔泰全集》，第 5 卷，第 296 页。

在技术方面，他遵照新古典主义的戏剧规律，把《赵氏孤儿》的动作时间从二十多年（据伏尔泰说是二十五年）缩短到一个昼夜。情节也简化了。原剧包括弄权、作难、搜孤、救孤、除奸、报仇等段落，伏尔泰只采取了搜孤救孤。同时，依照当时"英雄剧"的作法，加入了一个恋爱的故事。伏尔泰不但研究了马若瑟的《赵氏孤儿》译本，也看过维也纳的宫廷诗人，意大利歌剧作家麦太斯太西渥（Metastasio，一六六八——一七八二）的《中国英雄》[①]，可是，他说，他没有袭用那两本的布局。他的《中国孤儿》原来是三幕，后来采取了朋友的意见，扩大而为五幕，目的在描绘风土习俗，从而激发人们的荣誉感与道德感。

剧情是这样：成吉思汗征服了中国，搜求前朝遗孤，把遗臣盛缔抓了，因为他掩藏了遗孤。盛缔也同程婴一样，献出自己的儿子作为代替。盛缔妻奚氏抑不住母爱，说出真情。据说，多少年前，成吉思汗在中国避难的时候，曾经向奚氏求爱。现虽事隔多年，而旧情未忘。于是提出一个条件：如果奚氏肯离异改嫁，他可以免予追究。可是奚氏爱自己的孩子，也爱丈夫，抵死不从。成吉思汗原来以为蛮力可以征服一切，可是看到了这一对独立特行的夫妇，心里感动了，改变了主意，不但赦免遗孤，还准备把他抚养成人。盛缔夫妇听了不相信。奚氏问他："是什么东西使你改变了主意？"成吉思汗的答语是："你们的道德。"剧中有战争，有爱情，有道德，但主要的是道德。伏尔泰着重盛缔这一个角色；他说："盛缔应当像是孔子的后裔，它的仪表应当跟孔子一个模样。"[②]因此，这本戏又名"孔子之道五幕"。[③]

这本戏系于一七五五年在巴黎上演，剧本也跟着出版。同年十一月，伦敦有翻印版，伦敦《每月评论》上有详细的介绍。[④] 同年十二

---

① 麦太斯太西渥读了杜赫德的《中国通志》后，创制《中国英雄》（*Eroc Cinese*），1748 年上演，1752 年出版。

② 《伏尔泰全集》，第 33 卷，第 461 页。

③ 同上，第 38 卷，第 114 页。

④ 《每月评论》，第 13 卷，第 493—505 页。参阅《君子杂志》，第 25 卷，第 527 页；《苏格兰人杂志》（*Scots Magazine*），第 17 卷，第 580—584 页。

月，伦敦出现了无名氏的英译本，《每月评论》指出译笔拙劣，跟原作很不相称。① 可是，对于伏尔泰的原作，一般都有好评。例如一七五六年二月份的《爱丁堡评论》上说：

> 伏尔泰先生也许是法国最有名的多方面的作家。大家承认，他在差不多任何一种的写作上，几乎可以赶上十七世纪最大的作家，而那些作家主要是致力于一种写作的。在他最近的悲剧《中国孤儿》里，他的创作天才尤为突出。我们读了这本作品，一方面觉得高兴，一方面又觉得奇怪；因为他把中国道德的严肃与鞑靼野蛮的粗犷一齐搬上法国舞台，而同时与法国人最讲究的谨严细致的种种规矩毫无抵触之处。②

伏尔泰的《中国孤儿》在巴黎舞台上的演出，引起了广泛的注意。一七五五年，巴黎出版界还把二十年前在《中国通志》上发表过的马若瑟的《赵氏孤儿》译稿重新付印，单独发行。③ 这种种直接激发了英国戏剧作家对于这本中国戏剧的兴趣。

七

伏尔泰的《中国孤儿》在巴黎上演和出版以后，英国至少有两个作家打着改编的主意：一个是编辑和杂文作家约翰·霍克斯渥斯，另一个是演员和谐剧作家阿瑟·谋飞，在当时文艺界都很活跃。④ 霍克斯渥斯因为忙于别的工作，原定主意没有实现。⑤ 谋飞呢，在这上面

---

① 《每月评论》，第14卷，第64—66页。

② 《爱丁堡评论》，1756年第2期，第78—79页。

③ 科尔迪埃：《西人论华书目》，第2卷，第1787页。

④ 关于霍克斯渥斯（J. Hawkesworth）与谋飞的文艺活动，可阅鲍士韦尔的《约翰逊传》第1卷（James Boswell, *Life of Samuel Johnson*, American book company, 1905, pp. 189-190&pp. 356-357.）。

⑤ 加立克：《私人书信集》（*Prioate Correspondence*, 1831），第1卷，第112页。

花了不少时间，不少心血，终于在一七五九年完成了计划，也叫作《中国孤儿》。

谋飞编写他的《中国孤儿》是经过不少周折的。据他自己说，最初使他对《赵氏孤儿》发生兴趣的是赫德的批评（一七五一）——就是说，远在伏尔泰发表他的《中国孤儿》以前——可是他也承认从伏尔泰的作品吸取了一些东西。[①] 他于一七五六年十一月完成初稿，跟当时德鲁里兰剧院（Drury Lane Theatre）经理加立克接洽排演，没有成功。以后两年中，他跟加立克反复磋商，还闹过意见，进行过笔战，最后经过政治界闻人福克斯（Henry Fox）、文艺界闻人瓦尔帕尔（Horace Walpole）、桂冠诗人怀德海（William Whitehead）等的斡旋、调解，达成协议。在这两年中，谋飞接受了各方面的意见，把原稿修改多次。在一七五九年二月，他写信给加立克说："我就好像那个把作品挂在窗子上的画师一样，听取大众的意见，不断加工，涂来涂去，把什么东西都涂得不见了。"[②] 经过多少周折，这戏终于一七五九年四月底在伦敦德鲁里兰剧院上演。谋飞本是一个演员和谐剧作家，《中国孤儿》的上演成功又使他成为当时有名的悲剧作家。

谋飞在他的《中国孤儿》上演成功以后，发表了写给伏尔泰一封公开的信。[③] 从这信里，我们可以知道他进行改编时的种种考虑。他的主要参考材料是：（1）马若瑟的《赵氏孤儿》（法文本与英文本）；（2）赫德对《赵氏孤儿》的批评；（3）伏尔泰的《中国孤儿》。（他没有提起哈切特的《中国孤儿》。）他同意赫德关于中国戏剧的看法，但对马若瑟译的《赵氏孤儿》和伏尔泰的《中国孤儿》都有不同意见。他不赞成伏尔泰的《中国孤儿》里的一些情书。我们在上面提过，伏尔泰的戏里穿插着一个蒙汉恋爱故事。谋飞不赞成这个穿插，

---

① 谋飞：《中国孤儿》（第1版），1759年，第90—91页。

② 加立克：《私人书信集》，第1卷，第98页。关于谋飞与加立克的争论，可阅同书第1卷，第73、81、88、89、91-92、112页；参阅谋飞《加立克传》，1801年，第1卷，第330—341页。

③ 谋飞：《中国孤儿》，第90—94页。

认为把一个粗犷的鞑靼征服者一变而为谈情说爱、唉声叹气的法兰西式的骑士，是非常不自然的。奚氏跟王族没有关系，成吉思汗跟她谈爱情，也没有意义。再者，这一穿插，没有使剧情紧张，而是正相反，使剧情松懈。在谋飞看来，伏尔泰就好比一个划船的人，用尽平生之力，突然地松了劲，连一点精神也提不起来了。谋飞又认为历史剧里穿插恋爱故事，已经成为滥调；他反对这个毫无可取的滥调。

其次，谋飞认为伏尔泰的《中国孤儿》里没有多少"有趣的东西"，而其所以缺乏"有趣的东西"是因为这位法兰西作家把戏剧动作提得太早了。在伏尔泰的戏里，真孤儿也好，假孤儿也好，都是摇篮里的人物，始终没有长大成人，因此不能对剧情有多大贡献。到了剧本煞尾，被征服者还是被征服者，因此救孤一事已失了其重要意义。谁还对孤儿发生兴趣呢？谋飞说，若把戏剧动作移后二十年，那么情况就不同了。那时，孤儿已达成年，可以亲自出来报仇——这样一来，不但增加了不少"有趣的东西"，而且"救孤"也有了意义。在这一点上，谋飞参照了《赵氏孤儿》的作法，同时也似乎采取了赫德的主张。赫德曾说，《赵氏孤儿》最好从孤儿定计复仇开场，以前种种可以在说白里补叙；这样一来，布局就更紧凑，更接近希腊悲剧的规模。谋飞很尊重赫德，认为他是一个"值得钦佩的批评家"。

这是一方面。在另一方面，谋飞对中国的《赵氏孤儿》也有不同意见。他认为题材很好，可惜作者对救孤一节没有好好处理。他觉得，牺牲一个婴孩来拯救另一个婴孩，远不如牺牲一个青年来拯救另一个青年；因为这样，更可以表达为父母者心理上的矛盾、冲突。谋飞提起十七世纪法国悲剧作家高乃依《厄拉克利乌斯》（*Heraclius*）。在那本戏里，女英雄莱昂底娜不是把自己的儿子跟王子互换姓名来拯救王子吗？可是高乃依把情节搞得太繁杂、太晦涩了，有点像哑谜。谋飞的意见是，高乃依的做法，如能搞得合理近情，而又头绪明显，那么还是可用的。他认为在《赵氏孤儿》里，假孤儿应当同真孤儿一样上场表现。这样一来，就可以有许多热闹场面，而这一对青年的活动在热闹场面里，就更能激动观众的情感。①

　　谋飞的剧本《中国孤儿》体现了以上的种种考虑。剧情是这样：铁木真（成吉思汗）曾入寇中国，把中国皇族杀完了，只剩下一个孤儿。遗臣盛缔把他隐藏了，当作儿子，改名爱顿。同时他把自己的儿子哈默特送到高丽，由一个隐士教养。这些是二十年前的事，是在戏里追叙的。这戏的动作是从铁木真再次入寇中国开始的，那时真孤儿和假孤儿都已满了二十岁。戏开始时，北京城陷落了。哈默特从高丽赶回来了，参加卫国战争，不幸给鞑靼人抓住了。铁木真到了北京，正搜求前朝太子，疑心哈默特就是遗孤，于是征召遗臣盛缔，追问底细。如果遗孤搜不到，他要把全国二十岁的青年诛尽杀绝！盛缔赴召，盛缔妻满氏跟着跑去。这时，爱顿——真孤儿——为了拯救哈默特，跑来自首。铁木真拷问盛缔。盛缔该怎么说呢？说真话，还是说假话？说假话吧？儿子死了。说真话吧？太子死了。在这情形之下，盛缔夫妇心理上产生了矛盾：爱子之情与爱国之心的矛盾。这同伏尔泰的《中国孤儿》第二幕里一些场面是相似的。不过，谋飞的真孤儿与假孤儿全是成年人，可以出场表演——这是谋飞所谓"热闹场面"，所谓"有趣东西"，也是他的得意之笔。这些全在第四幕里，最紧张，最能动人，效果也最好。最后，盛缔还是牺牲了自己的儿子。他自己呢，车裂身死；他的夫人满氏跟着自尽。可是，正在这时候，爱顿——真孤儿——杀了进来，铁木真猝不及防，在格斗中被杀。这样，孤儿完成了他的"大报仇"。

　　历来谈谋飞的人总把他的《中国孤儿》跟伏尔泰的《中国孤儿》比较研究。很明显，谋飞是依据伏尔泰的剧本进行改编的。他的角色与伏尔泰的角色，有的姓名相同（如铁木真、窝阔台、盛缔），有的姓名稍异而身份相当（如伏尔泰的盛缔夫人是奚氏，谋飞的盛缔夫人是满氏）。它的场面，它的台词，也有不少地方与伏

---

　　① 谋飞：《中国孤儿》，第90页。

尔泰的相同或相似。① 再者，伏尔泰的《中国孤儿》又名"孔子之道"，谋飞的《中国孤儿》也到处谈论至德要道，说教气氛异常浓重——浓重得使人觉得有些迂腐之感。谋飞的《中国孤儿》有一个序幕，是桂冠诗人怀德海的手笔，一开头就说：

> 希腊与罗马，不用谈了。到了这年头
> 那些陈旧乏味的东西早已过了时候；
> 就是加上一些不相干的玩意，
> 在观众看来，依旧是索然无味，
> 至于庄严的行列，配上纡徐的音乐，
> 谁也不再留意，好比纪念市长的节目。
> 今天晚上，我们诗人附着老鹰的翅膀，
> 为了搜求新颖的品德，飞往日出的地方，
> 从中国的东海之滨给咱们英伦人士
> 勇敢地带回了一些孔子的道理。

可是，我们也应当指出，谋飞在不少地方是直接取材于《赵氏孤儿》的。就故事的轮廓来说，伏尔泰是以《赵氏孤儿》的前三折为基础来改编的，谋飞是以《赵氏孤儿》的后两折为基础来改编的。伏尔泰的戏里保存了《赵氏孤儿》的搜孤、救孤两大节目；而谋飞的戏里，除了搜孤、救孤之外，还包括除奸与报仇。再就人物形象来说，谋飞的铁木真不同于伏尔泰的成吉思汗。伏尔泰的成吉思汗开始时是一个野蛮的征服者，一变而为足智多谋的政客，再变而为柔情蜜意的骑士，到了最后，讲仁义，说道德，做君子之人了。至于谋飞的铁木真，始终是个鞑靼人，始终是个征服者，好比《赵氏孤儿》里的屠岸贾始终是个压迫者。这是一方面。在另一方面，谋飞的盛缔比

---

① 布鲁斯曾详细阐述伏尔泰对谋飞的影响，见其所著《伏尔泰在英国舞台》，1918 年。

伏尔泰的盛缔显得更主动、更顽强，和《赵氏孤儿》里的公孙杵臼有些相似。谋飞的孤儿，英姿飒爽，心存家国，是伏尔泰的戏里没有的，却有几分像《赵氏孤儿》。再就整个剧情来说，伏尔泰的《中国孤儿》是以两种对抗势力的协调与统一来结束的，而谋飞的《中国孤儿》是以一种势力跟另一种势力斗争到底、取得胜利来结束的。不论在戏剧结构，或在人物塑造，谋飞有其独创之处，可见马若瑟译的《赵氏孤儿》与赫德对于《赵氏孤儿》的批评，在他的改编工作上显然发生了作用。

八

现在谈谈谋飞的《中国孤儿》的舞台演出。这戏是在一七五九年四月二十日开演的。那时，伦敦舞台的第一季度已近末尾，可是从四月底到五月中旬这戏还是演出了九次。从效果来谈，这是一出成功的戏。

关于这戏的如何成功，当时文献里有比较详细的记载。首先，关于舞台上的布景、道具，以及演员们的服饰。我们知道，伏尔泰的《中国孤儿》上演时，巴黎的法兰西歌剧院曾经有意识地运用东方色彩。就法国舞台历史来说，那次上演还标志着舞台布景、道具、服饰的改进。希腊式或罗马式的庄严的游廊给中国建筑替代了，法兰西的精致的襞缘和蓬松的围裙给中国的与鞑靼的服饰替代了。[①] 谋飞的《中国孤儿》上演时，伦敦的德鲁里兰剧院在这些方面也做了很大努力。据熟悉当时剧院情况的詹姆斯·蒲顿说："舞台上出现了一大堆光彩夺目的外国服装——中国人的服装以及比他们更勇武、更有画意的侵略者的服装。"[②] 谋飞自己也说，德鲁里兰剧院曾经特别制备了一套名贵的中国布景，以及最合适的中国服装。[③] 当时报刊上也有记

---

① 柯莱（Charles Collé）：《笔札与回忆》，1907 年，第 2 卷，第 116 页。

② 波顿（James Boaden）：《西顿斯夫人回忆录》，1827 年，第 1 卷，第 138 页。

③ 谋飞：《加立克传》，第 1 卷，338 页。

载。例如一七五九年四月二十五至二十七日的伦敦《劳埃德晚邮报》
上说:"服装是新鲜、精巧、别致;布景是宽敞、整齐、妥帖。一开
始,就看到宫殿里的一个大厅,大厅深处可以看到篡位者的宝座。戏
里也谈到这宫殿是如何的富丽堂皇,但这描写一点也没有超过舞台上
的实际情况。此外,还有一个祭坛,是一座新奇精巧的建筑。"① 这
些说明了:舞台上的"东方色彩"引起了观众们的注意。

其次,关于舞台上的表演。真孤儿(爱顿)是由莫索伯扮的,假
孤儿(哈默特)是由霍伦德扮的,成吉思汗是由哈佛德扮的,当时
人认为都很成功。《劳埃德晚邮报》上说:

> 霍伦德在这一个角色(假孤儿)上,比他以前在任何一个新
> 的角色上,做得到家。他深刻体会了这一角色的真正精神,而他
> 的身段与服饰也恰如其分。至于哈佛德,正如以前一样,他的判
> 断力、他的见识使他理会到应该怎样来表演成吉思汗。要表演一
> 个与本人性格完全相反的人物,是需要高度技巧的。可是,在这
> 戏里,哈佛德自始至终是个暴君成吉思汗。②

当然,《中国孤儿》里最重要的角色是遗臣盛缔和盛缔妻满氏。
扮演盛缔的是当年鼎鼎大名的剧院经理、剧作家和演员加立克。他演
喜剧,也演悲剧。他演过莎士比亚悲剧里的各种角色,被认为莎士比
亚的功臣。他在接受谋飞的《中国孤儿》之后,一度想扮演假孤儿,
后来接受谋飞的要求,扮演盛缔,因为盛缔是这一剧本的主要角色。③
加立克非常成功。《劳埃德晚邮报》上说:"加立克是一个十足的爱

---

① 《劳埃德晚邮报》(*Lloyd's Eoening Post*),第 4 卷,第 25 页(1759 年 4 月 25—
27 日)。

② 《劳埃德晚邮报》(*Lloyd's Eoening Post*),第 4 卷,第 26 页。

③ 关于《中国孤儿》中各种角色的分配问题,参阅艾末来《谋飞评传》,第 47—
48 页。

国主义者，勇于捍卫古代的法典与人民的自由。"① 谋飞更为满意。他说："加立克扮演的盛缔，真是一个德高望重的中国大臣，他在表演种种情绪的矛盾上，显出无限的力量。可以说，他在任何一个角色上（除了李尔王）都有没有做得那样出色。"② 至于盛缔妻满氏，是由叶兹夫人（Mrs. Yates）扮演的。叶兹夫人后来主演莎士比亚戏剧里的女角（例如鲍西亚、克莉奥佩特拉），享有盛名，不过在一七五九年间，还是一个新手。但那次登台很成功，加立克和谋飞都很满意。③《劳埃德晚邮报》的记者觉得她扮演得太年轻了，可以跟二十来岁小伙子搭配，而不很像老成持重的孔子信徒的夫人。可是那记者又说了："她把爱国之心，爱子之情，以及英勇的品德，都表现得很好。"④《中国孤儿》有一个尾幕，也出自桂冠诗人怀德海的手笔。叶兹夫人表演这尾幕，以幽默的口吻谈论中国的家常，特别是关于妇女的生活，例如如何打扮、如何管家、如何交际，口讲指画，吸引观众。尾幕里有这么一句："各位太太小姐，看到我的服饰，不要见笑，这是道地的中国货色。"这也是"东方色彩"。叶兹夫人在舞台上建立声誉，是从这一次表演开始的。

又其次，关于批评家对《中国孤儿》剧本的意见。这剧本是于一七五九年四月底出版的。就在那一年，印了第二版，另在都柏林印了一版。剧本一出版，各大杂志争相报道，除了介绍剧情而外，还转载序幕、尾幕和一些精要片段。⑤《每月评论》上说，这一剧本，与其说是伏尔泰的《中国孤儿》的改编本，不如说是一部新的创作，因

① 《劳埃德晚邮报》，第4卷，第25页。
② 谋飞：《加立克传》，第1卷，第338—339页。
③ 同上，第1卷，第339页。
④ 《劳埃德晚邮报》，第4卷，第25页。
⑤ 《环球杂志》（Universal Magazine），第24卷，第245—246页；《君子杂志》，第29卷，第217—276页；《一般杂志》，第12卷，第231—234页；《每月评论》，第20卷，第275—276页；《评论杂志》（Critical Review），第7卷，第434—440页；《伦敦纪事报》（London Chronicle），1759年，第420页。

为谋飞在结构上作了不少改进。又说，这戏演得很成功，可以跟英国最成功的舞台剧相比，可是还没有达到它应有的成功。① 最值得注意的是《评论杂志》上哥尔斯密斯的文章。这文章指出《中国孤儿》的一些缺点，如悲愤的情调弹得太重，说教的词语用得太多，但同时也提到许多优点，如生动的表情，鲜明的意象以及配置恰当的舞台布景。此外，还引了盛缔夫妇的几节对话，说明思想如何有力，吐词如何妥帖，以及作者如何熟悉舞台实际。很明显，哥尔斯密斯不但看过伏尔泰的《中国孤儿》，也看过马若瑟的《赵氏孤儿》译本。我们说过，马若瑟的《赵氏孤儿》只有宾白，是一个不完整的译本。因为这样，这戏显得干枯贫乏，缺乏想象，缺乏热情。哥尔斯密斯也觉察了这些缺点。因此，他说，这本戏经伏尔泰一次改编就完善了，经谋飞再一次改编就更完善了。又说："谋飞先生的剧本，如果不是道地的中国剧本，至少是充分带有诗意的剧本。"②

这些说明谋飞的《中国孤儿》如何成功与何以获得成功。舞台效果的良好是它成功的重要因素。谋飞在这剧本的献词里说："观众们对这戏的欢迎远远超过我自己的奢望。"可是，我们也必须指出，这戏的成功，不仅由于布景、道具、服饰等的新奇别致，不仅由于加立克与叶兹夫人他们的表演到家，也由于在十八世纪五十年代末的英国这戏带有现实的政治意义。

十八世纪五十年代是英法七年战争的年代。在这战争初期——一七五六到一七五七年间——英国的统治阶级闹着派系纷争，庇特（William Pitt）、福克斯（Henry Fox）与纽卡斯尔公爵等几个政治巨头，彼此攻讦，互相排挤。这时英国在地中海吃了败仗，在北美洲又吃了败仗，英伦本部一度还有被侵袭的可能。③ 在这风声鹤唳之中，谋飞还办过小型报刊，叫作《考验》（Test），参加政治斗争。他的政

---

① 《每月评论》，第 20 卷，第 275—276 页（1759 年 6 月号）。

② 《评论杂志》，第 7 卷，第 434—440 页（1759 年 5 月号）。这篇评论已收入哥尔斯密斯的集子，参阅《哥尔斯密斯文集》，吉布斯编校本，1885 年，第 4 卷，第 350—355 页。

③ 莱基：《W. E. H. Lecky》：《十八世纪英国史》，1891 年，第 2 卷，第 452—466 页。

治路线是福克斯领导的派系。① 到了一七五八年，这几个政治巨头勉强凑成内阁，局势趋向好转，但战争还在紧张状态。这时，英王乔治二世已到了风烛残年。他的孙子——就是一七六○年十月登极的乔治三世——是个孤儿，刚刚成年，人们还寄以不少希望。我们在上面说过，就在那一年（一七五八），谋飞的《中国孤儿》，由于福克斯等人的推荐与支持，德鲁里兰剧院才接受排演。到了一七五九年四月底剧本付印，又由于福克斯的建议，献给蒲特勋爵（Earl of Bute）——可以说是当时的太子太傅。② 《中国孤儿》初版上不署作者姓名，可是大家看了献词也就知道这剧本是谁写的了。谋飞的政治路线是明显的。

　　谋飞的《中国孤儿》里演的是中国抵抗鞑靼侵略的故事，也就是一个民族抵抗另一个民族的侵略的故事。这里，一方面是残暴的侵略者，另一方面是向侵略者作殊死斗争的人物：英勇的孤儿以及扶持王室、不惜生命来争取自由的忠臣、义士、爱国者。因此，在七年战争的紧张的年代，这戏曾被认为宣扬爱自由、爱祖国的作品，而作者谋飞曾被认为爱国主义者的导师。③ 谋飞自己似乎也曾以此自负。一七五九年十一月哥尔斯密斯曾在他的《蜜蜂报》上写过一篇文章，叫做《荣誉之车》。作者梦见有人驾了"荣誉之车"驰往"荣誉之宫"。一大群人争着上车。其中一人举止像演员，向车守鞠了一躬，拿出他的行李——几本谐剧、一个悲剧和一些杂文。车守看了这行李，请他下次再来。那人听了不服气，就愤愤说道："什么！我在这悲剧里曾为自由与道德而努力，难道这悲剧……"④ 这里争着上车的是谋飞。他当过几年演员，写过几个谐剧，编过一些小型报刊。他拿出的一个

---

① 艾末来：《谋飞评传》，第32—33页。

② 同上，第48页。

③ 当时曾有华特（Willian Woty）《致〈中国孤儿〉作者书》，载《诗府丛集》（Shrubs of Parnassus）。此处用艾末来的《谋飞评传》，第49、181页上的介绍。

④ 《蜜蜂报》，第五期（1759年11月3日）。这篇文字已收入《哥尔斯密斯文集》，第2卷，第291—292页。

悲剧就是《中国孤儿》——他的第一个悲剧。在哥尔斯密斯的那篇幽默文字里，他还没有能搭上"荣誉之车"，可是他在《中国孤儿》上演后的志得意满的神情是异常明显的。

谋飞的《中国孤儿》对当时具有政治意义和鼓动作用，不但有助于这一剧本在德鲁里兰剧院的成功，也使它经久未被遗忘。在十八世纪后期，这一剧本不但在英国舞台仍能上演，而且也走上爱尔兰舞台与美国舞台。① 在一七九八年间，伦敦《每月镜报》的作者说当时舞台给低级趣味的东西如鬼怪剧、手势剧霸占了，以致谋飞的《中国孤儿》不大出现了，言下表示了怀念。②

九

谋飞的《中国孤儿》，就十八世纪欧洲来说，还不是《赵氏孤儿》的最后一个改编本。德国文学史家们指出，在八十年代，诗人歌德对那本中国戏剧也曾发生兴趣，着手写他的《额尔彭诺》（*Elpenor*），准备献给他的朋友斯坦因夫人。可是，就英国来说，谋飞的《中国孤儿》是《赵氏孤儿》的最后一个改编本，因此我们的讨论就在这里结束。关于《赵氏孤儿》怎样从法国传入英国，传入英国后得到怎样的注意，引起了怎样的批评，经过了怎样的改编，改编本怎样上演，以及上演后取得怎样效果——这些，我们都谈了，还加上了一些疏证和解释，余下来的只有一些结束语了。

我们谈这一个文学关系，很容易低估它的价值。翻译也好，介绍也好，批评也好，改编也好，搬上舞台也好，不但都有缺陷，而且有很多、很大缺陷。翻译不完整；介绍不全面；批评不深入；改编本跟原剧差别很大，仅仅保存了一些轮廓；至于舞台表演，从中国人的眼光来看，在许多地方好像是一个讽刺。这些是很明显的，我们也提供了一些材料。可是，从历史主义的眼光来看，从比较文学的观点来

---

① 布鲁斯：《伏尔泰在英国舞台》，第92—93页。

② 艾末来：《谋飞评传》，第49页。

谈，这许多工作——翻译、介绍、批评、改编、上演——都有其意义，因此也都有一定价值。

我们知道，英国和中国的文学关系，不是从启蒙时期开始的。我们可以把它追溯到乔叟：马可·波罗的游记曾经给《坎特伯雷故事集》贡献了一些起浪漫情趣。后来呢，莎士比亚的戏剧里提到过中国和中国人，弥尔顿的《失乐园》里也提到过中国与中国人。可是，英国跟中国文学艺术作品的接触，只能从十七世纪后期谈起。散文家、批评家坦普尔爵士（Sir William Temple）介绍过中国的儒家哲学，也介绍过中国的园林布置；戏剧家赛特尔（Elkanah Settle）曾经把崇祯帝吊死煤山的故事搬上舞台；报章家艾迪生与斯蒂尔曾经在他们有名的小刊物《旁观者》里模仿过中国的高文典册的"东方文体"；自然神论者柯林斯（Anthony Collins）、延德尔（Matthew Tindale）、鲍林勃洛克（Lord Bolingbroke）等人在批判启示宗教的著作中都曾谈到中国哲学与道德；散文家、政论家切斯特菲德还运用过《晏子》、《新序》里一些故事来讽刺当时的在朝党……可是，谈到那中国人喜闻乐见的义学作品传入欧洲、传入英国，《赵氏孤儿》杂剧是最早的一个。我们引过哈切特的话："多少年来，中国把它的农产品供给我们，把它的工艺品供给我们；这一次，中国诗歌也进口了。"这里所谓"诗歌"是指诗剧。《赵氏孤儿》的传入英国，的确是中国诗剧的进口，在中英文学关系上不是一件小事。这是第一点，值得我们注意。

其次一点值得注意的是：《赵氏孤儿》在英国"进口"以后得到比较广泛的流传，也引起一些同情的批评。我们说，这与当时的历史条件和思想倾向是分不开的。启蒙时期前期的英国是这样的一种情况：一方面，资产阶级革命的胜利产生了自信、自足、自满的心理，人们惯用现成的尺度来衡量一切；另一方面，前几个世纪的地理大发现，扩大了人们的视野，激发了他们对于域外事物的兴趣。举当时比较保守的约翰逊为例。他是一个传统主义者，可是他也说了：

要用远大的眼光来瞻顾

人类，从中国一直到秘鲁。

　　正因为对域外事物有兴趣，人们并不束缚于原有的传统——希腊的、罗马的、希伯来的传统——而以"远大的眼光来瞻顾人类"。就当时介绍和批评《赵氏孤儿》来说，凯夫和瓦茨的抢译《中国通志》并不单纯是两个书贾的企业竞争，赫德和珀西的介绍《赵氏孤儿》并不纯粹是几个作家的偶然好奇。这是一方面。在另一方面，正因为惯用现成的尺度来衡量一切，人们对域外事物的看法总摆脱不了古典主义的规律。赫德对于《赵氏孤儿》批评就是这样。他企图说明哪些是合于亚里士多德的理论的，哪些不是的。可是，我们也应该注意，他并不像法国阿尔央斯与伏尔泰那样机械地搬用新古典主义的规律。他也比较恰当地认识中国戏剧的一些优点。他从亚里士多德的模仿学说出发来考察《赵氏孤儿》，指出中国的戏剧艺术与欧洲的古典传统在原则上颇有共通之处，但同时也指出中国戏剧不是从外面借过来的，而是中国人民智慧的产物。他的批评对中国文物在英国的传布上发生了作用。这一点，也值得我们注意。

　　再次一点是关于《赵氏孤儿》在英国的影响。一般说，它的影响，不在它的艺术形式，而在它的题材。元剧的说唱传统，它的结构体制，它的表演方式——这些，就当时情况来谈，都属不易理解，更是难于移植。哈切特在他的《中国孤儿》里插着歌曲，说是仿照中国格式，但与中国的说唱相去甚远。至于题材则不然。弄权、作难、搜孤、救孤、除奸、报恩——这题材有丰富的内容。这里有外部冲突，也有内部冲突；有残酷惊人的场面，也有凄婉动人的场面；有无可奈何的悲剧世界，也有人民大众喜闻乐见的"诗的正义"。这个题材，到了欧洲剧作家手里，不是一个历史故事，而是一个传说、一个寓言，可以采摘，也可以增删。哈切特采用了绝大部分情节，加以简化，写了他的"历史悲剧"；伏尔泰取用前半部分情节，加了许多穿插，写了他的"孔子之道"；最后，谋飞采用后半部分情节，也加了许多穿插，写了他的"悲剧"。这些改编本子，除了哈切特的而外，都在舞台上演，而谋飞的《中国孤儿》得到很大的成功。

为了具体说明《赵氏孤儿》在英国的影响，我们对哈切特和谋飞的两个改编本作了较详细的讨论，并结合当时社会现实，阐明它们的意义、它们的作用。哈切特的《中国孤儿》是十八世纪四十年代英国资产阶级政治斗争中的产物，在反抗瓦尔帕尔的运动中发生作用。它是采取戏剧形式的讽刺作品之一，表面上是一个东方故事，实际上揭露了瓦尔帕尔专政时代的政治现实——贪污、腐化、搜刮、剥削、政客的险恶与民间的疾苦——在历史上有一定价值。至于谋飞的《中国孤儿》，一向认为是伏尔泰的《中国孤儿》的改编本，我们考察了作者的创作过程，分析了这一剧的情节发展，说明它与马若瑟的《赵氏孤儿》的关系——说明谋飞也是根据《赵氏孤儿》来进行改编工作的。谋飞介绍了不少中国思想，也运用了一些"东方色彩"，结合了当时英国的内外局势，宣扬了爱祖国、爱自由的思想。

谈文学关系，必谈影响；可是谈影响，往往易于笼统，难于明确，难于具体。我们在这方面作了一些企图。《赵氏孤儿》在启蒙时期英国的这一问题，不仅是文献考订，也是中英文学关系上一个值得注意的章节。我们贡献一些材料，也设法明确一些论点，以作为全面研究中国文物在启蒙时期英国的影响的参考。

一九五七年五月

（选自范存忠《英国文学论集》，译林出版社 2015 年版，第179—220 页）

意象派与中国古典诗歌

赵毅衡

意象派，是 20 世纪初由一些英美青年诗人组成的诗派，一九一〇——一九二〇年活动于伦敦。意象派历史不长，创作成果不大，却造成巨大的影响，尤其在美国，这影响至今没有消失。因此，意象派被称为"美国文学史上开拓出最大前景的文学运动"①，很多文学史著作把它作为英美现代诗歌的发轫。

意象主义，是这批青年诗人对后期浪漫主义（即所谓维多利亚诗风）统治英美诗坛感到不满，在多种国外影响之下开创出来的新诗路。他们反对诗歌中含混的抒情、陈腐的说教、抽象的感慨，强调诗人应当使用鲜明的意象——描写感觉上具体的对象——来表现诗意。

当然，诗歌一向都是使用意象的，但往往在一段具体描写之后就要引出抽象的、"提高一层次"的发挥。而意象派强调把诗人的感触和情绪全部隐藏到具体的意象背后。意象派把注意力集中在事物引起的感觉上，而不去探求事物之间的本质联系，也不去阐发这联系的社会意义。但是，在诗歌艺术技巧上，意象派作了十分有意义的开拓工作。意象派所探索的，实际上是形象思维在诗歌创作中的某些具体规律。因此，它是值得我们重视的一个诗派。

东方诗歌（中国古典诗歌、日本古典诗歌）对意象派起了很大影响。日本文学界对意象主义及其日本渊源作了很多研究工作，而对意

---

① Howard Munford Jones ＜Guide to American Literature and Its Background Since 1890＞ (Howard University Press, Cambridge 1959 二版), p. 140.

象派所受的中国诗歌影响我们至今没有加以研究。实际上，意象派受中国古典诗歌之惠远比受之于日本诗者更为重要。

开风气之先的是意象派前期主将埃兹拉·庞德①。一九一五年他的《汉诗译卷》（Cathay）问世，这本仅有十五首李白和王维短诗译文的小册子，被认为是庞德对英语诗歌"最持久的贡献"②，是"英语诗歌经典作品"③，其中《河商之妻》（即李白《长干行》）、《南方人在北国》（即李白《古风第八》）等篇章脍炙人口，经常作为庞德本人的创作名篇而选入现代诗歌选本，美国现代文学史上也常要论及，从而使庞德从 T. S. 爱略特手中得到"为当代发明了中国诗的人"的美名。一个国家的现代文学受一本翻译如此大的影响，这在世界范围内是很少见的事。

这本译诗触发起英美诗坛翻译、学习中国古典诗歌历久不衰的热潮。意象派后期挂帅人物、美国女诗人爱米·洛威尔邀人合译了中国古典诗歌一百五十首，于一九二〇年出版《松花笺》（Fir - Flower Tablets），爱米·洛威尔直到临死还在计划继续译中国诗。在庞德译诗出版后的五年之内出现的中国古典诗歌英译本，至少不下十种。文学史家惊叹，这些年月，中国诗简直"淹没了英美诗坛"。④

意象派诗人之所以迷恋于中国古典诗歌，并非纯属猎奇，或给自己的诗添些异国风味，他们觉得中国古典诗歌与意象派的主张颇为吻合，可以引这个有几千年历史的文明来为自己的主张作后盾。庞德说："正是因为有些中国诗人，满足于把事物表现出来，而不加说教

---

① 埃兹拉·庞德（Ezra Pound），美国现代重要诗人。此人二次大战时期投靠墨索里尼，战后被美军逮捕，以叛国罪受审。但他是现代诗歌一些重要运动的发起者，在美国诗坛的影响近年来越来越大。对他的诗歌创作和理论，有必要做认真研究。

② <Literary History of the United States> by Robert E. spiller Willar Thorp 等，（Mac Millan and Co. 1974，四版），p. 1338.

③ Kenneth Rexroth <100 Chinese Poews>附文献书目注释。

④ <Digest of World Literature>卷四，Poetry of Ezra Pound。

或评论，所以人们不辞繁难加以迻译。"① 所以，意象派之与中国古典诗歌结合，是有一定因缘的。"按中国风格写诗，是被当时追求美的直觉所引导的自由诗运动命中注定要探索的方向"。② 而著名汉诗翻译家卫律（Avthur Waley）在一九一八年出版的《中国诗 170 首》甚至被文学史家认为是"至今尚有生命力的唯一意象派诗歌"。③

意象派从中国古典诗歌学到的技巧可以归结为以下三点。

一　"全意象"

庞德对汉语文字学的无知引出非常有趣的结果。当时庞德对汉字可以说目不识丁，他是根据一个研究日本文学的"专家"费诺罗萨死后留下的对汉诗逐字注释的笔记进行翻译的。据费诺罗萨的观点，中国诗中的方块字仍是象形字，每个字本身就是由意象组成的，因此中国作家在纸上写的是组合的图画。例如太阳在萌发的树木之下——春；太阳在纠结的树枝后升起——东。这样中国诗就彻底地浸泡在意象里，无处不意象了。于是庞德找到了扫荡浪漫主义诗歌抽象说理抒情的有力武器，④ 而为意象主义最早的理论家赫尔姆的想入非非的主张"每个词应有意象粘在上面，而不是一块平平的筹码"⑤ 找到了有力根据。一九二〇年庞德发表《论中国书面文字》（Essay on Chinese Written Characters）一文，详细阐明了他的看法，引起学界哗然。

但是庞德不顾汉学家的批评，坚持他的看法。虽然比他早几个世纪的培根和莱布尼茨就对中国字大感兴趣，但庞德搞出了对中国字魔

---

① Ezra Pound <Chinese Poetry>，转引自 Wai-Lim Yip, <Chiner Poetry—Major Modes and Genres> (University of Califonia Press, 1977) p. 29。

② Hugh Kenner <The Pound Era> (Faber and Faber, London, 1972), p. 196.

③ <The Chinese Encyclopedia of Modern World Literature>1963, p. 458.

④ <Guide to American Literature from Emily Dickenson to the Present Day > by James T. Callow. Robert J. Reilly, 1973.

⑤ 见 Hulme 笔记，转<ImagismandtheImagists>by, GlennHughes (Bowes, London. 1960) p. 20。

刀的崇拜。他的长诗《诗章》中经常夹有汉字，好像方块字有神秘的象征意义。

但他更经常做的是从方块字的组成中找意象。《论语》的"学而时习之，不亦乐乎"，被他反用入诗句：

> 学习，而时间白色的翅膀飞走了，
>
> 这不是让人高兴的事。
>
> 《诗章》第七十五章

这个"白色的翅膀"是他从習字分化出来的。

甚至在翻译中庞德也这样搞。一九五四年他出版《孔子颂诗集》，即《诗经》译文。《大雅·崧高》首句："崧高维嶽"被他译成：

> 高高地，盖满松林的山峰，充满回音……

"崧"字中，被他抓出了"松树"与"山"，而"嶽"中被他挖出了"言"。这句诗挺美的，只是作为翻译未免太过。幸好，庞德翻译著名的《汉诗译卷》时，还未能自己辨认汉字，只是根据别人的注释翻译，所以没有过分失真。

庞德虽然把中国古典诗歌"意象主义"的原因搞错了，但他的错误是个幸运的错误，他的直觉是正确的，他敏感地觉察到中国诗是意象派应该学习的范例。不少中国古诗，尤其是唐诗，的确是浸泡在意象之中。我随便举一些选本必录的名诗为例：刘长卿《送灵彻》，韦承庆《南行别第》，韦应物《滁州西涧》，张继《枫桥夜泊》，杜牧《山行》、《寄扬州韩绰判官》，温庭筠《咸阳值雨》，等等，这些诗都可入意象派诗集。我们可以发现唐诗中的"意象诗"大多是绝句，律诗起承转合结构分明，往往必须从具体意象"拔高"，而绝句比较自由，可以只在意象上展开。宋之后，以理入诗，"意象诗"就少了。同样情况也在词中出现：小令比长调多"意象诗"。

庞德的错误之所以是"幸运"的，其第二个原因是，从汉语文字学称为"会意字"的那一部分字的象形构成中，的确能够发掘出新鲜而生动的意象。让我们看意象派诗人弗莱契描写黄昏的诗句：

现在，最低的松枝
已横画在太阳的圆面上。

《蓝色交响乐》第五章

显然，他是从"莫"（暮）字中得到启发。类似的例子使评家说他写此诗时"处在中国诗决定性的影响之下"①。

二　"脱节"

一九一三年意象派诗人弗林特在《诗歌》杂志上发表文章，提出著名的意象派三原则，要求"绝对不用无益于表现的词"。这条过分严酷的原则，意象派诗人自己也无法贯彻初衷，所以后来再不见提起。但是汉语古典诗歌，由于其特别严谨的格律要求以及古汉语特殊的句法形态，往往略去了大部分联结词、系词以及各种句法标记，几乎只剩下光裸裸的表现具体事物的词。这样，中国古典诗歌就取得了使用英语的意象派无法达到的意象密度。

这种情况，使意象派诗人十分兴奋。但接着就出现了如何把中国诗的这种特殊品质引入到英语中来的问题。庞德这样翻译李白的诗《古风第六》中"惊沙乱海日"一句：

惊奇。沙漠的混乱。大海的太阳。②

开创了"脱节"翻译法的先例。

---

① Glenn Hughes<lmagism and the lmagists>（Bowes&Bowes, London, 1960），p. 137.

② 原文 Surprised. Desert turmoil. Sea sun。

　　对于这个问题，加利福尼业大学中国文学与比较文学副教授、华裔学者叶维廉最近作了仔细的研究。他以杜审言的两句诗为例：

　　　　云霞出海曙，梅柳渡江春。

他觉得可以译成：

　　　　云和雾在黎明时走向大海，
　　　　梅和柳在春天越过了大江。①

但不如译成：

　　　　云和雾
　　　　向大海；
　　　　黎明。

　　　　梅和柳
　　　　渡过江；
　　　　春。

　　为什么？因为"缺失的环节一补足，诗就散文化了"。② 的确，翻译时，加上原诗隐去的环节，就是解释词之间的关系，而解释是意象派诗人最深恶痛绝的事。赫尔姆说："解释，拉丁文 explane 就是把

_____

　　① 据《唐诗选》（余冠英等注，人民文学 78 年版），杜审言此二句诗应解为："破晓时云气被朝阳照耀好像与旭日一起从海中升出；到江南见梅柳开花抽芽，似乎大自然一过长江就换上春妆。"

　　② Ezra Pound <Chinese Poetry>，转引自 Wai-Lim Yip，<Chiner Poetry—Major Modes and Genres> (University of Califonia Press，1977)，p. 9。

事物摊成平面"①，因此不足取。

但问题是，中国古典诗歌是不是真正"脱节"的？大部分古典汉诗的诗句，词之间的句法关系虽然没有写出，却是明摆着的，古典汉诗的特殊句法规定不必在字面上表达这些联系，但翻译时只有补起来才是忠实于原文。例如"惊沙乱海日"一句，就连鼓吹"脱节"译法的叶维廉自己的译本中也译作：

> 惊起的沙迷乱了"瀚海"上的太阳……②

但是他却认为柳宗元的《江雪》应译成：

> 孤独的船。竹笠。一个老人，
> 钓着鱼：冰冻的河。雪。

这是不足为法的。"脱节"法只有在个别情况下是我们欣赏诗歌时的惯例，也是翻译中应使用的办法；第一种如"枯藤老树昏鸦，小桥流水人家"，这些诗句本来就是由孤立的意象并列而成的；第二类如"人闲桂花落，夜静春山空"、"星垂平野阔，月涌大江流"这些诗句一句之中压入了两个基本上各自独立的意象，它们之间有点关系，但不必要去点明，我们欣赏诗歌时，能自动把两个意象联系起来，却不一定需要弄清二者究竟是什么句法关系；第三类如上文谈到的杜审言的诗句"云霞出海曙，梅柳渡江春"隐去的环节很玄妙，不是加几个词能解决的，这就强迫我们使用"脱节"译法。我们可以猜想，庞德当初写出"惊奇。沙漠的混乱……"这妙句，是因为他在费诺罗萨笔记上只看到每个字的解释，在"海"字上碰到难关而无法串解全句，这才想出的绝招。

---

① Halme <Further Speculation> (Lincoln Neb, 1955).

② 英文：Startling sand confounds the sun above the "Vast sea"。

同样的"脱节句"也出现在李白古风第十四首（庞德改题为《边卒怨》）的译文之中。"荒城空大漠"一句被译成：

> 荒凉的城堡，天空，广袤的沙漠。

这可能是原文"空"字过于难解而逼出来的翻译法。不管庞德的动机是什么，这样解除了句法环节只剩下名词的诗句，对于句法标记十分明确的印欧语系各语言，的确是叫人瞠目结舌的新东西。

庞德马上觉悟到他"以李白为师"学到了一种十分巧妙的诗歌技巧，他把这方法用到创作中去：

> 雨；空旷的河，一个旅人。
> ……
> 秋月；山临湖而起。
>
> 《诗章》第四十九

但在英语中，这样只剩下孤立名词的诗句，终嫌不自然。因此，中国古典诗歌的"脱节"法在意象派诗人手里朝另一个方向发展：保留一些句法关系标记，但在诗行写法上把它打散。庞德的名诗《地铁站台》当初在《诗歌》杂志上刊登时是这样写的：

> 人群中　出现的　这些脸庞：
> 潮湿黝黑　树枝上的　花瓣。

评者认为这是明显地想追求方块字意象脱节的效果。① 另一种是拆成短行的方法，这在意象派诗人中十分盛行。而威·卡·威廉斯这

---

① Wai-Lim Yip, <Chiner Poetry—Major Modes and Genres> (University of Califonia Press, 1977), p. 20.

首诗把每行压到只剩一个词（而且大部分是单音节词），似乎走极端，但实际上是实践了庞德的想法。

《槐花盛开》
就在
那些
翠绿

坚硬
古老
明亮

折断的
树枝
中间

白色
芳香的
五月

回来吧。

而庞德这首诗采用梯形写法：

忘川的形象，
　　　　　　布满微光的
田野，
　　　金色的
灰悬崖，

下面
是海
硬过花岗岩……
《大战燃眉·阿克塔孔》

在美国,"梯形诗"不是"马雅可夫斯基体",是威·卡·威廉斯首先在较长的诗中稳定地采用这种写法,或许应该称"威廉斯体"。

间隔、短行、梯形三种写法,同样是追求使意象"脱节"孤立起来的"聚光灯"效果,加强每个意象的刺激性,同时使人感到意象之间的空间距离。这样,显然句法联系标记保留了,但读者被引导去体会意象之间比句法关系更深一层的联系。

三 "意象叠加"

然而,意象派师法中国古典诗歌还学到更多的法宝。

一九一一年的某一天,庞德在巴黎协和广场走出地铁,突然在人群中看到一张张美丽面容,他怦然有所动。想了一天,晚上觉得灵感来了,但脑中出现的不是文词,而是斑驳的色点形象。他为此写了三十行诗,不能尽如人意;六个月后,改成十五行,仍不能满意;一年之后,他把《地铁站上》这首诗写成目前的形式:只有两行。

人群中出现的这些脸庞:
潮湿黝黑树枝上的花瓣。

这首极短的诗,是意象派最负盛名的诗作,"暗示了现代城市生活那种易逝感,那种非人格化。"① 从诗的意象本身看不出这种"暗示",这些丰富的联想大部分产生自这首诗奇特的形式。

---

① Wai-Lim Yip, <Chiner Poetry—Major Modes and Genres> (University of Califonia Press, 1977), p. 79.

　　有人认为这首诗是学的日本俳句①，这只是从表面上看问题，实际上这种技巧是从中国诗学来的。早在得到费诺罗萨的笔记之前，庞德就对中国诗如痴如醉，那时他从翟理斯的《中国文学史》② 中直译的诗歌译文中找材料进行改译。让我们将他改译的一首诗逐字反译成现代汉语：

> 　　丝绸的窸窣已不复闻，
> 　　尘土在宫院里飘荡，
> 　　听不到脚步声，而树叶
> 　　卷成堆，静止不动，
> 　　她，我心中的快乐，长眠在下面；
>
> 　　一张潮湿的树叶粘在门槛上。

　　这最后一句显然是个隐喻，但采用了奇特的形式，它舍去了喻体与喻本之间任何系词，它以一个具体的意象比另一个具体的意象，但两个意象之间相比的地方很微妙，需要读者在想象中作一次跳跃。庞德称他在中国诗里发现的这种技巧为"意象叠加"（Supesposifion），《地铁车站》就是袭用这种技巧的，因此有的文学史家称这首诗是应用中国技巧的代表作品。③

　　庞德认为这种叠加，才是"意象主义真谛"④ ——"意象表现瞬

---

　　① Earl Miner<The Japanese Tradition in British and American Literature> （Princeton University Press, New Jersey, 1958） p. 117.

　　② Herbert A.Giles, *A History of Chinese Literature*，此书与法国 Judith Gautier 所作《Le Livre De Jade》同为意象派学习中国古典诗歌的教科书。

　　③ <Digest of World Literature>卷四，Poetry of Ezra Pound.

　　④ 一九一三年意象派诗人弗林特在《诗歌》杂志上发表文章，形式上是与一个意象派诗人（即庞德的化身）的对话，稳重提出了著名的意象主义三原则。但之后被访者又提到一个"意象主义真谛"，问者求一解释，而对方故作神秘默而不答。直到一九一五年庞德已脱离意象派后，才在一篇回顾性的文章中解释了这种"复合体"概念。

间之中产生的智力和情绪上的复合体。"作为意象的定义，庞德的说法是错误的；意象不一定要有比喻关系，很多意象是直接描写事物的所谓"描述性意象"，更不能说只有这种形式特别的隐喻才是真正的意象。

但是这种意象叠加手法，的确有奇妙的效果；它使一个很容易在我们眼前一滑而过的比喻，顿时变得十分醒目，迫使读者在一个联想的跳跃后深思其中隐含的意味。

让我们看庞德那首译诗的原文：据传为汉武帝刘彻所作的《落叶哀蝉曲》①

> 罗袂兮无声，玉墀兮尘生。
> 虚房冷而寂寞，落叶依于重扃，
> 望彼美之女兮安得，感余心之专宁。

这里，"落叶依于重扃"嵌在诗当中，乍一看似乎是实写景，并不是隐喻。但这可能正是我们对我国古典诗歌中一些意象技巧的敏感性反不如意象派诗人的地方，意象派诗人在选取最富于诗意的意象上，的确独具只眼。

"叠加"在中国古典诗歌中，并不是罕见的例子。很多诗句中的"叠加"，不需要意象派诗人用冒号、破折号、分行、空格等办法来揭醒注意，我们也认得出。下面是随手采集的一些例子。（因为只录下个别诗句，上下文意义不分明，我在叠加部分（喻体）下画一条线）

有正常次序的：

> 照影溪梅，怅绝代佳人独立。

---

① 此诗据说是汉武帝思怀李夫人所作，见于前秦方士王嘉所传《拾遗记》，该书语多荒诞，这首诗恐怕是后人依托。但近人也有认为并非伪作的。

辛弃疾《满江红·题冷泉亭》。

有倒过来的：

雨中黄叶树，灯下白头人。
司空曙《喜外弟卢纶见宿》

落叶他乡树，寒灯独夜人。
马戴《灞上秋居》

也有与喻体挤入一句之中的：

自把玉钗敲砌竹，
清歌一曲月如霜。
高适《听张立本女吟》

这种手法，一经庞德倡用，其他意象派诗人也竞相采用。我们可以举奥尔丁顿的诗为例：

《R.V 和另一个人》
你是敏感的陌生人
在一个阴霾的城里，
人们瞪眼瞧你，恨你——
暗褐色小巷里的番红花。

爱米·洛威尔下面两首诗把喻体放在前面：

《日记》
狂风摇撼的树丛里，颠荡着银色

的灯笼，

老人回想起

他年青时的爱情。

《比例》

天空中有月亮，有星星；

我的花园中有黄色的蛾

围着白色的杜鹃花扑腾。

　　赫尔姆曾要求，"二个视觉意象形成我们可以称之为视觉和弦的东西，联合起来提示一个与二者都不同的意象。""视觉和弦"这个名称倒也生动。意象派诗人在中国古典诗歌中找到了把一个寻常比喻变成含不尽之意见于言外的"视觉和弦"的技巧，并给予更醒目、更生动、也更富于诗意的形式。

　　总的来说：中国古典诗歌给意象派带来的影响是健康的、有益的。除了上面说的三点具体处理意象的技巧外，我们还应当指出下列两个问题：

　　一九一二年费诺罗萨的寡妻在《诗歌》杂志上看到庞德的意象主义诗作，觉得写出这种风格的诗的人，是完成其丈夫遗业的合适的人选，因此，她把一五〇本笔记本交到了庞德手中，庞德这才开始翻译中国诗。

　　我们不能说意象派是从中国古典诗歌发源的，只能说中国诗丰富了意象派诗人的技巧，加强了他们的信念。

　　意象派在英美兴起时，正是欧洲大陆上后期象征主义向达达主义和超现实主义过渡而执欧洲诗坛牛耳的时期，意象派诗人不可避免要以法国象征主义为师，但意象派的诗歌与象征主义很不相同：意象派诗歌大都色彩比较明朗、清晰、诗情藏而不露却并不难懂，很少如象征主义诗歌那样的晦涩，那样充满过于费人猜想的象征。这显然与中国古典诗歌意象的轻捷明快有关。"中国诗歌的自由诗译文是对后期象征主义趋势的矫正剂。"①

　　意象派诗人不仅热衷于翻译、改作、模仿中国诗，向中国诗学技巧，进而在选材上、意境上向中国古典诗歌学习。爱米·洛威尔甚至写了一组著名的诗，《汉风集》(*Chinoi Series*)。我们试举一首为例：

　　　　飘雪

　　　　　雪在我耳边低语。
　　　　　我的木屐，
　　　　　在我身后留下印痕.
　　　　　谁也不打这路上来，
　　　　　追寻我的脚迹。
　　　　　当寺钟重新敲响，
　　　　　就会盖没，就会消失。

　　虽然木屐是日本货，这首诗仍有点李清照的情调。的确意象派诗人学中国诗，企图超出形似而追求神似的努力，似乎没有白费。

　　同时意象派学中国诗并非一味效颦。中国古典诗歌几乎全部意象是从大自然景色中选取的，这是几千年农业社会经济生活的反映。作为现代诗人，就不能讳言城市生活。我们在意象派诗人的作品中看到不少将城市意象与大自然意象糅合入诗的好例。庞德的《地铁站台》效果奇妙原因之一就是将一个大自然意象贴合在一个城市意象上，充分利用了情调上的对比。弗莱契《幅射》中的某些章节也是两种意象糅合比较成功的例子。此外，意象派诗歌全部是自由诗，却比英语格律诗更好地表现了格律严谨的中国古典诗歌的风貌，这也是意象派的一个成功的探索，开了汉诗翻译一派的先河。

　　意象派诗作之短小凝练也与东方诗歌有关。固然，意象派的原

---

　　① Hugh Kenner <The Pound Era> (Faber and Faber, London, 1972), p. 196.

则——以情绪串接意象——使他们的诗能展开的长度和深度都很有限，难以对生活中的重大课题作深入探讨，但就某些题材来说，抒情诗的短小又何尝不是优点？《地铁站台》定稿那二行不比初稿的三十行更令人激赏？

固然古希腊有二三行的短诗，但在罗马人手里短诗就成了写讽刺诗的专用形式。英国首先学拉丁诗的本·江生和海利克等人更把短诗搞成俏皮的警句诗。浪漫主义诗人雨果等开始写严肃题材的短诗，但短诗之盛行，是在东方诗歌影响下形成的。十九世纪法国人对俳句之醉心，有如文艺复兴时代英国人对十四行诗的狂热。而俳句促进了法国现代诗歌走向凝练的趋势。① 固然，很早就有人提出所有真正的诗必须是短诗，但那是针对密尔顿的《失乐园》或华兹华斯的《序曲》那样太冗长的诗而言的。② 大量忏悔诗短到只有二至五行，这是东方诗歌形式的影响所致。

意象派诗人向东方诗学习，首先从日本诗开始，这有历史原因。十九世纪上半期（1800—1870）法国文艺界盛行中国热，而下半期（1865—1895）盛行日本热。意象派受到法国诗歌影响，首先搬过来的自然是日本热。

但意象派主要迷恋于日本诗形式的精巧简练，无韵的日本诗又似乎可为他们的自由诗主张张目。自从庞德倡学中国诗后，意象派发现中国诗内容和技巧都更丰富，因此出现了一个矛盾的情况：爱米·洛威尔把自己的一本诗集取名为《飘浮世界的图景》，名字套自日本传统版画名称"浮世绘"，弗莱契的诗集干脆名之为《日本版画》，但评者认为其中的诗"与其说是象日本诗，不如说象中国诗"。③

意象派学日本诗是承法国余风，而学中国诗基本上是独辟蹊径，他们在这里得到更大的收获。意象派是如此深地打上中国印记，以至

---

① Earl Miner<The Japanese Tradition in British and American Literature>（Princeton University Press，New Jersey，1958），p. 129 引 Schwatz 语。

② T. S. Eliot<Poetry and Prose>一文。

③ Glenn Hughes<lmagism and the lmagists>（Bowes&Bowes，London，1960），p. 137.

有的文学史干脆名之以"意象主义这个中国龙"，来与"象征主义这条法国蛇"并称，① 作为现代美国诗歌国外影响的两个主要来源。

说清这个问题，倒不是与日本人争强赌胜，而是还历史本来面目。我们民族文化对世界的影响，这个荣誉，不便拱手让人。

而意象派学中国诗的经验，对我们今天研究我国古典诗歌是很好的借鉴。我们的新诗向古典诗歌学习至今难说已有很大成效。有的人刻意模仿，却把古典汉语也搬了进来，弄得半文不白；有的诗作意象陈旧，像仿古的园林，放不进现代建筑。意象派当然也有学得很肤浅的作品，但他们深入解剖中国古典诗歌的"意象元件"，在创作中发展中国诗的技巧；他们能用自由诗形式表现中国古诗意趣；他们把中国诗式的大自然意象与现代城市风光糅合——这些，都应当对我们有所启发。

（原载《外国文学研究》1979 年第 4 期）

---

① <From Whitman to Sandburg in American Poetry> by Bruce Weirick. （New York 1934) p. 145.

《万叶集》对《诗经》的借鉴

工晓平

　　我国最早的诗歌总集《诗经》，编成于约二千五百年前的春秋时代，收集了周初到春秋中叶约五百年间的合乐歌词，其产生地域相当于今天陕西、山西、河南、河北、山东、湖北数省的广大地区。作者既有人民群众，也有贵族士大夫。这部作品，对我国后代文学产生了多方面的影响。

　　在《诗经》产生以后约一千年的唐代，在与我国一衣带水的日本，伴随着两国长期的文化交流，诞生了一部宏伟的和歌总集——《万叶集》。

　　《万叶集》共收和歌约四千五百首，最古老的作品产生于仁德天皇在世时代，最晚的和歌产生于淳仁帝时。这期间约四百四十年。其作者上至天皇，下至广大普通民众。作者包括以大和（今奈良县、日本古国）诸地方为中心，直到陆奥、东国、北陆、九州各地的和歌作者和来这些地方旅行的人。《万叶集》的诞生标志着日本文学发展跨进了一个崭新的阶段。它是日本文学发展的第一个里程碑。

　　《万叶集》和《诗经》在思想、艺术和艺术价值方面，都有一些共同点。《万叶集》编撰本身和其中一些作品，还曾受到《诗经》的影响。同时，这两部古典文学作品，又都表现出各自文学的民族特色。对它们进行对比研究，可以帮助我们窥见古代中日两国文学交流之一斑。在这篇短文中，仅就《万叶集》对《诗经》的借鉴问题，谈一点不成熟的看法。

一

《万叶集》和《诗经》具有一些共同的特点。首先是它们的丰富性。两部歌集所收诗歌，作者十分广泛，诗歌多方面地描写了现实生活，表现了不同阶级和阶层的人们的切实感受。《诗经》的作者，既有天子诸侯的贴身近臣、史官、武将，也有猎手、农夫，弃妇、乞丐。那些出于下层的反剥削、反压迫的诗歌，反映了当时社会中本质的现象；那些来自民间的情歌，歌颂了劳动人民纯洁、真挚、纯朴的爱情；那些产生于统治阶级内部的怨刺之作，揭示了社会动乱及统治阶级内部的矛盾；那些下层官吏抒发内心忧愤不平的诗歌，勾勒出一幅社会上苦乐不均、劳逸悬殊的画图。这些诗篇从不同的侧面，为我们展示出广阔的人生画卷。同样，《万叶集》的作者，从身份和阶级来看，上至天皇，下至东国地方的农民、军人、流浪女子。这样广搜博采，使《万叶集》的和歌具有丰富多彩的内容。和《万叶集》相比，《敕撰集》选歌就显得狭隘和死板得多。从《万叶集》中，我们可以看到"班田制"下农民饥寒交迫的惨状，也可以读到被征调而远离家乡的防人对恋人的思念。我们为富士山下迷人的风光所陶醉，也为东国女子缠绵的情意所感动。皇族的作品使我们看到当时激烈派阀斗争的影子，宫廷诗人们的作品字里行间吐露着苦闷和哀痛。可以说，一部《万叶集》是当时社会的一个缩影。在艺术上，这两部歌集都具有多种风格的美。《诗经》中，特别是《小雅》和《国风》中那些优秀篇章，如《板》、《荡》的怨深恨切，《大东》、《鸿雁》的不平之鸣，《采薇》、《黄鸟》的声情凄婉，《硕鼠》、《伐檀》的炽烈反抗，以及《野有死麕》、《静女》的脉脉深情，都会使我们受到巨大的感染。《万叶集》中，除收了大量的短歌外，还收集了施头歌、佛足石歌等。歌集有着《人代集》以下的诗集中看不到的千姿百态。柿本人麻吕的作品使人感受到壮阔宏大的美，如名山大川在人目前，东歌、防人歌使人看到素朴敦厚的美，如山野清风轻拂人面，这些都是后代和歌史上缺乏的独特的东西。《万叶集》反映社会生活面的广阔、选材的丰富、语言的多样、情趣的复杂，使后世一些歌人和评论家如正岗子规和左千夫等倍加赞赏和推崇。①

其次，在于它们的现实主义精神。除了那些谀媚权贵的作品外，《诗经》中的优秀篇章，都恰如刘勰所说"风雅之兴，志思蓄愤，而吟咏情性，以讽其上，以为情而造文也"。② 这些诗篇，不是达官贵人、骚人墨客的无病呻吟，而是人们把诗歌创作和政治紧密联系起来，针砭社会、讽谕假恶丑、赞颂真善美的"言志"之作。这种现实主义精神，影响着历代进步诗人，促进了大量具有讽刺意义的作品产生。和这十分相近的是：真实性，也就是子规赞为"真诚"的一点，也是《万叶集》的显著特色。不少歌人的创作毫无虚情假意，反映社会不加粉饰，吐露真情实感而不忸怩作态，读者能从歌中听到歌人的心声和脉搏的跳动，从而受到强烈的感染。除去奈良中期以后的宴饮、相闻、季节歌以外，《万叶集》中大部分和歌充满了现实主义精神，在表现方法上，也采用"写实"的手法，往往是选取现实生活中的素材，真实地抒情写意，而不是着眼于再现梦幻、陈述空想、臆构虚境。

对于民歌的重视，为这两部作品在文学史上增添了灿烂的光彩。《诗经》中的《国风》及《小雅》中和风诗相近的作品，或痛斥剥削者、寄生虫，或咏歌狩猎、耕作和采集，或赞美始终不渝的爱情。同是恋歌，有大胆率直的表白，也有微妙细腻的心理活动，有活泼纯真的对话，也有弃妇、赘婿的悔怨。这些民歌，玲珑剔透，闪耀着迷人的艺术之光。它们风格各异，而具有共同的特色：健康、直率、纯朴。《万叶集》中，卷十四的东歌、卷二十的防人歌、卷十三的歌谣，都是产生于山乡水滨的民谣。这些民谣，直接描写了生活在底层的人民的喜怒哀乐，带着浓郁的生活气息。他们直接使用方言和乡音，抒写他们健康的生活情趣。从这些歌谣中，我们可以直接感受到

---

① ［日］木宫泰彦：《日本文学辞典》。

② （南朝·梁）刘勰：《文心雕龙·情采》。

日本劳动人民淳朴、真挚、善良的情怀。它们和《诗经》中的优秀篇章一样，是"饥者歌其食，劳者歌其事"之作，其健康、纯真的情感，是那些高踞于庙堂之上的贵族文学、侍从文学无法相比的。在《万叶集》以后的日本古典歌集中，很难找到这样多优秀的民谣了。

再次，这两部歌集都产生于各自民族文学发展的幼年期，今天都具有极重要的研究价值。《诗经》为我们研究我国古代社会的历史、经济、音韵、文字，甚至地理、生物等提供了丰富的材料。同样，《万叶集》除了艺术价值之外，还有着重要的学术价值。它和《日本书纪》《古事记》一起，理所当然地被作为了解古代历史、风俗习惯、思想等的重要材料。特别是在探索中古代日本语言学及日本文学史的研究方面，它可以称得上最集中的资料了。探寻日本长歌的衰亡、短歌的诞生、日本民族文学意识的发生、古代文学的性质，等等，都必须回顾《万叶集》。①

看来，中国的《诗经》和日本的《万叶集》在某些方面确是"何其相似如兄弟"。这当然不纯属历史的巧合。仅从文学的角度讲，从日本内部看，和歌到万叶时代已有很大发展，有可能编撰这样一部规模宏大的和歌集；从外部的影响来看，唐朝是我国诗歌空前繁荣的时代。日本为了吸收汉文化，进行了巨大的努力。汉文学的影响推动，促进了日本民族文学的发展。读完《万叶集》，我们可以想见，当时的人们是怀着怎样浓厚的兴趣和强烈的求知渴望，学习着中国古代和当时的文艺作品。他们写的诗，像唐诗一样深入浅出、明白如话；他们作的文，骈四俪六辞采华艳，颇具齐梁遗风，也正反映了初唐时的文风。当时的人们从唐文学中吸收了多方面的有益的东西，也从中国古典文学作品，其中包括《诗经》中吸取了多方面有益的东西：真实地反映社会现实的"写实"精神，比兴的表现手法，对民歌的喜爱，大量汉语俗语的运用。这种借鉴和学习，成为《万叶集》能够编撰完成的重要条件之一。

———————

① 转引自［日］安田章生《日本诗歌的正统》。

二

我们今天阅读《万叶集》，仍然可以找到许多足以说明它对《诗经》有所借鉴的论据。这首先表现在语汇上。正冈子规认为，大量地运用汉语俗语是《万叶集》的特点之一。在《万叶集》中，就有一些语汇，直接来源于《诗经》。如卷七的"羁旅作歌"：

夏日忙刈麻，烟波浩莽海上郡，在那大海滨，绿竹如箦百鸟鸣，喊妹妹不应。

这里的"绿竹如箦"，出自《卫风·淇奥》："瞻彼淇奥，绿竹如箦。"又如十一卷的"寄物陈思"：

隔窗望，皎皎明月光。山风劲吹夜，思君意深长。

这里，描写明月照耀，用的是日语"临照"一词，脱胎于汉语"照临"一词，这也恰出自《诗经》中《邶国·日月》："日居月诸，照临下土。"

再如，卷十二的《悲别歌》，原文是：

京师边　君者去之乎　孰解乎　言经绪兮　结乎懈毛

意译如下。

阿哥你不在，你去京城人在外，谁来解衣带？让我来解懒得解，没精又打采。

这首短歌描写心爱的人远去之后心烦意乱的情景，和《卫风·伯兮》宛如姊妹篇。"自伯之东，首如飞蓬；岂无膏沐，谁适为容。"心上的人出门了，连打扮的心思都没有了，生活也好像变得索然无味了。一种深深的怀念之情在凝练的诗句中吐露出来。在这里，作者把

"吾经绪兮"写成"言经绪兮",让"言"来代替"吾",可能是受了郑笺的影响。郑玄把《诗经》中不少本来用作语首助词、语中助词的"言"字,都解作"我"。

> 《周南·葛覃》:"言告师氏,言告言归。"
> 郑笺:"言,我也,重言我者,尊重师教也。"
> 《周南·芣苢》:"采采芣苢,薄言采之。"
> 郑笺:"薄言,我薄。"
> 《卫风·氓》:"言既遂矣,至于暴矣。"
> 郑笺:"言,我也。遂,犹久也。"

像这样直接从《诗经》中吸取的语汇,如"鸡鸣"、"展转",等等,还可以举出一些。

从表现手法上看,重视比喻,是《万叶集》受《诗经》影响的又一个重要方面。《诗经》里大量运用比兴的手法,获得显著的艺术效果,对后代文学产生了不小的影响。在我国,汉代已较普遍地注意到赋比兴是诗歌的艺术手法。齐梁时期刘勰在《文心雕龙》中对比兴作了专篇论述,并以《诗经》为例,对比兴的作用、要求做了比较全面的论述。赋比兴作为我国古代诗歌创作的一个优良传统,引起日本歌人的注意。《万叶集》中,有一种被称为"譬喻歌"的相闻歌,是完全借用他物以言志的一种体裁。作者并不直抒胸臆,而是把借用来的他物作为主体。在被称为"寄物陈思"的相闻歌中,也使用着比喻的手法。在这些和歌中,有的比喻和《诗经》中使用的比兴,具有相同或相近的含意。

"关关雎鸠,在河之洲,窈窕淑女,君子好逑"。《关雎》是《诗经》的首篇。诗中以河洲之中雎鸠成双成对和谐地鸣叫起兴,赞美有情人幸福的结合。在这里,雎鸠这种常在江边水中捕鱼的水鸟是爱情美好的象征。在《万叶集》中,雎鸠或写成水沙儿,或写成三佐吴、三沙吴、美沙,它被作为美丽的形象出现在爱情的画图中。如卷十一

的《寄物陈思》:

> 雎鸠在海滨,大海茫茫波涛涌,拍岸浪纷纷,不知你亦往何方,我的心上人。

又如卷十二的《寄物陈思》:

> 飞落雎鸠鸟,深深海底长海藻,海藻名"莫名",阿哥芳名决不讲,母父虽知晓。

卷十二的《悲别歌》:

> 雎鸠在洲畔,洲畔有条离岸船,桨起船去远。心上人儿可在船,日后难相见。

这首歌作为送别诗,使我们想起《邶风·二子乘舟》:

二子乘舟,	他们俩坐着一条船,
汛讯其景;	水上的船影摇颠颠;
愿言思子,	对他们心头多挂牵,
中心痒痒。	为他们揪心心不安。
二子乘舟,	他们俩坐着一条船,
汛讯其逝;	山船儿飘飘欲行远;
愿言思子,	对他们心头多挂牵,
不瑕有害。	他们该不会遭祸患。

《邶风·二子乘舟》和《悲别歌》在表现手法上是相同的,都是抓住水边送别、行舟远去的一瞬间心中的感受,抒写离情别绪和对重新相会的祝愿的。

在《诗经》中，棠棣以它那色彩艳丽、芳香扑鼻的繁花，给人留下美好的印象。《召南·何彼襛矣》，诗人是这样深情地盛赞它襛丽的花姿：

> 何彼襛矣，　　它多么艳丽惹人爱，
> 棠棣之华；　　那正是棠棣花儿开；
> 曷不肃雝，　　那车铃响得多和美，
> 王姬之车。　　正是那王姬车儿来。

毛传："兴也，襛犹戎，戎也。唐棣，栘也。"郑笺："何乎彼戎，戎者乃栘之华，兴者喻王姬颜色之美盛。"作者由棠棣的美艳联想到王姬的美貌，为诗涂上一层欢快的色彩。又如《小雅·棠棣》：

> 棠棣之华，　　棠棣花儿朵朵明丽，
> 鄂不韡韡；　　花萼也就光彩照人。
> 凡今之人，　　当今世上所有人们，
> 莫如兄弟。　　有谁能比兄弟更亲。

诗人从棠棣芳香明丽的花朵起笔，写到兄弟之间美好的情谊，棠棣使人产生美的联想。在《万叶集》中，棠棣也同样使我们感到赏心悦目，总是和美好的事物联系在一起。如卷十二：

> 棠棣艳，如阿妹，身着红装，梦中曾会面。

不仅如此，它还被用来作为鲜艳的粉红颜色的代称，被作为某些词的枕词（和歌中冠在某词上用以修饰或调整语调并无任何意义的词）。

类似的例子不胜枚举。如遍地蔓延、连绵不断的葛藤，被用来比喻缠绵不绝的情意，或被用来比喻游子远离故土和亲人四方漂泊的遭遇；往下弯曲的椤木覆盖着葛藤，用来比喻福禄代代相继，等等。这些比喻，恰恰是在《诗经》中首先出现，并在后代被人多次引用的。

在《诗经》中，那些怨刺之作曾使许多后世的有进步倾向的作家产生强烈的共鸣。这些诗篇是作者满怀忧国忧民之情奋笔直书的，对最高统治者的荒淫无耻、糊涂昏庸、反复无常、听信谗言、任用小人提出的控诉，对劳动人民的苦痛表示了同情。这些诗篇使人惊醒，让人们把视野从统治阶级的上层转向劳动群众。在《万叶集》中，我们从山上忆良的作品中，可以感受到这种强烈的忧愤。山上忆良曾被任命为遣唐少禄（遣唐随员）来过中国。他学识渊博，从他后期的诗作中，可以看到儒家思想的巨大影响。他写的《贫穷问答歌》，直接继承了《诗经》的现实主义精神①。

《贫穷问答歌》是一首由两个贫苦农民的对话组成的长歌，写"班田制"下穷困潦倒的农民，在寒冷的风雪之夜，御寒无术，冻馁难熬，手持笞杖的里长还来追逼骚扰。作者描写一家妻儿老小在破败的矮屋里挨冻受饿的情景："灶里无火灶烟断，锅里有蛛网丝缠。"这和《豳风·七月》里"无衣无褐，何以卒岁"的控诉，情感是相通的。《豳风·东山》曾用"伊威在室，蠨蛸在户，町畽鹿场，熠耀宵行"极写征人离家之后故园的荒芜。作者抓住屋内的潮虫、门上的蜘蛛、院内的鹿迹、飘动的磷火，写尽了庭院的冷落和荒凉。而在《贫穷问题歌》中，作者用寒夜中灶无烟火、锅有蛛网、人忘炊，写出了久已绝粮的惨状。两诗的作者都是用典型化的细节来表达了凄楚、哀怨的愁苦之情。《贫穷问答歌》激愤地质问；

　　　虽云天地广，

　　　何以于我却狭褊？

　　　虽云日月明，

　　　何以照我无火焰？

---

① 《万叶集》第 5 卷。

　　读到这里，我们自然会想起"谓天盖高，不敢不局；谓地盖厚，不敢不蹐"（《小雅·正月》）的有力揭露。这种从现实生活痛苦遭遇中体察到的对天地、日月信仰的动摇，是可贵的，都是作者对不平的现实强烈不满的反映。

　　在《贫穷问答歌》的结尾，作者愤怒地喊出"难飞高，身非鸟"。这和《邶风·柏舟》中的"静言思之，不能奋飞"同样蕴藏着反抗的火焰：他们都想离开这丑恶的现实，飞往自己心目中的理想王国，然而却找不到实现这个愿望的道路。

　　我们从《万叶集》中运用的汉语俗语，比兴方法和某些作品的思想和艺术技巧看，《万叶集》的编撰和其中某些和歌，对于《诗经》是有所借鉴的。这里需要说明的是，《万叶集》受汉文学的影响是多方面的，不仅是《诗经》这一部书在那里孤立地起作用。同时，万叶歌人采用的是日本人民喜闻乐见的和歌形式，描绘的是日本民族的社会生活，抒发的是自己的民族情感。他们的借鉴是大胆的、多方面的，同时又基本上是"中为日用"的，和当时某些为卖弄学识、自命风雅而纯粹模仿写出的汉文、汉诗不同。近江朝以后，贵族们从国家的一切制度乃至服饰，都尽量从唐朝移植。柿本人麻吕以后，在贵族社会中汉诗成了官方文学[①]。这种文学的"全盘唐化"，终被证明是没有生命力的东西。虽然它在传播知识方面起了不小的作用，但和深深扎根于民族土壤的和歌相比，它不过是纸扎的鲜花，终究缺乏新鲜动人的魅力。然而，《万叶集》却因其真实地反映日本古代社会风貌而作为具有无限生命力的古典作品，散发着诱人的清香，一直流传至今。

　　回顾唐代日中两国的文学交流，对照研究《诗经》和《万叶集》，对我们很有启发。我们为自己的祖先编撰的一部伟大的《诗经》自豪，在世界文学宝库中，它的确堪称一颗光彩夺目的明珠，值得我们珍视。同时，我们对日本民族吸收外国文化所作的惊人努力，

---

　　① ［日］西乡倍绸等著《日本文学史》。

深感钦佩。《万叶集》的一些作者喜爱本民族的文学传统，而又勇于对外国的先进文化实行"拿来主义"，繁荣了民族文学的百花园。他们的经验对于我们今天创造社会主义新文艺的伟大事业来说，不也是很有意义的吗?

（原载《外国文学研究》1981 年第 4 期）

中国文学接受俄罗斯文学的多元取向

汪介之

20世纪中国文学发展演变的进程，始终伴有对外国文学的接受和借鉴，其中最为显著的是对俄罗斯文学的迻译和吸纳。但是，在20世纪的不同时期，中国文学对俄罗斯文学的接受却显示出不同的摄取侧重和价值取向。这一绵延一个世纪的文学接受史，不断刷新着国人心目中俄罗斯文学的原有图像，而且折射出接受者一方的历史传统、环境氛围、文化心理和现实需求及其转换，并显示出文学传播与接受的某些重要规律。

一 对19世纪俄国现实主义文学的吸纳

中国文学对俄罗斯文学的接受，始于19世纪末、20世纪初，至五四时代达到一个高峰期。这一时段包括中国新文学从诞生到其发展的第一个十年。在当时中国知识界广泛引入文艺复兴以来欧洲思想文化和文学成果的潮流中，19世纪俄罗斯文学受到国人的特别关注。据统计，五四以前，从1900年到1917年，我国翻译的俄国文学作品（含单行本和报刊译文）共为105种，其中主要是普希金、莱蒙托夫、屠格涅夫、列夫·托尔斯泰、契诃夫等19世纪作家的作品，也包括高尔基、安德烈耶夫等20世纪初期作家的作品。不过这一时期俄国文学作品在中国的译介，在全部外国文学作品中译本（文）总数中所占的比例还比较小，其中作品译本的单行本所占比例还不足5%。到五四前后出现了明显转折，迻译俄罗斯文学成为一种风气。自1917年底至1927年，我国共翻译出版外国文学作品单行本180余种，其中俄国文学作品 65 种，占翻译总数的 35% 左右。这些译作中，除了前一时期已有译介的作家作品外，还有果戈理、陀思妥耶夫斯基、奥斯特罗夫斯基、柯罗连科等 19 世纪作家的作品，以及部分 20 世纪初期作家的作品。

从那时起，俄罗斯文学便开始对中国新文学从总体格局、理论批评到创作实践各个层面产生直接的影响。正如鲁迅先生所说："俄国文学是我们的导师和朋友。"①以鲁迅为代表的一批先知先觉者，在建构中国文学的新格局、将中国文学引向现代的过程中，正是以俄罗斯文学为主要参照的。梁启超、王国维、李大钊、周作人在五四以前就撰文评介和推崇俄国文学，鲁迅则是卓有成就的俄国文学翻译家和研究者。茅盾、瞿秋白、郑振铎、巴金、郭沫若、郁达夫等人，在译介和研究俄国文学方面都做出了自己的贡献。叶圣陶、老舍、曹禺、王统照、赵景深、钱杏邨、胡风、路翎、艾芜、张天翼、冯雪峰、丰子恺等，也都同俄罗斯文学有着这样那样的联系。正如他们每一个人的文学活动都不是纯粹的个人行为，而是整个中国新文学运动的组成部分，他们对俄罗斯文学的译介、研究和接受，同样不是单个人的活动，而是融汇到了形成中国新文学的体系和格局这一大框架中。上述所有这些曾活跃于中国现代文坛上的作家、批评家，均以各具个性色彩的对俄罗斯文学的接受，参与了中国新文学总体格局的建构。正是由于他们的文学活动，中国新文学才得以受到俄罗斯文学的渗透与滋补，才开始显示出与后者相近的精神、基调和特色。

俄罗斯文学的民主主义、人道主义精神和"为人生"的主导意向对中国新文学的主导精神与基本品格产生了直接的影响。俄国文学繁荣的起点，正是俄罗斯民族现代意识觉醒的开端。俄国作家揭露封建专制对人性的扭曲和扼杀，强调尊重个性，在人道主义的旗帜下反对社会压迫，追求民主理想，提倡平等与自由。这就使得俄国文学成为

---

① 鲁迅：《祝中俄文字之交》，见《鲁迅全集》第 4 卷，人民文学出版社 1991 年版，第 460 页。

一种"为人生"的文学。中俄两国相近的国情，决定了中国文学合乎逻辑地侧重接受俄罗斯文学的影响。周作人曾说："中国的特别国情与西欧稍异，与俄国却多相同的地方，所以我们相信中国将来的新文学，当然的又自然的也是社会人生的文学。"①在俄国文学的影响下，中国新文学也是以民主主义为思想基础，其实际发展则经历了从张扬个性主义到推崇人道主义，再到正面表现民主和民族解放运动的过程。为俄罗斯文学的精神特质所决定，使命意识是俄国作家进行创作的主要内驱力，现实主义成为 19 世纪俄国文学的主潮，问题文学、社会小说成为这一文学的基本样式，而农民形象、"小人物"形象、知识分子形象和女性形象则是俄罗斯文学中描写得最多、最充分、最感人的形象。这些特点也几乎全部构成了中国新文学的基本特点。这显然不是一种偶然的巧合，而是有其内在的必然性。和文学创作领域的这种相似性相对应，在文学理论与批评领域，19 世纪俄国文论和批评的成就，特别是别林斯基、车尔尼雪夫斯基和杜勃罗留波夫的理论批评成果，对中国现代文学理论体系的建构和文学批评实践，都产生了明显的影响。鲁迅、胡风、周扬等人的理论批评活动，均深受19 世纪俄国文学理论与批评的滋养，胡风甚至被称为"中国的别林斯基"。

　　中国新文学的第一个十年过去之后，19 世纪俄国文学的影响依然存在。如从 1930 年至 40 年代巴金、路翎等人的创作中，便不难看出 19 世纪俄国文学精神的浸润。50 年代在我国文学界兴起的关于"写真实"、文学"典型"和"形象思维"的三场讨论，其基本内容正是别林斯基文学理论中的三大基本命题；而车尔尼雪夫斯基关于"美是生活"的论断，则成为同一时期我国美学界关于美的本质问题的讨论的理论根据之一。直到 80 年代我国新时期某些作家的创作，仍然显示出托尔斯泰、陀思妥耶夫斯基、契诃夫等作家的影响。

---

　　①　周作人：《文学上的俄国与中国》，载《小说月报》1921 年第 12 期号外。

二 对苏联革命文学、日丹诺夫主义的移植

五四退潮、大革命失败以后，中国文学对俄罗斯文学的接受开始显示出一种新的取向与侧重。蒋光慈的《〈十月革命与俄罗斯文学〉小引》（1926）成为这种变化的先声。他以十月革命为界，把俄罗斯文学分为"新俄文学"与"旧俄文学"，认为对于 19 世纪作家的作品，"大家都知道一个大概了"，"但是他们都久已死了，都成为过去的了"，连高尔基也"已经老了，现在已经不是他的时代了"①。在蒋光慈看来，更需要加以译介的是十月革命后出现的"革命作家"的作品。蒋光慈的文章与同一时期瞿秋白的观点形成呼应。1927 年，"创造社"一批成员从日本归国，带回了经由日本无产阶级文学运动中的"福本主义"吸收和消化了的苏联无产阶级文化派和"拉普"思潮。随后，由于"革命文学"论争和左翼文学运动的开展，在中国新文学的第二个十年中，苏联文学作品的翻译出版扶摇直上，迅速超过了所谓"旧俄文学"及其他国家文学作品的翻译，渐渐牢牢占据了我国译坛的霸主地位。这一情况一直延续到 50 年代。除了高尔基的作品外，这一时期译介到我国来的，主要有马雅可夫斯基的诗歌，绥拉菲莫维奇的《铁流》、法捷耶夫的《毁灭》、奥斯特洛夫斯基的《钢铁是怎样炼成的》以及肖洛霍夫、阿·托尔斯泰等苏联作家的作品。

这也是中国文学大规模地摄取苏联文学理论的时期。1920 年代末，我国文坛出现译介马克思主义文艺理论著作的热潮，"科学的艺术论丛书"、"文艺理论小丛书"等相继出版。但这几套丛书所包含的书目，真正属于马克思主义文论与批评的论著，所占的比例却偏小。除了马、恩和俄国早期马克思主义批评的少数著述外，人们把"无产阶级文化派"和庸俗社会学的代表人物的著作，如波格丹诺夫的《新艺术论》，弗里契的《艺术社会学》，苏联文艺理论家的一般性论著，体现苏联文艺政策、反映苏联文坛论争状况的文献等，都当

---

① 蒋光慈：《〈十月革命与俄罗斯文学〉小引》，载《创造月刊》1926 年第 4 期。

作马克思主义文论翻译介绍过来。《苏联作家协会章程》也被周扬列入《马克思主义与文艺》（1944）一书的"附录"；而1947年以后该书的几种版本，在"附录"中则增收了日丹诺夫《关于〈星〉与〈列宁格勒〉两杂志的报告》。这个报告及相关文件，1947年至1949年间共出版了10个译本。上述著述、资料和文件的基本观点，与马克思主义经典作家的文艺观相去甚远，但是它们却在马克思主义文论的旗号下，对此后近半个世纪中国文学的指导思想和发展走向产生了直接的影响，强化了文学的政治化倾向，为后来文学的急剧极左化埋下了伏笔。如20年代末我国"革命文学"论争中对五四文学传统的否定，对鲁迅、叶圣陶等作家的攻击，就承袭了"无产阶级文化派"和"拉普"对传统文学的评判和对"同路人"作家的排斥；托洛茨基的《文学与革命》以政治尺度衡量作家，为我国的文学批评提供了一个恶劣的范例；30年代初"左联"的文学口号和主张，对所谓"辩证唯物主义创作方法"的推崇，完全是"拉普"理论的照搬；40年代对王实味、丁玲等人的批判，其实是沿用了苏联对待所谓"异己"作家的做法；50年代对胡风文学思想的批判，对俞平伯《红楼梦研究》的批判，对影片《清宫秘史》的批判，对丁玲、陈企霞的批判，等等，则都是日丹诺夫主义在中国的运用；而50年代初把"社会主义现实主义"规定为我国文学创作的基本方法，更是照搬了苏联对文学实行"一统化"控制的做法。

值得注意的是，在中国文学接受俄苏文学出现某种取向的变化时，鲁迅并没有像某些人那样盲目。1929—1930年间，他曾选译了普列汉诺夫、卢那察尔斯基等人的文艺论著以及日本学者片上伸的《现代新兴文学的诸问题》。鲁迅说，他翻译普列汉诺夫的《艺术论》，意在"以救正我——还因我而及于别人——的只信进化论的偏颇"[1]。他指出：卢那察尔斯基的《文艺与批评》对于"去年一时大

---

[1]　鲁迅：《三闲集·序言》，见《鲁迅全集》第4卷，人民文学出版社1991年版，第3页。

叫'打发他们去'的'革命文学家'，实在是一帖喝得会出汗的苦口良药"①；"可以据以批评近来中国之所谓同种的'批评'"，包括那些"以马克思主义文艺批评自命的批评家"②。关于译介片上伸的著作，鲁迅则说："至于翻译这篇的意思，是极简单的。新潮之进中国，往往只有几个名词，主张者以为可以咒死敌人，敌对者也以为将被咒死，喧嚷一年半载，终于火灭烟消，……现在借这一篇，看看理论和实践，知道势所必至，平平常常，空嚷力禁，两皆无用，必先使外国的新兴文学在中国脱离'符咒'气味，而跟着的中国文学才有新兴的希望。"③茅盾也曾指出："无产阶级艺术实在是正在萌芽"，这一"初生的艺术"不免有"内容浅狭"的毛病，而其根源则在于"作者观念的褊狭"④。

从这一时期中国作家们的创作实绩来看，最有成就的作家，除鲁迅外，巴金、老舍、曹禺、茅盾等也都是较多地受到19世纪俄罗斯文学的影响，而不是苏联文学的影响；路翎、艾芜、张天翼、沙汀等人，情况也是如此。与此相比照，较多受到苏联文学影响的作家，如蒋光慈、丁玲、周立波等，总体成就均不如以上作家。1932年，丁玲主编的《北斗》杂志曾举行关于"创作不振之原因及其出路"的讨论。郑伯奇、沈起予等人认为：掌握苏联"拉普"提出的"唯物辩证法的创作方法"是提高创作质量的唯一方法。阳翰笙在总结创作《地泉》三部曲的经验教训时，也强调运用"辩证唯物主义创作方法"的重要性。但正如苏联文学中不曾有过哪一位作家由于运用"辩证唯物主义创作方法"而写出了成功的作品一样，接受并运用这

① 鲁迅：《〈文艺与批评〉译者附记》，见《鲁迅全集》第10卷，人民文学出版社1991年版，第301页。

② 同上书，第302页。

③ 鲁迅：《〈现代新兴文学的诸问题〉小引》，见《鲁迅全集》第10卷，人民文学出版社1991年版，第291—292页。

④ 茅盾：《论无产阶级艺术》，见《茅盾文艺杂论集》，上海文艺出版社1981年版，第186、193页。

一方法的中国作家，也难以创作出优秀的作品来。同一时期其他接受苏联文学影响的作品，也都未能成为现代中国文坛上的佳作。

对于上述现象，身处当时语境中的中国作家们，有不少人是看得很清楚的。茅盾在1946年就曾指出：中国新文学现实主义方法的确立，重要原因之一是得力于俄罗斯文学，这一文学是靠屠格涅夫、陀思妥耶夫斯基、托尔斯泰、契诃夫和高尔基等作家来发挥张大的。这就又一次确认了19世纪俄罗斯文学对中国新文学的富有成效的影响。苏联文学对于中国文学的影响，主要是在文艺指导思想、文艺政策和批评方面，而不是在创作领域。

三 对"解冻"文学的译介和对"修正主义文学"的批判

50年代初期，苏联文学发生根本性的转折。爱伦堡的小说《解冻》（1954）的发表，标志着苏联文学发展新阶段的开始。从那时起，"奥维奇金派"的形成，"战壕真实派"的活跃，"集中营文学"的出现，暴露个人崇拜时期阴暗面的一批作品的发表，乃至重新审视历史的作品在艰难之中的完成，使得长期被抛弃的人道主义、现实主义传统得到了恢复。苏联文坛的"解冻"之风迅速吹进中国当代文坛，相关的作品被及时地译介到我国来。当时的一些中国作家在访苏期间还有机会和这些作品的作者们直接交谈。苏联作家们围绕"解冻"文学而展开的讨论，文学界批判粉饰生活的倾向和"无冲突论"的文章，苏联作家第二次作家代表大会的发言和讨论等，也被介绍到我国来。

伴随着"解冻"文学思潮的激荡，中国当代文学幸运地迎来了自己短暂的"百花时代"，并同样开始批判"无冲突论"和教条主义，反对粉饰生活，努力克服公式化、概念化倾向，提倡"干预生活"。文学创作领域最引人注目的变化是现实主义精神的高扬，涌现了一批直面现实、真实反映生活中的矛盾冲突的作品，如王蒙的《组织部新来的青年人》，刘宾雁的《在桥梁工地上》、《本报内部消息》等。还有一些作品突破了长期以来在人性、人情问题上的教条主义束缚，以家庭生活和爱情婚姻为题材，揭示了人物丰富多彩的感情世界，如宗璞的《红豆》，陆文夫的《小巷深处》，邓友梅的《在悬崖上》等。与文学创作领域的变动相呼应，文艺理论界也一度呈现活跃之势。1957 年出现的巴人的《论人情》、钱谷融的《论"文学是人学"》等文章，不仅肯定了人情、人性的客观存在以及在作品中予以表现的必然性，旗帜鲜明地呼唤人道主义回归，而且在一定程度上揭示了当时文学创作中公式化、概念化倾向的根源，成为那个时代文学理论探索的一部分标志性成果。在"解冻"文学思潮影响下，这一时期我国文学理论界的又一重要探索成就，是关于"社会主义现实主义"的讨论。苏联作家西蒙诺夫在全苏第二次作家代表大会上对"社会主义现实主义"的非议，直接引发了我国文学界秦兆阳、周勃、丛维熙、刘绍棠等人对于"社会主义现实主义"概念和定义的质疑；王若望、陈涌等人，也在当时发表的文章中表达了自己对于创作方法问题的独立思考。这一讨论可以说是"解冻"文学思潮在中国文坛所引起的最强烈、最深刻的震荡，也是中国文学力图摆脱政治禁锢、返回到自身的一次勇敢的尝试，并成为我国文学界怀疑和否定极左文学理论的先声。

然而，"更能消几番风雨，匆匆春又归去"。未过多久，由于苏共二十大以后中苏关系的变化，对"修正主义"的警惕与批判，中国文学开始自觉地排斥当代苏联文学的影响。这就使得"双百方针"提出后我国文艺界一度出现的生气勃勃的景象很快就荡然无存，并导致文艺指导思想的进一步"左倾"化。1958 年"日瓦戈医生事件"发生后，我国报刊很快就翻译、发表了苏联作家协会关于开除帕斯捷尔纳克会籍的决定，以及围绕这一事件塔斯社发表的声明、苏联《文学报》发表的社论和文章等。我国文学界对待肖洛霍夫的态度，前后也有明显的变化。50 年代中期以前，我国报刊曾对肖洛霍夫其人其作进行了大量的宣传报道和肯定性评价，对他的《被开垦的处女地》（第 1 部）更是赞扬备至。肖洛霍夫荣获列宁勋章的消息，他给中国读者的一封信，都曾刊登在 1955 年《人民日报》上。可是，到了

1965 年，当肖洛霍夫获得诺贝尔文学奖，赢得了世界性声誉时，我国评论界对这位大作家却反而缄口不谈了。

60 年代中期到 70 年代末，中苏两国内部社会政治生活各自发生的深刻变动，两国关系的进一步恶化，为两国的文学关系蒙上了一层浓重的阴影。这个时期的苏联文坛，一方面显示出"停滞"时代文学生活的特点（如加强控制、直接干预等），另一方面仍然出现了一些优秀作品。但这些作品几乎全部落在我国文学的接受视野之外。我们把当时的苏联文学一概称为"苏修文学"，并予以全盘否定。公开出版发行的当代苏联文学作品几乎绝迹，只有极少数作品的译文被作为"批判材料"得以在"内部发行"。那一时期，我国评论家们曾撰文声讨过爱伦堡、特瓦尔多夫斯基、西蒙诺夫、田德里亚科夫、特里丰诺夫、邦达列夫、瓦西里耶夫、舒克申等众多的苏联当代作家；肖洛霍夫更被作为"苏修文学"的大头目、"叛徒集团的吹鼓手"而受到全面的批判。但是在这个中苏、中俄文学关系史上的低谷期，却出现了十分奇特的接受现象，即在官方所允许的范围之外，中国读者从民间渠道对俄苏文学的"地下接受"。其具体接受途径，一是此前几十年间在我国出版的大量俄罗斯、苏联文学作品，包括从普希金、托尔斯泰到高尔基、肖洛霍夫等经典作家的作品，在这一时期虽然被禁读，却以特殊的方式在我国广大读者、特别是年轻一代读者中广泛地秘密流传；二是 60 至 70 年代在我国"内部发行"、供批判用的"黄皮书"，以及刊登于《摘译》丛刊、或以"《摘译》增刊"形式出版的作品（主要是苏联当代文学作品），使我国读者得以结识爱伦堡的《人·岁月·生活》，特瓦尔多夫斯基的《焦尔金游地府》，索尔仁尼琴的《伊凡·杰尼索维奇的一天》，西蒙诺夫的战争三部曲，舒克申的《红莓》，特里丰诺夫的《交换》，艾特玛托夫的《白轮船》，阿克肖诺夫的《带星星的火车票》，叶夫图科的《〈娘子谷〉及其他》，巴巴耶夫斯基的《人世间》，沙米亚金的《多雪的冬天》，拉什金的《绝对辨音力》，等等。在这一书荒严重的历史时期，这些作品和以往俄罗斯文学史上以及全部中外文学史上那些保持着恒久艺术魅力的作品一起，无声而有力地滋养着许多被迫辍笔的作家，也同时培育着将活跃于中国当代文坛的新一代作者，如舒婷、乔良、张抗抗、梁晓声、郑义、叶辛等，为他们在历史新时期的复归与崛起，从一个方面准备了条件。

四　历史新时期的补译与对"回归文学"的引进

70 年代末，中国当代文学终于结束了自己发展历程中的一个漫长的暗淡期，中俄（苏）文学关系也由此进入一个新阶段。曾经为我国读者熟悉的 19 世纪俄罗斯作家的作品和 50 年代中期以前的苏联文学作品，以新的装帧和版式唤起人们对于往昔的忆念。随后便是对于 50 年代中期以来、特别是"停滞"时代的苏联作品的补充译介，以及对于当代苏联文学新作的翻译。80 年代，我国共有近 70 家出版社出版过俄苏文学作品。于是，自 50 年代中期至 70 年代末期计 20 余年间出现的译介空白，很快便得到了填补。这一时期内在苏联本土已在不同程度上被"正名"的作家，如布宁、安德烈耶夫、叶赛宁、左琴科、米·布尔加科夫等人的作品，也陆续和中国读者见面。

随着作品的被译介而迅速对中国当代文学产生明显影响的作品，主要是在苏联"停滞"时代发表的作品，如瓦西里耶夫、艾特玛托夫、拉斯普京、舒克申、特里丰诺夫、阿斯塔菲耶夫等作家的作品。我国新时期出现的一批较优秀的军事题材作品，如徐怀中的《西线轶事》，李存葆的《高山下的花环》，朱春雨的《沙海的绿荫》，孟伟哉的《一座雕像的诞生》等，都不同程度地显示出瓦西里耶夫《这里的黎明静悄悄》、阿斯塔菲耶夫的《牧童与牧女》、拉斯普京的《活着，可要记住》等苏联当代战争文学作品的影响。这些作品的共同特色是：透过战争状态、军营生活探索人的精神世界，力求展现战争的残酷不能扼杀人性之美，有一种情感力量和道德原则渗透其间。从苏联当代作家个人的角度来看，这一时期在中国最有影响的当属艾特玛托夫。在古华的《爬满青藤的木屋》、张贤亮的《肖尔布拉克》、张承志的《黑骏马》、乔良的《远天的风》、朱春雨的《亚西亚瀑布》

等我国新时期的文学作品中，都不难发现艾特玛托夫的《查密莉雅》、《我的包着红头巾的小白杨》、《别了，古里萨雷》和《一日长于百年》等作品影响的痕迹。

80 年代中期以后，随着苏联社会政治生活再度发生的深刻变动，文学生活也发生了全方位的变化。"回归文学"就是在这种背景下出现的。它首先是指十月革命前近 30 年间白银时代的作品、三代流亡作家的作品，经过若干年月的风风雨雨，终于回归到广大读者中来。其中包括白银时代别雷、索洛古勃的小说，勃洛克、古米廖夫、曼德尔什塔姆的诗歌，别尔嘉耶夫、罗赞诺夫的哲学文化随笔；还有三代流亡作家发表于国外的作品，如布宁、列米佐夫、什梅廖夫、霍达谢维奇、苔菲、茨维塔耶娃、纳博科夫、索尔仁尼琴、布罗茨基的作品。其次，"回归文学"也指自 20 年代至 80 年代的漫长岁月中由于种种原因被禁止在苏联国内发表、被"搁置"或在遭到批判后被封存的作品，从被禁状态回归到自由状态，如高尔基的《不合时宜的思想》，扎米亚京的《我们》，皮里尼亚克的《红木》，普拉东诺夫的《切文古尔镇》，米·布尔加科夫的《大师与玛格丽特》，阿赫玛托娃的《安魂曲》，帕斯捷尔纳克的《日瓦戈医生》，格罗斯曼的《生活与命运》，雷巴科夫的《阿尔巴特街的儿女们》等。从 1986 年起，苏联各主要文学报刊、出版社开始重新发表或出版这些作品。这些曾长期处于被隔绝状态的作品，震撼了广大读者。除此之外，80 年代中期以后还出现了一批当代作家反思本民族 20 世纪的历史、特别是个人崇拜和极权主义所造成的历史结果的新作品，其中影响较大的有拉斯普京的《火灾》，阿斯塔菲耶夫的《悲伤的侦探故事》，艾特玛托夫的《死刑台》，别洛夫的《一切都在前面》等。这类作品往往引起当代俄罗斯读者最强烈的共鸣。

上述"回归文学"以及 80 年代中期以后的苏联当代文学作品，也很快就被译介到我国来，并在我国作家和读者中迅速引起回响。女作家张抗抗在 1989 年写道："因着复生的《日瓦戈医生》和《阿尔巴特街的儿女》，在我临近 40 岁的时候，我重新意识到俄苏文学依然并永远是我精神的摇篮。岁月不会朽蚀埋藏在生活土壤之下的崇高与美的地基。"①中国当代知识者在这些"回归"作品中的形象身上看到了那种由俄罗斯文化传统培育起来的面对苦难时的从容、自信与高洁。当代诗人王家新在读过曼德尔什塔姆、茨维塔耶娃和帕斯捷尔纳克的"回归"诗章之后说:"西方的诗歌使我体悟到诗歌的自由度,诗与现代人之间的尖锐张力及可能性,但是帕斯捷尔纳克的诗,茨维塔耶娃的诗,却比任何力量都更能惊动我的灵魂,尤其是当我们茫茫然快要把这灵魂忘掉的时候。"②王家新在自己的《瓦雷金诺叙事曲》、《帕斯捷尔纳克》等诗中,以深沉的忧伤和思虑体认了一个时代苦难的承担者的形象,并赋予这一形象以坚定地守护内心良知与人类整体原则的精神特征。当代散文家筱敏也从一系列"回归"的俄罗斯作家身上看到了他们所追求和呼唤的个性精神自由,并由此而进一步感受到俄罗斯文学与文化对中国知识分子的启示。

不过,从总体上看,中俄(苏)文学关系的蜜月期显然已经过去。这一现象有其历史的必然性。深受极"左"思潮之害的中国当代文学在反顾自身发展道路的时候,不可能忘记17年间实行"一边倒"所带来的不良后果。因此,中苏文学关系降温,对于中国当代文学而言,可视为摆脱和防范极左文艺思潮影响的一种表征。新时期的中国当代作家们把目光投向了更广阔的世界,注意吸收各国作家的艺术经验,建构起中国文学的崭新格局。所以王蒙说:时至80年代,"苏联文学在中国的影响,特别是对于当代中国作家的影响,呈急剧衰落的趋势。"③至少对于王蒙本人而言,情况正是如此。他的《苏联祭》一书表明,他所接触的俄苏文学作品,主要是苏联早期文学和"解冻"文学,他50年代的创作也主要是受到这类作品的影响。他乐意保留着自那时起对于苏联文学的认识与印象,不再打算阅读"回归

---

① 张抗抗:《大写的"人"字》,载《外国文学评论》1989年第4期。
② 王家新:《回答40个问题》,见《对隐密的热情》,北岳文艺出版社1997年版,第277页。
③ 王蒙:《苏联文学的光明梦》,载《读书》1993年第7期。

文学"，也似乎觉得没有必要重新检视苏联文学。因此，作为一位作家，王蒙对于俄罗斯、苏联文学的认识和接受已经停止。另有许多中国当代作家虽然看到了俄罗斯民族在 20 世纪为世界文学所提供的，远不是他们早先所了解的苏联文学所包括的那些作品，但是他们却也不再具有接受这些"回归"作品的愿望和动力了。中俄文学关系史上的一个时代已然走向终结。

五　解体以来的补充接受和对当代文学的接纳

1991 年苏联解体后，"苏联文学"成为一种历史现象。许多流亡作家回到了祖国，或恢复了俄罗斯国籍；国内作家不仅可以合法地把作品寄往国外发表，还获得了自由出国、回国的权利。俄罗斯本土文学与域外文学之间的界线被最终打破，两大文学板块的区分不复存在。原先的所谓"地下文学"也失去了存在的必要性，公然浮出地表。在新的时代氛围中，一些老作家依旧没有放弃对历史的思考和对现实的关注，在艺术方法上也继续沿着传统现实主义的道路前进，但又程度不同地借鉴了现代主义文学的艺术经验，推出了一批具有思想深度和创新意识的作品，如列昂诺夫的《金字塔》、雷巴科夫的《1935 年及其后的岁月》、阿斯塔菲耶夫的《该诅咒的和该杀死的》、叶甫图申科的《不要在死期之前死去》等。从 90 年代初开始，后现代主义也逐渐成为俄罗斯文学中的一股强有力的潮流。哈里托诺夫的《命运线，或米拉舍维奇的小箱子》，马卡宁的《铺着呢子、中间放着花瓶的桌子》，加尔科夫斯基的《无尽头的死胡同》，索罗金的《玛琳娜的第 30 次爱情》等，都是值得注意的后现代主义作品。另外，以宣扬宗教教义或宗教哲学为主旨，渗透着浓厚的宗教意识的文学作品，也在图书市场上占有自己的地盘。在旧有的信仰破灭、人们的价值尺度发生重大变化之际，这类作品显示出一种特殊的优势。通俗文学作品，包括渲染个人隐私和各种"秘闻"、宣扬暴力和色情、煽动狭隘的民族主义情绪的作品，也有其量的优势，并拥有自己的读者群。这些文学现象纷然并存，一起改变着解体以来的文坛格局，使得俄罗斯文学的总体图像变得复杂斑驳。上述作品虽然也被部分地译介到我国来，但无论在我国读者还是在作家中，都未能引起强烈的反响。

影响较大的是从解体前夕到解体以后我国文学界对 20 世纪俄罗斯文学理论的补充译介，主要包括俄国形式主义、巴赫金的诗学理论以及白银时代的理论批评成果。这三个方面曾经是我们在 20 世纪俄罗斯文论接受中的主要遗漏。其中，俄国形式主义曾带动了西方文论的革命性变革，影响深远。但由于它在本国的命运，在我国文学自 20 年代末大量摄取俄苏文论的潮流中，也几乎看不见它的身影。不过，姗姗来迟的俄国形式主义毕竟还是很快就汇入蜂拥而来的国外文学思潮中，参与了对中国文坛的冲击。新时期我国文学界关于文学本体论的讨论中涌现的形式主义文学本体论思潮，一些批评家对于文本本身、艺术结构和语言表达的自觉关注，都显示出俄国形式主义的影响。

巴赫金的诗学理论也是从 80 年代起才开始被译介到我国来，但它对我国文学理论和批评的影响更大。"对话"、"复调"、"狂欢化"等，成为研究者和批评家们常用的术语，在大量学术论著中频频出现，显示出在巴赫金影响下我国学者研究方法和视角的转换，如杨义的《楚辞诗学》、《李杜诗学》，严家炎的《论鲁迅的复调小说》，郑家建的《被照亮的世界——〈故事新编〉诗学研究》等。巴赫金的"狂欢化"诗学，也使我国研究者获得了一种新的视角，得以借助于这一理论重新考察文化史和文学史中的丰富现象，或近距离检视当下文化与文学生活的纷繁景观，从中发现极易被人们忽略的意义与价值。孟繁华的《众神狂欢：当代中国的文化冲突问题》，高小康的《狂欢世纪：娱乐文化与现代生活方式》，都呈露出巴赫金狂欢化理论影响的痕迹。

白银时代的理论批评遗产，如以弗·索洛维约夫为先驱、以别雷等为代表的象征主义理论批评，以别尔嘉耶夫、舍斯托夫为代表的宗教文化批评，以及阿克梅派文论、未来主义的语言学诗学理论，等等，在整个 20 世纪的进程中，也几乎完全未被我们所注意和接受。直到进入 90 年代以后，我国学术界才出现一股补充接受这份文学遗产的热潮，陆续出版了"俄罗斯白银时代文化丛书"、"白银时代俄国文丛"、"俄罗斯思想文库"、"俄罗斯白银时代精品文库"。这 4 套丛书的连续推出，以一种集约性规模和整体效应，迅速在我国读书界激起了反响。刘小枫的《拯救与逍遥——中西方诗人对世界的不同态度》、《走向十字架上的真》、《流亡话语与意识形态》等论著表明，白银时代的思想文化遗产，已经在 20 世纪晚期我国的文学和文化研究中发挥了作用。

进入 21 世纪，我国翻译出版界除了继续关注当代俄罗斯文坛的新作之外，还较为注意填补以往译介中的某些空白，或设法强化人们对于一些颇有成就和特色、但未得到应有重视的作家作品的认识。例如，2004 年人民文学出版社出版了苏联作家巴别尔描写国内战争和苏波战争的短篇小说集《骑兵军》，随后又出版了《巴别尔马背日记》（2005）、《敖德萨故事》（2007）；2005 年，长江文艺出版社推出 5 卷本《普里什文文集》，在生态文学与生态文学批评受到重视的背景下，强调这位"伟大的牧神"、"世界生态文学和大自然文学的先驱"的价值，等等。这些作品的译介固然进一步扩充、丰富了我国读者对于 20 世纪俄罗斯文学的认识，但是它们显然已难以在我国读者中激起以往曾经有过的那种回响了。苏联解体以来俄罗斯文学在中国的命运，从一个方面显示出我国文坛对于外来文学的接受在理论与创作、西方与俄罗斯之间的选择偏重。

回顾过去一个世纪的不同时期中国文学接受俄罗斯文学的不同侧重和多元取向，我们不能不感叹俄罗斯文学的丰富多样，异彩纷呈。以任何一种单一的品性与特色来对俄罗斯文学进行概括的尝试都将是徒劳无益的，接受史上的每一次转换都在我们面前打开了一片新的文学天地。然而，不同的侧重和取向却是中国文学自身选择的结果。接受者民族的主观因素在这一选择中发挥着重要作用，它包括民族的历

史传统、文化心理积淀、时代氛围和现实需求，它们共同决定了文学
接受的着眼点、侧重及偏颇，其中具有决定性意义的是现实需求。恩
格斯早就说过：某种学说的流行程度，与实践对它的需求成正比。外
国文学在我国的传播也是如此。批评家卢卡契在谈到不同文学之间的
关系时说得更为具体："只有在一个国家的文学发展中需要一种外来
的刺激，一种动力，为它指出一条新路的时候———一旦文学发现本身
出现危机，它就会有意识地或者下意识地寻求一条出路——外国作家
才能真正有所作为。"①中国文学在 20 世纪几乎是宿命般地把俄罗斯
文学作为自己着重摄取的对象，并在不同阶段有着差别明显的接受取
向，恰恰为不同文学之间的传播、影响和接受的上述规律提供了有力
的佐证。

[原载《南京师范大学学报》（社会科学版）2009 年第 2 期]

---

① ［匈］卢卡契：《托尔斯泰与西欧文学》，见《卢卡契文学论文集》（2），中国社会
科学出版社 1981 年版，第 452—453 页。

克罗德·罗阿与中国的文化对话

刘　阳

克罗德·罗阿（1915—1997 年）是法国当代著名诗人、小说家、评论家，曾经长期担任法国加利玛出版社的文学顾问。他在小说、戏剧、传记、文学评论等方面都取得了丰硕的成果，尤其在诗歌领域取得了更加辉煌的成就。罗阿 1985 年获龚古尔学院诗歌大奖，1988 年获法国诗人之家大奖。他的诗作深受广大读者的喜爱，并被收入法国中小学教科书，受到中小学生的欢迎。罗阿出版的主要诗集有：《学艺的童年》（*L' Enfance de l' Art*，1942）、《亮如白昼》（*Clair comme le Jour*，1943）、《未成年的诗人》（*Le Poète Mineur*，1949）、《完美的爱》（*Le Parfait Amour*，1952）、《诗歌集》（*Poésies*，1970）、《在时间的边缘上》（*A la Lisière du Temps*，1984）、《秋天的旅行》（*Le Voyage d'Automne*，1987）等。

克罗德·罗阿是一个具有特色的作家。他不属于当代的主要文学流派，与超现实主义、存在主义和新小说派作家截然不同，他是一个遵循法国现实主义传统，不断探索文学奥秘的作家。在近 70 年的文学生涯中，罗阿笔耕不辍，以题材丰富的作品、清新流畅的风格，在法国文坛独树一帜。目前，罗阿在中国的译介与研究刚刚起步。少数研究者独具慧眼，对罗阿作了初步评价。江伙生翻译了罗阿的几首诗并且对诗人作了简要介绍。① 钱林森在《法国作家与中国》一书中，

---

① 江伙生：《法国历代诗歌》，武汉大学出版社 1997 年版，第 602—618 页。《法语诗歌论》，四川人民出版社 2000 年版，第 243—246 页。

分析了罗阿关于中国小说《聊斋志异》和《红楼梦》的评论。① 他们在中国率先进行了罗阿研究。本文认为，罗阿是 20 世纪的见证人，不仅在法国文学史上具有重要地位，而且在中法文化交流中也有杰出贡献。因此，必须对罗阿进行更加深入的研究。本文试图探讨罗阿是如何与中国文化结缘，探索和弘扬中国文化，他的作品是如何表现中国题材和中国文化色彩的。

从耳闻到目睹：罗阿对中国的初识与理解

克罗德·罗阿与中国的接触是通过不同的途径实现的，一是阅读中国古籍以及有关中国的著作，二是在中国的实地旅行，三是与中国人和西方的"中国通"接触。

青少年时代，克罗德·罗阿就想象着遥远的中国。他读了儒勒·凡尔纳的《一个中国绅士的遭遇》，感到自己与书中的人物金福和王哲颇为接近。后来，他又先后读了庄子、老子和列子，深受触动。罗阿不但阅读有关古籍，进行着想象的旅行，他还希望到中国实地旅行。1952 年，罗阿作为进步作家应邀参加在北京举行的"世界四大文化名人纪念大会"。他利用这次难得的机会考察中国，并记下他的所见所闻。这些文章收入《中国入门》一书，由加利玛出版社出版。内容涉及中国历史、政治、地理、文化等各个方面。

罗阿回忆他于 50 年代初在中国的旅行，他承认，他一下子就喜欢上了金福和王哲所代表的国家。罗阿在中国期间每天都能发现热爱中国的新理由。他的精神导师司汤达曾把爱区分为"心里的爱"和"头脑里的爱"。前者是自然而然地产生的，后者则是理性思考后的表现。而罗阿把这两种爱献给了同一个对象——中国。显而易见，罗阿对中国的热情不是一时的冲动，而是一种真切的情感。

这次旅行的重大的收获之一是罗阿与老舍、茅盾、梅兰芳等文艺家建立了"幸运的友谊"。回到法国之后，他与这些朋友们保持着书

---

① 钱林森：《法国作家与中国》，福建教育出版社 1995 年版，第 642 页。

信往来，此后他继续深切地关注着中国。70 年代，罗阿第二次访问中国。他在此前 20 年多年中写的有关文章，被收入《关于中国》一书。罗阿在书中向人们介绍中国文化，与"欧洲中心论"做斗争，他以亲身经历介绍中国的现实，表达了自己的真切感受。

在罗阿的中国朋友中，定居法国的赵无极与他的联系最为紧密。两人的友谊可以追溯到 20 世纪 40 年代末。在罗阿去世时，赵无极写了纪念文章"我的朋友克罗德·罗阿"，回忆了他与罗阿的兄弟般的情谊。他说："我与克罗德·罗阿的关系是友谊的关系，如同人们儿时发现炽烈的情感时所幻想的那样。……他对我的画作的理解是立刻实现的，他的书每一次出版我都是最先读到。"①

赵无极和克罗德·罗阿的友谊首先源于他们对中国艺术的同样爱好。如罗阿所说，"艺术往往会导致友谊，我与赵无极的友谊就是这样"②。诗人罗阿和画家赵无极的相识相知也体现了诗画同源的中国传统。正如赵无极所说的那样，诗与绘画二者都表达了生命的气息，笔在画布上的运动与手在纸张上的运动一致。它们揭示了其中隐藏的意义、宇宙的意义。罗阿与赵无极一样，从事"一种自我研究、一种内在运动"，"一种精神锻炼"，因为，激发着赵无极的"不是外部影响、环境，更不是时尚，他自我探询的是内心"（Roy, *Zao Wou-ki*, p. 22）。

赵无极遵循中国和法国的文化传统，将法国人的情感与东方人的意识结合起来。在西方人眼中，他既是中国的，又是世界的。他的画作最引人注目之处，就是用西方技巧表达了中国智慧，从而构成绘画中的抒情抽象派。罗阿对他的赞赏源于自身对中国文化的热情。对罗阿来说，赵无极的作品给了他一种"奇特的安慰"，这是一种"愉快的奇妙情感"。奇妙，这是因为赵无极是可资参照的"他者"，他的

---

① Zao Wou-ki, "My Friend Claude Roy", *La Nouvelle Revue Franaise*, 1998, p. 37. 下文出自该书的引用不再另外做注，仅标明书名页码。

② Claude Roy, *Zao Wou-ki*, Paris Cercle d'Art, 1988, p. 22. 下文出自该书的引用不再另外做注，仅标明书名页码。

绘画作品深受中国思想的熏陶。安慰，这是因为罗阿觉得遇到了他期待已久的相遇。的确，罗阿把赵无极看作一个追求东西方和谐的榜样。而且，在赵无极看来，罗阿始终追求在个人和世界之间建立一种中国智慧所启发的和谐。

克罗德·罗阿和赵无极的友谊实际上是中外艺术家互相影响、相互获益的关系。对赵无极来说，克罗德·罗阿和亨利·米修是他在法国的两大支柱，这是他永远难忘的。他说："尽管时光流逝，我仍然要将克罗德·罗阿和亨利·米修的友谊与我到法国最初几年的环境联系起来。他们的友谊是一种象征，使我扎下根来，因为它们一直陪伴着我，将我保持在亲密家庭和思想共同体中。"（Zao Wou-ki，p. 38）法国出版的第一部赵无极研究专著就是罗阿所著。[①] 同样，赵无极为罗阿的作品画了插图。此外，罗阿 1967 年与赵无极合作出版了一本《汉代石印画》。罗阿在赵无极的绘画中获得了平和与安静。他在1956 年夏天写给赵无极的一封信中说："三个月来我与你的绘画和雕刻生活在一起，它们使我越来越愉快……"（Zao Wou-ki，p. 37） 在罗阿心情郁闷的时候，正是赵无极的画缓解了他的痛苦，帮助他度过了生命中的艰难岁月。

罗阿与赵无极以其文艺实践进入了西方主流文化。他们相互交往，彼此欣赏，共同合作，各自受到对方的影响，同时也从对方那里获益。他们的交往是中西文化交汇中艺术家相交相知的例证。他们在互相交往中获得了各自思想和艺术的提升。

从观察到行动：罗阿对现代中国的体验与探索

与中国结缘是罗阿文学生涯中的浓墨重彩。罗阿与不少同代人一样，初次到中国旅行就意识到了中国的重要性。罗阿与大部分当代作家不同之处在于，他根据自己的亲身经历，独立思考当代社会的现

---

① 1957 年由巴黎袖珍博物馆出版社出版，1970 年再版，亨利·米修写了序言。克罗德·罗阿的《赵无极》在 1988 年由巴黎艺术圈出版社出版，1992 年再版。

实，不受流行的"欧洲中心论"的束缚，对中国的感情一以贯之。罗阿在 20 世纪 50 年代到中国访问，他关注中国的各种复杂问题，对中国大地发生的一切感到惊奇。他利用一切机会来满足他对中国日益增长的好奇心。中国的辽阔幅员和巨大变化给他留下了深刻的印象。他仔细观察、记录他的所见所闻。他融入茫茫人海，力图透过人们的表情来领悟中国。他拜访参加抗美援朝的士兵和参加土地改革的农民，探索中国文学、历史，走访村镇、寺庙、博物馆，拜望郭沫若、茅盾、梅兰芳、齐白石等作家、艺术家，走访工人、农民、职员和学生。此外，他阅读了不少英文、法文书籍和中文出版物。由此，他对中国的理解更加深刻。

《中国入门》就是他辛勤耕耘的重要成果，其中汇集了他的游记、报告和访谈。罗阿对新中国表现了极大的热忱，他要通过这本书来介绍他亲临的中国，介绍中国的自然地理、古代中国的历史事件、当代中国的生活故事、普通中国人的生活和精神状态、中国的哲学和宗教、中国古代诗歌和中国现代文学，等等。罗阿回欧洲之后继续关注中国的局势和各种事件。他经常拜访法国汉学家，关注他们对于中国的反应和态度。出于对中国和中国人的热爱，他揭露一些人对中国的无理偏见，反驳他们没有事实根据的言论，表现了深刻的理性批评精神。同时，他也坚定地支持那些真实地表现中国现实的汉学家。罗阿的另一部书《关于中国》集中了作家 1953 年到 1979 年间曾发表于报刊的十多篇文章，于 1979 年由加利玛出版社出版。在这些文章中，罗阿对西方读者讲述了他心目中的真实中国。书中有对中国文学名著的评论，对中国诗歌翻译的看法，以及对中国现实的介绍。

按西方人的传统观点，中国地理位置遥远，社会习俗奇特、神秘而不可理解，中国人在体格和心理上不同于西方人，东方思想无法深入理解，甚至有人惧怕东方的存在。这些观点的具体体现就是"不可知论"和"黄祸论"。针对"不可知论"，罗阿指出，人们的视角不可避免地由他的生活环境所决定，他的判断力经常被隐藏利益所左右。西方人想表明自己了解中国，其实只是想表明自己的愿望。当他们以为描写了真实的中国时，其实只是纪录了他们希望看到的形象。对于"黄祸论"，罗阿认为，任何虚构都使得西方人离中国越来越远，任何神话都使得人们远离中国的现实。因为在这种情况下，人们以为接触了事物的本质，但只不过发现了表面的差异。在罗阿看来，"马可·波罗比 19 世纪的旅行家知道得更多，而 19 世纪的旅行家又比 20 世纪的士兵知道得更多"①。因为他们曾经身临中国，有实地考察经验。因此，从不可知论到黄祸论，都不过是西方人在中国面前所表现出的无知。

罗阿不仅批判了西方的偏见，而且提出了纠偏的方法。他说，为了理解真实的中国，应该以深刻持久的兴趣来代替对异国情调的研究，应该用人类色彩来代替当地色彩，用真实来代替虚幻（Roy，*Thief of Poems*，p. 33）。所有这些工作有利于揭开表相，了解真实，还中国以真实的面貌。

如何看待东方，人们的出发点和视角通常不同，对于同一事物可能产生不同甚至相反的观点。重要的是保持独立思考，经过理性分析而得出结论。在这方面，罗阿表现了独特的眼光。在 20 世纪以前，有不少西方人即使到过中国，也仅仅对古代中国感兴趣，追求异国情调。他们并不想认识现代中国，他们的兴趣更多的是在中国瓷器、古玩、建筑和诗歌上。而罗阿认为，现代中国是古代中国的延续，要深入了解中国，就必须了解现代中国。这不仅因为它在世界政治、经济、文化方面占据越来越重要的地位，而且因为认识现代中国有助于理解古代中国，有助于以更深刻、更完整的方式理解中国。在罗阿看来，人类历史包括东西方历史，但西方教育体系把儿童关在犹太–希伯来–基督教圈子里。中国表现的则是另一种不同的生活方式。要认识中国文化，首先就要学习汉语。汉语的书写生动地反映了人们对世界的看法以及人与自然的关系。这正是罗阿强调法国年轻人应该学习

①　Claude Roy，*Thief of Poems*，Paris Mercure de France，1991，p. 29. 下文出自该书的引用不再另外做注，仅标明书名页码。

汉语和中国文化的理由。

罗阿不但撰文呼吁学习汉语，还具体提出了法国中学里开设汉语课的主张。他很早看到了儿童学习中文的必要性和重要性。1969 年，有人就减少语言学时而向罗阿咨询时，罗阿说他想发起一场战役来捍卫语言教育，在中学教育中尤其必须开设汉语和中国文化课程。罗阿第一个提倡在中等教育中把汉语作为必修课，并为此感到自豪。

罗阿鼓励法国人进一步深入了解汉语和中国人，不是为了以中国方式生活，而是学会更幸福地生活。他说："生活在别处，这对于寻找比此处更幸福的人来说是可行的。""这是一种朴实的智慧，虽不抱远大抱负，但很美好，这种智慧可以使那么不同又那么相似的人重新认识生存的权力。"（Roy, *Thief of Poems*, p. 33）

罗阿在西方流行"不可知论"和"黄祸论"的时候，呼吁人们要认识中国，尤其要认识现代中国，而且很早就积极提出要把汉语和汉文化课程作为中学必修课，表现了一个伟大作家的远见卓识。

从理解到实践：罗阿的中国诗歌翻译及其创作

罗阿不仅宣传中国文学，编了《中国诗歌精选》，还身体力行，以汉诗为蓝本，进行再创作。罗阿青年时代读到埃尔韦-圣-德尼翻译的唐诗集，对中国诗歌产生了浓厚的兴趣。50 年代初，他在短期访华期间着手翻译中国诗歌。作为一个批评家和汉学家，罗阿对法国的中国诗歌翻译发表了自己的观点，同时，他自己也进行这项花费心血但意义深远的工作。

罗阿深知，将汉语翻译成法语的困难之处首先在于汉法两种语言之间的变化，即从一种单音节字到多音节字，从一种意符书写到一种拼音书写的变化。此外，还有散文规则、音乐效果等方面的不同。另外，中国诗歌包含隐喻联想、充满前期的文学回忆、暗示和历史寓意，一字一句都可以引申出多种含义，因此，罗阿认为汉诗不易翻译。

在罗阿看来，一个好的译者应该是优秀的学者和作家。圣-德尼侯爵和程抱一都翻译了汉诗。罗阿赞扬圣-德尼是首次揭开和启发世界上最美的诗的人之一。"时间没有削减其光辉，也没有妨碍其精确。"① 程抱一翻译了不少唐诗，表明"对于一种处于隐喻层次的这个意义系统的符号学分析"（Roy，"On Translation of Chinese Poets"，p. 108）。罗阿高度评价程抱一在其著作中所表现出的现代性和丰富性，尤其向法国读者推荐他的中国古诗翻译。

在西方人眼里，中国文化长期维系，绵延不绝，与其说因为受到长城保护，不如说因为受到语言保护。由于汉语结构极为奇特，所以人们一直认为中国几乎没有语法：名词无词型变化、动词无变位、很少用人称代词……对此，罗阿指出，因动词的无人称、无时态、代词潜隐而产生的不确定性和模糊性并不是汉语的缺陷，实际上体现了人们在天地万物间的一种态度。

罗阿看得很清楚：在两种语言之间存在着不可转达的成分，翻译家的工作是复杂而艰苦的，要求人们的勇气和智慧，博学和才能。他认为在翻译时保持着谦恭的态度，最好保持一首诗的原味。因为人们不能翻译出诗的全部美感。在这种情况下，读者借助于他的汉语知识，将能够发挥自己的想象力，从而对全诗有完整的概念。罗阿赞扬翻译家的工作，出于他的自身经验，他非常理解翻译是另一种形式的文学创造。

另外，罗阿还指明了翻译汉语诗歌的常见问题。西方翻译家通常想精确地抓住含义，谁在湖畔或者山中倾听飞雁的呼唤，哪只手在拨动古琴的琴弦。他想知道这在什么时候发生，是昔日、昨天还是今天？他要掌握各种成分，以便能确定诗歌的感情色彩，作者的思想状态（作者通常是看不见的、隐藏的）是乡思、愉悦，还是忧伤、悲痛呢？因此，在罗阿看来，在这种情况下，即使比较忠实地翻译出来，还是彻底背叛了原意。因为进行这种尝试的作者忘记了一点，这

---

① Claude Roy, "On Translation of Chinese Poets", Sur la Chine, Paris Gallimard, 1979, p. 103. 下文出自该书的引用不再另外做注，仅标明书名页码。

就是西方人感到难以理解的汉语表达方式，实际上反映了中国人在世界面前的沉思方式和态度。比如人称代词的省略通常消除了汉诗中主体和外部世界之间的对立。中国诗人不会把自己限制于单一的角色。罗阿举例说明汉诗法译中的误解。比如，汉代古诗和唐代诗作在法文版中通常变成了充满"白霜"和"微风"的田园诗，"水"总是被翻译为 onde（波浪），女子的脸被翻译为 minois（脸蛋），春耕被翻译为 ébats printaniers（春天的嬉戏）。在这种情况下，"中国古诗到法国人那里就显不出活力了"（Roy，"On Translation of Chinese Poets"，p. 105）。

罗阿学过汉语，但没有坚持下去。由于几乎不可逾越的语言和文字、文化和传统的障碍，翻译中国诗歌对他来说是一件艰难的事。罗阿坦陈他所遭遇的语言障碍："我也很不走运，没能到达学汉语的彼岸。"[1] 作为文艺批评家，罗阿指明了翻译中国诗歌的困难。但是，罗阿喜爱汉诗，努力掌握中国诗歌的特点，并加以推广。多亏不少中国朋友和汉学家的帮助和建议，罗阿努力掌握中国诗的精微含义，终于实现自己的愿望，出版了他的中国诗歌改写集《盗诗者》（1991）。

在《盗诗者》一书中，罗阿介绍了一批著名的中国诗人，如王维、李白、杜甫、白居易、李商隐等，另外还有陶渊明、李煜和苏轼等人。他还收入了一些民歌，主题往往是：时光流逝、人生如梦、生死爱恨、日常生活，等等。罗阿认为，中国文人倾听人民的呼声，追问人生的终极意义。面对人世沧桑，他们寻求人与人的和谐、人与世界的和谐。而当个人理想不能实现的时候，他们试图排遣人世的忧愁，构建一个安宁的内心世界。罗阿介绍的大部分诗人通常具有共同的特点：他们在乡间和大自然中度过大部分时光，写了大量自然诗，大自然与他们的生活与创作紧密结合在一起。于是，罗阿在中国古典诗歌中发现了一个新天地。对此，罗阿写道，"进入中国诗歌，就是进入了自然"（Roy，*Thief of Poems*，p. 273）。

---

[1]　Claude Roy, *Moi*, *Je*, Paris Gallimard, 1969, p. 399.

罗阿认为，在形式和内容方面，不能百分之百地再现中国诗歌。因此，翻译的重要任务就在于使古代中国诗歌简洁明快的风格鲜活起来。但是，罗阿所选的诗一般说来缺少隐喻或象征，偶尔选用，他也以自己的方式重写。比如王维的诗《欹湖》，"吹箫临极浦，日暮送夫君。湖上一回首，青山卷白云"。罗阿改写为："吹着笛子穿越过湖 / 太阳落山。朋友分离。/独自回返。山色青蓝。/一朵白云山上飘散。"王维的原诗描写妻子送丈夫，但在罗阿的两种文本中都改成送朋友。原诗中"青山卷白云"一句既可理解为山卷着云，也可理解为云被山卷着，体现了中国人的思想及其艺术体现，令人回味。在罗阿的改写诗中，原诗的意蕴就表现不出来了。

罗阿所选的大部分汉诗通常用大众化语言写成，如李白、杜甫、白居易等人的诗就是如此。由于风格上的接近，罗阿擅长于掌握这种类型的汉诗再创作。罗阿按照自己的诗歌取向选择了中国诗歌，以简洁、明快的语言加以改写，充实了他的作品宝库，使他的作品具有了更丰富的思想内涵。

罗阿从儿童时代就对中国产生了浓厚的兴趣。在 20 世纪上半期，罗阿看到了战争所造成的社会动荡。他在对人类社会悲观失望的时候，把目光投向中国，在中国思想和文化中找到了安慰和乐趣。经过阅读中国古籍和实地旅行，他对中国的了解逐步深入。他与赵无极等人的相遇使他更加熟悉中国文化的内涵。因此，罗阿不仅比他的前辈具有更多的实地体验，也比他的同辈作家更能深入地了解中国文化的意蕴。

在罗阿看来，发现中国就是发现另一个自我。他对中国的真情实感发自内心。20 世纪下半期，在东方之光的照耀下，罗阿的诗歌创作达到新的高度。他以简洁、明快的语言改写了中国古诗，成为法国诗歌宝库中的一道独特风景。中国题材成为他创作中重要的组成部分，而中国思想使其作品具有更深广的东方文化内涵。他的创作成就是与他对中国文化的认识同步发展的。

在罗阿看来，法国文化和中国文化相遇，能够实现两种文化的共存和发展，达到他所望的"和谐"。罗阿虽然在西方文化环境中生活，但他以中国文化为参照，并与中国文化对话，以亲身体验证明了东西方文化沟通的可能。罗阿以他的著作和行动，向我们具体地证明：人类文明的价值是普世的，东西方文化的碰撞和交融有助于实现两种文化的互补，促进人与人的和谐、人与外部世界的和谐。

（原载《外国文学研究》2009 年第 1 期）

第十单元

比较文化学研究

乌托邦：世俗理念与中国传统

张隆溪

在讨论乌托邦的一部重要近著里，法国学者罗兰·夏埃尔在开篇论文里说："在最严格的意义上说来，乌托邦是在 16 世纪初产生的。"他强调托马斯·莫尔著作的历史意义，宣称说"乌托邦的历史必然从托马斯·莫尔开始"①。然而在同一部书的另一篇文章里，莱曼·萨金特对乌托邦的理解却又宽泛得多，并在全部历史中去追溯乌托邦主题的发展线索。他承认，"似乎并非每一种文化都在知道托马斯·莫尔的《乌托邦》之前，就已经发展出经由人力建立的乌托邦"，但是他又认为，"这样的乌托邦的确存在于中国、印度和各种佛教与伊斯兰教文化之中"②。究竟乌托邦是 16 世纪欧洲的发明，还是范围更广阔、早在不同文化传统中就已经存在的东西——这就是我在这里所关注的问题。如果在最基本的层次上说来，乌托邦观念意味着憧憬超乎现实的另一个更美好的社会，那么乌托邦就已经表示对现状某种程度的不满以及对现状的批判，因此，对乌托邦的憧憬同时又是对社会现实的评论，是表现社会变革意愿的一种讽寓。这种变革的意愿似乎深深植根于人类生存的状况之中，因为在任何社会里，都没有人会不愿意生活得更好，即便不是积极进取，也至少希望以我们有限的资源和能力，取得最大限度的成功。因此，乌托邦的意愿无所不在，正如英

---

① Roland Shaer, "Utopia, Space, Time, History," trans. Nadia Benabid, in *Utopia：The Search for the Ideal Society in the Western World*, eds. Roland Shaer, Gregory Claeys, and Lyman Tower Sargent (New York：The New York Public Library, 2000), p. 3.

② Lyman Tower Sargent, "Utopian Traditions：Themes and Variations," 同上书，第 8 页。

国作家王尔德以他特有的风趣而典雅的语言所说的那样，"不包括乌托邦在内的世界地图不值一瞥，因为它忽略了人类不断去造访那个国家。而人类一旦抵达那里，放眼望去，看见一个更为美好的国家，便又扬帆驶去。进步就是乌托邦的不断实现"。①

乌托邦的意愿不仅在空间上普遍存在，而且在时间上也持续不断，因为美好社会的前景总是在前头，总是位于我们前面那不断退缩的未来的尽头，在一个新的千年纪的尽头。从《圣经》中的伊甸乐园到柏拉图的《理想国》再到一系列文学形式的乌托邦，在西方哲学、文学和政治理论中，一直有一个想象最美好社会的丰富传统。然而乌托邦是否在概念和语言上，都可以翻译呢？乌托邦是否有跨越文化差异的可译性呢？乌托邦的憧憬是否也出现在东方，例如在中国哲学和文学中，也有所展现呢？追求另一个更美好社会的意愿，在中国的典籍中是否也有所表现呢？如果我们目前的学术环境不是那么强调文化的独特，强调概念术语的不可翻译，这类问题本来是没有必要提出来的。不过在我们试图回答这些问题之前，让我们首先考察一下西方的乌托邦。王尔德所见人类不断造访、又不断扬帆离去的那个国家，究竟在哪里呢？它是在什么条件下出现，其形状相貌又如何呢？我们必须首先追寻乌托邦，找出其最显著的特征，然后才可能有一定把握去论证其核心观念是否能超越语言和文化传统的特别界限。

一　乌托邦与世俗化

露丝·列维塔考察了乌托邦研究中各种定义和方法之后总结说："乌托邦表达而且探索人们心中所向往的。"她认为"乌托邦关键的因素不是希望，而是意愿——有更好生存方式的意愿"②。列维塔检

---

① Oscar Wilde, "The Soul of Man Under Socialism," in *Plays*, *Prose Writings and Poems*, ed. Anthony Fothergill. London: J. M. Dent, 1996, p. 28.

② Ruth Levitas, *The Concept of Utopia*, New York: Philip Allan, 1990, p. 191.

讨了许多有关乌托邦的著作，认为这些著作依据内容、形式和功用所下的定义，都往往过于狭隘，而她给的宽泛定义则力求能适合各种不同的乌托邦。她企图设立一个包容性的宽泛定义，似乎能避免狭隘，令人觉得宽慰，然而她的乌托邦观念也并非没有局限，因为她极不愿意把她的观念建立在诸如人性这类概念的基础之上，生怕这类概念有被人指责为"本质主义"或"普世主义"的嫌疑。列维塔于是强调概念的构成性。虽然"更好生存方式的意愿"听起来好像是普世主义的，但乌托邦"却是一个社会构成的概念，其来源并不是通过社会中介实现的一种'自然'冲动"。她认为"在某一社会的需求与这个社会可能达到而且分配到的满足之间，有整个社会人为建构起来的距离，而乌托邦则是对此距离由社会人为建构起来的回应"①。可是没有预设人性或人类心理当中某些基本的冲动，社会建构这一概念或比喻就显得空泛而没有根基。人们不禁要问，为什么在那么多不同文化和社会里，都会有如此普遍的"更好生存方式的意愿"呢？无论是乌托邦还是别的什么社会建构，其基础又是什么呢？其实，人性的观念和建构的观念完全不必互相排斥，因为乌托邦即"更好生存方式的意愿"这一观念，正是以人性某些基本特点的概念为基础建构起来的。

在讨论乌托邦既全面又发人深省的一部著作里，克利杉·库玛把乌托邦观念首先与文艺复兴时代人性意义的改变联系在一起。西方讨论人性，一个基本的文本依据就是《圣经·创世纪》里人犯罪而丧失乐园的故事，而正如伊琳·佩格尔斯所说，犹太人和大多数早期基督徒都把亚当违背神旨和由此产生的可怕后果，理解为一个有关选择和人类自由的故事。犹太人和早期的基督徒固然承认，亚当犯罪给人类带来痛苦和死亡，但"他们又都认为，亚当让他后代的每个人对善恶做出自己的选择。大多数基督徒都会认为，亚当故事之用意正在于警告每一个听到这个故事的人，不要滥用神赐予的

---

① Ruth Levitas, *The Concept of Utopia*. New York：Philip Allan, 1990, pp. 181—182.

自由选择的能力"①。当基督教不再是一个遭受迫害的秘密教派，而成为罗马帝国国教时，基督教的社会和历史处境就完全不同于以前，在此背景之下，圣奥古斯丁根本改变了对创世纪故事较早的解释，提出了他对人性的分析，而这一分析"无论好坏，都成为往后西方历代基督徒的传统观念，并对他们的心理和政治思想发生重大影响"②。奥古斯丁和他影响之下的中世纪教会都把人性视为根本上是恶，由于受到偷食禁果所犯原罪的影响，人性无可改变地堕落。如果说保持早期基督教看法的约翰·克利索斯托姆（John Chrysostom）强调人的自由选择和个人的责任，认为亚当的例子是为人提出警告，让每个人都要为自己的行为负责，奥古斯丁则认为亚当不是一个个人，而是集体的人，是全人类的象征。他说："在第一个人身上已有全部的人性存在，当他们的交配受到上帝判决时，那人性就由女人传给后代；所传下来的不是最初创造出来的人，而是犯了罪并受到惩罚的人，而这就是罪恶与死亡之来源。"③ 佩格尔斯认为，奥古斯丁对创世纪故事的解读把一个有关自由选择的故事，变成了一个有关人类奴役的故事，因为奥古斯丁坚持说，"每个人不仅在出生的一刻，而且从怀孕的一刻起，就已处在奴役之中了"。④ 按照他的看法，受原罪污染的人性就像"腐烂的根"，所以由这样的根不可能生长出任何自由来。⑤ 以这种观点看来，人类不可能自救，而只能把得救的希望寄托在基督身上；人类不可能在人间建立理想社会，而只能寄望于神的恩惠，期待灵魂在死后进入天堂。奥古斯丁所谓上帝之城与世俗的人之城正相

---

① Elaine Pagels, *Adam*, *Eve*, *and the Serpent* (New York: Vintage Books, 1988), p. 108.

② Ibid., p. 26.

③ Saint Augustine, *The City of God*, trans. Marcus Dods (New York: The Modern Library, 1993), XII. 3, p. 414.

④ Elaine Pagels, *Adam*, *Eve*, *and the Serpent* (New York: Vintage Books, 1988), p. 109.

⑤ St. Augustine, *The City of God*, XII. 14, p. 423.

反："这两座城由两种爱形成：世俗之城基于自爱，甚而蔑视上帝，天上之城则基于对上帝之爱，甚而蔑视自我。简言之，前者以自我为荣耀，后者则以主为荣耀。一个在人当中寻求光荣，而另一个最大的光荣就是上帝，是良心的见证。"① 由此可见，奥古斯丁所谓上帝之城是精神的而非物质的，其最终的实现只能在天国而非人间。

正是在这一点上，中世纪教会的意识形态与乌托邦恰好相反，因为乌托邦是人在现世、在人间建造的理想社会，而不是关于灵魂与天国的幻想。克利杉·库玛说得好，"宗教与乌托邦之间有原则上根本的矛盾"，因为"宗教典型地具有来世的关怀，而乌托邦的兴趣则在现世"②。当然，《圣经》中有伊甸乐园的故事，但我们已经看到，按奥古斯丁的解释，这个故事的意义乃在于告诉我们罪恶和死亡的根源。正如阿兰·图伦所说，"只有当社会抛弃了乐园的意象时，乌托邦的历史才开始。乌托邦是世俗化的产物之一"③。无论如何，由于人的原罪，圣经里的乐园早已丧失了，以宗教的观点看来，设想人可以不靠上帝神力而在人间创造一个乐园，无异是对神不敬，是罪恶的自傲。库玛认为，奥古斯丁的《上帝之城》正是要警告世人，"不要过于关注世俗之城的俗务，以至远离了在天国的上帝之城"。如果现世只是苦难和罪恶的渊薮，人类都是罪人，那么乌托邦的理想除了显露人类自不量力的虚妄之外，还能有什么意义呢？而这"似乎正是奥古斯丁在正统神学当中最具影响时，基督教中世纪对乌托邦思想的普遍态度。对尘世的轻蔑（contemptus mundi）极不利于乌托邦式的设想，因此在乌托邦思想史上，中世纪是一个明显贫乏的时期"④。由此可见，在库玛看来，乌托邦观念的核心在其根本的世俗性和反宗

---

① St. Augustine, *The City of God*, XⅡ. 14, p. 28, 477.

② Krishan Kumar, *Utopia and Anti - Utopia in Modern Times* (Oxford: Basil Blackwell, 1987), p. 10.

③ Alan Touraine, "Society as Utopia," trans. Susan Emanuel, in *Utopia: The Search for the Ideal Society in the Western World* (New York: The New York Public Library, 2000), p. 29.

④ Kumar, *Utopia and Anti-Utopia in Modern Times*, p. 11.

教性。

基督教教义中固然也含有乌托邦因素，如关于乐园的丰富幻想，关于人可以通过修行而完善的信念，以及千年纪思想，等等。这类思想在基督教产生之前，在犹太教信仰中早已存在。犹太教本有末日启示（apocalypse）的观念和关于救世主的预言，这些观念在基督教信仰中得到进一步发展，在《新约·启示录》中更以神秘的形式获得有力的表现。在犹太人信仰中，预言者们所说的是在人类时间结束时，在末世时刻的启示观中，救世主将会来临，而基督徒则相信耶稣就是救世主，他已经来临而且死去，而耶稣的第二次来临将会把所有善良的灵魂交给在天堂的上帝手中。《启示录》描绘基督击败恶魔之后，将与复活的圣徒治理人世一千年，然后有第二次的复活与第二次的审判，得救的灵魂将在神赐的和平与安宁中永生。圣徒约翰说，"我又看见一个新天新地，……我又看见圣城新耶路撒冷，由上帝那里从天而降，预备好了，就如新妇妆饰整齐，等候丈夫"。那时上帝会到人间来与人同住，"上帝要擦去他们一切的眼泪，不再有死亡，也不再有悲哀、哭号、疼痛，因为以前的事都过去了"①。千年纪充满对摆脱尘世痛苦之完美状态的期待，因而相当类似于乌托邦的理想。虽然千年纪不是基督教教义正统，但很多世纪以来，这一观念在基督徒当中影响深远。中世纪有不少以千年纪思想为基础的社会运动和组织，其成员相信基督的第二次降临就在目前，千年纪即将开始。他们争取像圣者那样生活，因而往往成为独立的群体，不受世俗法令和习惯约束，成为带强烈宗教性和理想色彩的组织，所以在中世纪和近代初期，各种不同类型的千年纪教派都对奥古斯丁的正统，形成极为严重的挑战。正如库玛所说，千年纪"唤起了'人间天堂'的希望，唤起了'新人间'的幻想，其乐园式的完美既可追溯到人类堕落之前的乐园，也能预示来世之天上的乐园"。于是在千年纪之中，"宗教与乌托邦互相迭和在一起。一般情形下宗教比照来世完美之承

---

① 《新约全书·启示录》第21章第1—4节。

诺而不看重现世，因而也不看重乌托邦，但这种态度在此有重大的改变"①。所以千年纪虽是宗教观念，但其对"新天新地"和"人间天堂"的期待，又为乌托邦的出现做出了贡献。

然而乌托邦毕竟不同于千年纪。据库玛的说法，乌托邦是在特定的历史条件下产生的纯属现代的观念。乌托邦的核心是根本的世俗化，而且是针对中世纪和奥古斯丁原罪观念来界定的世俗化；而其前提条件则是人性善或至少是人性可以达至至善的观念。换言之，文艺复兴时代的人文主义是产生乌托邦的一个先决条件。乌托邦这个概念得名于托马斯·莫尔在1516年发表的名著，而在撰写《乌托邦》之前数年，莫尔曾对奥古斯丁《上帝之城》发表一系列演讲，如果说《上帝之城》是奥古斯丁从宗教立场出发设想的最美好生活的观念，莫尔的《乌托邦》则可以看成是对这一宗教观念的回应。杰拉德·魏格麦尔论证说，莫尔使用奥古斯丁的《上帝之城》，主要是以之作为对比："乌托邦才'不仅是最好，而且是唯一真正够得上理想社会之名的政治秩序'；《上帝之城》否认真正公正的社会可以在人间的任何时间任何地方存在。"② 可是在莫尔看来，乌托邦恰恰就是存在于现世人间的美好社会，因而和奥古斯丁作为超越现世之精神存在的上帝之城直接相反。尽管莫尔本人是虔诚的基督教徒，而且在死后四百年被天主教教会尊为圣徒，但如库玛所说，"在《乌托邦》一书中，显然是人文主义多于宗教热忱。在如僧侣生活这类独特的基督教影响之外和之上，最强烈表现出来的是莫尔对柏拉图的崇敬和他对罗马讽刺文学的喜爱"③。

莫尔的《乌托邦》发表之后不过一年，就有马丁·路德把向罗马教会挑战的95条论纲，钉在威腾堡大教堂的门上，并由此引发天主教教会和新教改革之间一段激烈的宗教冲突。剧烈的争执和宗教战争

① Kumar, *Utopia and Anti-Utopia in Modern Times*, p. 17.

② Gerard Wegemer, "The City of God in Thomas More's Utopia," Renascence 44 (Winter 1992): 118.

③ Kumar, *Utopia and Anti-Utopia in Modern Times*, p. 22.

使欧洲分裂，但也导致激进的世俗化，使人们不再依据基督教教义，不再通过教会的调解，来寻求解决社会问题的办法。诚如库玛所说，中世纪宗教世界观的衰落是"乌托邦得以产生的必要条件"①。当时还有另一个历史事件，对莫尔《乌托邦》的写作形式发生了极大影响，那就是因地理大发现而特别流行的文体，即风靡一时的游记文学。无论是真实还是想象当中遥远国度的习俗制度，从来就是幻想的材料，使人去构筑更美好生活的幻梦。库玛指出，这些游记故事都是"乌托邦的原始材料——几乎就是乌托邦的雏形"②。因此我们可以说，美洲新大陆的发现及其在欧洲激发出的无穷想象，为产生《乌托邦》提供了另一个条件。

库玛把乌托邦的形式和内容都放在欧洲文艺复兴、宗教改革以及地理大发现等特殊的历史环境中来讨论，便由此断定"乌托邦并没有普遍性。它只能出现在有古典和基督教传统的社会之中，也就是说，只能出现在西方。别的社会可能有相对丰富的有关乐园的传说，有关于公正平等的黄金时代的原始神话，有关于遍地酒肉的幻想，甚至有千年纪的信仰；但它们都没有乌托邦"③。有趣的是，库玛认为中国可能是唯一的例外。他说："在所有非西方文明中，中国的确最接近于发展出某种乌托邦的概念。"然而他根据法国学者歇斯诺一篇讨论中国可能有乌托邦的文章，最后得出结论认为，歇斯诺所强调的"大同"、"太平"等各种思想，"虽然有类似的乌托邦式的宗教和神话的'史前史'，却都没有像在西方那样形成一个真正的乌托邦。在中国，也从来没有形成一个乌托邦文学的传统"④。在较近出版的《乌托邦主义》一书中，库玛对此有进一步的讨论，但不幸他仍然以歇斯诺60年代那篇文章为依据，因而很受局限，而歇斯诺文章的目的，和库玛所关切的问题相去甚远。歇斯诺追溯"大同"、"太平"、"平

---

① Kumar, *Utopia and Anti-Utopia in Modern Times*, p. 22.

② Ibid., p. 23.

③ Ibid., p. 19.

④ Ibid., p. 428 注 29。

均"、"均田"等传统的平均主义思想，其目的在由此说明社会主义何以在中国会这么成功。他希望描述一个文化和历史的背景，在那之上，当代中国的政治局势就显得更容易理解。歇斯诺说，社会主义虽是西方的外来思想，但"它能够实行和实现人们世世代代抱有的混乱的梦想。在这个意义上，社会主义对于东方说来，并不像人们有时以为的那么'外来'"①。他讨论的思想观念大多是道教和佛教的思想，也提到少数几部文学作品，包括陶渊明的《桃花源记》和李汝珍的《镜花缘》，后者有对女儿国的描写，歇斯诺称之为一个"女权主义的乌托邦"②。

然而就讨论乌托邦而言，歇斯诺的文章并不能做全面的指引，因为那篇文章追寻中国传统中乌托邦思想的主要来源，走得并不够远，而且基本上忽略了儒家思想中的社会和政治哲学传统。因此，库玛在其影响之下，也就不可能窥见中国乌托邦思想的全貌，反而得出一个并不可靠的结论，认为把所有中国乌托邦思想的成分合在一起，"仍然与真正的乌托邦主义相去甚远"。库玛继续说，在中国传统里，乌托邦观念"几乎总是联系着和佛教的弥勒佛有关的救世观念和千年纪的期待"③。据库玛的看法，在非西方文化里，宗教信仰使乌托邦很难存在。他认为，"在非西方社会里难以找到乌托邦的原因之一，是由于这些社会大多受到宗教思想体系的控制"④。我想要证明，这一描述恰好不能适用于中国传统。可是我要强调的并不是库玛论证错误，或他的信息来源有误，因为他并非中国文化专家，中国是否存在乌托邦传统，也不是他论述的重点。远为重要的是库玛关于乌托邦性质及其与世俗思想之紧密关系的精辟论述。在那一论述的基础之上，我们可以明显看出，恰好在中国存在着乌托邦思想。对库玛说来，世

---

① Jean Chesneaux, "Egalitarian and Utopian Traditions in the East," Diogenes 62 (Summer 1968), p. 78.

② Ibid., pp. 82-84.

③ Kumar, *Utopianism* (Minneapolis: University of Minnesota Press, 1901), p. 34.

④ Ibid., p. 35.

俗化是乌托邦的必要条件，而他在东方没有看到那种条件。可是我们可以论证，在儒家思想影响之下，传统中国社会恰好是一个没有受任何宗教体系控制的社会，而且总的说来，中国文化传统具有明显的世俗性质。这里我们又碰到术语的可译性问题：究竟乌托邦是否可以跨越东西方文化差异而翻译呢？乌托邦的意愿是否在中国传统中也有所表现呢？

二　儒家思想中的乌托邦倾向

如果世俗化是乌托邦的前提条件，那么儒家影响下的中国传统就可以提供一个迥然不同于中世纪欧洲的世俗文化模式。《论语》中体现的孔子思想，关切的是现实的人生，而非来世或天堂。《述而》篇载"子不语怪、力、乱、神，"最明确表露了孔子的理性态度。在涉及鬼神与信仰问题时，孔子的态度似乎是模棱两可的，因为《八佾》篇记孔子论及祭祀，说"祭如在，祭神如神在。"《先进》篇也表现孔子这种怀疑态度："季路问事鬼神。子曰：'未能事人，焉能事鬼？''敢问死。'曰：'未知生，焉知死？'"死亡本来是一切宗教所关切的中心问题之一，在孔子却认为不必深究，而应当首先考虑现实的生存问题。孔子这种入世而理性的态度，论者多已指出。如冯友兰《中国哲学史》论及孔子时代的宗教和哲学思想，就认为"孔子对于鬼神之存在，已持怀疑之态度"[①]。周予同认为孔子一方面对鬼神表示怀疑甚至否定，另一方面又不废祭祀，实际上是利用宗教祭祀"以为自己道德哲学的辅助。所以孔子以及后代儒家的祭祖先、郊天地等举动，只是想由外部的仪式，引起内心的'反古复始'、'慎始追远'的敬意，以完成其个己与社会的伦理。所以孔子的祭祀论已脱了'有鬼论'的旧见，而入于宗教心理

---

① 冯友兰：《中国哲学史》，（香港）太平洋图书公司 1956 年版，第 49 页。

的应用"①。西方汉学家也大多注意到儒家这种入世的取向。如雷蒙·道生说，"孔子最为关切的是给人以道德的指引，而孔子认为最主要的美德乃是仁"。他继续说："如果他的目的是要在这个人世间恢复乐园，那就很少有宗教的余地。"② 这里所谓乐园当然不是指《圣经》里的伊甸园，而是经孔子理想化的上古三代之太平盛世。《述而》篇载孔子自谓"述而不作，信而好古"。《八佾》篇又说："周监于二代，郁郁乎文哉。吾从周。"这种对上古三代的理想化以及对文王、周公的称颂赞美，的确在中国传统中形成一种怀古的倾向，在某种程度上，可以说类似西方伊甸园或往古黄金时代的幻想。然而中国这种往古的乐园并非由原罪而丧失，也没有基督教传统中那种宗教的含义。

对孔子说来，回到上古时代的完美不是通过信仰或神恩的干预，不是等待末世的启示或救世主的第二次来临，而是通过人在目前和现世的努力，依靠每个有道德的君子去恢复那失去了的黄金时代的文化。而恢复过去时代文化的最终目的，乃是为了在将来可以实现完美。因此儒家设立的过去时代的例子，并不仅仅是往古的黄金时代，让人只能留恋缅怀，却永不可能重新达到。恰恰相反，理想的过去在社会生活中起相当重要的作用，它可以成为，而且确实常常成为衡量现在、批判现在的一个尺度。换言之，诉说古代的完美无可避免会成为一种社会讽寓，具有社会批判的功能。我们由此可以明白，何以孔子和学生们对话之间，常有一种急于经世致用的紧迫感。《论语·颜渊》载颜渊问仁，孔子回答说："克己复礼为仁。一日克己复礼，天下归仁焉。为仁由己，而由人乎哉?"这说明在孔子看来，回到古代乐园之路是通过个人自身的努力，不能靠别人，更不用说靠鬼神之助。这种依靠个人努力之积极而理性的态度，与宗教精神以及期待救

---

① 周予同：《孔子》，载朱维铮《周予同经学史论著集》，上海人民出版社 1983 年版，第 385 页。

② Raymond Dawson, *Confucius*. Oxford：Oxford University Press，1981，p. 44.

世主来临的神秘理想，与千年纪所希求的乐园之再现，显然有本质的区别。值得注意的是，孔子主张"克己复礼"，目的并非回到往古，而是以现在的努力达于仁，以期成功于未来，最终还是着眼于现在。这就有别于西方关于乐园的幻想或对往古黄金时代的缅怀。当然，孔子常常提到天或天命，所以在他的思想中，并非没有宗教和超越的观念，但总的说来，儒家思想无疑对现世和人伦有更多的关怀。在儒家思想影响下，中国人大多对不同宗教信仰持宽容开放的态度，也没有哪一种宗教能在中国定于一尊，这在世界文化中，可以说是相当独特的现象。

库玛总结古典乌托邦概念，认为它们"都是对激进的原罪理论发动的攻击。乌托邦永远是人只依靠他自然的能力，'纯粹借助于自然的光芒'，而所能达到的道德高度之衡量"[1]。这句话颇可以用来描述孔子所说"为仁由己"而不由人的君子，因为"由己"也就正是"纯粹借助于自然的光芒"。这里重要的是对人之本性、对其道德力量和可完善性的信念。而那一种信念在儒家传统中，恰好是一个牢固的观念。《论语·阳货》载孔子说："性相近也，习相远也。"[2] 在这里孔子并未明确肯定人性是善或是恶，但他确实肯定人性是可塑可变的。总的说来，他所关切的不是人性本身，而是社会现实中的人生。所以《公冶长》篇载他的学生子贡说："夫子之文章，可得而闻也。夫子之言性与天道，不可得而闻也。"然而传统的评注家们力求孔孟一致，便肯定孔子已经持性善之说。刘宝楠《论语正义》注《公冶长》此句，就认为"性善之议，孔子发之。而又言性相近者，言人性不同，皆近于善也"。同书注《阳货》"性相近"句，甚至直接引孟子的话为依据以注孔子，认为"孟子之时，因告子诸人纷纷各立异说，故直以性善断之。孔子但言善相近，意在于警人慎习，非因论性

---

[1]　Kumar, *Utopia and Anti-Utopia in Modern Times*, p. 28.
[2]　《论语·阳货》。

而发，故不必直断以善与"。① 近人徐复观讨论先秦关于人性的意见，也持类似看法，认为孔子所说"性相近的'性'，只能是善，而不能是恶的，……孔子实际是在善的方而来说性相近"。② 所有这些评注未必能成功论证孔子真的相信人性善，可是传统评注对中国人如何理解孔子的话，却有极大影响。

在儒家传统中，是孟子在辩论中明确提出著名的性善论。诚如刘宝楠所说，孟了的看法是在和告子诸人的异说辩论中产生的。据《孟子·告子上》，告子认为人性就像流水，"决诸东方则东流，决诸西方则西流。人性之无分丁善不善也，犹水之无分于东西也"。可是孟子接过告子流水的比喻，把横向之比巧妙地换成竖向之比，指出水的本性总是向下，所以"人性之善也，犹水之就下也。人无有不善，水无有不下"。人世间当然有各种恶存在，但孟子坚持认为，那不是人性本身的问题，而是恶劣的社会环境造成的结果。正如使用机械手段可以使水违背其本性向上，恶劣的环境也可能把人推行各种罪恶。孟子认为人心本能地具有四种善端，由此论证人性本善。《公孙丑上》"侧隐之心，仁之端也。羞恶之心，义之端也。辞让之心，礼之端也。是非之心，智之端也。人之有是四端也，犹其有四体也"。赵岐注："端者，首也。"焦循《正义》更进一步引《说文》释端为"物初生之题也。题亦头也"。③ 这就是说，孟子认为人性有善的开头或根源，若加以正确引导和培养，就可以使人成为完人。这与奥古斯丁认为被原罪污染的人性像已"腐烂的根"，正所谓南辕北辙。奥古斯丁认为业当的原罪影响一切人，所以人皆有罪，只有神特别恩宠的少数可望成为圣徒。孟子则认为圣人与常人并无本质差别，"人皆可以为尧舜"④（《告子下》）。由此可见，儒家和基督教对于人性持截然相反

---

① 刘宝楠：《论语正义》，载《诸子集成》第一册，中华书局1954年版，第99、367页。

② 徐复观：《中国人性论史·先秦篇》，台湾商务印书馆1969年版，第89页。

③ 焦循：《孟子正义》，载《诸子集成》第一册，中华书局1954年版，第139页。

④ 《论语·告子下》。

的看法。

对于乌托邦而言，重要的不是相信人性善或人可以逐渐完善，而是由此引出的社会理想和政治理论。孟子的政治思想以性善为基础，主张仁政。《梁惠王上》约略描述了仁政的结果，是人人丰衣足食的小康理想。然而在战国时代，简单的小康理想也难以实现，孟子所见的现实，是"庖有肥肉，厩有肥马。民有饥色，野有饿莩。此率兽而食人也"。可见孟子所谓仁政并非现实，而只能提供一个理想的对照，以此来批评现状。所谓"率兽而食人"，不能不使人想起莫尔《乌托邦》里有名的"羊吃人"的比喻。《乌托邦》第一部并非理想社会的描述，而是假希斯洛蒂之口，对英国当时现状作尖锐的批判。那是英国毛纺织业刚刚开始发展的时代，大量耕地被圈起来作养羊的牧场，农民失去土地，成为流民和乞丐。他们饥渴难耐，不得温饱而被迫行窃时，又被酷刑绞死。莫尔以尖刻讽刺的笔法写道，羊本是最温驯的动物，只需一点草就可以喂饱，现在却到处横行，胃口越来越大，"听说已变成了吃人的怪物"①。所以在莫尔的《乌托邦》里，对现状的批判和对理想社会的描述相辅相成，乌托邦从一开始，就在提供理想社会蓝图的同时，更兼有社会批判的功能。

孟子的仁政只能是一种理想甚至幻想，其乌托邦性质也就不难想见。孔子希望将其伦理和政治理论化为现实的意愿，也同样是未能实现的理想。他有众多出色的弟子，经过儒家教养的严格训练，本应该为王者之师，在中国各地实行道德的完善和政治的和谐。这一希望和柏拉图所谓哲学家为王的观念，可以说相当接近，可是正如柏拉图清楚意识到此一观念极不现实，孔子也深知其道难行。柏拉图自己承认，哲学家为王或者王者研习哲学这一想法，很可以"比为令人难解的吊诡大浪"，这种大浪"很可能在人们嘲弄取笑的浪潮之中，把我

---

① Sir Thomas More, Utopia, trans. Robert M. Adams. New York: W. W. Norton, 1957, p. 14.

们冲到不知何处去"①。孔子的情形也颇相似，他周游列国，却未见
其用。《论语·宪问》记载一位守城门的人描述孔子的话，就说他是
"知其不可而为之者"。经过一再的失望和挫折，大概就是圣人也未
免会失去耐性了，所以连孔老夫子也忍不住偶尔要抱怨几声。我们可
以想象，孔子不能在他的时代实现道德理想和政治抱负，不断遭到各
种困难和挫折，至少在某些特别令人气馁的时刻，也就难免产生一些
不实际的幻想、难以实现的企望、对一个想象的国土的渴求，那应该
是个陌生遥远的地方，在那里去实行孔子设想的理想社会，也许就显
得不是那么完全不可能。那恰好就是《论语·公冶长》孔子那句牢
骚话的意思——孔子说："道不行，乘桴浮于海。"孔子本人并没有说
明他浮海要去哪里，可是历来的注家却说得很清楚，都认定孔子想往
渤海以东，要到"东夷"居住的朝鲜去。他们说："东夷天性柔顺，
异于三方之外，"所以孔子"欲乘桴浮而适东夷，以其国有仁贤之
化，可以行道也"②。《子罕》篇又有"子欲居九夷"的话，刘宝楠
《正义》就说这"与乘桴浮海，皆谓朝鲜。夫子不见用于中夏，乃欲
行道于外域，则以其国有仁贤之化故也"③。评注家们力求使读者明
白，孔子"浮于海"的愿望，绝非"遁世幽隐，但为世外之想"，而
是要达到"仍为行道"的目的。虽然孔子想"乘桴浮于海"，而且
"欲居九夷"，他最终向望的仍然是可以"行道"，如果不能行道于中
国，也至少可以"行道于外域"。这些评论当然都是些推测之辞，然
而是相当有意思的推测。在孔子时代，朝鲜无疑是具有神秘色彩和异
国情调的"外域"，就像莫尔设想的乌托邦，或培根（Francis Bacon）
描绘的新大西岛（New Atlantis），可以任人驰骋想象。那里的居民虽
是原始的蛮夷，却天性纯洁，只要加以适当的教化和影响，他们或许

① Plato, "Republic", trans. Paul Shorey, in The Collected Dialogues, including the Letters, eds. Edith Hamilton and Huntington Cairns. Princeton: Princeton University Press, 1963, 5.473c, p.712.
② 刘宝楠：《论语正义》，载《诸子集成》第一册，中华书局1954年版，第91页。
③ 同上书，第185页。

就能实现哲人的社会理想。莫尔描绘乌托邦来历时，就说乌托邦国王"把其地粗野未开化的居民，改造为极具文化与仁爱之人，在这一方面他们已经超过几乎一切别的民族"①。这与《论语》评注中对东夷的想象，实在颇为相似。孔子和孟子的确都没有全面描述过一个文学的乌托邦，但在他们著作的片断里，却包含一些无疑为乌托邦的因素。在孔子想乘桴浮于海，想远离中国而居九夷这些片断里，在评注家们对这些片断之道德和政治意义的强调里，我们可以说已经能找到构成乌托邦的基本要素：这里有海上的航行，有处在虚无缥缈之中有待发现的外域，有自然纯朴、天真无邪的蛮夷，他们的本性可以不断改进而臻于完善，成为理想社会的成员。一旦文学家借助想象把这些要素组织起来，略加叙述和描绘，就可以产生出文学的乌托邦来。

三　文学的想象

中国文学里表达对理想乐土的追求，当以《诗·魏风·硕鼠》为最早。这首诗并没有细致描绘乐土，所以也许算不得真正乌托邦式的作品，但我们如果同意露丝·列维塔的意见，以乌托邦的要义在最基本的"更好生存方式的意愿"，那么这首远古的诗歌就确实表达了这样一个意愿。诗曰："硕鼠硕鼠，无食我黍。三岁贯女，莫我肯顾。逝将去汝，适彼乐土。乐土乐土，爰得我所。"这首诗有典型民歌的形式，这简略的诗句并未描述乐土是什么样子，但在重敛压榨之下欲之他国，适彼乐土，就和孔子欲居九夷的话一样，都表现了对现状不满和对理想社会的向往追求。按传统评注的解释，这首诗是"刺重敛也"，是讽刺君主"贪而畏人"，于是"将去汝，之彼乐土之国"。换言之，这首诗传统上历来被理解为一种社会和政治的讽寓，表现对美好生活的追求。因为《诗经》是儒家的重要经典，这首小诗在中国乌托邦文学想象之中，也就占有相当高的地位。

从远古的民歌，我们可以转到三国时的曹操。曹操有《对酒》一

---

① More, *Utopia*, p. 34.

首："对酒歌，太平时，吏不呼门。王者贤且明，宰相股肱皆忠良。咸礼让，民无所争讼。三年耕有九年储，仓谷满盈。班白不负载。雨泽如此，百谷用成。"这里暗用孟子的话，毫无疑问表现出一种乌托邦式的幻想。他描绘的社会不仅和平富裕，而且公平安定，"路无拾遗之私。囹圄空虚，冬节不断。人耄耋，皆得以寿终。恩泽广及草木昆虫。"然而曹操的生活现实和他所幻想的乌托邦社会，却实在是相差万里，因为他一生频频征战，用极严酷的手段为建立魏国奠定基础。如果我们把他描绘战争的诗相比照，就更能领略《对酒》中表露出的那种乌托邦的幻想。曹操《蒿里行》描绘战事的情形，是"铠甲生虮虱，万姓以死亡，白骨露于野，千里无鸡鸣。生民百遗一，念之断人肠"。他在现实经历中看到的是战乱的毁灭和痛苦，乌托邦的幻想显然就产生于他力求摆脱严酷现实、寻求和平安定的愿望，并在想象中给他带来一点慰藉。

中国文学中最具乌托邦特色的作品，无疑是陶渊明在曹操之后约两百年所作的《桃花源诗并记》。此作不同于前此一切对乐土的幻想与渴求，首先在于描写稍具规模。诗人让我们约略窥见一个人们安居乐业的世外桃源，而这隐蔽的世外桃源是一武陵渔人通过一个极狭窄的山洞偶然发现的。这种经过山洞或其他途径发现与现实不同的理想社会，当然是许多乌托邦文学叙述的共同点。陶渊明以简洁的语言，把发现桃源的过程写得十分生动而且情趣盎然，成为中国文学传统中著名的经典。他描述的世外桃源与世隔绝，武陵渔人经过极狭窄的洞口才得以发现。而一旦走到那里，他立即看见一个与外面世界迥然不同的、自足自治的社会。桃源中人告诉他，说是"先世避秦时乱，率妻子邑人来此绝境，不复出焉；遂与外人间隔。问今是何世，乃不知有汉，无论魏晋"。这种没有时间观念的感觉对所有乌托邦说来都至为重要，因为乌托邦是不变的完美社会，其完善的社会状态既不允许衰退，也不需要改进。武陵渔人作为一个外来者，就代表着与当时外在现实的联系，相对于乌托邦社会那个没有时间变化的世界，他是来自充满盛衰消长的另一个世界中人。桃源中人把渔人邀请到各家，待以酒食，而渔人则向主人讲述外面世界的故事，那些关于战争、灾难和改朝换代的故事。数日之后，他告辞而去，桃源人对他说，这里的事"不足为外人道"。可是此人出来找到自己的船，却一路上做好标记，并且把发现桃花源的事报告给了当地的太守。这不仅是背弃了渔人向桃源人的承诺，而且也代表了时间和变化的现实世界对乌托邦那永恒完善状态的威胁。为了维护乌托邦的幻想，桃花源的故事就不能不以神秘的方式结尾：太守派人随渔人去寻找那世外桃源，可是无论他们怎样努力，桃花源却消失得没有一点踪影，后来也再"无问津者"。从此以后，桃源也就成为中国文学传统中一个不断引人遐想的幻梦。

钟嵘《诗品》称陶渊明为"古今隐逸诗人之宗"，可是这篇桃源诗却恰好不是写游仙或归隐这类个人之志，而是描写具理想色彩的社会群体及其生活，而这正是乌托邦文学的基本特点。也就是说，乌托邦所关注和强调的不是个人幸福，而是整个社会集体的安定和谐。为了这假想的乐土能有不同于周围世界的理想制度，乌托邦总坐落在与世隔绝的地方，外人往往难以接近，更难于发现。许多写乌托邦的作品都刻意描绘理想社会的地势，叙述其发现过程之艰难。莫尔的乌托邦是希斯洛蒂在美洲新大陆的发现。陶渊明的桃花源也是渔人缘溪而行，无意当中的发现。在《桃花源诗》里，渊明描绘的无疑是一些简朴、忠厚的人们，是一个自足的农耕社会。诗中写桃源人"相命肆农耕，日入从所憩。桑竹垂余荫，菽稷随时艺；春蚕收长丝，秋熟靡王税。……童孺纵行歌，班白欢游诣"。值得注意的是陶诗中"秋熟靡王税"一句，我们由此可知桃源里没有苛政重敛，所以才有"童孺纵行歌，班白欢游诣"那样怡然自乐的场面。对于生活在4世纪的一位诗人说来，设想一个不纳王税的农耕社会，可以说是相当独特的想象。

陶渊明写桃花源固然是想象的虚构，却也并非毫无现实作基础。陈寅恪在《桃花源记旁证》一文里，就以史学家的眼光钩稽史料，推论渊明所写的桃源在历史上实有所据，考出"真实之桃源在北方之弘农，或上洛，而不在南方之武陵"，而且桃源中人"先世所避之秦乃苻秦，而非嬴秦"①。不过真实的桃源与虚构有寓意之桃源并不互相冲突，文学的想象本来就总有现实作基础，所以我们在两者之间，不必作非此即彼的选择。西方文学中的虚构也是如此。例如不少人指出柏拉图撰写《理想国》，就不仅以当时斯巴达的价值和实践为基础，而且受到毕达哥拉斯学派在意大利南部所建社团的影响。莫尔写《乌托邦》，也取材于16世纪初对南美秘鲁印加帝国状况的描述，所以并非完全向壁虚构，毫无依据。②《桃花源诗并记》在中国文学中占据特殊的位置，当然主要在于表现的社会理想，即所寄托的乌托邦之寓意，而这寓意之产生，又与社会现实密切相关。渊明诗结尾说："奇踪隐五百，一朝敞神界。淳薄既异源，旋复还幽蔽。"似乎有一点超越凡间的意味，也常被误解为描写神仙境界。可是他接下去又说："借问游方士，焉测尘嚣外。愿言蹑轻风，高举寻吾契。"既然桃源不必由四处云游的方士在尘嚣之外去寻找，陶渊明设想的那个理想社会就在人间，是依据于现实也着眼于现实的想象，而非纯粹耽于高人梦幻的空想。

我们说陶渊明的桃花源具有乌托邦特色，其重要原因就在于他设想的是一个理想和睦的人间社会，而不是超凡的仙境。但陶渊明之后有不少写桃源的诗，却恰恰把陶诗中理想的人间社会变成一个虚无缥缈的仙境，因而失去原诗中乌托邦理想社会的意义。例如王维《桃源行》写桃源中人道："初因避地去人间，乃至成仙遂不还。"最后写渔人再去找寻桃花源，却只见"春来遍是桃花水，不辨仙源何处寻"。于是在王维诗中，那位武陵渔人相当于一个求长生不老的道士，而其桃源也就是一处仙境，渔人在那里和仙人们有短暂一刻的相遇。另一位唐人孟浩然有《武陵泛舟》一诗，可是他强调的又是超乎现

---

① 陈寅恪：《桃花源记旁证》，载《金明馆丛稿初编》，上海古籍出版社1980年版，第178页。

② 参见 Kumar, *Utopianism*, p. 64。

世的神仙世界："武陵川路狭，前棹入花林。莫测幽源里，仙家信几
深。山回青嶂合，云渡绿溪阴。坐听闲猿啸，弥清尘外心。"刘禹锡
《桃源行》是又一首写桃源的诗，他把陶诗中朴实的村民变成神仙，
而渔人发现桃源，也写得更带一点神秘和戏剧性的色彩："洞门苍黑
烟雾生，暗行数步逢虚明。俗人毛骨惊仙子，争来致词何至此？须臾
皆破冰雪颜，笑言委曲问人间。"最后，刘禹锡把缥缈清朗的仙境和
浑浊污秽的人间对比，以这样的诗句结尾："桃花满溪水似镜，尘心
如垢洗不去。仙家一出寻无踪，至今流水山重重。"诗中"似镜"的
流水和"如垢"的"尘心"，都是取自佛家的比喻，这就把陶诗中那
个人间社会的桃花源，变为人世之外虚无缥缈的神仙世界。因此，刘
禹锡诗中的桃源，就完全不同于陶渊明诗中那个纯朴的农耕社会的乌
托邦。

到宋代，大诗人苏轼才指出历来对陶渊明诗的曲解。据《诗林广
记》，苏东坡云："世传桃源事多过其实。考渊明所记，止言'先世
避秦乱来此'。则汉人所见，似是其子孙，非秦人不死者也。"此处
重要的是，桃花源是人间社会，不是长生不死的神仙居住的仙境。在
中国传统中，王安石是把陶诗中的乌托邦主题真正有所发展的少数诗
人之一。王安石《桃源行》一开始描写暴秦的苛政："望夷宫中鹿为
马，秦人半死长城下。避时不独商山翁，亦有桃源种桃者。"秦始皇
强征壮丁修筑长城，造成大量人死亡，成为秦政暴虐的证明。王安石
依据陶渊明诗意，说桃源人的祖先像汉初的商山四皓一样，为逃避暴
政躲到山里去。接下去他就描写隐蔽在桃源中人的生活："此来种桃
经几春，采花食实枝为薪。儿孙生长与世隔，虽有父子无君臣。"在
陶渊明诗中，"秋熟靡王税"一句，已可谓是大胆的想象，王安石诗
中那个想象中的社会，可以说有更为激进的建构原则，因为他们只知
道父子之间的亲缘关系，却没有君臣之间的尊卑等级。桃源和外面世
界的分别，在诗中表现为记忆和知识的不同："世上哪知古有秦，山
中岂料今为晋？闻道长安吹战尘，春风回首一沾巾。"长安是汉和西
晋的首都，在此代表了整个中国。王安石诗的政治用意在结尾两句中

更显突出，他指出一个严峻的事实，那就是历史上多的是秦始皇那样的暴君，而像舜那样的圣君明主不过是传说，是虚妄的幻想，是不可能实现的美梦："重华一去宁复得，天下纷纷经几秦？"的确，陶渊明和王安石诗中描写的桃源，是一个人人勤劳耕种，日出而作，日入而息的农业社会，与西方现代城市型的乌托邦绝然不同。然而陶渊明毕竟生在莫尔1200多年前，他们各自的时代和社会不能不影响他们所描绘的理想。然而使陶渊明和王安石诗中的桃源无可否认成为乌托邦的，是那个隐蔽社会之现世人生的性质，那是一个想象中人类的社会，而不是超然世外的仙境。

不过在中国文学中，的确没有详尽描述桃源社会各方面情形的作品。由此看来，中国虽然在西方传统之外，提供了另一种乌托邦观念，但并未形成一个乌托邦文学的传统，没有像莫尔以来西方的乌托邦作品那样，对理想社会作细致入微的具体描述。在这一点上，库玛怀疑中国有真正的乌托邦，并非没有道理。然而乌托邦尽管有文学虚构的形式，更重要的特点却在于其寓意和内容。库玛在讨论乌托邦传统时，除文学形式而外，强调的也正是社会和政治思想。莫尔的乌托邦极具影响的一点，是废除私有财产，实行人人平等的共产主义制度。《乌托邦》第一部讨论欧洲社会贫富悬殊的状况，最后借希斯洛蒂之口说，"只要私有财产没有完全废除，就不可能有公平合理的物质分配，也就不可能有令人满意的政府。只要私有财产还继续存在，人类最优秀的最大多数就逃不掉忧患困苦的重负"。①《乌托邦》第二部描绘的理想社会就废除了私有财产，那里的人们共同创造社会财富，也共同分享社会财富。在莫尔之后，这不仅是许多乌托邦文学作品的虚构，而且成为欧洲社会运动的一个主导思想。库玛指出19世纪浪漫主义时代亟具乌托邦气质，却很少乌托邦文学创作，因为乌托邦从文学虚构逐渐转变为社会思想和政治实践。如果我们以历史的眼光来观察，就可以看出莫尔以来乌托邦传统尽管有许多不同表现形

---

① More，*Utopia*，p. 31.

式，但也有根本的一点贯穿始终，那就是废除私有制、人人平均的集体主义观念。既然如此，我们就可以重新考虑中国文化传统中乌托邦的问题，因为中国的乌托邦不应在文学中去寻找，却应在社会政治理论中去寻找。在中国文化传统中，平均主义思想和对集体共同利益的强调，历来在社会生活中有极大影响，更深入一般人的意识当中。库玛所依据的法国学者歇斯诺讨论中国传统的乌托邦思想，正着眼于这一点。他的讨论没有论及对中国文化传统最有影响的儒家，却提出道教中一些平均主义思想，认为那是乌托邦在中国最具代表性的体现。这固然使他的论证不够全面，但其基本论点还是有道理的。他说："古典中国社会总的氛围，不是像西方那样把个人与集体相对立，而是更倾向于把个人融合在集体之中。个人总是其家庭、行业、家族和邻里的一部分。"① 他由此论证，社会主义能在东方成为政治现实，并不是没有文化和历史的缘由。从文学创作方面看来，中国也许不能说有一个丰富的乌托邦文学传统，然而如果乌托邦的要义并不在文学的想象，而在理想社会的观念，其核心并不是个人理想的追求，而是整个社会的幸福，是财富的平均分配和集体的和谐与平衡，那么中国文化传统正是在政治理论和社会生活实践中，有许多因素毫无疑问具有乌托邦思想的特点。也正是在这一点上，我们可以审视东西方不同的乌托邦思想，补充库玛关于乌托邦的论述。

（原载《山东社会科学》2008 年第 9 期）

---

① Jean Chesneaux, "Egalitarian and Utopian Traditions in the East," *Diogenes* 62 (Summer 1968): 87.

中西忏悔意识之比较

邓晓芒

　　人性中真诚与虚伪的矛盾，在向外的方面表现为不断地奋起，在向内的方面则表现为忏悔与羞愧。上述鲁迅的几段引文①也鲜明地体现出，真正的真诚总是伴随有强烈的忏悔意识和羞愧感。

　　什么是忏悔意识？西方的忏悔意识萌发于古希腊，其前提是，将自己的一切实际做过的行为，不论它出于有意或无意，均视为自己的自由意志行为。如俄狄乌斯神话中，俄狄乌斯受命运的捉弄，无意中弑父娶母，但他仍然把这一罪行归咎于自己的自由意志，以维持自己人格的统一；这个可怜的罪人自己弄瞎了自己的双眼，离开了王位到处流浪，以这种惨烈的方式来惩罚自己，最终成为一完整、坚强和高大的人格。忏悔意识在中世纪成了西方意识形态的核心。基督教最著名的教父圣·奥古斯丁在其《忏悔录》中，坦白了自己少年时代的一次偷窃行为。他与朋友们一起偷了邻家果树上的梨，并不是由于贪恋那些果子，因为他自己家里有更好的；也不是饿极了要充饥，因为他随后就将它们喂了猪。他惊骇地发现，他之所以干了这件事，仅仅只是为了"犯罪的乐趣"，特别是与人一起犯罪（狼狈为奸）的乐

---

　　①　编者注：指上文所引鲁迅作品中的几段话。作者先引述《狂人日记》中的话："我未必无意之中，不吃了我妹子的几片肉，现在也轮到我自己。""有了四千年吃人履历的我，当初虽然不知道，现在明白，难见真的人！""没有吃过人的孩子，或者还有？"并指出，鲁迅第一个窥破了中国传统真诚观念的虚妄；然后，又引述《野草·墓碣文》中的"抉心自食，欲知本味。创痛酷烈，本味何能知？"以及"痛定之后，徐徐食之。然其心已陈旧，本味又何由知？"来说明鲁迅自我解剖所带来的罪感的痛楚。

趣，是"为犯法而犯法"！① 正是对于人的这种卑劣天性的沉痛反思，使他绝无可能再依赖对人的"赤诚"本性的信仰，而急切地转向了一个高高在上的、"具有纯洁光辉的、使人乐而不厌的、美丽灿烂的正义与纯洁"的上帝。奥古斯丁把自己由于年幼无知和受人蛊惑而犯罪归咎于自己天性中与生俱来的犯罪欲望②，这与俄狄乌斯将自己无意识的犯罪行为归于自由意志，具有同样的性质。人并不单纯，但人格是统一的。

我们再来看看一个近代的例子。卢梭在其著名的《忏悔录》中，开宗明义便说：

> 不管末日审判的号角什么时候吹响，我都敢拿着这本书走到至高无上的审判者面前，果敢地大声说："请看！这就是我所做过的，这就是我所想过的，我当时就是那样的人。不论善和恶，我都同样坦率地写了出来。我既没有隐瞒丝毫坏事，也没有增添任何好事。……当时我是什么样的人，我就写什么样的人：当时我是卑鄙龌龊的，就写我的卑鄙龌龊；当时我是善良忠厚、道德高尚的，就写我的善良忠厚和道德高尚。万能的上帝啊！我的内心完全暴露出来了，和你亲自看到的完全一样，请你把那无数的众生叫到我跟前来！让他们听听我的忏悔，让他们为我的种种堕落而叹息，让他们为我的种种恶行而羞愧。然后，让他们每一个人在您的宝座前面，同样真诚地披露自己的心灵，看看有谁敢于对您说：'我比这个人好！'"③

显然，对自己的所作所为加以客观的、置身事外式的揭示，不回

---

① ［古罗马］奥古斯丁：《忏悔录》，周士良译，商务印书馆1980年版，卷二。

② ［古罗马］奥古斯丁：《忏悔录》，周士良译，商务印书馆1980年版，卷十："我要忏悔我对自身所知的一切，也要忏悔我所不知的种种……"

③ ［法］卢梭：《忏悔录》，黎星译，人民文学出版社1980年版，第一章，第1—2页。

避自己的自由意志对自己的任何行为所承担的责任，同时又把对这些行为作善恶评价的权利完全交给一个超越尘世的上帝或命运，认为人本身没有能力凭自己的（恶劣的）本性来审判和净化自己的心灵，这就是西方忏悔意识的一般模式。苏格拉底的三句名言可以很好地表达出这一模式的三个层次："美德即知识"；"认识你自己"；"自知其无知"。可见，西方忏悔意识总是和对自身统一人格的认识性把握以及对上帝全知全能的信仰紧密相连的。

只有现代无神论者将这一基本模式颠倒过来了。萨特在其《苍蝇》中赞颂了希腊神话中俄瑞斯忒斯的自由精神。俄瑞斯忒斯与他的姐姐厄勒克特拉合谋杀死了杀害父亲的凶手，即他们的不贞的母亲及其奸夫埃癸斯托斯。在复仇女神的追捕下，在天神朱庇特的威逼下，俄瑞斯忒斯拒不忏悔自己的罪行，他将审判自己的权利完全留给了自己：

我不是罪人，你绝不可能让我去赎我所不承认的罪孽。

他还警告姐姐：

留神！厄勒克特拉。这区区一点悔意将像一座大山一样沉重地压在你的心灵上。

朱庇特（上帝）则说：

你的自由只是叫你发痒的疥疮，只是一种放逐。
……回来吧，我就是忘却，我就是安宁。我能使你忘却，使你安宁。

厄勒克特拉忏悔了，而俄瑞斯忒斯终于没有忏悔。他在那些忘恩负义地追打他的阿尔戈斯百姓面前宣告：

……你们明白，我的罪行就是属于我的；我当着太阳的面要求承担这一罪行，它是我的生存之道，是我的骄傲，你们既不能惩罚我，也不能怜悯我，所以你们害怕我。……我是配得上当你们的国王的。你们的过错，你们的悔恨，你们夜间的苦恼，还有埃癸斯托斯的罪行，这一切都是属于我的，我把这一切都承担下来。……你们看，忠于你们的苍蝇都离开了你们，冲着我而来。①

很明显，一旦俄瑞斯忒斯把评判善恶的权力完全交给了自己，他本人就成了上帝。《圣经》中说，上帝不许亚当和夏娃吃辨别善恶的知识之果，是怕他们变得和上帝一样，与上帝平起平坐。俄瑞斯忒斯对民众说的这番话，酷似耶稣基督为人类赎罪的学说。的确，耶稣的"生存之道"，他的事业、他的意义，就在于赎罪，他正因此而配得上作万物的主宰、地上的王。同样，朱庇特也在俄瑞斯忒斯面前惊问："必然会有一个人来宣告我的末日。难道这个人就是你吗？"唯一不同的是，耶稣基督本人是无罪的，无罪而能赎一切人的罪，这在逻辑上总有某种不通。所以中世纪的神学家们打了一千年的笔墨官司，也没有说清楚上帝究竟该不该对人类的堕落负责。俄瑞斯忒斯却很清楚自己是个罪人，他是以自己的弥天大罪（杀母）来赎取人类的罪恶，实现人间的公平正义，使埃癸斯托斯偿还了血债，使臣民们不再因容忍一位篡权者而忍受良心的折磨。他没有什么可忏悔的。在这里，忏悔意味着怯懦，意味着在人性的根本矛盾面前退缩不前，意味着人世间没有公正、人人都甘愿当奴隶。

然而，西方忏悔意识在萨特及其俄瑞斯忒斯这里并未被完全抛弃。上帝没有了，个人却成了自己的上帝。人不再为外加于自己的罪孽而忏悔，却永远将自己"放逐"在自己的自由之中：自由就是自己永远待赎的罪孽。人不再低头向一个超凡的神祈祷，但却注定陷在悔无可悔的汪洋之中，而将自己的忏悔作无限的推延。他为人类树立

① 引自《萨特研究》，柳鸣九编选，中国社会科学出版社1981年版，第166—255页。

了拒绝忏悔的楷模，却将人类遗留在悔罪的黑夜，因为归根到底，他所赎的毕竟是人类的罪孽——正如耶稣基督所做的。

自从尼采宣布"上帝死了"以后，西方的确开辟了一个新纪元，出现了一系列个人主义的哲学家和文学家、艺术家，他们几乎具有（或自认为具有）从前被人们加之于上帝的一切特征：他们实现着真正的"道成肉身"，他们完成了信上帝者与上帝在自己身上的合一，他们不再以安静地等待、受苦和默祷的方式，而是以"无中生有"的创世纪的方式、以"奇迹"的方式、以自由放纵自己的天才和情欲的方式来忏悔。他们自由地忏悔，而他们的一切自由仟性都带上了忏悔的性质、赎罪的性质、殉道的性质。毛姆笔下的思特里克兰德（即高更）便是如此。这位艺术天才四十岁上忽然放弃报酬优厚的职业和美满和睦的家庭，投身于孤独的、没人理解的艺术生涯。他从事艺术不是为了别人，而仅仅是为了发泄自己那旺盛的情欲和精力；他不遵守一切世俗的道德规范，任意给周围的人和事赋予他所认可的价值，大有"天地不仁，以万物为刍狗"的气概。他后来隐居塔希提岛土著部落，娶了一个土著人妻子，远离文明社会而埋头构造专属于自己的艺术世界，在住处四壁画满了原始、神秘而壮丽的壁画，并在临死前吩咐他唯一最虔诚的信徒、他那没有文化的妻子，将他的全部作品付之一炬。① 他自认为是超越人类的，甚至不屑于为人类留下一点他曾经创造过的痕迹。你可以说他是献身于一个新的上帝，即艺术，但这完全是他个人的上帝，即他那原始的本能冲动，他肉体情欲的创造力和生殖力。"艺术"，这就是他本人，而不是别的。

与西方忏悔意识相比，中国人对于忏悔自己的罪过有种完全不同的理解。要言之，中国人不是把自己的罪过视为自己自由意志的结果，而是看作与自己的意志和"本心"相违背的结果，并认为人只要按照自己的本心去行动，必然就会有德行。因此这种忏悔从来不涉及本心。西方人把"辨善恶"当作一种高不可攀的能力，当作人所

---

① 见毛姆的名著《月亮与六便士》。

不及、只有上帝才具有的最高智慧，亚当和夏娃偷吃了辨善恶的果子则是一种非分的僭越，本身是最大的犯罪行为；相反，中国人则把善恶之辨视为人的天生本性，这是人区别于禽兽的最起码的特征。如荀子说的：“人之所以为人者，非特以二足而无毛也，以其有辨。”（《荀子·非相》）因此，全部问题就在于排除外来的干扰，防止本性的蒙蔽。曾子的“吾日三省吾身”，之思的“君子慎其独”，都是为了排除一切不由自主的邪念，而达到“从心所欲不逾矩”或“率性”的境界。“不欺暗室”，其实质还是不欺“本心”。由此观之，中国古代严格说来并无真正的、彻底的忏悔意识，只有一种立足于已有本心、防患于未然的内省修养功夫。它从来不是彻底反省自己的整个所作所为并为之承担责任，而总是把罪过推给外来的偶然干扰；如果说个人有什么责任的话，也只是由于“不谨慎”，让外来的尘垢蒙蔽了纯洁的本心而已。因此，中国人的忏悔总是建立在自我标榜之上的，正如历代帝王有时下“罪己诏”那样，总是成为一种对自己仁慈本心和无私品格的炫耀，且越是自责得厉害，炫耀的水平就越高。

当然，上述这一套内省的说教在理论上只适合于“君子”和“上智”之人，至于平民百姓或“下愚”，则不能由之“率性”，而只能“教”。可是，当一个时代的绝大多数（即“百分之九十五”）的人、包括许多地道的恶棍都自以为是“正人君子”而非下愚时，当人们满心以为一个“满街是圣人”、“六亿神州尽舜尧”的“君子国”即将来临、人人必须洗心革面以取得这一天上人间的居住证时，这种为了标榜的忏悔便几乎是出自本能地蔓延开来，并采取了极其鄙俗和丑陋的形式。在“文革”和许多次政治运动中，忏悔成了意志薄弱者苟且偷生的护符，成了运动群众者克服个别阻力、如机器般精确地按计划完成运动任务的最锋利的开山斧。原则虽然是“人人皆有一个好的本质”（阶级敌人除外），但这并不成为任何人逃避忏悔的借口，反而成了一切残酷斗争、无情打击、告密、诬陷、揭发隐私、触及灵魂、逼供信等的合法根据，因为这一切都是在帮助你“洗脸洗澡”，都是“为你好”。在这种“人人过关”的压力之下，每个人都不能不加入一场自轻自贱、自我毁谤的竞赛，实际上是一场变态的自我标榜竞赛。这种自我标榜，不能说自己好，只能说自己坏，只有说自己坏，才表明自己的好。因此有人不惜给自己捏造罪名，以博得领导和群众的喝彩。每当一个人的忏悔得到人们的认可，他就会有一种解脱感和自我纯洁感，就有了表忠心、"帮助"别人和义正词严地上台批判的资格，也就是"以实际行动"进一步证明自己痛改前非、恢复到纯洁本心。"文革"以后过了多少年，还有人一听到什么风吹草低，马上向领导呈交一份"自我检查"，对有权者袒露自己的灵魂。人们把这称之为"心有余悸"，这种说法最好不过地证明，中国人的忏悔大多不是出于道德上的悔罪，而是出于恐惧，出于在无形的政治压力面前"预先抵挡一着"的本能。正如《祝福》中的柳妈劝导祥林嫂所说的："你不如及早抵当。你到土地庙里去捐一条门槛，当作你的替身，给千人踏，万人跨，赎了这一世的罪名，免得死了去受苦。"中国人的忏悔实际上只及于自己的"替身"，这本来不过是一个面具，一场表演，但人们自以为这样至少就表明自己"态度好"，显出自己本性的"真诚"。正因为"态度"的好或真诚是一个人能被接受为人的根本，有了这一条，天大的罪行都有了可以减免的理由，所以中国人缺乏真正的忏悔。表面的忏悔只是表示自己"态度好"、以便"蒙混过关"的手段。中国人真正注重的是"三思而后行"，至于行过之后，则除了总结一些技术性经验以便再行之外，并不花心思在诸如个人责任、罪过根源和人性拯救这些问题上，倒更喜欢"不咎既往"、文过饰非。这种可悲的遗忘症往往达到全民性的程度。然而，一个没有忏悔、失去记忆的民族是一个没有自我意识、没有时间性、没有历史的民族。过去失误的根源支配着这个民族的未来，永远是一些同样的失误，永远是一些同样的"新的"幻想。

巴金老人在《随想录·合订本新记》中谈到，在"文革"时期的牛棚里住了十年之后，"我才想起自己是一个'人'，我才明白我也应当像人一样用自己的脑子思考……我有一种大梦初醒的感觉"，"于是我下了决心：不再说假话！然后又是：要说真话！"巴老对自己解放以来所做的种种违心地整人的事件作了深深的忏悔，并指出："我们不能单怪林彪、'四人帮'，我们也得责备自己，我们自己'吃'那一套封建货色"；他大声疾呼，要建立揭露"文革"的博物馆，要永远记住"文革"的惨痛教训，并以此来教育子孙后代。无疑，在当代文化人中，巴老是最具忏悔意识的少数人之一了。他那用全部生命的力量呼喊出来的肺腑之言，读之下泪，闻之惊心。可惜全国各地有无数歌功颂德的博物馆，就是无法建立一个揭露"文革"丑恶的博物馆。然而，如果我们冷静地将这种忏悔和西方的忏悔精神比较一下，仍然可以看出两种完全不同的格调。西方忏悔精神的前提或结论是：人都有可能犯罪，例如俄狄乌斯的命运就有可能落到任何一个不管他多么真诚的人身上；巴老的忏悔的前提或最后结论却是：一个人只要真诚，只要及时地"下决心""不说假话"、"不吃那一套货色"，本来都可以不犯罪。俄狄乌斯忏悔的是自己的自由意志成了犯罪行为，巴老忏悔的是自己"违心地"干出了卑劣的行为。俄狄乌斯忏悔自己"干了什么"，巴老则忏悔自己本应干而"没干什么"。俄狄乌斯的忏悔代表着整个人类本性，巴老的忏悔却只代表他自己或特定"我们"的一时不坚定、不诚实、不纯洁的意念，他不是对自由意志的忏悔，而是对自己没有行使自由意志的忏悔。

这种中国式的、不彻底的忏悔意识在张贤亮的小说《绿化树》和《男人的一半是女人》中得到了极为生动的艺术表达。这两部小说的主题并不是饥饿和性，而是忏悔、忏悔、再忏悔，净化、净化、再净化。饥饿和性饥渴只不过是引向忏悔的工具和善功，一旦忏悔完成，净化实现，自己获得了道德上的"完整的人格"，于是饥饿被忘却，女人被抛弃，从前所受的磨难就会成为一枚标志自己的改造诚意和苦难历程的功勋奖章。因此，小说并未真正达到人性忏悔的深度，反倒给人一种处处美化主人公、为之辩白和辩解的印象。中国人为什么老是健忘？并非因为中国人的忏悔不痛苦、不真实，而是因为中国人的忏悔不带普遍的人道性，因而不是真正的忏悔，它总是和某一具体行为、某一具体历史事件相联系，而不触及人的共同本性、人的自由意志或本心。因此，只要时过境迁，一切又都复原了，主人公终于踏上了"红地毯"，生活中又充满了阳光，人与人的关系又重新变得融洽和美好，似乎有了一个"新的开端"。张贤亮小说的忏悔并没有从根本上超出这种忏悔意识。人们竟没有发现，这种在今天被用来批判"文革"那场"浩劫"的忏悔意识，实际上正好就是"文革"借以发动起来的意识形态根据。其实，整个"文革"可以看成全国、全民族的一次最大的忏悔运动。"斗私批修"、"灵魂深处爆发革命"、揪出"走资派"，都有一个堂皇的借口：为了使我们的国家机器更纯洁，使我们的干部更真诚，使我们的人民"拒腐蚀、永不沾"，批判一切"资产阶级的假恶丑"，建立起"无产阶级的真善美"。如果我们还没有完全丧失记忆的话，大部分人（当然指"文革"的过来人）总该记得，当年"向党交心"、交日记、交书信，自我揭发、"狠斗私字一闪念"，甚至在群众大会上痛哭流涕、给自己无限上纲上线，都绝对不是虚情假意。应当承认，从直接的心理体验上说，他们多半说的都是真话（承认这点，在今天比承认它们是假话更令人难堪百倍!），而且真得不能再真了！因为每个人都想通过使自己袒露出或激发出赤裸裸的真诚来获得做人（或"重新做人"）的资格，这是一件涉及自己的根本问题的极其严肃和严重的事，大家都战战兢兢、如履薄冰，谁敢开半句玩笑！当然，这里所谓的"说真话"，并不是指客观上"真实的话"，而是指"真诚的话"：人人都在真诚地说着不真实的话，并且在真诚地、出于一片"好心"地逼着别人（"帮助"别人）说真诚的假话。这是一种情不自禁的自欺，如同催眠和梦游症一般以假为真，因为人们关注的不是说话的内容，而是说话的态度。我们该忏悔的并不是说了假话，而是真诚地说了假话。由此可见，现在把一切问题归结到是否有勇气"说真话"，似乎只要人人本着良心说真话，就可以避免那场"浩劫"，或至少维持自己人格的一致，这种幻想包藏着某种隐蔽的危险。它并未超出"文革"赖以发生的传统意识的思维模式，并且掩盖了这样一个残酷的事实：中国数千年大一统的封建帝国从来都不是靠少数人的诡计、而正是靠千百万人的真诚来维持的，当人的素质极低、人格的独立性尚未达到自觉的时候，罪恶永远也不会缺少真诚的或自以为真诚的人来为它服务。老实说，时至今日，我们"说真话"已经说得够了，我们要求起码的"不说话"的权利，即"隐私权"。没有隐私权，没有对自己的想法保持沉默的权利，一切真话到头来都是假的，哪怕它是多么真诚地说出来。只有沉默的权利才有可能使人的一切话语成为自由的"表演"，成为向真诚的目标迈进的脚印。沉默的权利比说真话的权利更重要。

也正是在这种沉默的权利中，我们才能建立起一种带有普遍性的忏悔意识，亦即把中国传统的不彻底的、因而是虚假的忏悔精神提到普遍人性的水平上来。这不是一种在群众大会和官方权势面前捶胸顿足、痛哭流涕的姿态（这种姿态无论怎样"发自内心"，实际上都是被迫的），而是独自一人的心灵内省；不是那种没有意识到自身的表演性、虚伪性和滑稽性的丑陋表演，而是有意识地对自己表演，就像一个艺术家沉浸于他的自我创造和自我欣赏，全不顾他的作品是否能取悦观众一样。

在这方面，我们也许可以从西方忏悔意识中获得某种启示。西方中世纪基督教的"原罪说"无论在今天看来多么骇人听闻（一个刚出生的婴儿就被认为有罪!），却揭示了这样一个道理：从本质上说，人人都有犯罪的主观可能性，人的自由意志中天生就隐含着犯罪的倾向，在此生此世永远得不到彻底的洗刷。由于有原罪，一切人（不论帝王还是奴隶、盗贼、囚犯）在上帝面前平等①。当然这不是说西方基督徒对于达到绝对真诚就彻底绝望了，而是说他们把绝对真诚仅仅看作一种应当热烈追求的希望。中国人的现实主义精神把绝对真诚当作人预先假定已现实具有的本心、本性，问题只在于如何揭示和发现它、维护它，去掉蒙在上面的灰尘（扫帚不到，灰尘照例不会自己跑

---

① 鲁迅在《狂人日记》中为自己"无意中"吃了人而忏悔，并把自己当成"有四千年吃人履历的我"，这种原罪感是中国人开始有了普遍忏悔意识的最早标志，可惜这一点一直没有被人们注意到。

掉）；而这又完全取决于人的勇气、意愿和态度，所以真诚的意愿和真诚本身是一回事（我欲仁，斯仁至矣！或：放下屠刀，立地成佛）。只要愿意真诚，是根本不费什么力气、马上就可做到的（"有能一日用其力于仁矣乎？我未见力不足者"）。与此相反，西方人却在现实和绝对真诚之间拉开了一个无限的距离。在他们看来，现实生活中虽然有真诚的意愿，但任何人都不可能做到绝对的真诚；真诚意愿的实现只有抛弃现实生活，在一个无限遥远的彼岸世界中，当人作为"圣灵"而与上帝合一时，才有希望。这样一来，整个现实生活就都成了不真实的，人的生活意志从本质上就是虚妄的，人之所以权且活在这个世界上，只是因为心中怀抱有那唯一的希望。人只是在世上表演。

这样，西方人的忏悔意识就特别具有表演性。在罗马帝国时代，就盛传着"世界是一个大剧场"的格言。而在基督教中，上帝端坐在这个剧场的高处，以他那洞察一切的目光监视和控制着演出的进行。所谓忏悔，就是抬眼向天，为自己在这个世界上的所作所为请求宽恕，表示自己没有能力摆脱人世的罪恶，就像一个演员无权篡改剧本一样。只有上帝才能最终拯救他的灵魂，只有离开人世升往天国，人才能成全他自己。这种忏悔意识，正是形成西方"罪感文化"的核心观念，它的最具人性的表达，就是所谓"托尔斯泰精神"。①

托尔斯泰笔下的一些人物，如彼埃尔，安娜，列文，聂赫留朵夫，都是一些忏悔者，是托翁本人的写照。特别是安娜和列文：一个是在沐浴着爱情的猛烈的幸福之潮时，仍然被罪恶感死死地拽住双脚拖向黑暗的水底；一个是在经受过自然科学唯物主义的启蒙之后，却为了寻求生活的最终意义，为了不甘堕落，为了真诚，而重新回到上帝的怀抱：

---

① 鲁迅早期的忏悔意识与托尔斯泰的影响有很深刻的关系。当时有人把鲁迅思想概括为："托尼思想，魏晋文章。"

现在他明白了，多亏把他教养成人的信仰，他才能够活下去。

"如果我没有这些信仰，而且如果不知道一个人应该为上帝活着，而不是为自己的需要活着，我会成为什么样的人，而且我会怎么度过我的一生呢？我一定会抢劫、说谎和杀人！"

……

是的，神力的明确无疑的表现，就是借着启示而向人们显露的善的法则。而我感觉到它就存在我的心中。

——《安娜·卡列尼娜》第八部

托尔斯泰直到临终也拒绝向基督教神父忏悔，而这并不说明他就没有忏悔意识。恰好相反，这表明他只向唯一的上帝忏悔，而这个上帝，就是他所理解的善或人道。这种忏悔不容许有任何他人意志夹杂其间，而是当事人的灵魂直接面对上帝，是每个当事人纯粹个人的事。托尔斯泰毕生怀着一种深重的罪孽感，正是这种罪孽感，在他八十高龄时逼迫他出走，使他的死成为了一个意味深长的象征。

（选自邓晓芒《灵之舞：中西人格的表演性》，上海文艺出版社2009年版，第26—41页，题目为编者所加）

世界神话传说里的英雄弃子

——比较文化学的一个实例分析

萧 兵

世界神话传说里有许多大同小异的弃子故事。"弃儿多贵"。他们被丢弃后遇救，大多成长为传说祖先、文化英雄（Culture Hero）或勇士、王侯。他们之间的趋同性、对应性和殊异性，是比较人类学、比较文化学、比较神话学、比较民俗学一个重大而有趣的课题。

我国最著名的弃子是周弃，即后稷。他的事迹主要见于《诗·大雅·生民》、《楚辞·天问》和《史记·周本纪》。他的母亲姜嫄踩了一个大足迹（最可能是恐龙足印化石），通过所谓"交感巫术"（Sympathetic Magic）怀了孕①，生下后稷，经过"诞置之隘巷，牛羊腓字之；诞置之平林，会伐平林；诞置之寒冰，鸟覆翼之"的"三弃三丢"的图腾考验仪式以后逐渐成长为周朝的开国祖先、农业发明者和庄稼神②。

和他的事迹有些接近的是徐偃王。古代匽、燕同字，偃王就是燕子王，就好像商代开国祖先、其母简狄吞卵而生之的契称"玄王"就是鸟蛋王、玄鸟王一样。鸟族英雄后羿也"偃姓"。秦的始祖大业也是其母吞燕卵而生的，所以姓嬴，嬴、偃、燕一音之转。他们都是燕子王。这是东方崇拜鸟图腾的夷人集群共同的溯源神话。徐偃王卵生，其母以为不详，弃之水滨，被狗衔给独孤母，把他孵了出来（参

---

① 参见萧兵《姜嫄履迹为图腾授孕仪式考》，《南开大学学报》1978 年第 4 期。

② 同上。

见《博物志》、《搜神记》等书）。东方鸟族相似的卵生英雄还有高句丽的太阳神天王郎和河伯长女柳花所生的朱蒙（或作朱明、东明），其事迹主要见于《好大王碑》，《论衡·吉验篇》，《搜神记》，《后汉书》，《三国志》，《魏书》，《梁书》，《北史》，《隋书》的《东夷传》，以及《朝鲜实录》，《李相国文集》，《三国史记》等。其母为日所照，怀孕生卵，闪耀阳光，"夫余王弃之与犬，犬不食；弃之与豕，豕又不食；弃之于路，牛马避之；后弃之野，众鸟以毛茹之"（见《魏书·高句丽传》），后来生长为英雄射手、开国祖先。值得注意的是，东夷鸟族著名射手后羿很可能也是个弃儿。《路史·后纪·夷羿传》[宋] 罗苹注引《括地象》：

> 羿五岁，父母与之入山，以待蝉鸣，还欲取之，而群蝉俱鸣，遂捐而去。羿为山间所养。年二十，习于弓矢。……

材料虽晚近，民间色彩却很浓，不像伪造，至少可以当一项传说看。满族也属于东夷系统，神鹊衔果赐孕于天女佛库伦，生爱新觉罗·布库里雍顺，其母"与之小船"，顺流而去，这很像世界弃儿传说里的"漂流型"情节，疑亦暗含"丢弃"。所以不但是西北方夏人龙图腾集群的周族，而且东方夷人鸟图腾集群也普遍流传弃儿传说，只有商契和大业暂时没有发现类此的神迹。

有趣的是，东西方都有类似的弃子传说，其间的关系很值得玩味。这种传说可以粗疏地分为两大类："漂流型"和"物异型"（或者说"河海型"和"山野型"）。现在先看和我国夷夏两大集群弃子传说基本"趋同"的"物异型"（或山野型）。此型传说大致上可表述为：某英雄祖先在孕育或诞生时表现灵异或怪变，被弃于山野，为动物或牧人、猎户所救援。

古巴比伦有以婴儿为牺牲祈求丰收的习俗（这有点像《天问》所写的"勤子屠母，而死分竟地"）。著名的史诗英雄吉尔伽美什（Gilgamesh）恰巧当选为牺牲，"便被从悬崖投向山谷。此时为大鹫所救。它将吉尔伽美什驮在背上，飞至高空，又安然无恙地将他掷落在一家居民的院落里"①。

据古希腊"历史之父"希罗多德描述，古波斯的居鲁士大帝初生时，他的外祖父米泰国王得到占梦者的预言说他的外孙将要代替他统治小亚细亚，便命令奴隶将他丢到"山中野兽最多的地方"去，这个奴隶用自己的死孩子换掉了居鲁士，居鲁士则为一对牧人夫妻所救。②

古希腊神话里此型故事最多。天帝、太阳和雷电之神宙斯（Zeus）是泰坦（Titanes）神族之王克罗诺斯（Cronus）的幼子，预言说他将杀父自立，克罗诺斯就把他丢弃在山谷里，母山羊阿麦尔特亚（Amalthea）把他奶大。所以宙斯及其造像常常"披上羊皮"③；他的罗马后身朱庇特（Jupiter）被巨人 Typhoeus 打败，只好变成双角弯弯的"领队的雄绵羊"④。当然这和 Zeus—Jupiter 的埃及"前身"羊头的太阳神阿蒙（Amon）也有一个羊的化身分不开⑤。宙斯还曾化成羊形的神萨提尔（Satyr）与仙女安特奥卜（Antiope）交合，生下双生子，而被弃于路旁。宙斯也曾经化作一阵"金雨"（太阳或雷电的象征）进入幽闭着公主达那厄（Danae）的高塔，使她怀孕并生下英雄珀尔修斯（Perseus）。神谕早就说这孩子将要杀死外祖父并夺去他的王位，所以后者命令把他装进箱子丢进大海，却为渔者所搭救⑥。这故事本属于"漂流型"。因为它对于一系列邻型传说有承前启后、继往开来的作用，所以暂叙于此。珀尔修斯曾经杀死海怪救出作为牺牲的美丽公主并和她结婚（它是典型的"杀怪成婚"传说），这个故

---

① 赵乐甡：《谈史诗吉尔伽美什》，《吉尔伽美什》，辽宁人民出版社 1981 年版，第110 页。
② ［古希腊］希罗多德：《历史》，王嘉隽译，商务印书馆 1959 年版，第 223 页。
③ 同上。
④ ［古罗马］奥维德：《变形记》，杨周翰译，作家出版社 1958 年版，第 58 页。
⑤ 萧兵：《从羊人为美到羊大为美》，《北方论丛》1980 年第 2 期。
⑥ Michael West, *Stories of the Greek Heroes*, London：Macmillan，1979.

事进入基督教世界就变做圣·乔治（St. George）杀龙救女。在古代罗斯传说里，圣·乔治前额生太阳，后颅有月亮，证明他是日月之神的后裔，他幼小时为了避难也曾经在岩洞里跟野兽一起生活了八年。这暗示他也是个弃儿。亚美尼亚的"沙逊的大卫"也曾被丢弃在山里，他祖孙四代的勋绩都跟 Perseus 有牵连。

古希腊的后羿、最著名的射手英雄、大力神赫拉克里斯（Herakles）是珀尔修斯的外曾孙，他是宙斯跟珀尔修斯的孙女阿尔克墨涅（Alcmene）媾和生下的私生子。为了避免天后赫拉（Hera）的嫉妒，他给扔到田野里（那地方便称为"赫拉克里斯的田野"）；刚好赫拉跟雅典娜（Athena）经过那里，赫拉用奶喂他，却被这强壮的婴儿咬痛了乳头①。

古希腊的医神亚斯克莱披阿斯（Asclepius）是太阳神阿波罗（Apollo）跟公主柯罗尼丝（Coronis）所生的孩子，阿波罗射死孩子的母亲，将孩子弃在山中，却为山羊所乳，牧人所救②。类似的希腊故事还很多。

孪生的英雄尼洛士（Nelous）与辟里亚士（Pelias）是海神赛普顿（Poseidon）跟蒂绿（Tyro）公主私生的。她把孩子扔在河边草地上，为牧马人所救。这表现出"山野型"向"河海型"过渡的趋向。古罗马的开国者罗慕路和勒莫被弃于台伯河中，漂流到沙滩上为母狼所乳哺，成为著名的"狼孩"，后来为牧人所收养。这是"物异型"（山野型）跟"漂流型"（河海型）的结合。

上述世界性的弃子故事都有整体的规律性对应表现，反映出一种有序的多次性重复，所以是可比的。宙斯和他的直系的儿孙（例如珀尔修斯、赫拉克里斯等）以及他们在东方的"继承者"或"对应人"（如圣·乔治、沙逊的大卫等），或后稷、后羿、朱蒙之间，他们被

---

① ［德］斯威布：《希腊的神话与传说》，楚图南译，人民文学出版社1977年版，第145页。

② ［英］劳斯：《希腊的神与英雄》，周启朋译，文化生活出版社1950年版，第129页。

弃事迹的类似性，表现出前后嬗袭、历史衍化的轨迹，可以称为"纵向的趋同"，应对其作纵剖面的研究；后羿、后稷、朱蒙与珀尔修斯、赫拉克里斯、圣·乔治、沙逊的大卫等，他们被弃事迹的类似性，则表现出平行性、层次性的谐和，可以称为"横向的趋同"，应对其作横断面的研究。至于其间到底是相互交流影响的传袭授受关系（即所谓"播化"或"交叉"），抑或是人类思维和心理发展模式在某一阶段或层次上的符应偶合关系（即所谓"进化"或"平行"），则应从事定向定区定时定点的艰苦研究，不宜匆促做结论。

所谓"比较文化学"的"目的在于揭示两项以上事物的异同、优劣和可能的交流、影响，从而探索其间的本质联系和发生发展的规律"①。"规律性对应"是其第一要义。列宁说："要真正地认识事物，就必须把握、研究它的一切方面、一切联系和'中介'。"② 这是"比较法"的灵魂。从"一切方面"分析事物或对象，寻找其"一切联系"，如果其间某些"中介"表现出系列性、多次性、有序性重复，那就是"整体性对应"或"规律性"趋同，它们之间就具有"可比性"，否则就不可比。上举弃儿——

（1）他们都在婴幼期被丢弃过（原因、目的、手段、经过或同或不同）；

（2）他们都被救援并成长为杰出人物；

（3）被弃或被收过程都各有灵异之处。

这些共同点都不是偶然的，而具有一定的必然性，即规律性。"英雄被弃"就是这些故事可以给出的"命题"或"共称"。如果只是事迹上表面的偶同，那就不能成为比较科学的对象。孔夫子和耶稣都可能是私生子，但是他们神异的出生并不能作为比较文化学的母题（Motif）。

---

① 萧兵：《比较·比较文学》，《淮阴师专学报》1981年第1期。

② ［苏联］列宁：《列宁选集》第2版，第4卷，中共中央马克思恩格斯列宁斯大林著作编译局编译，人民出版社1972年版，第453页。

这是因为进入比较科学的对象往往是一种多层次、合节奏、有韵律的谐振性立体交叉结构。这个宏大而完整的结构每个部分之间的关系既盘根错节，又井然有序。它们在各个方面、各个层次上表现出或平行、或交叉的趋向。然而不管是从事"平行"（无影响、进化）研究，还是进行"交叉"（影响、播化）探索，都希望进入比较的对象各个部分之间具有尽可能多的"平行线"。以世界弃儿神话传说言，它们在横断面和纵剖面上都具有多层次的平行性，例如：

（1）这些英雄故事多以溯源神话（Aetiological Myth）、祖仙传说面目出现（体裁性平行）；

（2）这些故事的背景多在原始社会末期母系氏族式微、父系氏族兴起之际（时代性平行）；

（3）这些故事大部分蕴藏着图腾授孕和考验仪式的要素或秘密（内含性平行）；

（4）这些弃子及其祖先或后辈往往建立类似的奇迹或勋业（传统性平行）；

（5）这些故事大都表现出初民探讨过去、颂扬勋迹、战胜灾害、克服苦难、寻觅领袖、发展文化的积极倾向。而到了阶级社会则往往被篡改为"君权神授"、"天人感应"的证明（思想性平行）。……

就比较科学而论，"平行线"越多，趋同性、类似性、对应性越强，可比性越大，比较也就越科学，越可靠，越有兴味。

对象的结构或层次之间较多的"平行"或"趋同"当然易使比较处于佳妙状态，但如果他们的各个细部、某些因子又最大程度地契合，那么比较的可能性和现实性就更大。特别是有些很特殊、很有趣的细节，如果也表现出微妙的密合无间，那么对象之间的可比性、趋同性就是无可怀疑的，这种细节也就成为所谓"不可替代"的证据（古人称之为"铁板注脚"）。

例如"物异型"的弃子往往发生在野外密林深山（这种局部趋同使我们得以将其归型分类，称之为"山野型"），而且大都与动物或动物的"关系户"（如猎手、牧人、渔夫、樵子等）有瓜葛，这就是一种文化因子或民俗背景的叠合（所以称为"物异型"）；这种叠合使这组进入比较的故事群及其母题不但具备"规律性对应"和"多平行性"，而且获得殊异细节最大限度的密合性。

后稷的母亲叫姜嫄，姜者羌也，西方牧羊人也，属于羊图腾团。后稷"先生如达"，达是七月生羔（见《初学记》引《说文》等），就是说生下来象小羊羔。对他的第一场考验是丢在小路上（置之隘巷），结果是"牛羊腓字之"，用奶喂他，或"辟不践"（见《周本纪》）。这三个重要的关目和细节都与"羊"有关，说明并非偶同，说它与羊图腾崇拜相联，亦非无据。马达加斯加土著以牛为图腾。

> 当小孩初生时，便放在羊群经过的路上，借此征验此小孩之是否有利于部族；如此小孩被牛践踏过了，则必弄死他，因为这是表明部族的祖先不许这小孩加入部族。[1]

所以"诞置之隘巷，牛羊腓字之"也是一种让图腾祖先来鉴别这孩子是否真正的图腾后裔、是否对氏族有利的图腾考验仪式[2]。这里，羊母、羊儿、羊乳三项组成统一而不可代替的"因子式"或"细节群"。

我们可以看到许多弃子故事都有类似的"动物的救援或哺乳"的公式或因子。中国的材料——

> 楚子文"弃之梦中，虎乳之"（《左》宣公四年，参《天问》）；
>
> 齐顷公无野生于野，"有狸乳而鹳覆之"（见《搜神记》）；
>
> 民间传说，项羽母亲龙女代替孟姜女与秦始皇成亲，生羽而弃之山，虎乳之（见《中国民间故事选·孟姜女的故事》）；

---

① ［法］倍松：《图腾主义》，胡愈之译，开明书店 1932 年版，第 30 页。

② 萧兵：《姜嫄弃子为图腾考验仪式考》，《南开大学学报》1978 年第 5 期。

徐偃王卵生，弃于水滨，"有犬名鹄苍……得所弃卵，衔以东归"（见《博物志》、《搜神记》等）；

后羿捐于山，"为山间（？）所养"（《括地象》）；

朱蒙，"弃之野，众鸟以毛茹之"（《魏书》）；

乌孙王昆莫，"弃于野，鸟嗛肉蜚其上，狼往乳之"（《史记》、《汉书》）。

又元太祖铁木真亦曾"被遗弃在无人的牧地里"，救援者"象教三、二岁马驹似的教养他"[1]，暗示一种牧人的救护。沙陀突厥之先，"出于雕巢中"（《五代史补》）。［宋］钱易《南部新书》更说飞鸟颉顽于一山谷，"衔果实以饲之"。突厥祖先阿史那父被弃，"有一牝狼衔肉至其所……因食之"（《隋书·突厥传》）。《东观汉记》（《御岚》卷361引）说敬隐宋后生而遭乱，弃于南山，"有飞鸟纤翼覆之"，此虽有意牵就《大雅·生民》，然亦事出有因。

彝族英雄祖先、神箭手支格阿龙（或称尼支呷洛）为神鹰滴血感孕而生，被弃于岩下（或石缝，或山沟），"饿时吃龙饭，渴时吃龙乳，冷时穿龙衣"[2]。白族杀蟒英雄绿桃少年，系其母吞桃而生，给抛在山中，"有一条大蛇，衔食物哺育他"[3]。

在国外的资料里，巴比伦的吉尔伽美什被弃于山谷中，"为一大鹫所救"；古印度著名的仙女沙恭达罗"被遗弃后仙人抚养了她"[4]；另说她生后"被抛弃于林中，因众鸟底翊卫得以生存，后来被隐士甘

---

① ［蒙］策·达姆丁苏隆：《蒙古秘史》，谢再善译，中华书局1956年版，第126页。道阔梯步：《新译简注蒙古秘史》，内蒙古人民出版社1979年版，第118页。

② 《凉山彝族奴隶社会》编写组编：《勒俄特衣》，《凉山彝文资料选译》第1集，1978年，第47页。参见《中国民间故事选·创造万物的巨人尼支呷洛》第1集，人民文学出版社1958年版，第359页。《彝族民间故事选·英雄支格阿龙的传说》，上海文艺出版社1981年版，第1页。

③ 徐嘉瑞：《大理古代文化史稿》，中华书局1978年版，第203页。

④ ［印］迦梨陀娑：《沙恭达罗》，季羡林译，人民文学出版社1980年版，第14页。

婆（Kanva）收养"，而"沙恭达"（Śakunta）的原义便是一种"鸷鸟"①，暗示着她本是鸟图腾的后裔。

据《六度集经》（卷45）所叙佛本生故事（Jataka），菩萨降生后也曾被"屡弃屡收"，其基本情节与后稷故事相似得令人惊讶而又发人深思。第一次抛在十字路口，被一老妇抢走；第二次被丢在土坑里，如后稷之"牛羊腓字"，食羊乳得以不死，为牧羊人所救；第三次丢在车辙里，一如"弃之隘巷，马牛过者，皆辟不践"，商队里拉车的牛为之止足不前；第四次遗弃深山竹丛，为樵夫所救，有如"置之平林，会伐平林"。这两个如此相似的中印故事，真实的关系究竟如何，颇值得思索和研究。而这里的核心细节也是动物的"救援"。

古代波斯的居鲁士被弃于深山兽谷，为牧人所救，牧人之妻"美地亚语的名字是斯帕卡"，而"斯帕卡一词是希腊语的母狼的意思"②。可见他跟乌孙的昆莫一样是个"狼孩"。据波斯的《王书》（我国选译本称《普斯塔姆与苏赫拉布》），英雄扎里生下时因满头白发为其父弃于上古，却为神鸟西莫尔克所救。而古罗马的开国祖先罗穆路和勒莫则被弃于台伯河，流上沙滩之后也是由母狼奶大的，所以罗马人一直崇拜母狼③。

古希腊弃子故事跟中国的更有许多惊人的细节的叠合乃至因子的"交接"。宙斯为山羊乳大，曾化身为萨提尔，为公山羊，为绵羊。赫拉克里斯吃过宙斯之妻"牛眼睛的"天后赫拉的奶，赫拉化身母牛，暗示他为母牛所"腓字"，乳哺。宙斯之孙、阿波罗之子医神亚思克莱披阿斯被弃于山中，山羊奶他，狗看护他，为牧羊人所救。射死野猪的女英雄亚塔兰塔（Atalanta）被弃于山，母熊给她奶吃④，跟

① 许地山：《印度文学》，商务印书馆1931年版，第77页。
② ［古希腊］希罗多德：《历史》，王嘉隽译，商务印书馆1959年版，第259页。
③ ［古罗马］阿辟安：《罗马史》，谢德风译及注，商务印书馆1979年版，第23页。
④ ［英］劳斯：《希腊的神与英雄》，周启明译，文化生活出版社1950年版，第208页。

弃儿帕里斯（Paris）一样是个"熊孩"①。尼洛士、辟里亚士兄弟被弃后为牧马人所救，哥哥的"前额却有一个印记，仿佛如一只马蹄的印子"，因为他是化身为奔马（海浪之联想）的海神的私生子，等于马图腾的后裔，所以额上有"马之主者普赛顿的印记"②。这不由诗人想起后稷的母亲是践履大迹而致孕的，那大迹原型为恐龙化石，也是龙图腾的印记。而"杀父娶母"的俄狄浦斯（Oidipous）王也是被弃于深山，为牧人所救的。因为这些故事都有神奇的动物（或其"代表"）的救援，所以称"物异型"；也正因此，它们大都发生在多动物的山野，才又称为"山野型"。

历史越发展，时代越晚近，文明越进步，人们就越不愿意宣称自己的祖先或英雄是由图腾祖先（尤其动物）授孕或哺养、救援的，盖"羞于与禽兽为伍"，所以文献记载里此类故事的内涵和背景都相当隐晦而冥昧，有的则仅有"痕迹构造"，动物的救援被改造为跟动物关系密切的猎户、牧人、渔夫、樵子的救助。但是许多材料都以"活化石"或"遗迹"（Survivals）的形态残留并体现着原始社会图腾主义和民族制度的历史真实，值得进一步比较鉴别和挖掘。

以上还只是从"物异型"（山野型）弃子故事里抽绎出"动物的救援"这一关目或细节做综合的比较和论述，如果从更多的角度或层次来考察，就会发现这一系列的弃子故事里还有许多情节的聚合点，也表现出规律性的对应和趋同。例如：

有的弃儿是由鸟图腾（多数通过卵形中介物）来授孕和救助、哺养的，有的则是卵生的；或为太阳神之后裔；或体现"多图腾"的混合或斗争（这是氏族和部落兼并冲突的神话反映）；或曾"杀怪成婚"；或悲壮地死亡（例如后稷"山死"，后羿与赫拉克里斯都被坏

---

① ［德］斯威布：《希腊的神话与传说》，楚图南译，人民文学出版社 1977 年版，第 286 页。

② 郑振铎：《希腊神话》（上册），生活书店 1935 年版，第 49 页。

人谋害，等等）。

这些"关目"或"因子式""细节群"都可以做独立而又有联系的考察和比较。Lord Raglan 曾经从世界英雄传说里归纳出 22 种"基型"（archetype）的模式①，其中：

（6）英雄出生后，往往为其父或外祖父所加害（例案：如丢弃）；

（7）英雄总是被救援；

（8）英雄为一远方国家所收容，成为养子；

（18）他神秘地死亡；

（19）他往往是死于山巅。……

在英雄弃子故事里表现得尤为突出而典型。它们到底是出于同源，由一文化的"轴心"辐射或播化到其他文化区域里去，或者仅仅是某些因子经历过这种传递和授受的过程，还是仅仅因为人类思维模式在某一层次或平行线间表现出惊人的巧合和趋同性……这些重大而微妙的问题只能由事实来回答（"事实"不但必须再发掘，而且应该再认识）。比较文化学首先要"求同"，找出对象间越多越好的共同点、聚合点、对照点，用"对应性"证实"可比性"，以"密合性"保证"确切性"。在"求同"前提下"存异"，在分析基础上综合。这种"同"当然是规律性之"同"，这种"异"必须是"趋同"之余的"异"。独木不成林，无同不可比，有异才有同。客观事物总是多样而复杂的，往往同中有异，异中有同；比较文化学的任务之一便是异中求同，同中见异。它首先要求异中之同，然后再发现同中之异。无"异"之"同"不必比较，无"同"之"异"不可比较。有谁去比较赫拉克里斯和猪八戒呢？

偶然或巧合的细节在比较文化学上往往只有"趣味"而没有"秩序"。列宁说："辩证法要求从相互关系的具体的发展中来全面地

---

① L. Raglan, *The Hero*, c. 16, New York: Vintage Books, 1956, pp. 173-185.

估计这种关系，而不是东抽一点，西抽一点。"① 这里，"殊异性"细节的密合往往有举足轻重的作用，它丰富着对象的"多层次平行性"，加强着对象的"整体对应性"，正像后二者也往往交错地容纳、"控制"、调节着后者一样。它们之间成正比，互为补充而不会互相排斥，互为犄角而不能互相脱离。因为这种细节往往是关键性的，"权威性"的，不可替代，无可猜疑，又不容回避。例如上举弃儿往往是神箭手，并且大多曾经神秘地获得弓矢。《楚辞·天问》："稷维元子，帝何竺之？投之于冰上，鸟何燠之？何冯弓挟矢，殊能将之？既惊帝切激，何逢长之？"杨公骥先生和闻一多先生都指出这是后稷生下来即能掌握弓箭②。高句丽的小太阳神、弃儿朱蒙七岁就"自作弓矢"，"百发百中"（《李相国文集》）。《天问》、《山海经·海内经》、《朝鲜纪》、《帝王世纪》等都说帝降夷羿，有的还说帝俊（或帝喾）授羿以彤弓素赠（连卵生的弃儿徐偃王也曾得过"天瑞"——"朱弓矢"）。"准日神"和"半弃儿"的夷羿曾经射瞎危害人民的河伯的眼睛，曾经与连续化身为白龙、白鱼、鱼鳖等水族的河伯斗法，夺去他的"妻子"洛嫔（这也可以理解杀败水怪，救出被他霸占的小河女神，并与之成婚）。高句丽的太阳神前王郎解慕漱也由天帝派遣下凡，并和河伯连续化身斗法（见《李相国文集》、《朝鲜实录》），强娶了他的长女柳花。弃儿赫拉克里斯也曾从太阳神阿波罗那里得到"神矢"，也曾与河神阿刻罗斯（Achelous）为了争夺公主德阿尼拉（Deinira）进行"单向的"化身斗法③。这种英雄神和水怪的化身斗法不仅古代中国、高句丽、希腊有趋同的神话表现，古代印度、阿拉伯、意大利等也有，而且通过曲折复杂的途径施

---

① ［苏联］列宁：《列宁选集》第2版，第4卷，中共中央马克思恩格斯列宁斯大林著作编译局编译，人民出版社1972年版，第449页。

② 杨公骥：《中国文学》（第一分册），吉林人民出版社1980年版，第76页。闻一多：《天问疏证》，生活·读书·新知三联书店1980年版，第104页。

③ Thomas Bulfinch, *Myths of Greece and Rome*, Edited by Bryan Holme, Allen Lane, London, 1979, p. 213, ect.

影响于后世的二郎神对孙悟空、孙悟空对牛魔王的连续化身斗法，构成比较神话文学一个富有启发性的重大母题①。如果有一天证明出东西方的远古神话确实有交流和播化的关系，那么"三世太阳神系"、"神箭手弃儿"、"英雄卵生"、"动物救援"以及山野或河海两型的"捐弃"这些关目、因子、细节或母题将成为一项关键性、决定性的证据，因为它们是如此殊异、如此契合，不可替代，无法讳饰，很难单用"共同心理"、"进化"、"巧合"之类旧说或遁辞来解释。

同样的，许多"漂流型"（河海型）的弃子故事也相似得令人瞠目。石器时代的氏族、部落为了取水方便，喜欢住在水滨（当然又不能近到容易被淹）。世界的古老文明多发源于大河名川流域。住居海滨河畔的原始氏族生活经历和所谓"生命典仪"（或称"过渡仪式"）往往离不开水。实际的弃子往往就便扔进水里（溺婴）。这些民族与幼儿诞生有关的磨炼、献祭、牺牲以及被褉、洗礼、水葬等巫术和半巫术仪式也多在水边举行。"漂流"式的弃儿就是一种"溺婴"或其程式化、仪式化，所以又可称为"河海型"。

后稷"三弃三收"仪式第二项是"置之寒冰"（《诗·生民》）。《周本纪》云："迁之而弃渠中冰上。"《补史记》则作"捐之大泽"。可见漂流型故事亦已渗入后稷传说之后。"田野"和"河海"两型有时实在也很难截然分开，而相互渗透。楚子文是"弃之梦中"（《左》宣4年）。芮司徒女因毛而赤被"弃诸堤下"（《左》襄26年）。徐偃王曾被弃于水滨（《博物志》）。《世说》（《御览》卷361引）："胡广本姓黄，五月（五日）生，父母恶之，乃置之瓮（或作胡芦），投于江湖"，是为"漂流"的标准型。在民间传说和小说戏曲里，吴越王钱镠生时光怪满室，父惧"将沉于了溪"（见《坚瓠集》等），险些成为"溺婴"。唐僧玄奘号江流儿，曾因遇难被装在"大梳匣"里（见《西游记》杂剧）或"安在板上……堆放江中"（小说）。彝族

---

① 萧兵：《英雄神与水怪的化身斗法：从后羿、天王郎、赫拉克里斯到二郎神、孙悟空》，《中国比较文学》1987年第4辑。

有"淌来儿"，皇帝将其装进铁箱，丢进大河（见《彝族民间故事选·淌来儿》）。所以满族始祖布库里雍顺后，其母"与之小船"，令游他处，也可视为漂流型弃儿（参见《东华录·天命》、《满洲源流考》等）。

国外的材料则更多。古印度史诗《摩诃婆罗多》（或译《玛哈帕腊达》）里的英雄加尔那（Karna）是太阳神苏利耶（Sūreya）和处女勃利塔（或译枯蒂）所生的孩子，曾被装进篮子扔到河中，他是"举世无双的射手"，"他是太阳光的一份"（据孙川译文）。佛教经典里所谓"贤劫千佛"故事也属于"漂流型"。《杂宝藏经》写鹿脚仙女生五百卵，为他国所收，化为童子，俱有大力，不知父母，"小鹿夫人，乃挤己乳，二百五股，分流儿口"，乃得认子。〔晋〕法显《佛国记》说这被弃的"肉胎"系"盛以木函，掷恒河水中"；〔唐〕玄奘《大唐西域记》亦谓"投殑伽河，随波泛滥"。巴比伦亚克得王沙鲁金（或译萨尔贡一世）因"私生"被弃于"隐藏在合理的一个斛树船里"，为一灌溉者救出，教以耕种技术[1]，成为后稷式的农业英雄。专家认为巴比伦尼亚"把许多传说都放在他身上"[2]。《旧约·出埃及记》载希伯来王和先知摩西曾被藏在蒲草箱里，弃在"河边的芦荻中"（第2章第1节）。古希腊英雄弃儿珀尔修斯是被装进大箱子抛进大海的。古希腊天后经期不谨，与宙斯生下火神、锻冶之神赫淮斯托斯（Hepha-estus），却是个跛子，一气就把他扔到海里去，亏得为女海神忒提斯（Thetis）所救，在礁穴里养了九年。（太阳神阿波罗与Creuss所私生的Ion也曾被弃置于岩洞）。古罗马的罗慕路、勒莫也是被投入台伯河中漂流的。日本"神世七代"伊邪那歧神和伊邪那美神兄妹结婚以致生下一个"水蛭子"（发育不全的婴儿），

---

① 〔捷〕赫罗兹尼：《西亚、印度和克里特上古史》，生活·读书·新知三联书店1958年版，第90页。

② 同上。

只好把他"放进芦苇船里，任其顺水流去"①。而那生长神速的"月亮姑娘"赫夜姬被发现时只有四英寸长，在"一丛芦苇中躺着"②。他们实在都是"漂流型"的弃儿。

这些如此相似的弃儿故事到底是一元还是多元地发生，是出于一个或几个文化区而后向外散射或者仅仅是"疑似""或同"与"偶合"，是"进化"原因何在，是"播化"途径又如何，这些问题都牵涉到人类及其文化起源的理论，远古人种和文化交流的争执，原始人类思维和文化发展模式、契机、水平、特征的讨论，需要跨学科和边缘化的综合研究才能逐步解决。

（原载《国外文学》1984 年第 3 期）

---

① ［日］安万侣：《古事记》，邹有恒、吕元明译，人民文学出版社 1979 年版，第 5 页。

② F. Hadland Davis, "Myths and Legends of Japan"，丰华瞻《世界神话传说选》，外国文学出版社 1982 年版，第 103 页。

性爱文化的中外分野及其衍化升华

——高唐神女和维纳斯神话形象的一个比较

叶舒宪

一　高唐神女：中国的维纳斯

在一位被社会舆论看作无行文人的上古作家宋玉那里，笔者确信找到了有关中国的爱与美之神的仅有的珍贵资料：《高唐赋》和《神女赋》。在中国文学史上，这两篇赋以开创了突出而详尽地描绘、夸饰女性的外貌、形体和情态之美的传统而著称。女性美成为艺术表现的重要主题，在中国可以说是由高唐神女的形象的诞生为标志的。仅从这一层意义上说，他也足以相当于西方艺术史上的维纳斯女神了。

更值得注意的是，高唐神女虽然不是完全意义上的女神，只是半人半仙似的"神女"，但她完全具有阿芙洛狄忒——维纳斯所特有的那种在性爱追求上的主动性和自主精神。据《高唐赋》序，楚怀王到巫山游览，因疲倦而入梦，见一女子对他说话："我是巫山之女，在高唐这里作客，听说大王来此游览，我愿与王同枕。"怀王于是便同此女做了露水夫妻。临别时女子对怀王说："我在巫山南面高山的险要处，清晨为云，傍晚为雨。朝朝暮暮，在阳台之下。"怀王在清晨时观望巫山，果然如她所说的那般光景。为了永久纪念这次性爱奇缘，怀王为高唐女建立了庙宇，号称"朝云"。后来怀王的儿子襄王亦来此游玩，并想重温先父的旧梦，与神女交合，但这次神女似乎只用自己的美炫耀一番便飘然而去，弄得楚襄王神魂颠倒，怅惘不已。这次未成的性爱欢会便构成了《高唐赋》的续篇《神女赋》的题材。

除了外在的美和性爱方面的独立自主这两个表面特征之外，高唐女神同维纳斯女神还有更深层的类同之处。

首先，她们都代表着一种超功力的性爱美学观念的发生。所谓性爱美学观念，即以审美愉悦的眼光去看性爱活动，而不考虑性爱活动的原始的功利性目的——人类个体的再生产。对于上古时代的人而言，这种非功利目的的性爱只能发生在为了功利目的而实现的两性结合——婚姻——之外。维纳斯经历了一次又一次的婚外热恋却依然不失其集性神与美神于一身的崇高地位，高唐神女主动与楚王发生了非婚性质的性爱关系，却也没有因此而减损她在文人笔下的荣光与美艳。在她们的风流故事中确实蕴含着一种伴随着文明进化而来的新思想，两性的性爱关系可以建立在无利害的基础上，仅以当事的双方共同获得性活动本身所带来的审美享受为主要目的。毫无疑问，这种性爱美学观念无论是在受本能驱使而进行性交的高等动物那里，还是在以繁衍子孙为性生活唯一目的的原始人那里，都是无法想象的。他的产生是两个必要条件迭合为一的结果。一个条件是非功利的审美意识的自觉，另一个条件恰是这两个条件同时成熟的时候。事实上，也只有在这时，性爱神与美神才能成为一而二、二而一的感性存在。

女性美的发现和夸饰在《诗经》中已揭开序幕，最为人称道的莫过《卫风·硕人》中的一段：

> 手如柔荑，肤如凝脂，领如蝤蛴，齿如瓠犀，螓首蛾眉，巧笑倩兮，美目盼兮。

此外，《陈风·月出》用美丽的月光比喻"佼人"，《郑风·有女同车》用盛开的鲜花形容美人之颜，也都是人们熟知的例子。所有这种比喻模式在对高唐神女的夸饰过程中全都派上了用场：《神女赋》中的"眉联娟以娥扬"、"皎若明月舒其光"、"晔兮如华"等句分明透露出宋玉对前代文学中的美女表现了若指掌，且全盘继承了下来。但他还远远不能满足于此，除了竭尽全力发掘已有的比喻词汇，他还用了"直言之"的赋法，意在突出强调一种无以复加的、无可挑剔的绝世之美：

> 茂矣美矣，诸好备矣。盛矣丽矣，难测究矣。上古既无，世所未见。瑰姿玮态，不可盛赞。

即便如此，宋玉还觉得未能有效地传达出神女本身具有的活力和魅力，不得不从神女的各个细部上和情态上展开详尽地罗列式描绘：

> 貌丰盈以庄姝兮，苞温润之玉颜。眸子炯其精朗兮，瞭多美而可观。眉联娟以娥扬兮，朱唇的其若丹。素质干之酡实兮，志解泰而体闲。既姽婳于幽静兮，又婆娑乎人间。宜高殿以广意兮，翼放纵而绰宽。动雾縠以徐步兮，拂墀声之珊珊。望余帷而延视兮，若流波之将澜。奋长袖以正衽兮，立踯躅而不安。澹清静其穈嬺兮，性沉详而不烦。时容与以微动兮，志未可乎得原。意似近而既远兮，若将来而复旋。

看过这样的浓墨重彩、绘声绘色的描绘之后，《诗经》中的美人图顿时成了粗线条的速写草稿了。钱钟书先生在谈到《诗经》中对女性美的表现时曾与《楚辞》做了简略的对比，他写道："然卫、鄘、齐风中美人如画像之水墨白描，未渲染丹黄。《郑风·有女同车》：'颜如舜华'、'颜如舜英'，着色矣而又不及其他。至《楚辞》始于雪肤玉肌而外，解道桃颊樱唇，相为映发，如《招魂》云：'美人既醉，朱颜酡些'，《大招》云：'朱唇皓齿，嫭以姱只。容则秀雅，稚朱颜些'；宋玉《好色赋》遂云：'施粉则太白，施朱则太赤'。色彩烘托，渐益鲜明，非《诗》所及矣。"[1] 这里需要补充的是，宋玉的美女刻画同《诗》相比，不仅仅是黑白照片的区别，更

---

[1] 钱钟书：《管锥编》第 1 册，中华书局 1979 年版，第 92—93 页。

重要的是发现和表现女性之美的自觉程度上的飞跃。如果说《诗经》
的作者们半自觉地为他们刚感觉到的女性之美寻找比喻词汇时还显得
稚拙和单调的话，那么宋玉已经是在高度自觉地用艺术表现的种种手
段对达到极限程度的女性美做全方位多层次的理论论证了。在这一论
证过程中，宋玉还创造地运用了一种特殊的否定句式，日本学者藤原
尚对此做了如下说明：《神女赋》中一些描写句式如"盛矣丽矣，难
测究矣"。"瑰姿玮态，不可胜赞"。"五色并驰，不可殚形"；"其象
无双，其美无极，毛嫱鄣袂，不足程式。西施掩面，比之无色"，等
等，同《高唐赋》中夸饰自然景观所运用的否定句式如出一辙，意
在表明，要想写出神女美丽的语言是不存在的。"作者想要极力拿出
表述手段上的全套解数，可是却拿不出来。为此就反复使用否定式表
述手法。他把神女当作自然所产生的最美丽的东西来描写。从'何神
女之姣丽兮，含阴阳之渥饰'二句看，神女含有超越人间的性质甚
明。"① 大自然所产生出来的最美的造物既是以人类女性的美为模型
的，又是超人类的神秘存在，高唐女神作为中国的美神，在汉民族集
体无意识中确实积淀为一个具有永久生命力的原型，从曹植的《洛神
赋》一直到《金瓶梅》和《红楼梦》，每当文人欲表达女性的性爱和
美艳时，总是自觉或不自觉地回溯到这个原型。这一事实表明，宋玉
对高唐女神是女性美之极致，因而也是美之极致的艺术论证，至少在
华夏文明范围内是完全成功的，有充分说服力的。后人借用这一原型
就好像引用普遍公理一样，已经无须对不论自明的东西再加论证了。
这种情况与维纳斯在西方文明和艺术传统中的情况又是不谋而合，两
相辉映的。

　　然而，中西美神的出现虽然共同标志着人类审美意识从实用的功
利领域和宗教意识中脱胎出来了，但维纳斯的前身阿弗洛狄忒作为世
间最美的存在，却没有像高唐神女这样得到完全令人信服的论证。她

---

① ［日］藤原尚：《骚赋与辞赋的分歧点》，《楚辞资料海外编》，湖北人民出版社
1986 年版，第 293 页。

的美最初不是通过诗歌语言来描绘的，而是通过神话所叙述的故事得到象征性的论述，其说服力显然略逊一筹。帕里斯王子的选择与金苹果的归属故事已在前章中涉及了。这个故事好像说的是一位登徒子的错误抉择，从逻辑上看，阿弗洛狄忒成为美神完全处于偶然。帕里斯的评判并未依据三位女神的形貌优劣，只是出于自己的好色之心。不过，用发展的眼光来看，这个好色的王子同宋玉笔下的《登徒子好色赋》分别出现在希腊和中国，似乎不能简单地讥之为轻浮，因为这是文明的产物，原始人并不知道好色，甚至有些不辨美丑。这一点，只要留心一下所谓"史前维纳斯"女神像，便很清楚了。"色"在古代曾专用来指女性美，所以"好色"故事的背面透露着的仍是对美的自觉和对美的追求。帕里斯宁可舍弃万人之上的帝王宝座和万代景仰的英雄荣耀，甘愿去追求世上最美的人，取舍之间暗示出的不正是把美视为人生最高价值的古希腊理想吗？

二　从爱神到美神：高唐神女的文学分身

究竟是神话时代的人坦率呢，还是后世文人虚伪呢？帕里斯丝毫也不隐晦自己的好色，对他来说，对美的渴求是超乎一切之上的；而宋玉却一方面竭力渲染美的无上价值和魅力，另一方面又羞于承认自己"好色"。他对曾在楚王面前攻击他好色的登徒子反唇相讥，把这顶好色的帽子回扣到登徒子头上。这种对美色的自相矛盾的态度似乎表明，宋玉写作的时代已同逝去的神话时代有了一定的距离，刚刚觉醒的性爱美学观念同实用性、功利性的伦理观念发生了冲突。因为伦理观念总是社会性的，并且必然同一夫一妻的家庭婚姻制度相适应，所以一切婚外的性吸引、性结合都被视为淫邪和非礼，受到权力和舆论的严密监视和强烈谴责①。在此种基于婚姻家庭的社会伦理的压力之下，好色成为一种贬词，意指贪恋婚外的女性之美，显然是会导致

---

① 参看福柯《性欲史》第1卷《引论》，赫尔利（R. Hurly）英译本，精选书屋，纽约，1980年版，第2部分第2章。

"淫"的不良心性。如果将维护一夫一妻制的道德标准视为善，那么超越婚姻之外的一切异性间的好感和美感都是"恶"的。在这里，我们看到了美和善的冲突，即非功利的审美态度同功利的道德观念的冲突。宋玉既爱美，又唯恐违背了善的原则，终于陷入了矛盾的困境。

从这种美和善的冲突所导致的矛盾心态出发，我们还可进一步揭示高唐神女形象在宋玉作品中的前后不一致之处。把《高唐赋》和《神女赋》略做比较，便不难看出，两赋中出现的神女除了在美的程度上相同之外，在性格和性道德观方面有很明显的差异。简言之，《高唐赋》中的神女是一位以自荐枕席的主动行为委身于陌生男子的女性，而《神女赋》中的神女却在施展了美的诱惑之后打消了被她吸引的男性的非礼之欲念。因而正如赋中所言，她是一位"不可乎犯干"的守礼的女性，致使楚襄王重温父王云雨梦的热烈愿望全然落空。用"发乎情，止乎礼"的传统伦理模式来衡量，《神女赋》是相当吻合的。明代学者陈弟曾发挥此赋的道德讽谏意义说：

> 楚襄王闻先王之梦巫山女也，徘徊眷顾，亦冀与之遇，玉乃托梦告之，意谓佳丽而不可亲，薄怒而不可犯，亟去而不可留，是真绝世神女也。彼荐枕席而行云雨，无乃非贞亮之洁清乎，王之妄念可以解矣。是玉之所为讽也。嗟夫！不特梦寐神女为然，物有贞而不可觊，事有淫而不可成者，皆此类也。①

照此解释，《神女赋》已成了戒好色、止淫念的寓言了。我们撇开这种道德的说教，从另一角度来看，可以说宋玉在《高唐赋》中塑造的性爱神女到了《神女赋》中已被消解了。宋玉借讲楚怀王艳遇的机会发挥了由他本人的欲望（本我，好色）所激活的想象，写出一位主动与男子性交的神女，但只是点到为止，让《高唐赋》中

---

① 陈弟：《屈宋古音义》卷三，商务印书馆丛书集成本。

的大部分篇幅用于自然景物的描绘。这也许是出于对伦理压力的顾虑，而不得已才"顾左右而言他"吧。到了写《神女赋》时，社会伦理（礼）借宋玉心中的超我压抑了本我之欲（性爱神的本质特征），神女也就摇身变化成了守身如玉的贞洁美人了。从《神女赋》中大半篇幅用于刻画主人公之美这一事实来看，神女已经由性爱女神转变为美神了。

切莫小看了这一变化的历史蕴含，它预示着中国式的无性文化的到来，也宣告了中国性爱女神的过早退隐。自此以后，中国的维纳斯实际上已分身为二：主动与男子性交的性爱女神因不见容于无性文化的核心道德——"男女授受不亲"——而失去了原有的神性，被正人君子们斥为"奔女"，这一称呼直到20世纪的现代学者笔下仍然沿用[1]；发情止礼的美神虽有以自己的美色惑乱男性的举动，但此种诱惑的实际目的被解释为惑而不乱的守礼考验，正像印度教神话中常用降凡的天女来考验仙人们的道行一样。因此在爱神因蜕变为奔女而隐没之后，美神则因化身为贞女而得以保全下来，女性美不仅自身具有价值，而且由于道德检验的作用又具有了善的价值。就这样，封建伦理用以判定女性人格的两个根本对立的尺度——淫奔与贞洁，终于将中国的维纳斯割裂、肢解了。

从此，中国只有美神而没有了爱神。

把美和爱结合在一起的是宋玉；把美和爱分离开的还是宋玉。

宋玉功莫大焉；宋玉罪莫大焉。

当我们回过头来看西方维纳斯的命运时，或许就不会再过分地责备宋玉了。因为爱与美的结合同爱与美的分离一样，是以人类文明史的必然进程为深层原因的，而绝非哪个个人主观意志所能左右。如前所述，帕里斯的选择和三女神的金苹果之争同时反映了古希腊人对美的强烈欲求，由于此种欲求出于性爱本能，所以性爱女神阿弗洛狄忒理所当然地在争夺中获胜，兼任了美神。然而，神话时代一旦逝去，

---

① 参看闻一多《高唐神女传说之分析》，《闻一多全集》第1册，第107页。

伦理规范必然随着文明社会的发展而日趋成熟起来，美与善的冲突不可避免地要提上思想家们的议事日程，爱与美女神也在新的道德要求的压力下分身为二了。"柏拉图经过哲学沉思，将纯洁和婚姻之爱神阿弗洛狄忒·乌拉尼亚（Aphrodite Urania）同自由性爱及享乐女神阿弗洛狄忒·潘得摩斯（Aphrodite Pandemos）区别开来。"① 为了替这一区别寻找根据，泡赛尼阿斯又举出了下述理由：

> 如果阿弗洛狄忒只有一种，爱神也就只有一种；如果她有两种，爱神也就必然有两神。谁能否认这位女爱神有两个化身呢？一个是最古老的，只有天是她的父亲，所以我们把她叫做"天上女爱神"；另一个比较年轻，是天神宙斯和狄俄涅的女儿，我们把她叫做"人世女爱神"。所以两个爱神，作为两个女爱神的合作伴侣来看，也应该一个叫做"天上爱神"，一个叫做"人世爱神"。……我们不能对一切爱神都不分皂白地说："他美，值得颂扬"，只有驱遣人以高尚的方式相爱的那种爱神才是美，才值得颂扬。②

在这位智者看来，人世女爱神引起的爱情是凡俗的肉欲之爱，它只能导致异性间的性交关系，导致社会风气的荒淫放荡；而天上女爱神只鼓舞对少年男子的爱，亦即男性之间的同性恋，雅典的男性同性恋比希腊各城邦都强，因而是美的和值得颂扬的。不难看出，泡赛尼阿斯用区分两个爱神的方式为雅典的男色关系做辩护③。这同柏拉图为维护一夫一妻制婚姻道德而区分两个爱神的初衷并不一致。然而，不论哪种区分，都说明古希腊城邦中两性之间的性爱关系发生了变化。爱神的分解背后是女性的社会地位和性爱要求受到了前所未有的

---

① 汉斯·利希特：《古希腊的性生活》，英译本，第 198 页。

② 《柏拉图文艺对话集》，第 210 页。

③ 同上书，第 411 页以下。

贬低和压抑。"虽然巴比伦和埃及的男人在谈女人的'性'问题时，常有一些不悦之辞，而希伯来人对不贞的妻子亦相当憎恶。不过，这比起希腊人来都算相当温和的；到了公元前第三世纪，希腊人开始指责'所有的女人'都是非理性的、对性做过度的要求，而且有道德上的缺陷。"① 在这种现实土壤上，神话时代留传下来的性爱女神形象已经使道德家们摇头不已了。同高唐神女在中国的命运十分相似，主动追求男性的那位爱神得到了比"奔女"更可怕的咒骂——"发情的母狗"；而道德家们理想中的爱神也像《神女赋》中的女主人公一样，摇身一变反倒成了节制情欲的贞女典范：

> 爱神不仅有正义，而且有节制。大家都公认节制是快感和情欲的统治力。世间没有一种快感比爱情本身还更强烈。一切快感都比不上爱情，就由于它们都受爱神的统治，而爱神是他们的统治者。爱神既然统治着快感和情欲，他不就是最有节制吗？②

爱神本是欲望即本我方面的代表，现在被说成是情欲的统治者，也就等于成了节制本我的超我化身了。联想到社会伦理（礼）通过宋玉心中的超我压抑了高唐神女的性爱自主性，可以看出，爱神的变质和消解的原因在东西方是相同的。

黑格尔在论及美的生成条件时认为，美是自由与无限的，超然于人的欲望和征服之外③。爱神的消解作为欲望与节制冲突的结果，使美神从爱神的躯体中抽象出来，这就与哲学家们玄思中的"美的理念"相去不很远了。就此而言，文化压抑一方面要求改变爱神，使之与社会现行伦理规范相吻合，另一方面又开辟了非性欲化的美的表现传统。在西方思想史，关于"美本身"或"美的理念"的研讨长久

---

① 姐娜希尔：《人类情爱史》，中译本，第45页。

② 《柏拉图文艺对话集》，第230页。

③ 参看黑格尔《美学》第1卷，朱光潜译，商务印书馆1979年版，第145—147页。

不衰，在中国文学中，美人香草的政治寓意传统也是这样一种非性欲化的折中产物。

三　中国维纳斯的升华形式

我们知道，神灵世界是现实世界的变相投影。原始人构想出的天上诸神，实际上是他们对尚未认识其必然性的自然现象和社会现象的一种因果解释：现实中所存在所发生的一切都是结果，原因只能求之于天界神灵。性爱女神的跨文化发生，正说明她是人类各民族祖先对人的基本欲求——性欲——的一种不约而同的解释。而神灵世界中性爱女神的变质和消解，又说明伴随文明而来的压抑已经大大改变了人的心理结构，使人们不能再像神话时代的祖先们那样无拘无束地面对性爱问题了。这种现象可以用精神分析的文化哲学加以概括："人的本能需要的自由满足与文明社会是相抵触的，因为进步的先决条件是克制和延迟这种满足。弗洛伊德说：'幸福绝不是文化的价值标准。'幸福必须……服从一夫一妻制生育的约束，服从现存的法律和现存的秩序制度。所谓文化，就是有条不紊地牺牲力比多，并把它强行转移到对社会有用的活动和表现上去。"[①] 由此看来，爱神作为人类力比多的神话代表，实际上在文明社会中是在替人类受过，或者更确切地说，是在替人类的过去受过。

不过，压抑的程度毕竟因社会的和文化类型的差异而有所不同。在民主制的希腊城邦，性爱女神只不过是在社会超我的代言人们——思想家和道德家——那里受到了指责或改造，但这不能从根本上消除民族集体记忆中的神话遗产，更不能改变无数尊爱与美女神的裸体或半裸体雕像在观者心目中引起的审美反应或性反应。借用精神分析学的术语，美神像的突出刻画和普遍欣赏，不妨看作是性欲的一种"升华"，其实质在于将力比多的强大冲动转移向对社会现行法律道德无害的精神享受方面。这种从肉欲的享受到女性美的欣赏的发展线索，

---

① 马尔库塞：《爱欲与文明》，美国灯塔出版社 1974 年版，第 3 页。

在前述《高唐赋》到《神女赋》的主题变化中已有所揭示。这里还需指出的是，在周秦汉三代相沿的专制统治下，在早熟的先秦理性主义及其最初的产品——礼教的严格控制下，中国爱神的命运远远不如阿弗洛狄忒那样幸运，她的升华与转移形式要复杂得多，择其要者，有以下几个方面。

第一是政治化。这是爱神最主要的升华方式，也是爱神在华夏文明中隐形的根本原因。本书前面章节中多次提到的"社稷"，作为封建国家政权的象征，本身就是地母和爱神神话非人格化后的一种抽象。原始的生殖崇拜主题在文明伊始之际就逐渐被抽象范畴"社"所承接和转换，并一步步走向政治化的方向。像维纳斯与阿董尼那样的恋情故事自然随着理性取代神话的历史进程而湮没无闻了。性爱女神的这种政治化的升华，可以说与"无性文化"的生成是有同步关系的。

爱神升华的第二种途径是哲学化。对此，中外学者多有涉及。中国古代独特的阴阳哲学究竟是怎样形成的，通行的观点认为是对两性性爱交合原理的抽象。江家锦在《性器崇拜与易理》中说："有谓伏羲氏考出哲学的《易》理，认为男性器象征▅为奇数，女性器象征▅▅为偶数而画卦，奇偶之数在卦称为日爻，是阴阳二元，又称两仪，二元合一，'负阴抱阳'基于'太极'一元之气，为宇宙万有生成之理。"[1] 英国人类学家拉德克利夫·布朗也指出："在古代中国的阴阳哲学思想里是可以找得到这种最精辟的观念的。那就是'一阴一阳之谓道'的观念。'道'字在这里最好的解释是'一个秩然有序的整体'的观念。男女结合成为夫妇一体，昼夜相续而为时间一体。……这种相反而成的对立观念，在古代中国的哲学思想上出现得非常广泛。整个宇宙，包括人类社会在内，就看成了是基于这种阴阳对立

---

① 转引自凌纯声《中国古代神主与阴阳性器崇拜》，台湾中研院《民族学研究所集刊》1959 年第 8 期。

的关系而成的一种'道'。"① 从上述观点中可以看出，阴阳哲学的宗教基础是以两性交合为中心的生殖崇拜，主管生殖功能的性爱之神在哲学思维中被抽象为"道"，一旦道的原始意义被遗忘，它就成了一个似乎与性毫不相关的概念，并且可以反过来压抑性了。这或许可以说是性爱神的自我异化吧。当孔子发誓说"朝闻道，夕可死矣"的时候，人们已经普遍忘记了道的本义正是一阴配一阳，也就是爱啊！

爱神升华的第三条途径是宗教仪式化。西周所确立起来的一大套官方宗教礼仪制度，其中有许多内容都源出于史前宗教和远古神话。礼书中规定的每年春天由大子亲自主持祭祀的高禖神，武夷夜市由性爱女神演变而成的。陈梦家早已考定，高禖又称郊禖，其实就是社的别称。《墨子·明鬼篇》说："燕之有祖，当齐之社稷，宋之桑林，楚之云梦也，此男女之所属而观也。"陈氏对此论证说："属者合也，谓男女交合也，观疑是馆。云梦是楚之高禖，故社亦高禖也。② 由此可知，高唐神女出没的楚之云梦，同《诗经》中男女欢会的宋之桑林，原来都是高禖即性爱女神庙所在地。这自然使我们联想到古希腊等地盛行的于性爱女神庙中自由性交的民俗，以及以此为职业的所谓"圣娼"或"庙妓"③。弗雷泽写道："在同样崇拜阿都尼斯的塞浦路斯，所有的女子在婚前都须按照习俗在名为阿弗洛狄忒或阿斯塔忒或其他什么女神的神庙中向陌生人献身。类似的风俗在西亚的许多地区流行。不论这类风俗的动机是什么，其活动总是被明确认为对西亚的伟大母神服务的一种神圣的宗教义务，而不是情欲的放纵。这位女神在不同地区有不同的名字，而其性质却到处都一样。"④ 在此还须补

---

① 转引自凌纯声《中国古代神主与阴阳性器崇拜》，台湾"中央研究院"《民族学研究所集刊》1959年第8期。

② 陈家梦：《高禖郊社祖庙通考》，《清华学报》第12卷第3期。

③ 汉斯·利希特：《古希腊的性生活》，英译本，第338—393页。又：柯迪（A. Cody）：《圣娼》，《宗教百科辞典》，华盛顿，1979年版，第2906—2907页。

④ 弗雷泽：《阿都尼斯的神话与仪式》，叶舒宪译，见《神话——原型批评》，陕西师范大学出版社1987年版，第60—61页。

充说，中国的高禖神也具有同样的性质。所不同的是，西方的性爱女神不仅在宗教仪式上曾是祭祀的对象，而且流传着许多关于她的人格化的故事，而中国的高禖作为性爱女神的仪式化抽象物，只空有其名，人们不知她长相如何，更想不到她会有什么风流韵事。惟有她的名称中略微透露了一丝与高唐神女的关联，如郭沫若所指出："高唐者，余谓即高禖或郊社之音变。禖古亦读鱼部，音如《小雅·巷伯》六章谋字，与者、虎为韵，即其证。鱼阳、阴阳对转，故禖若社，音变而为唐也。是则楚之游云梦，与《月令》之祀高禖，燕之驰祖，齐之观社，宋之祀桑林正同。"① 从性爱女神的宗教仪式化的背景出发，为我们进一步理解高唐神女传说的发生提供了另一条线索。

高禖祭典的意义在于祈求生育，保证国家人丁兴旺。与官方的高禖礼仪相对应，在中国民间还盛行类似的对子孙娘娘、妈祖或临水夫人的崇拜，其功能仍然集中在求子一项上。这可以说是"无后为大"不孝的中国伦理对上古性爱女神的单向度改造。从性爱美学观念到传种接代狂，说明了伴随着文明的进展，国人对性爱的认识反而再次堕入了愚昧。人类学家概括出的性爱的十种功能②，在中国传统意识中只强调其中的一种，无怪乎中国的维纳斯不见容于官方意识形态，只能蜕变为子孙娘娘之类流传至今。这与其说是爱神的一种"升华"，不如说是向史前维纳斯信仰的"倒退"。

爱神升华的第四条途径在于艺术化。由于艺术与现实之间距离稍远，现实中不允许存在的东西在艺术中仍有存在的可能。在现实中受到压抑而进入无意识领域中的东西，也可以借艺术家的想象和创造再度提升到意识层次上来。正因为这样，我们才能在宋玉的《高唐赋》中看到最接近性爱女神本来面目的人格化形象。不过，进一层的分析还会使我们看到，宋玉通过文学作品再现中国性爱女神的动机并非没

---

① 郭沫若：《释祖妣》，《郭沫若全集》考古编Ⅰ，第63页。

② 莫里斯（D. Morris）：《人类动物园》第3章，周邦宪译，贵州人民出版社1987年版。

有受到阻碍，迫于社会伦理即超我的压迫，他非常巧妙地做了两个安排，使《高唐赋》成功地逃脱了"检察官"的严密监视，得以在中国文学史上广泛流传。

（选自叶舒宪《高唐神女与维纳斯：中西文化中的爱与美主题》，中国社会科学出版社 1997 年版，第 314—328 页，题目为编者所加，序号有调整）

编 后 记

　　读书时就偶尔听老师们说起："比较文学是一门贵族学科。"其实，这种说法并非比较文学专业的学人自高身价，它主要是慨叹：做比较文学研究是很难的。比较文学研究者需要精通外语，具有异文化生活氛围体验，此外还要有多角度观察、透视的研究视野与内在的、深层次的学术眼光，在研究中既要善于发现把握同，又要善于体察分析异，于异同辨析之中探索文学规律、破解文化符码、追寻积极的价值与意义。由于比较文学学科对其研究主体定位很高，所以，专门的比较文学研究者并不是很多，而很多好的比较文学研究成果往往又是学养深厚的文学大家妙笔偶成之作。

　　做比较文学研究难，教授比较文学类的课程也殊为不易。多年来，我勉力担任比较文学类课程的教学工作，关于该类课程的内容设置与教学方法也有过许多困惑、探索与思考，尤其是还针对研究生的比较文学类课程教学问题，多次请教过业内的前辈和名家，后来在熟悉各家重要教材和吸纳前辈智慧经验的基础上，也逐渐摸索出了一些自己的方法。记得陈敦先生在一次讲座中曾经说过，比较文学学科教学中，需要学生掌握的纯粹的理论并不是很多的，我对此深以为然。所以，在比较文学教学中，除了基础知识与基本原理的传授之外，更为重要的是，我还有意识地引领研究生了解比较文学研究的基本路径与方法，将该课程定位为理论与实践并重的课程。需要指出的是，"实践"在这里主要指的是实例教学，因为研究生刚刚接触比较文学，期望他们能够立即进行比较文学研究实践是不现实的，我们只能希望他们能够借助于大量的实例教学，了解、体会一下比较文学研究的方法与思路。也就是说，学生修习该课程的一个重要任务就是阅读大量的比较文学研究名作。

今天，呈现在读者面前的这些比较文学与比较文化学领域的优秀论著，就是我从多年来为研究生准备的大量阅读材料中精选出来的，现在将其结集出版。全书共有十个单元，每一单元关注比较文学研究的一个类型，每一类型又选择了具有代表性的三到五篇论文或著作片段作为范本供读者参阅，尽管各个研究类型并不是孤立存在的，我们在编选时还是力求做到各有侧重。为确保选文的典范性和新颖性，本书所选文字既包含了德高望重的学界前辈的经典名作，又纳入了当代中青年学者的优秀研究成果，还充分考虑到论著的生动性、鲜明性与趣味性。出版本书的一个最直接的目的，就是将来可作为比较文学与世界文学专业研究生课程的配套教材来学习使用。当然，我们也希望，广大年轻学子能够凭借本书领略比较文学与比较文化学研究的丰富内涵与独特的学术魅力。

本书的编纂过程可谓几经波折。首先，篇目选择数次更迭。优秀的学术成果可谓多矣，每个单元的篇目却十分有限，每一篇文章的选择都经过再三权衡。其次，版权事宜也颇费了一番功夫，我们既要与论著的作者联系，又要跟出版这些论著的单位联系，为了获得真实可靠的联系信息，我们辗转请教了学界许多前辈和朋友。然而，过程虽然曲折，结果却令人欣慰和感动。一方面，我们所联系到的全部作者都慷慨赠予了版权。有些作者早已是学术界的泰斗名宿，也是我和学生心目中十分景仰的大师、前辈，当收到他们的邮件回复时，我们感到十分激动和欣喜！有的前辈在授予版权的同时，还解答了我们的一些疑惑，给出了一些很好的建议。另一方面，入选成果的相应出版单位也都给予了我们极大支持。学界前辈的慷慨支持和热情鼓励，让我们感受到他们对学术的无私奉献与挚爱，体会到他们对学科发展的关怀和对学术传承的重视，同时，也让我们感到肩上的责任，因而更加坚定了要使本书得以成功付梓的决心。在此，谨向这些支持本书的前辈学者与出版界的诸位老师、朋友致以最诚挚的谢意！

　　需要说明的是，本书收入了不少现今已经仙逝的大师的论文，我们也曾积极通过他们的亲属与学生联系文章的版权问题，但由于种种原因，有些大师的论文版权我们没能及时联系上，这些著作的版权人如果看到这本选集，请与中国社会科学出版社联系，本书编者将按照国家出版条例的规定支付稿费或赠送样书。

　　最后，我们要衷心感谢所在学院与学科的大力支持和那些历年来参与打印、校对本书所选论文的研究生同学。正是这些来自各方的支持与帮助，才让我们多年来的心愿付诸现实！

陈瑞红

2017 年 9 月于南京